新闻学与传播学"十三五"规划教材·案例型系列

全媒体新闻作品评析教程

李军 / 著

中国传媒大学出版社
·北京·

图书在版编目(CIP)数据

全媒体新闻作品评析教程 / 李军著. --北京：中国传媒大学出版社，2018.7
（2024.5重印）
新闻学与传播学"十三五"规划教材. 案例型系列
ISBN 978-7-5657-2241-7

Ⅰ.①全… Ⅱ.①李… Ⅲ.①新闻—文学评论—高等学校—教材
Ⅳ.①I055

中国版本图书馆 CIP 数据核字（2018）第 156798 号

全媒体新闻作品评析教程
QUANMEITI XINWEN ZUOPIN PINGXI JIAOCHENG

著　　者	李　军
责任编辑	黄松毅　李唯梁
特约编辑	张　静　李克俭
封面设计	拓美设计
责任印制	李志鹏
出版发行	中国传媒大学出版社
社　　址	北京市朝阳区定福庄东街1号　　邮　编　100024
电　　话	86-10-65450528　65450532　　传　真　65779405
网　　址	http://cucp.cuc.edu.cn
经　　销	全国新华书店
印　　刷	唐山玺诚印务有限公司
开　　本	787mm×1092mm　1/16
印　　张	19.25
字　　数	456千字
版　　次	2018年7月第1版
印　　次	2024年5月第4次印刷
书　　号	ISBN 978-7-5657-2241-7/I・2241　　定　价　58.00元

本社法律顾问：北京嘉润律师事务所　　郭建平

目 录

前　言　/1

基础篇

第一章　全媒体新闻评析概论　/2
　　第一节　新闻评析的含义　/2
　　第二节　全媒体新闻作品评析的任务　/10
　　第三节　学习全媒体新闻作品评析的意义与方法　/12

第二章　新闻作品评析者的素养　/15
　　第一节　新闻作品评析者的素养要求　/15
　　第二节　新闻敏感源于思维敏感　/19
　　第三节　新闻作品评析者的素养养成　/24

第三章　新闻作品评析的特点　/31
　　第一节　新闻价值评价　/31
　　第二节　采访过程考察　/34
　　第三节　写作得失分析　/39
　　第四节　社会文化价值评析　/41

第四章　新闻作品评析方法　/44
　　第一节　新闻作品内容分析　/44
　　第二节　新闻作品形式分析　/51
　　第三节　新闻作品叙事学分析　/56

第五章　新闻作品评析文章的写作　/62
第一节　新闻作品评析文章的写作特点　/62
第二节　新闻作品评析文章的构思　/65
第三节　新闻作品评析文章的写作　/67

原则篇

第六章　新闻作品评析的真实性原则　/74
第一节　新闻作品的真实性原则概述　/74
第二节　坚守新闻真实性的原则　/77
第三节　真实性原则的技术把关　/83

第七章　新闻作品评析的新闻本位原则　/89
第一节　新闻本位原则概述　/89
第二节　回归新闻本位　/93
第三节　坚持新闻本位　/95

第八章　新闻作品评析的伦理原则　/103
第一节　新闻伦理展现出的职业冲突　/103
第二节　新闻采访与公民隐私权的冲突　/106
第三节　坚持新闻伦理,反对虚假低俗　/110

第九章　新闻作品评析的人文关怀原则　/117
第一节　人文关怀原则概述　/117
第二节　人文关怀原则现状　/121
第三节　坚守人文关怀原则　/128

第十章　我国新闻作品评析的舆论引导与舆论监督原则　/132
第一节　新闻舆论引导和媒体作用　/132
第二节　舆论监督的力量　/136
第三节　坚持正确的舆论导向与舆论监督　/138

文体篇

第十一章　消息类作品评析　/146
　　第一节　消息作品评析的特点　/146
　　第二节　消息作品的客观笔法分析　/149
　　第三节　消息作品的故事法分析　/152
　　第四节　消息作品评析实例　/155

第十二章　通讯类作品评析　/162
　　第一节　全媒体环境下通讯文体的特点　/162
　　第二节　叙事记述型通讯　/164
　　第三节　调查分析型通讯　/169
　　第四节　谈话实录型通讯　/172

第十三章　新闻评论类作品评析　/176
　　第一节　新闻评论的基础知识　/176
　　第二节　新闻评论评析技巧　/182
　　第三节　新闻评论评析实例　/186

媒体篇

第十四章　报纸新闻作品评析　/190
　　第一节　报纸新闻体裁的演变　/190
　　第二节　报纸系列报道分析　/194
　　第三节　报纸专栏评析　/196
　　第四节　报纸版面评析　/200
　　第五节　报纸副刊评析　/203

第十五章　广播新闻作品评析　/210
　　第一节　广播新闻特点　/210
　　第二节　专题与录音报道　/214
　　第三节　广播直播与广播连线报道　/218
　　第四节　广播访谈报道　/224

第十六章　电视新闻作品评析　/228
　　第一节　电视新闻的特点　/228
　　第二节　电视新闻专题评析　/231
　　第三节　电视新闻直播与电视新闻连线评析　/233
　　第四节　电视访谈节目评析　/237

第十七章　网络新闻作品评析　/244
　　第一节　网络新闻概说　/244
　　第二节　网络专题评析　/245
　　第三节　网络新闻专栏评析　/249
　　第四节　网络访谈类新闻作品评析　/252

第十八章　新媒体新闻作品评析　/256
　　第一节　微信新闻作品评析　/257
　　第二节　博客新闻作品评析　/267
　　第三节　微博新闻作品评析　/276

第十九章　融合新闻作品评析　/283
　　第一节　融合新闻特点分析　/283
　　第二节　融合新闻新闻业务能力构成　/286
　　第三节　融合新闻作品评析　/289

参考文献　/295

前　言

新闻作品评析是新闻专业的核心课程。《全媒体新闻作品评析教程》一书系统地介绍了全媒体新闻作品评析的理论、方法，并对优秀作品进行了评析。评析的作品不仅有传统媒体常用的消息、通讯、评论等体裁，为了适应全媒体时代传播技术不断发展的需要，本书还将新兴媒体的新闻作品，如网络新闻、博客新闻、微博新闻、微信新闻等纳入评析范围，并就新闻界内有广泛影响的中国新闻奖和美国普利策新闻奖作品进行评析，以及时地反映新传播技术革命带来的新闻采写表现在新闻作品上的变化。

新闻采写能力的培养是新闻学专业的核心内容。新闻采访学、新闻写作学是对新闻作品发表前的采写活动的研究，新闻作品评析则是新闻作品发表后对采写过程及其效果的研究，全媒体新闻作品评析相对于以往新闻作品评析仅限于传统媒体上的新闻作品而言，纳入了新媒体新闻作品。这种新闻作品评析与过去传统媒体新闻作品评析一样，都是为了提高新闻工作者的新闻采写能力。所以全媒体新闻作品评析是新闻系各专业的核心课程。

本书一方面继承了以往新闻作品评析教材的精华，另一方面以较大篇幅介绍了在新传播技术影响下产生的一些新的新闻品种及其作品的评析，比如网络与新媒体的新闻；本书还专门介绍了微信新闻、博客新闻、微博新闻及融合新闻等新闻形式的作品评析。值得庆幸的是，网络新闻已经被纳入中国新闻奖评奖活动；微博新闻也被河南新闻界列入了评奖范畴。这些新闻作品形式在现有的作品分析教材中没有或较少涉及，而这些内容却是必须要研究的。

新媒体的出现引发了一系列新现象。新的传播手段改变了整个传媒格局，必须有新的新闻作品评析成果来适应这种转变。传播技术革命不仅诞生了新的新闻品种，也使传统的新闻文体发生了变革，出现了新闻文体边界模糊的现象，有学者敏感地提到"消息通讯化、通讯消息化、言论信息化"等现象。伴随着互联网在我国的蓬勃发展，新闻碎片化、及时化，连续报道、系列报道、组合报道等比过去更多更典型了；同时，失实新闻、虚假新闻现象比过去也更为突出。这些现象亟待研究，本书试图在介绍新闻作品评析的过程中，对于涉及的这些现象也一并进行剖析。

为了全面提升新闻专业学生的采写能力，让他们能够从一些优秀新闻作品评析中汲取营养，本书还力图采用一些新的评析方法，不仅评析作品的内容，而且透过作品，追溯作者的采访过程，并对新闻作品采访中的特殊困难及记者机智的处理手段也进行点评。同时，还运用新闻叙事学等新的研究成果反映新闻作品的新侧面。

现在，中国新闻奖评选的项目也改变了。2015年1月，中国新闻工作者协会发布了《关于第二十五届中国新闻奖报送工作的通知》和《中国新闻奖评选办法》，把媒体融合报道和新媒体应用情况纳入对获奖作品的评价标准。媒体融合发展，是传媒领域一场重大而深刻的变革，对媒体的采编、传播和产品形态等产生深刻影响。十八届三中全会明确提出，要整合新闻媒体资源，推进传统媒体和新兴媒体融合发展。2014年8月18日，习近平总书记在中央全面深化改革领导小组第四次会议上发表重要讲话，对媒体融合作出了战略部署。为贯彻中央有关精神，推动新闻媒体全面增强现代传播意识、强化互联网思维、加快媒体融合与新媒体应用的步伐并检验应用成效，自2015年起，中国新闻奖评选把媒体融合报道和应用新媒体传播方面的情况作为对参评作品的重要检验标准。同年，中国记协评奖办公室还着手对媒体融合报道情况等展开调研，为中国新闻奖奖项逐步科学化、合理化设置做好基础工作。

本书分为四大篇19章。第一部分为基础篇，对新闻评析的基本知识与方法进行介绍，共五章，讲新闻作品评析的概论、评析者修养、评析的特点、评析的方法和评析文章的写作。第二部分为原则篇，阐述了五项原则并细致讲述了这些原则的实际运用的问题。新闻作品评析的五大原则是：真实性原则、新闻本位原则、新闻伦理原则、人文关怀原则、舆论监督与引导原则。第三部分为文体篇，阐述了在所有媒体上普遍采用的三大文体形式，即消息、通讯、评论。第四部分是媒体篇，这里其实可以将不同媒体作品的评析分为两大块：一块为传统媒体，其中包括报纸、广播、电视三大媒体，根据这些媒体的特点，重点介绍了其专属形式的作品；另一块为网络与新媒体，主要介绍了网络新闻、微信新闻、博客新闻、微博新闻和融合新闻的作品评析。这些媒体都是依托计算机技术而存在的。

这里需要说明两点：第一，为了避免与前述三篇内容重复，本书在媒体篇中主要对各媒体的专属形式进行介绍。基于这一点，在报纸新闻作品评析中，集中介绍了报纸的系列报道、专栏、版面及副刊的评析。在广播新闻作品评析中，也只是突出了广播新闻作品独特的形式，如广播专题报道、现场直播与连线、广播访谈等形式。在电视新闻作品评析中，同样突出了电视专题报道、电视直播与连线报道、电视访谈报道。在网络新闻作品评析中突出了网络专题、网络专栏、网络访谈等形式。各种媒体的专属形式的品种介绍，同样出现在微信新闻作品评析、博客新闻作品评析、微博新闻作品以及融合新闻作品评析的介绍中。第二，媒体篇中的作品分类参照了中国新闻奖所设的常见的新闻品种的评奖项目，比较专业的或不是本类突出的品种，为节省篇幅而略去。

这些情况，提前在此说明。

本书在写作中，融入了本人从事新闻工作30余年的实际经验与近年来在高校从事新闻教学工作的心得与体会，并汲取了学界与业界最新的研究成果。本书力求说理深入浅出、操作切实可行，希望对同学们的学习有所裨益。

李 军

2017年8月22日

基础篇

- 第一章　全媒体新闻评析概论
- 第二章　新闻作品评析者的素养
- 第三章　新闻作品评析的特点
- 第四章　新闻作品评析方法
- 第五章　新闻作品评析文章的写作

第一章　全媒体新闻评析概论

中国书法学习有一个临帖的阶段，临帖被称为"描红"，就是对照字帖细心揣摸，体味文字的间架结构、神形风韵，以提高学习者的书法水平。这种学习方法同样适用于新闻采写能力的学习，即对优秀的新闻作品进行评析，这也是一种"临帖"。新闻采访学和写作学的学习，是在新闻作品形成之前对新闻作品采写规律与技巧进行研究，新闻作品评析则是在新闻作品形成之后对写作者的采写过程及技法进行探讨与研究，同样都是为了提高新闻学习者的采写能力，全媒体新闻作品评析则囊括了所有媒体的新闻作品，研究范围更为宽泛一些。

第一节　新闻评析的含义

一、什么是新闻评析

(一)新闻作品评析实例

什么是新闻作品评析呢？我们先来看一篇新闻作品。下面是 2015 年 1 月 3 日哈尔滨市公安局官网发布的一条微博：

哈尔滨市道外区太古街 727 号库房火灾基本情况

2015 年 1 月 2 日 13 时 14 分，哈尔滨市道外区太古街 727 号一日杂仓库发生火灾，该仓库系非消防安全重点单位，钢筋混凝土结构，使用性质为批发零售小商品。

火灾发生后，黑龙江省委、省政府和哈尔滨市委、市政府高度重视。省委书记王宪魁赴现场指挥；省长陆昊做出批示，要求省直有关部门要迅速调动力量进行救援救治，迅速查明被埋有关消防人员情况，迅速查明火灾原因；省委常委、省委秘书长李海涛和省政府秘书长李显刚到现场组织灭火、救援、救治；市委书记陈海波第一时间做出部署，市长宋希斌，市委常委、常备副市长聂云凌，市委常委、宣传部长张丽欣，副市长任锐忱等市领导现场指挥灭火、救援、救治工作；省委办公厅、省政府办公厅、省安监局、省公安厅、省卫计委、省公安消防总队等部门负责人现场协助指挥。

来源：《东方早报》2015 年 1 月 4 日

上海的《东方早报》网站及时转发了这条微博新闻并附言如下:

《东方早报》【哈尔滨火灾官方通报585字,"领导高度重视"占了258字】哈尔滨市公安局官方微博"平安哈尔滨"今日凌晨4:25发布消息,公布"哈尔滨市道外区太古街727号库房火灾基本情况"。

人民网于当日迅即转发了《东方早报》网站的这条消息。

接着,《中国青年报》评论员曹林有如下评论:

灾难报道为什么不会说人话

哈尔滨火灾官方通报585字,"领导高度重视"占了258字,让"高度重视"及其后的通稿宣传模式再次成为靶子。前段时间曾有地方因为灾难报道中的"高度重视"成为众矢之的,但其他地方并未吸取教训。毕竟是几十年形成的宣传套路,短时间内很难改变。更重要的是,这种总把灾难报道写成"领导高度重视"的官话套话,不仅仅是话语的问题,背后还是"以领导为中心"的僵化宣传思维,是根深蒂固的官本位思维。

说到此事,引发了曹林对一桩报道的联想。他说:

2014年9月25日14时30分许,昆明市明通小学发生踩踏事故,已造成学生6人死亡、26人受伤,其中两人重伤,悲剧让几个家庭陷入撕心裂肺的痛苦,也让公众十分悲伤。云南当地一份党报的报道引发了舆论争议,《云南日报》一则题为《省长李纪恒到医院看望明通小学踩踏事故受伤学生时要求:提供最好的医疗服务,全面加强校安管理》的报道中写道:

"李纪恒走进小儿科病房,逐一仔细察看并询问每一位孩子的伤情。一夜过去,不少孩子恢复了欢声笑语,有的已经在病床上挤在一起玩游戏了。看到这一幕,李纪恒露出了欣慰的笑容。"

对此,曹林批评道:悲剧撕痛人心,家长悲痛欲绝,教训非常惨痛,暴露出的问题也非常严重,可党报记者却习惯性地把目光聚集到领导身上,以领导为中心、拿受难者作背景写出一篇"领导关切关怀"的报道,让关心踩踏事故的公众非常反感。习惯性地写"领导高度重视""接到事故报告后立即作出批示""第一时间赶往现场""亲切看望受伤者",甚至习惯性地认为"现场欢声笑语"。这哪里是灾难报道,分明是展示某些领导光辉形象的赞歌。曹林一针见血地说:"这种总把灾难报道写成'领导亲切关怀'的官话套话,不仅仅是话语的问题,背后还是'以领导为中心'的僵化宣传思维。"①

曹林的文章,对哈尔滨公安局的通报毫不留情地批评了一番。这就是对一篇微博新闻作品的评析。新闻作品评析,就是对新闻作品所作的评价与分析。

要对新闻作品作出精确恰当的评价与分析,就必须了解新闻作品的信息构成。

(二)新闻作品的信息构成

中国人民大学新闻与社会发展研究中心研究员杨保军在《传播态新闻作品的信息构成

---

① 曹林. 灾难报道为什么不会说人话[EB/OL]. http://blog.sina.com.cn/s/blog_471ef4320102v94e.html?tj=1.

分析》一文中将新闻作品中的信息分为事态信息、情态信息和意态信息三种。并作了如下解释：

1. 事态信息

新闻传播的天职是真实、客观、全面、公正、快速、公开地反映和报道新闻事实。因此，任何新闻文本最基本、最直接的内容就是有关最新事实、事件等的符号陈述或再现，最基本的信息就是关于新闻事实进程背景、前景状态的事态信息。"新闻文本是由一系列明确的事实判断语句构成的"[1]，新闻写作必须"严格地以事实为依据"，应当"根据事实来描写事实"。事态信息永远是新闻文本信息构成的核心部分。

2. 情态信息

新闻文本中的情态信息往往是双重的：一是事实本身包含的情态信息，它是事态信息的有机构成部分。新闻事实特别是社会性的新闻事实本身就是人类活动的产物，其中必然包含着各色人的喜怒哀乐，使事实本身具备了不同的情感色彩；二是传播主体在文本中表现的情态信息。

传播主体在面对、再现一定事实时，是具有各种情感、情绪、情味的人，总要在文本中表现出一定的情感态度，"这种情感态度为传播内容染上了特定的情感色彩"。对此，新闻接受者能够感觉到。事实中灌注的情态信息与传播主体表达的情态信息在感情色彩上有可能是一致的，也有可能是不一致的。

传播主体在新闻文本中表达的情态信息，是对新闻事实中人与事的感情倾向，同时构成了新闻文本的价值倾向。情态信息在文本中的存在不像事态信息那么确定、清晰，常常渗透在字里行间，弥漫在文本之中，给文本营造了一种情态的气氛和审美的氛围，也给接受主体塑造了一种理解文本的情绪环境。传播主体对事实的情态信息的反映是新闻反映自身的要求，对自己情感倾向的表现则更多地是为了感染接受主体，让他们在情感的认同中接受新闻文本，从而实现文本的传播价值。但从新闻传播的真实性、客观性要求出发，传播主体应该自觉避免在新闻文本中表达自己的感情，因为这样很可能影响新闻传播公正性的实现。

3. 意态信息

新闻文本还蕴含着意态信息。"一个传播者总有两个层次的意图。信息性意图是为了让听话者知道某事，而传播性意图则是使听话者意识到说某句话的目的。"确实，对新闻传播来说，也是如此。艾丰先生在他的《新闻写作方法论》中说："从总体上看，任何新闻作品都是要'说话'的，即总要体现和宣传一定的观点。"[2]因此，意态信息作为新闻文本信息的构成成分不是罕见的，而是常见的、普遍的。意态信息一方面是传播主体在新闻文本中明确表达的意见和看法，另一方面是指蕴藏在新闻事实中的潜在道理。

正是因为新闻作品中的信息分为这样三种，我们就好进行分析了。比如说，哈尔滨公安

---

[1] 杨保军. 传播态新闻作品的信息构成分析[J]. 当代传播, 2004(6):13-14.
[2] 艾丰. 新闻写作方法论[M]. 北京：人民日报出版社, 1994:89.

局官方微博中传递的信息无疑是真实的;但是,这些信息的选择受到作者的立场、观点的制约,表达着强烈的主观倾向性,这就表现出了在这些信息的选择中作者的情感,即作者的情态信息表露出来了。而这种情态信息正是曹林所批判的对象,指责作者不应用这种官方思维模式来传播此事。

那么,这里还有意态信息,就是作者这样表述的动机与目的。其所要达到的意图是什么?这则官网微博就是想向公众传达领导们在灾难面前所做的工作,宣扬他们的政绩。但是,由于作者没有站在公众的立场上,公众此时最关心的是灾情的实际情况,并不是领导如何关心群众之类的"政绩"颂扬信息。

二、新闻作品的环境信息构成

(一)媒介语境信息

这里的媒介语境有两方面的含义:一方面是指一个具体新闻文本在确定的媒介中所处的语境,或者说在确定的媒介中所处的传播语境。比如,一篇文字新闻作品,在处于传播态时,总要与其他一些新闻作品一起被安排在一定的版面上,而每篇作品所"分享"的具体的版面语言是不一样的,因此,接受者在阅读、理解、接受的过程中,会自觉不自觉地以不同的态度和方式对待不同的新闻。按照一般的经验,接受者会更重视版序在先的新闻作品;在同一版面上,接受者会更注重区序更强的新闻作品;在同一区序,接受者会更注意编排阵势较大的新闻作品。显然,媒介语境本身成了新闻文本信息的有机组成要素,这既表达了传播主体对一定新闻作品的评价与定位,也影响了接受者的接受行为。媒介语境另一方面的含义更加宏观、宽泛,是指一个具体新闻文本所处的媒介生态环境或媒介传播环境。比如,一个新闻事实,特别是重要的或具有共同兴趣的新闻事实,常会同时在不同的新闻媒介上得到大致相同或完全不同的报道及安排。这时,某一新闻媒介的接受者就有可能受到其他新闻媒介相关报道及安排的影响并得到重要参照信息。正是在这种参照关系中,新闻作品获得了某种共享的"关系信息",它实质上成了接受者面对的作品信息的一部分。当然,并不是所有的新闻作品都会这样。

笔者是在人民网上看到曹林这篇评析哈尔滨公安局官方微博的文章的。在此文后,人民网还附有下面的文章标题:

哈尔滨仓库大火导致坍塌:5名消防战士牺牲14人受伤
【职工之声】是"高度重视"还是"高度近视"
国土资源部:高度重视民生类档案管理

打开其中的首条新闻:

哈尔滨仓库大火导致坍塌:5名消防战士牺牲14人受伤

央广网哈尔滨1月3日消息 据中国之声《央广新闻》报道,今天上午哈尔滨市政府紧急召开全市安全工作会议,会议持续了一个小时20分钟,于上午10点半结束,有关哈尔滨仓库大火导致坍塌的最新情况,连线通报会现场的哈尔滨台记者。

记者从今天上午刚刚结束的哈尔滨市政府召开的全市安全生产会议上了解到,哈尔滨北方南勋陶瓷大市场仓库大火,目前已经造成5名消防战士牺牲,14人受伤,549户2000多名居民以及部分临街商户受灾,直接的财产损失和火灾的原因目前正在统计调查当中。

在会议召开之前,全体与会人员起立、脱帽为牺牲的消防战士默哀,昨天中午1点钟左右,哈尔滨北方南勋陶瓷大市场仓库燃起了大火,因为仓库内部有大量的纸质和塑料材料,所以大火燃烧速度非常快,晚上7点左右,经过消防人员的努力,外部的明火已经被扑灭,随后消防人员进入仓库内部继续清理火灾隐患。

在晚上10点钟左右的时候,仓库的楼板突然发生塌方,参与救援的多名消防战士被埋。截止到目前,消防战士还在对现场的残火进行扑救。据了解,在火灾发生之后,省市领导及相关负责人第一时间抵达现场指挥扑救,转移受灾群众,并对受伤人员进行抢救。哈尔滨医科大学附属第一医院也为伤者开通了绿色通道,哈尔滨的卫生部门更是为每一位受伤战士安排了一位工作人员专职对其进行陪护。

从目前的伤者统计来看,14位受伤者当中,有13位是消防战士,1位为商场的保安人员。目前除了其中的一名消防战士颈椎骨折受到重伤之外,其他伤者情况稳定,群众无一伤亡。据了解,今天下午哈尔滨市还将召开常委会议,对火灾的善后安置、起火原因以及责任追究进行进一步磋商。

来源:中国广播网2015年1月3日

从这则新闻中,读者可以看到火灾现场的灾情情况,会对此事有深入的了解。火灾当中牺牲了那么多消防战士,哈尔滨公安局官网微博竟然还在颂扬领导功绩,着实令人气愤。读者这种气愤的情绪就是受到延伸阅读的信息感染。这种延伸阅读的信息便是曹林评论文章的语境信息。

这说明语境信息对新闻作品传播大有影响。

处于传播态的新闻文本,必然会受到传播语境(换个角度说,也就是接受语境)的影响。传播中的新闻文本主要处在两种基本语境之中:一是由它与其他作品构成的媒介语境;二是由一定的社会政治、经济、文化、心理等构成的宏观的传播语境,也可以称为社会语境。媒介语境与社会语境赋予传播态新闻作品一种重要的"语境信息"。如果没有这种语境信息,单一的新闻作品是不可能存在的,新闻的接受者也难以准确理解某一具体作品的各种本体信息。因此,在一定意义上,我们可以说语境信息也是新闻作品的有机信息成分,或者说,传播态的新闻作品从传播语境中分享了语境信息。

这里的传播语境不仅指报纸版面上相邻文章的组合、广播电视节目中前后作品的搭配、网络页面上文章的链接等透露着编辑的主观倾向,而且更受到当前社会思潮的广泛影响。

(二)社会语境信息

处于传播态的新闻文本,必然要"分享"其所处的社会语境信息。新闻传播者只能在其所在的社会语境中,用其所处的社会语境提供的语言符号去创制新闻文本。

在一定的社会语境中,新闻作品才能获得某种由本体信息延伸而来的信息,或者说,社会语境赋予了新闻作品某种信息,使其成为作品信息的一部分。比如,只有在反腐倡廉的社会语境中,一篇客观报道某一官员任免或升迁的新闻,才会被人们做出延伸性的理解。

从新闻接受的角度看,任何人在任何时候的新闻接受行为都离不开其所在的社会语境的影响,这是一种客观限制,人作为社会语言文化存在者必然受到约束,但也正是这种社会语境架起了人们理解一定新闻作品的桥梁。社会语境赋予新闻作品的语境信息,打通了接受者走近新闻作品的路径。"我们不可能完全抛开具体的社会历史文化语境,不可能完全抛开在特殊的历史文化语境中形成的思想情感、价值观念和审美观念去理解我们所要理解的对象。"①对新闻文本的理解首先要求接受者要能够理解所处时代的社会语境,要懂得所处时代语言符号的含义,理解所处时代的语言话语方式,理解当下新闻传播的整体社会政治、经济、文化、心理背景,只有如此,才能在获取事态信息的基础上,得到新闻作品背后的信息。陈原先生说得好:"理解语言的真正信息,必须洞悉发出信息时的社会环境。"事实上,"形式上同样的符号,在不同的传播环境中,其意义往往有很大的差别"②。一个时代、一个历史时期有它独特的语言环境和话语方式,一个时代、一个历史时期也有它独特的关键词汇和表达范式。与时代脉搏同步跳跃的新闻语言最能反映社会语境的变化,接受者只有用符合当时社会语境的方式去理解新闻,才能准确把握新闻的内容和意义。如果接受者用几十年前的话语方式理解今天的新闻,那会出现十分滑稽的结果。

新闻文本除了包含事态信息、情态信息、意态信息之外,一些优秀的新闻作品,还可能营造出一定的审美信息。新闻作品的审美信息,往往是一种贯通式的、渗透式的存在,是作品内容、作品形式以及接受效果的和谐统一,或者说"新闻的新、真、善以及形式是美的有机结合的几个方面"③。

把新闻作品中的信息这样划分后,就可以清楚地看出,曹林所批判的正是这则微博中的情态信息与意态信息。正是微博作者这种选择材料的主观倾向(情态信息)和传播意图(意态信息)遭到了批判。

难道作者就不知道这些是不可取的吗?这是因为作者的思维方式没有与时俱进,还是停留在"以领导为中心"的模式上。没有看到现在语境环境的变化。如果回溯到以前来看,新闻界持有这样的思维模式是毫不奇怪的。比如说,1976年有关唐山地震的报道。

1976年7月28日,我国唐山发生大地震,伤亡人数远远超过1906年的旧金山大地震、1923年的日本关东大地震。但是,在地震发生的第二天,《人民日报》采用新华社通稿对这一灾难事件进行报道,标题为:《河北省唐山、丰南一带发生强烈地震——灾区人民在毛主席革命路线指引下发扬人定胜天的革命精神抗震救灾》。该报道对地震灾情的详细情况,如受灾具体方位、伤亡人数、影响范围、财产损失等,仅用"震中地区遭到不同程度的损失"一句话轻轻带过。

该报道的重点放在人与灾难做斗争上,强调在毛主席革命路线指引下的人定胜天精神。直到1979年11月23日《人民日报》刊登了来自中国地震学会成立大会上的新闻,才透露出唐山地震的具体灾情。下面是当年《人民日报》的报道。

---

① 李建盛. 理解事件与文本意义:文学诠释学[M]. 上海:上海译文出版社,2002:188.
② 陈原. 社会语言学[M]. 上海:学林出版社,1983:39.
③ 杨保军. 传播态新闻作品的信息构成分析[J]. 当代传播,2004(6):13-14.

河北省唐山、丰南一带发生强烈地震

灾区人民在毛主席革命路线指引下发扬人定胜天的革命精神抗震救灾

我国河北省冀东地区的唐山、丰南一带,7月28日3时42分发生了强烈地震。天津、北京市也有较强震感。据我国地震台网测定,这次地震为7.5级,震中在北纬39.4度,东经118.1度。震中地区遭到不同程度的损失。

伟大领袖毛主席和党中央、国务院对地震灾区人民群众十分关怀。地震发生后,中共河北省委,天津、北京市委和震区各级党组织,采取紧急措施,领导群众迅即投入防震抗灾斗争。中共河北省委领导同志已带领有关部分负责人,赶到灾区指挥防震救灾工作。中国人民解放军和有关省、市卫生系统,已组织大批医疗队赶赴现场。大量医药、食品、食物、建筑材料等救灾物资正源源运往灾区。国家地震局和河北省地震局已组织专业人员赶赴现场监视灾情。灾区人民群众已在当地党组织的领导下,迅速组织起来,团结一致,展开抗灾斗争。他们决心在毛主席的革命路线指导下,在反击右倾翻案风斗争取得伟大胜利的大好形势下,发扬人定胜天的大无畏革命精神,团结起来,奋发图强,夺取这场抗灾斗争的胜利。

来源:《人民日报》1976年7月29日

当时的语境环境,产生这样的报道不足为怪。现在的社会语境已经发生了变化,哈尔滨公安局官网的作者还停留在改革开放前的社会语境之中,当然不适应现实需要,自然要受到批判。

三、全媒体新闻作品评析的概念

首先,必须弄清全媒体新闻作品的研究对象,这里的新闻是指全媒体新闻,不仅包括报纸、广播、电视、杂志等传统媒体发布和传播的新闻,也包括网络与新媒体发布和传播的新闻。随着互联网的兴起,各种依托于互联网的新媒体、自媒体的新闻信息,我们都称之为媒体新闻。通过微博、微信、手机等传播的新闻信息,都在我们的研究之列。比如,前面提到的哈尔滨公安局官方微博,因其有着权威的传播渠道和广泛的受众群,所以也是我们研究的对象。

那种只在小圈子里传播的信息,虽然也是通过微博、微信或手机传播,因其传播的范围不大,影响不广,所以不在我们研究的新闻作品之列。

这里的新闻作品,是指包括报纸、广播、电视、网络与新媒体各种终端在内的全媒体新闻产品,即各种传播新闻信息的图文音像制品都是我们研究的新闻作品。

评析的含义有两种,即评与析。在新闻评析活动中,"评"主要是对新闻作品的新闻价值的大小、表达的思想与产生的社会效果进行评价;"析"主要是对新闻作品的社会成因与表现手法进行综合分析,分析作品的社会背景、现实意义等,并对其表现形式、写作特点等进行分析。

对于新闻评析,上海复旦大学教授、博士生导师童兵说:"新闻批评是在一定的文化背景和媒介生态下,运用一定的观点和规范,对新闻传媒、传媒工作者、新闻作品、新闻思潮、媒介行为所作的探讨和评价。新闻批评的基本涵义是'鉴赏'和'认定',即描述媒介行为、分析新闻作品、解说新闻现象、评定传播效果、论证规范观念。"①

如果给新闻作品评析下个定义,那就是:新闻评析是评析者在一定的新闻观念和评析标准的指导下,对新闻作品的价值要素进行分析与评价,其中包括对新闻作品所呈现的新闻现象进行说明、解释和评价,对作品中所呈现的采写经验进行总结。

新闻作品评析有下述种类:

(一)媒体内部的新闻评析

每个报社一般都会有评报栏,张贴当天的报纸,以供众人评点。当日值班总编辑往往将点评意见写在上面,每个阅读者也可在上面圈点批评,将自己的意见写在上面。

还有的媒体设有专门的新闻研究机构,每日进行点评,并参加编前会,在会上发表点评意见。也有的新闻单位由专门人员(有的是报社考评员或是报社总编)对当天见报的新闻作品进行客观评价,主要是针对那些具有代表性、典型性的报道或版面做评析,指出其成功或失败之处或突出特点,以及哪些是值得发扬光大的、哪些是存在的问题,并对新闻作品及报纸版面设计编排进行评星判分,作为采编人员绩效考核的依据。

如果每天、每周或每月对报刊刊发的一些新闻作品做必要的评析,指出其成功或不足之处,不仅会给记者、编辑以肯定和鼓励,也会给采编人员指出一个努力的方向。可见,新闻作品评析是报社开展新闻业务培训的好方法。随着媒体体制改革的深入,媒体新人不断进入,对于一些刚刚走出校门、初次尝试新闻写作的人来说,业务培训必不可少。即便是有一定工作经验的新闻工作者,提高自己的业务能力、提升新闻写作水平也是永恒的话题和经常要做的功课。这也是报社的评报栏永远充满生气活力的原因所在。

(二)新闻评奖活动的新闻评析

现在每个设有新闻工作者协会的城市均有新闻奖评选机构,向上通常是市、省、全国三级评选机构,一直到全国新闻工作者协会主持的中国新闻奖评选活动。

中国新闻奖是经中央宣传部批准的全国性年度优秀新闻作品最高奖,由中华全国新闻工作者协会主办,每年评选一次。中国新闻奖共设四大类,29个评选项目,其中报纸、通讯社消息、言论、通讯、系列报道、新闻摄影、报纸版面、新闻漫画和报纸副刊8项,广播、电视消息、评论、新闻专题、系列报道、新闻性节目编排和新闻现场直播各5项。中国新闻奖采取无记名投票评选,每届设一等奖、二等奖和三等奖,特别情况下还设有个别荣誉奖、特别奖。

(三)专业研究的新闻评析

这里主要指一些教学单位专门进行的新闻作品评析活动,提供评析范文与评析文章样本供学生学习研读;还包括一些新闻研究机构对一些有代表性的作品进行的专门研究与评析。比如,中国人民大学教授刘保全曾经做过几届中国新闻奖作品的评析,形成了一批有影响力的新闻作品评析论文和著作;也包括各级宣传部门设立的新闻阅评员所作的评析,这主要是对于当地全局新闻舆论的研判与把握。

---

① 童兵.新闻作品评析概论[M].长沙:中南大学出版社,2009:1.

(四)社会公开的新闻评析

在媒体上公开发表的新闻评析,有专业人士的新闻作品评析,也有一般读者及评论员对于一些新闻作品内容所作的评论。比如,本章开头所提到的曹林的评析文章就属这类评析。

第二节　全媒体新闻作品评析的任务

全媒体新闻作品评析活动是新闻批评的重要组成部分,其主要任务是对全媒体新闻作品进行价值判断,通过分析、阐释和评价新闻作品来总结并探索新闻采写的经验及规律,从而规范新闻写作,引导受众正确接受和认知新闻作品的内涵。全媒体新闻作品评析活动的任务还包括总结新闻采制经验,促进新闻采制向健康、规范、合理的方向发展,并通过指陈新闻作品中的优点和缺陷,建立起新闻评析鉴赏的价值体系。

学习全媒体新闻作品评析,要在进一步理解新闻基本理论的基础上,结合具体新闻作品加以验证,考察作品的成败得失。用具体的理论来评价和分析新闻实践,用新闻实践来验证和检验新闻理论。新闻评析在某种意义上就是新闻理论与新闻实践之间的桥梁。

新闻作品评析的任务,具体来说有以下三点:

一、揭示新闻作品的新闻价值

评析新闻作品是新闻评析的中心任务。新闻作品虽然强调明白如话,但是,并非所有人都能一眼就看明白其中的新闻价值或者不正确的地方。比如,本章开头引用的一段官方微博就是如此,只有有人为其作了专门的评析与解读,人们才能明白这篇微博不对的地方。同样,对于优秀的新闻作品也要进行解读。比如,一些经典新闻作品,由于是过去的或外国的作品,受众与它产生的时代、国度或民族存在着一定距离,从而产生理解困难。新闻评析要通过评价工作,缩短以至消除这个距离。特别是这些新闻作品的评析活动,可以帮助受众认识作品反映的当时的社会生活,深刻了解作品的新闻价值,从中得到思想教育和审美享受,从而提高广大受众的欣赏能力,同时正确地引导舆论走向。

二、总结新闻采写经验与教训

新闻作品的评析也为当今新闻工作者的采访与写作提供了借鉴。对新闻作品的及时评析,有助于总结采写得失,直接提高采写水平。比如,媒体人多国丽在其微信公众号载有一文,评析了一则新闻——著名的《财经》杂志所写的《令计划的双面人生》。这则新闻开头第一段是这样写的:"多年以后,令计划回忆自己的一生时,或许会觉得,此生最绝望的时刻并非 2014 年 12 月 22 日因严重违纪被组织带走接受调查之时,而是两年前,2012 年 3 月 18 日凌晨 4 点,他的独生子令谷在北京一场法拉利车祸中当场死亡之日。那一刻,依照令计划的工作习惯,他很可能刚刚结束一天的工作走出办公室。"

多国丽评析道:非常明显,写作这篇报道的记者仿照的是加西亚·马尔克斯的作品《百年孤独》的开头:"多年以后,奥雷连诺上校站在行刑队面前,准会想起父亲带他去参观冰块的那个遥远的下午。"这个开头太著名,也太经典,几乎是读书人都知道的句子。但如果把小说的写法挪到新闻报道写作里,我只能说,其可怕程度绝不亚于那场惨烈的法拉利车祸。因为,用魔幻现实主义的写法,加上记者自己想当然以为的充沛想象写一篇正经的新闻报道,给人的感觉是突兀与别扭。①

正是有了这样的评析,读者从中明了了作者的写法,也得知将这种小说创作中使用的手法用在新闻写作中是不适当的。可见,新闻评析能够帮助读者了解更多的东西。

三、提高新闻工作者的采写能力

新闻界流行一句话:"新闻是易碎品。"其实也不尽然。因为许多优秀的新闻作品,都是常青之树,让人常读常新,它们和许多优秀的文学作品一样,具有很强的生命力。而其中出乎其类、拔乎其萃的经典之作,则是传世精品,会引起一代又一代读者的共鸣与惊叹。比如,我国著名记者范长江的《中国的西北角》《塞上行》等新闻名篇,就产生于20世纪30年代。

1935年,范长江到荒凉、贫困、交通闭塞的西北考察,历时10个月,足迹遍及四川、陕北、青海、甘肃、宁夏、内蒙古等地的荒村野店、城市农村,他遭遇凶险,饱尝艰难困苦。次年,他为了了解日本帝国主义觊觎内蒙古西部的实况,长途跋涉到额济纳旗,归来时骑骆驼穿过1 700多里的茫茫戈壁,在那样恶劣的旅程上,在那样盗匪出没的环境中,他有时睡在戈壁滩上,有时在沙尘暴中赶路,整整跋涉了14天。当时他才是个年仅二十六七岁的青年。他的采访,面对的每一个新问题,都是一次新的探索,都是一次或大或小的挑战,要想成功地面对挑战,就要到现场去,就是要有"不到黄河不死心"的精神。作者运用叙述、描写、议论、对话、抒情等多种表现手法,呕心沥血,精雕细刻,追求新闻性、政治性、文学性和知识性的完美结合,追求新闻的真实性、厚重的时代感和强烈的人文精神,使作品具有震撼人心的力量。②

范长江冒着生命危险,呕心沥血写出的经典作品就不是"易碎品",至今仍为新闻学子学习的名篇佳作。这是经典作品的生命力所在,也是经典作品得以传世的根本原因。由于写作年代久远,即使是范长江这样的经典新闻作品,也只有辅以专家的评析,现在的年轻人才能看得明白、理解得透彻。通过对范长江作品写作背景与采写经历的了解,才能使现在年轻的新闻工作者明白记者采访工作的艰辛以及应该做出的努力,从而为名家的采写实践所感动,激发自己的采写热情,提高自己的采写能力。

---

① 本文原载于微信公号:多国丽(ID:duoguolibj)。
② 石含芳.范长江及其《中国的西北角》和《塞上行》[J].图书与情报,2004(5):84-85.

第三节　学习全媒体新闻作品评析的意义与方法

一、提高新闻工作者采写能力的实际需要

笔者认为，完整的新闻学教学体系，除了讲授新闻理论和新闻实务知识外，还需要讲授新闻评析知识，正如考古学要讲授文物鉴赏知识一样。新闻评析就是要培养学生对新闻作品的鉴别能力，只有在不断的鉴赏、观摩中才能提高自身的采写编评能力。因此，新闻评析是新闻理论与新闻实践之间的一座桥梁。

许多新闻专业的教师在教学中深切地感受到，本专业学生对新闻理论的认知，大多还停留在机械记忆上，缺乏直观的理解。

全国有各类新闻奖的评奖活动，在评奖中许多评委发现，新闻从业人员对新闻作品的一些本质要求并不完全理解，追求的目标也不完全明确。过去一些旧的新闻观念在记者、编辑心中还根深蒂固，这在某种程度上扭曲了新闻从业人员的采写编评工作。有些作品为了实现某种政治价值，甚至完全放弃了对新闻本位的追求，将新闻与宣传混为一谈。

要树立正确的新闻观念，必须从感性认识开始。于是，新闻评析方面的书应运而生。这些书从如何站在新闻本位、新闻伦理基本理论的角度看新闻作品入手，把新闻理论知识放到对具体作品的解释中去理解。

通过全媒体新闻作品评析，可以还原新闻采写过程，加深对新闻概念的理解，分清作品优劣，提高识别能力；新闻作品评析是新闻理论与新闻实践的桥梁，可以加深对新闻作品的理解，逐步培养对新闻现象、新闻问题的批判能力，逐步感悟新闻采写的基本方法，掌握新闻的精髓，也可以直接提高记者的新闻素质，提升写作能力，还可以提高读者的欣赏水平，从而正确引导舆论走向。

培养一个合格的新闻工作者，首先要教给他正确的新闻观念，其次才是培养他发现新闻和传播新闻的能力。因此，我们必须从对新闻本质的认识、对新闻伦理的基本认知等方面建构新闻评析的理论框架。对新闻评析的特点、方式、方法逐一进行阐述。本书旨在使学生学习新闻作品评析之后，在新闻实践上能有所启发。

二、新闻批评体系化与作品评析的学科化

使新闻批评体系化，令作品评析学科化，这两句话是本书的主题。新闻批评是在一定的文化背景和媒介生态下，运用一定的观点和规范，对新闻传媒、传媒工作者、新闻作品、新闻思潮、媒介行为所作的探讨和评价。新闻批评的基本含义是"鉴识"和"认定"，即描述媒介行为、分析新闻作品、解说新闻现象、评定传播效果、论证规范观念。新闻作品评析课程的设立，表明我国学者已经把新闻批评这门学科的体系化、细致化作为努力的目标，而不像过去那样大而化之、笼而统之，泛泛地进行议论和分析。

新闻批评可以分为宏观和微观两部分，对于媒介生态、新闻思潮、新闻传媒、新闻理论的

批评一般可以归入宏观批评之列,而对于媒介行为、传媒工作者、新闻作品的批评一般可以划为微观层面的批评。换言之,新闻批评可以细化为多种类别、多个层面、多个方面,它本身应该构成一个新闻学下面的相对独立的学科体系。

对新闻作品进行分析、比较和论说的活动,几乎从有报纸起就开始了。读了报纸,读者总会有所议论、有所评说。走进报社大楼,常常可以看到墙上贴着当天出版的报纸以及对报纸上的新闻作品的评析。

三、学习全媒体新闻作品评析的途径

(一)通过评析经典新闻作品来提高新闻作品赏析能力

什么是经典?百度上的解释是:指具有典范性、权威性的著作,如经典著作。除此之外,还有这么几种意思:第一,旧指作为典范的儒家载籍;第二,指宗教典籍,如《圣经》《古兰经》等;第三,指文献典籍。

那么,经典的东西肯定都是有一定的时间沉淀的东西,时间上自然就久远了些。

笔者理解的是,经典的新闻作品也是优秀的新闻作品。怎样判断是否是优秀的新闻作品呢?目前有这么几个途径:

一是各级新闻评奖中评选出的作品,当然级别越高,认可度越高;二是专家评析推荐的新闻作品;三是群众反映强烈的新闻作品。

这样选出的优秀作品是不错的,还有一个重要的条件就是这些新闻作品还要接受时间的检验。比如:

2002年6月,陕西师范大学出版社出版了一套名为《百年好文章》的丛书,这是一套4册的作品集,分别展示了法新社、路透社、合众社、美联社这4家全球性通讯社记者在20世纪的百年间创作的新闻精品佳作。有人对这样的经典文本进行了分析,从中总结了好新闻的标准:好新闻都有一个实标题,都应给人以启发,都有个性化的写作手法,都是站在读者角度写的,都能让读者获得更多的信息,都是客观的报道。

中国新闻奖的获奖作品也应视为经典新闻作品,已经有不少就中国新闻奖作品进行评析的文章和著作面世了,这些都可作为全媒体新闻作品评析的阅读材料。

写大字有个描红的过程,写作也是一样,要善于模仿,可以学习优秀文章的构思、语言和写作角度。这里就涉及汲取优秀作品的营养问题,这不是抄袭,是借鉴,是将其长处与自己的内容融为一体。如果任何事情都要从头来,还有必要学习先人的文化遗产吗?

(二)通过日常新闻的评析来提高全媒体新闻作品赏析能力与采写水平

新闻写作的技能培养是一个长期训练的过程,光靠课堂教学远远不够。为弥补此种缺憾,笔者在自己的教学实践中,力图将这种书本教学过程演变为日常训练,并充分利用现代网络资源强化这一演变过程。

笔者的办法是加强两个方面的训练:一是新闻采写的训练,要求学生大量采写稿件,这是直接锻炼;二是进行新闻作品评析,只要看到新闻作品,就随时随地进行点评。还要经常组织学生对本地报纸的新闻作品进行评析,将自己的新闻习作,包括老师的评点都贴在新浪博客或QQ空间里,同学之间相互点评。学生们自行评析新闻作品并使之常态化,将其作为课堂教学的补充,此举大大有利于学生新闻采写能力的提升。

本章小结

要对新闻作品作出精当的评价与分析,必须了解新闻作品的信息构成。新闻作品中的信息分为事态信息、情态信息和意态信息三种。传播中的新闻文本处在媒介语境和社会语境两种基本语境之中。全媒体新闻作品评析的新闻是指所有媒体新闻,不仅包括报纸、广播、电视、杂志等传统媒体,也包括网络与新媒体传播的新闻作品。新闻作品评析的种类有媒体内部的新闻评析、新闻评奖活动的新闻评析、专业研究的新闻评析、社会公开的新闻评析。全媒体新闻作品评析的任务为:揭示新闻作品的新闻价值、总结新闻采写经验与教训、提高全媒体新闻从业者的采写能力。学习全媒体新闻作品评析是提高新闻从业者采写能力的实际需要,要使新闻批评体系化、作品评析学科化。学习全媒体新闻作品评析的途径有两种:一是通过评析经典新闻作品来提高新闻作品赏析能力,二是通过日常新闻的评析来提高全媒体新闻作品赏析能力与采写水平。

思考与练习
1. 全媒体新闻作品评析的含义是什么?
2. 全媒体新闻作品评析的任务是什么?
3. 如何学习全媒体新闻作品评析?

第二章　新闻作品评析者的素养

新闻作品评析者，从广义上说，既指新闻工作者，也应包括所有受众，他们接受了新闻作品，自然会有自己的看法或意见；但从狭义上理解，新闻作品评析者往往指新闻作品评析专家，主要包括从事新闻作品写作的人员以及新闻教育者和新闻作品研究工作者。

湖北当地有一俗语：谈匠总比画匠高。意思是说谈论者的评论总会超出制作者的能耐或水平。其实，真正中肯、恰当、精准的评价，其评论者的水平往往会比当事者高出一筹。从这个意思出发，就是要求新闻作品评析者的素养应该比新闻作品生产者的素养更高。

第一节　新闻作品评析者的素养要求

一、新闻作品评析者的素养内涵

（一）新闻作品评析者的基本素养

现实生活中的新闻作品，绝大部分是新闻记者写的。记者需要什么样的素养？英国传播学者斯普利查尔和斯帕克斯在考察了22个国家的新闻教育之后，提出21世纪的传播人才应具备以下四方面的素养：广博的知识、客观的视角、批判的态度、准确的判断。另外还应具备三种才能：清晰准确的写作才能、传播才能和创造才能。[①]

黄远生在《忏悔录》中也提到新闻记者须有四能：脑筋能想、腿脚能奔走、耳能听、手能写。即"调查研究，有种种素养，是谓能想；交游肆应，能深知各方面势力之所存，以时访接，是谓能奔走；闻一知十，闻此知彼，由显达隐，由旁得通，是谓能听；刻画叙述，不溢不漏，尊重彼此人格，力守绅士之态度，是谓能写"[②]。

上述对记者素养的要求完全适用于对新闻作品评析者的素养要求。严格地说，新闻作品评析者的素养要求应该高于一般的记者。当然新闻评析者应具备专业的理论修养、专业的技能知识、新闻敏感与导向意识、多元且丰富的知识结构。

专业的理论修养与技能知识是新闻评析者必备的素养。首先，新闻评析者要明晰新闻理论的相关概念；其次，新闻评析者要准确把握新闻事业的性质、特征和发展规律；再次，新

---

① 陈建云.中外新闻学名著导读[M].杭州：浙江大学出版社，2005：2.
② 陈建云.中外新闻学名著导读[M].杭州：浙江大学出版社，2005：77.

闻评析者要正确把握新闻报道的基本原则。

新闻评析者不是单纯的新闻作品创作者，其主要任务是对新闻作品进行评论和分析，其认识问题、分析问题的角度应高于新闻创作者，应从对新闻作品的分析、品评中发现新闻创作者的优点和不足，从对事实的报道中透视新闻作品的社会意义和实际效果，同时总结出某些具有规律性和普遍性的结论。因此，这就要求新闻评析者必须具备专业的新闻理论修养，以专业的眼光作出专业的评析。

新闻是客观实际在新闻传播主体头脑中的反映和再现，新闻传播主体的专业技能首先就表现在对客观实际的了解和把握上。新闻传播主体在经历了调查研究、分析综合之后，必定会用某种文字表达方式将自己的所见所闻记录下来，在这个环节，最重要的就是文字表达能力。对于新闻评析者而言，除了上述技能需要掌握之外，还需要选准评析对象，获取评析资料、信息并表达新闻评判结果的必备要素，这对提高新闻评析者的工作效率和工作质量大有裨益。

(二)新闻作品评析者的新闻敏感

新闻敏感是新闻工作者的一种素养，又称"新闻眼"或"新闻鼻"，是新闻传播主体从大量客观事实中迅速抓住有价值的线索、采掘到新闻事实的能力，是一种职业性敏感。具体来说，新闻敏感就是新闻传播主体敏锐地发现、鉴别和预见有价值的新闻的能力。这种新闻敏感对于新闻评析者而言，应该比一般工作者要求更高，也就是说其新闻敏感性应该更灵敏、更敏锐、更自觉。

1.新闻敏感性的基本思想内涵

敏感性就是人对事物变化的快速反应和敏锐分析判断品性的思维行为，是人在社会环境和教育的影响下逐渐形成的心理反应。敏感性重在感觉灵敏、眼光锐利、反应迅速、分析准确度高，是人的体力、智力、心力三大资源中智力和心力资源凝聚能力的集中体现。新闻敏感性也是一种新闻工作作风和从业能量，并以此为着力点捕捉新闻线索进行追踪采访报道，同时也体现为新闻人的职业表达能力。

2.新闻敏感具有六方面的突出特点

第一，具有个体差异性特点。不同的新闻人由于社会地位、区域、环境、新闻修养水平、社会责任感、思维观念、新闻价值观念不同，所具有的新闻敏感性的强弱也不同。由此导致新闻人在新闻敏感性上存在着差异性，这种差异性直接体现出新闻人的新闻采访应变能力、从业水平和质量，新闻敏感性强弱与新闻从业能力大小成正比，也就是说新闻敏感性越强，新闻从业能力就越高，新闻采写速度和质量就越优秀。因此，不断提高新闻敏感性是新闻人永恒的追求和目标。

第二，具有新闻采写导向功能特点。新闻敏感性产生捕捉新闻线索的激情，这种激情产生对新闻事实价值追求的思想，推进采写新闻报道思路的形成。新闻人在经过这样的心路历程后，只要及时、主动付诸行动，就能捕捉到新闻价值高的新闻事实，并在此基础上又好又快地写出主题突出、思路清晰、表达生动活泼、适合时势、受众欢迎、媒体看好的优秀新闻作品。

第三，具有强调新闻五大要素的特点。新闻具有时效性（新鲜性）、重要性、显著性、接近性和趣味性五大要素，新闻敏感性突出强调对新近发生的新闻事实要具有快速反应的能力，这体现的是新闻的时效性和新鲜性，做到对新闻事实的重要性、显著性和趣味性进行敏锐的分析判断并做出选材抉择，这实际上体现了新闻的重要性、显著性和趣味性三大要素，同时也体现了新闻人对新闻事实的洞察力和抢新闻的预感力。这种力量的凝聚有效地铸就了新闻人力争在第一时间传播新闻信息的敬业精神。

第四，具有敏锐分析判断的特点。新近发生的新闻事实有静态和动态两大类型。面对静态新闻事实，新闻人凭借新闻敏感性能够敏锐地透过现象看本质，发现新闻事实的闪光点，找出新闻的价值着力点，采写出与众不同的新闻作品，以感动编辑，吸引受众；面对动态新闻事实，新闻人凭借新闻敏感性，洞察变化的新闻发展态势，把握机遇，捕捉新闻事实中最精彩、最有价值、最具活力的部分并进行聚合，采写出生命力极强的新闻作品，新闻发出后就会有万众瞩目、受众云随风动的吸引效果。

第五，具有细化透视特点。新闻敏感性强弱突出地体现在，面对同样的新闻事实能够捕捉到最有价值的闪光点的能力的高低，这其中的秘诀就是以剖析新闻事实的细节为着力点，从细节上敏锐地捕捉闪光信息进行报道，新闻特写、现场目击采写就体现了这一特点，这类优秀新闻作品常常会有"一石击起千层浪"的效果，使所采写的新闻作品成为时代的强音或成为万众瞩目的"爆炸新闻"。

第六，具有可塑性特点。新闻敏感性是一种观察分析问题的激情，是通过社会环境和教育的影响逐渐形成并发展起来的，表现为态度和行为上具有相对稳定性，从形成过程上分析具有可塑性，因此我们应在着力进行培育的基础上加强修养巩固。

新闻敏感性的这些特点是记者应该具备的，更是新闻作品评析者要具备的。

二、新闻敏感与导向意识

新闻敏感是一种职业敏感，新闻敏感能够增强新闻评析者的导向意识。导向意识是大众传播媒介的喉舌功能在新闻作品中的具体体现。在正确导向意识的指导下，坚持以正面报道为主的方针，正确处理表扬报道与批评报道的关系，使新闻作品产生积极的社会效果。

新闻敏感较强的评析者能够"一触即发""慧眼识珠""见微知著""落叶知秋"。新闻敏感是新闻评析者迅速选准评析角度、确立评析重点的内在功底。导向意识是大众传播媒介的喉舌功能在新闻作品中的具体体现。新闻敏感与导向意识从不同层面强调了政治水平对新闻评析者的重要性，前者要求新闻评析者提高发现问题的能力，后者则要求新闻评析者要具备分析问题、解决问题的能力，从而使新闻作品最大限度地发挥积极的社会作用。

新闻敏感是新闻作品评析者的第一要求，下面看一条"睡"出来的新闻。

月光如水照新村

范敬宜

三月三日、四日，记者夜宿辽宁康平县两家子公社秘书办公室，发现从就寝到次日早晨,没有来过一次电话,也没有一个社员来报案、告状或要钱要粮,公社干部睡得安安稳稳。

据当过六年秘书的公社干部赵富权说,前几年情况大不一样,经常刚刚睡下,电话铃就响了,不是下达播种指示,就是追生产进度。冬天只好把电话机搬到枕头旁边。随着领导作风的转变,上面这种靠电话指挥工作和搞形式主义的现象大大减少了。

一年前,两家子还是全县最穷的公社之一,一年到头,生产队干部和社员经常来公社要农贷、救济粮、救济款,往往天不亮就有人来堵公社党委书记的门,现在已经看不到这种情景了。去年他们实行了包干到户的责任制,全社人均收入由历年六七十元增加到一百六十五元。社员生活好转了,不但不再向国家伸手,由于"穷泡、穷靠、穷打、穷闹"造成的民事纠纷和家庭纠纷也越来越少。

四日深夜,记者走出敞开的公社大门,遥望沐浴在银白色月光下的远方村庄,显得分外安谧,不禁遐想联翩,成诗一首:

劫后灾痕何处寻?
月光如水照新村。
只因仓廪渐丰实,
夜半不闻犬吠声。

(原载于《辽宁日报》1982年3月15日第一版,标题为《两家子公社干部开始睡上安稳觉 夜无电话声早无堵门人》;《人民日报》1982年3月21日第二版转载,标题做了改动)

来源:人民网—传媒频道 2011年2月25日

此文好在哪里?评析这篇文章首先要有新闻敏感性。有了新闻洞察力和敏感性,不仅能发现像上面说的重大题材,而且还能经常抓住一些有意义的中小型题材,搞出有影响的报道来。

1982年3月,时任《辽宁日报》农村部主任的范敬宜和一个县的通讯干事到两家子公社采访,晚上就睡在这个公社的办公室里。第二天早晨一起床,范敬宜就问通讯干事:"你晚上有没有发现新闻?""没有啊,睡得很香。"对方有点摸不着头脑。范敬宜笑着说:"睡得很香不就是新闻吗!"原来,范敬宜对农村的情况很了解,因为过去搞形式主义和"左"的一套,公社干部就别想睡安稳觉,不是上级电话指挥生产要数字和报表,就是社员要救济款、告状报案,经常弄到夜半三更,清早起来就有堵门的。现在干部晚上能睡个安稳觉,这件事看起来平常,却反映了县社干部作风和民风的成就,说明农村经济体制改革已初见成效。于是,他们在第二天又进行了实际调查,一篇新闻便写出来了。消息写得很生动,后来被评为全国好新闻。

由此可见,新闻洞察力和敏感性是相当重要的。同样是记者、通讯员,为什么有的成果显著,有的却成绩平平?一个重要的原因就在新闻洞察力和敏感性的强弱上。

第二节 新闻敏感源于思维敏感

一、快速思维能力的培养

新闻敏感源于思维敏感。思维的敏感会使新闻工作者在新闻报道的过程中、在追求独家视角的同时,也在追求深度报道。何谓深度报道？美国哥伦比亚新闻研究生院的教程中谈到新闻报道的层次时,提出了"三层报道"的概念：

第一层报道是事实性的、直截了当的报道,第二层报道是发掘表象背后实质的调查性的报道,第三层报道则是在事实性和调查性报道的基础上所作的解释性和分析性报道。所谓深度报道,正是上面提到的、在第二层和第三层报道基础上发展形成的,具有新闻性、解释性、调查性和分析性特点的报道。[1]

优秀的新闻作品,应该是全方位、多侧面、立体化的深度报道,是新闻观念在新闻实践中的具体表现形式;它是能够诱发受众进行深入思考、能够启发受众从本质上把握当前新闻事件之于自身实在生活意义的报道。

对于优秀新闻作品的评析,自然也应同报道这种新闻的记者一样,具有敏感的思维,这种思维是一种快速思维,亦称"变化思维"。只有善于进行思维的变化,才能达到快速思维的地步。

二、思维的变化形式

思维的变化形式,概括起来有以下三种：思维方式的变化、思维方向的变化和思维接通媒介的变化。就思维方式而言,有抽象思维、形象思维;就思维方向而言,有顺向思维、逆向思维;就思维的接通媒介而言,体现着思维者不同的立场、角度和观点。我们要谈的思维变化就是指从思维的方式、方向、接通媒介上不断地进行变化。

(一)思维方式的变化

思维方式的变化是指抽象思维和形象思维不断地交替变化。这种变化在新闻采写中会经常遇到。

1. 抽象思维和形象思维是认识客观世界的基本形式

抽象思维是在感性认识的基础上形成的理性认识。它是一种运用概念、判断、推理等思维形式来反映客观事物的思维方式。形象思维是人类直接、生动地把握、认识和反映世界的一种思维方式,是人类把握客观对象的原始功能和基本类型。[2]

---

[1] 刘丽.深度报道的深度开掘[J].记者摇篮,2009(12):32-32.
[2] 甘惜分.新闻学大辞典[M].郑州:河南人民出版社,1993:93.

2. 抽象思维和形象思维的关系是互为依存的

就抽象思维和形象思维而言,前者是后者的基础,后者是前者的前提。茅盾认为,在作家的构思过程中,逻辑思维(抽象思维)与形象思维并不是自觉地分段进行的,而是不自觉地交错进行的。生活素材的分析、综合、提炼、主题思想的确定,主要是逻辑思维在起作用,但伴随着的也有形象思维。至于塑造典型环境中的典型人物、人物性格的细节描写、社会生活和作品人物活动场所的具体描写,则主要是形象思维在起作用,但也有逻辑思维参与。①

3. 新闻报道工作离不开抽象思维和形象思维

新闻报道工作离不开抽象思维和形象思维。根据新闻工作的特点,这两种思维方式要不断地进行转换,这样才能提高和增强新闻的发现能力和表述能力。为什么要转换思维方式呢?新闻信息资源的一个显著特点是,它属于一般现象,是记者直接看到的、听到的感性的东西;对于这些资源的开发与利用,首先需要用理性的眼光去审视和分析。这个由感性到理性的过程,往往就是由形象思维转入抽象思维的过程。

4. 形象思维与抽象思维要不停地转换

这种思维形式转换的现象不仅存在于新闻的发现过程中,也存在于新闻写作的过程中。记者在构思新闻作品时,形象思维与抽象思维就在不停地转换。如魏巍写《谁是最可爱的人》,对志愿军战士的英雄行为的描述运用了形象思维;而作者"从平凡生活中摄取不平凡的东西"的过程,又是抽象思维的分析、综合过程。据魏巍在《我怎样写〈谁是最可爱的人〉》中的介绍,他在写《谁是最可爱的人》之前,曾写了一篇《自豪吧,祖国》的通讯,里边用了20多个生动的例子,因为事例太多,哪一个也没说清楚。写《谁是最可爱的人》时,他从中选择了5个事例,后来又删掉两个,只精选了3个,分别表现中国人民志愿军对待敌人、对待朝鲜人民和对待自己的不同态度,从而揭示了"谁是最可爱的人"的本质特征。② 上述"精选"过程就是对观察体验得来的材料反复进行分析、综合的过程,这是抽象思维的结果。

综上所述,思维方式的转换对于新闻事实的认识和传播有着重要意义,也是新闻的变化思维的重要内容。思维方式的转换有哪些形式呢?从转换的顺序和特点来看,有这样几种形式:由形象思维转入抽象思维,由抽象思维转入形象思维,抽象思维与形象思维交替进行,抽象思维与形象思维穿插进行等。根据它们的不同作用,我们可以在上述方面有意促使其转换。

(二)思维方向的变化

1997年11月25日,四川省广元县发生了一件轰动全国的新闻。24岁的姑娘唐胜利为反抗眉山"天涯夜总"老板胡水元"接客"的要求,从二楼窗口跳下,腰椎骨折,脊髓严重损伤,腿被摔断,惨不忍睹。这个事件被《中国妇女》披露之后,在全国引起强烈反响。短短两年多

---

① 茅盾. 漫谈文艺创作[J]. 红旗,1978(5).
② 魏巍. 我怎样写《谁是最可爱的人》[N]. 人民日报,1951-8-19.

的时间里,四川、江西、湖北、广东、广西、河南等 6 个省相继又有 10 起"唐胜利式"女性跳楼事件被媒体披露。跳楼者共 15 人,其中死亡 2 人,伤残 11 人。当时许多媒体都采用"宁为玉碎,不为瓦全"等词语对这些"烈女"大加褒扬。

王灵书对此却有不同的看法,保全了自己的身体,失去了贞操,就是"瓦"？跳下去(不问是安全还是伤亡)就是"玉"？这不是几千年来老祖宗们传下来的"饿死事小,失节事大"的变种吗？数千年来,中国的女性处在"三从四德"的封建礼教的束缚之下,过着非人的生活。她们"在家从父,出嫁从夫,夫死从子",一辈子都要为男人守"节",因为她们是男人的工具、附属品。难道我们今天仍然要女性守"节",而付出伤残甚至是生命的代价吗？用"宁为玉碎,不为瓦全"的观念去褒扬这些"烈女",在强化了她们的贞操观念的同时,实际上在引导她们漠视自己的健康和生命。

于是,他于 1998 年 10 月 9 日在《家庭周末》头版头条发表了《烈女跳楼现象思考》《女性该用什么捍卫尊严？》一文,并专门组织了一场大讨论。最后刊发了全国妇联妇女研究所副研究员刘伯红的文章作总结,该文阐述了三个观点:第一,尊严不仅仅是贞操;第二,跳楼不是最好的斗争方式;第三,关键要有一个良好的环境。《中国妇女报》的这场大讨论在全国引起了强烈反响,上海《文汇报》曾专门发文《首都新闻界反思"烈女跳楼现象"》对此次大讨论进行评价。[①]

在这个报道实例中,我们可以发现思维的运动方向发生着变化。首先,全国 6 省关于"唐胜利式女性跳楼事件"的报道是顺向思维,是朝着一个方向发展的。而《中国妇女报》的报道却改变了思维方向,采用逆向思维,从相反的角度提出了不同的问题,于是,出现了独家视角,这个新闻便有了新意,而且更深了一层,使新闻价值增值。

(三)思维的接通媒介的变化

王灵书的例子还能说明一个问题,为什么他的思维方向会发生变化？就是因为他头脑中的立场观念不同。他认为妇女不该为所谓的贞节而付出生命代价,生命是至高无上的。这种观念的形成是因为他有着与前面报道者不同的知识结构。所谓接通媒介,即脑海中原有的知识结构。因为,王灵书重视女性的生命与健康大于重视所谓的贞操,所以才有批判旧观念即批判贞操观念的思想,才会有新的思路。

在新闻采写中,记者把新闻事实作为"物象",通过多侧面、全方位、多角度、多层次、多线条的变化思维活动,直到选择出新颖、独到的新闻角度,挖出深刻的新闻主题。在具体运作中,变化思维可以按思维的接通媒介、方向和方式的三种变化方法进行多重变化。记者可以针对不同的新闻事实,运用变化思维的任何一种方式,写出不同凡响的深度新闻报道。具体说来,就是要做到把较小的新闻事实写成折射重大主题的深度报道,把特殊的新闻事实写成具有普遍指导意义的深度报道,把雷同的新闻事实写成同中有异的深度报道,把浅层面的新闻事实写成主题深刻的深度报道。

---

① 王灵书.论新闻的立体开掘[J].新闻与写作,2002(10):9-11.

三、新闻作品评析者的知识储备

在思维变化的三种形式中,思维接通媒介的变化有着十分重要的意义。它意味着新闻评析者的素养十分重要。因为思维接通媒介的转换意味着新闻评析者必须有丰富的知识储备。为了说清这个问题,下面介绍一下思维接通媒介是如何转换的。

(一)思维的接通媒介

人们对事物的认识必须以认识主体大脑中已有的知识为中介。这个已有的作为中介的知识,便是本节所说的思维的接通媒介。

关于接通媒介,田运在《思维科学简论》中提出了思维活动三项式理论。在这个三项式中,首项是"出发知识",它是思维的前提,是现实生活中存在的某种现象,这种现象被人的感觉器官捕捉到进而成为某种直接给定的东西,它也可能是储存在人们头脑中的某种知识。末项是"结论知识",是由出发知识推导出来的新的知识。中项是接通媒介,这种接通媒介是使"出发知识"和"结论知识"紧密联系起来的桥梁。① 这个三项式可用下图表示:

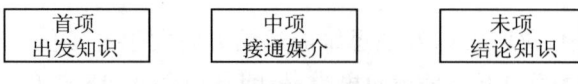

图 2—1　思维活动三项式

我们以前面说到的王灵书发表的"烈女跳楼现象思考"《女性该用什么捍卫尊严?》为例,在其他报纸纷纷赞扬烈女的"玉碎精神"时,作者为何能独树一帜?这是因为作者头脑中有批判中国礼教的知识储备。

从这里我们可以看到,第一,认识主体对于新闻客体的认识是以自身已有的知识为中介进行识别的;第二,中介知识之所以有识别功能,是因为结论知识所据以结论的内涵,已包含在中介知识之内而且两者有同构性;第三,中介知识在认识中既能发挥必不可少的媒介接通作用,也是认识发展的限制,人对客体的认识不会超过其所具备的已有知识。在众多媒体记者对于烈女现象只是按惯例报道时,唯独王灵书一反常态。在这里,能否推陈出新在于是否具备与之相通的中介知识。

(二)认知主体的认知结构

如何改变认知主体的认知结构,以适应认知的需要?对于这个问题,皮亚杰的双重建构理论阐述得很清楚。认知主体通过认知结构以同化和顺应两种方式与认识客体发生联系。所谓同化,是指"对刺激输入的过滤或改变,即对输入信息进行再组织,以最大限度地与个体已有认知结构相适合。而顺应则是与同化相反又相互补充的过程,是指内部图式的改变"②。这个同化和顺应的过程就是双重建构的过程。其具体情形是:认知结构在同化客体,即改

---

① 程世寿.思维与写作[M].北京:新华出版社,1990:5-6.
② 萨伽德.认知科学导论[M].朱菁,译.合肥:中国科学技术大学出版社,1999:8.

造、吸纳客体并赋予其意义的同时发展着自身,当然这不是结构自身的根本改变;为适应自身无法改造、吸纳客体而改变自身,重建新的认知结构。如记者采访前的准备,就是在重建新的认知结构,以此具备同采访对象沟通的知识条件。在皮亚杰看来,"认知就是认知结构的永恒的构造过程"。

(三)接通媒介的转换

从上面的阐述中,我们不难看到,转换接通媒介对于新闻发现、新闻信息的采制有多么重要的意义。那么,如何进行接通媒介的转换呢?

第一,要充实接通媒介转换的基础,即扩充认识主体用于接通媒介的知识结构。它由理论维、知识维和实践维三个要素构成,称为三维思维结构架。

理论维,就是新闻作品评析者要懂马列主义、毛泽东思想、邓小平理论、"三个代表"、科学发展观和习近平新时代中国特色社会主义思想的基本原理,能较熟练地运用辩证唯物主义和历史唯物主义的原理、观点和方法来认识客观世界、反映客观世界,并以此来指导新闻工作的实践。

知识维,就是新闻作品评析者要致力于智力开发,优化知识结构,丰富知识广度,提高知识积累的效率,除能较熟练地掌握专业知识外,还应有范围较广的综合知识储备,特别是对当代各种新兴的学科知识能有所了解和涉猎。

实践维,就是新闻作品评析者要通过自己的新闻报道实践来丰富自己的经验,提高自己的透视力、观察力、联想力、判断力、适应力等。记者有一个得天独厚的条件,就是可以通过采访不断地向采访对象学习,有效地、及时地补充自己的知识结构。只有知识结构充实了,才有接通媒介不断转换的基础。

第二,要善用积累信息,主动转换,发掘有深度的新闻。

新闻界有句行话,叫"吃透两头",即吃透上头精神和下头情况。其实,这就是指要懂得运用自己所掌握的前期信息。新闻名篇《桌上的表》就是这样创作的。据作者介绍,当时值得写的东西太多了,他有的材料足够写万把字的通讯。但当时正值中国人民解放军总部重新颁布"三大纪律八项注意"之时,不久,作者所在营党委也作出了"光荣地进城,干净地出城"的决定。正是这些精神,使作者决定只用500多字写完一块怀表的故事。①

第三,要善于应急转换,比如面对突发新闻时。突发新闻往往有意外和偶然的特征,我们应该应急转换接通媒介,充分挖掘意外或偶然背后的内涵。黑格尔认为:"偶然性一般讲来,指一物存在之根据不在其自身而在他物。"②因为偶然的根据在他物,就必须通过偶然寻找其根据,挖掘意外背后的内涵。

第四,要善于换位思考。1991年年底,《经济日报》报道鞍山市政府办公厅为了提高工作效率,实行"马上就办"制度。有读者表示怀疑,更有读者在报纸上批字:"我不信,吹牛吧?"并把报纸寄回报社。报社一位年轻编辑想到连自己最初都怀疑,从这些消极反馈中更

---

① 徐志耕,等.干净地出城——访军事新闻名篇《桌上的表》作者张明将军[J].军事记者,2001(5):19-20.
② 张立伟.新闻报道的七个创新机会[J].新闻记者,2002(3):33-26.

证实了报道与目标效果有差距。他想出了一个巧妙的办法,请这位读者同记者一起去暗访。不暴露真实身份,而以办事者的身份去实地体验"马上就办"是虚是实。最后的报道从内容到形式都十分惹眼——《秘访"马上就办"》。①

第三节 新闻作品评析者的素养养成

一、新闻敏感的作用及意义

新闻敏感性是一种智能心理资源,是在社会实践和教育的影响下,逐渐形成和发展起来的新闻激情,具有可塑性,可以通过不断构建新闻环境,加强新闻教育进行培育和开发。从新闻行业本质上分析,新闻业是一项社会性极强的信息产业行业,新闻报道是以音像、文字形式通过新闻媒体传送到受众之中的,新闻敏感性来源于新闻媒体的使用价值和受众对新闻认可的共同新闻价值取向,可以通过社会新闻实践活动实现培育和开发。

二、新闻敏感性的修养和提升方法

记者和通讯员常常为能大量推出力作感到自豪,有时又为找不到新闻价值高的新闻线索倍感痛苦,新闻作品评析者也是如此,时好时坏的新闻敏感性时常影响着他们的新闻嗅觉,以至于"久居芝兰之室不闻其香,久居鲍鱼之肆不闻其臭",甚至缺少政治敏感,在新闻导向上把关出错。事实告诉人们,新闻敏感性并不完全是绝对稳定的,而是相对稳定的,新闻人必须通过不断的修养才能得到不断提升,收到与时俱进的效果。

以新闻媒体的新闻价值取向为导向加强新闻敏感性修养。由于新闻媒体需要面对不同的时代要求、不同的地域要求、不同的创办宗旨,面对受众客观上存在着的差异性,这就导致不同的媒体新闻价值取向不同,新闻敏感性也会因此受到不同程度的局限,因此,作为新闻人尤其是新闻作品评析者,要通过自身努力不断提高修养,培育新闻敏感性,提升和开发利用新闻敏感性,特别是注意新闻价值的重要性因素,把好导向意识关。请看下文:

中共中央党史研究室主任披露7常委参观《复兴之路》出行不封路

本报讯(记者瞿凌云)中共中央总书记习近平带领6位政治局常委和书记处同志,从中南海出发到国家博物馆参观《复兴之路》展览,沿途不封路,而是跟着社会车辆过来的。4日,在我市市委会议中心的全市学习贯彻十八大精神研讨班上,十八大报告起草组成员、中央宣讲团成员、中共中央党史研究室主任欧阳淞在作辅导报告时,披露了这一细节。

巧的是,就在4日当天,中央政治局审议通过了改进工作作风密切联系群众的"八项规

---

① 见张小国的《"秘访"回来话体会》,刊于1990年5月1日的《经济新闻研究》。

定",出行不封路不清场,是其中重要一项。昨日,经媒体发布,这"八项规定"受到广泛关注和好评。

欧阳淞讲述,11月29日,习近平和中央政治局常委李克强、张德江、俞正声、刘云山、王岐山、张高丽等一起到国家博物馆参观《复兴之路》展览。作为这一展览主办单位的负责人之一,他当天上午在展览现场静候参观团队到来。

等待中,欧阳淞等接到中央办公厅电话,称习总书记已从中南海出发。从中南海到国家博物馆,欧阳淞说,按感觉,车队大约只要5分钟就到了,可当天10分钟过去了,也没看到车队到达。

后来问了原因,原来一路上,习近平等一行的车队是随着社会车辆一起走的,沿途没有清道。

欧阳淞介绍,通常情况下,在北京行车如果清道封路,一般要留两股道,其中一股道让车队走,另一股道站着维持秩序的警察,"一旦清道封路,交通会变得较拥挤"。

"这虽是一次具体安排,一个小细节,但反映了新一届党中央集体良好的亲民作风",欧阳淞4日评价说。事实上,十八大闭幕以来中国政坛呈现的不少新气象,已持续成为社会关注的热点。

原载《长江日报》2012年12月6日

上面这条消息荣获第23届中国新闻奖一等奖。此稿报道的是以习近平总书记为首的中央政治局7名常委到国家博物馆参观《复兴之路》展览的新闻。虽然只有短短650个字,但它却以突破思维定势的创新角度打动了评委。这则新闻若按定势思维的传统模式进行报道,则无外乎中央领导如何聚精会神地观看展览,对哪些展览图片印象深刻,发表了哪些感慨等内容。但记者在这篇稿件里并没有拘泥于庸常的报道方式,而将"新闻场"从展览现场转移到参观展览的途中,以报道中央领导参观展览"迟到"为新闻点,传递出政治局七常委出行"不封路、不清场",跟随社会车辆与民同行的政治新气象,为推进落实"八项规定"创造了良好的舆论氛围。整篇稿件新闻角度新颖,以小见大,出其不意,寓意深远。

报道刊发后反响热烈,中央政治新气象广受赞誉。人民网、新浪网、腾讯网、凤凰网、中国网络电视台等各大网站在首页重要位置转载。至当日下午4时,近9万网民参与新闻讨论,百度搜索网页达9.05万条,民众普遍赞赏"清风扑面"。次日,新加坡《联合早报》、香港《文汇报》等纸媒也纷纷参与转载和评论。人民网发表评论《"不封路"才能顺通"群众路"》,新华社播发分析文章《"不封路"释放何种改革信号》。报道引发持续关注和热议,为推进落实"八项规定"创造了良好的舆论氛围。12月7日,公安部发文要求各地不得擅自违反规定清道封路。同日,习近平首次离京赴深圳视察,在深圳沿途均未封路,再次印证了中央领导对"八项规定"的身体力行,"不封路"随后成为各路媒体一段时间内持续报道的热点。

这篇消息成功的关键或基础,首先是记者具有高度的新闻敏感和非凡的发现能力。因为当时参加"学习贯彻十八大精神"辅导报告的还有多家新闻媒体的记者,甚至在京的新闻媒体中,会有一些人早就知道或听说过"7常委参观《复兴之路》出行不封路"之事,为什么没有人写此新闻呢?在京发生的一条新闻价值很高的时政新闻,竟然被京外的《长江日报》记者抢发,其记者的新闻敏感和发现力一见高下。

这篇作品获此殊荣,是因为记者新闻嗅觉灵敏,发现能力非凡。新闻敏感是指新闻工作者对客观事物的新闻价值的判断能力,西方称之为"新闻鼻""新闻眼"。一件具有新闻价值的客观事实,别人不能看出它是新闻,而你却一下就能识别它是新闻,这就是新闻敏感。新闻敏感是新闻工作者对社会现象的观察能力、对事物发展变化的反应能力、对新闻线索的识别能力以及对新闻事实的分析能力的综合表现,其核心就是工作责任心和社会责任感。一个新闻敏感性很强的记者,能够敏锐地从错综复杂的客观事物中,及时而准确地发现真正有价值的东西,写出引人注目的新闻。而新闻敏感性较差的记者,面对"矿山"却失之交臂,空手而归。由此看来,提高新闻敏感性是发掘新闻的关键。新闻敏感看似偶然得之,其实是记者在具体工作中长期积累、处处留心的结果,它不会与生俱来,只能在不断的新闻实践中培养、练就。

文物鉴赏界有一门学问叫"眼学",凭着个人长期练就的眼力来分辨文物的真假,靠的就是一双"慧眼",而支撑这双"慧眼"的,则是个人的艺术修养和考古学、社会学、历史学、文化学和心理学等多门学科的综合掌握运用能力。

新闻记者的"眼学"就是"新闻发现力"。既然新闻作品形成的首要因素在于发现,因此发现就成了新闻传播活动的第一道工序。而记者发现新闻的能力,无疑是保证新闻传播正常进行的基础和前提。就此而言,新闻发现力,既是新闻记者必须具备的一项基本功,也是考量新闻记者核心竞争力的关键指标。?

有"石油大王"之誉的洛克菲勒,其碑文上刻着一段意味深长的话语:"我们身边并不缺少财富,而是缺少发现财富的眼光。"①新闻界也流行着这样一句话:新闻处处有,每天会发生,但为什么有的记者抓不到?的确如此,同样的新闻题材,为何在有的记者笔下会显得立意不凡,生动而深刻,有的则浅显而粗陋?简言之,就是因为缺乏新闻发现力,没有发现该事件或现象的内涵和本质,因此,新闻发现力是记者必备的基本功;从某种意义上说,衡量一个记者的水平高下,首要的在于发现力的高下,也就是新闻敏感的敏锐程度。

第一,要有社会责任意识。新闻敏感的动力来自于新闻记者的社会责任。新闻记者引领着社会的关注,新闻是社会关注的表现,因此,新闻记者与其他相关职业比较,更需要一种有着强烈社会责任感、勇于担当的职业精神,如此才能真正地践行新闻职业操守,为广大群众服务。近代著名新闻人邵飘萍先生所说的"铁肩担道义,妙手著文章",言简意赅地道出了新闻采访与记者责任的逻辑关系。原清华大学新闻与传播学院院长范敬宜以《新闻工作者的社会责任》为题,将记者的社会责任具体总结为三条:导之有责、导之有方和导之有术。兹引述如下:"导之有责。导之有责,就是在思想上应当将把握正确舆论导向作为第一责任,也就是说,在各种责任中,没有比这个责任更重要的了。导之有方。引导,不是机械地照搬,也不是刻板地说教。要遵循正确的方针、方法,用正确的舆论引导人。但光是道理正确,并不能自然而然地起到引导人的作用。还必须方法对头,才能真正使正确的舆论入耳、入脑、入心,使广大群众欣然接受,产生应有的积极效果。导之有术,这个'术',指的是宣传艺术。有了方法,还需要讲究艺术。"

第二,要有异乎寻常的好奇心和判断力。这种好奇心和判断力就是新闻敏感。众所周知,新闻之所以为新闻,自然是新近、刚刚发生的事件报道,但并不是说所有刚刚发生的事件

---

① 陈栋.记者的基本功:新闻发现力[EB/OL]. http://media.people.com.cn/n/2013/0923/c192374-23004141.html

或事实都有报道的价值。这里的"价值"是指报道一条新闻线索的标准。记者要能够迅速认识该事件或事实并判断其所蕴含的新闻价值,具备这样的判断力,应当说就具有了"新闻敏感"。

麦尔文·曼切尔在《新闻报道与写作》一书中指出:"记者必须学会用孩童般的眼睛观察世界,他把每件事情都看作是新鲜的、各具特点的;同时,他必须用聪明长者的眼光洞察世界,能够区分出有意义的东西和无意义的东西。"[①]这说明记者对自己认为已经"熟悉的人和事",要采用"孩童的眼光",用纯真的异乎寻常的好奇心、新闻欲,对生活中的一切新闻信息都保持一股激情,从"熟视无睹"中发现独特的新闻素材;同时要运用聪明长者的眼光,分析新闻素材的优劣,促进感性认识向理性认识升华,从而采写出具有独到见解的报道,使新闻具有深刻性。诺贝尔奖获得者、匈牙利生理学家森特·乔尔吉也表达过类似的观点。他说:"发现就在于看到所有人都看到的事情,但却想到其他人没有想到的东西。"这就是说,观察不仅仅只是看,还要和思考紧密联系起来。

第三,会找新闻由头。这也是一种新闻敏感的体现。新闻的一个突出特点是"新",即从时间上说,是新近发生的事,否则,新闻就变成了"旧闻",失去了报道的意义。因此要善于找出最新由头、强化新闻时效性。那么,如何才能增强新闻时效性,或者说对于一些已经失去最佳报道时机的新闻来说,应该采用什么手法才能弥补新闻时效性方面的不足呢?大量的新闻实践表明,办法之一是从最近的变化中找出新闻由头,引出报道。这篇消息在找出最新由头、强化新闻时效性上无疑是很成功的。从消息中可以看出,新闻中的主要事实发生在2012年11月29日,记者获知此事的时间是12月4日,事情已经过了5天,作者将新闻由头从4日听辅导报告引出,由近及远,再追述到11月29日,这样便有力地强化了新闻时效性,使消息中的事实由旧变新,不失新鲜感,而且是在众多媒体中独家首发,这完全符合作为新闻精品应具备的重要要求。

第四,加强自身修养。这是增加新闻敏感的基础。新闻记者的劳动成果,就是通过采访和调查研究,深入到广大人民群众中去,发现问题,总结经验,通过一篇篇稿件,为领导机关做好决策参谋工作,向干部群众广泛传播有教育意义、指导意义的新事物、新人物、新经验。作为一项不断充满挑战、永远与时俱进的职业,应该具备优秀的政治素质、强烈的探究欲、广博的知识面和密切的关系网。优秀的政治品质是新闻记者的第一修养。要获得优秀的政治品质,首先要有清醒的大局观和方向意识;其次要用正确的价值观、方法论体察、感悟社会万象。唯其如此,才能及时、深入地发现新闻,分析事件背后所蕴含的内容,从而准确地反映事实,正确地引导舆论。执着的探索意识是新闻记者品格形成的必备要素,也是记者的基本功——新闻发现力的重要驱动力。正所谓"处处留心皆学问""时时留意皆新闻"。现实中一些记者的新闻稿看似"得来全不费功夫",其实都是"功夫在诗外",没有一番"为伊消得人憔悴",哪能换得"众里寻他千百度,那人却在灯火阑珊处"的求索境界。

---

① 刘保全. 从辅导报告中听出的一篇新闻精品——评第23届"中国新闻奖"消息一等奖《中共中央党史研究室主任披露7常委参观〈复兴之路〉出行不封路》[J]. 新闻爱好者,2013.

三、在实践中培养和提高新闻作品评析者的素质

既然新闻敏感和导向意识如此重要,新闻作品评析者就应当在这方面多下功夫,多用些精力。究竟怎样在实践中培养和提高这种素质呢?

(一)增强政治敏感

没有政治敏感就谈不上新闻敏感。从一定意义上说,新闻敏感就是政治敏感在新闻工作上的反映。有了政治敏感,才能全局在胸、高屋建瓴。增强政治敏感的有效途径是密切结合实践,认真学习、掌握马列主义、毛泽东思想的科学体系,熟悉党的路线、方针、政策。通过经常性的学习,使自己具有政治头脑、政策头脑和哲学头脑。这样在采写中才能从大局去观察、分析问题,才能发现新闻,才能从根本上避免做鼠目寸光、庸庸碌碌的写稿匠。

(二)善于对生活进行观察和思考

具体地说,要做到三个"熟知":一是围绕中心工作,熟知自己评析新闻报道范围内的各种情况,对各种情况,不论是完整的还是点滴的、正面的还是反面的、已做的还是计划做的,都要力争做到熟知。二是熟知群众的生活、思想和需求。对干部、群众在干什么、想什么、有什么困难、有什么要求,都要了解。特别是要明确不同时期群众普遍关心的问题,这些问题往往正是报道所要抓住的问题,应在这方面多下些功夫。三是熟知存在的问题。在当前的经济建设中,有许多新的问题需要解决,其中有认识上的、体制上的、作风上的、领导上的问题等。作为新闻作品评析者,了解的问题越多,对新闻的敏感性就越强,评析工作就越到位。

要有丰富的知识。具有广泛而丰富的知识是增强新闻敏感、搞好新闻作品评析工作的重要条件;要广泛接触报道对象和各类知识,包括各行各业、各类人物、古今中外、宏观微观的知识。如果缺乏必要的知识,对所反映的东西不了解,就很难发现新闻作品中隐含的新闻价值。因此,必须重视知识的学习和积累。获得尽可能多的知识,有助于作者的思维和联想,能促使作者从多方面去思考问题,有利于作者认识的深化和升华。掌握知识的唯一办法就是勤奋学习,向书本学习,向群众学习。

要解放思想,放开手脚。一个新闻作品评析者,如果思想不解放,畏首畏尾,就谈不上新闻敏感,也不会读懂许多初看有违常规的深度报道,如《论中国改革的历史方位》、著名的"三色"系列报道,都是新闻工作者解放思想的产物。解放思想,就是新闻评析者在优秀新闻作品刚露头时,就能独具慧眼、大胆肯定、热情歌颂。还有在面对一些势力、黑幕保护的情况下,比如说,有些东西被人捂着盖着,你敢不敢去揭;有的同志遭受压制、打击和迫害,你敢不敢去碰,这就需要解放思想。思想解放了,思维才能活跃起来,才能有敏感性,才能勇敢地去做自己想要做的事情,搞出独具风格、振聋发聩的新闻评析来。

总之,新闻洞察力和敏感性的培养,不是一朝一夕所能奏效的,需要不间断的学习和锻炼,需要经历艰苦甚至是痛苦的磨炼。但只要有敬业精神并勤于学习,善于总结经验教训,就能较快地成长为一名成熟的新闻战士。

(三)提高新闻素养还需要锻炼基本功

发现新闻如此,评析新闻同样也是如此。下面看一则新闻:

两角钱的尴尬

2月12日,元宵节。在省城某中学任教的刘女士,高高兴兴地骑车来到一家大型超市。她将车停到指定位置,转身进了超市。

一个多小时后,刘女士兴冲冲地拎着一大包东西从超市出来,刚到自行车旁,看车的老太太走上前来,要刘女士交两角钱停车费。刘女士一摸衣袋,发现身上零钱用了个精光。她拿出50元钱递给老太太,老太太说找不开钱。刘女士便对老太太说:"老人家,我下次来补交好吗?"老太太头摇得像拨浪鼓,坚决不放行。刘女士只得到附近店铺兑换零钱,可转了一圈也换不来零钱。无奈之下,刘女士只好返回超市,买了一块手帕,权当兑换零钱,才交上2角钱停车费。

问起老太太为何不同意刘女士以后补交停车费,老太太大倒苦水:"很多人都说下次来补交,可我从没收到他们补交的钱。尤其是一些人为了不交停车费,经常故意拿出大额的钱为难我们,我不敢相信他们说的话。"

来源:《安徽日报》2006年2月19日

这篇报道题材小,主题大,以小见大,反映了社会中的一个重要问题——诚信的缺失,这令人深思。作为新闻作品评析者,光看到作品的这些长处是不够的,还要能辨析作品有哪些不足。仔细看就会发现,此文缺少两个要素:地点和人物。"省城一家大型超市",省城的大型超市多了,这是哪一家?"省城某中学任教的刘女士",也是无法找寻其人。新闻要有可核实性,是一封有"通讯地址的信",能够与现实人物对号入座。而此新闻无法核实,人们有理由怀疑其真实性。这篇报道还有一点未交代,刘女士进超市消费,除了刷卡,都会找零的,为何没有两角钱?这里没有交代。另外"老太太头摇得像拨浪鼓"的描述,带有贬义,不妥。

只有这样一看到新闻作品就进行评析,久而久之,新闻敏感就会在日常评析中养成。

本章小结

21世纪新闻传播人才应具备广博的知识、客观的视角、批判的态度、准确的判断,还应具备清晰准确的写作才能、传播才能和创造才能。黄远生认为,新闻记者要有脑筋能想、腿脚能奔走、耳能听、手能写的"四能"。新闻作品评析者的素养应比这些要求更高,要具备新闻专业理论修养、新闻专业技能知识、新闻敏感与导向意识、多元而丰富的知识结构。新闻评析者要明晰新闻理论的相关概念,准确把握新闻事业的性质、特征和发展规律,正确把握新闻报道的基本原则。新闻敏感具有个体差异性、新闻采写导向功能、强调新闻五大要素、敏锐分析判断、细化透视和可塑性等六方面的特点。新闻评析者的新闻敏感是迅速选准评析角度、确立评析重点的内在功底;导向意识是大众传播媒介的喉舌功能在新闻作品中的具体体现,从某种角度理解,它也是新闻事业阶级性的体现。思维的变化形式,概括起来有思维方式的变化、思维方向的变化和思维接通媒介的变化三种。新闻敏感性来源于新闻媒体使用价值和受众对新闻认可的共同新闻价值取向,可以通过社会新闻实践活动实现培育开发。其修养和提升方法有,以新闻媒体的新闻价值取向为导向加强新闻敏感性修养,用心投入新闻事业,铸就新闻敏感灵魂,通过强化培育,提高敏锐分析事物本质的能力。要在实践中培养和提高新闻评析者素质,要增强政治敏感,要善于对生活进行观察和思考,还需要锻炼基本功。

思考与练习

  1. 你是否满足本章所谈的素养的要求?如果没有达到,准备如何努力?

  2. 你认为新闻评析者的新闻敏感应该如何培养?你准备怎样培养自己的新闻敏感?

  3. 请在新闻传播类专业期刊或中国知网寻找论述新闻评析者素养的文章,概括总结一下应该有哪些方面的素养。

第三章 新闻作品评析的特点

新闻作品评析活动有四个阶段,本章从新闻作品内容考察、采访过程考察、写作得失考察与社会文化批评考察四个阶段,来阐述新闻作品评析活动的特性。

要点:首先,从文章内容来分析,聚焦新闻价值;其次,从内容表达中考察作者的采访过程;再次,通过从作品内容到形式的分析来探讨写作得失;最后,深入分析作品的潜在意义,并指向社会文化批评。

第一节 新闻价值评价

一、新闻价值概念

余家宏主编的《新闻学辞典》对于新闻价值的解释是:新闻价值是选择和衡量新闻事实的客观标准,即事实本身所具有的足以构成新闻的特殊素质的总和。素质的级数越丰富、越高,价值就越大。

进而言之,一个客观存在或发生的事实能否成为新闻然后被传播,应该取决于两点:一是在多大程度上及以怎样的方式与公众的利益相关联,二是能否满足人们的感官需要。在这里,所谓的公众利益既包括经济利益,也包括安全、公正、道德、荣誉、审美等社会价值利益,心理感官需求则是人们对事物的好奇、趣味等的心理满足,而不是猎奇,不是低俗、庸俗、粗俗,不是满足少数人需要的感官刺激。

二、新闻价值的构成要素

(一)新闻价值的要素

时新性(或称时间性、新鲜性):报道及时,内容新鲜。事件发生和公开报道之间的时间差越短,新闻价值越大;内容越新鲜,新闻价值越大。

重要性:对国计民生的影响越大,就越重要,新闻价值也越大。

接近性:包括地理上的接近,利害上的接近,思想上的接近,感情上的接近。凡是具有接近性的事实,受众越关心,新闻价值就大。

显著性:新闻报道对象(包括人物、团体、地点等)的知名度越高,新闻价值越大。

趣味性：具有趣味性的事实，往往更具新闻价值。

(二)新闻价值的社会效应

新闻价值是指刊播事实后引起的社会正面效应。效应大的，叫新闻价值大的事实；效应小的，叫新闻价值小的事实；没有效应的，叫没有新闻价值的事实。有的事实传播出来会在社会上产生不良后果，那么它的新闻价值便是负面的。所以说，对任何事实，都可以通过以往的经验进行判断它是否有新闻价值。经过判断，有新闻价值的事实就写成稿件传播，而没有新闻价值的事实就应该放弃它。

三、以新闻价值来评析新闻作品

(一)案例一

在新闻作品评析中，以新闻价值这一要素来评析新闻作品是常用的方法。请看下面的一则消息：

教务部部长××谈毕业论文与写作

10月30日上午10点，教学楼一区108教室，应媒介管理系邀请，教务部部长×教授围绕"毕业论文与写作"，给该系05级两百余名学生作了一次务实的讲座。

"写毕业论文不仅是做人、做学问的一个重要考核，也是科学研究训练的一个重要方面，同时还很有可能成为今后工作及学术生涯的指明灯"，讲座开场，×教授言简意赅地对"为什么要写毕业论文"作了说明。

讲座中，×教授围绕毕业论文的要求、怎样写出一篇好的毕业论文和抓好细节问题的重要性等问题进行了详细的讲解，就往届毕业生在毕业论文中出现的问题作了细致分析，并向同学们提出了写好论文的建议。

讲座结束后，同学们普遍表示对如何撰写毕业论文有了清晰的认识，为自己顺利完成毕业论文打下了坚实的基础，很有意义。

来源：某校园网2008年11月7日

这是发表在某学校网站上的一则消息，我们可以用新闻价值的标准检查此文存在哪些问题。

第一，这则新闻的标题就不合格。消息的作用是"通风报信"，一般适合报道事件。从该文看，全文没有任何新鲜的信息，显然新闻价值不高。作为校园媒体，它的新闻价值在于"接近性"。此文标题未能准确完整地传达新闻信息，如果标题改成《教务部长××为媒管系200多名毕业生做论文写作讲座》，这样就有一些信息得到传播。

第二，这条新闻的时效性太差，事件发生8天之后才报道，作为时效性强的新媒体，显然慢了不止半拍。熟悉消息写作的人都知道一句话：新闻是易碎品。也就是说，新闻讲究时效性。作为新媒体的微博，已经将新闻的时效性控制在"秒"了，完全是即时性的传播，与事件同步。网络新闻因为要经过"把关人"，时效性比微博这种简洁、便捷的媒介要慢，但作为校园新闻，至少应该在事发当天就发表。

第三，新闻价值中有接近性要求。此文应该将学生们关心的论文的具体写作要点与技巧加以详细介绍，且可以使用直接引语，本文的引语显然选择过长，而且是一句"口水话"，平淡无奇，丝毫不能体现新闻价值，成了多余的话。

第四，在第三段中，作者用的都是概括性的语言，抽象且无信息含量，说了等于没说。这些语言不仅空洞无物，且毫无趣味，没有新闻价值所要求的趣味性。

第五，教务部长个人经历有无特点，可以作一简介。如果是一般人物就没有写作此新闻的必要。这是新闻价值显著性的要求。

(二)案例二

同样是一则讲座新闻，来看下面这条消息：

作家王蒙来汉分享"智慧之道"

本报讯 （记者宋磊 通讯员刘莎莎）智慧是什么？如何能拥有辜鸿铭、钱钟书那样超强的记忆能力？如何跨越语言学习难关？几率与命运有什么关联？昨日下午，著名作家王蒙来到湖北省图书馆长江报告厅，做了题为"智慧的五个层次"的讲座，与现场观众分享他对于人生智慧的感悟。

能容纳800人的报告厅座无虚席，过道上也坐满了观众。80岁的王蒙条理清晰，妙语连珠。他将智慧分为五个层次：一、博闻强记，知识丰富；二、融会贯通，举一反三；三、多谋善断，清晰准确；四、重组求变，灵活反应；五、创新突破，自成一家。

从伯乐与马的关系讲到电影《阿凡达》，从"庄周梦蝶"讲到卡夫卡的《变形记》，从奥巴马绕口令式的竞选演说讲到毛泽东与胡耀邦的一段有趣对话，还将美国前国防部长拉姆斯菲尔德的言论翻译成文言文，王蒙用鲜活的事例切入智慧之道，生动风趣地为现场观众提供了不少提升智慧的秘籍。在谈到如何快速记忆知识点时，王蒙说，任何知识都是生活的反映，学习知识要和生活联系在一起，对生活充满爱。分支庞杂的知识如何一一掌握？王蒙支招：任何知识都是相互关联、触类旁通的，要提高学识就要善于将不同的知识相互结合、比较，在融合的趣味中得到启发。对于如何理解复杂知识的问题，王蒙认为，有智慧的人善于将困难的问题简单化，深入浅出，化虚为实，不慌不乱，这才是大智慧。

"智慧是什么？"讲座结束后，有观众现场发问，王蒙回答："智慧是一种信心，一种精神能力，一种自信、从容的精神状态。"

本次讲座为湖北省图书馆"长江讲坛·周末大课堂"系列活动之一，由湖北省文联主席熊召政主持讲座。

来源：《长江日报》2013年12月20日

我们可以同样以新闻价值标准来分析此文。从时新性来说，昨天的事情，第二天就见诸报端，报纸有一天的运转周期，这已是最快的了。王蒙是著名作家，曾经当过国家文化部部长，其经历坎坷，深受人敬仰，其显著性显而易见。他所言的智慧之道，是大家感兴趣的话题，且文中也有许多精彩细节与语言描述，这里的接近性与趣味性都满足了读者的需求。在讲座内容上，作者善于进行集中与提炼，将精华、细节娓娓道来，也将智慧的五个层次完整交代出来，重要的内容没有遗漏，也体现了重要性。那么，这样对照分析两条讲座消息，其新闻价值含量就可以充分体现出来了。

第二节　采访过程考察

一、分析消息来源

如何考察新闻作品中作者的采访过程？我们首先要考察其消息来源。先看两家媒体对同一突发事件的报道：

江岸山海关路　一小车冲进水果商店

本报讯　（记者王平）昨日凌晨3时，一辆白色宝来小轿车与另一辆小轿车发生碰撞后，径直冲进一家水果超市，幸未造成人员受伤。

事故发生在山海关路。昨日上午9时，记者在现场看到，这辆车号为鄂A×××××的白色宝来小轿车还卡在水果店里。车右边的后视镜已被撞落，车左侧中间部位凹陷一大块。水果店的卷闸门被撞得向里翻起，店内存放的水果散落一地。

据店主彭凯介绍，凌晨3时许，他正在店里2楼睡觉，突然听到楼下一声巨响，他急忙下楼一看，一辆小轿车冲进他的店内。宝来车是从沿江大道沿山海关路向中山大道方向行驶，车速较快，当开到长春街路口时，一辆黑色轿车从长春街里出来，撞上宝来车左侧，之后宝来车冲向水果店。"要是店里还有人，后果不堪设想。"店主说道。

彭先生称，交警来后，准备将车拖走，但彭先生不同意。彭先生担心自己的损失得不到赔偿，他要与车主协商好后，才同意将车拖走。

来源：《长江日报》2010年10月1日

再看另一家媒体的报道：

两轿车昨晨相撞，一车失控一头扎进水果店　万幸！一家四口睡阁楼逃过一劫

本报讯　（记者商为智 戴维 实习生王露）昨日凌晨，两轿车在汉口山海关路与长春街路口相撞，一轿车失控后冲进一家水果店，所幸，店主一家4口睡在阁楼上逃过一劫。

昨日凌晨4时许，记者在现场看到，一辆车牌号为鄂A×××××的黑色轿车正在被救援车拖走，而在20米外一辆车牌号为鄂A×××××的白色轿车车头已经冲进了一家水果店大门，店内水果散落一地。

据目击者陈先生介绍，昨日凌晨3时许，黑色轿车在长春街往张自忠路方向行驶到山海关路路口处时，撞上一辆由山海关路往中山大道方向行驶的白色轿车，白色轿车突然失控，冲进了路边水果店。目击者称，驾驶白色轿车的是两名20岁左右的年轻人，两人身上有酒气。

事发后，江岸交警大队及时出警，白色轿车司机被带走接受酒精测试及调查。黑色轿车

司机弃车逃离了现场。

水果店老板彭先生介绍,白色轿车冲到店里时速度应该很高,"我门前的两个石墩子竟被撞离了七八米远!"

幸运的是,彭先生一家4口当时都睡在阁楼上,被"轰"的一声惊醒后,才发现一辆轿车冲进了店里。"幸亏最近天气凉,才到阁楼去睡,否则后果不堪设想。"彭先生仍心有余悸。

看着店内的水果被轧得一塌糊涂,彭先生很是心疼,节前他进了不少进口水果,这下损失惨重。

来源:《武汉晚报》2010年10月1日

"不怕不识货,就怕货比货"。两条消息一对比,就可看出,《武汉晚报》的报道比《长江日报》的报道要好。为什么？这是因为,新闻事实可分为三个层次:第一层次是揭示事实本身,第二层次是揭示事实的背景,第三层次是揭示事实在社会文化观念上的意义。《长江日报》的报道仅停留在事实本身的观察上,报道了白色宝来小轿车撞进水果店里的事实。《武汉晚报》的报道就从第一层次的报道揭示到了第二、第三层次,即不仅描述白色宝来小轿车撞进水果店里的事实(这是第一层次),还说明了事件发生的背景,出事原因是肇事者酒驾(这是第二层次),还提到人物命运——幸亏是睡在阁楼逃过一劫(这是第三层次)。

为什么会出现这样的差异？我们将两篇报道的新闻源比较一下:

从新闻源即消息提供者来看,除报料人和水果店店主外,《武汉晚报》记者还找到了目击者和执法者,《长江日报》记者却没有采访到这些关键信息的提供者。

为什么会出现这种现象？是因为记者到现场的时间不一样。《武汉晚报》的记者是"凌晨4时许,记者在现场看到",而《长江日报》的记者则是"上午9时,记者在现场看到",由于《长江日报》的记者晚到了5个小时,就没有抓住重要的新闻源(目击者、交警大队执法人员等),这样就漏掉了重要信息。

可见记者的采访作风直接影响到新闻传播的质量,若采访作风不深入,就不能还原新闻事件的原貌及重要细节。从上述分析可以看出,从作品内容分析上,完全可以回溯到记者的采访过程并作出评析。

二、分析记者提问

记者提问最能展现记者的采访水平。

2011年7月29日,温家宝总理在温州"7·23"动车追尾事故现场悼念遇难者并召开了现场记者会,当地一位女记者的提问受到了同行的批评,央广当日报道如下:

在提问环节,新华社记者甚至不等总理把话说完,便开始了提问,随后又有几名记者幸运得到了机会。最后一个问题,主持人把机会给了当地《××日报》的记者,她问道:"您曾经在多个场合赞扬过温州人的创业精神,这次温州人展示了创业之外的另一面,温州各级党委、政府和人民以很强的大局观念和大爱精神投入救援。事故发生当晚,附近很多村民连夜自发抢险,还有很多普通市民彻夜排队献血,您对温州人在这次救援中的表现如何评价？"

这个问题引起了记者们的窃窃私语,等总理答完问题离开后,几名记者与当地这家日报记者发生了矛盾,称她的提问太不合时宜,"浪费大家提问的机会"①。

网上转载的同类报道还有以下内容。网友"半小岛711"评论说:"温州女记者的最后一个问题让人大倒胃口⋯⋯当所有记者都把问题集中在大家质疑的焦点上时,她说了一大段话赞扬了温州人,然后用邀功的姿态等着总理的表扬。我想说问这个有什么意义呢?大家都能看到温州人在这次事故后的表现,相信只要是温州人也都会觉得自豪,至于这样浪费有限的提问时间吗?"

在如此重要的采访场合,获得提问的机会是非常宝贵的,作为记者,应该提受众最关心的问题,提主要集中在事故的原因、事故处理方面的问题以及与死难者的抚慰赔偿等相关的问题,当地记者的上述提问的确不当。这有两种可能,一是媒体指令的问题,二是她自己构思的。不管怎么说,这个问题反映出记者的思维惯性,即上级对媒体的要求:帮忙不添乱。实则是一种宣传性的思维模式,过去在国家领导人举行记者会时,比如每年的两会期间,中央媒体不也是这样提问的吗?

为什么过去大家习以为常,现在就难以容忍呢?估计温州那位女记者心里也会这样嘀咕。关键是人们的思想观念变了,单向思维变为多元思维,新媒体的开放使舆论空间变大了,人们敢于表达,也有渠道表达个人的观点了。新媒体的兴盛使舆论场不再是传统媒体严格把关、舆论一律的政治本位的天下了,这是时代的进步。

作为记者,提问是天职,也是基本功。不会提问就会影响采访质量,最终影响写作的质量。所谓"七分采访,三分写作"就是这个道理。因为新闻要真实客观,搜集材料的重要环节是提问。香港记者看到此现象评论,这说明有的记者基本功不扎实,若是新手尚可谅解,若是老记者那就令人汗颜了。

做好功课很重要。如果记者事先对相关背景有比较全面深入的了解,有的问题可以不用问,直接引用现成的资料就可以了,有的问题只求对方核实就可以了。只把最关键的、最新的问题提出来,与主题关联度高,将大问题分解成彼此逻辑关系紧密的一个个具体的小问题,这样的提问自然方便采访对象回答,自己也省时间。

三、分析现场感

分析现场感就是评价作品中的现场描写,这体现着作者现场采访是否深入、细致与周到。这些现场描写要抓特点,抓与众不同的地方。如2014年9月获得中国新闻奖通讯二等奖的作品《宁可团场被淹,也要保住英阿瓦提乡!》,此文刊登于2013年7月4日的《兵团日报》,文中的现场描写,就体现了记者的观察:

"6月17日晚,天山山脉托木尔峰脚下,电闪雷鸣、暴雨倾盆。

西线防洪坝内水位骤涨。23时左右,水位已经逼近坝顶;东线泄洪渠内,浊浪翻滚,涛声震天。

'轰隆!轰隆!'突然,西线防洪坝被洪水撕开4个大口子,洪水倾泻而下,如猛兽般扑向

---

① 陈宁一,吴伟. 温州女记者提问被批浪费机会 温州动车女记者与现场记者发生矛盾[N]. 新京报,2011-07-29.

一师四团和乌什县英阿瓦提乡……"

"6月27日,当记者赶到位于托木尔峰脚下的一师四团采访时,洪水已经悄然退去,但是,洪灾留下的印迹却随处可见:冲毁的马路,垮塌的房屋以及成片倒下的玉米和小麦。"

"采访的当天中午,看到记者和团里工作人员在餐馆就餐,四团维吾尔族职工、自治区人大代表卡小花端来十几串烤肉。看到记者十分疑惑,她说:'我自己掏钱买的,替维吾尔族村民感谢汉族兄弟姐妹!'顿时,记者心头一热。唯有深入维汉群众之中,才会真切感受到当地各民族之间的友谊有多么深厚。"

从上面这篇通讯现场的描写片断,可以看到作者在新闻作品中对现场描述得如此细腻,能够看出作者深入了现场,作了仔细的观察。

四、分析记者在采访中的观察

记者在采访中要善于观察,观察是"眼睛采访",同样可以搜集很多新闻信息。尤其是非语言符号的沟通更是需要眼睛观察。观察什么?观察现场环境,观察人物行动,观察人物神情。下面一篇报道体现了记者的观察水平。

安庆书记在旧日历上写讲稿　会议用水被指35元一瓶

安徽省安庆市委书记虞爱华又火了,前一天还被赞用旧日历做讲稿纸节约,后一天就被爆喝高价矿泉水。

7月11日下午5时,微博网友"交警朱小志"发布了一张安庆市委书记虞爱华出席活动的照片。照片中,虞爱华手里拿着一张废弃的日历纸做讲稿,日历纸背面的字迹隐约可见。

微博实名认证信息显示,"交警朱小志"原名朱达志,是安庆市公安局交警支队宣传科的民警。

朱达志称,该照片摄于7月10日、第十三届安徽省运动会倒计时100天启动仪式暨市职工运动会开幕式现场。

朱达志对这张照片的态度很明确,要"为这样的领导叫一声好"。

……

据中安在线报道,安庆市委办的一名工作人员介绍,当天的讲话稿是演讲头天晚上虞自己写的,内容大约600字,日历纸的背面是空白的,当时他就直接在背面写了讲话稿。

市委书记用旧日历做讲稿的图片很快疯传网络,网友纷纷称赞其节约的作风。

不过,刚经过一天的一片称赞声后,舆论很快出现了新的变化。

7月14日16时34分,《新民周刊》首席记者杨江发表微博表示,安庆市委书记虞爱华讲话照片中,其身后主席台中放置了高档矿泉水。"此水名为'觅仙泉',安徽造,玻璃瓶身,我办公室有一大箱,价格嘛,每瓶30多元,275ml。"杨江微博称:"安徽记者马屁乱拍害了领导。"

一边是节约的形象,身后却是高价矿泉水,网友对虞爱华的评论一时呈现两极分化。

有网友表示"真正的节约不是靠几张纸,有作秀嫌疑"。

澎湃新闻联系安庆市政府联络处,联络处表示并不清楚"觅仙泉"是否为运动会指定用水,对此事并不了解,不过工作人员表示,"觅仙泉"确实为安庆高端矿泉水产品,"但我没喝过"。

网络销售网站显示,该矿泉水名为"觅仙泉高级矿泉水",售价35元一瓶。

安庆当地一位官员告诉澎湃新闻,"觅仙泉"的水一瓶价格要30多块钱,主打高端市场,前几年销售得还可以,"中央八项规定之后,公司就不太景气了,现在的产品主要用于出口"。

一位曾经喝过"觅仙泉"矿泉水的安庆当地官员指认,会议主席台摆放的矿泉水非常像"觅仙泉",但因为照片不够清楚,所以不能完全肯定。

事实上,虞爱华对"觅仙泉"并不陌生。"觅仙泉"是宿松县招商引资的重大项目,主要从事高品质饮用水的开采、生产、销售。据安庆市政府报告,该项目资金上亿元。一期工程结束后,2012年9月,虞爱华还曾到"觅仙泉"矿泉水公司调研过,宿松县工作汇报会工作用水,也正是"觅仙泉"。而虞爱华考察照片上的"觅仙泉"水瓶,与旧日历讲话稿身后的瓶子高度相似。

……

来源:澎湃新闻网 2014年7月14日

这篇新闻源自安庆市公安局交警支队宣传科的民警朱达志的一篇"表扬稿",朱志达的本意是为了表扬领导响应党中央时下倡导的节俭之风。但是,他忽视了拍摄的新闻照片中还有另一件物品:主席台上就座的每位领导干部面前摆放的矿泉水,市价每瓶35元。《新民周刊》首席记者杨江通过观察照片发现了这个问题。于是,舆论来了个"急转弯",颂德之风转向了嘲弄与反讽。区区一张不值钱的旧日历与价值35元的高级矿泉水相对比,所谓的"廉洁"立即就被"秒杀"了。这是原作者万万想不到的,本来的表扬稿刹那间变成了批评报道的靶子,原新闻照片的"廉洁奉公"主题顷刻间变成了令人厌恶的"奢靡之风"。

为什么朱志达没有发现新闻现场暗藏着如此尖锐冲突的主题?原因只有一个:宣传思维的惯性决定了他对时政新闻始终带着发现领导"闪光点"的敏感而"一叶障目不见泰山",压根不去想太阳中也有"黑子",情感偏向、预设立场导致他对现场的观察迟钝了,出现了盲点,结果是"好心办了坏事",反而让领导出了丑、露了乖。恰似一则寓言,猴子陶醉于爬上了高树,却被细心的人看到了它的红屁股。

相比较,专业记者杨江的眼光更为敏锐,因为职业素养的冷静、理性和专业,他站在超然的立场上,脱离了主观情感的好恶,观察就更全面、更细致、更深刻,没有被显性的"旧日历"所遮蔽双眼,而是拨云见日,发现了新闻的本质主题。

这条新闻对人们的启发是深远的,它告诉大家,在新闻发生的现场有着复杂多样的细节,有显性的,有隐性的,有表象的,有本质的,有容易发现的,有深究才能明白的……"不畏浮云遮望眼,只缘身在此山中",要想搞清楚事情的本来面目,要想抓住新闻的核心事实,要想逼近新闻的真相,记者必须超越主观情感和立场的局限,多角度、全方位地观察现场的所有细节,对人物的一颦一笑,对环境的细枝末节和任何蛛丝马迹都不轻易放过,要始终带着质疑的思想,冷静观察、深入思考,这样才不会被假象或表象所迷惑,报道才不会陷入主观、片面、浅薄。细心的观察能让我们穿越新闻现场的迷雾和浮云,揭露真相,报道事实。

第三节　写作得失分析

写作得失分析，一般来说，指分析作品的内容与形式以及叙事方法等。这些内容在后面将会详细介绍。这里，只将新闻作品最基本的要求阐述一下。

一、作品实例

开宝马去上课　任3家上市公司董事
副教授"怪经"：全心教学是种毁灭

本报讯　（记者朱×× 通讯员罗×）开价值50多万元的宝马车去上课，手机号码有7个8，是3家上市公司的独立董事——副教授尹晓冰昨日与同行交流时"善意提醒"：大学教师全心投入教学是种毁灭。

昨日，全国高等学校教学研究中心主办的全国独立学院工商管理专业案例教学创新研讨会，在中南财经政法大学武汉学院召开。云南大学工商管理与旅游管理学院副教授尹晓冰应邀与同行作报告。

"教师用不着讨好学生。"对MBA课堂上以堵车为迟到理由的学生，尹晓冰毫不客气地反问："我开宝马就不遇堵车吗？"对课堂上接打电话者，他毫不留情："把你的破手机扔掉，你用的手机我去年8月就用了，我的电话号码有7个8，你买得起吗？"

尹晓冰表示，毫不畏惧地批评学生，既是保证教学质量的要求，也是维护师道尊严的需要。他把大学教师分在"金字塔"的各个部分，处于底端的是仅会讲课的教师，中间的是又会讲课又会拿课题的，顶端的是"学霸"和担任行政职务者。

尹晓冰认为，大学教师如果想顺着"金字塔"发展，做好教学是基础，但一生把全部精力都用在教学上，是"毁灭自己，照亮别人"。

已有11年高校教龄的尹晓冰是"70后"，3次获云南大学青年教师课堂教学比赛一等奖，被某网站授予"2009经济及管理专业最受欢迎十大教授"。他告诉记者，他用在教学上的精力约占1/3。

尹晓冰昨日作报告时，部分与会者觉得他的风格、观点让人很"惊讶"。同行评价他"不一般"，用词从"张狂""前卫""另类"到"个性""有想法"等。

来源：《长江日报》2011年5月22日

二、分析：准确、公正与公平

准确、简洁与易读是新闻作品的基本要求。这个标准也是一般人阅读新闻作品的首要标准。如果用此标准来评析《开宝马去上课》这条消息，就会发现下述问题：

首先从准确性来说，此文引题刻意制造噱头。文章引题是"开宝马去上课　任3家上市公司董事",这并非新闻的价值,也不是新闻所要表现的主题,之所以用这个引题,完全是有意喧宾夺主,为了吸引读者眼球而刻意制造噱头。正如有新闻曾报道上海一女性闯红灯不服交警管理标题中刻意突出其"女硕士"的学位一样。

类似的例子还有,《联合晚报》网曾报道一大陆男子受雇行凶枪杀一位商界人士,标题加上了"前解放军"这样一个修饰语,让人觉得莫名其妙,看完新闻才知道,原来杀手多年前曾经当过兵。这种强加于人的写法没有准确性可言。

这则报道引题突出了新闻人物的座驾和社会兼职,这与报道主题没有直接和必然的逻辑联系,太过于娱乐化了。主标题"副教授'怪经':全心教学是种毁灭"也是有问题的,"怪经"用得不当,对方说的话怪不怪,用不着记者下结论,记者的职责是报道事实。还有,用对方的原话做标题应该加引号,这表明尊重事实,没有肆意篡改。引用时还有一点要特别小心,即不要违背了对方的原意,如果是从特定的语境中抽取出来的话,一定要谨慎,不然违背了当时的情景,与对方上下文的逻辑脱节,就是断章取义。综合来看,这个新闻标题违背了新闻客观、公正的基本规律,刻意渲染造势,主观倾向性明显,操控社会舆论之心昭然若揭。

导语部分是对新闻标题的展开,与新闻标题存在着同样的问题。"开价值50多万元的宝马车去上课,手机号码有7个8,是3家上市公司的独立董事"都不具备新闻价值,如果具备这样的条件就是新闻人物,那比主人公富有的人何止成千上万?为什么要写他不写别人?这些话不必用在导语里。倒金字塔结构的消息导语是对新闻事实的高度浓缩和概括,是为了不用读完全文,仅凭导语就能知晓新闻的核心事实。

再看新闻的主体部分,主要就围绕着主人公的两句话做文章。其一,主人公在管理学生时,炫富并挖苦嘲讽学生;其二,主人公对目前高校金字塔结构的阶层说了句——"毁灭自己,照亮别人"。这是记者感兴趣的"新闻价值",因为这些话与社会的主流价值观不符,展示了"冲突性",抓住这些话能够引发舆论关注。

主人公严格管理学生没错,但说话的确不妥当,心高气傲,炫耀金钱财富,有贬损学生人格之嫌。把这个故事写出来没问题,但主人公对当下高校生态环境的感悟与提醒该怎么报道?国内高校的机制出了问题,深层原因有待挖掘,去"行政化""给予高校自主权"等都是人们探讨的热点。但报道主人公面对这种不公平与不公正的社会现实说:"一生把全部精力都用在教学上,是'毁灭自己,照亮别人'。"其表达十分不当,记者应该就主人公为什么这样表述深入挖掘背后的新闻。如果主人公发言的主题比发牢骚更有价值,最好还是将重心放在其发言的主旨上。

准确是新闻真实报道的前提。即便因为主人公言语的个性张扬是新闻的卖点,要报道这一点,也应该在会后补充采访主人公,确定其语言的目的和真实想法,这种面对面采访求证是必要的,因为准确是新闻真实报道的前提。此外,记者还应该采访与会者、会议组织者,请他们对此进行评价,记者站在客观中立的立场上,冷静清醒地报道事实,隐去个人情绪和倾向,借他人之口说话,信源不仅仅局限于主人公会议上"离经叛道"的两句话,搞清楚"奇谈怪论"背后蕴含的真实意图和背景,才有说服力。

普利策新闻奖的评选标准是:"高质量的报道和写作,准确性、公正性、平衡性、足够的消息来源……"对比上述报道,不难看出差距在哪里。

这说明,新闻对于舆论有引导作用,应该客观公正、准确、公平,应该弘扬社会正气。

第四节 社会文化价值评析

一、作品实例

英国记者质疑上海观众素质

英国《每日电讯报》网站5月9日报道题 "我在打电话",大多数观众也是(记者约瑟芬·麦克德莫特)。

"她刚穿着芭蕾舞裙出场了。""现在她正在旋转。""对,我们在上海大剧院。""还行,有些无聊。"这是两三年前我在上海的主要演出场所观看一个美国剧团表演的《天鹅湖》时听到的"实况报道"。

坐在我和我的中国朋友旁边的一名女子在电话中向朋友详细描述舞台上的每一个场景。最后,我的朋友对她解释说她必须保持安静,并低声抱怨说她不知怎样做才得体。我们在这里说的是那些在奥黛特和西格弗里德王子跳入湖中时打电话跟朋友攀谈的人。

上周五,在同一个地方,这令曾在英国广播公司卡迪夫世界歌唱家大赛中获得金奖的沈洋无法忍受。据报道,他在独唱演出的后半段不得不暂停演出。吵闹的手机铃声,喋喋不休的谈话,再加上一些人拍照,这显然对目前住在纽约的这位27岁的华人歌唱家而言太过分了。作为对此事的反应,剧院方面称其将采取更多措施来"教育"观众。但几乎没有什么其他真正能采取的措施。舞台侧面打出了提示,告诉人们不要接打电话,引座员也试图阻止人们拍照。剧院甚至称其已经安装了屏蔽手机信号的装置。其余能做的就是将有不良行为的人请出观众席。

以前,德国小提琴家安妮-索菲·穆特和中国钢琴家傅聪也曾因为观众的打扰而提前结束表演。

在电影院,来自观众谈话和手机铃声的噪声只有在屏幕上出现格外惊人的画面时才会停止,因此观看惊险片或恐怖片时情况会更好。有时,观众似乎有意等待一个适当的时机来用自己的自然声音提高电影配乐的音量。去年,我观看了影片《孔子》。正当有人将中国文明之父孔子称作"一位真正的君子"时,观众席中一名男子打起了呼噜,声音在观众席回响。

在世博会之后的疯狂建设阶段,上海格外缺少安静。随着这座城市的野心不断膨胀,每个住在市区的人都不得不面对持续不断的钻孔和敲打声。牧师在圣餐仪式上不得不提高嗓门,按摩师不得不增大涓涓细流进入水疗场所的声音。通常能让人享受安静的"避难所"都不复存在。

或许可怜的沈洋已经离开中国太久了。他应该意识到安静是上海最宝贵、最难寻的东西。

来源:《参考消息》2011年5月11日

二、作品的社会文化意义分析

演出现场观众的不文明现象在国内屡见不鲜,估计每个人在剧场都有过外国记者报道中遇到的相似经历。此文就善于将日常不注意的小事连缀成篇,写成一则直指社会不文明现象的批评消息,其功力十分深厚。

导语中用了多句现场的直接引语,宛如电视直播画面,直观而逼真地描写了三年前记者在上海大剧院观看美国剧团表演《天鹅湖》时令人心烦的"现场实况"——"一名女子在电话中向朋友详细描述舞台上的每一个场景"。

记者在报道的主体部分的第一个自然段又讲了一个故事:"上周五,在同一个地方,这令曾在英国广播公司卡迪夫世界歌唱家大赛中获得金奖的沈洋无法忍受。"因为观众的手机铃声和聊天声令他沮丧而愤怒。"他在独唱演出的后半段不得不暂停演出",这是一个新闻背景,是记者通过他人的报道获知的信息。

为了增强报道的说服力,记者再次概括了另一起不文明事件:"德国小提琴家安妮-索菲·穆特和中国钢琴家傅聪也曾因为观众的打扰而提前结束表演。"

作者在倒数第三自然段用了对比的修辞手法:"去年,我观看了影片《孔子》。正当有人将中国文明之父孔子称作'一位真正的君子'时,观众席中一名男子打起了呼噜,声音在观众席回响。"这句话十分精妙,对比在新闻写作中是常用的手法,能使事物的特点鲜明地呈现出来。

最后两段,作者用事实委婉地表明了对"喧哗环境"的焦虑与隐忧。

记者是按照金字塔结构组织材料的,几乎全都是背景,但由于采用了描写式导语,读者被绘声绘色的"现场"所吸引,忘却了这条新闻时效性不强的弱点。由此可见描写式导语的优点。

这则报道主题鲜明、选材典型、详略得当,语言准确生动,无空洞、冗余信息,展示了记者精湛的写作功力,堪称新闻佳作。

从上面的分析中,我们可以看到,分析作品要透过作品展现的新闻事实,去分析它的新闻价值,也就是其阐述的主题。

这种分析会引起社会和文化的批评,也揭示了社会趋势的关联,比如"宝马教授"的一些观点,反映了教育界一些热议的现象和高校教育评价体系的问题。还有第二篇报道揭示的市民的文明素质问题,都是涉及社会文化的批评问题。

特别是英国记者的文章,作者对中国人的素质这样一个抽象而深刻的主题,竟然通过身边的小事就能反映出来。而且,此篇消息可以说完全不用采访。这篇消息是非事件性新闻,非事件性新闻有着很强的主动性,不像事件性新闻那样完全是被动的,是被事件拖着走的。可见,非事件性新闻可以给新闻报道开拓无穷的新闻源。

本章小结

新闻作品评析可从新闻内容、采访过程、写作得失与社会文化批评的四个阶段来考察。新闻内容考察要聚焦新闻价值;采访过程考察可以分析消息来源、记者提问、文章对现场的描述和记者在采访中的观察;写作得失分析应该注重新闻作品是否客观公正、准确、公平,是否弘扬社会正气以及新闻对于舆论是否有引导作用;社会文化批评就是作品应该批评社会文化,对作品的社会文化意义进行分析。

思考与练习

1. 从网上搜索同城不同媒体关于同一新闻报道的新闻作品,分析其新闻价值、写作得失有何不同。
2. 联系近期媒体新闻作品进行分析,考察一下新闻来源有无缺失,采访过程有无遗漏。
3. 选择近期媒体新闻作品,用其报道的事实作深入分析,看看有无指向社会文化批评。

第四章　新闻作品评析方法

新闻作品评析的方法，主要是从新闻作品评析的三个方面的任务来讲分析的方法与技巧。这三个方面的任务为：内容分析（价值分析、主题分析、角度分析）和形式分析（表达分析、结构分析、语言分析）。另外，叙事学分析主要谈了两点：叙事视角与叙事模式。

第一节　新闻作品内容分析

一、新闻价值分析

（一）新闻作品信息分析的方法

1. 层次分析法

古代学者王夫之在《周易外传·易系辞下传》中指出，凡文章均有"言""象""意""道"几层意思。按照系统的观点，新闻作品是一个多层次的传输系统，新闻信息在新闻作品的传输系统中也有"言""象""意""道"四个基本层次。我们据此分析新闻作品信息量，可以弄清新闻信息在新闻作品中的分布层次，把握新闻作品信息量的脉络。这种信息分析法，我们姑且称它为层次分析法。喻国明教授对新闻作品的"言""象""意""道"几个概念发表过自己的见解："言"，指新闻语言；"象"，指新闻事实；"意"，指传播主体对新闻事实的看法或倾向性；"道"，指新闻作品所揭示的客观规律和所反映的传播主体的世界观。①

2. 主次分析法

按照新闻信息在新闻作品中的价值和作用，可把它分为主要信息、次要信息、微信息和多余信息，形成一个比较级别。这种信息分析法，我们姑且称它为主次分析法。

主要信息，对受众来说是一种新鲜的信息，是他们"欲知、应知而未知"的信息。

次要信息，多是那些对比、映衬的背景材料，受众也许不知，也许"知未参半"，它的价值和作用与主要信息相比恐怕要相应减半。

---

① 喻国明.论新闻信息[J].新闻传播，1985：3-4.

微信息,指新闻作品中的细枝末节,或是多数人已知的背景材料,其价值和作用就更小了。

多余信息,指新闻事实以外的空话、废话,多是一种无效信息,它们往往妨碍主题的表达。

(二)新闻作品的潜在信息

1. 新闻作品潜在信息的含义

所谓潜在信息,是指蕴含于新闻事实之中、对受众起情感作用、表现某种事理或倾向性的信息。潜在信息,简称潜信息,是蕴含在新闻事实的选择、叙述和编排之中的某种事理、情感或倾向性。这种信息不能单独存在,要依附在新闻事实这张"皮"上,然而它是新闻作品中不可或缺的、体现新闻价值的重要信息。在新闻作品中,潜信息越丰富,其信息量就越大;反之,潜信息越贫乏,其信息量就越小。因此,我们在分析新闻作品信息量的时候,务必要重视潜信息的分析。主次分析法的潜信息与层次分析法的"意""道"两层信息一般来说是相应的。层次分析法重视"意""道"两层次信息的分析,主次分析法理所当然要重视潜信息的分析,因为这类信息关系到新闻作品信息量的大小,关系到新闻价值的大小。试以《上海严寒》这则消息为例来探讨新闻作品的潜信息:

〔新华社上海1957年2月12日电〕这几天上海街头积雪不化,春寒料峭,最低温度下降到零下7.4℃,上海人遇到了有气象记载的80多年来罕见的严寒。10日和11日,这里出现了晴天下雪的现象。晴日高照,雪花在阳光中飞舞,行人纷纷驻足仰视这瑰丽的奇景。

"前天一夜风雪,昨夜八百童尸。"这是诗人臧克家1947年2月在上海写下的诗篇《生命的零度》中的开头两句。这几天要比10年前冷得多,但据上海市民政局询查,到目前为止还没有发现冻死的人。民政局已布置各区加强对生活困难的居民,特别是孤苦无依的老人的救济工作。为了避免寒冷影响儿童的健康,上海市教育局已将全市幼儿园的开学日期延至18日。

这则消息想反映的主题是什么?反映了在同样严寒天气中的上海,由于处在两种不同的社会制度所产生的不同现象,歌颂了社会主义制度的优越性。这个隐含在事实中的主题思想,就是作者通过交代事实告诉大家的潜信息。

2. 新闻作品潜在信息的考察

(1)注意选择新闻事实

在新闻事实中,应抓住蕴含丰富、有新闻价值的主要新闻事实,以显示其潜信息。上面的消息的潜信息是通过上海前后严寒状况的对比表现出来的。1947年2月,上海十分严寒,结果是"前天一夜风雪,昨日八百童尸";而10年后的今天,上海奇冷,更加严寒,可是"没有发现冻死的人",行人还驻足欣赏雪花飞舞,两相比较,说明"新旧社会两重天",赞颂了我国优越的社会制度。由此可见,这则消息的潜信息是丰富的,其信息量是很大的。

(2) 注意选用背景材料

在抓主要新闻事实的同时,还要注意选择和运用背景材料。背景材料主要用于对比,以衬托主要的新闻事实。背景材料用得好,不但可以突出主要信息,还可以传递新的信息。上面的消息就是巧妙地利用了背景材料,"前天一夜风雪,昨夜八百童尸",这是诗人臧克家诗篇《生命的零度》中开头的两句。这句诗的运用,巧妙地将新旧社会上海的严寒联系到一起,使人产生新旧社会对比的联想。通过对比两种社会的差异,歌颂了新社会。

(3) 注意新闻事实的排列组合

按照系统论的观点,新闻作品本身也是一个有机的整体,由数量不一的相关的新闻事实排列组合而成。若只是简单地罗列新闻事实,只能算是部分相加,新闻价值不大;如果按照一定的逻辑联系对新闻事实进行有机组合,做到合理、有序,达到系统优化,就可以出现神奇的整体效应,新闻作品将会呈现丰富的潜信息。新华社曾编发过一条令人瞩目的消息:

新华社北京 1981 年 12 月 29 日电　据阿通社报道,阿尔巴尼亚部长会议主席穆罕默德·谢胡于 12 月 18 日凌晨自杀身亡。

这一消息是阿尔巴尼亚党政领导在 18 日晚公布的一项公报中公布的。这项公报表示,谢胡是在"神经失常"时自杀的。

在这之前,阿通社就在 12 月 17 日发表了谢胡 16 日在地拉那接见罗马尼亚政府贸易代表团的消息。

谢胡自 1948 年起任阿尔巴尼亚劳动党中央政治局委员,1954 年任阿尔巴尼亚部长会议主席,终年 68 岁。

这条消息选择了四个新闻事实,传达了四条新闻信息。特别是这条信息:"在这之前,阿通社就在 12 月 17 日发表了谢胡 16 日在地拉那接见罗马尼亚政府贸易代表团的消息。"受众通过自己的分析会想到,既然头一天还会见外宾,谢胡绝对不会"神经失常"自杀,会很自然地得出结论:谢胡的"身亡"并非自杀,而是另有他因。按照信息分析,可以这样说,这四条新闻信息,通过新闻传播者的精心排列、巧妙组合,又产生了新信息,这些新信息又蕴含丰富的发人深省的潜信息。著名的控制论的奠基人维纳曾说:"把两条信息简单地放在一起,价值较小;如果能够在大脑或某个机关中将这两条信息有效地结合起来,价值就会增加,这条信息能够借助于另一条信息而变得丰富起来。"① 维纳的见解给了我们有益的启示,让我们懂得,新闻信息的有序性能够扩大新闻作品的信息量。

(三) 新闻作品信息分析标准

1. 是否是有效信息

一篇新闻作品所提供的新闻信息,如果是受众所需要的信息,是及时、可靠、有价值的信息,那就是有效信息;反之,如果所提供的新闻信息是受众不需要的信息,是过时、不可靠、无价值的信息,就是无效信息。新闻语言应当准确具体、通俗易懂,受众方能理解、接受,所传

---

① 维纳.维纳著作选[M].上海:上海译文出版社,1978:114.

递的新闻信息方是有效信息;如果语言含糊不清、晦涩难懂,就会造成语言障碍,受众难以理解,那么,所传递的新闻信息必然是无效信息。下面这条消息的表述就有些含糊不清:"应邀来华讲学的美籍物理学家吴家玮教授的夫人罗永清女士及其14岁的儿子吴德恺,热情地为生化所的部分同志辅导英语,受到了科研人员的欢迎。""应邀来华讲学"的是谁?"热情辅导英语"的是谁?受众想不明白,这就是无效信息。根据实际情况,应修改如下:"美籍物理学家吴家玮教授应邀来华讲学,他的夫人罗永清女士及其14岁的儿子吴德恺同行,罗女士热情地为生化所的部分同志辅导英语,受到了科研人员的欢迎。"这样才消除了信息的不确定性,使之成为有效信息。

2. 是否是首传信息

一篇新闻作品,若是首传信息,它的信息量会很大,因为它能最大限度地消除受众的不确定性;若是重复信息,它的信息量就很小,受众只能了解某些细节;若是多次重复的信息,它的信息量等于零。在2016年8月8日的里约奥运会女子100米仰泳半决赛中,中国名将傅园慧以58秒95的成绩获得第二小组第三名,以半决赛第三的成绩晋级决赛。傅园慧赛后接受采访时再现搞笑之才能,她对自己能游出个人最佳成绩感到非常满意,并说自己已经"使出洪荒之力"。受众最初是从电视的现场直播中得知这一信息的,这是首传信息,信息量最大;后来又从广播里得知她平时训练情况再证"洪荒之力",就是信息量较小的重复信息;后来又从报纸上看到这样的信息,便是多次重复、信息量等于零的信息。

3. 是否有主要信息

衡量新闻作品的信息量,重要的一条是看有没有抓住主要信息,抓住了主要信息,其信息量就大,它是受众应知、欲知却未知的信息,它最大限度地消除了受众的不确定性;次要信息是用来对比、映衬的背景材料,或是无关宏旨的细节,是合理安排的问题。抓不住主要信息,其信息量就小。

4. 是否有必需信息

让新闻作品拥有最大信息量的基本要求之一是所有信息都应该是必需信息,而没有多余信息;因为多余信息没有什么内容,什么信息也不表示,在信息传播中往往混淆视听,造成负面影响。

5. 有无深层信息

有无深层信息,是衡量新闻作品信息量大小的重要标准之一。有的新闻作品信息量之所以小,原因是其仅有表层信息,停留在"告之以事"的阶段,未能给人以启迪,缺乏深层信息;而有的新闻作品信息量很大,原因是其不仅有表层信息,而且有深层信息,能表现深刻的事理,揭示事物发展的客观规律,潜信息十分丰富。

新闻信息的层次不是单一的,而是多层次的。有人将其分为表层信息、中层信息和深层信息三个层次。表层信息是指通过信息符号直接表达出来的信息,中层信息是指新闻具体内容所发出的信息,深层信息是指新闻所包含的文化密码透示出来的信息。有这样一例:

1997年12月中旬,连年亏损的广州冶金集团在顺德市召开了为期3天的、60人参加的扭亏解困会议。佛山市电台在报道这个新闻事件时提供了如下信息:

记者问(录音):他们住的别墅一晚多少钱?

服务员A:每人每晚667元。

记者问:住了多少天?

服务员:住了三天两晚。

记者问:他们吃了什么菜呢?

服务员B:蛇煲老鸡、炒水鱼(甲鱼)裙、豉油皇乳鸽……

记者又报道:"据知情者透露,广州冶金集团近四年共亏损2.7亿元",这次会议"人均花费2500元,相当于这个企业一个职工半年的收入。"[1]

这篇新闻稿写得很冷静,只提供表层、中层信息,但受众完全能把握这些信息之外的信息,稿件透出了多层次的信息。

如能按照上述五条标准分析新闻作品的信息量和新闻的价值,努力增强新闻工作者的信息意识,那么,我们的新闻传播便可开创新的局面。

二、新闻主题分析

内容分析的第二项内容就是对作品的新闻主题进行分析,这里要解决两件事,首先应该概括作品内容,其次要从概括的内容中提炼作品的主题。

(一)概括作品内容

概括作品内容的一个简单易行的办法,就是评析者能够用一句话或者几句话道出作品的内容。读者可以做下面的练习进行锻炼。

练习:用几句话概括下则材料并点评。

香港艺人关海山日前不幸逝世,享年82岁。关海山在二十世纪五六十年代演出过多部电影,至七十年代转拍电视剧。他的戏份虽不太多,但演得非常认真,其精湛的演技亦有口皆碑,人称"老戏骨"。1992年时,关海山夺得香港电影金像奖最佳男配角奖。他的逝世消息传出后,不少观众利用网络向"老戏骨"表示哀悼。

概括:关海山长年担任配角,却获得了观众的厚爱;启示人们演艺界重要的不是角色,而是演技。

(二)提炼新闻作品的主题

新闻主题是指新闻报道的中心思想和基本观点,也就是记者对客观事实的看法、态度和通过事实报道所表达的主观意图。主题在新闻中起主导作用,贯穿全文、支配写作,是新闻

---

[1] 李向明. 信息含量与信息价值——广播新闻(消息评析)[J]. 中国广播电视学刊,1998(6):15-17.

构思、选材、表达和运用语言的依据。

新闻主题必须全部源于客观事实,主题思想的提炼不得拔高或压低客观事实,主题思想的提炼也不能扭曲客观事实。通常可以采用概括的手法提炼主题。

概括是一种抽象思维,提炼新闻作品的主题,往往要将概括出来的内容梗概上升到精神层面来认识。比如,当我们说到"苹果"这一概念时,对于苹果自身的特征是很清晰的:它是圆圆的、红红的、脆脆的。如果将其上升到"水果"这一概念,虽然它包含苹果,但是,苹果本身固有的如"圆圆的、红红的、脆脆的"个性特征就被抹掉了,只剩下了所有水果共同的特征了。这个概念上升的过程,就是思维上的概括。

将新闻作品中的内容提炼到主题上来认识,就是一种概括思维的方法。

前面提到的练习的结论为:关海山长年担任配角,却获得了观众的厚爱;启示人们演艺界重要的不是角色,而是演技。前一分句,是对于内容的概括,后一分句,就是提炼的主题,是这段话的主旨所在。

(三)评析新闻主题尺度

评析新闻作品的主题,必须按照"新、高、尖"的要求来衡量。

1."新",即主题要"新",富有导向性

新闻贵在"新",到底什么样的主题才叫"新"呢?能够体现当今时代特征、符合当前报道精神主题的才叫"新"。唯有提炼出与众不同的主题,才能使稿件在新闻领域站得住脚,才能产生较强的舆论引导效应。要想选择和提炼出富有时代特征、符合当前报道精神的主题,关键是要解决"针对性"的问题。这个"针对性",也就是同现实生活关系最密切的问题、群众最需要解答的问题;有了"针对性",选题便有了时代意义,也就达到了"新"的目的。新闻选题有没有时代特征,有没有"针对性",取决于其是否准确地把握住了党的路线、方针、政策,把握住全国大局;是否能够深入现实生活,摸准时代脉搏。

2."高",即主题要深刻,要有思想高度

想要表现有高度的主题,可以从以下三方面着手:

一是站在时代的制高点,总揽全局,将全国乃至世界的政治、经济形势联系起来思考,选择现实生活中那些事关党和国家大政方针并亟待解决的重大问题或重要事物。

二是从我国当前所处的大变革时代出发,抓住新旧体制转换过程中出现的种种社会问题以及现实生活中产生的种种矛盾,选择人们普遍关注的"热点"和"难点"问题或事物。

三是从实际工作和现实生活中,抓住能够代表发展趋势的新事物、新人物、新举措、新经验,选择有生命力的典型。

1986年,《解放军报》记者王文杰去采访一个志愿兵。采访结束后,敬佩之余王文杰又觉得无从下笔,这个志愿兵除了众多典型具备的"放弃休假""家人有病不回去"的事迹外,几无新意。后来无意中听说了一句"这个典型也有苦恼,他面临着3万元奖金该不该拿的困惑"。

他承包的一农场大丰收,按合同他可以得到3万元奖金,但是真兑现时,又谁也说不准了。当时改革开放不久,传统观念与现实存在碰撞出许多似是而非的东西。王文杰认为从

这个角度报道这个典型更具有普遍指导意义,于是在编辑部的指导下,写出了《3万元奖金该不该拿?》的报道,并组织了大讨论,几个月接到了来稿几千件。连国民党退役将军也从台湾寄信参与讨论。[①] 这个主题便有了时代的高度,触及了当时改革开放中的新矛盾新问题,揭示了分配制度改革亟待深化的重大问题。

3."尖",即主题要"尖",富有震撼性

这个"尖",是指"尖锐",即主题的显赫性、典型性、深刻性和独特性。这个"尖",还有"以小见大,大中见小"的意思,这是抓主题常用的方法,离开了"大"的"小",就没有普遍意义;离开了"小"的"大",稿子就面目不清。如曾在全国引起很大反响的通讯《"一厘钱"精神》,就是一篇从小处着手,反映全局的范文。从"一"入手选主题,以小见大、大中见小,是一种事半功倍的选题方法。

三、新闻角度分析

(一)新闻作品新闻角度的特点

新闻角度就是记者发现事实、挖掘事实、表现事实的着眼点或"入手处"。

武汉市的小吃"热干面"全国闻名,"蔡林记"又是这种小吃最有代表性的店家。然而"蔡林记"创始人蔡明伟的长子蔡汉文并不想继承祖传家业,而是有了不同的举止。2010年10月14日的《长江日报》报道标题为《"蔡林记"后人:不做热干面转行做雕塑》;同天,《武汉晨报》也报道了此事,其标题为《百年蔡氏热干面公布配方 "蔡林记"创始人长子称:只要想学,我就免费教》。

同一件事情的不同报道,说明了这样几个问题:

一是新闻角度的多元性,一个新闻事实可以从多个角度进行挖掘;二是新闻角度影响新闻主题,不同的角度可以挖掘不同的主题;三是新闻角度影响新闻价值。

(二)如何评析新闻作品的新闻角度

"角度新"对于"报道新"具有重要的意义和作用。下面看一则新闻:

3000小考生"妖魔化"妈妈

本报讯 (记者 胡俊 秦杰)"楚才杯"五年级作文题目"给我一点时间",让3000名被逼培优的十龄童,不约而同地将妈妈刻画成"变色龙""母老虎""河东狮吼"的形象……

孩子们被妈妈逼着赶场培优,参加奥赛、练琴学画,做着永远也做不完的练习题。在这些孩子的笔下,妈妈是"会计师",计算好了他们的每一分钟;妈妈是"变色龙",考了满分她睡着了都会笑醒,考差了就会大发雷霆;妈妈是"母老虎",每次出去玩总被她准确地堵回来;妈妈是"河东狮吼",看一会儿电视她就会发作……在妈妈们看来,这样做是因为爱,是望子成

---

① 黄玉涛.新闻价值与新闻题材[J].军事记者,2002(2):30-31.

龙。但孩子们并不领情:"妈妈,你在我心中的地位非常高,我不愿因为这而讨厌你,害怕你,我渴望拥有快乐的童年。"

华中科技大学教育专家郑丹丹认为,3000考生不约而同地"妖魔化"妈妈,反映了妈妈们在当代社会面临的共同困惑,也说明构建和谐母子关系迫在眉睫。

《武汉晚报》2005年4月25日

这篇消息反映的内容是一重大题材。中小学生学业负担过重,母亲又逼迫孩子培优,使孩子们产生了逆反心理,这已成为一个困扰众多家庭的社会问题。报道抓住这一热点,从一个侧面披露了现行教育体制存在的弊端,引发家庭、学校和政府参与讨论,共同寻找解决途径。

此消息新闻角度切入点好,选择"3000小考生'妖魔化'妈妈"这一新闻事实,既有鲜明的个性,又有普遍代表性,角度新颖的报道一经推出就引起了社会广泛共鸣。此消息获第十六届中国新闻奖消息二等奖。

此消息体现了媒体强烈的社会责任感。只有家庭的和谐,才有社会的和谐。该报持续报道了3个月,不仅揭示了"妖魔化"妈妈产生的社会成因,又开展了系列公益活动,为家长特别是妈妈们排忧解难,是一次具有责任感和显著成效的新闻操作。

这则消息反映的是重大题材,反映了社会中的一个普遍问题——现行教育制度中的弊端。但是,消息没有直接从学校教育者的角度去探讨这个问题,而是独辟蹊径,从楚才作文小作者的作文"妖魔化"妈妈这个现象提出了这个问题,既有充分的说服力,又让人警醒。这就是一个巧妙的角度。

第二节 新闻作品形式分析

一、表达方法分析

表达方法是新闻作品中表达主题、刻画形象的重要手段。成功的表达方法有助于准确生动地表现新闻的思想内容,增强新闻作品的说服力和感染力。新闻作品的表达方法有很多种,常见的有叙述、描写、议论、抒情等,新闻作品运用最多的是叙述与描写,这里仅对这两种表达方法进行分析。

(一)什么是叙述与描写

1.叙述

叙述分为顺序、倒叙、插叙。顺叙是写记叙文最常用、最基本的方法,一般是指按照事件发展的时间先后次序来叙述。采用这种方法,能使文章的层次同事件发展的过程基本一致,容易把事件记叙得有头有尾、脉络清晰。

倒叙是根据表达的需要,把事件的结局或某个最突出的片断提到前边叙述,然后再从事件的开头按原来的发展顺序进行叙述。倒叙能增强文章的生动性,使文章引人入胜。使用倒叙方法应注意的是,文章开头交代了事件的结局后,要转回到事件的开头,从起因写起;在叙述完事件的经过后,还要回到结局上来,这样才能首尾相合、结构完整。

插叙,是在叙述中心事件的过程中,为了帮助展开情节或刻画人物,暂时中断叙述的线索,插入一段与主要情节相关的内容,然后再接着叙述原来的内容。鲁迅的《故乡》中有两处插叙,一处是当"我"的母亲谈到闰土时,作者用"这时候,我的脑海里忽然闪出一幅神异的图画来"引出对少年闰土形象的插叙;另一处是对杨二嫂形象的回忆。这两处插叙使闰土、杨二嫂过去与现在的不同形象及不同的生活境况形成鲜明对比,充实了文章内容,深入开掘了主题思想。插叙的内容应能对中心内容起补充、解释或衬托的作用,根据中心内容的需要可长可短,但不能超越表现中心思想的范围,否则会喧宾夺主、繁琐累赘。使用插叙时,要安排好与中心内容的衔接,使其过渡自然,内容贯通一气。

2.描写

所谓"描写",就是用生动、形象的语言,具体、形象、精细地把描写对象(人物、事件、景、物、环境等)的存在和变化(状貌和变化的情态)描绘出来,给人以鲜明的印象和深刻的感受,使人有身临其境之感。

(二)描写与叙述的区别

叙述是对人物、事件、环境作一般的说明交代,只写基本情况,不作细致刻画。

描写是对人物、事件、景物、环境作具体、细致的描绘。

请看下面的练习:

(1)"爸,我要上学,我才五年级毕业,才十二岁,你怎么不让我上学了?"小红哭喊着,摇着父亲的胳膊,可是,父亲眉毛紧锁着,一句话都不说。

(2)小红今年十二岁,五年级毕业了,她还想上学,可是,她爸不让她上了,她又哭又喊,也无济于事。

(3)青草,野花,山坡,像一幅碧绿的地毯,直挂到我的脚下。杨树,柳树,一团团,点缀在山坡上,是地毯上的图画。

(4)那山坡上长满了青草和野花,像一块碧绿的地毯,山坡上的杨树和柳树,一团一团的,像图画。

上面的例句,哪些是叙述,哪些是描写?叙述与描写的区别在哪?

其实它们的区分并不复杂。描写是让人物登场,让景物展现,让所写的对象都展现在读者的面前,在"当下"的时空位置上,让它们自己表演,自己展示。而叙述是由作者给读者陈说、转述,所展现的对象往往不在读者面前,不在当下。

可见,描写和叙述的根本区别,是人物、事物的"出场"与否。如果借用英语时态的说法,描写往往表现为现在进行时态,叙述则表现为过去时或过去完成时态,且往往是第三人称叙述。

二、新闻语言分析

新闻作品是语言运用的结果,不论是平面媒体还是音像媒体,都需要借助语言完成信息的编制与传输。因此,在某种意义上,对新闻作品的评析首先就是对其语言运用情况的分析。

(一)新闻语言

1. 新闻语言的定义

根据新闻学原理,通过新闻媒介,向受众报道新近发生的事实,传播具有新闻价值的信息时所使用的文字语言就叫作新闻语言。

2. 新闻语言的特征

新闻语言有如下特征:
第一,准确、简洁、鲜明、生动;
第二,有时代感;
第三,不同的风格。
消息与通讯是新闻报道中最常见的两种叙事体裁。消息与通讯对于语言的要求有所不同,新闻语言风格取决于新闻事件本身的基调,新闻语言风格还取决于人物报道中被采访者的语言个性。

(二)"白描"是新闻语言的主要特征

"白描"是指文字描写的具体方法,即不尚修饰,不用或少用渲染,力避浮华、做作,以质朴的文笔,简练而直接地勾勒出事物的特征。
如何使用白描语言?

1. 多用动词,用准动词

在新闻写作时掌握多使用动词的要领,既能把人物和事件写"活",使读者如见其人、如闻其声,也能把环境和景象写"活",使读者如临其境,最终让消息或者通讯"立于纸上"。

2. 多用子概念

多用子概念,也就是说,多用具体的语言去写作。真实的东西都是具体的,具体的东西往往是生动的。
子概念的内涵总比相应的母概念的内涵丰富、具体,因此,多用子概念容易引起人们的形象思维。
例一:一个人在吃东西。
例二:一个孩子在吃水果。
例三:一个婴儿正在吮吸杨梅。

这三句话，一句比一句具体，原因在于两组概念：人——孩子——婴儿，东西——水果——杨梅。母概念不断走向子概念。

3. 多用大白话

"大白话"在这里是指群众语言、老百姓说的话，或者叫大众口语。大众口语生活气息浓厚，大都具有通俗明白、平易近人、生动形象的特点。用群众的语言写新闻，能被大多数读者轻易理解，还能使新闻具有独特的风格。

新闻报道的文体适用于短句，新闻报道是典型的叙述类文体，而且是一种快节奏的表达，所以使用短句最为合适。当然，并不是说长句适应的范围，短句就不能写进去，短句适应的范围，长句一句也不能用。在一般情况下，写作都用长句或者都用短句的情况非常少，往往是长短句并用。就新闻语言而言，在一篇新闻作品中，短句所占的比重要比长句重得多。

(三)新闻语言分析标准

新闻语言的分析标准有：准确贴切、简洁明快、通俗易懂、生动形象。

(四)如何分析新闻作品的语言

新闻写作也要充分重视语序。一个事件可以有多种陈述方式：
例一：主席台上坐着刚上任的市长。
例二：刚上任的市长坐在主席台上。
例三：刚上任的市长在主席台上坐着。
话语结构角度：主题—论题。
心理结构角度：预设—焦点。
信息结构角度：已知信息—新信息。
新信息在后面，是句子的重点。为了强调，我们可能会调整语序。例如，新华社记者郭玲春写的《金山同志追悼会在京举行》："鲜花、翠柏丛中，安放着中国共产党党员金山同志的遗像。千余名群众今天默默地走进首都剧场，悼念这位人民的艺术家。"这里，"鲜花、翠柏丛中，安放着中国共产党党员金山同志的遗像"一句强调的新信息落在"金山同志的遗像"上，如果写成"中国共产党党员金山同志的遗像安放在鲜花、翠柏丛中"，就会把背景作为强调对象了。

三、新闻结构分析

新闻结构到底是什么呢？就是新闻写作中表达内容、体现主题的谋篇布局，即一篇新闻组织材料、安排层次段落的构思设计。新闻结构一般包括突出中心、处理详略、确定表述次序，划分层次段落，设计开头、结尾，考虑呼应和过渡等。新闻结构必须符合客观事物发展的规律和内在的逻辑联系，为充分表现新闻主题服务，并要具体考虑到不同新闻体裁的特点及不同要求,力求结构严谨、重点突出、层次清晰、简明扼要。①

新闻结构有两种含义。作为动词的新闻结构,是指构思,即新闻如何布局谋篇的一种思考,是一种安排。作为名词的新闻结构,是指框架,即新闻材料排放的位置顺序。不管哪种意义上的新闻结构,都是在考虑或者安排材料的顺序。

(一)新闻结构的实质就是安排材料的顺序

1. 新闻结构的实质就是解决材料的排列顺序问题

这是由时间的一维性决定的。时间如同流水永远向前流动,受众在欣赏新闻作品时,不论是纸质媒体还是电子媒体,总有个先后顺序,这就决定了新闻作品材料摆放会有顺序,哪些放在前面,哪些放在后面,哪些需要详写,哪些需要略写。于是就形成了新闻作品的结构。所以说,结构的实质就是解决材料的排列顺序问题。

2. 在材料与结构的关系上,谁服从谁?

面对一堆材料,是将其写成消息还是通讯?这并不由作者的主观愿望决定,而是取决于材料。比如说材料都是些概括的内容,没有细节、没有场景、没有人物活动,那么只能将其写成消息,而不能写成通讯。这说明,材料决定新闻作品的体裁。而材料的取舍应该为表现主题服务,但是主题不能是作者头脑中想要什么就是什么,同样要从材料中提炼出来,不能超越材料提炼主题。从这个意义上说,材料决定着主题。结构是为表现主题服务的,既然材料决定主题,自然,材料也就决定结构。这也可以从哲学观点上进行说明:材料是内容,结构是形式;马克思哲学认为内容决定形式,自然,材料就决定结构。

(二)新闻结构变化的原因就在于材料层次之间的关系变化

这里有三个规律:

第一,材料决定一切。材料决定结构,这是结构中的第一个规律。

第二,结构的实质是解决材料的顺序问题。所有结构,解决的都是这个问题。文章结构的顺序性主要体现在两个方面:一是线索性,二是条理性。

第三,结构的变化在于材料顺序中层次关系的变化。要改变文章的结构,变动材料之间的层次关系即可。如,若是纵式结构,两个自然段的层次之间必然是承接关系;横式结构的两处自然段的层次之间是并列关系;纵横交叉式的多个自然段之间的层次之间,则是承接或是并列的交叉关系。明白这个道理,若要改变结构,只要将相邻层次的材料加以变动,使之体现出不同的层次关系就可以了。

如何分析新闻作品的结构呢?首先要熟悉新闻作品有哪些结构。常用的叙事性新闻作品一般说来有两大体裁,即消息与通讯。

---

① 甘惜分.新闻学大辞典[M].郑州:河南人民出版社 1993:163-164.

(三)新闻结构总体分为三种形式

新闻作品的结构虽然变化万千,总体说来无非有三种:

1. 纵式结构——表示材料间的承接关系

第一,按照一个事件的发生、发展过程,按时间顺序叙述;
第二,按照生活中发生的一连串故事的时间顺序,依次叙述;
第三,将多线条事实"编织"成单线条纵式结构。

2. 横式结构——表示材料间的并列关系,将包含、递进都容纳进来

按照新闻事实的内在性质的区别和联系,以多侧面拼接的形式来安排新闻素材。
第一,同时异空结构;
第二,多侧面拼接结构。

3. 纵横交叉式结构——表示材料间的承接与并列等多种关系的交叉

第一,纵横交叉结构;
第二,"蒙太奇"式结构——电影镜头的组合关系和连接方法,即"蒙太奇"手法;
第三,递进式结构。

(四)分析新闻结构的标准

分析新闻结构有以下标准:

第一,分析一篇新闻的结构,首先要看其结构是否简要清晰,易于读者理解。一般说来,顺序结构易于交代前因后果,读者容易理解;
第二,新闻的结构要与"最重要的事实"有直接关系,能充分表现主题;
第三,新闻结构要灵活多样,富有创新性。
应该分析新闻结构的条理性、变化性、均衡性。

第三节 新闻作品叙事学分析

一、新闻叙事理论

(一)新闻叙事学

新闻叙事学是研究新闻叙事的本质、属性、功能和形式的学科,其研究对象包括一切新闻叙事作品和新闻叙事行为,特别是研究承载一定信息的符号、以更好地表现传者的认知态度和意图的叙事行为。

新闻叙事学是以新闻叙事文本为对象,以新闻学、叙述学、语言学、修辞学和逻辑学等为

学科基础的研究新闻叙事方法和原理的一门边缘性学科。

新闻叙事学内容丰富,下面结合与全媒体新闻作品评析联系较密切的叙事角度与叙事模式来阐述。

(二)叙事角度

新闻叙事角度,是叙述者观察某一新闻事件和叙述故事的特殊眼光及角度。它体现了叙述者和所叙述事件的一种表述关系,是叙述者把体验到的世界转化为语言叙事世界的基本角度。叙述角度能创造新闻报道的"文本价值",使新闻文本变得更加完美和艺术化,更具可读性。关于叙事角度的分类,本书沿用著名的法国结构主义批评家热奈特的三分法,来进行新闻叙事角度的研究建构。三分法分为零度焦点叙事、内焦点叙事、外焦点叙事。

1. 零聚焦

叙事者全能全知。叙述者对"争议人物"的优点、缺点、长处、短处非常清楚,叙述者对人物情感和心理的活动变化也是全知的。如果用叙述者与人物的关系来描述,那么全知视角就是叙述者大于人物。作者出现在其作品的旁边,就像一个演讲者伴随着幻灯片或纪录片进行讲解一样。这种"讲解"可以超越一切,历史、现在、未来全在其视野之内,任何地方发生的任何事,甚至是同时发生的几件事,其全都知晓。在这种情况下,读者只是被动地接受故事和叙述。

这种"全知全能"的叙述视角,使叙述者可以办到任何事。想听、想看、想走进人物内心、想知道任何时间、任何地点发生的任何事,都不难办到。因此,这种叙述视角最大的优势在于,视野无限开阔,适合表现时空延展度大、矛盾复杂、人物众多的题材。这种叙述视角的缺陷也是相当明显的,它叙事的真实可信性经常受到挑剔和怀疑。

2. 内聚焦

即作品中的人物是一种内视角,叙述者等于人物。作者对于世界、人、事的审视是通过具体人物的眼光来完成的,叙述者只借助某个人物的感觉和意识,从叙述者的视觉、听觉及感受的角度去传达一切。叙述者不能"全知全能",不能提供人物未知的东西,也不能进行这样或那样的解说。由于叙述者进入故事和场景,身兼二职,或讲述亲历或转叙见闻,其话语的可信性、亲切性自然超过全知视角叙事。这种类型被法国结构主义批评家热奈特命名为"内焦点叙事"。这种内视角包括主人公视角和见证人视角两种。

3. 外聚焦

叙事者只看外部而不见于人物内心,即外视角,叙述者小于人物。这种叙述视角是对"全知全能"视角的根本反拨,因为叙述者对其所叙述的一切不仅不全知,反而比所有人物知道得还要少,叙述者像是一个对内情毫无所知的人,仅仅在人物的后面向读者叙述人物的行为和语言,无法解释或说明人物任何隐蔽的和不隐蔽的一切。它最为突出的特点和优点是极富戏剧性和客观演示性;叙事的直观、生动使作品表现出引人入胜的艺术魅力。

二、叙事角度的作用

(一)叙事视角的艺术效果

笔者曾经写过一篇报道《武汉阿信与贫困母亲》(载 1998 年 4 月 18 日《武汉晚报》),说的是一个赌徒杨汉都劳教期间高烧不止,后成为脑瘫患者被提前放回家。一位被誉为"日本女企业家阿信"的武汉梦天湖酒楼老板邓散心,在武汉市青山区妇联组织的活动中,与这位赌徒的家庭结成帮扶对子。文章以邓散心的视角来叙述事情经过。起初,从邓散心接触这个家庭写起,邓散心看到其家里陈设十分杂乱,妻子周训丽似乎对杨汉都没有尽到责任。邓散心本来还有点生气,想劝劝周训丽。后来了解到,周训丽和杨汉都看起来是夫妻,其实他俩早已拿了离婚证。从法律上来说,周训丽并没有照顾已痴呆了的杨汉都的义务,而是同情心驱使她这样做。于是,周训丽的形象在邓散心里顿时高大起来,邓散心也十分热心地帮助杨汉都及其家庭。

以邓散心的角度来叙述事件的进展就是内聚焦叙述,这种视角有何好处?这是按照人物的认识路线来交代事件,形成一种先抑后扬的效果。从这篇文章的叙事角度,我们可以看到,采用不同的叙事角度可以使结构发生巨大的变化,主要是所述故事按照叙述人物认识前后巨大差异产生的故事情节的变化展开。它会产生误会法、巧合法的效果,产生强烈的戏剧冲突,这是我们新闻作品中需要追求的结构效果。

(二)正确掌握叙事视角与叙事方式

1. 掌握叙事视角

在叙事学中,叙事视角是指叙述者在讲述故事的过程中,设置特定的人物来展开故事。在这个人物的指引下,受众体验故事的全部过程。在新闻报道中,叙事的视角应当是多维的、立体的。

2. 把握叙事方式

叙述与议论结合,融作者的思想、观点、风格和气息于报道中。著名的意大利女记者法拉奇说:"我是一名演员,一个自我中心者。只有把我放入报道中,该报道才是最好的。"法拉奇把写文章当作了供自己表演的舞台。她毫不掩饰地把自己的观点、见解、感情和倾向融入报道中,对所写人物自由地进行道德判断。她极少借助纯粹的记录性陈述,而是始终在叙述中掺杂着个人的感受。例如她对基辛格的描写:"我发现他毫无诱人之处:粗壮的矮个子,顶着一个羚羊般的大脑袋。"[1]再如她对英迪拉·甘地的描写:"她的相貌是动人的。她有一双淡褐色的、略带忧伤的、美丽的眼睛,脸上挂着一丝奇妙的、高深莫测的、能引起人们好奇的微笑。"[2]从中可看出法拉奇对这两个人物的不同态度与观点。法拉奇的新闻作品是个人的

---

[1] 奥里亚娜·法拉奇. 风云人物采访记[M]. 嵇书佩,乐华,杨顺祥,译. 北京:新华出版社,1988:4.
[2] 同上:194.

思想、观点、气质、情感、风格的混合物,生动的思想、睿智的论述共同形成了她文章的特色。法拉奇的这种视角就是内聚焦,她是将自己作为事件中的一个人物来写,通过自己的所见所闻来写,让报道有了真实可信的效果。

新闻报道不是简单地罗列事实的见闻实录,它包含作者周密思考的见地,渗透着出于正义而迸发出的激情。善于"以故事的方式写新闻"的记者不仅具备记者的敏锐感,还有历史学家的鉴别力和政论家的推断力"。

新闻报道要做到描写具体、细节感人、情节曲折、视角独特、思想生动,需要记者丢掉材料、放下电话、离开网络,到现场用眼睛观察、用耳朵聆听、用嘴巴提问、用心灵感受。

正如李希光所言:"新闻记者的核心任务是做好'邮递员',准确无误地传送信息。但是,传递信息仅仅是完成了记者的一半工作,另一半工作是在这篇报道里讲一个能渗入读者或听者灵魂的好故事。深入读者的灵魂,也就是打开读者的心灵之窗,需要记者把新闻写作当艺术那样,用艺术家那种苦心孤诣的精神,钻研写作艺术,勇于探索,尽善尽美,不留遗憾。用人性的观点和一套娴熟、敏捷、精确的手法采写你的作品。"①

三、新闻报道的基本叙事模式

(一)"核心事件+附属事件"的新闻模式

这个新闻模式将新闻事件分为核心事件和附属事件。核心事件就是通常意义上的重要事件,它对整个专题类新闻报道具有决定性的作用,是专题关注的核心。附属事件可以是背景事件,也可以是细节事件,是核心事件的补充点,对整个专题报道起到催化作用。

在新闻报道中,没有核心事件,新闻报道就没有主题,人们就看不清楚整个报道的主要意思。但是如果报道仅由核心事件构成,又显得太过单薄,会使受众在接受传播的过程中感到索然无味。通过丰富的附属事件,整个报道可以更加让人喜闻乐见。更重要的是,附属事件不仅仅是对核心事件的"修饰",还体现了新闻用事实说话的主观意图。

在新闻的叙述过程中,常常会出现这样的模式:介绍单个的人或事→叙述一个更大更复杂的问题→对这个问题进行补叙→返回对单个人或事情的叙述→再次对重大问题展开探讨→恢复到有人情味的描述→按开始的方式结束故事情节。这种叙事模式经常会被一些纪录片形式的新闻专题类节目采用。②

(二)二元对立展开情节的故事模式

无论是平面媒体还是电子媒体,都强调运用具体生动的故事,因此往往采用二元对立的故事情节,强调矛盾冲突。与报纸和广播相比,电视新闻更加善于表现具体的事件,不善于表达抽象的概念。所以,对于一些事件性的新闻,在电视新闻的报道中更倾向于采用故事模式来表现。在电视新闻报道的过程中,采用什么样的叙事方式才能增强专题类电视节目的故事性以引人入胜?有一个办法就是设置悬念,用对立的方式展开情节。对立构成悬念,推

---

① 李希光.超越"倒金字塔"追寻讲故事的艺术[J].青年记者 2003(6):10-13.
② 黄晓军.新闻叙事模式试析[J].写作,2008(13):36-38.

动整个故事达到高潮。可以说,对立是隐藏在叙事结构背后的最重要的结构方式。如 2013 年 11 月山东卫视的节目《调查》有一期"警察自导自演的杀人案"。到底是警察杀死了犯人,还是警察自导自演的枪杀案?节目围绕这个对立点展开,对这个现实版的"警匪片"进行推理,以分析案件。这样的叙事模式,使叙述本身充满了二元对立的色彩,增强了新闻报道的故事性。①

还有一种办法,就是在叙事时打破事件原有的时间顺序。这就像小说一样,通过打破事件原有的时间顺序来设置悬念,重新组织整个故事结构,就像侦探故事进行推理一样。侦探在分析案件时,都是先找出受害人和嫌疑人之间的对立点,然后利用证据对这些对立进行推论。

其中的秘密在于设置悬念,用"对立"展开情节。一组组对立构成一个个的悬念,推动故事向高潮和结局发展。人们在谈论概念、观点时,常常是通过将它们和与它们相对立的东西进行对比来理解它们的。可以说,对立是构成叙事的最基本的并"合乎"逻辑的、是隐藏在一切叙事结构背后的最根本的"结构"。这种对立已经成功地运用于新闻报道叙事中。在美国追杀本·拉登的连续报道中,本·拉登被杀或逃脱,构成整个新闻叙事的"大"对立,所有的报道都围绕这个对立来设置悬念,当然在单篇的叙事中也有"大"对立中的"小"对立,但是总的来说,围绕对立来叙事的总体框架是不变的。在新闻报道实践中,人们发现,对立越是具体、形象、尖锐,故事就越是精彩。故事性强的新闻,报道时会尽量选取一个对立最尖锐的矛盾来展开叙述,新闻与小说不同,叙事脉络越集中、越单一越好,因此单篇新闻总是围绕一个矛盾展开。故事性弱的新闻,总是要从看似没有矛盾的表面现象下挖掘出矛盾,并尽量使矛盾单纯化、尖锐化,以适应新闻叙事简洁、短小的要求。在不断的实践中,突发新闻报道渐渐摸索出了利用对立使叙事更精彩的方法。

(三)全知视角下的共时性叙事(英雄模式)

还有一种独特的新闻叙事模式——全知视角下的共时性叙事。传统媒体关于典型人物的新闻专题多采用全知视角叙事,因为新闻需要交代清楚事情的来龙去脉,或者说在整个节目中要将时间顺序穿插其中。传统媒体最常运用这种模式报道典型人物,因此我们称之为英雄模式。这种新闻叙事模式是具有中国特色的新闻叙事模式,通过对英雄人物的报道使人们增强荣辱观和使命感。通常来讲,一般的叙事模式是按照时间顺序进行的,我们称之为历时性叙事;而对于先进典型人物的报道,多采用全知视角下的共时性叙事,这样更有利于宣传意图的实现——叙事的过程中可以展示人物的各个侧面。

本章小结

新闻作品评析的方法分为内容、形式、叙事学三种分析。内容分析有价值分析、主题分析、角度分析;形式分析有表达分析、结构分析、语言分析;叙事学分析主要有叙事视角分析

---

① 黄晓军.新闻叙事模式试析[J].写作,2008(13):36-38.

与叙事模式分析。考察新闻作品的潜信息要看新闻事实、新闻背景的选用与新闻事实的排列组合。新闻作品信息分析要看是否有有效信息、首传信息、主要信息、必需信息、深层信息。新闻主题必须全部源于客观事实,主题思想的提炼不得拔高或压低客观事实,也不能扭曲客观事实。评析新闻作品的主题,必须按照"新、高、尖"的要求来衡量。新闻角度具有多元性、影响新闻主题和新闻价值的特点。表达分析重在叙述和描写手段的运用,新闻语言要求准确、简洁、鲜明、生动、有时代感和不同的风格。"白描"手法要多用动词、用准动词,多用子概念,多用白话。分析新闻作品的语言还要考察语序,句子的重点在句子的后部。结构的实质就是安排材料的顺序,结构变化的原因就在于材料层次之间的关系变化。结构总体说来分为纵式、横式、纵横式三种形式。新闻叙事学是一门边缘性学科。新闻叙事角度分为零度焦点叙事、内焦点叙事、外焦点叙事。基本叙事模式有三种:"核心事件+附属事件"新闻模式、二元对立展开情节的故事模式和全知视角下共时性叙事的英雄模式。

思考与练习

1. 挑选一篇新闻作品,用本章介绍的内容分析方法对其进行价值分析、主题分析和角度分析。
2. 从近期中国新闻奖获奖作品中选择一文,对其作品形式进行分析。
3. 分析一篇新闻作品中的叙事角度,看运用不同的叙事角度会对文章表达起到什么作用。

第五章　新闻作品评析文章的写作

新闻作品评析文章属于议论文体。虽然作者在分析构思时会按照前面介绍的步骤考察作品的新闻价值、采访过程、写作得失及探究其社会文化上的意义，也会按照内容分析、形式分析和叙事学分析，找出这篇新闻作品可评析的内容。但是形成文章还是要符合议论文文体的特点，讲究论点、论据和论证的完备与准确。本章具体介绍新闻作品评析文章如何写作。

第一节　新闻作品评析文章的写作特点

一、接受的选择性

新闻作品评析的构思始于选择，这里讲的新闻作品评析的研究者，其选择方式与一般受众的选择是不同的。评析者选择新闻现象或作品只能是评析对象本身的新闻素质，从某种角度说，越是容量大、思想深、手法灵活、技巧圆熟的新闻作品就越有"嚼头"，越应该列入新闻评析的视野。所以，新闻评析首先要选择合适的新闻作品作为评析对象，不能像一般受众那样，只要是自己感兴趣的新闻作品就评议一番。

下面，具体介绍一篇评析文章的构思过程来看如何写作新闻作品评析文章。

新闻作品评析思路是从选择新闻作品开始的。选择新闻作品的标准有两方面：一是新闻内容是否具有新闻价值和社会文化价值，二是新闻作品是否具有制作上的典范性。

其中第一条标准是最重要的。新闻是对新近发生的事实迅速地进行传播，新闻工作者以在第一时间内发表最新信息为己任，力求不遗漏每一条重要消息。新闻评析者主要关注的也是作品内容的价值。

制作的典范性是评析者选择的另一标准，制作精良的前提是内容有深度、有社会意义。实际上，优秀的新闻作品往往既具有深厚的价值底蕴，又具有审美特征，这就为新闻评析提供了良好的选择对象。

新闻评析构思时，新闻选择的标准与新闻评析的原则会自觉或不自觉地结合起来，新闻评析的真实性原则、价值性原则、倾向性原则、审美性原则在评析思路起始的选择阶段就会发生作用，影响着评析基本思路的展开。

笔者从中国新闻奖一等奖作品中选择了一篇消息，请看此文：

就业局长"潜伏"打工探扬州用工

本报讯 （记者 胡俭）昨天中午，扬州宝亿制鞋厂 60 多名云南曲靖市的务工人员前来报到。欢迎新员工的典礼上，一位戴眼镜、挎皮包的中年男子，从人群中挤上主席台，向乡亲们挥手致意："我叫陈家顺，曲靖市就业局副局长，去年曾在宝亿制鞋厂打工一个月……"

这一句自我介绍，令宝亿鞋厂的新老员工惊讶地瞪大了眼睛。

去年春天，西南大旱，扬州众多企业向云南曲靖等重旱区发出用工"邀请函"。很快，首批 80 多名曲靖农民来到宝亿鞋厂，陈家顺就是他们的领队，有人称他"工头"，也有人叫他"大哥"，却没人知道他是曲靖市就业局副局长。

原来，曲靖当地百姓很少走出大山，总担心外出受骗受欺负。扬州务工环境究竟咋样？

光看招工广告不行。百闻不如一见，百见不如一试，陈家顺自告奋勇当起"工头"，要实地体验扬州的务工环境。

经过一周的岗位培训，陈家顺被分配到整理车间，负责打包卸运。一周工作五天，周六加班计发加班费，周五晚上工厂还会开展联谊会。八人一间宿舍，有空调、有热水。每月 10 日，工厂按时发薪水，外来员工全部参加社会保险。陈家顺按时拿到首月工资后，向宝亿老总递上自己的名片说："把家乡工人交给你们，放心！"他在"打工报告"中这样写道：扬州企业合理工资吸引人，人性管理温暖人，事业发展激励人。随后，一拨又一拨的曲靖农民工被输往宝亿制鞋、川奇光电等企业。

去年 12 月底，扬州市人力资源和社会保障局前往曲靖，将曲靖列为扬州第 58 个外省劳务基地，今年春节前，200 多名曲靖员工被吸纳到扬州经济技术开发区的企业中。

今年春节后，全国各地大闹"用工荒"，扬州经济技术开发区跨省招工，一周招聘签约 1.8 万人，用工计划甚至排到今年七八月份。扬州市人力资源和社会保障局副局长颜军说，扬州园区企业用工缺口 2 万多人，但没有出现"用工荒"，就是因为扬州建立了一批外省劳务合作基地，扬州企业注重待遇留人、感情留人、事业留人。

在昨天的欢迎仪式上，颜军拉着陈家顺的手说："你的特殊'打工'经历，就是对扬州务工环境的最好宣传，感谢你啊！"

来源：《扬州日报》2011 年 3 月 8 日

这篇 834 个字的短消息，讲述了这样一个事实：云南曲靖是劳务输出大市，农民出远门打工害怕上当受欺负，当地负责劳务输出工作的陈家顺副局长，隐瞒自己的干部身份，在扬州一些企业以打工者的身份与农民工兄弟同吃、同住、同劳动一段时间，对当地用工环境满意后，再介绍更多的父老乡亲来这里打工挣钱。

《扬州日报》率先报道了"潜伏局长"这个人物典型，并引发《人民日报》、新华社、中央电视台等全国近百家媒体的跟进报道。随后，云南省委授予陈家顺"直接联系群众的好干部"荣誉称号，全国人力资源社会保障系统开展向陈家顺同志学习活动，时任国务委员兼国务院秘书长的马凯在中南海紫光阁亲切会见陈家顺先进事迹报告团成员。

"潜伏局长"报道用一则小故事回答了两个社会热点问题："干部该怎样做官""企业该怎样用工"。2011 年初，"节后用工荒"席卷全国，扬州许多企业面临开工不足的难题，也成为媒体关注的民生热点和新闻焦点。作为跑口记者，得知扬州市人社局组织用人单位春节后开展跨省大招工,便主动联系,随同前行。正月初八,许多人还在会亲访友,记者就冒着严寒,踏上了新春走基层的征程,跨省招工行程 2500 公里,目的只有一个,紧跟社会热点,发掘有价值的新闻故事,最后,偶然发现了"潜伏局长"典型。

所以这篇文章符合前面所说的新闻价值与文化价值标准,且是获得中国新闻奖一等奖的作品,具有典范性。

二、所选新闻作品的阅读

(一)细读

著名作家叶圣陶说:"看整篇文章,要看明作者的思路,思想是有一条路的,一句一句,一段一段,都是有路的,这条路,好的文章作者是决不乱走的。看一篇文章,要看它怎样开头的,怎样写下去的,跟着它走,并且理解它为什么这样走。比如一篇言论文,开头提出问题,然后从几个方面来说,重点说的是某一个方面,其余几个方面只说一点儿。为什么要这样安排呢?一定有道理,读的时候就得揣摩这个道理。再往细说,第二句跟头一句是怎么连接的,第三句跟第二句又是怎么连接的;第二段跟第一段有什么关系,诸如此类,都要搞清楚。这些就叫基本功。"[①]

近代古文家林纾也有过这样一番说法:"教人作文,第一看大概主张;第二看文势规模;第三看纲目关键,如何是首尾呼应,如何是一篇铺叙,如何是抑扬开阖处;第四看警策句法,如何是一篇警策,如何是下字下句有力处,如何是起头换头佳处,如何是缴结有力处,如何是融化曲折剪裁有力处,如何是实体贴题目处。"[②]

(二)细读分析过程反对两种倾向

在细读分析过程中,至少有两种不同的倾向:一种是过于具象,差不多是重新叙述一下各段内容,先说了什么,后说了什么;另一种是过于抽象,离开了段落关系,离开了具体的表达层次,直奔所谓的"意义"。这两种倾向,都没有达到分析练习的目的,即通过"细读"掌握全篇内在的关系,理解各个部分的功能和整个写作意图实现的过程。

一篇新闻作品,确实有"先说了什么,然后说了什么"这些具体内容,通过分析练习,可以揣摩新闻作品的写作敷陈。但是分析练习却不能满足于这些浅层上直接可以观察到的内容,而要问:作者为什么要说这个?这就要看内容对于表达主题的作用。这种作用可能是直接的,也可能是间接的。如果是间接的,那还要看那些直接表达主题的内容是什么,间接的内容与直接的内容之间到底是怎样一种关系。这样,内容的分析着眼于主题分析,各个部分内容之间的关系也就由此厘清了。

需要注意的是,评析文章多采用议论文体,要将感性的分析上升到理性的阶段。评析文章的分析,不在于说出各个段落内容单独的意义,而在于掌握全篇各个段落内容之间的关系。这些关系都是由主题统摄的,也可以说都是与主题相关的。如果脱离了主题,脱离了这

---

① 叶圣陶.认真学习语文[M]//吴为章.广播电视话语研究选集.北京:北京广播学院出版社,1997:166.
② 林纾.林纾诗文集[M].上海:商务印书馆,1993:91.

种关系,孤立地说清各个段落的内容,那还是没有意义的。

上面所说的其实是评论作品内部的一种静态的动力关系,因为完成之后的作品,其本身是静态地呈现在分析者眼前的。但是,从写作和阅读的线性发展来看,它们的确有一个动态的过程,即从作者来说,先说什么后说什么,从读者来说,先看到了什么,后看到了什么。作者先说什么后说什么,其实是一个"营造"的过程,属于结构问题,并不是先想到了什么就说什么。因此其本质上仍然是一个静态结构的过程。

三、不要用评价来代替分析

一些同学往往用对作品的抽象评价来代替对作品的具体分析。也就是说,他们没有深入到作品的主题、段落、语言、它们之间的关系以及这些思维和表达的具体层面,而只是对作品的整体效果直接做出评价。

之所以出现这种情况,一种可能是不了解分析练习对于学习写作的意义,另一种可能是缺乏深入到具体层面进行分析的能力、语言工具乃至信心。毕竟,在抽象的层面上说一些套话,比如"层层递进""环环相扣"等,实在是太容易了。

什么是抽象的评价呢?比如:"这篇社论有的放矢、形式活泼、紧密地配合了舆论宣传,发挥着强大的威力。我们从中看到了一份真实、一份真诚,一种光明。"再比如:"本则新闻评论观点鲜明,表达清晰,文中所引用的事实材料、作者所表述的想法等均为全文表达观点服务。"

两者相较,后者还算是比较具体的,涉及作品的内容,但仍然停留在"评价"的抽象层面上,而没有落到具体的分析层面上;前者根本没有涉及作品的内容。

当然,分析练习难免涉及对作品的评价,即对其表达效果的评价。但这种效果的评价,也只能在上述内在的静态、动态的关系的分析完成的基础上才能够做出,只有在分析了各个部分内容对表达和主题的"贡献率"的基础之上才能做出,否则就没有评价的标准了。

第二节 新闻作品评析文章的构思

一、寻找介绍其写作背景的材料

这里可以运用以前学过的知识,先看看《就业局长"潜伏"打工探扬州用工》一文的语境环境,此文主人公响应领导干部下基层、切实解决人民群众困难的时代背景,这是党中央提出的转变作风的大环境要求的。这里可以通过作者的相关介绍文章来看。注意,寻找评析对象时,最好能够找到一些介绍其写作背景的材料。可以在网上搜索这些背景材料,此篇消息的作者胡俭就有两篇介绍此文写作过程的文章,一篇为《一则消息树起一个全国典型》,载2012年第12期的《传媒观察》,该文披露:

2011年初,"用工荒"席卷全国,成为全国媒体关注的民生热点和新闻焦点。作为跑口记者,正月初八,作者主动随同市人社局的同志展开横跨5省的大招工。这次跨省招工,一路上，行程艰险：汽车爆胎，差点翻到山沟里；正月上旬饭店不开门，一路上忍饥挨饿……作者用许多生动的小故事，记录了人社局同志的招工之难，发回了大量动态稿件。春节刚过，记者又回访了一家家企业，采访外来民工的生活工作情况。

2011年3月7日中午，胡俭去扬州宝亿制鞋厂采访，偶然发现了一条令人兴奋的线索：一名来自云南曲靖市负责劳务输出的就业局长——陈家顺，每到一个新的城市组织劳务输出，都要亲身体验一下用工环境后，才介绍农民工来打工。

2010年春天，他曾在宝亿制鞋厂隐去官职打工一个月。就业局长"潜伏"打工，这个社会新闻故事多么吸引人啊！当时，作者就兴奋不已。跨省招工行程5000里，偶然发现一个"潜伏局长"，逮到一条"大活鱼"，如何将这条"大活鱼"烹饪成一道美味的"新闻大餐"呢？

作者向采访中心汇报后，很快，编辑中心后方联动反应机制响应起来，编委会对这一题材进行认真研判，指导前方记者抓住采访重点。随后派出摄影记者，组织配发言论，同时要求编辑精心谋划版面……整个采编过程，实现了线索源与决策层的直通互达，做到运转程序简捷、高效。

二、寻找所评新闻作品的特点

胡俭还写有一文——《"潜伏"在有准备的人身边——〈就业局长"潜伏"打工探扬州用工〉的采访体会和感悟》，据此文介绍，在团队的共同努力下，《就业局长"潜伏"打工探扬州用工》获得了"2011年度江苏省报纸好新闻一等奖"，继而冲击中国新闻奖一等奖。江苏省记协主席周世康点评这篇作品有四个"好"：一是新闻题材好，抓住了局长打工这一强烈的身份反差，生动诠释了新时期的和谐党群、干群关系；二是社会反响好，《扬州日报》率先报道后，引发中央电视台等全国近百家媒体的跟进报道，全国人力资源社会保障系统开展向陈家顺同志学习活动，一则消息树起一个全国典型；三是表现形式好，"新闻报道故事化"，"局长潜伏打工"故事吸引眼球；四是践行"走转改"成效好，中宣部等部门去年8月起倡导新闻战线"走转改"，《扬州日报》超前认识并自觉实践了这一点。

许多新闻同行羡慕《扬州日报》运气好，碰到了一个好题材，却忽略了后面大量的"必然"，那就是"机遇永远垂青有准备的人"。而这种"准备"，源于三种能力的锻造和提升：一是培养记者敏锐的新闻判断力，二是"新闻报道故事化"的成熟表达能力，三是"采编联动"的高效决策执行力。

这两篇介绍文章，都是作者写作《就业局长"潜伏"打工探扬州用工》一文的亲身经历介绍，能够使此文的评析者很好地获得写作背景情况，能够了解新闻线索发现、事件采访、写作、构思与文章报道后的反响等信息。这就可以满足前面所说的两个条件：作品的新闻价值和社会文化价值，制作的典范性。

通过这些背景材料介绍，可以加深理解该新闻作品的内涵，找到写作的特点。

三、切入的理智性

新闻评析是作者以理性的思维分析、评判新闻作品的过程，是理性和智慧的结晶。相对于新闻写作思路构成,新闻评析对思路切入的理智化程度要求也更高。新闻采访的突发性决定了新闻构思启动的强制性,即记者无论是否愿意,有无准备,都得强行构思,尽力写作。新闻评析则不同,评析者在事先有选择评价对象的过程。在评析过程中,评析者是以新闻理论及相关政策、知识、事实等为基础观照新闻现象和新闻作品。比如,在新闻奖评选过程中,专家有足够的时间选择和审视新闻作品,专家的评析观点也是深思熟虑的产物。

找到最佳的切入点。在评析时,专家构思的切入是理性的甚至是理论化的,尽管其中不乏情感的因素,但其毕竟不能妨碍理智分析的进程。评析者对自己欣赏或推崇的新闻作品进行分析,发生在评析者对新闻作品、新闻背景及相关理论知识有一定认识的前提下,而且新闻评析思路的切入理智性较强。

新闻评析思路切入的理智性要求新闻评析者做好评析的相关准备,要加强理论积累,平时深入学习,了解和掌握政治理论、新闻理论及相关方面的专业理论知识。比如,对经济新闻的评析,不仅需要熟知时事政策理论,还要透彻理解相关经济方针政策,在日常工作中积累数据和资料。这样,在选定评析对象时,就能找到最佳的切入点。

第三节　新闻作品评析文章的写作

一、是什么、为什么、怎么办

"是什么、为什么、怎么办"这三个"么",可以说是天下写文章的人都要考虑的。

这三个"么",是写议论文的三要素,笔者认为它有方法论上的意义。写任何文章都可以从这三个方面去构思。

首先,是什么,指的就是要找出评析的"靶子",先选准评析的新闻作品,再找出作品值得评析的地方,或是优点或是缺点,找出这个"靶子",要弄清它是什么、它的概念、它的内涵与外延。

关于怎么找,可用比较的方法,同题比较是最好找的。比如,现在的资讯如此发达,往往一个重大的新闻事件,同城或不同城的众多媒体都会一拥而上,于是就出现了一个新闻事件不同媒体的众多报道。那么,对于这种同题新闻要进行比较分析,哪家写得好,哪家写得差,不怕不识货,就怕货比货。一比较,好坏优劣就都出来了。

没有同题新闻,就要运用新闻理论进行对比,看所报道的内容符合不符合新闻理论规定的标准,如果不符合,差距在哪里?或者用贴近法,贴近两头:一要贴近上头,即与党和国家的方针政策对应;二要贴近下头,即与老百姓关心的热点合拍。

其次,为什么,指的就是找出了"靶子"后,要进行分析,分析其原因、作用或危害。

最后,怎么办,指的是找出了问题,分析了原因,就要提出解决问题的办法和对策。

这三个"么",可称为"三么"模式。下面运用这种"三么"模式来考察《就业局长"潜伏"打工探扬州用工》这篇新闻作品。

(一)是什么

首先要弄清楚评析的对象是否选择准确,要弄清讲的是什么事情、反映了什么主题以及这篇文章作为评析对象是否合适。

将这篇文章与同类报道进行比较可知,此文所选事件与人物都比较典型。人物是一个负责当地劳务输出的副局长,故事又是"潜伏打工",具有戏剧性,此文又是获得第22届中国新闻奖一等奖的作品。评析这样的作品,应该说,作品选对了。

(二)为什么

这里就要具体解释一下,为什么要选择这篇文章作为评析对象,要进一步分析评析此文的意义所在。

第一,要分析此文的报道效果如何。从网上搜集到的背景材料中可知,《扬州日报》率先报道了"潜伏局长"这个典型人物,并引发《人民日报》、新华社、中央电视台等全国近百家媒体的跟进报道。随后,云南省委授予陈家顺"直接联系群众的好干部"荣誉称号,全国人力资源社会保障系统开展向陈家顺同志学习活动,时任国务委员兼国务院秘书长的马凯在中南海紫光阁亲切会见陈家顺先进事迹报告团成员。第22届中国新闻奖评选结果揭晓,《扬州日报》选送的消息——《就业局长"潜伏"打工探扬州用工》荣获中国新闻奖一等奖,这是《扬州日报》创办50多年来第一次获得中国新闻奖。从报道效果上看,反响强烈。

第二,从作品主题来看,此文生动诠释了新时期和谐的党群、干群关系,歌颂了新时期党的基层领导干部一心为民的新形象。

第三,从写作手法上来看,如此生动的故事,本来是一篇通讯的材料,作者却用一条消息概括写出,写作表达形式上有许多可圈可点的地方。

(三)怎么办

在怎么办阶段,要具体分析评析如何进行、写哪些内容、突出什么、如何评析等。可以从下述方面进行思考。

1. 着眼于新闻内容

2012年12月下旬,中国记协在京召开第七届中国新闻奖暨长江韬奋奖高端研讨会,一致认为这篇作品有四个好:新闻题材好、社会反响好、表现形式好、"走转改"好。

"潜伏局长"的报道,用一则小故事回答了两个社会热点问题:"干部该怎样做官""企业该怎样用工"。一篇消息,树立起一个全国典型。此文内容所涉及的主题值得评析,虽带有一定的偶然性,但通过这篇作品的采写过程,笔者感触最深的是,机遇总是"潜伏"在有准备的人身边,这种"准备",核心就是三个字:"走转改。"

作品内容展示的主题有可评析的价值。

2. 着眼于采访作风

据此文的写作背景材料介绍,作者参加的跨省大招工,主要向北行进,分别是安徽、山西、河南、山东等几个劳务输出大省。一路上翻山越岭，行程艰险。跨省招工行程2500公里，最终带回了一大批外来务工人员，缓解了扬州的用工荒。作者采用行进式报道，发回了大量动态稿件，用许多生动的小故事，记录了用人单位与务工人员的动态。

此次报道任务本可以画上一个圆满的句号，但作者仍然心有不甘，因为没有抓到一个令人眼睛一亮的好新闻。于是他做了一回有心人，回访一家家企业，采访外来民工的生活工作情况。真是"踏破铁鞋无觅处，得来全不费功夫"。2011年3月7日中午，一批来自云南曲靖的农民工来扬州宝亿制鞋厂报到，陪同他们来的，是当地负责劳务输出的陈家顺副局长。在欢迎仪式上陈家顺透露，前一年的春天，他曾经在宝亿制鞋厂隐去官职打工一个月，发现扬州的用工环境不错，才决定带大家来这里打工。

就业局长"潜伏"打工，为的什么？这个社会新闻故事多么吸引人啊！跨省招工行程2500公里，吃尽千辛万苦，最终发现一个"潜伏局长"，逮到一条"大活鱼"，再次印证了"脚板底下出好新闻"的道理，这是对记者新春走基层的最好回报。

以明察暗访的方式，为家乡农民工体验和打探务工环境，这对陈家顺来说，并非头一回。早在2008年，这位副局长就曾以打工者的身份，"潜伏"进入浙江义乌的一家养猪场，当过"猪倌"，他还在当地一家企业当过仓库管理员。这些"潜伏打工"经历，都是在作者报道之后，其他媒体不断挖掘出来的"猛料"。

从此文作者发表的背景材料中，我们能够了解到记者当时的采写经历，其"脚板底下出好新闻"的采访作风与采访信念，是值得赞扬的地方，也是可以评析的内容。

3. 着眼于写作方法

此文在写作方法上也有许多可评析的地方。

还原"潜伏局长"这个典型，该采用怎样的体裁？是长篇通讯、系列报道，还是现场新闻或者新闻故事？是从当前党群干群关系入手，还是从破解用工荒落笔，或是从和谐劳资关系切入？报社编委会反复商量决定，改变文风，回归新闻本位，紧扣"就业局长潜伏打工"这一核心新闻事实。最终，作者和报社放弃洋洋洒洒的大通讯表达形式，只采用了"消息＋图片＋评论"的形式来呈现，以凸显新闻性、故事性。"潜伏局长"的报道没有占头版，版面篇幅也不大，但影响却不小，这就是改文风、写短文、讲故事的魅力。实践证明，党报新闻报道故事化，是传统媒体回归新闻的一种积极探索。

传统的消息写法，都是"倒金字塔式结构"。而"潜伏局长"报道则娓娓讲述了一个完整且生动的故事。这样的消息结构，既颠覆传统，又严格遵循新闻的基本规律。

这则报道的导语部分是"欢迎新员工典礼"的新闻现场，陈家顺副局长登台自我介绍——"去年我曾在宝亿制鞋厂打工一个月"，直接引语点题，不露声色地交代了"潜伏局长"这个"新闻眼"，为全文埋下"故事包袱"，从而激发了读者的阅读兴趣。

消息主体部分则把时间闪回到一年前，介绍陈家顺来此"潜伏打工"的缘由、经历和结果，记述笔法灵活、语言朴实，符合农民工以及局长的人物身份；同时用事实和数据介绍"潜伏打工"所取得的"双重效果"：曲靖被列为扬州第58个外省劳务基地，扬州企业没有出现"用工荒"。

结尾部分是扬州人力资源和社会保障局负责人向陈家顺表示感谢，用直接引语提炼主题:陈家顺"'潜伏打工'的特殊经历,是对扬州务工环境的最好宣传"。企业注重待遇留人、感情留人、事业留人,是破解"用工荒"的良方秘籍,在全国"节后用工荒"大的社会背景下,给人以启迪和警醒。

　　故事虽然精短,却引人入胜、意味深长。以读者喜闻乐见的讲故事的形式传播主流价值观,已经成为当今时代的文化标志。早在2010年年初,《扬州日报》就提出,传统党报不仅是一张"宣传纸",还要是一张为读者提供有价值信息的"新闻纸",更要成为百姓喜闻乐见的"故事纸",要求记者"写故事、换视角、变文风"。

　　作者在讲故事中,着重写好人物个性化的一面,用细节、故事还原人的本性,表现普通人的成长经历和内心世界,将人与人、人与社会的关系充分表现出来。

　　"潜伏局长"报道的成功,就是抓住了陈家顺身份的强烈反差,从而激发起读者强烈的阅读欲望。在常人的眼中,他是一名政府官员,完全可以坐在办公室内指挥工作,而他却和打工者同吃、同住、同劳动;在工友的印象中,他是一个可亲可敬的"大哥""工头"。

　　在这种强烈的反差中,映射出党员干部可贵的民生情怀。陈家顺这一故事主人公,具有时代感,是社会热切呼唤的典型,更能扣动广大读者的心弦。

　　新闻报道故事化,鲜明的思想、鲜活的文风、生动的故事,正是这些特点鲜明的技巧使用,才使"潜伏局长"声名远扬,很快成为全国各地媒体热捧的典型。

　　上述三个方面都是评析这篇新闻作品时可以阐述的内容。

二、评析实例

　　下面附上一篇评析此文的佳作:

横跨五省采访 敏锐捕得"活鱼"

——评第22届"中国新闻奖"消息一等奖作品《就业局长"潜伏"打工探扬州用工》

刘保全

　　在第22届"中国新闻奖"的评选中,刊登在《扬州日报》2011年3月8日上的《就业局长"潜伏"打工探扬州用工》一稿,荣获消息一等奖。作为地(市)级报纸的消息作品,能够摘取"中国新闻奖"的最高奖项,必然有它的不寻常和独特之处。这篇稿件的主要独特之处在于下述几个方面:

　　一是幽默标题夺人眼球,不看全文难放下。"幽默"一词在《辞海》中的定义是:"通过影射、讽喻、双关等修辞手法,在善意的微笑中,揭露生活中的讹谬和不通情理之处。"列宁曾说:"幽默是一种优美的、健康的品质。"林语堂先生也说:"凡善于幽默的人,其谐趣必愈幽隐;而善于鉴赏幽默的人,其欣赏尤在于内心静默的理会。"的确,生活中需要幽默来点染生活激情,新闻标题又何尝不需要幽默来点染新闻意趣呢?幽默是一种巧妙的语言方式,若运用得好可以达到曲折含蓄而又耐人寻味的效果。无数新闻实践证明:风趣幽默的新闻标题,能引起读者的阅读兴趣和好奇心。显然,《就业局长"潜伏"打工探扬州用工》是一则幽默风趣式标题,它将就业局长与民工一同外出打工,去体验打工环境和生活,将"潜伏"二字引入标题,无疑对读者具有强烈的吸引力。这位局长为什么要"潜伏"？是怎样"潜伏"的？"潜伏"之后带来什么收效？读者自然要探明究竟。这样的标题就起到了夺人眼球、吸引读者阅读下文的目的。单就评选好标题而言,这则标题也是可以获奖的。

二是主题鲜活,指导性强。优秀新闻作品的认定标准,尽管随着时代的发展,发生了这样那样的变化,但万变不离其宗,新闻作品的主题确定至关重要。能不能站在时代进步、社会转型的高度,看清问题、找准问题、说透问题,真正做到贴近生活、贴近实际、贴近群众,这是成就优秀新闻作品的核心路径。

这篇消息反映的是具有时代感的重大社会问题。2011年初,"节后用工荒"席卷全国,部分农村富余劳力难转移的矛盾突出,这成为社会焦点中的难点。在这样的特殊背景下,诞生了就业局长"潜伏"打工的故事。故事主人翁陈家顺秉持为官之道——"当干部就是为群众打工",吃过"民工饭"更懂"民工难"。这一典型扣人心弦,生动展示了新时期的和谐党群、干群关系。《扬州日报》率先报道"潜伏局长"打工故事后,引发了全国近百家媒体的跟踪报道热潮。《人民日报》报道的题目是《云南"卧底"局长陈家顺5次"潜伏"访民生》,新华社报道的题目是《走近"卧底局长"陈家顺》,央视《新闻联播》"新春走基层"栏目连续5天追踪报道。陈家顺以"潜伏局长""卧底局长""民工局长"而享誉全国。云南省委原书记白恩培在当年8月的全省领导干部大会上,号召向陈家顺学习。2012年4月25日,云南省委在昆明举行陈家顺同志先进事迹报告会,授予他"直接联系群众的好干部"荣誉称号。可见,报道由于主题鲜活,贴近实际,收到了很好的传播效果,发挥了很好的新闻舆论导向作用。

三是涉入"深水",捕得"活鱼"。如今,时代发展了,科技进步了,记者们的采编设备也跟着"鸟枪换炮"了,电话、手机短信、电子邮件、QQ都成了记者手中的"生产工具"。一些记者习惯于"秀才不出门,报道天下事";也有的虽然"身"入基层,但"心"未入基层,蜻蜓点水、走马观花、心猿意马。用这种方式采写出来的稿件,往往"千篇一律",不生动、不感人,更没人买账。

在新闻队伍中,常有人感慨无选题可写、无新闻可报。其实,不是我们周围没有新闻,而是没有深入生活、深入实际,缺乏发现新闻的"眼睛"。实践证明,我们许多优秀的新闻作品,都是高度关注人民群众最关心的热点问题,客观真实地"鼓与呼",推进改革开放向纵深发展,从而最大限度地挖掘新闻价值,彰显新闻的内涵,发挥舆论的正面引导作用,引起了很好的社会反响,得到了党和政府以及广大读者的一致好评。这篇消息的获奖,再一次证明"新闻在现场,记者在路上"的报道理念是经验之谈。只有深入"深水",才能捕得"活鱼"。

据"中国新闻奖"参评作品推荐表介绍,2011年初,扬州为缓解"用工荒",劳动用工单位横跨五省去招工。记者主动随同采访,先后赶赴滇、皖、晋、豫、鲁等地,发回了大量动态稿件。偶然获悉云南曲靖负责劳务输出的陈家顺副局长隐去官职,在扬州开发区一企业"打工"的故事,一下子激发了记者敏锐的观察力和判断力。记者进一步展开采访,对话当事人,深入采访其"工友",挖掘故事细节。记者及时向总编室汇报,引起对这一新闻的高度重视,安排在重要版面头条刊登,并配发言论,揭示"潜伏局长"故事带来的深刻思考:"干部怎样做官""企业怎样用工"。这也再一次说明,坚持"三贴近",这是新闻工作者的立身之本、立业之本。只有这样,文章才有根底,才有群众基础,才有时代意义。只有这样,才能无愧于时代,无愧于人民,也无愧于自己。

此外,这篇消息在行文上简洁明快,语言生动,故事性强,也是其获奖的原因之一。

(作者系中国人民大学新闻学院研究员)
原载《新闻与写作》2013 年第 2 期

本章小结

新闻作品评析文章通常采用议论文体。选择新闻作品的标准有两方面:一看新闻内容是否具有新闻价值和社会文化价值,二看新闻作品是否具有制作上的典范性。要对所评的新闻作品进行细读,分析过程反对过于具象和过于抽象的两种倾向,不要用评价来代替分析。新闻作品评析文章的构思,首先要寻找介绍其写作背景的材料,其次要寻找所评新闻作品的特点,还要注意切入的理智性。写新闻作品评析文章要掌握"是什么、为什么、怎么办"的"三么"模式。它有方法论上的意义。就评析文章而言,是什么,就是要找出评析的"靶子";为什么,就是找出了"靶子"后,要进行分析,分析其原因、作用或危害;怎么办,则是找出了问题,分析了原因之后,要提出解决问题的办法和对策。

思考与练习

1. 怎样选择准备评析的新闻作品?这些作品应该具备哪些要求?
2. 如何阅读纳入评析的新闻作品?还应搜集哪些材料?
3. 就你选择的新闻作品,写一篇评析文章。

原则篇

- 第六章　新闻作品评析的真实性原则
- 第七章　新闻作品评析的新闻本位原则
- 第八章　新闻作品评析的伦理原则
- 第九章　新闻作品评析的人文关怀原则
- 第十章　我国新闻作品评析的舆论引导与舆论监督原则

第六章　新闻作品评析的真实性原则

新闻作品评析要坚持新闻真实性原则，就是在进行新闻作品评析的时候，能辨别新闻作品报道事实的真伪情况。即报道的事实是否真实？是否准确？这是一道难题，如何仅凭作品内容就能够断定新闻的真假或准确与否呢？这是本章探讨的问题。

第一节　新闻作品的真实性原则概述

一、新闻真实性的含义

真实，是新闻的生命。新闻是新近发生事实的报道。这个由陆定一所作的新闻定义，明确地揭示了新闻是事实的报道，事实是客观现实世界的客观存在，记者必须完整地、不走样地报道真相，才是如实的报道。

新闻的真实性指的是，第一，如实地反映客观事实；第二，无论是细节还是心理活动必须符合报道对象的真实情况；第三，报道的事实还要反映此类事实的全部情况。现在，由于新闻传播手段的不断发展，特别是互联网的出现，新媒体涌现，导致信源多元化，人人都是记者，人人都可以传播新闻，这样就难免出现虚假新闻。

二、失实新闻泛滥

虚假新闻一直是一个令学界和业界头疼的问题。在媒体日益发达和媒体竞争空前激烈的情况下，各种虚假新闻层出不穷。如今，传媒界的打假呼声日渐高涨，然而各种假新闻仍然屡禁不止，其中网络假新闻的比例还在不断攀升。上海《新闻记者》公布的2016年十大假新闻中，网络首发的假新闻数量猛升为8篇，占据了80%。网络假新闻甚至可以说已成泛滥之势，极大地破坏了网络媒体的公信力，损害了受众的利益。因此，摸清网络环境中失实新闻的新的形态特征，研究网络环境下虚假新闻的生成机制，进而探讨治理虚假网络新闻的方法，已成紧迫之势。

(一)一则新闻辨真假

女学霸遇车祸淡定背英语单词

首都师范大学排名No.5的女学霸王大芳,曾经七次获得全校最高奖学金。上周末,王大芳同学在外出做家教途中发生了一次小车祸,感觉身体没什么大伤后,王大芳同学利用等待交警的时间背了107个英语古典文学词汇,同时也很好地保护了车祸现场。

这是2014年5月间在网络上疯传的一条微博新闻,还配有一张照片:一辆大卡车左前轮前面躺着一位女生,看起来真真切切。

(二)分析

这条新闻的真实性如何?只要冷静思考一下,就会觉得这条新闻有悖常理。一个人如果被车撞伤,特别是位女性,能够如此淡定地背英文单词,简直闻所未闻。也许正是此点勾起了作者的传播念头。

果然,同年5月6日,人民网发布了下面的新闻:

"女学霸遇车祸淡定背英语单词"为假新闻

人民网北京5月6日电 (欧兴荣 熊旭)今天在网上被到处转发的"女学霸遇车祸躺地上等交警期间背107个英语词汇",经人民网记者向首师大学生处负责人查证,该校并无"学霸王大芳"此人,这是假新闻。

记者查阅网上资料发现,该新闻源于去年9月,网上微博恶搞账号"洋葱日报社"(该账号简介标注:我们的新闻都是假新闻)发的一则微博,近日被微博账号"山东工商学院微博协会"重新发出来,并在网上被广泛转载传播。

如今,假新闻满天飞,防不胜防,稍不注意,就会上当受骗。按理说,作为编辑记者,当然应该对假新闻的"泛滥"负责,这条假新闻能够逃过网络编辑的眼睛,是因为其把关不够严格,或者根本就没有很好地进行审核。尽管也有"文责自负"的编辑按语,但是编辑或记者的素质不高或故意所为,实在是假新闻满天飞的"帮凶"或"助产士"之一。

(三)假新闻的"始作俑者"是谁

一是某些领导"好大喜功"。官场向来有这样的说法:"干得好不如说得好,说得好不如宣传得好。"在数字出政绩、数字出官的政治氛围下,宣传文章中的有关数据也往往失去了可信度,甚至出现了一能说成十、十能说成百、百能说成千、千能说成万的情况。总之,什么"大""新""特",就说什么。

二是某些写手的"胆大妄为"。一些单位或部门通常对员工都会明确一定的信息调研和宣传报道任务,并且与奖金福利直接挂钩。俗话说,"重赏之下,必有勇夫"。为了完成任务或得到所谓的"奖励",编假新闻、造假数字也便有了市场。一些虚假新闻会顺利通过"审核",况且有"新意"的稿件说不定还能得到编辑的"青睐"。还有很多写手是"自由撰稿者",

他们写的东西就只有仰仗媒体的"审核"了。

三是某些媒体的"猎奇媚俗"行为。目前,媒体自负盈亏的比较多。为了赢得读者群、增加点击率,媒体的主编或领导通常习惯于什么新奇用什么、什么流行刊什么,至于新闻的真实性,却没有严格的把关意识,认为只要不是明显违规的文章就行了。在这种"猎奇媚俗"的氛围下,很多媒体对舆论的真实性也就失去了应有的重视,甚至对明知有问题或需要核实、可能出现失实的新闻稿件也会"睁一只眼闭一只眼",放任其过关。

四是一些自媒体的"浮躁无聊"。"因为有需求,所以有市场"。在信息爆炸的今天,一些"公民记者"在纷繁复杂的社会现实和媒体信息面前,浮躁有余、务实不足,无聊有余、诚信不足,而且渐渐地失去了辨别真假、美丑、善恶的主观能动性,对真善美不主动而为,对假恶丑却津津乐道。

有道是,"假作真时真亦假,无到有处有还无"。假新闻的泛滥当然与编辑或记者把关不严有关,但是千万不能"只将板子打在一人身上"。治理一起假新闻事件容易,要让假新闻无从造假,就不是一朝一夕之事了。

三、新闻失实的原因

(一)政治原因

从历史上看,重大的失实报道大都有其政治背景和政治原因。而"左"的思想路线往往是新闻造假的理论依据,也是产生虚假新闻的重要原因。如在"文化大革命"中"极左"思潮代表人物鼓吹什么"不说假话办不成大事",提出"事实要为政治服务",而且主张"只要是政治需要,事实没有的可以加上去",等等。这些谬论成了"文化大革命"中新闻造假的"理论依据"。在我国的新闻队伍中,现在仍有一些人习惯于过去的思维方式和报道方式,以"政治需要"为借口,不讲客观事实,不计传播后果,任意制造典型、编造新闻、搞虚假报道。这种情况虽不多见,但在群众中却产生了十分恶劣的影响。

(二)社会原因

产生虚假新闻的社会原因主要是党风和社会风气不正。例如,一些领导干部爱听恭维话,好大喜功。他们只希望报道自己的成绩、功劳和经验,容不得批评意见。这就造成了许多新闻媒体常常只报喜不报忧、只讲成绩不讲问题的情况,使群众产生了一种新闻报道不真实、不可信的总体印象。社会上存在的"拉关系、走后门"等不正之风,对坚持新闻真实性原则也有很大影响。

(三)行业特点等原因

假新闻就是完全没有事实依据的假报道,失实新闻就是虽有事实依据但是没有反映事实的本来面貌,使之走样变形的新闻。这里还有其他多种因素,主要表现为:

1. 新闻事件本身的发展带来操作层面上的困难

任何事实的发生、发展都是一个过程,有的报道可以一次完成,但相当多的具有新闻价值的事实要经历相对长的时间和空间,人们对它们的认识也表现为一个过程,需要从多方面来报道,最后才能将真相完整地告诉公众。而新闻报道通常要随着事实发生的过程同步进行,这就造成了矛盾。由于新闻强调时效性,新闻记者往往不能等待事件全部展现后再报道,而是即时进行报道,这就难免会被事实呈现的表象迷惑,出现了与随后发展的事实不符的报道。这种操作上带来的困难,提醒记者要注意时时跟进事实,及时报道,不断纠正前期报道。

2. 新闻源主体的故意扭曲

新闻源主体对真实信息的故意歪曲,是记者获取真实信息和证实新闻信息的障碍之一。有篇博文中说了这样一个例子:长沙市某酒楼开业,为了给自己酒楼打广告,用了两部旧车在该酒楼门口制造了一起交通事故,酒楼请来了长沙市的媒体报道该事件,但是当时报道这起交通事故的媒体无一人知道酒楼"别有用心",也未能辨别出该事件是假新闻,是"炮制出来的新闻"。[1]

3. 传播者自身条件的限制

新闻报道之所以难以做到与客观事实和客观真相相符合,这与人类的认识能力以及记者、媒体的能力和权利有关。一些人类暂时无法认识或者很难一时弄清楚的事物和问题,记者和媒体当然也没有能力第一时间去认识和弄清楚。

4. 市场化媒体内部考评机制与新闻失真

在考核的压力下,发稿、发出"好稿"成为记者的第一追求,现有的媒体内部考评机制,开始显现它的负面效应,正在成为新闻失真和假新闻出笼的"罪魁祸首"与直接诱因。

从实践上来看,把新闻真实概括为是经过记者和新闻传播机构判断及认定的依据是真实的,具有很强的可操作性。现在所缺乏的,是一个统一的、新闻从业人员必须人人遵守的、具有很强的科学性和具体可操作性的新闻信息认定规则。

第二节 坚守新闻真实性的原则

一、失实新闻辨识

(一)失实新闻辨识练习

下面这条新闻曾经获得过全国好新闻奖。

钱被风刮跑以后

一月二十日,长春,北风刮得很猛,我骑着自行车,只顾低头,往前紧蹬。临近和平大路口,把一个边走路边低头数钱的农民老大爷撞了个趔趄,他手中的一把人民币"哗啦"一声掉

---

[1] 李娟娟. 关于确认新闻真实性时存在的难度的思考[EB/OL]. http://blog.sciencenet.cn/blog-200221-205305.html.

在地上。我慌忙跳下车,想赶紧把钱给老大爷拾起来,可是来不及了,散落在地上的钱已被呼呼的北风刮了起来,纷纷向四处飞扬。正在这时,只见过往行人都不约而同地向钱飘走的方向跑去,有的还高喊着:"钱跑了,快抢啊!"霎时间,整个路口沸腾起来。这突如其来的情况,使老人大为吃惊,随后便焦急地拍着大腿说:"风刮人又抢,这可怎么得了,钱可又要没了。"我本想安慰几句,可说什么好呢?

没过多久,风似乎小了,"抢钱"的人们也从四面八方陆续朝老人走来,把"抢"来的钱都一一交在老人的手里。老人喜出望外,不停地向众人点着头。

人们聚集在老人的周围,一再关切地要老人把钱数数。看得出来,老人有点情面难却,便用颤抖的手数了起来,旁边还有人帮着数。数完,只见老人略为迟疑一下,接着又数了一遍。还是二十六张。老人抬头用疑问的目光瞅着围在四周的人们,半自言自语地说:"不对……"老人的话还没说完,一个戴着红领巾的小学生抢着喊开了:"谁还没有把钱送来!"老人忙接着说:"不是少了而是多了。""怎么会多呢?是你记错了吧?""没错,我在家数得清清楚楚,明明是二十五张,都是五元一张的。"人们不解地互相对视着。那个小学生又喊开了:"谁又多送了?"话音刚落,只见一个中年妇女不好意思地说:"是我的,我拿着一张五元的钱准备到商店买东西,刚才光顾帮老大爷'抢钱'了,竟忘了自己手里还拿着的钱,一起交给了这位老大爷。"说完,人群中爆发了一阵欢快爽朗的笑声。

我沉重的心情一下子变得轻松了。

这条新闻发布的背景是:十年动乱刚结束,全国掀起学雷锋活动的热潮,这篇报道曾感动过很多人。《钱被风刮跑以后》这则"新闻"出自吉林一位业余作者之手,最早刊于1980年2月9日的《吉林日报》,1980年2月23日刊于《人民日报》,并被评为当年年度全国好新闻。但假的毕竟是假的,谎言很快就被戳穿了。1984年全国新闻真实性座谈会上,时任中宣部新闻局局长的钟沛璋就以此为例,批评了假新闻泛滥的现象。但是,这则假新闻仍然被编入了2005年某出版社出版的四年级上册语文课本中。

其实,这条假新闻并不难辨别。首先是新闻基本要素虚假。时间——"一月二十日",上午下午还是傍晚都没交代,时间信息非常模糊;地点——"临近和平大路口",也不具体;人物——丢钱的"农民老大爷"、拾钱的"小学生""妇女"等,这些人都是无姓无名,无从对证。这种新闻要素模糊的新闻往往容易掺假。同时,当时的天气寒冷,人手伸不出来,不可能当街点钱。另外,那年月虽然开展学雷锋活动,但社会风气并不好。

其次,它的写法不是纪实写真,而是胡编乱造。这篇小故事写道:钱被风刮走后,只听见路人高喊:"钱跑了,快抢啊。"读者以为拾者是为自己抢钱,其实是作者欲扬先抑——他们是为老大爷"抢"。失主丢失的钱是每张面值5元,总计25张,125元,可各个拾得者交还失主时竟然是26张,多了5元钱。这里又故弄玄虚,这种离奇巧合、具有戏剧性变化的新闻一看就需要警惕其是否为假新闻。

(二)一眼可辨的失实新闻

在阅读新闻作品时,一定要验证其来源,如果其来自正规的新闻媒体,那么可信度较高。我们也可以搜索新闻内容,如果搜索出来的链接只有贴吧等不靠谱来源,那么这个新闻就不可信;也要善用以图搜图的搜索引擎,遇到有图片内容的,可以先用图片搜索;涉及国外报道的,可以使用新闻中提供的外文姓名等信息,利用 Google 或 Wikipedia 验证其真实性。

有些失实新闻一眼可辨,有下述特点的新闻我们就要警惕:

第一,五个"W"不全的;

第二,在不必要的情况下仍然用化名的;

第三,关键的部分采用"业内人士""知情人士"的话;

第四,情节过于离奇,或者前后不能自圆其说的;

第五,充满肉麻的吹捧之词的;

第六,有关明星或者名人的绯闻、纠纷;

第七,明显出现企业名称、产品品牌的新闻;

第八,文艺色彩极浓、文字过分生动的作品;

第九,赶浪头、时效特别强、报道口径特别准的作品(政策文件今天下来,第二天作品就到编辑部);

第十,来自基层作者写的全局性的作品;

第十一,来自甲地作者写的有关乙地的作品;

第十二,转抄、转载甚至反复转抄、转载的作品。

(三)编辑角度考察

新闻稿件首先要经过编辑把关。编辑对于失实新闻的考察往往独具慧眼。所以,从编辑的角度来考察新闻作品,可以增强读者对于失实新闻考察的敏感性。

1.从编辑的角度考察新闻稿件失实原因

一篇稿件失实,责任首先在作者,但从编辑的角度看,不真实是由三种因素造成:

第一,稿件本身不真实,从原稿中可以看出,但是编辑没察觉出来;

第二,稿件本身不真实,在原稿中难于发现,编辑又未调查核对;

第三,稿件本身无错误,编辑改错了;而从"失察"方面讲,编辑负有主要责任。

因为编辑修改稿件的主要任务之一,是鉴别和核实稿件的真实性。编辑审辨原稿有无失实时,可集中精力检查和校正情节内容及基本事实两方面有无差错。新闻编辑在修改稿件时,要运用自己具备的知识、常识和经验对稿件中反映的事件、人物和问题的可信程度作出初步判断,断定稿件内容有无不实之处。

2.编辑要从四个方面审视新闻报道有无客观性

一看报道是否呈现了正反两方面的意见。新闻界一向要求报道者对新闻加以查证。但真正去查证文中的新闻是否是真实的,对于需要及时迅速地报道事实的记者来说是一件相当困难的事,但报道又必须对受众负责,在这种无法查证的情况下,报道者较为安全的办法就是呈现正反两方面的意见。如果报道没有做到这一点,受众就可能怀疑报道的客观性,而报道对象则会对报道的公正性提出质疑。1998 年《羊城晚报》的那篇《羊城疑案》所引发的新闻官司,多少在于记者在报道中没有呈现出双方的意见,而事后又无法查证报道的真实性从而引火烧身。

二看报道是否直接用引号指明这是消息来源而非记者主观断言。一般认为,报道者直接引述别人所说的话,是一种提出证据的方式,在直接引述别人的意见后,记者便能在报道中保持客观,让事实自我表明。记者对事实的解释与分析也要尽量借他人之口来实现。

三看报道是否提供了代表这些真实主张的确切陈述。当记者在报道中说一位著名的音乐家在杭州举行了一场音乐会时,编辑应当追问"你如何断定他是一位著名的音乐家而不是一位普通的音乐家?"如果记者在报道的其他部分提出了事实证据,如"这位音乐家曾担任英国皇家交响乐团的指挥",那么编辑就可以放心了。

四看报道是否按提供最多的"事实材料"的方式组织。即是否把最重要的事实放在导语中,然后再将其他事实依重要性逐减的方式排列。

当然,就一篇具体的作品而言,要做到这样的形式客观也不是一件容易的事,再加上不同的体裁、题材的作品的写作要求不同,作者可能会在作品中或显或隐地表露出自己的价值观念,这就会影响新闻作品的客观性。

3. 编辑审视新闻报道的辩证法

(1)科学辩证地分析问题

编辑在修改稿件时,要以全面、客观、公正的态度,以辩证的眼光来看待事物,在肯定一人一地的成绩时,也要说清这个成绩背后的原因是什么,还存在着什么不足,这样读者才能心悦诚服地接受。新闻作品中,不符合辩证法、存在片面性的情况,常见的有以下几个方面:

一是不讲区别。来稿中作者常常由于不熟悉政策而造成常识性错误。当前关于法制的报道中,这类错误不少。例如,有家报纸发表了一篇稿件,介绍某市公安机关接受群众意见,严惩持刀行凶犯张某某的经过。标题中的主题是"及时改判严惩持刀行凶犯",消息说:"社会青年张某某曾因打架、抢劫,先后两次被行政拘留……张某某有犯罪前科……"这里"及时改判"的提法显然是不妥的。因为《刑法》规定"对刑事案的侦察与拘留,由公安机关负责;案件的判决由法院负责"。公安局是没有改判权的。其次,稿中把"行政拘留"与"有犯罪前科"混同,也不妥当。因为"行政拘留是公安机关依法处罚违法公民的一种处分形式,不是法院的判决。"前科",是针对被法院判处过刑罚主刑的被告人而言。这是作者及编者对公安局和法院两个部门的权限没有搞清楚,在用政策去说明实际问题时,没有注意掌握界限。

二是不讲联系。党和政府的各项政策是统一的,也是相互联系。因此,在报道时要注意照顾"左邻右舍",不能强调这一事物,忽视和贬低另一事物或只讲事物的一面,不讲另一面。曾有一则报道在讲北京一大亨如何创业时,还讲了他家庭和睦之类的话,并配发了其一家四口的照片,照片中大亨的一双儿女大约都只有十来岁。此时国家正在倡导独生子女政策,人们不禁会问:难道大亨不必搞计划生育了么?要不然他怎么可以生了一女后又添了一子?

三是不讲分寸。来稿中对客观事物的复杂性往往较少用辩证观点来分析,爱说满话、说过头话。说好,就一好百好,一味拔高,言过其实;说坏,就一无是处,好像"打娘胎里生下来就是坏的"。比如当年对步鑫生的报道就很能说明这一点,他成功时,说他"果断有魅力,没有一丝毛病";而他失败时,他的果断就变成了刚愎自用,优点又全不见了。请看下面这句话:"一年365天,品芳每天天不亮起来烧饭、洗衣、伺候病人,然后摸着黑喂猪,天放亮就出工。"这句话的错误是比较明显的,因为人不可能天天这样劳作,她总会生病、休息或串回门吧;就算她不休息,难道天天都是按这样的程序干活吗?

四是彼此矛盾。社会生活中,新的事物层出不穷,叫人应接不暇。新闻报道要对每天发生的新事物作出实事求是的论断,这是一件十分艰难而复杂的工作。

新闻报道中经常犯的毛病之一,就是同一问题这家报纸这样说,另一家报纸又那样说。究竟谁符合政策精神?难怪刚一见报,就被人指出有片面性。谁是谁非,让人莫衷一是。看到这样的报道就要考察其真实性。

(2)追求积极的社会效果

传媒要追求积极的社会效果。新闻稿件在选择过程中已经对其社会效果有一定的估计与要求,但有些稿件,尤其是批评、揭露性的稿件,因为内容往往涉及社会阴暗面或一些不宜公开的东西,编辑在修改这类稿件时还需要特别注意在报道内容和报道方式上把关,讲求策略和表现艺术,以求新闻取得积极的社会效果。

上述这些来自编辑把关的经验也可以供新闻评析者借鉴。

二、形式逻辑把关

对于新闻作品中的真实性问题,可以运用形式逻辑规律判断,及时发现不实之处。

(一)同一律要求概念、判断自身同一

运用这一规律可发现新闻作品中"偷换概念""混淆概念"的地方。例如在新闻作品中把计划说成现实,把预计的数字说成完成的数字,把历史当现实,把过去的成绩作为现在的成绩,把不同时空段的事说成一个时空段等,都可以从前后文对照中看出来。

北京一家大报曾经刊登的《一个小保姆和她的一部大书》一文中就有许多不合常理的东西。保姆陈玉荣自述只用5年时间就完成了一般人需要12年才能完成的中小学课程,且考试成绩十分优秀。细心的读者会奇怪,当地老师为什么不推荐她进入中国科技大学智力超常少年班?还有,陕西考生8月初能否拿到高校录取通知书?一名农村女孩考上大学,会不会放弃本科学习机会硬要去报考研究生?一位从未接触过考古学的高中毕业生在图书馆里蹲上四个月,就能写出令考古学教授惊讶的论文?两个月内,一个人能否记下10本读书笔记和一箱子卡片?一个人能否在16天之内写出18万字的经济学专著?[1]

这些情节往往是将想象的东西说成现实的东西。

(二)矛盾律要求判断之间前后一致,不自相矛盾

新闻作品的内容在表述上出现前后不一致、自相矛盾的情况,编辑根据逻辑学的"矛盾律"就能判断,其中必定有一处不对或两者都不对。再以《一个小保姆和她的一部大书》为例,该报道中说:小保姆1988年考研究生时英语已经"过关",1990年能翻译英文原著,1992年在北京参加"托福"考试,考分在600分以上,为什么此后又要从《双向英语》一二三册学

---

[1] 方进玉.新闻的生命在于真实——回顾"天才小保姆"报道的前前后后[J].新闻知识,1997(12):16-17.

起?当然,那张公开刊登的大幅照片也让人怀疑,那饱含沧桑的脸庞让人感觉:姑娘不像23岁。

(三)排中律要求两个相互矛盾的思想之间排除中间的可能性

用这一规律可以发现"模棱两可"的逻辑错误。当问题归结为两个矛盾的判断时,不能含含糊糊、吞吞吐吐、都想承认,两者必有一个是真。例如,某通讯社发过《徐州市十一名民兵奋不顾身抢救遇险列车光荣立功》的新闻,其中有这样一段描写:"从蚌埠开往徐州的436次列车,正风驰电掣地开来……就在他们吃力地把汽车推出轨道的一瞬间,火车携着气浪擦身而过。汽车驾驶员和旅客列车幸免于难。车上的上千名乘客纷纷从车窗探出身来,向民兵招手致谢。"①民兵推出汽车的"一瞬间","风驰电掣"而来的列车乘客怎么知道发生了这件事?火车行驶中不允许旅客探身窗外,上千名乘客又怎能在"一瞬间"探出身来?这是矛盾,只能一真一假,这当中必然有失实的地方。显然,乘客探身招手是作者想象出来的。记者采访遇到这类事也可以用排中律提出质疑。

(四)充足理由律要求论证过程中理由与论断之间的逻辑联系

用这一规律可以发现"虚假理由"和"推不出"的逻辑错误。例如《新闻战线》1987年第1期《奇文与猎奇》一文中,一家科技报登出的新闻称,土耳其一名医生在给一个5岁的姑娘动手术时,从她的腹中取出三条蛇,并称少女腹中的蛇是由于喝了没有经过煮沸的含有蛇卵的水所致。稍加分析就会发现,蛇卵形似小鸟蛋,喝水岂能看不出?即使生吞蛇蛋,人的肠胃又如何能孵化出小蛇?这就犯了"推不出"的逻辑错误。

三、生活逻辑把关

新闻报道内容违反常识或不合情理。世上任何事物都有其内在的运动规律,这种规律被我们所认识,就构成了人们普遍具备的常识。如果新闻报道的事件或人物不合乎这些常识,其真实性就值得怀疑。不合情理的情况只要多动脑筋思考就能分析出来。2010年12月21日《齐鲁晚报》报道了《3岁女孩独自照顾瘫痪爸爸 打水煮面干得很熟练》一文,该文报道山东省乐陵市黄夹镇东汪村26岁的董建设因车祸瘫在床上3年。3岁的女儿已能熟练地为他打水、煮面和倒便盆,更有热心网友不远百里,给他和女儿送来了吃的喝的。

文中写道:

12月19日中午,网友们来看望董建设。身高不足1米、寡言少语的董心怡见到陌生人始终一言不发,只是在董建设的吩咐下,穿梭于拥挤的人群中,先找来脸盆放在炕上爸爸能够得着的地方,手握一个大瓷缸,一缸缸地从外屋的水缸中舀水,然后倒进炕上的脸盆,再兑上开水,并爬上凳子,取下毛巾递给爸爸。这些事情做下来,小心怡只需要一分钟。

取来电磁锅摆上炕,舀水入锅,拆开方便面包装放入锅中。"她还会帮我倒尿盆。"董建设说,有时他渴了,喊一声,小心怡就会跑过来,倒水给他,然后出门在不远处玩耍。

---

① 葛修远. 模糊的精确与精确的模糊——对新闻语言如何准确表述事实的辩证思考[J]. 社会科学论坛,2012(6):224-227.

在我们的印象中，3岁的孩子还处于懵懂的年龄，能说清楚话就已经不错了，更别说帮大人干活了。而小心怡却承担起照顾瘫痪父亲的重任，对于此事，有人认为这其实超出了3岁孩子正常的生长规律，纯粹是媒体在炒作；也有人认为，穷人的孩子早当家，"坚强妞"确实是懂事的孩子。那么，媒体的报道会给小心怡带来怎样的影响，3岁的"坚强妞"究竟是不是炒作的结果呢？

董建设的父亲说，他们报道的，说实在的太离谱了，孩子做饭，有的说过了，你做做样子有什么用啊？这几天来采访的媒体的一些做法，让他很不理解。那天把锅放在微波炉上，"孩子踩着箱子都够不着，太假了吧。炒作的，太不实际"①。媒体炒作"坚强妞"，董心怡的爷爷却认为炒作得太离谱，不真实。让3岁孩子配合造假，会给孩子的心灵带来怎样的影响？会给这个孩子的成长打上怎样的烙印？

这些不真实的情节，人们从生活逻辑上就能把关。

第三节 真实性原则的技术把关

一、新闻源考察

对于新闻作品中只出现单一新闻源的事实，其真实性就需要考察，请看下面一则报道：

的士甩客录取通知书和行李落车上
女新生深夜报警来校报到

本报讯 （记者李佳 周超 通讯员鲍新龙 郭晶）9月3日晚上，华中师大两名新生在来校报到途中将所有的衣服行李和证件都落在了出租车上，到昨日截稿时尚未找到。

据生科院辅导员涂敏介绍，该院新生王婷来自十堰，报考的生物科学的免费师范生，她和考入信管系的同学薛鹏，一起从十堰出发，在两人父亲的陪同下来学校报道。由于没有留意车牌号，出租车司机也没有给发票，两家只好立即报警。相关迎新的老师提醒，新生搭乘出租来校时，一定记得索要发票，贵重物品应该随身携带。

来源：《长江日报》2010年9月5日

第二天，这家报纸又出现下面的报道：

大学新生行李遗失出租车上
警方与司机一道送还

本报讯 （记者李亦中 通讯员潘峰 匡文华）昨日，本报刊发消息《的士甩客录取通知书和行李落车上 女新生深夜报警来校报到》。警方当日查明，当事的士司机周望生没有甩客

---

① 三岁女童照顾瘫痪父亲续：祖父继祖母不认可报道[EB/OL]. http://news.sina.com.cn/s/2010-12-29/143921727922.shtml

行为,并与警方一道将华中师范大学大一新生王婷、薛鹏的行李送还。

经调查,3日晚,王婷、薛鹏从十堰市出发,在两人父亲的陪同下来武汉报到。大通出租车公司司机周望生将王婷一行人送到华中师大东门后,因有人要车,便驾车离开。4日凌晨4时许,当他结束生意将车送洗时,洗车人告诉他后备厢内有行李。因当晚生意很多,周望生反复回忆,终于想起可能是在华中师大东门下车的一行人遗落的行李,于是打电话向公司汇报了此事。

同一事实,二文交代有差异。前文说司机"甩客",后文又承认没有"甩客"之事,且司机与警方一同送还遗落之物。这里关键的一点,就是记者采访时只听了丢失行李一方的说法,没有去了解出租车一方的情况。其实,记者当时若打个电话咨询一下出租车客管处,可能就不会出此差错。因为后文已经交代,司机发现乘客遗落之物后就向公司汇报了。此文说明记者写稿要注意落实,司机是否送到目的地;如果送到了,就不是"甩客"。结果,事情搞清楚了,司机的确没有"甩客"。虽然第二天报道做了弥补,报纸却显得不客观,伤害了司机方的信誉。

作为新闻作品评析者第一天看报纸时就可以发现问题,记者反映在文稿中的信息只是丢失东西一方的一面之词,这只是单一的新闻源,没有另一方的说法,就可怀疑其真实性。

二、文学手法考察

新闻报道不是文学作品,有些文学手法用在新闻报道中是不合适的。比如,有人在报道中使用拟人手法,本想求得报道生动,却使阅读效果适得其反。

如下面的一则新闻《明山上演"人蛇情未了"获救蟒蛇多次返回》,报道使用了第一人称,采用拟人化的手法讲故事:

2012年3月2日广西新闻网报道:大千世界,无奇不有。我们曾惊叹于神话传说《白蛇传》、情迷外国奇幻电影《人鬼情未了》,可不经意间,类似的奇迹就出现在我们身边。以下这则离奇的新闻故事,就发生在武鸣县两江镇201国道大明山路口。这个真实版的"人蛇情未了"故事,至少让我们相信,动物确实是人类的朋友,而人类的智慧和爱心,可以换回动物神奇的灵性,使我们的生活变得更丰富多彩。请看记者以一条大蟒蛇的口吻,讲述"人蛇情未了"的这个新闻故事。

……

说起我对老吴的感情,真是一言难尽,他就是我的再生父母。

2009年3月的一天,那时的我正年轻力壮。春光明媚的日子,我正在大明山一处丛林里晒太阳。没想到,两江镇内韦屯几位年轻人此时正藏在我身后,他们准备好了一套工具,悄悄向我靠近。我还没弄清楚怎么回事的时候,一张大网把我罩住了。

我成了他们的猎物。

几个年轻人抓到我后,呼朋唤友,大声炫耀,他们准备在家大摆筵席,而我将成为他们的盘中餐。

此时,老吴出现了。他不是内韦屯的人,但因为这几个年轻人太张扬了,把抓到我的消息传得满天下都知道。听到这个消息,老吴二话不说,骑上摩托车赶到村里,要求把我买下来。

"1 500元,你们把它卖给我。"我听见老吴在求他们。

"不卖!"年轻人不答应。

"1 500元够你们到饭店吃几餐了。"老吴继续求。

"要不你再加点钱吧?"年轻人说,"2 000元,不然免谈。"此时,我看到老吴果断地拿出了2 000元,从年轻人手里把我接了过来。

……

这样的表述令人怀疑新闻报道的真实性。不要说写蛇的"心理活动"了,即便是写人物报道,对人物的心理活动的描写也必须是采用当事人的叙述,最好使用直接引语。众所周知,心理活动是高等动物才具备的,记者硬生生地将自己的揣测强加在蛇身上,说白了,这是记者自己的心理活动,这样描写蛇的"内心世界"显得荒诞离奇,哪里是新闻报道,分明是神话故事。

更荒唐可笑的是,记者竟然在文中使用了蛇的"直接引语":"真暖啊,要是在野外也有这样的条件多好啊!"在新闻报道中使用直接引语能突出新闻的真实性、活跃文风表达、彰显人物的情感个性,但基本要求是必须完全真实,是当事人的原汁原味的话,不得臆造。蛇怎么能说话?为何要用引号? 这简直不可思议!

此外,这则新闻没有清楚地交代新闻来源,这也是新闻写作的大忌。也许所有的故事都来源于当事人的讲述,细节有无失实? 我们不得而知。像这样情节离奇的新闻,应该注重报道的真实、客观、平衡,不能仅仅采访一个人,消息来源应多元并清晰地交代信源,以证实情节和细节的真实可信。为了吸引受众眼球,记者不惜采用小说手法,讲述了一个神话般的煽情故事,这样的报道有违新闻报道客观真实的原则,不值得提倡。

三、核实新闻细节

有些关键的新闻细节文中要有交代。2012年3月23日,中新网上的一条新闻引起了受众的关注。新闻如下:

广西失足女抱幼子"接客"被抓现行称为子筹医疗费

中新网柳州3月23日电 (刘××)广西柳州市柳南警方23日通报,该市公安局西环派出所最近在查处一起卖淫嫖娼案时,现场抓获一对正在进行色情交易的失足女和嫖客。令民警吃惊的是,该失足女仅7个月大的幼子就在其身旁。

据警方介绍,3月19日11时许,西环派出所民警在柳州市南站路一小旅馆巡查时,抓获一对正在进行色情交易的失足女和嫖客。民警在现场发现,一名仅7个月大的男婴就在色情交易的床边。

警方遂将失足女和嫖客带回派出所调查。这名现年35岁的女子称,该男婴是其儿子,因生病无钱医治,丈夫又赚不到钱,只好出卖色相。

因该女子尚在哺乳期,警方对其作出行政拘留但不执行的处罚。依据《治安管理处罚法》，警方对嫖客谭某处以行政拘留并收容教育半年的处罚。

浏览网友留言，很多网友触景生情，表达了对这个"失足妇女"的同情和对社会现实的失望，人非草木孰能无情，这种情感是正常的。

受众的情感波动源自新闻内容。其实，这篇新闻有不足之处，即"这名现年35岁的女子称，该男婴是其儿子，因生病无钱医治，丈夫又赚不到钱，只好出卖色相"。对方自称卖淫是为了患病无钱医治的儿子，是真是假？记者并未交代。也正是这个关键的细节引起了网友的关注。记者应该对此进行核实并写入报道。如果对方拿不出任何证据，记者可以据实交代"记者要求核实，但该女士并未出示任何证据"。还可以询问孩子究竟患的什么病，也可以从观察中描写一句孩子是否有患病的情形。

对关键事实最好要提出疑问并想办法释疑解惑，这样才不至于引发受众对新闻的误读或误判。将事实交代清楚，这是新闻客观性法则的基本要求。

这则消息除关键细节没有注意核实的问题外，另一个问题是，这样的事情根本就不应报道，这会引发人们对社会的不满情绪，从记者和媒体的社会责任而言，应该把好这一关。

四、语言考察

新闻稿中用词过头，话说得太满，往往导致内容言过其实，比如像"都""全部""天天""人人""家家户户"等一些全称性的概念或词语，评析者在阅读新闻作品时应该特别注意。

有些修辞手法容易造成失真，使用时要谨慎。比如比喻、夸张、拟人等，这在前面的文学手法考察中就提到过。语言使用中要注意：

第一，是否使用直接引语。在必须使用引语时，新闻作品应该多使用直接引语，这样可以尽量保持说话者的原意。

第二，少用感情色彩浓厚的词语，多使用中性词语。请看一篇文章的语词修改：

原文标题：访武汉市直机关工委书记詹仲德。
改为：访武汉市直机关工委常务副书记詹仲德。
原文：可以毫不夸张地说，他对新华社的发展做出了极为重要的贡献。
改为：可以毫不夸张地说，他对新华社的发展做出了较大的贡献。
原文：进入政界后，他锐意改革，招商引资，为武汉市的发展做出了不可磨灭的贡献。
改为：进入政界后，他锐意改革，主动参谋，为武汉市的发展做出了不少贡献。

第三，少用绝对化的语言，比如"史上最"等。
第四，心理描写应该合乎人物身份与实际环境。

在新闻报道中反映人物的思想，和作家写小说不一样，记者要受到真实性的限制。记者不能随意想象，也不能根据自己的心理去臆断采访对象的心理。新闻只能"再现"而不能"塑造"。记者欲描写新闻人物的心理，就必须认真探索和了解新闻人物的确切的心理活动。"知人知面不知心"，讲的是一个人的内心世界不可能直接探测，但完全可以通过各种外在表现间接测得。常见的大约有以下几种：

一是通过对话描写来表现人物的心理状态和心理活动。比如在生死攸关的紧要时刻，或在思想交锋极其激烈的情况下，很多人会口吐真言，表露出自己的真实情感、心境和情操。《光明日报》上有一篇报道，写到栾茀病危期间，党组织派人来看望他：

……栾茀用冰凉而颤抖的手抓住王玲的手腕，两片嘴唇颤抖着，像孩子一样呜咽着："老王，来不及了。""什么来不及了？""我活着，来不及做一个党员了。我要求过多次，党说要接受长期考验。……是党给了我们这一代知识分子理想和信仰，我多么希望能在党旗下宣誓。"①寥寥数语，一个知识分子对党的深厚感情，跃然纸上。

二是通过行动描写展示人物的心理状态。有一篇记叙"爆炸大王"陈火金事迹的新闻报道是这样描写陈火金在家里被盗之后的反应的：陈火金得知后，马上跑了回来，他一进门，首先钻到床底下查看，然后又翻他桌上的东西，看到他积累的资料、统计数据，还有书籍、杂志、计算工具，样样都在，就告诉在场的警察："没丢什么！没丢什么！"他爱人在一旁急了："怎么没丢？钱不见了，箱子里的几件新衣服没了。"②简单的几个动作、几句对话，充分反映出这个一心扑在科研事业上的人的心理状况和精神面貌。

三是通过背景材料展现人物的心理情况。例如董存瑞手托炸药包，舍身炸毁了敌人碉堡。是什么精神因素支配着英雄这样舍生忘死？他已经牺牲了，无从采访。但采写这篇报道的新华社记者有办法，他在消息里交代了一段过去的情况：在进攻隆化前，董存瑞所在的部队"途经头道沟时，曾有两个妇女向我军控诉蒋介石匪帮残杀了她们的丈夫，致使弱妻孤子无法过活的罪行。当时董存瑞同志义愤填胸地宣誓：不惜任何牺牲，定要为热河人民报仇！战斗前夜，他在军人大会上要求第一个担任爆炸任务，终于在这次战斗中实践了自己的英雄誓言。"③

本章小结

真实是新闻的生命。假新闻产生的直接原因有：某些领导的"好大喜功"，某些写手的"胆大妄为"，某些媒体的"猎奇媚俗"，某些自媒体新闻的"浮躁无聊"。新闻失实的原因，从历史上看，重大的失实报道大都有其政治背景和政治原因，"左"的思想路线往往是新闻造假的理论依据，也是产生虚假新闻的重要原因。产生虚假新闻的社会原因主要是党风和社会风气不正。新闻的行业特点也是新闻失实的原因：新闻事件本身的发展带来操作层面上的困难；新闻源主体的故意扭曲；传播者自身条件的限制；市场化媒体内部考评机制带来的新闻失真。有些失实新闻一眼可辨。从编辑的角度来考察新闻作品，可以增强读者对于失实新闻考察的敏感性。编辑可以从四个方面审视新闻报道有无客观性：看报道是否呈现了正反两方面的意见；看报道是否直接用引号指明这是消息来源而非记者主观断言；看报道是否

---

① 尹德刚.新闻人物心理的探索和表现[J].新闻大学,1985(09).
② 尹德刚.新闻人物心理的探索和表现[J].新闻大学,1985(09).
③ 尹德刚.新闻人物心理的探索和表现[J].新闻大学,1985(09).

提供了代表这些真实主张的确切陈述;看报道是否依据提供最多的"事实材料"的方式组织报道。编辑要科学辩证地分析问题,讲区别、讲联系、讲分寸和警惕彼此矛盾的情况;要追求积极的社会效果。对于新闻作品中的真实性问题,可以运用形式逻辑和生活逻辑规律判断。真实性原则的技术把关,可考察新闻源、文学手法、新闻细节和新闻语言。

思考与练习

1. 为什么网络新闻作品容易失实?这些失实的新闻作品有什么特点?
2. 如何从技术上把住新闻作品的真实关?
3. 从《新闻记者》近年来发布的十大虚假新闻中找一篇作品,具体分析其失实的原因和特点。

第七章 新闻作品评析的新闻本位原则

新闻是对新近发生的事实的报道。陆定一的这个新闻定义揭示了事实在前、报道在后的规律。事实与报道是两个不同的概念。事实是客观现实发生的新闻事件的信息,报道则是传者对于新闻事实的反映。这里有个转换过程。正是这个转换过程的存在,使得事实与报道出现了众多的差异。作为客观报道的传者应该努力地还原事实真相。但是,在实际报道过程中往往受某种价值观的影响,报道与事实会发生许多走样的地方。在排除利益与政治原因所产生的虚假新闻外,容易在新闻报道中出现与事实不一致的思想观念上的原因是以何种要素作为报道理念,这里比较突出的是政治本位、官本位、钱本位的新闻原则的干扰与影响。

第一节 新闻本位原则概述

一、新闻本位的含义

(一)新闻本位就是从新闻的一般原则出发

何为新闻本位?新闻本位是媒体从新闻的一般原则出发考虑问题,开展报道活动,而不是从其他因素考虑来"做"新闻。从新闻本位的角度考虑,就是首先强调新闻不是宣传工具、不是广告、不是艺术,它是告知性的传播而不是劝服性的传播,它只思考新闻报道的真实性、新闻价值等要素。

新闻的魅力之源来自哪里?就是讲故事:一是讲述真实的故事,二是讲述老百姓的故事,三是公平、公正地讲述各方面的故事,四是及时地讲述正在发生的故事。

(二)新闻的核心就是讲故事

美国等西方国家将新闻报道称作"新闻故事"(news story),依据是新闻事件经过记者等的讲述就已经不是事件的原貌,而是"转述真实",但是,转述可以接近事件的真相,只是讲述的态度、方法十分关键。

新闻要想得到广大民众的认同,首先是要讲真实的故事。我国著名记者、新闻学家艾丰说:"新闻'材料'不等于'事实'。从新闻学的角度来看,事实是客观的、现实的、第一性的东西,材料则是事物和事实的各种形态以及各种来源的表征、外观、表现和记载的总称,它既包括事物的表象、表现这类第一性的材料,如物证材料,也包括事实的叙述、转述、记载等这类第二性的材料,如各类文字材料。这些材料中,不仅第二性的材料常常不能准确反映事实,就是那些第一性的表象材料中,有的也可能是假象。所以,了解'事实真相'离不开'素材',但把'素材'与'事实真相'完全等同,显然是违背真实性原则的本意的。"①

(三)新闻本位固守的是对事实真相的把握

从近年来上海《新闻记者》评出的"十大假新闻"中我们可以看出,由网络媒体或自媒体提供的稿件,引用、转载其他媒体的报道占了绝大多数。显然,没有经过专业记者采访的、缺少第一手材料的报道往往容易出现偏差。因此,记者和编辑首先要有一个明确的态度,即稿件只是材料而不一定是事实。材料只有经过了核实,才能减少误差、纠正偏差;如果材料的真实性尚不能确定,那么在此基础上"建起再高的大楼"都是毫无价值的。

美国学者罗恩·史密斯在他的书中写道:"那个时代(20世纪50年代)的记者就是这样报道新闻的:他们在飓风中呼叫自己的报纸,报道风暴来临的消息,可编辑却要求他们与消防署署长或警察局局长联系,请他们确认风正在劲吹。"②这种观念似乎在今天很有市场,只要是权威说的,或者是某个当事人说的——即消息有出处,就可以报道。这也是导致历史上有名的"麦卡锡主义"新闻的根源。

我国媒体的"乌龙"新闻、八卦消息屡禁不绝,形式上的模仿、炒作之风盛行,显示出新闻业的低级无能。从根本上说这是媒体工作作风不严谨造成的。新闻本位是对这一风气的颠覆。对于新闻本位的固守,首先是对真实性即真相的把握。在媒体高度市场化竞争的环境下,媒体在追求时效性的过程中往往不太注重对事件真相的调查,而这往往导致媒体自身公信力的下降。

央视《焦点访谈》的新闻之所以受观众欢迎,是因为其大多数内容都是经过现场细致的采访得来的,细密的调查为厘清事件真相提供了保障,从而也使观众明白事情的真相。

二、新闻离位的现象

考察我国新闻离位的现象,大体可以归纳为三种:官本位、政治本位和钱本位。

(一)官本位

我国是人民当家做主的社会,不适当的宣传主要领导的日常工作和生活,其实是一些人的官本位思想泛滥,说轻点是搞个人崇拜,说重点是意识形态的倒退。中国改革开放已40年了,但作为党和政府的喉舌,还站在官本位的立场上导向舆论,是对"三个代表"的讽刺,也是对人民的愚弄。离开人民利益这个根本,任何官本位的思维都是历史的倒退。

从一则新闻看官本位

这么多年了,电视节目看的不是很多,但是一直保留个习惯,自己喜欢的体育比赛要看,

---

① 艾丰.新闻采访方法论[M].北京:人民日报出版社,1982:35.
② 罗恩·史密斯.新闻道德评价[M].北京:新华出版社,2001:48.

只要在家,体育新闻要看,现在似乎有什么体坛快讯,反正是这样的节目在家就看了。

记得某一天,看体育新闻,看到了这么一则消息,说某地举行了十强县市科级以上干部的篮球赛,应该是全民体育健身的一个典型代表吧,当时还有一些场次的比赛画面,又加了解说,有些人手腕戴了个红带子,为什么呢,因为那些人是县级以上干部,投篮得分要多加一分,也就是说2分记3分,3分记4分,看后不禁莞尔一笑,这样的东西也广泛宣扬?……既然是体育竞技,那规则很简单了,赢得比赛的就是胜利者,选拔队员就该是谁水平高能胜任谁上,奥林匹克精神不是追求更快更高更强吗?职位的高低也成了举办比赛的依据?哦,对了,比赛都是领导组织的,领导也需要展示一下嘛。但是既然展示那就公平合理地展示吧,偏要搞这么多名堂,用级别高低来定比赛,官本位的思想可谓根深蒂固了。①

2012年6月6日搜狐网的新闻主页上有这样一个独特的标题:《最美司机追悼会:开篇列数十位领导名字》。点开链接一看,原来是一篇来源于杭州网的消息《吴斌烈士追悼会昨日杭州举行 群众自发送别英雄》。而所谓"开篇",正是这篇消息的第一段。其中果然罗列了送来花圈的省市领导36位,前来参加追悼会和致词的领导9位。这其实是中国式消息的恶习,只要有领导参加,那么不管这个新闻的主角是谁,领导的名字一定不能落下,领导就这样占据了新闻的宝贵空间。

在官本位的天下,他们在什么时候都是主角,是任何事情的主角。这与前面提到的哈尔滨公安局官网微博发布的火灾消息一样,有着浓厚的官本位气息。

(二)政治本位

政治本位是指新闻传播主要以政治服务为目的,媒体承担的压力主要来自政府,评价一个媒体的质量好坏是以政治价值为标准。②

在新闻理论上,建国之初至"文化大革命"结束,中国新闻学研究历经新闻学界学苏联、反右派斗争、中国人民大学新闻学术批判事件、全党办报问题的研究热潮、"文化大革命"等运动的洗礼,逐渐形成政治本位新闻学的理论形态。新闻规律从属甚至让位于政治规律。新闻学不再是一门科学的知识体系,而主要是政治运动工具。政治本位新闻学的理论研究为我们当今的新闻学术研究留下了深刻教训。③

新闻学者的学术研究往往迎合政治需要,在"红专"与"白专"道路、姓"资"与姓"社"、"革命"与"反革命"的二元对立思维模式下,以政治运动的方式来解决学术问题,新闻学术研究缺乏应有的平和。十一届三中全会以后,新闻界经历了拨乱反正之后,新闻学术研究日益由政治本位走向学术本位。但政治本位新闻学的思路在今天或多或少还有些影响。

在新闻实践中,我国长期以来的政治本位的新闻体制,是沿袭战争时期和苏联50年代政治宣传与新闻传播模式的产物。其优点和弊端与苏联时期极为相像。在这种政治本位的指导下,媒体是政治斗争和阶级斗争的工具。这种体制下的新闻传播模式的共同点是:"单一党报体系,高度集权调控,突出宣传功能,经费和发行国家包干。"这种体制在战争年代尚

---

① 九尾狐. 从一则新闻看官本位[EB/OL]. http://club.travel.sohu.com/klwx/thread/! 09ce17a306fd3344.
② 柯艺. 政治本位与经济本位——中西新闻传播动力机制比较[J]. 新闻爱好者 2007(6).
③ 李秀云. 政治本位:1949—1976年的新闻学术研究[C]. "传播与中国·复旦论坛"2009.

可,到了建设时期则弊端四起。有鉴于此,从党和国家领导人到新闻工作者,都提出了改进宣传和新闻工作的要求。

(三)钱本位

钱本位即拜金主义对新闻传播事业的侵袭与腐蚀最严重的后果之一是,在物质利益的干扰下,新闻工作的价值观与新闻规律不再被奉为最高原则。为了追求金钱,出现了有偿新闻甚至"有偿不闻"。

有偿新闻的一个例子是陈永洲。2013年10月18日,广州《新快报》记者陈永洲因捏造上市公司中联重科财务作假内幕被长沙警方跨省刑事拘留。从2012年9月起,《新快报》刊发10多篇文章披露中联重科内幕。长沙警方于2013年9月16日正式立案侦查。10月30日,湖南长沙岳麓区人民检察院依法对《新快报》记者陈永洲以涉嫌损害商业信誉罪批准逮捕。湖南长沙岳麓区人民法院一审认定被告陈永洲犯损害商业信誉罪,判处有期徒刑1年4个月,处罚金2万元,犯非国家工作人员受贿罪,判处有期徒刑8个月,决定执行有期徒刑1年10个月,并处罚金2万元,追缴犯罪所得3万元。而在2013年10月26日的央视《朝闻天下》中,陈永洲向长沙警方坦承收受人民币50万元,以撰写对中联重科不利的消息。①

"有偿不闻"的典型案例是山西蔚县矿难"封口费"事件。2008年7月14日山西蔚县发生矿难,矿内闷死一人。为堵住记者嘴巴,矿主大发"封口费"。来的人真记者假记者都有,来领钱的记者坐满了"十多间办公室",连过道上都挤满了排队的人。最后矿主花了260万元"封口费"。其中有一个单位的记者竟然狮子大开口,一下要了44万元。事情查出来后,9名记者被法院判刑,1名记者受纪委处理。②

一些媒体在追求经济效益目标时,为了提高发行量或收视率,在新闻报道中不是关注媒体的社会责任,不是关注对公众基本问题的报道。当媒体对某个明星生孩子的报道热情超过对国家频繁发生的矿难事件的关注时,媒体的责任感可想而知,这些都是钱本位思想对新闻离位产生的作用。

三、新闻离位的原因

概括起来,对新闻单位侵袭与影响最大的,是官本位思想与拜金主义。新中国成立以来,新闻单位出了不少党政高级别官员;改革开放以来,新闻单位也出了不少亿万富翁。这只说明了新闻宣传工作能够培养行政与经营人才,新闻界的称呼渐渐地沾染上了官味与商味。新闻事业有其自身的本位价值,真正热爱新闻事业的同行,都懂得自己工作所带来的成就感与满足感,这来自于新闻采编本身,来自于对受众的影响,而不是官职高低或钱财多少。令人遗憾且痛心的是,目前有一些人,尤其是业务尖子,不甘心当一个好记者好编辑,而是处心积虑地想当"官",为此不惜千方百计地钻营、"运作",以求得一官半职。而一些新闻单位在政策导向上,也有意无意地助长了这种"官念",以致把传媒搞得如同官僚机构一样等级分

---

① 刘良恒,陈文广. 原新快报记者陈永洲因虚假新闻被判刑1年10个月[N]. 新华社,2014-10-17.
② 田国垒. 河北蔚县矿难10余名记者收取封口费获刑[N]. 中国青年报,2010-02-01.

明,"官位"林立。

(一)新闻界的称呼渐渐地沾染上了官味与商味

新闻工作者的权威、尊严不在官衔上。可是,从20世纪90年代中后期开始,新闻界的称呼渐渐地沾染上了官味与商味,社长、台长、主任、主编、总编与总经理、总裁,甚至老板等通行于政界与商界的头衔,在新闻单位内部也像传染病一样流行起来。

(二)中国在世界新闻传播机构中拥有了现代的办公楼

由于新闻单位兴起的基建热,中国在世界新闻传播机构中拥有了最高、最豪华的办公楼。其实,新闻单位论其工作性质没有必要修建超现代的大厦来办公,因为无论是报刊还是广播电视,传媒的品牌不决定于办公大楼的高低,这是基本常识,在报刊与节目质量水准未必超过西方同行的时候,办公楼与办公设备却超过了人家,这不但不值得骄傲,实在是值得羞愧的事。

(三)新闻工作的价值观与新闻规律不再被奉为最高原则

官本位思想与拜金主义对新闻传播事业的侵袭与腐蚀带来的最严重的后果之一,是在权力与物质利益的干扰下,新闻工作者的价值观与新闻规律不再被奉为最高原则。新闻规律在某种程度上被边缘化的同时,新闻单位采编人员也就不再是一枝独秀的核心骨干了。新闻单位是文化性质的单位,必须是专业导向的,也就是说,不是什么人都可以胜任新闻单位的领导职务的。以往的新闻单位领导基本上全是编辑记者等专业人才出身,而现在则是不少经营与党政机关序列的骨干被提升进入领导层,在部门一级,更是出现了机构林立、兵少官多、按资排辈的局面。

(四)内行或高手没有多少发言的机会

新闻传媒中,人民的利益应当至高无上,根据这一逻辑,编辑部中谁代表人民的利益与观点,谁就是内行、权威,谁就应当更有话语权与决策权。然而,现实中,有些新闻单位内的内行或大家公认的高手,却没有多少发言的机会,尤其是在稿件好坏与是非的判别上,由于官本位思想与拜金主义的因素,这一技术性业务问题竟然变成了不可以评说、不便于评说的微妙问题。而在缺少直言坦言的环境里,以次充好、以假乱真的稿件就有了刊发的土壤。

第二节 回归新闻本位

要想遏制低俗化、提高媒体品位,还需回归新闻本位,将新闻做深、做透,真正提高新闻的信息含量,从而建设"有价值、有进取心、有公益精神"的新闻传播事业。

一、要坚持马克思主义新闻观

习近平总书记对新时期新闻宣传工作的重要论述,体现了对新闻宣传工作的高度重视和深入思考，丰富了党的新闻宣传理论，发展了马克思主义新闻宣传理论。深入学习习近平同志关于新闻宣传工作的重要论述，深刻领会其核心内涵，有助于我们在实践中更好地以马克思主义新闻观为指导，努力形成与党中央治国理政相适应的新闻品格和新闻力量，进一步提高新闻宣传质量和水平，更好地为社会主义服务、为人民服务、为党和国家的工作大局服务。

习近平新闻思想是习近平新时代中国特色社会主义思想的重要组成部分。党的十八大以来，习近平总书记对加强和改进党的新闻舆论工作提出了一系列富有创见的新观点、新论断、新要求，科学地回答了党的新闻舆论工作长远发展的一系列根本性、战略性、全局性重大问题，深刻论述党的新闻舆论工作历史方位、职责使命、方针原则等重大课题，形成了体系完整、科学系统的新闻思想。习近平新闻思想与我们党长期形成的新闻思想一脉相承又与时俱进，丰富和发展了马克思主义新闻理论，是做好新时代党的新闻舆论工作的科学指南、根本遵循。

二、把握新闻写作尺度

（一）报道灾难事件要注重人文关怀

心理学研究表明，人的内心深处都存在同情、同感和共情的能力，这也是灾难事件频见报端的原因。应当强调的是，媒介在报道诸如跳楼、车祸等灾难事件时，要有人文关怀，不能一味地写其惨烈现状，要写出事件背后的深层原因。对一般的车祸报道来说，记者应就多发事故路段的形成原因、是否存在驾驶员主观原因等方面进行调查，给司机们提个醒，那种"现场照片＋死伤人数＋事故原因正在调查中"的固定模式是不足取的。同样，在当今媒介见报率较高的跳楼事件新闻中，媒体通常报道楼下人群攒动的现场，此外，还可能有一张追求所谓"冲击力"的照片——跳楼者坠地的惨烈情形。其实这样的新闻，记者脑子里要多打几个问号，频繁发生的跳楼说明了什么？这种行为又伴随着什么样的社会心理？带着这些问题采写稿件，新闻才会做得有意味、有品位。单凭简单的一事一报，这种打包式的新闻根本没有竞争力。

（二）加强娱乐记者的专业培训

娱乐新闻是媒介低俗化现象的"重灾区"。现在的娱乐新闻似乎掉进了泥潭，盲目跟风炒作，捕风捉影，然后再出面辟谣；这已然成了一种模式。对媒介而言，名人有一定的新闻价值，这一点无可厚非，但并不是有关名人的事都是新闻，这需要娱乐记者、娱乐版编辑有较好的新闻理论素养，理性地去评价、衡量。2006年3月3日，东北一家媒体的子报转载了《雷锋初恋女友照片首次公开》的报道；3月4日，该报所属集团的另一子报刊发了《雷锋初恋女友？没这事》，用知情人的讲述，否认女友问题。[①] 且不论这则新闻价值怎样，同一集团内部的两家子报能出现两种不同声音，可见编采人员的理论素养程度。

---

① 黄玲.回归新闻本位：媒体遏制低俗化的必由之径[J].今传媒，2006(11)：40-41.

所以,评析新闻作品时,从严要求、加强娱乐记者的专业理论培训显得极为必要。只有这样,才能促使采编人员在编写稿件时用理性代替追捧喝彩,娱乐新闻才能悦人耳目又不流于浅薄。

三、防止新闻"刻板化"

"刻板化"(stereotype)这个概念是指当一个人接触新事物时,大脑中存在的刻板印象会自动激活,提高认知效率,但是难免会出现模式化或偏差的情况,甚至发生误解。

新闻作品属于"急就章",记者有截稿时间限制,大脑中固有的刻板印象恰好适应了新闻稿对时效性的追求,因而记者在稿件写作过程中难免会受刻板印象的影响。社会学家布尔迪厄一针见血地指出:"问题的答案是他们是以'固有的思想'来进行思维的……提供文化快餐,提供事先已经过消化的文化食粮,提供预先已形成的思想。"

新闻记者的刻板化思维方式,被形容为"这种镜子游戏照来照去,最终营造出一种可怕的封闭现象,一种精神上的幽禁"。新闻刻板化的直接后果是在写作模式上套路化,千篇一律,某一种形象甚至"被妖魔化"。例如,农民工在当前有的媒体上的形象是贫穷、无知、贪小便宜且有小偷小摸等犯罪倾向。

在新闻写作中克服刻板模式,要求记者的思维求异、求新,不被刻板化的思维模式束缚,多角度地反映社会现象。2006年4月,大连的《半岛晨报》曾报道了一篇警察人性化办案的新闻。据记者介绍,当时她是在公交车站换车时看到一个年轻男子在雪堆旁找眼镜,旁边还有个警察帮他找,警车的警灯还没有关闭。记者向围观的人打听才知道,年轻男子是小偷,在车上偷钱被发现后逃下车,逃跑时被积雪滑倒,被人们合力抓住,小偷的眼镜掉在了地上。如果按照刻板化思维去写这个稿件,这只是一个普通的警察抓小偷的案件,连是否是新闻都值得商榷。但是记者能从细节出发,突破常规思路,以"警察人性化办案"为切入点,写出一个角度很"刁"的稿件。

媒体必须是高质量信息的提供者,一个好的记者应当从新闻的专业追求出发,为读者提供客观、全面的报道。新闻作品评析就要促使媒体出现更多这样的稿件,打破刻板化思维,从而真实地反映社会生活。这也是抵制新闻"低俗化"的一个重要方法。

第三节 坚持新闻本位

一、坚持新闻本位是媒体生存发展的需要

坚持新闻本位的原则,就是要坚持新闻报道的真实性、时效性、新闻价值等要素,就是坚持新闻作品的这些特点:真实性、新鲜性、公开性、服务性。

(一)新闻本位就是媒体依靠传播新闻信息而生存发展

1978年底,党的十一届三中全会召开,我国确定了改革开放的对内对外政策,进入社会

转型和调整时期。新闻媒体大力弘扬改革创新精神,成为改革开放伟大事业的有力助推者,党的新闻事业进入了一个全新的阶段。

改革开放之初,新闻界和学术界进行反思,一致认为"阶级斗争工具论"违背新闻规律和宣传规律,媒体是面向社会公众的新闻传播机构,必须遵循新闻逻辑,在报道中做到客观、公正、真实,除引导舆论外,还具有提供娱乐、舆论监督、发布广告等功能,于是,新闻的真实性、时效性、生动性和服务性逐步得到强化。

当然,新闻改革的关键并不仅仅在于倡导新闻规律,而在于从西方引进了"信息"这个新闻传播领域的核心概念。

改革开放后,农村家庭联产承包责任制成功实施,党中央出台《中共中央关于经济体制改革的决定》,提出加快经济体制改革的步伐,发展社会主义商品经济。经济发展日新月异,科学技术突飞猛进,人民群众对信息的需求与日俱增,在一定程度上,信息就是效益,信息就是金钱。那么,公众如何从纷繁复杂的社会中获取信息?人们不约而同地把目光投向媒体,从媒体上寻找答案,于是出现了"一条信息救活一个工厂"的事情。

1978年,《人民日报》等数家报社率先试行"事业单位、企业化管理"的体制,随后这种体制在全国新闻界迅速推广,新闻媒体逐渐"断奶",从计划经济、全额拨款走向市场运作,进入自主经营、自负盈亏的阶段。也就是说,媒体不再靠行政拨款生存,而要在竞争中设法获得受众的青睐以稳住立足之地。那么,如何增加发行量、收听率和收视率?答案无疑是以信息取胜。

传播新闻信息是新闻媒体的重要功能,这慢慢成为新闻学界和业界的共识。这就意味着,党的新闻事业的定位从以往的宣传本位开始向新闻本位转变,这是新闻界的一次真正的思想大解放,是新闻生产力的大释放。

随着西方新闻传播学理念的全面引入,尤其是新闻专业主义、公信力、传播理论等新概念新知识在新闻界刮起头脑风暴,新闻工作者如饥似渴地汲取先进的观念、理念和专业知识,自觉进行职业化和专业化的追求。从新闻采写方面的反应来看,媒体更强调新闻报道的真实、客观和公正,勇于对社会不良现象进行舆论监督,鼓励读者参与新闻采写和评论,刊播覆盖生活各方面的实用性信息,指导受众的消费和娱乐,媒体服务受众的意识和功能进一步增强,媒体与受众有了更多的共鸣。

需要强调的是,新闻本位并非否定新闻事业的宣传功能,而是强调新闻媒体具有新闻传播和舆论宣传的双重功能。引导舆论依然是新闻事业必须承担的基本功能,坚持党管媒体不变和党管新闻宣传不变,这是不能动摇的根本前提。

(二)以"以人民为中心"为新时期新闻宣传工作的根本要求

以人民为中心,首先要坚持人民立场,立场是新闻舆论工作者观察事物和处理问题时所站立的价值原点。人民立场是中国共产党的根本政治立场,是马克思主义政党区别于其他政党的显著标志。你站立的位置和高度直接影响你的判断和选择,决定着你到底是代表谁在发声。马克思曾经明确规定工人报刊的使命是"热情维护自己自由的人民精神的千呼万应的喉舌。"① 毛泽东在延安文艺座谈会上的讲话中,特别强调"为什么人的问题是一个根本的问题,原则的问题"②,习近平在谈到自己的执政理念时说"我的执政理念,概括起来说就是:为人民服务,担当起该担当的责任。"③因此,你是站在党和人民的立场上处理问题,还是站在权贵和资本的立场上,导致的结果是完全不一样的。前者代表着最广大人民群众的利益,因为党的目标就是人民的期盼,党的要求就是人民的诉求,党的利益就是人民的利益。这就需要新闻工作者始终坚持党性原则,以维护人民的利益作为工作的最高原则。这样也就解决了"为了谁、依靠谁、我是谁"的问题,心系人民、讴歌人民,这是新闻工作者的优良传统。

(三)传媒是实现"四权"的公开载体和渠道

坚持用制度管权管事管人,保障人民知情权、参与权、表达权、监督权,是权力正确运行的重要保证。党的十八大报告指出,要确保决策权、执行权、监督权既相互制约又相互协调,确保国家机关按照法定权限和程序行使权力。这对建立和完善权力运行制约和监督体系提出了更加迫切的要求。

"要保障人民的知情权、参与权、表达权、监督权。"这是公民言论自由、出版自由的题中应有之义,其实,"四权"与大众传媒密切相关,传媒是实现"四权"的公开载体和渠道。公民可从媒体获得新闻信息,并通过它公开表达意见、建议和要求。互联网为代表的新兴媒体的蓬勃兴起,为以人为本的新闻传播理念提供了强大的技术支持,人民群众有了更广阔的言论发表平台。

在报道内容上,中央决定改革领导人活动及会议报道,让新闻触角更多地投向与民生有关的领域,比如"三农"、住房、教育、医疗、就业、养老等;在报道方式上,中央提出坚持"三贴近"原则,要求努力克服不良文风,积极倡导"短、新、实"的优良文风,为新闻改革指明方向。

以人民为中心的新闻理念从"人民"的角度嵌入,为新闻事业的定位、新闻属性的确立、新闻自由的实现奠定了坚实的理论基础,有利于解决新闻传播过程中遇到的种种新矛盾和新问题,是马克思主义新闻观中国化的最新成果。

媒体定位的变化,彰显了我党新闻理念不断拓新、深化和发展进步的轨迹。我党新闻宣传在每个阶段的定位有其历史的合理性和必然性,都在当时发挥了应有的作用,这是我党在新闻宣传领域不断进行理论和实践探索的结果,是适应社会环境变动、媒体自身变化和时代变革的产物。

---

① 马克思,恩格斯.马克思恩格斯论新闻[M].新华出版社,1985:234.
② 毛泽东选集(第3卷)[M].人民出版社,1991:857.
③ 杜尚泽、陈效卫.习近平接受俄罗斯电视台专访[N].人民日报,2014.2.9.

二、坚持新闻本位就必须尊重受众的知情权

(一)知情权概说

1. 知情权

知情权是一个法学概念,又称知晓权、了解权、获知权等。受众知情权是指受众享有通过新闻传媒了解其欲知、应知而未知事实的法定权利。

2. 知情权一般有两方面的体现

在新闻中,知情权一般有两方面的体现:一是受众作为新闻接受的主体所具有的对新闻事件有关情况了解的权利;二是新闻事件特别是突发性的灾难事件中遇难者亲属和灾难受害人对事件全部真实情况与细节了解的权利。如果说一般受众仅仅是从一个较远的心理距离和比较宏观的层面来看待一场新闻灾难事件的话,那么对于灾难事件遇难者亲属、受害者以及事件当事人来说,他们则是以切身的感受和非常现实、具体的利益得失来面对这场灾难事件。

3. 知情权应是对新闻事件的全方位知晓

新闻报道应包括对灾难事件形成原因的分析、抗灾救灾情况、责任追究、经验教训等内容。一般来说,灾难事件发生后,从新闻传播的角度来看,有三个可以报道的侧面,即灾难事件本身、灾难事件的受害者、灾难事件引发的政府或社会行为。而这三个方面的情况,受众均具有知晓的权利,新闻媒体应满足大众这种知情权的需要。

(二)新闻记者要报道新闻事实

美国著名的报业大王约瑟夫·普利策说过:"倘若一个国家是一条航行在大海上的船,新闻记者就是船头的瞭望者。他们要在一望无际的海面上观察一切,审视海上的不测风云和浅滩暗礁,及时发出警告。"[①]因此,记者要善于观察社会,观察现实生活中发生的一切,发现问题,如果发现异常情况尤其是突发事件,应当立即并毫无保留地如实报道。

(三)保障公民的知情权

1. 公开性成为媒体面临的首要任务

媒体强大的社会影响力使其在选择新闻报道时要十分慎重,否则会引起大的社会动荡和人心不安。2008年5月1日起正式实施的《中华人民共和国政府信息公开条例》在制度层面上保障了公民的知情权。

---

① 林丹琼."新丁"新闻记者的"入门关"[J].视听,2012(8):52-53.

2. 对于突发性事件的及时公开报道理应成为新闻常态

在此之前，各种相关因素，尤其是地方保护主义，制约了传统媒体在突发事件上的报道，往往导致传统媒体在报道上处于"被动"状态。因此，突发性事件报道的及时公开、信息透明，理应成为新闻常态。只有这样，才能切实有效地促进突发性事件的妥善解决。

纵观中外新闻发展史，我们不难发现，突发性灾难新闻一直是传播活动的重点，在媒体上占有不可或缺的一席之地。西方新闻界有这样一句名言："没有消息就是好消息。"美国新闻学教授比尔·伯尼博士认为："对新闻媒介来说，最有市场价值的是交通失事、水灾、火灾、地震、谋杀、战争、行业纠纷以及死亡和伤害。"① 这句话用在灾难新闻的报道上恐怕是最恰当不过了。灾难性突发新闻往往因灾难性事件本身的原因会产生程度不同的社会影响，特别是一些重大灾难，如美国"9·11"恐怖袭击事件以及我国汶川地震、"7·23"动车事故等都在社会上产生了重大影响。目前人们已形成这样一种共识，那就是，对待灾难和灾难新闻的态度，在一定意义上反映出一个社会的稳定程度，体现出一个政府对民主的宽容态度和对受众知情权的理解与尊重程度。

（四）尊重受众的知情权是大众传媒的社会责任

1. 大众传媒承担满足公众突发性灾难事件知情权的社会责任

突发性灾难事件关系到每一个个体的切身利益，民众急切地想了解事件的情况，相互之间相关信息的传播频率、速度、数量等就会急剧攀升，他们利用的传播工具种类也会大大增加，会想方设法通过更多的渠道获得更多的相关信息。由于大众传媒所具有的公信力、权威性，在灾难事件中更能显出权威性和公信力的重要性，因此，民众对大众传播媒体的期望值相当高，大众传播媒介在灾难事件发生的时候，能更好地发挥自己特有的社会功能，承担所赋予的社会职责。

2. 牢固树立"以人为本"的新闻理念

真相不容遮蔽，信息的自由、及时传递是必须要保障的公民权益。包括新闻事件在内的诸多公共问题，每个人都无法超脱地自顾自生活，人与人彼此相连，守望相助。事关最核心的权益与价值诉求，公众的知情权便显得至关重要。因此，媒体要尊重和满足受众的知情权，讲究报道的方式和方法，牢固树立"以人为本"的新闻理念。

从传播学角度来看，大众传媒以人为本的理念有两层基本内涵：一是在传受双方的关系层面上，强调以受众为中心，把人民的利益作为新闻工作的出发点和落脚点；二是在传播效果层面上，将以人为本作为衡量大众传媒传播效果最根本的价值尺度，更好地发挥大众传媒的社会功能。这就要求新闻工作者把实现和维护好人民群众的根本利益作为首要目标，真正站在人民群众的立场上检点自己的言行。坚持以人为本，就要摒弃以官为本、以媒体为本、以金钱为本的理念，切实把人民群众的利益放在首位。要尊重人民群众的知情权，在当

---

① 张威. 中西比较正面报道与负面报道[J]. 国际新闻界，1999(1)：49-57.

今时代,人民群众的知情权主要是通过大众传媒来实现的。人民群众通过大众传媒获得新闻信息和相关资讯等。"以我为中心"包括保障人民群众的各项权利,知情权是这些权利中的重要一项。当人们能够越来越及时地获得大量的信息时,就越能够对正在或即将发生的一些重大事件做出有利的抉择。

3. 新闻媒体既没有必要也不可能对灾难事件进行信息"封锁"

作为负责任的新闻媒体,一事当前,强调"维稳"为新闻报道的着眼点无疑是正确的。但是,在关键时刻保持缄默不等于维护稳定,相反,不发声容易引发不稳定。因为这样做往往只会加大政府的工作成本,加重群众的思想负担,加剧社会矛盾,对于社会安定不利。再说,在信息技术日益现代化的今天,要封锁消息只能是"一厢情愿",当人们无法从大众媒体上获取信息时,自然会转向人际传播、网络传播,甚至域外媒体。因此,无论从哪个方面来说,时下的新闻媒体既没有必要也不可能对突发事件进行信息"封锁"。

4. 全面、及时、准确地报道灾难事件

信息透明是谣言最强的克星。及时性是危机处理的第一位原则。在政府开展危机公关时,媒体必须在事件发生以后立即组织相关机构和人员介入事件,以最快的时间赶往事件现场并采取一系列的紧急措施,及时控制事件发展的态势。危机信息的公布应随着事件进程展开,不能在全部事实查清后再统一公布,否则只能造成政府危机公关的被动。

当然,重视时效性不等于盲目抢发,迅速报道必须在真实报道的前提下进行,如果只是道听途说就马上报道而没有进行核实,虽然在较快的时间内报道了灾难事件,却会使发布新闻的媒体失去公信力,还有可能误导视听,造成恶劣的社会影响。

三、坚守新闻本位新闻工作者要勇于担当做时代的领航者

2017年11月8日,中国记协成立80周年之际,习近平总书记致中国记协成立80周年的贺信,再次明确了新时代新闻舆论工作者的职责和使命。新闻工作者要坚持新闻本位就要做到:

(一)新闻工作者坚定"四个自信"是首要任务

十九大报告第一次将文化自信正式写入党代会报告和新党章,与道路自信、理论自信、制度自信一起,并列为中国特色社会主义的"四个自信"。"四个自信"是指导新闻工作的思想根基和政治灵魂。"四个自信"充分体现了对我国国情的深刻把握、对民族命运的理性思考,是不断取得中国特色社会主义新胜利的思想基础,是实现中华民族伟大复兴的力量之源。以往,有些新闻工作者在这个问题的认识上有一些模糊,认为只要自己业务精就可以走遍天下,认为做记者只要能采访到独家新闻、写出好稿子、拍出好片子、做好新媒体产品就成功了。其实这是没有认识到新闻工作的特殊性。从事新闻工作的人需要具备政治素质、理论素质、能力素质、道德素质、业务素质、知识素质等,这些素质可以归为两类:一类是政治素质,另一类是业务素质。除了不断提高自己的业务素质外,新闻工作者首要的任务是提高自

己的政治素质,因为这个职业是和意识形态密切相关的,关乎立场、原则、方向等根本性问题,任何想把它和政治区隔开的想法如果不是另有企图,则属于幼稚和天真,终归走不远,难免要碰壁,以往工作中出现的"一手硬,一手软"的问题、"跛脚"现象、政治性差错,都是因为自身不重视政治素质的提升而造成的。

(二)保持人民情怀是新闻工作者的精神动力

保持人民情怀,首先要坚持人民立场,立场是新闻舆论工作者观察事物和处理问题时所站的价值原点。人民立场是中国共产党的根本政治立场,是马克思主义政党区别于其他政党的显著标志。新闻工作者要始终坚持以人民为中心的工作导向和人民至上的价值追求,想人民所想,急人民所急,与人民群众保持血肉联系,用过硬的脚力、眼力、脑力和笔力书写人民业绩。

(三)记录伟大时代,讲好中国故事,传播中国声音,是新闻工作者的职责使命

党的十九大开启了全面建设社会主义现代化国家的新征程。生逢这样一个伟大时代,是新闻工作者的幸运,伟大时代提供了一个个宝贵的新闻"富矿",革故鼎新的社会变革、波澜壮阔的奋斗故事不断涌现,记者被称为是时代的"弄潮儿",因为他们是和时代联系最紧密的人,见证着社会前行的每一次跨越,记录着时代变迁的每一个转折,理应不辱使命,书写好时代华章。

(四)唱响奋进凯歌,凝聚民族力量是历史担当

舆论不仅是各种社会发展思潮的反映,它历来是影响社会发展的重要助推力,广播出现时,列宁称之为"千百万人的群众大会",可见媒体营造舆论的优势和力量。对此,有识之士早有洞见,好的舆论被形象地表述为社会发展的"推进器"、民意的"晴雨表"、社会的"黏合剂"、道德的"风向标"。

党中央确立了"两个一百年"、中华民族伟大复兴中国梦的奋斗目标,这就是中国社会的发展大势和时代潮流!因此,有方向感的新闻工作者就会运用大历史视野看问题,从长远、全局、历史的维度思考各种变化。认清了大势,就会自觉成为党的理论和路线方针政策的宣导者,就会坚持正确的舆论导向,弘扬主旋律,释放正能量,把人民的干劲鼓起来。新闻工作者要勇于担当,做时代的领航者,改革的开路先锋,不能只做单纯的传声筒,而要用大量事实来引导民众的思想和行为!

本章小结

新闻本位是媒体从新闻的一般原则出发考虑问题,开展报道活动,而不是从其他因素考虑来"做"新闻。新闻的核心就是讲故事,讲真实的故事,讲老百姓的故事,公平、公正地讲各方面故事,及时地讲正在发生的故事。考察我国新闻离位的现象,大体可以归纳为三种:即官本位、政治本位和钱本位。新闻离位的原因,对新闻单位侵袭与影响最大的,是官本位与

拜金主义。回归新闻本位，要坚持马克思主义新闻观；把握新闻写作尺度：报道灾难事件要注重人文关怀，加强娱乐记者的专业培训；防止新闻"刻板化"。坚持新闻本位，就是要媒体依靠传播新闻信息而生存发展；以"人民为中心"为新时期新闻宣传工作的根本要求。坚持新闻本位就必须尊重受众知情权。受众知情权是指受众享有通过新闻传媒了解其欲知、应知而未知事实的法定权利。新闻记者要如实报道新闻事实。公开性成为媒体要面临的首要任务；对于突发性灾难事件的及时公开报道，理应成为新闻常态。坚守新闻本位，新闻工作者要勇于担当、做时代的领航者，坚定"四个自信"是首要任务；保持人民情怀是新闻工作者的精神动力；记录伟大时代，讲好中国故事，传播中国声音，是新闻工作者的职责使命；唱响奋进凯歌，凝聚民族力量是历史担当。

思考与练习

1. 媒体如何在新闻报道中体现尊重受众的知情权？
2. 新闻本位与政治本位有哪些不同？
3. 新闻离位的原因有哪些？如何防止新闻离位？

第八章　新闻作品评析的伦理原则

网上流传的哈佛公开课上有这样一个著名案例：假设你现在是一辆有轨电车的司机，而你的电车正在铁轨上以每小时 60 英里的速度疾驶。你发现有五个工人在铁轨上工作，你尽力想让电车停下来，但是你做不到，电车的刹车失灵了。你觉得十分绝望，因为你知道，如果你就这样撞向五个工人，他们必死无疑。就在右边，一根铁轨的尽头，只有一个工人在工作。你的方向盘没有失灵，只要你愿意，你可以让电车转向那条分岔铁轨，撞死一个工人，但却救了另外五个人。

这里就如何去做的问题不作探讨，只是引出人类伦理问题的话题。这种问题在新闻活动中也时常遇到，即新闻伦理的问题。

第一节　新闻伦理展现出的职业冲突

一、新闻伦理概说

(一) 什么是新闻伦理

所谓新闻伦理，是指媒体及媒体工作者出于自律的需求而定的成文或不成文的规范。它是由新闻界的伦理准则衍变而生，具有非官方和非法律性质，无强迫性、无处罚条款，积极诉诸从业人员高度的道德感和责任心，这些专业准则也是新闻哲学的研究基础。

新闻伦理问题与对新闻伦理的研究并不是自古以来就有的，而是人类社会发展到一定阶段以后，新闻传播领域出现了一系列伦理问题，人们对此进行探讨的结果。随着人们对新闻伦理研究的系统化、理论化、科学化，逐渐形成了新闻伦理学。

(二) 新闻伦理涵盖的范围

新闻伦理涵盖的范围包括但不局限于新闻工作者的职业道德或者职业伦理。无论是编辑、记者还是其他新闻工作者，其在新闻工作中的价值取向、道德表现总是与其所在的新闻媒体的价值取向、道德功能与伦理规范联系在一起的，在大多数情况下是一致的；反过来说，新闻媒体的价值取向、道德功能与伦理规范总是要体现在其所属的编辑、记者身上，在大多数情况下也总是一致的。虽然研究的时候要有所侧重，而且有时候分别研究也有其必要性，但把它们联系起来进行研究更为科学、合理。从某种程度上说，社会在伦理上对新闻媒体的要求与对新闻工作者的要求既有统属关系也有竞合关系。因此,新闻媒体的价值取向、道德功能与伦理规范也是新闻伦理的重要内容。

(三)新闻伦理的内容

新闻伦理有下述内容:分析新闻道德与政治、社会公德的关系以及新闻机构同社会道德的关系;阐明媒介遵守新闻道德的重要性,重视新闻道德的调节作用;指明可能对新闻道德产生破坏作用的报道与传播行为;论述新闻道德的表现及如何防止道德失范;探讨新闻道德的评价原则、方法及其应该注意的问题,研究新闻道德批判的方式和意义;探索显示新闻道德的途径,论述记者遵循新闻道德的动机以及达到至善的手段,把握新闻活动调整人们相互关系的善恶准则。

新闻职业道德是新闻工作者和媒介机构应遵循的体现普遍性的社会公德(工作观)和体现特殊性的专业标准(专业规范)。新闻职业伦理就是新闻工作者和媒介机构在新闻职业道德体系中的诸因素发生冲突时的理性抉择原则。

二、救死扶伤与本职工作的伦理冲突

作为一名记者,如果你遇到有人落水,你会先救人还是先拿起相机拍照?今天,这样的问题依然会被新闻院校、媒体不断提起。其实,这个问题在西方新闻界早已有了答案。

(一)南非自由新闻摄影师凯文·卡特的故事

新闻界人士普遍知晓南非自由新闻摄影师凯文·卡特(Kevin Carter)的故事。1993年3月,卡特到苏丹南部采访,在阿约德村附近,卡特看到了一名骨瘦如柴的苏丹女童,她挣扎着走向一个食物供应点时停下来歇息,这时一只秃鹰飞至她的近处。卡特说,他等待了20分钟左右,期待秃鹰振翅飞离,但它没有飞走。他拍下了这个令人难以释怀的场面,然后将秃鹰撵走,并将照片卖给了《纽约时报》,照片于3月26日首次刊登。一夜之间有数百名读者询问《纽约时报》那孩子是否还活着,迫使该报专门刊登一则编者说明,称女童有足够的气力避开秃鹰,但最终命运不得而知。1994年4月2日,《纽约时报》给卡特打电话,告诉他获得了普利策特写摄影奖。7月27日,不到34岁的卡特留下7岁的女儿自杀了。

一种流传广泛的说法是卡特因内疚而轻生,是他作为摄影记者追求精彩镜头与社会公德之间尖锐冲突的结果。毫无疑问,内疚是卡特自杀的原因之一。他拍下了一张传世之作,可是他由于被认为一味拍摄没有施救而受到猛烈批评,有人称他为"在场的另一只秃鹰"。

如何看待这种冲突?美国全国新闻摄影师协会前会长威廉·桑德斯说:"你首先是人类的一分子,其次才是新闻工作者。"[①]在特殊的灾难时刻,如果没有他人而只有记者,直接救人或呼吁救援应该压倒记者的采访本职。

---

① Smith. Groping for Ethics in Journalism[M]. Malden,MA:Wiley—Blackwell Publishing,2003:311.

(二)卡特故事的中国版

2005年5月9日下午,一名骑车人冒雨经过福建厦门市厦禾路与凤屿路交叉路段时,因自行车前轮突然陷入一水坑,身体失去平衡摔倒。当日下午,一场暴风雨袭击厦门,市区道路上的多处水坑让不少骑车人栽了跟头。这个瞬间被摄影记者柳涛抓拍到。这一组照片最初登在5月10号的《东南快报》上,后来经全国各大网站、报纸转载。该组照片引起热烈争议,读者纷纷质疑摄影记者的职业道德。这就是一个新闻伦理问题。

中央电视台新闻频道《社会记录》2005年5月20日22:05播出的节目《守坑者说》报道了此事,下面节录部分内容:

央视新闻报道:传达信息的责任让柳涛做了一个忠实的记录者,但他遭到了缺少公德心的指责,记者传达新闻的责任和社会公德心之间应该如何平衡,其实这是新闻业界一直存在争议的问题。就当事人怎么看,本台记者今天专门就此进行了采访。

中国人民大学新闻学院责任教授、博士生导师陈力丹说:"作为一个新闻记者,你在面对很多事实的时候,有时候会有两难选择,首先要想到作为一个人的基本职责,第二才是想到作为记者的基本职责,这个不能颠倒。如果你拍摄这个镜头,能够警示千百人,拯救千百万人的生命,这个情况下也许有一定道理。但现在看来这个还没有这样大的价值,有必要叫一个人或几个人连续摔倒来警示社会把这个坑填上吗?恐怕没有这么大的必要。"

三、中国记者正在达成共识——先救人

2006年7月12日16时06分,一篇题为《河南电视台都市频道女记者曹爱文流泪伤心模样》的帖子出现在大河网"网闻天下"栏目,该贴图文并茂地讲述了曹爱文救助落水女孩的全过程。该帖在网上一经发表,立即引起了社会各界的热议。随后,搜狐、新浪、新华、TOM等国内知名网站对曹爱文的评论也急剧升温。

该帖内容为:7月10日下午,13岁的女孩王孟珂不慎落入黄河。后来王孟珂被乡亲打捞上岸。在120急救车赶到现场之前,闻讯赶来的河南电视台都市频道女记者曹爱文,向120打电话请教人工呼吸的方法,之后按照"五下压胸,一下吹气"的步骤,为王孟珂做起人工呼吸。做了8分钟心肺复苏术后,不见小女孩醒来,曹爱文急得直掉泪。120急救车赶到后,医护人员虽尽力抢救,但小孟珂还是没能醒来,医生宣布抢救失败。

女记者曹爱文因救助落入黄河的少女成了各大网站的焦点人物,数千名网友都在参与讨论一个具有争议的话题:记者是应该先救人还是先采访?"美女记者"救人是不是在作秀?有人认为,采访是记者的第一要务,因救人而放弃采访的做法并不可取。河南省新闻工作者协会副秘书长、高级编辑郭守宪认为,一个好人不一定能成为一名优秀的记者,但一名优秀的记者首先要是一个好人,记者的职业再神圣,也没有权利见危不救。绝大多数人认为曹爱文是当今中国最美丽的记者。

第二节　新闻采访与公民隐私权的冲突

一、姚贝娜事件典型案例分析

　　2015年1月16日下午,歌手姚贝娜因病不治去世,而最先报道姚贝娜去世消息的南方一家报纸,因被曝出三名记者为抢独家新闻伪装成医护人员潜入太平间拍摄的行为也陷入争议。该事件随即引发了轩然大波,有关媒体伦理的讨论也在网络上引发热议。随即这种讨论在网络上引发口舌交战。记者面对姚贝娜病重的消息,该不该去医院守候打探消息?该以何种方式采访悲伤中的家属?如果属实,冒充医生助理去拍摄死者照片是否有违行业底线?这些成为网络讨论和辩论的焦点。

　　姚贝娜去世后,她生前所在医院中有位自称森哥的人在朋友圈发了一条消息:"休息区坐着若干和平素不同表情的人,小伙伴们告诉我,这些是记者,等待着报道某位名人的消息。森哥莫名地想到了秃鹫,丑陋的外表下一颗贪婪的心,毫无怜悯地盯着死去的猎物,就等第一时间扑上去……她的亲人在门口痛不欲生,她的医生在门内彻夜奋战,她本人也在和死神做斗争。与此同时,某些记者守在旁边,就为了满足猎奇者的新鲜感。他们在等什么消息不言而喻,可病人、家属、医生的感受他们想过吗?"此后,一篇署名为《记者们在病房外,焦急地等待着她的死亡》的文章随即刷爆了朋友圈,"时至今日,那只贪婪的秃鹫还未离开,它变成了一个个记者,虎视眈眈地盯着你,我,他,所有人。有人说,世界总有人不幸,记者只是记录不幸。但是我觉得,有些时候,记者在记录不幸的同时,也在制造新的不幸。"①

　　此文一出,随即不久就有几篇长文相继发出,以从业者的角度对其提出了不同看法。一位署名为"GOOD说"的特稿记者撰文《姚贝娜生前医院的那个医生森哥:我就是你嘴里的那种"秃鹫记者"》写道:记者守在姚贝娜病房的门口首先是因为她是一个公众人物,公众人物跟普通老百姓不一样,她的一切外界都想知道,包括病情。既然发布了消息,记者就必然会到场。

　　而本市一位曾经出入战地的记者也在微信谈道,如果《记者们在病房外,焦急地等待着她的死亡》这篇文章的观点成立,那么战地记者就是没人性的,那么社会新闻记者就是狼心狗肺的,那么当年报道了孙志刚案最终使得收容遣送制度被废除的记者就是不道德的。这个悖论是如此的明显。

　　与此同时,记者陈博的撰文《每人都有15分钟站上道德高地骂记者》也被广泛转发,他坦言:"能时刻扮演好公众形象和写稿大牛,这是记者的本职,无关情怀。我有时候想,如果姚贝娜病逝时,全国媒体都静默呢,都回避呢,这对她才公平吗?目前见报的稿子,有很多泼脏水的吗?"

　　《新闻记者》主编刘鹏昨天在接受采访时谈道:"网络上一些把记者或媒体比作'秃鹫'的

---

① 徐宁.媒体就姚贝娜事件发问:该如何报道名人死亡[N].新闻晨报,2015-01-18.

说法,其实并不妥当。"新闻史上的一个经典案例是:1994 年,摄影师凯文·卡特拍摄的作品《饥饿的苏丹》,一个奄奄一息的小女孩伏在地上,一只巨大的秃鹫站在她旁边,等待她的死亡。这幅颇具震撼力的照片获得了当年的普利策新闻奖,但是巨大的荣誉和批评同时而来,人们质疑摄影记者,为什么不去帮帮那个小女孩?

"大批记者围在病房外面,等待消息,也不能简单地说是等待死亡,也许,等来的是病情好转的喜讯。"

中山大学传播与设计学院院长张志安说:"尽管详细采访过程未公开,但,第一,进入角膜摘除手术室采访前应提前获得家属应允,如进入后家属反对则应予以配合,若记者态度诚恳,不宜过度批判;第二,进入手术室未必侵犯隐私,要看具体拍摄了什么及刊登了什么;第三,看报道,并未违背新闻伦理;第四,经纪公司如未有提前契约,姚去世的消息由谁先发布则无妨。"

浙江大学传媒与国际文化学院教授吴飞说:"第一,假装医护人员偷进太平间拍照这种事肯定太过了(这事是真的吗?);第二,就算有些读者想看明星遗容又如何呢?满足的也不过是他们的围观、窥探欲望;第三,记者们在医院里等待抢救结果没啥过错,只要不影响对病人的抢救。"

清华大学教授王君超说:"(针对众多记者守候医院门口等消息)一码归一码。一般来说,为了公众利益在现场采访,只要不构成对当事人的骚扰和对其隐私权的侵犯,就不应受到指责。"①

姚贝娜事件涉及隐性采访问题。诚然,在姚贝娜这件事上,记者隐藏身份假扮医生去偷拍,引起了人们的非议,但这不等于说记者不能采用暗访的方式进行新闻采访。

二、隐性采访有时是一种无奈的选择

暗访,也称隐性采访,这是为排除采访对象因个人或团体利益不透露真实信息而产生的沟通障碍,或是为排除受众认为采访对象可能提供非真实信息的怀疑心理,采访者不申明自己的身份和报道意图,采取以采访对象能够接受的角色进入采访领域暗作调查访问的方法。

2014 年 7 月 21 日,上海电视台报道了上海福喜公司使用过期食品原料的新闻。上海电视台的记者化身流水线上的普通工人,深入这些快餐巨头供应商——福喜公司的工厂车间内工作多月后,发现的事实让人触目惊心。镜头里,工人们正在把地上散落一地的牛肉饼、鸡腿一一捡拾起来,不经擦拭和清洗,熟练地把肉直接扔回生产线上。这一切发生在美国欧喜集团在上海的分公司——上海福喜食品有限公司里。

根据报道,福喜有两条生产线,一条为禽肉线,主要生产麦当劳的鸡肉产品,另外一条线主要生产麦当劳、肯德基的肉饼。暗访过程中,6 月 18 号,麦当劳的生产线上,根据当日生产计划,要使用 18 吨麦乐鸡原料。然而记者发现,这其中含有过期了将近半个月的鸡皮和鸡胸肉。这些过期原料被工厂送到绞肉区,经过大型绞肉机粉碎,裹上 3 层浆粉,经过 200 摄氏度高温油炸,再也看不出本来的面目。6 月 30 号,肯德基烟熏风味肉饼的生产线上,记者

---

① 徐宁.媒体就姚贝娜事件发问:该如何报道名人死亡[N].新闻晨报,2015-01-18.

再次看到过期近一个月的鸡肉被当作原料使用。记者注意到,一旦因为设备故障或者操作不当产生次品时,这些次品会被及时封存,重新标注为麦乐鸡二级品,推入冷库,在之后的生产当中被慢慢消耗。6月11号,1号解冻区域内堆放着一百箱冷冻小牛排,这批小牛排过期7个多月了,然而这批小牛排包装外没有保质期、生产企业、批号等关键信息。最终,这批小牛排被切割成小片,重新包装,内袋打印的保质期又延长了一年。①

2001年9月3日中午,中央电视台在《新闻30分》中播出了南京冠生园旧月饼翻新"再利用"的新闻,一家非常知名的企业居然用头一年的冷藏馅做第二年的月饼。央视记者掰开"黑心"月饼的报道,在中秋临近的月饼市场,犹如投下一颗重磅炸弹,在社会上掀起轩然大波。这是一条做了一年的新闻。在2000年中秋过后,央视记者就暗拍到南京冠生园回收月饼的镜头,当时就认为可以播出,"但是领导要求必须做到丝丝入扣,无懈可击,当时我们只拍到冠生园回收月饼,没拍到这些收回来的月饼被用于什么,所以,我们需要耐心等待,我们等了一年"。"7月2日,我们得到消息,说厂家开工了,我们迅速赶赴南京,在地方台朋友以及线人的配合下",央视终于拍到从冷库拖出的头年陈馅又掺入当年的月饼中的镜头。②

新闻播出次日,《上海青年报》的记者在夜里终于和拍摄这条新闻的央视记者取得了联系,问及拍摄过程时,央视记者介绍:"我想对于我们来说,最艰苦的日子要数今年7月了。南京的高温真是'恐怖',我的手背都在出汗,可是为了不被拍摄对象发现,我们只能躺在一间拉着厚厚窗帘的屋子里,在窗帘上挖一个小洞,进行'偷拍偷录'。那些拍摄对象很谨慎,简直可以用'神出鬼没'来形容。曾经有几天,为了不漏掉宝贵的细节,我们从早上6点一直工作到晚上10点,这期间一直守在摄像机旁,午餐、晚餐都是请不相干的人代买的。""黑心月饼"的黑幕被捅穿,对公众来说,是大快人心的事。从节目播出后的当天下午开始,节目组的热线电话就没停过。"冠生园事件"的冲击影响了当年全国的月饼市场,据报道,全国月饼销量因此比上年同期锐减,冠生园集团中的厂家损失最惨,全国20多家挂"冠生园"牌子的月饼销量直线下降,有的已退出当地市场。月饼生产质量也成为媒体报道的热门话题,北京、南京、杭州、南宁……全国许多城市的职能部门都在重点检查月饼生产质量,卫生部要求严查用过期原料加工生产月饼的行为。

从上述两个例子可以看出,记者的暗访是必要的,也是必需的。

三、暗访是新闻工作的有益补充

从上例可以看出,暗访是新闻工作的需要。虽然暗访涉及侵犯一些人或部门的隐私,但是这种所谓的隐私本身就是不能坦见光日的"私货",是需要媒体将其暴露在阳光下的。从这个意义上说,从维护人民群众的根本利益上来说,这样做是允许的,也是应该的,这也是新闻职业道德中敢于坚持真理、主持正义的体现,是符合新闻伦理的。记者这样做,还有下述理由:

---

① 上海电视台.记者暗访福喜公司次品周而复始混入洋快餐原料[EB/OL].新浪上海,http://sh.sina.com.cn/news/b/2014-07-21/0819102766.html.
② 王燕枫:"变味"的月饼[N].中国新闻出版报,2001-9-24.

第一,暗访是现实社会和记者工作的需要。我国从社会主义计划经济转入市场经济以后,经济增长速度明显加快,社会生活变得丰富多彩,随之而来的是取得经济财富手段的多样化和社会生活的复杂化。各种纷繁复杂的信息相互交错,社会的诚信指数下降,新闻事实、新闻真相往往会受到权力、金钱、私利的遮蔽,使记者有时通过正常的公开采访无法获取真实的信息。隐性采访是公开采访的必要补充,是接近事实真相的有效手段。

第二,人性复杂性的客观存在,使得暗访必然不能缺少。人是新闻事实的主体,趋利避害是人的特点。一般情况下,主体都喜欢讲述、报告正面的、阳光的、美好的事物,而刻意回避、隐瞒负面的、阴暗的、丑陋的事物。做过违法犯罪事情的人、危害公共利益的企业,是不会轻易地承认自己的所作所为的。因此,发现真相、还原真相就必须付出很大的努力,周密的、冷静的暗访必不可少。

第三,合理的暗访是公民权利的延伸。现代法治精神有两大原则,即对权力是"法无授权不得为",对权利应当是"法无禁止即自由"。在我国,新闻法尚未出台,采访权到底是权力还是权利呢?法学界人士认为,记者没有什么特权,"新闻权是由(公民)言论自由权和舆论监督权派生出来的,采访权是由新闻权派生出来的权利","由权利派生的只能是权利而不是权力"[1]。也就是说,记者的采访权是公民权利的延伸。对于暗访或者说隐性采访,法律上既然没有明确禁止,记者作为一名公民,当然可以自由地去运用。

第四,暗访要谨慎使用,不能违法,也不能人为导演。虽然说暗访是公民权利的延伸,但是权利是有边界的,个人权利的使用不能损害他人的权利,妨碍他人的隐私权、名誉权。这就要求记者暗访的时候,必须谨慎小心,必须遵守国家法律,必须维护广大公众的利益。新闻只能用事实说话,记者不能人为导演,制造事端。暗访得到的新闻材料,必须经得起法律的考验,经得起时间的考验。

公民的隐私权受到法律保护,但暗访带来的更多的是伦理道德问题。公众知情权是法定权利,新闻涉及公共利益,又涉及当事人的隐私,此时如何平衡?这方面的争论由来已久。学界的多数看法是,公共利益优先于隐私权;而对于受害者的隐私是否应公开,今天人们的看法已经在改变。

隐性采访必要,但是不可滥用。下例就引起了人们的非议。

自从央视马年春晚播出小品《扶不扶》后,"扶不扶"已经成为当年热词。在深圳,就发生了两起现实版的"扶不扶"。2014年2月17日上午10点29分,35岁的IBM深圳公司管理人员梁娅晕倒在地铁口50分钟无人理睬而死亡。2月18日下午2点40分,一名女子突然瘫软在地铁上,很多乘客自发将其扶起急救,她幸运地清醒了过来。

为测试路人见陌生人摔倒后扶不扶,《深圳晚报》记者进行了假摔测试。同年2月27日下午,三路记者分别前往深圳4个区的8个不同类型地点进行现场测试,看看危难之时到底有多少人、在多长时间里施以援手。[2]

《深圳晚报》记者这种假摔测试路人道德水准的做法,引起了人们的非议。有人认为,善

---

[1] 陈航行,王旭瑞. 与陈力丹教授商榷:记者暗访应该得到认可[J]. 今传媒,2010(11).
[2] 张卫斌:记者假摔测试路人扶不扶想表达什么?[EB/OL]. 荆楚网,http://focus.cnhubei.com/original/201402/t2851167.shtml.

与恶岂能用一个动作去衡量？道德又岂能因一场测验而盖棺定论？媒体不是道德审判的法庭，记者更不是道德法官。体验式报道，看似最大限度地接近了新闻真实，但用谎言验证得来的能真实可信吗？隐瞒身份和真实意图、凌驾于公众利益之上的钓鱼式采访，终究是一种欺骗。

那么如何维护公共利益？功利主义者认为，与行为相关的感性快乐与痛苦是伦理学思考的出发点，只要隐性采访能够带来最好的效果，这种行为就是正当的，在道义上是合理的。"最大可能的利益"是它的唯一原则。

根据一项对各学科学者的访谈，多数学者是认同有限制地运用电视暗访手段的。[①] 诚如陈力丹所言，以"小恶对抗大恶"的行动逻辑是博得人们同情的认识根源。这不是源自传统的"好人打坏人活该"的观念，而是由于随着市场经济和法制的发展，功利主义在中国有了社会基础。但是，如果在任何情况下都按照功利主义的逻辑，新闻工作者在隐性采访中很容易以"效果"之名行"非正义"之实。

所以，隐性采访必要时可用，但不能滥用。

第三节　坚持新闻伦理，反对虚假低俗

一、坚持新闻真实，反对报道失实

（一）坚决抵制有偿新闻或有偿不闻

坚持新闻伦理首先就要坚持新闻的真实性原则，坚决反对有偿新闻或有偿不闻。有偿新闻是指新闻从业者采取不正当的手段向被采访对象索取物质报酬的活动。其实质就是将国家和社会赋予的新闻机构传播新闻的权利，作为个人和团体的私有商品非法出卖，是非法的权钱交易。有偿新闻首先是破坏了新闻报道的真实性、客观性、公正性的原则。为了满足某些个人或者集团的利益不惜夸大、歪曲事实，混淆黑白，颠倒是非，严重损害了公众利益。其次是降低了新闻报道的质量。大众传媒判断信息的取舍在于新闻价值，有偿新闻是为了其报道对象需要的宣传效益，从而影响了新闻宣传报道的质量。有偿不闻则是指新闻从业人员在履行舆论监督职责的过程中或者是假借行使舆论监督之名的过程中，接受或变相接受被监督方的贿赂而使舆论监督活动中止或改变的行为，其实质是新闻敲诈。

（二）坚持新闻伦理必须反对虚假新闻报道

虚假新闻就是为了达到个人目的而发布假信息欺骗受众的舆论行为。但凡虚假新闻都有一个共同特征，即新闻报道者背离客观事实，仅凭个人的主观愿望或依据他人的意志报道新闻。虚假新闻的表现形式五花八门，种类繁多，可以概括为：凭空捏造的虚假报道；捕风捉影的疑似新闻；夸大其词的失实报道；文题不符，标题造假；违反常识的误导性报道等。

---

① 郭镇之,展江.守望社会——电视暗访的边界线[M].北京:中国广播电视出版社,2006:137-222.

由于这些新闻都是作者根据自己的主观想象、迎合受众的猎奇心理,在报道的过程中有意识地加进一些虚构成分,以此提升新闻的"卖点",因此往往容易传播和引起轰动效应。2007年引起社会广泛关注的假新闻《纸做的包子》是其中的典型案例。① 2007年7月8日,北京电视台生活频道《透明度》栏目播出此新闻后,百姓一片恐慌。公安部门介入后组成专案组全力核查,于7月16日初步查明事实真相,原来这是一条由记者策划导演的假新闻,产生了恶劣的社会影响,造成了一定程度的公信危机,带来的教训是十分深刻的。

(三)警惕数据新闻中的新闻伦理问题

随着传播技术的不断进步,越来越多的传统媒体和商业媒体大力涉足数据新闻领域。近年来,《人民日报》、新华社、中央电视台等中央级媒体在全国两会报道和其他重大活动报道中,广泛利用数据新闻形式进行报道,取得了非常好的效果,数据新闻正以翔实、具有信服力的数据和直观形象的可视呈现方式博得受众的喜爱,成为各媒体重点发展的新闻生产业务。然而,这种新兴的新闻生产方式也存在一些问题,新闻伦理问题是其中的主要问题,这值得我们警惕。数据新闻区别于传统新闻的一大长处在于,通过大量数据和科学分析使得新闻报道尽可能接近事实。然而,实践操作中,与传统新闻相比,数据新闻至少有两大因素容易导致新闻失实。

第一,很难获取真实数据。辽宁省委副书记、省长陈求发在政府工作报告中首次对外确认,辽宁省所辖市、县,在2011年至2014年存在财政数据造假的问题,指出在2011年至2014年存在"官出数字、数字出官"的现象,导致经济数据被"注入水分"。② 如此重要的经济数据竟然造假,我国的数据可信度由此可见一斑。

第二,数据处理不专业。大量的数据、看似专业的数据分析以及具有较强逼真感的视觉呈现等形式因素,很容易让受众对数据新闻产生科学、专业和真实的信任感,即使有少部分受众想对其真实性表示质疑,但受限于时间、专业门槛等,也很难有能力提出有力的证据。

数据新闻生产机制中至少存在两类潜在的侵权隐患:

一是侵犯公众的隐私权。大数据时代,网络上有大量的在线个人数据,这些数据有很多属于公众的个人隐私,很多人并不愿意其被收集,更不愿意其被公开。然而,数据新闻制作者则可以通过数据的挖掘、交换或购买等手段获取这些数据,或将其制作成公开的新闻,或将其作为推送"符合私人口味"新闻的依据。这种违背个人意愿,对个人隐私信息进行收集、分析和公布的行为,显然存在侵犯个人隐私的风险。

二是侵犯新闻作品的版权。如一些网络新闻聚合平台,其产制数据新闻的主要方式是采集海量的新闻作品,通过机器对这些作品进行重新编辑组合和分解优化,然后定向推送给公众。在这个过程中,这些平台时常会直接窃取信息,或通过跳转链接,或通过刻意模糊出处等方式,侵犯原新闻作品的版权。

---

① 刘晓峰.不能缺失的新闻伦理[J].新闻爱好者,2012(17):69-70.
② 鱼予.确认财政数据造假是一种担当[EB/OL].光明网,http://guancha.gmw.cn/2017-01/18/content_23502411.htm.

二、坚持公平正义,反对媒体审判

"媒体审判"的概念来自西方,最初叫"报纸审判"。它指新闻媒体在诉讼过程中,为影响司法审判的结果而发表的报道和评论。读者来信、时评、调查性报道、照片、漫画及电视影像乃至媒体所有的传播方式都有可能出现"媒体审判"。

最近10多年来,随着中国媒体法制报道和评论的发展,对"媒体审判"的关注和批评也在增加。中央人民广播电台法制处处长徐迅女士指出,在中国,"媒体审判"的情形确实存在,其主要表现包括:对案件作煽情式报道,刻意夸大某些事实;偏听偏信,只为一方当事人提供陈述案件事实和表达法律观点的机会;对采访素材按照既有观点加以取舍,为我所用,断章取义,甚至歪曲被采访者的原意;对审判结果胡乱猜测,影响公众判断;未经审判,报道即为案件定性,给被告人定罪;发表批评性评论缺乏善意,无端指责,乱扣帽子,等等。上述违背法治精神的"媒体审判"确有升级趋势,它产生了不容忽视的负面后果,无疑已对司法公正构成了一定威胁。[1]

针对有评论者经常举出"张金柱案"来批评"媒体审判",周泽指出,张金柱那句"我是死在了媒体手里"的临终之言令人悲悯,以致很多人在论及媒体与司法关系时,都将"张金柱案"视为媒体影响司法公正的"恶"例。但是他认为,如果我们的司法是独立的,法庭是合格的,法官是称职的,就能够正确认识和对待媒体的报道;领导干部有基本的法治观念,不随意对案件进行批示,不以行政权力干预司法审判,那么,即使媒体的报道有再大的问题,媒体——具体地说只是与相应报道有关的采稿、审稿人员——再认为张金柱罪该万死,而法官认为他不该死,也不可能判他死刑。因此,"媒体审判""舆论审判"干预、影响审判公正根本无从谈起。[2]

最近几年的一些案件似乎印证了周泽的观点,即媒体的相关报道不是妨碍了司法公正,而是有效地纠正了司法不公。毕竟我们的法制还不够健全,地方保护主义和官官相护还很普遍,如果法院不能摆脱权力的支配,包括互联网在内的媒体至少能够制衡权力的滥用。同时,媒体也应避免被偏激的情绪所左右,特别是在难以断定是过失杀人还是故意杀人的命案中,不能轻易给肇事者扣上"故意杀人"的帽子。事实上,近年来引发"媒体审判"批评的,主要是此类案件。

三、网络热点常见新闻伦理问题

网络媒体的新闻报道有其特有的优势,例如传播范围广、速度快、不拘泥于时空限制;新闻容量大,复制查询方便;超链接多媒体,互动性强。这对新闻热点的生成和强化都有一定的推动作用。但在网络环境下,热点新闻报道也存在着一些不能忽视的新闻伦理问题。

---

[1] 徐迅. 质疑生效判决不等于"媒体审判"[N]. 检察日报,2003-10-08(7).
[2] 周泽. 舆论评判:正义之秤——兼对"媒体审判"、"舆论审判"之说的反思[J]. 新闻记者,2004(9):6-10.

(一)新闻来源"网友爆",热点消息随意转,挑战新闻真实

网络热点报道的内容之一就是对网上形成的"热点"的报道,这部分新闻多是报道由网民发现、爆料或在网民中广泛讨论的热点。《信息时报》7月16日报道了一则新闻——《一盏吊灯价千万 中石化再惹众怒》,报道中称,有一网友爆料中石化大楼装了一盏1200万的天价吊灯,报道中直接引用了该网友的博客贴文和部分网评。这篇报道出现后各网站也纷纷转载,一时之间此事成为网络热点,中石化也成为众矢之的。事后,《信息时报》在7月28日A21版"网事焦点"版块中,登出了一则"致歉启事",表示其7月16日所刊登的有关中石化天价吊灯的报道与事实真相严重不符。《信息时报》稿件内容多援引网友博客且未向中石化集团核实,以致与事实严重不符,对中石化的形象造成了恶劣影响。网站对此事的报道也多转载自《信息时报》而没有对消息来源的真实性和正确性进行核查。

网络媒体是否能因为转载其他媒体的报道而不承担新闻失实的责任?如已经发现转载的新闻失实,网络媒体又该怎么做呢?由于网络大容量、超链接的特性我们仍然可以看见网站中转载的失实的热点报道,而少见网络媒体为转载的失实热点报道致歉或为降低负面影响而采取行动。

(二)网上网下齐炒作,先"曝光"后求证,挑战新闻庄重

2010年6月下旬,"80后""中国最年轻市长"周森锋在网上迅速蹿红。有关这位年轻市长的报道成为网络热点。网友们不断"挖掘"这位周市长,媒体不断跟进报道,网上网下热炒一片。人们质疑这位市长的人品能力、质疑任用他的上级、质疑他的家世、质疑他的妻子,甚至怀疑他攻读硕士研究生时的学校和导师。《调查显示网友最担心年轻干部身后有背景》《湖北宜城29岁市长被疑抽120元香烟》《湖北宜城29岁市长"专人打伞"照片曝光》《最年轻市长妻子也出身农家 其岳父失业岳母务农》《29岁市长婉拒采访欲平事态 襄樊早有计划栽培》《湖北襄樊官方证实周森锋妻子实为副处级干部》《央视质疑29岁市长选拔过程违背政策方向》《29岁市长再聚焦 方舟子:周森锋两篇论文都是抄的》《湖北最年轻市长被指抄论文 组织部称应老师负责》《湖北29岁市长周森锋清华导师被曝年赚千万》等一篇篇报道在报纸、广播、电视、网络上出现。① 且不谈这位年轻市长的功过,他的个人名誉及隐私是肯定不保了,这些报道已经对他的生活产生了巨大的影响。其实周森锋并不是中国最年轻的正处级干部,但热炒之下舆论哗然。网络媒体可以紧跟热点,不管是否存在,只要网友质疑了就可以先报出来。网络媒体对待热点的这种报道方式,即先"曝光"再求证,有失新闻庄重,是媒体不负责任的表现。

(三)网媒报道显倾向,有煽动网民之嫌,挑战新闻公正客观

在网络热点"邓玉娇案"的报道中,一些网络媒体的报道倾向尽显。2009年5月21日,《重庆晚报》刊发了一则《邓玉娇:不想做烈女只为保护自己》的通讯。文中对邓玉娇的身世和经历表示同情,称邓玉娇童年命运坎坷、长期被失眠折磨、有两次受伤的爱情经历,并反映

---

① 田晓丽. 网络热点报道中的新闻伦理问题初探[EB/OL]. http://xwcb.100xuexi.com.

出被刺官员的荒淫无度,称其为"应酬频繁的招商办官员"。虽然报道中的这些情况可能多是事实,但就新闻的选择而言其报道的倾向性十分明显。

报道登出后各个网站纷纷转载,在网络媒体倾向性报道的推动之下,网民们在网上网下为邓玉娇"讨公道",甚至还发起了营救行动。可以说是舆论而非正规法律裁定促成了邓玉娇的无罪释放。新闻媒介的报道,或单个或总和的倾向性,其好恶褒贬,形成了新闻舆论的倾向与指向。它可能反映了公众的倾向,但事实与倾向一经新闻媒介报道,便会产生强化、放大、引导、驱动的作用,会反过来极大地影响公众的议题、判断、印象、观感、思考、好恶等,从而形成更大的舆论力量。所以要慎重地对待新闻选择和报道倾向。

(四)扭曲的新闻标题,片面追求热点,挑战新闻高尚专业

标题对于网络新闻非常重要,由于网民的接受心理,只有好的标题才能取得好的网络热点报道效果。网络热点报道的标题应具有吸引力并能引导读者继续阅读相关报道。但网络新闻标题素来存在着一种病态的表达方式,即不择手段地使标题吸引人,一味追求刺激显眼,甚至不惜用低俗的手法博取网民点击率,于是出现了所谓的"标题党"。网络热点报道也不能摆脱这一现象。以下是某大型商业网站一日内点击量最多的几条社会热点新闻的标题:

《镇长与女副乡长婚外恋 拒绝结婚被对方举报受贿》
《体校学生因口角射箭杀同学》
《少女称屡遭母亲情人强奸疑犯逃避警察追逐撞伤路人》
《绝望父亲淹死患病女儿》
《民工抓小偷被砍手筋 百人旁观》
《母亲自杀后孝子自尽》

这些标题大多涉及有违伦理、犯罪、暴力的表述。在新闻标题上下功夫,片面地追求热点,甚至是制造热点都有悖新闻高尚、专业的品质。

四、广电节目低俗化现象

近年来,新闻低俗化的问题成为中国新闻界和学术界讨论比较热烈的话题,表现较为突出的是广播电视节目的低俗化问题,其表现形式多样,如个别嘉宾身份造假、自我炒作、言论低俗、行为失检、恶意嘲讽,主持人引导乏力,盲目追求收视率,放任拜金主义、虚荣、涉性等不健康、不正确的婚恋观随意传播。这些在社会中引起了强烈反响,应引起广播电视业的高度重视。

(一)语言格调不高、低俗不雅

现在的一些婚恋交友节目格调低下,故意以低俗的语言制造噱头,刻意渲染情绪,例如:"我宁愿在宝马车里哭,也不愿在自行车上笑";"看他那样子,我怎么就那么想扁他";"我特别想拿鞭子抽你";"就你吧,我还真不知道怎么说";"看见你吧,我就觉得我来节目只是一场游戏、一场梦,现在梦该醒了";"我的身体是完整的";"最珍贵的东西还保留着";"我怕洞房

花烛夜时还要我教你"……这些低俗不雅的语言,容易伤害参与者的自尊心,造成未成年观众价值取向扭曲,拉低观众的欣赏品位,造成不良的社会影响。

(二)伪造嘉宾身份、愚弄观众

一些节目的嘉宾身份公布后遭到网友的质疑,有网友爆料:许多嘉宾在现实生活中是模特、演员或歌手,而且有的男女嘉宾在私底下就认识,是朋友。这些嘉宾参加节目无非是为了炒作自己,提高自己的知名度。如果真如网友所言,用嘉宾身份"造假"来欺骗观众,节目很容易就会失去受众,不利于节目的长期发展。

(三)主持人素质较低

有些主持人举止轻浮,身着奇装异服,说话怪腔怪调,刻意模仿港台娱乐节目主持人的做派,语言庸俗,互相调侃。有的主持人以奇装怪行、言语无忌吸引眼球,有的女主持人穿吊带装,有的男主持人讲粗痞话。由于这类节目的受众主要是青少年,影响也就更令人担忧。有些主持人缺乏文化内涵,更多的是耍嘴皮子调侃,哗众取宠,他们热衷于迎合世俗社会中一些颓废、消极、庸俗方面的东西,把搞笑当幽默,拿肉麻当有趣,还津津有味、乐此不疲,把一场无聊的闹剧视为欢乐的盛会,自我感觉良好。一些节目主持人有了一点知名度后就飘飘然不知身处何处,主持节目时做作、卖弄,和嘉宾或搭档互相吹捧,说起话来滔滔不绝,不容别人插嘴,但所说的话却往往是为了表现自我而游离节目,把主持节目当作自己表演、作秀的舞台。

(四)节目内容肤浅、价值取向扭曲

某些节目内容肤浅、品位低下,充斥着"拜金女、富二代"等噱头,某些栏目靠"话题人物"搏人眼球,利用嘉宾"搏出位",诸如"富豪女""灭绝师太丁克女""豹哥"等。某些女嘉宾的言论更是大胆:"我闻到了钱的气味""他给不了我住豪宅的梦想""你有车有房吗?";男嘉宾则会说:"想坐宝马跟我走。"这样的节目放任拜金主义大行其道,除了带给观众一时的笑料外还能留下些什么?它会给大众带来怎样扭曲的价值观?

五、新闻伦理缺失的深层次原因

(一)新闻从业人员政治理论修养的欠缺

新闻媒体是党和政府的喉舌,新闻从业人员必须要有较高的政治理论水平,否则,就不能很好地理解、把握国家和政府的决策;曲解或者片面理解相关政策,写出的报道就往往有失公正。

(二)超越限度的利益诱发记者造假

有些记者为了物质利益或者精神利益不惜"造假"。在激烈的市场竞争中,有的媒体为了获得更多的经济利益和轰动效应,展开恶性竞争,新闻事件怎么"轰动"怎么写,全然不顾

事实的真相及被报道者的权益。

(三)新闻从业人员缺乏必要的社会责任感和同情心

任何行业和个人都有它的社会责任,新闻从业人员由于自身行业的特殊性,社会责任感应更为突出。社会责任感缺乏,往往导致报道的角度把握不准,从而使受众产生不正常的社会心理,也会导致新闻从业人员缺乏最起码的人文关怀,对一些弱者没有给予同情。

本章小结

新闻伦理问题与对新闻伦理的研究是人类社会发展到一定阶段以后,新闻传播领域出现了一系列伦理问题,人们对此进行探讨的结果。新闻伦理涵盖的范围包括但不局限于新闻工作者的职业道德或者说职业伦理。从某种程度上来说,社会在伦理上对新闻媒体的要求与对新闻工作者的要求既有统属关系也有竞合关系。因此,新闻媒体的价值取向、道德功能与伦理规范也是新闻伦理的重要内容。新闻伦理分析新闻道德与政治、社会公德的关系以及新闻机构同社会道德的关系,阐明媒介遵守新闻道德的重要性,重视新闻道德的调节作用,指明可能对新闻道德产生破坏作用的报道与传播行为,论述新闻道德的表现及如何防止道德失范,探讨新闻道德的评价原则、方法及应该注意的问题,研究新闻道德批判的方式和意义,探索显示新闻道德的途径,论述记者遵循新闻道德的动机以及达到至善的手段,把握新闻活动调整人们相互关系的善恶准则。目前,新闻伦理问题突出表现为救死扶伤与本职工作的伦理冲突,新闻采访与公民隐私权的冲突。坚持新闻伦理,反对虚假低俗新闻,新闻伦理缺失的深层次原因在于新闻从业人员政治理论修养的欠缺,超越限度的利益驱动诱发记者造假,新闻从业人员缺乏必要的社会责任感和同情心。

思考与练习

1. 从灾难性新闻作品中分析缺失新闻伦理的现象。
2. 试举例说明如何在隐性采访中遵循新闻伦理的原则。
3. 媒体如何加强自律,增强新闻从业人员的新闻伦理素养?

第九章　新闻作品评析的人文关怀原则

自 2003 年以来,随着 SARS、禽流感等公共卫生事件的不断发生,人们开始呼吁保障知情权。在灾难新闻中,新闻工作者的反应越来越快,报道也越来越透明。当然,在 2008 年 5 月的汶川大地震中,连续滚动的新闻播报不仅让我们看到人人肩上的一份社会责任感,也毫无保留地反映出一些问题,即在灾难报道中人文主义关怀的缺失。在如今,这个以人为本的时代里,越来越多的人开始关注灾难报道中对人的关怀和尊重。

第一节　人文关怀原则概述

一、什么是人文关怀

(一)人文关怀的内涵

"人文"与"神文"相对,是在文艺复兴时期被提出的,它反对中世纪宗教蒙昧主义对人性的戕害,主张恢复人存在的本身的自然性。人文关怀是马克思哲学的基本维度之一。人文关怀的核心就是对人的生存状况的关注、对人的尊严与符合人性的生活条件的肯定和对人类的解放与自由的追求等。

新闻的人文关怀,主要指对人的生存状态的关注,对人的价值、人的尊严、人的个性、人的生存状况与符合人性的各种需求的肯定。它以人为本,集中体现了对人的关心、爱护和尊重。它不仅着眼于生命关怀,而且着眼于人性、精神、情感和道德关怀,把人的生存、人的作为、人的发展当作考察一切事物的价值取向。

(二)人文关怀是对人的生存状况的关注

我国的学者在提到"人文关怀"一词时,大多引用俞金吾先生的阐述:"人文关怀是对人的生存状况的关注、对人的尊严与符合人性的生活条件的肯定和对人类的解放与自由的追求。"[1]简单来说,人文关怀就是要关注人的生存与发展,要关心人、爱护人、尊重人。也就是说,人文关怀的焦点在于"人"。在新闻活动中,这个"人"不仅包括新闻事件涉及的人,也应当包括读者。人文关怀是一种以人为本的传播观,其坚持贴近实际、贴近生活,尊重、关心和

---

[1] 俞金吾.人文关怀:马克思哲学的另一个维度[N].光明日报,2001-2-6.

贴近群众,是对受众本位的回归。因此,媒体增强新闻报道的亲和力、吸引力、感染力,满足受众需求。人文关怀正日益成为一种内在尺度,衡量着传播效果,指导着新闻实践。在新闻报道中融入人文关怀,是媒体赢得受众尊重的重要前提。

二、人文关怀原则内容

(一)人文关怀在灾难新闻报道中的体现

灾难发生时,人文主义关怀体现为对灾区和灾民生命及生存状态的关注。对灾民生命和生存状态的关注,是对"人"最基本的人文关怀。这主要体现在两个方面:

1. 全面、客观、及时、准确的报道

新闻媒体第一时间做出全面、客观、及时、准确的报道,让灾区以外的人迅速了解灾区的情况,并引导舆论形成万众一心、共同抗灾的局面。

2. 充分考虑受灾群众的生命安全和心理感受

媒体报道要充分考虑受灾群众的生命安全和心理感受,不妨碍救灾工作的正常进行,更不可为迎合受众的猎奇心理、追求新闻的轰动效应在采访报道中提出不适宜的问题,以免给灾区人民造成心理上的二次伤害。

(二)把人放在核心位置,尊重生命、敬畏生命

1. 人文关怀在媒体方面的表现

(1)生命至上

在任何新闻报道中,我们都要坚守生命至上、以人为本的原则。在灾难性报道中,媒体记者常常会陷入"拍或不拍"的困惑中。存在这样的困惑是非常令人难过的,这根本不是一个问题,在看见他人遇难时,我们首先应该想到的是"救人"而不是"拍或不拍"。其次,应当敬畏逝去的生命,报道中不得不涉及相关细节时,可以通过角度变化或选择可替换的图片来报道。如"天津爆炸事故"报道中,《新京报》8月14日A08版刊登的消防战士遗体照片,选择了从群众敬礼的角度来拍摄。

(2)最小伤害

"己所不欲,勿施于人",在报道时应设身处地地为当事人及其家属考虑,不要做灾难的告知者。切勿为了追求视觉效果而刊登刺激性画面,这样的做法只会得不偿失,给当事人及其家属带来二次伤害。

(3)讲究诚信

真实是新闻的生命,诚信则是媒体的生命。灾难发生期间,人们处于极度不安的状态中,容易盲信和盲从,当报道是以图片这种直观的形式呈现时,人们更容易对此深信不疑。个别媒体常常利用受众的这一特点,制造虚假图片新闻,取得一时的关注度。如此发展下

去,不仅侵犯了受众的知情权,对媒体本身的公信力更是会产生极大的伤害。

(4)适度原则

对现场伤亡画面视若无睹,是媒体的不负责,而多角度集中地刊登灾难现场的死伤图片,不加任何处理地"有闻必录",不仅会对遇难者及其家属造成伤害,还会让受众产生恐惧心理,也是媒体缺乏责任心的表现。灾难性新闻图片报道中的适度原则指的是媒体在图片报道数量和图片报道程度上都要适度。在报道数量上要与其他新闻报道均衡,讲究真实性、全面性和客观性;在报道程度上,做到不刻意追求感官刺激。

其实,上述原则,不论是新闻工作者还是普通公众,在传播图片时都应该遵守,因为现在是一个全民都能够传播图片的时代。如"天津爆炸事故"以及 2015 年 11 月 13 日发生的"巴黎恐怖袭击事件"均发生在深夜,记者无法第一时间赶到现场,媒体报道的新闻素材诸如新闻图片、影像等最先都是源自社交网络。

2. 人文关怀在社会公众方面的表现

除了传播者要遵守上述原则之外,在一般情况下,作为受众的公众应当提升自身的媒介素养,对媒体传播的新闻图片进行监督,对违背新闻伦理的图片报道进行谴责纠正,同时,提升自己的法律意识,切勿纵容媒体侵犯他人的隐私权来满足受众的猎奇欲,学会尊重他人的隐私。

3. 人文关怀在相关部门方面的表现

健全新闻伦理法律体系,使维护新闻伦理有法可依。强化相关政府部门职能,保证新闻伦理有法必依。高校学子更应注重自身的技能培养,这需要各高校强化新闻伦理方面的教育。

(三)报道过程中主动保护个人隐私

社会新闻报道中披露新闻当事人个人情感、生理、家庭或生活经历等各个方面的隐私以及对受资助者、中奖者等个人信息、资料的泄露等行为,可能会对其个人生活、工作、形象、名誉、心理甚至生命安全造成损害和威胁,是对个人隐私的不尊重和侵犯。虽然新闻工作者需要及时满足受众的求知欲,尽可能地提供受众想要了解的信息,但是,这并不意味着新闻工作者就有权利报道一切可以采集到的信息。涉及个人隐私方面的信息,必须经过当事人同意才能予以报道。甚至应该充分考虑对当事人造成的影响,在报道过程中主动保护个人隐私,这样才能体现新闻工作者的人文关怀。

我国媒体的新闻报道在公平、公正方面还有很多不足。首先是缺乏对当事人人格尊严的尊重。如中央电视台新闻频道播放了一部新闻专题片,内容是 2003 年 8 月北京某监狱狱警将重庆籍的犯人押解回重庆。电视记者对这一押解过程进行了全程跟踪报道。电视镜头对车上的犯人面孔进行了毫不遮掩地"展示",特别是记者将镜头对准了犯人中碰巧相遇的一对夫妻,详细地介绍丈夫因盗窃罪、妻子因卖淫罪被判刑的经过。[①] 这显然是不公平的,违背了公正、

---

① 新闻本位、舆论监督、人文关怀:民生新闻的公信力要件[EB/OL]. http://club.topsage.com.

公平的新闻伦理原则。报道对象处于劣势地位,无申诉的权利,媒体是在施展其强权,侵害了当事人权益。这就形成了一种报道中的不公平的局面,表面上看,报道是正面宣传,但从人道主义的角度来说,它严重伤害了当事人作为主体的人格和尊严。

三、案例分析

工棚里的鸳鸯床

每当华灯初上,10对夫妻就像倦鸟归巢般从工地回到工棚。女的抓紧淘米洗菜,在公用厨房区点火做饭,男的则沏杯茶,点根烟,望着近在咫尺的城市,静静地休息一会。

10对夫妻均来自贵州省兴仁县百德镇,丈夫间是堂兄弟关系或是更远一点的亲戚关系。这种相对亲近的关系,是他们能一起在新建的公铁线上挖桩基、一起在工棚内生活的主要原因。

他们的工棚设在金华市区迎宾大道旁的高铁立交桥下,10对夫妻共住两个居住区,一块硕大的彩条布把居住区包围起来。工棚内,用施工木板搭建的简易床,是各自的私人空间,他们在床上绣花、聊天、看电视……床与床之间,有的面面相对,有的仅用一块薄木板、一块布相隔。对方说什么,做什么,听得真真切切,但大家都会互相尊重。

"大家一起生活,开始觉得有些尴尬,现在好多了。"今年30岁的田维海如是说。对于这一点,他的妻子盛贵香颇有同感。刚开始,她不愿意跟大家住在一起,但因工地条件限制,不得不接受这个现实。现在,她反而觉得大家住在一起也蛮好,同样的家乡话,使得他们有了共同语言;相同的饮食文化,使得大家可以同吃一盘菜,更为重要的是,若谁家有个头痛脑热,相互之间还有一个照应。5天前,唐明江、任金艳夫妇为了一点小事,闹得不可开交,后来在他们一床之隔的表弟黄平夫妇的劝说下,两人重归于好,打消了离婚的念头。

夜晚,10对夫妻聊得最多的是各自的孩子,孩子们在祖辈的照料下,生活得好不好?学习成绩怎么样?何时能成家立业?每当孩子们遇到什么不愉快的事情,大家都会说出来,你一句,我一语,说者茅塞顿开,听者有了前车之鉴。如果哪家孩子传来喜讯,大家会一起分享快乐。

在记者发稿时,10对夫妻已转移到了下一个施工点。"受工地条件影响,我们还会像过去一样蜗居在一起。"田维海说。因为,他们挖桩基,属于包工包料,工程建设方不会给他们提供住处,工棚里的鸳鸯床还将继续。(记者 钱启仁)

来源:《浙中新报》2014年5月14日

新闻《工棚里的鸳鸯床》读完之后,读者能够感觉到记者将这10家人同居一个简陋工棚的生活写得十分温馨幸福。这个工棚究竟有多大面积?记者采访时忽略了这一点,记者应该提供准确的信息。从新闻照片和新闻文字中可以断定,这个工棚面积不大,10户人家蜗居其中,绝对不是他们愿意的,这种居住条件不能保护个人隐私,又十分拥挤,生活在其中肯定不是一件快乐的事。

笔者对此报道持批判态度。大家想想,如果你住这样的环境中会满意吗?答案肯定是不满意,会有怨言。那记者怎么不去报道这些怨言呢?为何不去追踪报道那些管理者的态度呢?所以此文没有体现人文关怀的原则。

第二节　人文关怀原则现状

一、人文关怀缺失现象

(一)我国新闻中人性冷漠现象的伦理分析

2007年9月15日,《羊城晚报》A11版刊登了一组消息,标题为《大一新生感到孤独自刎获救》《不堪病痛折磨老妇刎颈死了》(副题为"事发五羊新城,老妇尸横路边")、《嘉禾一男子七窍出血倒毙》。3条消息纵向排列,其中"获救""死了"几字用了比标题大的字号,并用灰色背景以示强调;这3个标题的句式整齐、结构统一,从上到下产生了一种排比效果,使发生在不同时间、不同地点的3条消息浑然一体,将读者的目光聚焦于"自刎获救""刎颈死了""横尸路边""七窍出血""倒毙"这几个关键词上。而这几个词诉诸读者的主要是"刎""血""死""尸"几个字,事件的悲剧意味顿时消弭在冷冰生硬的表述之中。读者的眼球被抓住了,然而,编辑对他人不幸的冷漠态度却透过字词呈现在读者面前。

(二)新闻报道中人性冷漠现象的表现

1. 调侃

无视灾难给当事人及其亲属带来的巨大痛苦,用戏说的方式描述悲剧事实,以他人的灾难为取乐对象,使原本沉重的话题变得轻如空中飞舞的鸿毛。在这种报道方式的主导下,受众解读新闻的聚焦点常常被引向媒体附加的调侃戏谑,而不是悲剧事件本身,以调侃的方式描述灾难事实,是一种错误的价值判断。

比如,杭州某报报道一位民工施工时从脚手架上掉下来身亡,标题是《昨日一民工自由落体》;一位青年在水库洗澡上堤时遭雷击身亡,某报标题是《赤条条来,赤条条去》;四川自贡一青年不慎被机器切掉了9根手指,到医院接指时发现其中一根忘在了自贡,成都某报标题为《哦嗬第9根断指忘在自贡了》;广州一位农民工在天桥上对着桥下京广铁路边的高压线撒尿时触电身亡,媒体形容死者"像烧焦的烤鸭",称之为"电死""毙命""自吃苦果",同时庆幸民工的死亡没有对列车运行造成影响。

2. 渲染

用渲染的方式报道新闻,这种人性冷漠的现象在灾难事件、公众人物的报道中都有所表现。媒体在报道灾难事件时,有时会直接展现畸形的病状、灾难、暴力、血腥、痛苦的照片或画面,将他人的痛苦和不幸拿到媒体上展览示众。例如2007年9月13日《北京青年报》A18版新闻《女童腹积水进京查病因》配发的照片,照片中,小女孩躺在病床上,积满了水的腹部高高隆起,赤裸地展现出来;还有各类灾难发生后家属悲痛欲绝的照片,2006年2月17日《北京青年报》头版头条刊登了中国援助巴基斯坦遇害工程师家属痛不欲生的大幅照片,媒体上还不时出现尸体以及凶杀的画面。2003年伊拉克前总统萨达姆的儿子乌代和库赛被处死当日,CCTV新闻频道《国际观察》栏目播出了乌代和库赛的尸体画面。

3. 冷硬的"客观"

媒体有时会用无动于衷的态度记录生命陨落的过程,并称之为"客观报道"。2007年1月9日,海南一男子在省人民医院跳楼身亡。据报道,该男子9时多(有报道说10时左右)站到医院9楼窗台到11时20分从窗台上跳下来,前后共两个小时左右。这期间,"他曾做了几个试图跳下的动作,后来显然是因为求生的欲望上升,思想发生了动摇,没想到却引起楼下围观者的大声哄笑,更有人大声喊'要跳就快点跳!快点!'"一位围观者说,大家都在看热闹,"警察仍是漫不经心地在楼下指挥交通,消防员也是装装样子,连负责救死扶伤的医院也没有千方百计地采取抢救措施……"。海南某报记者10时30分赶到现场,"客观"地拍摄了该男子跳楼全过程的照片:男子打碎玻璃站到窗台上、男子半身悬在窗外向下观望、护士劝说、男子从楼上跳下来倒在地上、男子跳楼后的援救场面以及跳楼后赶到医院的亲属。

4. "物化"的人性

"物化"的人性指的是媒体对人与物(生命和金钱、财产等)的关系认识不正确,传播不正确的价值观。

1969年8月15日,在黑龙江逊克县双河村插队的上海知青金训华为了抢救国家财产(两根电线杆)跳入洪水不幸牺牲,后被追认为中国共产党党员。金训华的事迹被媒体广泛报道,"金训华"成为和"雷锋"一样响亮的名字。当时支撑人们的是这样一个观念:为了国家财产,一分钱也要用生命去保卫。几十年过去了,这种观念在一些人心目仍然没有太多的改变。"非典"报道中"病房里的婚礼""火线入党"等,都是刻意制造的"刑场上的婚礼"式的悲剧场景。这种做法,给"非典"防治工作增添了不必要的麻烦。

5. 赤裸裸地展示人对动物的残害

前些时候,云南等地发现了几例狂犬病患者,有关部门兴起了打狗运动。CCTV的《焦点访谈》栏目为此制作播出的节目中,有一期的画面中展示了云南等地执法人员抡着棍棒围打狗的暴力场面,更让人不能接受的是,节目制作者对这种暴行持赞赏、肯定的态度。此外,媒体上还不时刊登被人虐待致残、至死的动物的画面,令人毛骨悚然,不寒而栗。这些画面给受众造成的感官和感情刺激是非常强烈的,对动物生命的冷漠是人性冷漠的另一种表现形式。

(三)新闻报道中人性冷漠现象的伦理分析

在伦理学中,"伦",即人伦,指人与人之间的关系;"理",即道德和规则。伦理就是处理人与人之间关系的行为规范;新闻职业伦理是建立在公共伦理道德基础之上的职业伦理道德,是指处理传媒与社会公众(社会整体和公众个人)之间关系的行为规范。对新闻报道中人性冷漠问题进行伦理分析,就是要考察人性冷漠现象的本质是什么以及这种传播方式造成了怎样的社会关系,并从专业角度对之进行评价。

1. 从人性论角度看,新闻中的人性冷漠张扬着人性恶

人性论是哲学上一个永恒的话题,它研究的是人类存在的本质和特性问题。弄清人性问题是为了建立社会生活的规则和秩序,明确人类行为的意义。

无论持何种人性观,承认现实社会中的人有善有恶,存在着自我超越、向善趋善的本性或可能,也存在着自我沉迷、向恶趋恶的本性或可能,是古今中外比较一致的看法。社会机制的基本功能就是使人类社会不断抑恶扬善,从而建立良好的社会秩序。

那么什么是善呢?在孟子看来,"恻隐之心,仁之端也;羞恶之心,义之端也;辞让之心,礼之端也;是非之心,智之端也"(《孟子·公孙丑上》)。也就是说,人先天就有恻隐之心、羞恶之心、恭敬之心、是非之心4个善端,把它引申出来就是社会的仁义礼智等伦理道德规范,把它发挥出来就是善行善德。这是人类的一种道德起点,是人性向善的重要表征。现在社会发展了,人们的许多观念也更新了,但是这种基本的伦理道德观念不应放弃。

2. 新闻中的人性冷漠表现为一种价值评价尺度的扭曲

从个体与集体、生命与财物的关系角度看,"个体为集体去献身"作为一种传统价值观,总体上应该坚守,但还要具体问题具体分析,不能把它强调到绝对的程度。如果此时代表"集体""国家利益"的是两根电线杆,要求个体为之献出生命就是不人道的,是对传统价值观的扭曲。对于这种价值取向,媒体、学者和公众都有很多批评。

2000年3月24日,《中国青年报》针对大庆法院关于"未能与歹徒进行殊死搏斗"的建行职员姚丽做出恢复公职的判决,发表了《不是英雄,也有权利》的评论,颇能发人深省。该评论的基本观点是:一个普通的职业不能规定公民有必须付出生命的义务。与人的生命相比较,财物本身没有什么更神圣的意义,无论它们属于私人、集体还是国家。把财物看得重于生命,是评价尺度的扭曲。文明进步就包含着道德更新,其中就必然包含尊重生命的命题。没有把人的生命看得高于一切的道德,就等于没有道德。

3. 新闻中的人性冷漠强化着一种不平等的社会关系

传媒与公众之间的关系是通过报道新闻来实现的。而任何新闻事实只有通过语言(包括报纸的版面语言和广播电视语言)的表述才能传播出去,被受众获知。新闻作为公众话语的一种重要类型,在语言形式上的重要特征是通俗、标准、准确、可信;在用词上,要求使用中性的词,包括使用具体的名词和行为动词,谨慎使用形容词,不要使用副词(因为副词的主要功能是渲染,会让事实描述不精确、主观倾向明显)。

新闻的这种语言要求和特征,使得各地区、各阶层的读者都能以相同的方式理解同一报道,这样的语言形式实际上体现的是新闻从业者与受众之间的对等(平等)关系,也体现了受众与被报道对象以及受众与受众之间的对等(平等)关系。这样一个平台,能够促进媒体与公众、公众与公众之间的正常交往和互动。在这个意义上,新闻话语被视为一种民主话语。

强化职业意识,规范职业行为,并进一步将职业道德内化为新闻从业者的心中之规。只有这样,才能避免和减少新闻报道中诸如人性冷漠现象等失范行为。

二、灾难新闻报道中人文关怀缺失现象

(一)灾难新闻中缺失人文关怀的问题

1. 当地政府的封锁导致信息不公开不透明

面对灾难事件,受众拥有知情权,"受众对新闻有知情权,知情权又称知晓权、获知权等。受众知情权是指受众享有通过新闻传媒了解其预知、应知而未知事实的法定权利"①。按理来说,灾难事件一般都是非常紧急的事件,常会引发停水、停电、与外界失去通讯联系等一系列问题,媒体越早报道对灾民越是有利。而一些地方政府对突发灾难性事件往往采取"稳定压倒一切""大事化小小事化了"的策略,一些领导干部甚至从局部利益出发,"能捂则捂,能瞒则瞒"。

2. 片面追求轰动新闻,忽视人文关怀

随着新闻界竞争机制的引入,各家媒体为争取更多受众,越来越重视受众的需求,新闻事业实现了从以传者为中心向以受众为中心的转变,受众成了媒体的"衣食父母"。然而,因为媒体竞争的直接目的就是争夺受众,有些媒体过分注重受众本位,为了获得一手资料,在进行新闻采访中产生了追求轰动新闻、无视采访者生命安全的行径,严重违背了新闻报道中应有的人文主义关怀。

3. 新闻图文在使用过程中的失范

一幅好的图片能抵过千言万语,能够将媒体想要传递给受众的现场情况形象生动地表达出来。所以,为了让受众产生瞬间的恐惧或怜悯,灾难报道中的图片大都采取直接呈现的策略。比如通过对苦难、窘境中人物绝望、痛苦的表情的特写,通过对血淋淋的伤痕的细节的展示,通过对残垣断壁的大场面的俯视等手法,为观众展现出一个触目惊心的残缺景象,让受众对灾难有直接清晰的了解,从而唤起其内心的悲悯和同情。

但是这种策略的使用不能过度,一些媒体在灾难性新闻图文中为了刺激受众、吸引眼球,常常有意识地渲染恐怖、血腥、不人道的场面。比如,广州某报 2012 年 3 月 12 日报道,番禺某小区发生家庭惨剧,一中年男子疑长期殴打儿子,并于 11 日将自己及儿子反锁家中,及至民警破门而入,发现房内有大量血迹,10 岁的男童已经殒命,中年男子企图挥刀自尽,最后被擒。这则独家报道在当天的同城报纸中十分抢眼,惨剧本身又实在令人叹息,版面的配图中有大面积鲜红的血迹。这种处理方式反映出编辑的冷漠,有悖于社会和谐发展的理念。②

---

① 桑德斯. 道德与新闻[M]. 洪伟,等译. 上海:复旦大学出版社,2007:23.
② 张芹,刘茂华. 突发事件报道案例教程[M]. 上海:上海交通大学出版社,2013:38.

(二)灾难报道中人文关怀缺失的实例及分析

1."二次伤害"典型实例

"二次伤害"是指在灾难事件发生后,由于采访方式、时机、方法处理不得当对灾难亲历者再次产生的一系列严重后果或影响。

蒋敏,这是一个二次伤害的典型事例。这个被誉为"中国最坚强女警察"的幸存者,在2008年5月12日的汶川大地震中失去了包括父母、女儿在内的10个亲人,但她却始终坚持在抗震一线救助他人。当记者见到正在忙着照顾灾区儿童的蒋敏时,却提出这样一个问题:"你在救助这些灾民的时候,看到这些老人和小孩,会不会想到自己的父母和女儿?"蒋敏被这个问题问得说不出话,一出帐篷就昏了过去。① 蒋敏的事迹无疑非常值得媒体报道,很有新闻价值,但是记者这样的采访问语却造成了对蒋敏的二次伤害。

2.现场采访时记者的失误

有这么一个实例,2008年5月17日,汶川大地震中被困124小时的女工卞刚芬获救。当卞刚芬被救援人员抬出来的一刹那,几十名记者蜂拥而上,将其团团围住拍照,医护人员不满地说:"照相机的强光会对眼睛产生强烈刺激,会伤了她的。你们要抢新闻,可我们抢的是生命呀!"②

在灾难现场,因抢镜头、抢新闻而影响抢救的现象并不少见,有的记者拦着救援官兵做不适宜的现场采访,有的记者为了补拍镜头要求救援人员重复动作。在汶川地震报道中,某权威电视台记者在直播时竟然进入手术室采访,消耗掉一件无菌手术衣不说,还强行采访已消毒完毕,即将进行手术的医生,将其手术衣污染,致使医生怒不可遏,对他喊道:"你把我搞脏了!"记者没有立即退出,还继续问医生已躺在手术台上麻醉好的病人的伤情如何,因此耽误了医生重新消毒的时间以及病人的手术时间……此事通过现场直播传出后,在网上遭到一片谴责声。③ 从新闻伦理道德的角度看,这是违背职业道德的行为。

三、媒体报道缺失人文关怀的原因

(一)媒体报道缺失人文关怀的原因

1.新闻工作者理论基础不够扎实

这是各大网站灾难性报道中人文关怀缺失最根本的一条原因。对于新闻事业和新闻工作者来说,扎实的理论基础是取得成功的关键,新闻理论、新闻学原理等学科中清楚明白地阐述了党和国家对新闻事业总的要求;相关的新闻法规和守则对新闻工作者提出了具体的

---

① 张芹,刘茂华.突发事件报道案例教程[M].上海:上海交通大学出版社,2013:38.
② 同①:45.
③ 王志安.中央电视台汶川地震直播报道中存在问题的分析[J].中国编辑,2008(4):4-7.

要求,这些要求中均有对人文关怀的具体说明。网络作为第四媒体,完全应该按照社会主义新闻事业的标准来要求自己的从业人员,尤其是对灾难性事件的报道,更要持审慎负责的态度。

2. 新闻工作者业务素质有待提高

网络新闻工作者缺乏基本功,直接影响他们对灾难性事件报道的力度、深度和选材的角度等的把握,影响报道中的人文情怀。

3. 国外新闻媒体报道方式的影响

受自然主义"有闻必录"的影响,国外新闻尤其是发达国家的新闻往往以刺激受众感官为目的,不在乎受众的感受,追求血腥、暴力、性刺激,并以此提高自己的影响。改革开放后,特别是进入新世纪以来,中国的网民有了更多的机会接触国外的网站,中国的网站也有更多的机会了解国外网站的运作模式和编排风格,因此或多或少地受其影响,在灾难性事件的报道中模仿西方的报道方式,或是直接传播西方媒体的照片、文章,忽视了媒体应有的人文关怀。

4. 媒体在灾难性报道中定位不准

媒体在报道灾难性事件时,或是过于超然,或是过于卷入其中,往往出现两个极端。将讲解员似的陈述或是当事人似的情感运用到灾难性事件的报道中,都不利于表达出真正的人文关怀。

对灾难性报道重视度不够。主要是有的地方性网站,只关注国内的新闻事件或是本地发生的事件,对外埠以及国外的新闻很少播报,这也是侵犯受众知情权的表现,即缺乏人文关怀最外层的表现形式。

(二)社会转型期社会观念转型的影响

1. 社会背景环境的影响

康德早就告诉我们"人是目的"[①],毛泽东也讲过"世间一切事物中,人是第一位可宝贵的"。但在实践中,"人"依然有意无意地被忽视。媒体作为社会中一个担负特殊精神使命的社会组织,其思维方式、实践活动必然受到社会背景环境的制约和规范。

媒体产生之后,任何一种社会制度的价值观念所倡导、鼓励或所贬抑、批判的东西,就是媒体进行实践活动与思维活动的心理基础和所遵循的原则。媒体要使人们的思维活动具有与该社会制度整体特征一致的思维属性和思维品质。我国的社会转型期从1978年改革开放以来的社会变革开始,这一阶段,社会文化传统的转向、价值观念的更新以及人们的思维方式都面临着重大变革。在这个时候,新事物与原有思维方式的冲突会给人们的思维乃至精神造成巨大的冲击,使人们因为失去了原有的判断标准而无所适从。在一定的社会关

---

① 俞吾金. 如何理解康德关于"人是目的"的观念[J]. 哲学动态,2011(5):25-28.

系中,媒体在进行思维活动时,必须依据其在社会关系中所承担的"角色"作为思考问题的出发点和参照点。媒体思考问题的立场、角度和出发点,也要随着自身在社会关系中地位、角色的变化而变化。

2. 思维传统的制约

我们的国家和民族经历了几千年的封建文化统治,这种文化在很大程度上是否定人性、压抑人性的,在这种文化环境下形成了漠视"人"、漠视人的生命、漠视人的精神的思维传统,宋代陈元靓的《事林广记·警世格言》中就有"自家扫取门前雪,莫管他人屋上霜"这种说法:这种思维倾向至今在我们媒体的很多报道中屡见不鲜。欧洲人文主义学者有一句名言——"爱如阳光",自己心中充盈阳光的温暖,才能怀有博大的同情心,去把阳光一点一点传播给人类。从上述案例中,我们能够感觉到,漠视"人"的思维传统在他们的头脑中已经形成了一种定势,这使他们在思考问题的时候,思维呈现出一种相对固定的准备状态,他们的思维活动从既定角度、起点出发,只顾"职业化的流程",而忽视了职业使命,也无视思维对象的其他方面,如生命、品格、精神等。

3. 文化氛围的熏染

改革开放以后,市场经济蓬勃发展,所带来的经济繁荣和多元因素为文化的分化创造了条件,在市场经济商业逻辑占主导的背景下,大众文化、红色文化、高雅文化三分天下,并迅速发展成为主流。作为文化消费商品,大众文化的生产是以营利为目的的。

大众文化的功利色彩加重了它的媚俗化倾向,这种倾向导致了人们审美趣味的世俗化和低俗化。在功利化思潮的影响下,信奉这一原则的人会用功利的眼光去看待一切事物、处理所有问题。在他们看来,整个世界只剩下一种关系,那就是经济利益。长期生活在这样一种文化氛围中的社会公众,受到功利观念的影响,渐渐地会将社会这个大的文化共同体的思维定势转化为自身的思维视角,最后积淀到意识的深层结构中,转变为个体的无意识,从而使其思维活动自发地按照该文化氛围所规范的方式进行。

但是,作为媒体工作者,我们不能麻木,不能随波逐流,要始终保持清醒的头脑和敏锐的判断力,关注身处灾难困境中的人的生存状态,思考人性和人类未来,表达对所有生命的怜悯和珍视,我们应该在功利的大环境中保留一片属于媒体的清澈的蓝天。

四、人文关怀的回归

现在看来,我们的媒体似乎比任何时候都更需要人文关怀。新闻为了追求视觉冲击和心理刺激,无视对新闻当事人(灾难的受害者及其家属)和受众的痛觉刺激,这从根本上反映了对于人与人性的不尊重。当记者把镜头对准新闻当事人的时候,除了看到他们是具有新闻价值的人物,是不是同时也能意识到他们也有生命,也有尊严,也拥有一个公民应有的不被展览示众的权利?这就需要记者寻找一个平衡点,这个平衡点就是社会公共利益。

总之,只有善的理念与公正的原则相结合,才能体现完整的人文关怀精神;而且这一点不能仅仅停留在精神观念的层面上,还要形成一种运作有效的社会机制,使善的理念和公正的原则成为这一社会机制的灵魂。对于媒体而言,任何一种行为标准都应根植于对于人性的理解中。关心人、尊重人、保护个体权益的人文关怀以及民主、自由的价值理念,作为人类宝贵的精神财富,仍然是现在人们的努力方向。

第三节 坚守人文关怀原则

我国媒体改制后,新闻媒体既要追求利润,以在竞争中求得生存,又不能抛弃肩负的社会职责,丢下媒体使命。因此,如何处理好经济利益和社会效益以及发行量与社会责任之间的矛盾关系,已经成为当下中国传媒业内外人士普遍关注、探讨的问题。

一、提升新闻工作者职业素养和道德水平

(一)加强新闻职业道德教育

新闻职业道德是一种自律,是新闻工作者自立的行为准则,它借助于舆论力量促使新闻工作者自觉遵守职业道德。当前,在我国提倡新闻职业道德具有现实的紧迫性。当代著名新闻学者喻国明在多个场合都曾谈到"新闻工作者不光要把新闻当做职业,更应把它当成人生的事业。造就一篇好新闻的,绝不仅仅是漂亮的文字、敏锐的嗅觉和机巧的处理,最重要的是一种俯仰天地的境界、一种悲天悯人的情怀、一种大彻大悟的智慧"[①]。因此新闻工作者必须不断提高自身的人文素质和道德品行修养,培育高尚的情操、敏锐的观察力、坚守良知正义。人文关怀的精神要求新闻从业者对"人"有清醒的认识,做到物质与精神层面的双重关怀。

(二)记者应注重自身人文修养

记者面对受灾者所表现出的同情和怜悯不应该是一种居高临下的感情,而是处于平等基础上的感情流露,在给予同情和关怀的同时必须给他们以必要的尊重,这样才能写出真正感人的新闻作品。一篇好的灾难性新闻作品,不能只具备新闻要素,更应该有人文关怀的精神在里面,这样,灾难新闻的采访才能有"魂",才能打动受众。在灾难新闻报道的采访中缺失了人文关怀,就难以体现正常的人性和人的正常心态,这样的采访是得不到大家的认可的,新闻报道的社会职能也就无从体现。记者只有具备了人文关怀精神,才可能获得受众发自内心的尊重、认可和信赖,传媒才可能获得持久的公信力。

---

① 王新平.论新闻报道中人文关怀的缺失与建构[N].山西经济日报,2012-12-15.

二、坚持开展"走基层、转作风、改文风"活动

(一)在新闻报道中贯穿人文精神

"走基层、转作风、改文风"(简称"走转改")活动开展以来,反响热烈,成效显著,新闻工作者深入基层一线,体察国情民情,反映实践,职业素养得到提升,整个传媒界的面貌也焕然一新。同时,坚持开展"走转改"活动也是提升媒体人文高度、在新闻报道中贯穿人文精神的一项举措。在"走转改"活动中,广大新闻工作者走向基层,有针对性地践行重心下移的价值追求,去关注和体会基层百姓的生存状态,当记者带着感情进一步增进与群众间的联系、拉近同群众的距离时,他们才会尊重群众的人格和合理诉求,才会用真诚和关切的语言反映群众最真实的声音,写出富有人文关怀的新闻报道。

(二)避免现场采访的"二次伤害"

"5·12"汶川大地震救援过程中,我们确实在镜头中看到过这样的场景:被埋了几十个上百个小时,一个个伤员已经很虚弱了,急需抢救,记者们还要追着左问右问。这种执著并不能体现专业精神,恰恰反映出专业素养的缺乏。作为记者,不能在采访时只选择新闻报道材料,而是应该做"伤口的创可贴"——创可贴式采访。记者面对别人的悲伤、脆弱和无助时应该给予最大限度的同情。不要去采访那些还处在惊恐状态下的人。记者可以安慰、拥抱他们,甚至为他们服务,如果你先成为一个好的陪伴者,他们往往会主动讲一些事情。如果灾难现场记者的采访、拍摄影响了救援行动,记者理当停止或转变方式,否则就会对生命造成"二次伤害"。

(三)保护受害者的隐私权

贝尔塞描述了三种不同的隐私:身体的隐私、精神或交流的隐私、私人信息的隐私。① 所以在灾难报道中,记者应当谨慎地考虑如何避免肢残的身体(即便已经死去)过度暴露在公众视线中,避免让当事人的身体尊严受损;考虑如何让极度悲伤的情绪表情避开特写镜头,避免让当事人的精神尊严受损;考虑如何避免灾难中个人医疗记录和财务数据等个人信息的暴露等。

2011年10月,"深圳杨武之妻被强奸案"曾经轰动一时,各路媒体记者蜂拥而至,大有"你方唱罢我登场"之势,原本就倍感痛苦与屈辱的杨武一次次被拉到镜头前,被要求讲述事情的原委经过,甚至回忆一些不堪回首的细节,以至杨武最终跪在地上,头深深地埋下去,哭泣着乞求:"我忍受的是所有男人不能忍受的耻辱和压力,我不愿意回忆,求求你们了,出去好吗?"而他的妻子即使躲在出租屋里,向里侧卧在床上,两手抓着床单,将脸捂得严严实实,也不被记者放过。在媒体的"舆论暴力"下,这场悲剧最终演变成一场怪诞荒谬的"大众狂

---

① 王卉.灾难报道中的新闻伦理——基于汶川大地震的案例分析[J].西南民族大学学报(人文社科版),2008(9):169-173.

欢"事件。① 有人不禁要问,"这是采访还是集体偷窥?"这种剥衣式的采访简直就是"二次伤害"。由此可见,一些新闻从业者为了收视效果,不惜将一个普通人甚至是受害者推到镜头前,把他们的窘迫放大给受众,以满足受众的猎奇心理。

三、加强社会各界的监督和行业自律

(一)加强社会监督、政府监管

政府应该创造条件鼓励广大受众结成团体,通过这些团体组织来倾听受众的呼声,反映他们的权益和需求,以约束新闻媒体的行为。政府还可以设立新闻评议组织,由新闻界与其他各界代表共同组成,定期对报业及其他传媒的表现进行评议。《新闻记者》杂志每年都会举行全国年度十大假新闻评选活动,评议结果虽然不具备法律强制性,但在道义上可对新闻媒介及其活动施加影响。另外,高校或科研机构组织开展的媒介评价活动,可以"评价各种形式的新闻报道工作的表现,指出其缺点和贡献所在,并协助确定或重新确定新闻工作的正直和认真负责的准则"。

(二)新闻行业要加强管理及自律

媒体必须有清晰的受众定位和功能定位,适当地将视线下移,以贴近百姓、贴近生活,在坚持社会责任的前提下,追求经济效益,坚守新闻伦理,自觉遵守相关新闻法规,重视新闻更正、致歉、赔偿制度,明确奖惩标准等。

(三)履行好新闻的"把关人"角色

大千世界每天都有事情发生,新闻媒体要对纷纷扰扰的事情进行筛选,选出一些适合新闻报道的事件进行传播。每家新闻媒体都面临着两组矛盾:无限的新闻和有限的版面,媒体的选择标准和广大受众的需求。要想解决以上矛盾,新闻媒体就要充当"把关人"的角色,多传播一些富有人文精神的高品位新闻,淘汰掉那些庸俗浅薄、缺乏人文关怀的新闻报道。由于新闻媒体的把关活动是一项组织活动,新闻媒体内部各环节都要严守职责,记者要多写一些有人文情怀的报道,编辑要挑选出有人文高度的新闻报道,总编辑要做好媒介定位,维护"报格"和"台格",制定内部奖惩机制。

本章小结

新闻的人文关怀,主要指对人的生存状态的关注,对人的价值、人的尊严、人的个性、人的生存状况与符合人性的各种需求的肯定。人文关怀在灾难新闻报道中体现在两个方面:全面、客观、及时、准确的报道;充分考虑受灾群众的生命安全和心理感受。把人放在核心位

---

① 刘晓峰.不能缺失的新闻伦理[J].新闻爱好者,2012(17):69-70.

置,尊重生命、敬畏生命,报道过程中主动保护个人隐私。从人性论角度看,新闻中的人性冷漠张扬着人性恶;新闻中的人性冷漠表现为一种价值评价尺度的扭曲;新闻中的人性冷漠强化着一种不平等的社会关系。灾难新闻中缺失人文关怀表现为,当地政府的封锁导致信息不公开不透明、片面追求轰动、忽视人文关怀、新闻图文在使用过程中的失范。"二次伤害"是在灾难事件发生后,由于采访方式、时机、方法处理不得当而对灾难亲历者再次产生的一系列严重后果或影响。媒体决不能在报道中以他人的不幸作为"卖点"。媒体报道缺失人文关怀的原因在于:新闻工作者理论基础不够扎实;新闻工作者业务素质有待提高;国外新闻媒体报道方式的影响;媒体在灾难性报道中定位不准。从思想上分析,有社会背景环境的影响、思维传统的制约、文化氛围的熏染。坚守人文关怀原则,要提升新闻工作者的职业素养和道德水平,坚持开展"走基层、转作风、改文风"活动,加强社会各界的监督和行业自律。

思考与练习

1. 本章例文中作者对于10对夫妻住一个工棚的生存状态的描述是持赞赏态度还是批判态度?这种态度对吗?
2. 找出新闻报道中的"二次伤害"事例,分析其形成的原因与特点。
3. 从灾难报道的分析中思考一下如何在新闻作品中体现人文关怀原则。

第十章　我国新闻作品评析的舆论引导与舆论监督原则

舆论引导与舆论监督工作牵涉到传播活动的各个环节,但其核心是传受双方的相互关系,是传者及其内容产品是否会对受众产生效果。对于新闻作品来说,有效的舆论引导与舆论监督尤为重要,它关乎国家形象和民族形象,关乎事业发展和人民利益,关乎媒体形象和发展。各种媒体在报道中竞争激烈,水平各异,舆论引导与舆论监督的有效程度各异,直接反映了媒体的社会形象和品牌形象的高低优劣,影响其以后的发展。新闻作品评析可以加强新闻媒体的舆论引导与舆论监督作用,这是新闻作品评析中的重要意义。

第一节　新闻舆论引导和媒体作用

一、舆论的定义及其特点

(一)舆论的定义

舆论是在全社会广泛流行的、消除个人观点误差的多数人的共同意见,它是一种社会集体意识和客观存在的精神力量,通过把公众置身于一定的舆论环境中而时时刻刻影响着他们的心理、意识和观念。

(二)新闻事件舆论的特点

1. 新闻舆论的特点

以新闻事件为核心形成的新闻舆论有下述特点:一是新闻事件舆论的形成迅速、突变,传播渠道多元、快捷;二是新闻事件舆论具有积聚性和关联性;三是新闻事件舆论的形成过程具有阶段性;四是新闻事件舆论具有风险性和难控性。

2. 新闻媒介与社会舆论

新闻媒介不时地介入到舆论产生和作用的各个环节中。归纳起来主要体现在三个方面:一是反映并代表舆论,二是引发舆论,三是引导舆论。

3.网络舆论的特点

随着网络媒体特别是微博、微信等社会化媒体的快速发展,多数人对多数人的互动化、移动化、及时化传播,消解了传统舆论的传播机制,给传统媒体舆论场带来了革命性的变革,使网络舆论呈现出如下特征:第一,舆论主体的网上强参与和现实弱行动并存。网民对热点议题的关注热情和行为动力大大增强,以实际行动促进着虚拟环境和现实社会"无缝对接",但其线上参与性和线下能动性并不总是完全对等,以致在某些重要话题的讨论中"网上一呼百应,网下无人到场"。第二,舆论焦点的稳定和多变。第三,网络谣言的酝酿与自净。第四,舆论表达的理性和盲目。第五,舆论周期的反复与突变。

二、媒体选择性报道视阈下的舆论导向

(一)媒体报道的"老人倒地"事件

2011年8月,天津"许云鹤案"尘埃落定,当事人"好心反被诬"引发了舆论关注。此后,媒体对各地"老人倒地"事件的关注度持续升温。2011年8月28日,武汉市电动车主胡师傅扶起一名摔倒的八旬婆婆时,反被婆婆诬陷是被他的电动车撞倒;2011年8月30日,《扬子晚报》报道,江苏南通大巴司机搀扶摔倒的老太太,却被诬为肇事者,幸亏大巴上的摄像头还原了事实真相;此后,在9月2日的《楚天都市报》、9月7日的《齐鲁晚报》等媒体上又相继报道了武汉、济南各地的类似"老人倒地"事件……①

一系列"老人倒地"事件的连续报道,引发了社会公众普遍的"救助恐慌症",甚至产生了社会道德滑坡的论调。这种选择性报道已经成为媒体的一致趋向,导致舆论导向失衡。因此,在新闻操作中掌握选择性报道的规律,从而承担起媒体引导舆论的社会责任,消除对舆论的负面影响,是我们研究"老人倒地"事件的意义所在。

(二)选择性报道引发的舆论效应分析

1."标签化"与"合理想象",舆论集体"一边倒"

在对各地报道的文本分析中笔者发现,对"老人倒地"事件的报道大都选择了显要版面、专题性、大篇幅、事件链接等方式进行处理。对这一选题的侧重处理明显表现出媒体近乎作秀的围观心态。媒体在揭露事实时普遍采用了两种方式:一是"贴标签",即在事实还不明晰的情况下,媒体就预设了立场和态度,施救者都被贴上了"好心反被诬"的标签,而被救者都是以"诬陷"和"无良"的形象出现(事实是大多数被救者在事后都很感激施救者),给受众带来"救助恐惧症"的认识;二是"合理想象"。由于事件的突发性以及时空限制,记者无法亲历这些事。因此在报道中,记者只能引述当事双方的相互指责进行"合理想象",以常理来推定的情况较多,忽视了不同事件的特殊性。这样的报道使新闻的真实性大打折扣。"标签化"

---

① 王淑伟.选择性报道视阈下的媒体舆论导向——从媒体报道"老人倒地"事件说起[J].新闻爱好者,2012(2):29-30.

与"合理想象"式的选择性报道造成了舆论的偏离,进而影响了公众的价值判断。

2. 信息量失衡,拟态环境的构建偏离现实

美国传播学者沃伦·布里德提出了"潜网"概念,他认为任何处于特定社会环境中的传播媒介都担负着社会控制的职能,而这类控制往往是一个潜移默化、不易察觉的过程,用一个形象化的词来概括就叫"潜网"。处于"潜网"中的受众对客观现实的认识、对环境的监测,都是基于媒介提供的"象征性现实",并在潜移默化中受其影响。正常状态下的大众媒体,其构造的"象征性现实"应该是整个世界、整个社会的缩影。但是,由于受到内、外部因素的制约,媒体在信息的把关过程中自动过滤掉了不符合其价值标准的议题,转而报道关注度较高的议题。[①]

高关注度下的信息流一旦汇聚成意见流,就会形成舆论强势,左右受众主观现实的构建。但是经过过滤的主观现实是片面的、与客观现实相偏离的。助人为乐、扶助弱势群体是中华民族的传统美德。媒体在力求客观、公正报道"老人倒地"事件的同时,其形成的舆论强势也造成了一定程度的社会恐慌。扶危济困的社会负面效应被夸大,甚至产生了普遍的"救助恐慌症"。但事实是,这个社会并没有那么多的"无良老人",向弱势群体、危难者伸出援手仍是主流的社会价值观。

3. 形成公众的"刻板成见",丑化老人形象

传播学家李普曼在《公众舆论》一书中提到过"刻板成见"的概念,"刻板成见"指"常以高度简单化和概括化的符号对特殊群体所做的社会分类,或隐或现地体现着一系列关乎行为、个性及历史的价值、判断与假定"。[②] "刻板成见"也被称作"刻板印象",在信息爆炸、生活节奏越来越快的现代社会,受众对信息的处理倾向简单化,更容易依靠"刻板成见"来形成意见。

各地"老人倒地"事件曝光以来,在事实真相并不明晰的情况下,媒体的审判往往先于事实的追讨。在围观心理下,社会道德的力量正在渐渐隐去,一时间"老人"成了"欺诈""无良"的代名词,在公众心目中形成了刻板成见。媒体的评论铺天盖地,有些评论的标题甚至让人震惊。例如,江苏"殷红杉事件"中,当事人的马路善举并没有遭到诬陷,事后老人还送上锦旗致谢。《三湘都市报》针对此事的评论标题是《无良"老者"请别再摧残我们有限的善良》,在缺乏对事实的充分查证下,这样的言论明显误导了受众的价值判断,有丑化老人的嫌疑。[③]

(三)选择性报道行为的动因分析

1. 媒体商业化:选择性报道行为的外部诱因

选择性报道来源于媒体记者、编辑对信息的选择性关注、取舍,与新闻报道的客观、全面

---

① 王淑伟. 选择性报道视阈下的媒体舆论导向——从媒体报道"老人倒地"事件说起[J]. 新闻爱好者,2012(2):29-30.
② 约翰·费斯克,等. 关键概念:传播与文化研究辞典[M]. 李彬,译. 北京:新华出版社,2004:273-274.
③ 王淑伟. 选择性报道视阈下的媒体舆论导向——从媒体报道"老人倒地"事件说起[J]. 新闻爱好者,2012(2):29-30.

要求并不冲突。根据把关人理论,新闻价值主要是"把交换价值作为衡量新闻的标准"[①]。由于媒体面临着内外部的多种制约因素,新闻价值的衡量标准是多维性的。日益商业化的新闻生产线上,媒体在操作中主要应考虑两个标准:一是新闻制作中的业务标准(事件适合于媒介进行新闻处理的各种条件),二是新闻传播中的市场标准(事件能够满足受众新闻需求的诸多条件以及吸引受众兴趣的诸多条件)。[②] 这些价值标准外化为满足受众需求、迎合受众的兴趣点,就形成了一切以吸引眼球为标准的模式。但是,过度注重新闻价值的业务标准、市场标准的结果是,媒体忽视了其应承担的社会责任,丧失了其力求客观、全面的新闻专业主义精神。

2. 事件特殊性:选择性报道的内在动因

一是事实本身的争议性。类似的"老人倒地"事件被称作"罗生门",即当事双方各执一词,即使第三方审判也难下定论,事件的真相不为人所知。

二是事件在时间跨度上的连续性为报道提供了轰动效应。2009年10月"许云鹤案"事发,二审判决进入公众视野并引发了公众的广泛讨论。议题引发的轰动效应或许是媒体始料不及的,此后各地的"老人倒地"事件使媒体趋之若鹜。这些连续性报道形成了积聚效应,并提高了传媒引导舆论、制造议题的能力。

三是颠覆常理的冲突性。助人为乐、扶弱济贫是传统的社会美德,也是媒介和社会舆论长久以来宣扬的主流价值。当公众对主流的宣传出现"审美疲劳"的时候,各地"老人倒地"事件的当事人被贴上了"好心没好报"的标签登场,刺激了大众的神经,挑战了长期以来形成的道德规范,拷问着社会良知。事件颠覆主流价值观的冲突性必然能吸引广大受众的参与和讨论。

四是体现受众的心理动向。社会转型期,法律制度的漏洞、社会保障的不完善、道德滑坡等问题长期引起受众的关注,与此相关的公共事件自然成为公众关注的焦点。

三、"老人倒地"事件选择性报道的启示

有学者认为,选择性报道是"舆论引导的滥觞与流变",并批判其造成了媒体伦理的失范,主要是认为其有违新闻报道的客观、公正原则。[③] 但是,在信息大爆炸和媒体商业化的竞争中,选择性报道已经成为媒体新闻运作的常态,唯有趋利避害,才能减少其对舆论引导产生的负效应。

一系列"老人倒地"事件报道引发的"社会道德滑坡"论调以及普遍的心理恐慌感对舆论引导起到了负面影响。媒体有意放大了类似事件的舆论影响和价值示范意义,其本质违背了应承担的社会责任。时至今日,大众传媒在社会舆论构建中发挥着越来越重要的作用,"一个自由而负责任的新闻界"的呼声也越来越高。重建公众的社会舆论信心、弘扬优秀道

[①] 成美,童兵.新闻理论教程[M].北京:中国人民大学出版社,1993:53.
[②] 郭庆光.传播学教程[M].北京:中国人民大学出版社,1999:164.
[③] 姚必鲜.选择性报道:舆论引导的滥觞与流变——2009年新闻报道伦理失范现象研究[J].长沙铁道学院学报,2011(3):68.

德风尚,仍然是媒体义不容辞的责任。在商业化的媒体环境下,更是要求传媒业为客观、全面的新闻报道提供良好的环境,为新闻战线培养出具有责任感和新闻专业主义的从业者。

第二节 舆论监督的力量

一、舆论监督成为反腐利器

(一)中国第一"表哥"落马

2012年陕西延安发生了一场惨烈的车祸,新华社拍下的现场图片中,竟然有一当地官员在事故现场"傻笑",这张照片在微博流传后,惹得网友非常不满。网友迅速"人肉"出图中官员是陕西省安监局局长杨达才。[①] 在第五块名表刚被揭发时,杨达才还面不改色地对媒体说这些都是以合法收入购买的。这场危机公关眼看着就要成功,岂料,威力强大的中国网民群体随即抛出了第六、第七、第八、第九块名表在他手腕上轮番登场的照片。

名表的数目最终停在了"十一",人们惊叹这个陕西安监局局长戴过的名表,原来除了他本人交代的欧米茄、万宝龙、雷达等五块名表以外,还有劳力士、天梭(Tissot),甚至宝格丽(BVLGARI)。民间钟表鉴定人士估算,这十一块表总值约40万元人民币。隔天,陕西省纪委宣布将对杨达才有关问题进行"深入调查"。

回顾全过程,杨达才因在陕西特大交通事故现场上露出微笑引发舆论讨伐,到他消失在大众视线中,前后仅仅5天。

(二)新闻媒体的舆论监督推进中国的民主进程

到了此时,众多的中国官员也许应该意识到,在短短几年内,中国的社会氛围、民众对官员诚信的要求、对腐败与瑕疵的容忍度,都已经大有改变。在这个环境下,新闻媒体通过新闻作品产生的舆论监督大大推进了中国的民主进程。信息通达是民主社会的基本条件,从这个角度来说,虽然现在民意的力量还很薄弱,但在媒体舆论监督不断进步的情况下,中国网络与言论的变化让人充满期待与想象。

二、互联网时代舆论监督出现新局面

互联网信息时代,舆论监督出现了新的局面,一旦事件引发公众的"情感沸点",网民就开始自身"设置议程",新的网络民意引发主流媒体关注然后继续在网络上形成更大的民意,这种螺旋式的舆论监督方式已成为近期常态。如何看待这种新的变化并把握其特点,对在新的媒介环境下寻求舆论监督与司法公正的平衡具有现实性和迫切性。

---

① 陕西安监局长在车祸现场笑 戴名表照片被晒上网[EB/OL]. http://news.xinhuanet.com/local/2012-08/28.

(一)"杭州飙车肇事案"短短几天内引发了社会舆论的广泛关注

2009年5月7日晚上8点,年仅25岁的浙江大学毕业生谭卓在走过杭州城西繁华马路段斑马线时,不幸被一辆狂飙的三菱跑车撞飞身亡。5月8日凌晨,一个帖子将该事件曝光,引起杭州市民的公愤,在强大的"人肉搜索"下,跑车车主胡斌和他的家人的身份证号码、手机号码等信息相继曝光。随后各媒体纷纷报道,至此该事件进入了公众视野。该事件进一步引起更大范围的关注是由于8日下午杭州警方在情况通报会上的说辞,随后"欺实马"(70码)成为继"俯卧撑""躲猫猫"之后的网络新热词。到底是公众"仇富",还是公权"护富"?在舆论的一片质疑与谴责声中,15日,杭州警方就"70码"的说法致歉,并向检察院申请逮捕肇事者。21日,警方宣布侦查终结,胡斌以涉嫌交通肇事罪被移送杭州市人民检察院审查起诉。受害者家属与肇事方已经达成协议,受害者父母获赔113万元。2009年7月20日,杭州市西湖区人民法院对备受公众关注的杭州"5·7交通肇事案"进行一审判决,被告人胡斌一审被判有期徒刑3年。①

此案中,舆论监督在公民知情权和言论自由权的保障下提前介入,营造出强烈的舆情反应。可以说,案件的处理,在很大程度上寄托着民众对司法正义的期待。无论是对办案过程中信息公开透明的呼吁,还是对具体法律适用的质疑与追问,舆论的强势介入在很大程度上促进了法治信息的传递,同时也彰显出司法在当今社会中的重大价值。

(二)互联网信息时代的舆论监督特点

舆论监督是大众传媒诞生以来就开始发挥的一种功能,进入互联网信息时代,舆论的形成出现了不同于传统媒体时代的特点。而这些新的舆论形成特点,也使得舆论监督与司法的关系有了新变化。

1."处处是中心,无处是边缘"

在"杭州飙车肇事案"中,杭州当地一个名为"19楼"的论坛上一篇名为《富家子弟把马路当F1赛道,无辜路人被撞起5米高》的帖子将该事件曝光,并附有现场图片,且在事件发展过程中第一时间予以更新。② 而传统意义上的媒体的反应则相对滞后,甚至在全国各大媒体及网站都转载报道该事件后,杭州当地的一些媒体依然保持"噤声"。所以从该事件的发布可以看出,互联网使得信息传播更加畅通无阻,一个论坛帖子也能够扮演"中心"的角色。所有的互联网使用者都可以第一时间将身边发生的任何事件放到网络上。单就信息的发布这点上来讲,确实实现了"处处是中心,无处是边缘"。网络这种"去中心化"的特点使得互联网上的信息传播克服了传统媒体信息发布的局限性和滞后性。

2.网络将其中一些事件设置成"议程"

就如"杭州飙车肇事案",并没有报纸、电视台为我们设置这个议程,如果没有互联网,依

---

① 王军.互联网信息时代的舆论监督与司法公正——以"杭州飙车肇事案"为例[J].现代传播,2009(4):42-44.
② 富家子弟把马路当F1赛道 无辜路人被撞起5米高[EB/OL]. http://www.19lou.com/forum-1608-thread-17461954-1-1.html.

照当地媒体事后多日依然沉默的表现,这个事件不一定能全国皆知。是一个帖子使得"一天之内,有近60万的点击量,一万多个网友回帖,一时之间,大街小巷都在谈论这场悲剧",尽管"19楼"论坛不断删除网民的过激言论,尽管当地媒体冷淡处理,但事件已经引发了巨大的影响,包括中央电视台在内的各大传统媒体及主流网站都对其进行了跟踪报道。舆论的漩涡已经形成。在浩如烟海的信息中,网络将其中一些事件设置成"议程"从而引发社会公众和主流媒体的关注,那么为什么这些个案能够成为"议程"?

三、公众对社会事件的关注和参与舆论监督的意识增强

客观来讲,"杭州飙车肇事案"并不是一起太过特殊的交通肇事案,马路上开快车致无辜生命死亡,类似的交通事故是每天甚至每分钟都会发生的事。但是为什么短短几天时间,这起交通案件已是全国上下皆知?是什么使得网民如此一致地关注此案?

《富家子弟把马路当F1赛道,无辜路人被撞起5米高》,这个曝光帖子的标题,就明显地带有主观感情,"富家子弟""F1赛道""无辜路人"等字眼无形中就具有吸引人眼球的特质,现场的图片中肇事者以及同伴的勾肩搭背、若无其事甚至谈笑依旧的态度更是刺激到了公众敏感的神经。网民情绪的进一步激化是在杭州警方的通报会后,被问及"肇事者是否压到双黄线""肇事车辆是否经过改装?"等问题时,警方的回答为"现场没有监控探头",车辆"外观改动不大";尤其是被问及"肇事车当时时速是多少"时,警方的回答是"道路上没有测速仪""根据肇事者口供,当时时速在70码左右"。交警在没有详细调查和鉴定的情况下,就贸然下结论,引发了网友极大的质疑。观众的怨声怒气不是什么仇富,而是仇视执法不公,担心权贵对平民的侵害,所反映出的深层次问题是对长久以来的执法惯性和制度不公的极度焦虑,即对权利屡遭侵害的现实的强烈反应。

通过该事件我们可以看到,公民对社会事件的关注和参与意识在增强。此案触及公众越来越敏感的神经,使公众觉得可以借此表达对现存社会问题的意见,对司法独立公正的拷问,对社会公平正义的质疑,那么,这样的事件自然会轻易地被推到舆论的风口浪尖。

第三节　坚持正确的舆论导向与舆论监督

一、媒体加强对新闻事件的舆论引导与舆论监督的措施

(一)媒体报道的原则

1. 主动、及时、客观地报道真相

事实证明,在突发事件发生时,社会最需要的是准确、及时的传播以及态度鲜明、立场明确、导向清晰的评论。

2. 报网融合 优势互补

现在,地方各级报纸大都同时办有网站,要抢占第一时间发出第一个声音,首先可以通过网络发布消息,以及时满足受众的需求,将受众的注意力尽可能多地吸引到自家媒体中。通过报网联动,将网络上发布的消息与报纸的进一步报道加以整合,形成正确引导舆论走向的合力,使报道更深入地走进受众,扩大党报的舆论影响力。

3. 坚持以人为本

突发性事件一般由自然灾害或人为事故或价值观念、利益冲突而引发,具有很强的"眼球吸引力"。我们不能搞西方新闻教科书中"坏新闻就是好新闻"那一套,而必须以降低事件对公众的危害性影响为第一准则,全面承担起主流媒体的政治责任和社会责任。如受突发性事件影响,人们在初期会产生疑惑、紧张、不安的情绪,这是正常的。媒体既要及时报道灾情、提供各类相关信息,又要注意把报道重点放在捕捉以人为焦点的新闻上,关注人的命运、人的情感,展现积极向上的人生态度,使报道更有魂魄和厚度、更有亲和力和影响力。

4. 周密部署

在重大事件面前,舆论引导必须"闻风而动",全力提速,这是最有效的方法和路径。作为党报,既要第一时间出击、第一现场采访,又要认真分析研究、精心组织策划、提高前瞻性、增强预判力,挖掘出内在的新闻价值。

5. 加强动态引导

突发事件发生后,社会公众通常对事件发生的起因、过程、危害等十分关心,同时对调查过程、善后工作以及处理结果也密切关注。因此,要做好突发公共事件核心议题、次生议题的分级动态引导,根据各个阶段的舆论发展动态,针对已经出现和可能出现的热点议题,提高舆论引导的针对性和实效性。

(二)主流媒体必须做到三点

针对新闻事件,网络舆论的信息源主要来自三个方面:一是政府,二是媒体,三是公众。整个社会舆论的发生和发展过程,实际上是争夺"话语权"的过程,媒体充当"话筒",成为信息的放大器。在这三者的关系中,政府无疑是处于主导地位并起着引领舆论导向的作用。在现实中,尽管很多地方党委和政府对网络舆论监管较为重视,但由于对公众所关注的热点话题和舆论倾向缺乏深入完整的量化分析,错过了舆论引导的最佳时机,使三者的关系发生了易位,影响社会稳定的舆论占领了舆论场的主流地位,造成政府被动应付的局面。再者,信息公开不够、不及时,也会产生对突发事件舆论引导的失误。主流媒体应该做到下面三点:

1. 直面热点

主流媒体如果绕开社会热点,就等于把公共舆论场的控制权拱手让给了网络流言。因此,主流媒体必须围绕突发性事件等社会热点和网民关注的问题做新闻,让民众的诉求不断得到释放,也使媒体自身的信息与观点富有社会价值。主流媒体通过对热点问题的深入调查采访,推进民主问题的解决,就是帮助政府树立良好形象。即使在平时,主流媒体也必须高度关注网络上的信息、事件与言论,做到主动出击、还原事实、解读热点、以正视听。通过直面热点,树立党报可信、可亲的良好形象,也是做到舆论引导针对性和有效性的前提。

2. 解剖难点

政府工作的难题往往是百姓关注的焦点。突发事件难在及时公布真相。针对不实传言,媒体应该与权威部门一起及时开展调查,澄清事实,从而遏制谣言的传播和扩散。网络谣言是舆论场中的一种毒素,一旦产生,便会迅速繁殖和传播。在其形成期,通常只是少数人作为谣言的发源地相互议论,随之传递给谣言的次级源地,如同"击鼓传花"一样,参与者越来越多,范围越来越广,速度越来越快,形成"病毒式传播",很快呈燎原之势。当网络谣言被绝大多数公众所接受,传播达到或者接近一种平衡状态时,人们对网络谣言就会深信不疑。如曾经的网络红人"秦火火"(秦志晖),编造在"7·23"事故中遇难的意大利籍旅客获赔三千万欧元,[①]就曾引起网民的热议。

3. 亮出观点

突发事件发生后,在互联网的海量信息面前,各级党报作为主流媒体要站在更高的层次来观察、整理信息,及时发表评论、亮明观点,赢得引导主动权。这种以事说理、以事论理的评论方式,正是党报应对和引导突发事件的优势所在。

媒体应该清醒地认识到:第一,"捂盖子"的处理方式已经过时;第二,要积极回应,掌握网上舆论主动权;第三,网上舆论危机处置考验领导的执政能力;第四,建立网上舆论引导、处置机制。

事实表明,越早在网络上发布事件消息,越能在第一时间掌握舆论引导主动权,并能较好地引导舆论;越晚处理,越容易造成被动。同时,对突发新闻事件的网上引导、处置应透明、客观,最大限度地满足受众的信息需求,取得他们对事件报道的信任。相反,突发事件发生后,一味地"捂盖子",试图封锁消息,这在"全民皆记者,信息漫天飞"的网络时代已经是寸步难行了。

二、新闻舆论引导与舆论监督的策略

(一)第一时间处理

2009年2月9日元宵节,央视新台址突发火灾,消息通过网络媒体在短时间内迅速传播,引发了广泛的社会反响。网民对央视大火的评论数量随着时间的推移和事件获知度的提升而增加,主要集中在事件发生后的半个小时至一个小时之间,尤其集中在事件发生后的

---

① 北京朝阳法院召开秦志晖诽谤、寻衅滋事案新闻通报会[EB/OL].新华网 http://news.xinhuanet.com/2014-04/17/

45分钟至60分钟时,事件发生一个小时后,网民的评论数量趋于一个定量,即每分钟8条至10条之间。①

由此可以看到,从传播扩散到形成网络舆情指向的大方向,需要的时间大概就是事发后半小时到一个半小时之间,这一时间是危机处理和对舆情风向进行引导的最佳时机。一旦错过,当某种舆情风向成为主流,在"沉默的螺旋"效应下,再想改变难度就会有所增加。我们知道,"火灾"是一个新闻热点,但其新闻价值是随时间推移不断衰减的,如果在灾情发生后采取积极措施应对,不断有新的富含新闻价值的事件进入公众视野,则原有事件触发的情绪会被后续事件动态所覆盖、疏导和转移开来。

(二)真诚应对

在灾难性事故报道中,体现人道主义、人本主义的关怀是一种普遍的传播导向。如果有关方面在事发第一时间内对事件进行客观报道,为火灾给周边人民生活带来的不便真诚致歉,在火灾尚在进行的过程中及时提醒外围市民绕行、附近市民注意生命财产安全,并采取措施防止大火、烟尘危害健康,把对人的关怀放在首位作为报道诉求点,以央视的地位而能有如此姿态,或许能在网络舆情大势形成之前争取到更多公众的同情和理解。

(三)关注舆情焦点和方向

在"央视"和"火灾"这一对偏正结构词组中,报道重心是可以有所选择的。"央视"二字触发了公众的复杂情绪,但"火灾"本身危及人民生命财产安全,是值得同情和警戒的。

如果是在事发第一时间内把舆情焦点引向火灾而淡化"央视"效应,事故发生的第一时间迅速做出反应、客观报道、真诚致歉,提醒人们重视燃放烟花爆竹的危险和消防隐患,或许能将舆情焦点从对央视的不满宣泄转移到对灾害性事件本身的思考上来。

(四)主流媒体调控

1. 主动设置议程

议程设置是传播学中的重要理论,它探讨大众传媒以赋予各种议题不同程度"显著性"的方式,影响公众瞩目的焦点和对社会环境的认知的功能和效果,也关注政府议程、媒介议程和公众议程之间的彼此关联与相互转化机制。

在火灾发生后的网络评论中,除了对央视的质疑和不满外,尚有另外一些网民对烟花禁改限、燃放烟花陋习、火灾死伤损失等问题有自己的关注和思考。

如果在危机发生后的舆情形成期,由央视或其他主流传媒主导,开放网络论坛讨论,主动设计讨论议程,放大对烟花禁改限以及燃放烟花陋习的讨论,唤醒公众并强化消防安全意识,征询公众对消防安全程序和应急反应机制构建方面的意见和建议,不仅可以把公众情绪从对"央视"的批评宣泄牵引到更具建设性的方向上,也可以一定程度上消解公众由本次事件所触发的舆论能量,在感受到"参与式"的尊重后,公众对这一事件的同情心也会进一步增加。

---

① 喻国明,陈端.危机传播的法则与艺术——以央视新台址大火的网络舆情危机及处理策略为例[J].新闻与写作,2009(5):57-59.

2. 主动报道排除流言扩散

在本次火灾事件中，央视应坦诚、客观面对，主动报道，遏制流言扩散，是变危机为契机、树立央视新形象的一个机会。

3. 重视舆论领袖和重点人群

从网民评论的地区分布看，由于地域和心理的接近性，北京地区的网民参与评论的热情较为高涨，在所有评论中，近三分之一的评论是由北京的网民发出的，其次是广东、上海和江苏，这说明网民参与评论必须具备一定的物质基础，和当地的经济文化水平及互联网的普及率有较大的关联度。在突发性事件爆发后，有重点地面向灾情地区和关联人群迅速做出反应，安抚有积极意见形成倾向、传播渠道与传播能力的舆论领袖，是处理舆情危机的关键环节。

4. 传统媒体与网络媒体相结合

传统大众媒体关注最多的是事故的原因和高楼的消防隐患这两个主要问题，还是采取了传统的灾难报道方式，没有过多关注本次火灾事件的特殊性，没有在回应上做出相应调整，与前面我们汇总得出的网民关注点有很大的"错位"。应该指出，即使网络舆情目前的社会影响力处在一个上升期，传统媒体在社会生活中扮演的主流和导向作用依旧是无可取代的。如何发挥传统媒体各方面的优势，在关注网络社情民意的基础上，从选题策划和报道角度上有针对性地予以调整，一方面因为切合受众需求可以争取更佳的市场表现，另一方面也对网络舆论舆情进行正向引导，这是我们应该思考和探讨的问题。

三、主流媒体巧借微博微信平台进行舆论引导和舆论监督

根据传统媒体、微博、微信的特点和已有的一些成功案例，可以从以下几个方面进行探索以提高传统媒体、微博、微信舆论引导的途径。

（一）提高内容的原创性

一直以来，传统媒体都强调"内容为王"，这练就了传统媒体采编队伍过硬的专业技能。在微博、微信策划的过程中，注重内容同样重要，原创性高的微博、微信更受欢迎。从人民网舆情监测室的媒体微博排行榜中不难看出，在微博的第一轮较量中，广播电视被远远地甩在了后面，排在榜单前列的基本为"笔杆子过硬"的平面媒体，即报纸和杂志。"@人民日报"的迅速成长，与其95%的高质量原创博文内容有着密切的关系。当然，这种原创是纯粹的原创，而不是以别人的稿件为底版的修改稿或者重复的消息。微博在进一步发展的过程中，应当遵循微博规则，提高原创性和更新频率。

（二）贴近受众的心理需求

微博、微信是"草根"性质的平台，个体意见在这个平台中具有更强大的力量。传统媒体应当俯下身来，与受众"打成一片"。传统媒体应选择贴近民生的话题，要能和老百姓"唠家常"。例如"@人民日报"的经典选题"北京暴雨""唐慧事件""你的爱情有起步价吗""汤圆、元宵你分

得清么"等;其次,在微博的固定栏目设置上,"@人民日报"的"你好,明天"用通俗的语言对一天的微博焦点进行评论,在风格上让人有"嬉笑怒骂皆成文章"之感;再次,贴近受众心理需求还体现在谈话的方式和语言的运用上。在这方面,《人民日报》为传统媒体起到了示范作用。2012年11月3日,网络热词"屌丝"登上了《人民日报》,两天后即11月5日,"元芳,你怎么看"这一网络经典语又出现在《人民日报》上。"@人民日报"用更为通俗的语言,关注更贴近民生的实际。贴近受众心理需求,在尊重个体的微博时代显得尤为重要。

(三)鼓励个体的参与热情

微博、微信依据传者身份的不同可以分为两类:一是传统媒体机构的微博、微信,二是媒体人的微博、微信。前者属于机构微博、微信,后者则为个人微博、微信,二者可以相互促进。因此,媒体机构在策划自己的法人微博的同时,应鼓舞记者、编辑等新闻工作者的个体参与热情,以此来推动机构微博、微信影响力的提升。"@人民日报"的一个重要思想是"关注新闻中的人"与"关注那些关注新闻的人"并重。"众人拾柴火焰高",提高机构微博、微信的影响力不能仅靠一支队伍孤军奋战,还要发动每一个媒体人的参与热情。

(四)"双微"联动

传统媒体的权威性是其参与网络竞争的优势,传统媒体之间的网上合作可以汇聚权威声音,把媒体引导舆论的能力发挥得更好。越来越多的人意识到,微博作为强舆论场正日益体现出它的媒体价值,而微信则凭借强关系链成为强社交场,通过满足不同的需求,微博、微信正通过信息的闭环共振产生"共生效应",进而达到协同发展,以更好地做好突发新闻传播的舆论引导。网友既可以通过微博获取信息,也可以通过微信获取服务,两个原本独立的信息源互通,传播效果成倍扩大,服务范围进一步延伸,扩大了声音。而这个闭环信息流使得"双微"联动,全功能、多触点的新闻传播"微生态"就此产生。

值得一提的是,随着微信公共账户的数量在不断增长,越来越多的党政机关、主流媒体和意见领袖不断入驻。一部分腾讯政务微博已经实现了微博微信在渠道上的打通,例如"北京微博发布厅"便正式更名为"北京微博微信发布厅",实现了两个平台上的联动。这种互通和联动,恰恰证明了微博和微信并非一种取代关系,而是共生发展、相互补充的关系,以各自发挥不同的价值。微信依托强关系在社交领域称雄,微博则利用弱关系的扩散性成为强大的舆论场。在微博发展的顶峰时期,微博曾经比大多数媒体都更深刻地影响社会的变革,即便在被严格限制的今天,这种媒体影响力依旧巨大。

诚如麦克卢汉所说:"新媒介并不是旧媒介的增加,它永远不会停止对旧媒介的压迫,直到它为旧媒介找到新的形态和地位。"[①]当报纸、广播、电视等传统媒体开设微博、微信账号时,无疑是在广播电视网、电信网与互联网的三网融合的背景下为自身发展寻找一条新的路径。纵观近期突发性公共事件的报道,社交媒体迅速发布信息、传统媒体随后跟进报道的例子不在少数。这种社交媒体先行、传统媒体跟进的形式,在未来突发新闻报道的创新改革中仍会有新的发展。

---

① 弗兰克·秦格龙.麦克卢汉精粹[M].何道宽,译.南京:南京大学出版社,2000:418.

本章小结

舆论引导直接反映了媒体的社会形象和品牌形象的高低优劣。新闻作品评析可以加强新闻媒体的舆论引导作用。以新闻事件为核心而形成的社会舆论有下述特点：新闻事件舆论的形成迅速、突变，传播渠道多元、快捷；新闻事件舆论具有积聚性和关联性；新闻事件舆论形成过程具有阶段性；新闻事件舆论具有风险性和难控性。媒体选择性报道视阈下的舆论导向容易出现"标签化"与"合理想象"，舆论集体"一边倒"，信息量失衡，拟态环境的构建偏离现实，形成公众的"刻板成见"。媒体选择性报道行为的动因源于媒体商业化和事件特殊性。在商业化的媒体环境下，更要求传媒业为客观、全面的新闻报道提供良好环境，为新闻战线培养出具有责任感和新闻专业主义的从业者。在舆论的激烈博弈和生成过程中，对真、善、美的弘扬永远是舆论的主流，也是媒体社会责任的体现。互联网信息时代，舆论监督司法已出现了新的局面，一旦事件引发公众"情感沸点"，网民就开始自身"设置议程"。媒体的新闻舆论引导策略是：第一时间处理；真诚应对；有效牵引舆情关注焦点和方向；主动设置议程；主动报道、遏制流言扩散；重视舆论领袖和重点人群；传统媒体与网络媒体相结合；注意危机过后的反思与建议。主流媒体应该充分利用新媒体，并巧借微博微信等新媒体平台，提高内容的原创性，贴近受众的心理需求，鼓励个体的积极参与。让主流媒体的微博和微信公众号成为在微传播平台上传播正能量的主力军。

思考与练习

1. 突发新闻事件舆论的特点，为什么要加强对突发新闻的舆论引导？
2. 联系近期发生的群体事件，说说新媒体新闻作品在事件舆论形成中所起的作用。
3. 主流媒体的新闻作品如何在全媒体环境下通过议程设置来监督和引导新闻舆论？

文体篇

▶ 第十一章　消息类作品评析
▶ 第十二章　通讯类作品评析
▶ 第十三章　新闻评论类作品评析

第十一章 消息类作品评析

消息，即以简要的文字或图片迅速报道新闻事实的一种新闻体裁。消息也是新闻报道中最基本、使用最多的一种新闻体裁，在新闻报道中占有非常重要的地位。通讯、深度报道、调查性报道、解释性报道、预测性报道等是消息的深化和补充。人们常把消息称为新闻。狭义的新闻即指消息。

第一节 消息作品评析的特点

一、全媒体直接影响消息文体的演变

"全媒体"是信息、通讯及网络技术条件下各种媒介实现深度融合的结果，是媒介形态大变革中最为崭新的传播形态①。

消息类新闻作品，含事件性消息（包括动态消息、简讯）、非事件性消息（包括预测性消息、服务性消息）、描写性消息（包括新闻素描、花絮）、分析性消息（包括解释性消息、新闻述评）等，出现通讯化的特点。

传播科技进步是消息文体演变的直接动因。消息本是传播科技发展的结果，电报的发明催生了消息的导语及倒金字塔结构，标志着新闻文体走出了文学的襁褓，实现了独立。广播的产生使倒金字塔结构更加精致，更加注重文本前端的显要和精彩。电视强烈的现场感催生了现场新闻、视觉新闻，其参与性则促使访谈式报道、调查性报道等文体更加成熟和繁荣。因互联网与移动互联网出现而渐近到来的全媒体时代更是给消息文体带来了历史性的变革。

从这个方面来考察，全媒体应该是现存新闻文体发生演变的直接动因。

全媒体传播不断弱化了传统新闻文体意识，使新闻文体的边界模糊化、文体之间的融合性增强。这一情况在今天的写作者中应该说是越来越普遍了，这种情形的出现与新兴电脑科技普及后出现的文体无序化有关，这主要是指新媒体文体对传统文体的冲击和破坏。在过去，新闻文体如消息、通讯、评论等的特征比较明显，格式比较固定，操作往往程式化。在新媒体的冲击下，新闻报道逐渐打破了这种定式，或者交叉运用，综合出新；或者传承借鉴，

---

① 任国杰.童子问易[M].北京：人民出版社，2013：273.

转化出新,使得一种文体往往兼有两种甚至更多种文体的特征。

二、传播技术进步使消息追求视觉效果

消息这种用概括性语言较多的文体,也注重了描写手段,增强了场景描写,以达到全媒体的视觉传播效果。比如下段新闻:

观看天安门升旗仪式后　游客自发清理广场上垃圾

《法制晚报》讯　(记者耿学清 董振杰)今天是国庆节正日子,早上6时11分,天安门广场举行了十一国庆节升旗仪式,有11万游客前来观看,广场上一度实行分区域限流。升旗仪式结束后,广场上有不少垃圾,有游客和环卫人员一起进行了清理。

寒冷难挡爱国热情11万人看升旗

今年国庆节,北京气温较低。清晨天安门广场上的温度在10摄氏度左右,不少游客拿出毛毯、大衣披上御寒。最早的游客在凌晨1:30左右就开始在安检口排队。

早上6:10许,雄壮的国歌奏响,五星红旗冉冉升起,随着万羽和平鸽飞起,广场内、天安门城楼前和天安门观礼台上都爆发出阵阵欢呼。

相关部门统计显示,超过11万余名游客在天安门广场区域观看升旗仪式。

由于前往天安门广场游客人数过多,为防止出现意外事故,今年公安部门对广场上的游客实行分区域限流措施,由民警共同值守,限制进入人数。

环卫工凌晨2点进场20分钟清扫完毕

由于在几小时前的等待过程中,不少人坐在了天安门广场的石板地上,身下垫了卫生纸、一日游小广告、报纸等杂物,还有人嗑起了瓜子,吃上了鸡腿、苹果和葡萄及其他零食。在升旗仪式结束后,不少游客并未将身边的垃圾带走。一名身穿西服的男士,看到这种场景,边说边自发捡拾起来,他还大喊着劝游客将垃圾带走。还有一男一女两名游客,也找了一个大垃圾袋,见垃圾就捡,并不住地配合环卫工人做清洁工作。

……

来源:《法制晚报》2016年10月1日

这篇文章应该说是描写性的消息。从这里我们可以看到一个新的特点,即现在的消息出现通讯的特征。消息通讯化,充分运用通讯的描写手段以达到新媒体的视频画面效果,这是全媒体时代新闻文体发生的变化。追求视觉效果,此文这方面做得不错。

既有概括性的大数据交代:"相关部门统计显示,超过11万余名游客在天安门广场区域观看升旗仪式。"凌晨2点清洁工进场,安检口排队、分区限流等说明队伍庞大,人数多,清洁工作难度大。又有细节描写:"今年国庆节,北京气温较低。清晨天安门广场上的温度在10摄氏度左右,不少游客拿出毛毯、大衣披上御寒。最早的游客在凌晨1:30左右就开始在安检口排队。""早上6:10许,雄壮的国歌奏响,五星红旗冉冉升起,随着万羽和平鸽飞起,广场内、天安门城楼前和天安门观礼台上都爆发出阵阵欢呼。"从此篇可以看到消息正在追求新

媒体的视觉效果,这正是全媒体时代消息发生变化的一个特点。

三、消息的时效性要求更强

时效是决定新闻价值的重要因素,是媒体的一条生命线。20世纪70年代末到90年代末,新华社由一个国内通讯社初步建成具有中国特色的世界性通讯社。其对外报道在走出中国、走向世界的旅程中,经历了由讲求时机到追求时效的重大转变,体现了对时效性这一新闻价值的执着追求。新闻是易碎品,某一媒体对受众的影响力与其对新闻事件的反应速度基本成正比,传播速度可以塑造媒体的声誉,同时增强其市场竞争力。

(一)新闻时效性在现代媒体发展中的作用

1. 时效性造就强势新闻媒体

新闻事实发生、报道过程和社会影响各方面的时间限制,即新闻有效的时间范围,就是新闻时效性的定义。特别是近年来,无论在国内还是国际上,新闻装备和通讯手段越来越发达,对稿件的需求量越来越大,对新闻的时效性要求越来越高。

西方四大通讯社中,法新社时效性最强。它在一系列重大事件中都能抢发新闻。1964年10月15日,苏联前部长会议主席赫鲁晓夫下台,塔斯社是10月16日20时30分报道的,法新社则在其下台当天18时55分就报道了这个消息,比塔斯社早了25个小时。

2. 时效性催生网络新闻新传播

传统的新闻观念十分强调新闻的"时效性","明日黄花"永远不能编发。但现在只要有最新的新闻由头同样可以成为今天的新闻。在时效性方面,网络新闻有得天独厚的优势,被人们称为"全时性",网络新闻也往往被视为"全时新闻报道"。滚动重复的新闻版块、新闻及时更新并且受众24小时都可以全面地了解各地发生的事情,使网络新闻的全时性传播得到生动体现。

这样,网络新闻媒体的新闻时效性观念在传统新闻观念的基础上大大拓展:一方面要求新的"新闻"传递更快(及时传播);另一方面旧的"新闻"又不失去意义。

3. 时效性激发信息战

知识经济时代的战争将是信息战。在北约空袭南联盟的战争中,国家传播媒体间对舆论的争夺可以看得十分清楚。在高科技条件下,战争双方在传播领域进行斗争,已经演变成为信息战的重要组成部分。所以,新闻的时效性将是未来媒体大战中的重要砝码。

(二)时效性在现代新闻中的地位与价值

随着新媒体的出现和高科技在传统媒体中的应用,新闻传播的手段和媒体竞争的焦点都发生了变化,但新闻时效性特有的地位和价值永远不会随着时间的变迁而失去。

1. 媒体竞争使时效性地位飙升

以北京的几家早报为例,《新京报》《京华时报》《北京晨报》等几家竞争性媒体总是抢着第一个摆上报摊,哪怕只早十几分钟。因为时效就是市场,就是效益。

高科技手段的应用使时效性对于同类媒体来说变得尤为重要,与过去相比,现在获得时效性更难了,任何一个消息都会很快传播开。媒体对时效性的竞争远比我们想象的激烈。

2. 受众接受标准体现时效性

网络媒体出现后,很多人认为将会是网络一统天下。但广播、电视、纸媒体并没有消亡。因为新闻价值不只体现在时效性一个方面,由于受众群体的层次不同、需求不同、文化程度不同,受众接受的标准也不同。在网络媒体"快"的刺激下,传统媒体对时效性的追求更苛刻了。网络媒体与传统媒体在竞争中究竟谁主沉浮?实际上,目前各种媒体存在激烈的竞争,但同时走向了一种媒体的融合。事实上,新闻的时效并不是以谁最先发布为标准,而是以谁最先被受众接受为标准。

第二节 消息作品的客观笔法分析

一、消息的表现手法

消息的表现手法是指作者在客观地表现事实的同时,将自己的观点隐蔽在对事实的报道之中。

刘少奇说:"要学习资产阶级通讯社记者的报道技巧。他们善于运用客观的手法、巧妙的笔调,既报道了事实,又挖苦了我们,他们的立场站得很稳","外国记者强调他们的新闻报道是客观的、真实的、公正的报道;客观的、真实的、公正的报道,是他们的口号。我们如果不敢强调客观的、真实的报道,只强调立场,那末,我们的报道就有主观主义,有片面性"。[1]

西方媒体推崇客观报道,重视事实,重视细节,重视直接引语,善于用事实说话,客观报道手法运用娴熟,这是有目共睹的事情。下面这篇颇受称誉的客观报道就是典型的一例。

二、实例

莫斯科出现手纸荒

(合众国际社1月31日电)莫斯科居民又碰上了另一种短缺:没有一个地方可找到厕纸。

---

[1] 陈力丹.刘少奇的新闻思想及其理论意义[J].新闻与传播研究,1998(2).

一名恼怒的莫斯科人星期二说:"我们就是到处找不到。店主人只说出现短缺。"存有厕纸的寥寥可数的商店,挤满人群。

有人说:"有人暂时裁用纸台布或尿片充厕纸,但这些东西现在也用完了。"

一年多来行之有效的办法,是裁用苏联《真理报》。

来源:《参考消息》1980年2月4日

三、评析

(一)客观地表现事实的同时,将作者的观点隐蔽在对事实的报道之中

表面上看,这篇报道完全符合客观报道的基本特征。比如在报道中只介绍新闻事实,不对事实进行任何评论,不直接发表意见和议论,冷静地叙述,没有过度的形容,以第三人称写作等。但是,如果我们细致地研读分析这篇报道,就不难发现,记者在筛选具体事实时,夹带了自己的私货,不露声色地掺入了自己显而易见的政治偏见,那就是报道的最后一条具体事实:"一年多来行之有效的办法,是裁用苏联《真理报》。"这句话貌似客观事实的冷静陈述,实际上是记者的立场和偏见的直接表达。

我们相信记者提供的事实——莫斯科出现手纸荒,也相信相关的提示——莫斯科日用品极度短缺,因为我们可以用其他来源的信息加以印证,比如我们的同胞就有类似的描写:"这里(指苏联)的商店空空荡荡的,什么都缺!好不容易看见点东西,然而无论买什么,都得排长长的队……有件事真让人难以启齿,身为女人,在商店里却买不到草纸,它几乎每个月都把我折磨得狼狈不堪,以至要十万火急地催着母亲把这些东西从北京捎来。"①在这种生活境况下,基于生活常识、生活逻辑,我们还相信莫斯科居民会裁用报纸包括《真理报》充作手纸。但问题是,既然是手纸荒,所有的报纸都有可能充作厕纸,因为报纸在这方面的功能完全一样,《真理报》不会有什么特殊优势。记者为何单单提一年来行之有效的办法是裁用"《真理报》"作手纸而不是裁用别的什么报纸?莫斯科没有别的报纸吗?莫斯科居民不裁用别的报纸吗?事实上,莫斯科拥有30多家报纸,直到苏联解体后,仅原中央一级的大报,如《真理报》《消息报》《工人论坛报》《莫斯科共青团报》《共青团真理报》《文化报》等多家报纸还在继续出版。在数十种报纸中,如果莫斯科人真的都是专门裁用《真理报》作手纸,恐怕原因就不是出于记者所说的手纸荒,而是另有背景。稍有一点生活常识的人,也不会相信莫斯科人在手纸严重短缺的情况下专门裁用《真理报》作手纸。那么,记者为什么不直截了当、准确干脆地说"一年来行之有效的办法,是裁用报纸"?假如是想明确交代具体的报纸,为什么单单提《真理报》而不提别的报纸?个中原因其实很清楚,多年来,由于价值观念不同,西方国家一些记者一直对共产党领导的国家怀有深刻的偏见,在此,记者的"良苦用心"也就是不失时机地对苏共加以讽刺、挖苦和嘲弄。众所周知,《真理报》不仅是苏联最著名的报纸,而且长期以来一直是苏共中央的机关报。为了让这份名贵的报纸出丑,记者就像一个高明的导演,经过一番精心调度,众多的报纸悄悄退场,高贵的《真理报》走上前台,成了充当手纸的唯

---

① 时统宇.消息写作[M].北京:中国广播电视出版社,2001:187.

一的报纸,成了唯一的丑角,并因此具备了特殊意义。记者的立场对事实选择的左右,我们从这场演出中也可以看得一清二楚。

(二)事实的选择和表达方式

这篇报道主体部分有 4 段,提供了 4 条具体事实,这 4 条具体事实直接说明了一个问题——莫斯科出现手纸荒。但导语中的表述是"莫斯科居民又碰上了另一种短缺"。既然是"另一种短缺",就意味着不止一种短缺,而且这"另一种短缺"又是厕纸,根据生活经验,很容易让人判断出莫斯科生活用品严重短缺的程度。所以,报道实际上传递的是一个综合性信息:莫斯科日用品极度短缺,或莫斯科居民遭遇多种短缺。从报道内容来看,这的确是一个不容置疑的事实。

整个报道篇幅短小(连标题一起不足 160 个字),读起来真实可信,有以一当十之效。著名新闻学专家时统宇先生认为,这条短新闻令人佩服的"不仅是题材选择上的巧妙和机智,更重要的是记者的洞察力",记者小中见大,见微知著,"从厕纸这样的细节中去推测一个泱泱大国的命脉"。新闻"隐含的深刻诘问,其实是极具历史眼光的,是一种深刻的历史追问"[1]。应该说,专家的评价是精当的,这确实是一篇难得的富有内涵的新闻佳作。尤其值得注意的是另外一个问题——记者是如何用事实巧妙包装立场倾向的。

(三)表达口吻的把握

我们不得不承认,西方一些记者用事实包装立场的技巧纯熟高妙,既夹带私货,又让人感觉客观公正。就这篇报道来说,其高妙之处至少有三点:

第一,在基本上不扭曲综合性事实或整体事实的前提下,在具体事实上做手脚。这样,整体事实的真实感很容易掩盖具体事实中夹带的偏见。

第二,巧妙地肢解、阉割、选择具体事实,而不是捏造事实,给人一种真实感,而实际上却是一种坐井观天式的真实,一种阉割了的真实。其基本手法是对一个完整的、有机联系在一起的事实进行切割,故意突出报道事实中的一部分,而略去或隐匿事实中的另一部分,从而造成读者对信息产生某种特定的误读,达到传达偏见的目的。

第三,该报道还对夹带偏见的具体事实进行了另外一种包装——黑色幽默,偏见是在一种不经意的、令人"忍俊不禁"的、带有"黑色幽默"感的具体事实中捎带出来的。这种包装真是妙不可言,使人们阅读的感觉和效果相当良好,在这良好的阅读感觉中,人们不知不觉中接受并相信了记者阉割的事实,实际上等于接受了记者的偏见。阉割事实、扭曲事实、炮制事实是西方记者表达偏见最常用的办法,这篇报道就是一篇典型的阉割事实的新闻报道,也是一篇偏见隐藏得十分巧妙的伪客观报道。

(四)背景材料的灵活运用

"一年多来行之有效的办法,是裁用苏联《真理报》。"在这篇报道中,莫斯科人裁用报纸作厕纸,这本是一种生活的无奈之举,本不会怀有什么政治思想目的并因此在裁用报纸时加

---

[1] 李煊.西方记者如何用事实包装立场[J].青年记者,2006(18).

以选择。但到记者笔下,众多的报纸被隐去,《真理报》被突现出来,普泛的报纸就成了特定的《真理报》,生活的无奈魔术般地演化成了辛辣的政治讽刺,这就是事实被阉割的结果。

但莫斯科人一年多来裁用《真理报》作手纸这样的事情,记者是如何获得的,读者难以推断,记者也没有任何交代。这不应该是记者的疏忽,因为这是整个报道中最需要进行艰苦细致采访的部分,如果真的有来源,记者不会在这些关键的地方疏忽大意遗漏来源。事实上,这种受到记者阉割的事实不可能有新闻来源,它只是记者的一种推断,一种形式上为事实判断而实际上为价值判断的推断,是记者根深蒂固的意识形态偏见的顺势延伸,是记者思想立场自然而又赤裸的表达,这种表达在某种程度上已达到了放肆的地步。

第三节　消息作品的故事法分析

在美国报业发行量位居全美第二的《华尔街日报》就非常重视讲故事,故事性报道占据了该报的重要篇幅和重要版面。有专家在解释为什么《华尔街日报》产生了那么多令人惊叹的优秀报道时认为:诀窍在善于讲故事。该报使用的培训教材指出:"因为我们的注意力总是放在了读者对信息的需求上。于是,我们忽视了一个所有读者最普遍的要求,一个所有要求中最基本的要求:给我讲一个故事,看在老天爷的份上,让它有趣一点!""人们永远在思考哪些元素让一个故事从本质上变得有趣;如何在瞬间吸引观众的注意力;如何安排情节,让故事具有持续的吸引力;以及如何让故事深深刻在人们的记忆之中。"①

一、故事法含义

这里所说的"讲故事",包含三个方面的含义:一是故事性,二是故事结构,三是故事教益。

用讲故事的方式写新闻报道,还要强调运用文字的魅力来叙述好故事这个问题。讲故事,进入、展开、描述、收拢等技巧是重要的,但语法、文法、逻辑、修辞等文字的基本方面也不能忽视。为了充分运用文字的魅力,把故事叙述得活灵活现,需要注意以下几点:

一要具体。不要大而化之地用模糊语言,多用实在的、具体的、让人容易理解和接受的语言。

二要多用动词,少用形容词。动词使人不感到枯燥,形容词使人对新闻产生疑虑。

三要简洁。单刀直入,开门见山,不拖泥带水,不节外生枝。读者问的是时间,你不用告诉他钟表制作的原理。

四有描写。最能展示作者的才华,使故事变得生动有趣。

五有交谈感。作者给读者的感觉是个别聊天,而不是在体育馆里听演讲。

六有连贯性。故事要顺畅,一气呵成,不阻梗,不中断人的兴趣。为此,就要解决三个问题:一是过渡段落,写好转折和过渡。二是交代来历出处,以证实信息的可靠性。三是解释

---

① 布隆代尔.《华尔街日报》是如何讲故事的[M].北京:华夏出版社,2006:1.

说明,不让读者纳闷和产生困惑。

七有数据的运用技巧。彻底改造数据,让数据多一些形象,少一些抽象,多一些简洁明快,少一些腹中计算。如果数据的具体信息不是特别重要,可以变成概数:"2613115 美元"不如"260 万美元"简单清楚。如果某件事物"增长了 36.8%",不如说"增长幅度超过了三分之一"。如果是"增长了 98%",不如说"几乎翻番"。还可以提供一个参照对象,让数字更形象,更一目了然。比如说一顿饭吃了多少钱、一辆小轿车更换花了多少公款不容易给人留下深刻印象,用农民的口吻说"一顿饭一头牛,屁股下面一栋楼"就不同了。这就是换个说法,用比喻和常识代替枯燥的数字,叫做形象性替代。

二、如何进行新闻报道故事性写作

(一)要注意故事的基本要素

故事要素要交代清楚。讲究七要素:人物、事件、原因、结果、时间、地点、过程。

这里,看下面一则消息:

8000 米高空小伙突发心脏病 武汉女医生冷静施救

本报讯 (记者崔逾瑜 通讯员杜巍巍 高婷)8000 米高空的机舱内,年轻小伙突发心脏疾病。紧急时刻,机舱内一名女医生站出来,冷静施救,挽救了一条年轻的生命。

这名医生,就是武汉大学人民医院眼科博士生导师沈吟。

23 日晚 8 时,沈吟从武汉飞往广州参加学术交流。飞机起飞半小时后,广播急寻医护人员,有乘客生病需要帮助。沈吟立即起身。

一名 20 多岁的小伙子瘫坐在座位上,四肢僵硬,呼吸急促,情绪激动地喊:"我快要死了,救救我!"沈吟探查体征,发现其心跳急促,脉搏微弱,四肢痉挛,大致符合心律失常和心脏重度缺血症状。

沈吟立刻请空乘人员让小伙尽量平卧,并安排吸氧。吸氧后,沈吟轻拍患者胸口,按摩双手,小伙渐渐缓过劲来。

沈吟询问病史,刚开始,小伙否认自己有心脏病史,只说自己恐高,这是第一次坐飞机。反复询问后,小伙才回想起来,曾经得过病毒性心肌炎。

沈吟判断小伙基本符合病毒性心肌炎后导致心肌陈旧性损伤,加之其有恐高症、高空氧气稀薄等因素,引起突发心律失常、心力衰竭。如不及时救治,小伙很有可能发生心源性休克甚至猝死。

当得知飞机上并没有适合小伙的药品时,沈吟果断建议,尽快送病人下飞机急救。机组人员商议后,飞机即刻返回天河机场。机场救护人员登机,将小伙送到最近的医院急救。飞机才重新起飞。

昨日一早,沈吟接到患者亲属发来的致谢短信,称小伙经及时救治,病情已稳定。她悬了一晚上的心,这才放了下来。

来源:《湖北日报》2017 年 2 月 25 日

从这则短新闻来看,七要素俱全。人物:医生沈吟、年轻小伙;事件:飞机急救;时间:23日晚8时;地点:8000米高空的机舱内;原因:年轻小伙突发心脏疾病;结果:小伙经及时救治,病情已稳定;过程:从事件发生、发展到结果的全过程都交代了。

七要素俱全,故事就完整,否则就会觉得缺点什么。一般说来,人物和事件是故事最基本的要素。人物和事件又总是在一定的时空领域中活动着或发生着。而且,作为新闻,也必须交代时间和地点,否则难以显示新闻的时效性和真实性,故时间和地点的要素要交代。原因和结果看来也不能省掉,从此文来看,若去掉这两者,就会给读者带来遗憾。当然,把上述要素合理地交代清楚,加上适当的叙述,过程便出来了。

(二)注意线谜巧

线,是指线索,它是叙述故事的脉络或思路;谜,是指悬念,故事要设置悬念才能引人入胜;巧,是指结构安排要巧妙,结构问题说到底是材料安排的顺序问题,一般而言,只要将相反或相对的材料组合在一起,就会形成波澜。就上则故事而言,受伤抢救过程是故事发展的线索。能否保命是文中自然形成的悬念。此文材料组合还是巧妙的,一是第四自然段小伙病情恶化的描述,使事件在发展过程中顿起高潮,交代了危险性,正是此处的高潮,使故事产生了曲折和悬念;二是把沈吟的探查、按摩、询问、建议交代得十分清楚有序,线索十分清晰。

三、故事法的写作

这里,根据新闻报道的故事性写作上的成功范例,评析作品要注意的地方:

(一)切入具体

入文一定要从具体的角度切入,哪怕是写群体写全局的事,也最好从具体的人和事入文。这样,给读者以形象具体的东西,读者就会感到亲切可读。如新华社新疆分社采写的《新疆牧民保护雪豹》的导语写道:"新疆一家牧民在最近的这场大雪灾中,为保护2只雪豹不被冻死,让雪豹在自己的羊圈中呆了6天,20只羊被雪豹吃掉。"

(二)追求奇特

猎奇心理是读者的普遍心理,奇特的故事会勾起读者极大的阅读兴趣。奇特的东西呈现着反常的特征,我们在写作中便要有意突出新闻事实中的反常之处。如前面导语便突出了反常之处,为保护2只雪豹,让20只羊被雪豹吃掉。再如前文的《8000米高空小伙突发心脏病 武汉女医生冷静施救》例子,"小伙子瘫坐在座位上,四肢僵硬,呼吸急促,情绪激动地喊:'我快要死了,救救我!'""沈吟果断建议,尽快送病人下飞机急救。机组人员商议后,飞机即刻返回天河机场。"也是突现了反常之处。

(三)注重细节

新闻的故事性写作实际上是文学手法在新闻中的运用。文学作品是十分讲究细节描写的。新闻的故事性写作同样少不了细节描写,不同的是,新闻写作是采用叙述的方法来进行细节描写。例如,《新疆牧民保护雪豹》的导语就是一个细节描写,它用的是叙述的手法。这样,才能使新闻的故事性写作简洁起来。

(四)讲究冲突

新闻的故事性写作不仅要求故事曲折,还要求有矛盾冲突,这便会出现戏剧化的效果,更加吸引读者。实际上这种冲突是随处可以发掘的,如2002年6月2日,《武汉晚报》A13版发的记者黄龙飞用第一人称写的矿难新闻《"六一",我为父亲送葬》,说的是父亲曾答应儿子若考出好成绩,六一儿童节父亲会给儿子奖励。儿子在这一天真的考出好成绩了,兴冲冲地回家给父亲报喜,却见家中已摆出父亲的灵位,父亲在矿难中死了,儿子再也见不到父亲了。鲁迅先生说,悲剧是把美好的东西撕毁了给人看。这里出现的就是一种悲剧冲突效果。此文也不长,之所以感人,便是用了矛盾冲突。这说明短故事也能写出冲突。

第四节 消息作品评析实例

一、消息作品实例

下面,从一篇消息实例讲解消息的评析。

看个"咳嗽"要掏1065元
杨先生痛说给孩子诊病遭遇

本报讯 (记者李红鹰 实习生吴芳)7日,武昌杨先生带着2岁的女儿到市儿童医院看病,没想到看了个"咳嗽"就要花1000多元。因此,他于昨日投诉到本报新闻110。

据称,杨先生被导医引到专治哮喘的陈教授诊室,陈问了几句,让他先带女儿去验血,发现孩子对常见的31种物质的过敏反应均呈阳性。

陈教授根据孩子患过湿疹,判定孩子是过敏性体质,便在病历和处方单上分别开了处方。杨先生见药开得很多,病历上字又看不懂,便问孩子得的什么病,陈教授说:"按我开的药吃就行了。"

一划价,药费加治疗费765元,加上验血费300元,共1065元!有医务人员小声提醒杨先生:"你的药开多了。"杨先生返回诊室问陈教授,陈教授称这是一个疗程的药。

杨先生回家后发现,一种叫"贝亚宁"的药上写着:过敏性体质慎用。杨不解:既然孩子是过敏性体质,为什么还要给孩子开这种药呢?细看病历又意外发现:陈教授开给药房的处方里写的是"贝亚宁6盒、臣功华芬愈美颗3盒、力欣奇4盒……";而病历上没有"贝亚宁"和"臣功华芬愈美颗"这两味药,"力欣奇"也只写有2盒。再深入解读药品说明书:6盒"贝亚宁"可用5个半月!

面对杨先生质疑,陈教授昨日解释:"贝亚宁"是一种免疫调节剂,虽然是"过敏性体质慎用",但她是在给孩子开了脱敏药的前提下开出这种药的。至于为何病历上处方药品数量比购药处方单上少,陈的原话是:为患者家长的经济承受能力做考虑。

该院负责人就此表示：陈教授的行为肯定是有差错的，院方会根据院内质量管理条例对其进行处理。

最后，应杨先生要求，院方将杨手上的价值210元的"贝亚宁"退掉。

来源：《武汉晚报》2002年8月10日

二、了解写作背景

首先搜索其写作背景。在网络上可以找到发表在《新闻战线》上的一篇介绍其写作过程的体会文章：《用强势报道向"大处方"说"不"——〈看个"咳嗽"要掏1065元〉采编感悟》，作者为何建新、陈志远、李红鹰，第一人时为《武汉晚报》总编辑，第二人为部门副主任，第三人是作者。据此文介绍：

2002年上半年，编辑部在集中研究半年来"新闻"热线线索时发现，有百余市民对医院医生乱开"大处方"反映强烈，意见集中。但由于这些投诉都不够典型，说得过于笼统，指向不一，加之记者的一些采访被有些医院以技术方面的原因予以搪塞敷衍，有一些零星报道，但没有形成声势。编辑部责成新闻中心继续关注医生"大处方"问题，抓住一个典型事例，来解剖"大处方"，希望通过有力的典型事例报道，促使这一市民广泛关注的问题得到有效解决。

2002年8月9日上午，市民杨先生拿着给小女儿看病的病历和收费单据到《武汉晚报》投诉。他的女儿仅仅患了一个小感冒，有点咳嗽，到武汉市著名的儿童医院看病，导医将他们引进治疗哮喘专科的陈教授诊室里，结果一下花去1000多元。他手持处方单到该院收费窗口交费时，连窗口的医务人员都看不过去，小声提醒他，你的药开多了。本来就满腹狐疑的杨先生这才仔细地把收费单据查看一遍，他愕然发现，这位有着教授职称的医生果然玩了"猫腻"，她在病人病历上所开的药名和数量竟与处方上不相符。更令杨先生气愤的是，看病的这位教授明明刚给孩子查了血，证明孩子是过敏体质，但为了多开药，竟给孩子开了许多过敏体质慎用的药品。

这一投诉引起了编辑部的高度重视，认为这个典型事例有助于解开"大处方"之谜。采访的关键在于抓住核心证据。有了证据，铁板一块的"大处方"黑幕就可以撕开一个口子。编辑部分析这个投诉，认为陈教授所开的处方与病历不符是个明显的错误，编辑部决定以此作为报道的突破口。为此，策划了环环相扣的采访计划——见当事人是求证的第一步。武汉市儿童医院是家大医院，采访程序很繁杂，医院的各级领导先后出面向记者作了一些辩解，都是大事化小，求和了事。但正是从这些言辞中，记者听出，连院方也认识到这个医生的处方确实存在问题。记者坚持要采访当事医生，但医院一直借故推脱。拖到下午临近下班，院方见记者依旧坚持，只得请出陈教授。当记者拿出处方与病历不相符的证据，陈教授无言以对，默认了这一差错。患者刚被查出是过敏体质，却依然给其开出过敏体质慎用的药——这是陈教授难以说清的第二个问题。记者利用采访前上网查到的相关知识质疑陈教授，陈教授无可辩驳，最终承认了滥开"大处方"。

记者还根据药物使用说明推断出，陈教授开给杨先生女儿的药物（贝亚宁）够她吃半年，这与一张儿童处方上的药量最多不能超过3天的医院规定严重相悖——面对记者抓住的这第三个证据,陈教授不得不低头认过。

拿到核心证据后,编辑部决定,头条推出,报道要"刺刀见红"。这家儿童医院虽是全国知名的医院,但也要在报道中点名,揭短也是为了给这家医院护牌;陈教授是武汉市著名的儿科呼吸内科专家,也要点名,点名是为了帮助她,是为了触动更多医生;看一个"咳嗽"要掏1065元,处方内容要一一公布于众,包括它的价格、药效,让读者和行家来评判,用事实说话。一篇报道解决不了问题,针对"大处方",报社用了新闻包装上的规模经营,连续强势重拳出击,一连用了6个头版头条对这一事件进行强势跟踪,还用了两个整版发表读者反馈、读者投诉、市民说法和医生剖析。

这组报道引起了武汉市卫生局的高度重视。首篇报道推出的第二天,武汉市卫生局召开专题会议,决定组成联合调查专班,进驻儿童医院,对该院2002年1—8月份和2001年的所有处方进行调查。

第三天,武汉市卫生局召开全市各大医院院长会议,要求各单位引以为戒,自查自纠。市卫生局纪委还组成专门班子对全市各大医院的处方进行了抽查。

由于"大处方"在全国的广泛存在,这组报道亦引来全国媒体的广泛关注。新华通讯社、《人民日报》《报刊文摘》及各大网站等国内知名媒体纷纷转发了这组报道,《人民日报》还配发了题为《开处方要实事求是》的评论。正是由于这组报道切中时弊,严谨有力,社会效果良好,此文获得第十三届中国新闻奖一等奖。

三、新闻作品评析

如何评析这篇消息?前面说到,评析新闻作品,第一,要聚焦新闻价值;第二,回溯采访过程;第三,探讨写作得失;第四,指向社会文化批评。我们先看第一步,新闻价值分析,首先进行真实性分析。如何判断其真实性,我们来看看其提供信息的新闻源:

(一)要证实其报料是否真实

此事是杨先生打电话投诉给晚报的新闻110,这是当事人报料。要证实其报料是否真实,作者要查看实据,如病历、药品和发票,这些东西都是现成的。最重要的当事人是开药的陈教授,是否采访了其本人,按要求是应该采访的,但是文中没有交代。"面对杨先生质疑,陈教授昨日解释",这里可以理解为记者陪同杨先生一起质疑陈教授,也可以是陈教授以前对杨先生解释的复述。但是,记者是采访了院方的,如"该院负责人就此表示:陈教授的行为肯定是有差错的,院方会根据院内质量管理条例对其进行处理"。而且,院方已经将杨手上的价值210元的"贝亚宁"退掉。从这些情况来看,该文陈述的事实其真实性是可靠的。

另外,《武汉晚报》毕竟是一家有影响力的报纸,该文是报社的记者到消息发生地对当事人进行采访之后完成的。

(二)新闻价值分析

新闻价值分析要按照其要素进行分析。

1. 时新性

就是时效的问题。事情是昨天发生的,时效性是及时的。7日发生的事,9日投诉到晚报。晚报10日即发表出来。

2. 重要性

即反映的主题是否重大,社会影响是否重要。这一点不言而喻,选题关注民生、关注社会热点,针对性强。医生开"大处方"是经济体制转型之后,医疗卫生行业出现的一个群众反映较多的问题:医疗卫生行业是把挣钱放在第一位,还是把老百姓少花钱看好病放在第一位。揭露这一问题往往很难,难在不容易抓到具体事实。这篇消息的作者从一个普通患者的经历入手,捉住连医务人员都说"药开多了"的个例,平中有奇,小中见大,揭示了卫生体制改革的一个关键问题,最终将"大处方"背后的"医药回扣"黑幕公之于众,暴露在阳光之下。

3. 接近性

此选题反映的主题从接近性来说,与广大受众也是密切相关的。

4. 显著性

从显著性来说,虽然人物不是突出的人物,就是平凡人平凡事,但是事件的性质是显著的,反映了人们普遍关注的医疗制度改革的重大问题。

5. 趣味性

从其趣味性来说,不仅事件典型,咳嗽竟然要花上千元,而且也滑稽,连医务人员都提醒药开多了。处方还是矛盾的,不能用的药偏偏开给你,更是讽刺了当前医疗制度的弊病。

(三)探讨写作得失

这里主要是从内容分析与形式分析方面来探讨。

1. 内容分析方面

前面已经对其新闻价值、新闻主题进行了分析,再看看其新闻角度。这篇文章的角度是非常巧妙的,可谓以小见大,从最平常的日常看病的小事中反映了"小病大处方"这个重大的医疗改革弊病。

2. 形式分析方面

(1)从结构上看,这是一个纵式结构

这篇消息是倒金字塔结构。导语是将最重要最新鲜的事情摆在最前面说了:7日,武昌杨先生带着2岁的女儿到市儿童医院看病,没想到看了个"咳嗽"就要花1000多元。因此,他于昨日投诉到本报新闻110。接着,就是按照时间顺序排列事实。

在表达上是叙述,而且,善于用事实说话。

(2)用事实说话,借他人之口来作定论

"用事实说话"是中外新闻界所公认的新闻写作基本要求之一。大量的新闻实践证明,用事实说话应该做到:用具体的事实说话;用实实在在的事实说话;用完整的事实说话;用最有权威的事实说话;用有情趣的事实说话;报道要力求客观,倾向要自然流露。这篇消息在上述几个方面是做得比较好的。如消息中在事实叙述过程中,通过当事人的反映来褒贬是非,借他人之口来作定论。如文中写道:"有医务人员小声提醒杨先生:'你的药开多了。'""该院负责人就此表示:陈教授的行为肯定是有差错的,院方会根据院内质量管理条例对其进行处理。"还有文中写的:"杨先生见药开得很多,病历上字又看不懂,便问孩子得的什么病,陈教授说:'按我开的药吃就行了。'一划价,药费加治疗费765元,加上验血费300元,共1065元!""既然孩子是过敏性体质,为什么还要给孩子开这种药呢?……再深入解读药品说明书:6盒'贝亚宁'可用5个半月!""病历上处方药数量比购药处方单上少",等等。这些通过深入细致的采访得来的具体、实在、完整、有权威的事实,具有很强的说服力,极大地增强了新闻的价值。

在语言上,用词简洁,都是具体事情,形象感人。

(3)标题活用动词,标出了惊奇和诧异

新闻标题能否吸引人,固然在于事实本身的新闻价值。但深刻的思想能否得到生动的表现,感人的事实能否被简练而生动形象地勾勒出来,遣词用语起着重要作用,尤其要选好用好动词。善于用富有特色、耐人寻味的动词去说话,让受众如听其声,如见其人,如临其境,如触其物,是使标题能抓住人的关键所在。这篇消息的标题是一则惊异式标题。此类标题是对惊奇、异常的新闻事实,采用惊讶诧异的语气来制题的。这样制作的标题有利于表现震惊的新闻事件,对受众具有强烈的吸引力,能制造悬念,令受众看题、听题后欲罢不能。这则标题真正起到了文章的"眼睛"和"广告"的作用,是一则成功的好标题。

(四)指向社会文化批评

也就是说,我们对于新闻信息有三个层次的反映:一是反映信息的本身;二是反映其背景;三是反映其社会文化层面的影响,体现其社会观念上的意义。

这仍然要回溯其新闻主题的分析,从这则消息来看,选好报道的"突破口",即选准问题,并通过穷追猛打的连续追踪报道,造成"兵临城下"之势。

报道刊发后,在社会上引起强烈反响,成为武汉市一时热议的焦点话题,群众纷纷举报遇到的类似问题。武汉市卫生局于报道见报第二天即派出调查组进驻市儿童医院,第三天召开了全市各大医院院长会议,要求各单位引以为戒,自查自纠。市儿童医院对当事医生作出了解聘的处理。武汉市卫生局纪委还组成专门班子对全市各大医院的处方进行抽查。在各方努力下,"大处方"现象在武汉得到了有效遏制,广大市民纷纷来电、来信称赞《武汉晚报》这组舆论监督报道抓得好。

由于"大处方"现象具有普遍性,这篇消息见报后立即引起了全国几大媒体的高度关注。新华社连续报道了此事;《人民日报》除报道此事外还配发了《开处方要实事求是》的评论;《羊城晚报》《报刊文摘》和新浪网等报刊、网站也相继转载了这篇消息,在受众中引起了强烈反响,收到了很好的传播效果。

这里,按照教材要求的要点进行全部评析程序完毕。

下面,看专家是如何评析的。

关注民生　聚焦热点
—— 评获奖作品《看个"咳嗽"要掏1065元》

刘保全

刊登在《武汉晚报》2002年8月10日上的消息《看个"咳嗽"要掏1065元》一稿,在第十三届"中国新闻奖"的评选中,被评为消息类最高奖一等奖。这篇582个字的短新闻给我们采写新闻佳作提供了如下三点值得借鉴的成功经验:

一是选题关注民生、关注社会热点,针对性强。

医生开"大处方"是经济体制转型之后医疗卫生行业出现的一个群众反映强烈的问题:医疗卫生行业是把挣钱放在第一位,还是把老百姓少花钱看好病放在第一位。揭露这一问题往往很难,难在不容易抓到具体事实。这篇消息的作者从一个普通患者的经历入手,抓住连医务人员都说"药开多了"的个例,化解难点、平中有奇、小中见大,揭示了卫生体制改革的一个关键问题,最终将"大处方"背后的"医药回扣"黑幕公之于众,暴露在阳光之下。

报道刊发后,在社会上引起强烈反响,成为武汉市一时热议的焦点话题,群众纷纷举报遇到的类似问题。武汉市卫生局于报道的第二天即派出调查组进驻市儿童医院,第三天召开了全市各大医院院长会议,要求各单位引以为戒,自查自纠。市儿童医院对当事医生作出了解聘的处理。武汉市卫生局纪委还组成专门班子对全市各大医院的处方进行抽查。在各方的努力下,"大处方"现象在武汉得到了有效遏制,广大市民纷纷来电、来信称赞《武汉晚报》这组舆论监督报道抓得好。

由于"大处方"现象具有普遍性,这篇消息见报后立即引起了全国几大媒体的高度关注。新华社连续报道了此事;《人民日报》除报道此事外还配发了《开处方要实事求是》的评论;《羊城晚报》《报刊文摘》、新浪网等报刊、网站也相继转载了这篇消息,在受众中引起了强烈反响,收到了很好的传播效果。

二是用事实说话,借他人之口定论。

"用事实说话"是中外新闻界所公认的新闻写作基本要求之一。大量的新闻实践证明,用事实说话应该做到:用具体的事实说话;用实实在在的事实说话;用完整的事实说话;用最有权威的事实说话;用有情趣的事实说话;报道要力求客观,倾向要自然流露。这篇消息在上述几个方面是做得比较好的。如消息中在事实叙述过程中,通过当事人的反映来褒贬是非,借他人之口来作定论。如文中写道:"有医务人员小声提醒杨先生:'你的药开多了。'""该院负责人就此表示:陈教授的行为肯定是有差错的,院方会根据院内质量管理条例对其进行处理。"还有文中写的:"杨先生见药开得很多,病历上字又看不懂,便问孩子得的什么病,陈教授说:'按我开的药吃就行了。'一划价,药费加治疗费765元,加上验血费300元,共1065元!"

"既然孩子是过敏性体质,为什么还要给孩子开这种药呢?⋯⋯再深入解读药品说明书:6盒'贝亚宁'可用5个半月!""病历上处方药品数量比购药处方单上少",等等。这些通过深入细致采访得来的具体、实在、完整、有权威的事实,具有很强的说服力,有力地增强了新闻价值。

三是标题活用动词,标出了惊奇和诧异。

新闻标题能否吸引人,固然在于事实本身的新闻价值。但深刻的思想能否得到生动的表现,感人的事实能否被简练而生动形象地勾勒出来,遣词用语起着重要作用,尤其要选好用好动词。善于用富有特色、耐人寻味的动词去说话,让受众如闻其声、如见其人、如临其境、如触其物,是使标题能抓住人的关键所在。这篇消息的标题是一则惊异式标题。此类标题是对惊奇、异常的新闻事实,采用惊讶诧异的语气来制题的。这样制作的标题有利于表现震惊的新闻事件。对受众具有强烈的吸引力,这则标题真正起到了文章的"眼睛"和"广告"的作用,是一则成功的好标题。

(作者为中国人民大学新闻学院研究员,原载《当代传播》2004年第1期)

本章小结

消息,即以简要的文字或图片迅速报道新闻事实的一种新闻体裁。全媒体直接影响消息文体的演变,传播科技进步是消息文体演变的直接动因,传播技术进步使消息追求新闻传达的视觉效果,消息的时效性要求更强。消息的表现手法是指作者在客观地表现事实的同时,将自己的观点隐蔽在对事实的报道之中。消息讲究故事化,包含三个方面的含义:一是故事性,二是故事结构,三是故事教益。讲故事讲究七要素:人物、事件、原因、结果、时间、地点、过程。注意线、谜、巧。线,是指线索,谜,是指悬念,巧,是指结构安排要巧妙。根据新闻报道的故事性写作上的成功范例,评析作品要注意的地方:切入具体、追求奇特、注重细节、讲究冲突。

思考与练习

1. 有专家说新闻的核心就是讲故事,分析一下你所阅读的经典消息作品是如何讲故事的?
2. 对比一下中西消息作品在展现客观性方面有何不同,各自有何长处?
3. 分析中国新闻奖一等奖消息作品的主题特点。

第十二章 通讯类作品评析

通讯是比消息更为详尽和形象的报道典型人物和客观事物的新闻体裁,以叙述、描述为主,兼以议论、抒情等表达手法,具有新闻性、典型性、形象性和完整性等特点。

目前我们所称的"通讯"其实已经逐步演变为一种集合概念,一种广义的名称,是指报纸、刊物等媒体中运用的除消息以外包括各类通讯、特写、专访等所有详报型(或曰深度型)新闻体裁的总称。

第一节 全媒体环境下通讯文体的特点

一、媒介融合语境下新闻通讯的变革

新媒体对传统媒体及其新闻文体产生了深刻而深远的影响。以微博为代表的新媒体的碎片化、浅表化、情绪化,既赋予传统媒体上以深度与理性见长的通讯文体大显身手的机会,新媒体的互动性、开放性及个性化等传播优势又暴露出当代通讯的发展短板,变革势在必行。通讯本以完整、详细、深入报道新闻事实而见长,当代通讯的发展受到新媒体的强烈冲击,致使通讯文体发生巨大改变。

2012年4月20日,《武汉晚报》第29版发了一篇通讯,此文是一篇人物通讯,讲的是在武汉光谷公司上班的高管,不用公司配备的专车,乘公交车上班的故事。下面节选此文的开始几段和最后一段:

靠枕,眼罩,毯子,样样齐备
出租车,公交车,自行车,车车都坐
公交"装备姐"竟是公司高管

新浪微博@任一宝华: @武汉晚报,贵报今天在微故事版报道的"公交车装备姐",是我的一个好朋友。顺便爆个料:这位优雅女士是一家公司的高管哦,本来是有专职司机的,但是她嫌公司配的那个商务车排量太大,3.6的,每个月的油钱都要5000多元,还配司机,就没要了。选择每天的士上下班,那天是心血来潮坐公交呢。

记者微访(肖娟): 昨日,本报报道的"公交装备姐"在网上引发热议,很快,就有网友主动@武汉晚报爆料,还有网友私信联系记者,表示"认识她的人都感到意外"。

经过一番努力,记者终于证实,现实生活中的"装备姐"姓张,是光谷一公司副总经理。

昨日下午,记者联系上张女士。张女士介绍,她住在蔡家田,在光谷上班,路程很远。此前,公司给她配备了一辆别克商务车,专人接送。但是,她觉得配车排量太高,每月油费5000多元,加上司机工资,实在浪费,于是主动提出不用配车,公司补贴交通费用即可。于是,从去年8月份开始,她就开始乘坐出租车上下班,偶尔坐坐公交车。

张女士笑道,她只要坐公交车上班,就会拎着装满"装备"的袋子,让自己舒适地度过从起点到终点的一个半小时。这期间,她会打开收音机,听"锵锵三人行",枕着靠枕带上眼罩,在嘈杂的公交车上,"一下子就进入了自己的世界,可以调整呼吸,做做手指运动,感觉很好。感到困时,也可以补补觉"。

……

"装备姐"不是第一次被博友拍了

@moon_八月:不要说我不道德,可是这位阿姨,你早上跟我们一起坐公交车也太悠闲了,你这眼罩戴的,脖枕垫的,小毛毯铺的,小收音机听的,你让用了吃奶劲才挤上公交车的我情何以堪呀。

这篇人物通讯改变了传统通讯的写法,显现出新媒体浸染传统新闻文体的深刻印记。该文以读者的一段微博开头,接着出现了记者通过微博私信与网友及通讯中的主人翁直接对话的信息,将人物互动的内容直接搬到人物通讯中来。接下来又出现了读者的回应,最后又用一段微博来结尾,还直接搬用了微博上发的一张"装备齐全"的张女士照片。

从这篇通讯的写作来看,在新媒体背景下,通讯文体发生变化。新媒体影响下的信息碎片化、即时性、互动性的特征出现了,而且微博图文直接入文。

从此文还可看出,在新媒体影响下,采访也发生了变化,此文记者是直接从新媒体上发现线索,并与读者直接沟通,相互合作完成这篇通讯,以至这种采访过程也在作品中表露无遗。

全媒体时代新闻传播的互动性,在新媒体的影响下,不仅影响了通讯文体的变化,还表现在传播形式的变化上。如报纸媒体增加了访谈、对话、讲述、读者热线、微博等版面与栏目,广电等媒体直接增加了嘉宾访谈、电话连线、现场直播,电视媒体甚至将受众用手机反馈的意见直接展现于屏幕飞字上。

二、通讯改革的方向

(一)在新媒体环境中,给以深度报道见长的通讯提供了大展拳脚的舞台

正如有的学者所言,报道对速度的拼抢,导致新闻写作精耕细作意识薄弱:"传统媒体与新媒体的融合绝不是两个载体的结构被淡化,于是一些通讯风格尽失。因此通讯在吸纳新媒体优势的同时,也出现雷同,而且取材、语言、内容,都是雷同的。"[①]

媒介融合语境下,受众的角色向两个方向转化:一是公众,二是用户。

公众的基本权利是参与国家政治,网络传播与传统媒体传播的不同在于其开放性。

---

① 艾丰.新闻写作的风格[J].新闻与写作,2010(9).

公众围绕公共话题在新媒体语境下进行开放、理性的讨论,当代通讯对传统报道观念、手法及样式通过公共领域的合理交往,其成态虽有突破,但总体而言突破还较有限。

(二)要强化通讯的视觉传播力的改革方向

高明的引导一定不是高高在上的灌输,而是"当代文化的各个层面越来越倾向于高度的视觉化。可视性和视觉理解及其解释已成为当代文化生产、传播和接受活动的重要维度"①。可视性和视觉理解及其解释已成为当代文化生存之道,比如典型人物报道、成就性报道、经验性报道等,媒介融合语境也要"由张扬'高、大、全'的宏大叙事转向突出'平(平凡)、朴(朴素)、实(实在)'的微观刻画"。人们爱看图像更胜于文字,面对难以抗拒的视觉化趋势,通讯在坚守理性内核的同时,也要赋予报道以视觉化的感性外壳。

三、通讯作品的类型

通讯的分类,刘明华等著的《新闻写作教程》里分为人物通讯、事件通讯、工作通讯、风貌通讯、社会观察通讯、专访、新闻特写等类别。丁铂铨在《新闻采访与写作》中将通讯分为三类,即叙事型通讯、调查型通讯和访谈型通讯。本书结合两种分类,即将刘氏分类的通讯归入丁氏的三类通讯中。

第二节 叙事记述型通讯

一、叙事记述型通讯评析要点

(一)重视叙事记述型通讯的新闻性

本书将传统的人物通讯、事件通讯、新闻特写纳入叙事记述型通讯。此类通讯作品有别于叙事记述型文学作品的地方就在于具有新闻性。新闻必须及时地、真实地反映新近发生的有新闻价值的事实或事实的变动。由新闻性所决定,此类通讯作品必须讲究时效(既无新闻事实又无新闻由头的作品,不能归属于通讯范畴),必须完全符合人、事、景、物的原貌(而不允许进行虚构性、变形性的加工),必须注意凸显报道对象的新闻价值(毫无新闻价值的东西不应当成为通讯作品报道的对象,未凸显报道对象的新闻价值的通讯作品不是好的通讯作品)。在这一点上,几乎可以说是无一例外。

(二)评析报道对象的神韵

写出报道对象的神韵,是对叙事记述型通讯所提出的比较高的要求。神韵是报道对象所具有的一种精神韵致,是一种精髓。贯穿全篇的神韵,是主题。分析通讯作品的主题是非

---

① 周宪.视觉文化的转向[M].北京:北京大学出版社,2008.

常重要的。因为通讯作品容量大,要求主题正确、鲜明、深刻。提倡有"高、新、尖"的要求,高即立意高远,新就要新鲜,尖即独特。

(三)分析形成作品的感染力

叙事记述型通讯的比较高的境界是形成较强的感染力。为了形成较强的感染力,此类通讯常常从优秀的文学作品那里进行借鉴。应该说,叙事记述型通讯作品,是通讯乃至整个新闻文体中摄取文学因子、借鉴文学手法最多的一种文体。文学作品中常常使用的有利于增强作品的可感性的一系列方法、手段,也为此类通讯所频繁使用。

二、叙事记述型通讯案例

河南马保东说:"还不了欠款,这事儿真成了我的心病!"

新疆马奋勇说:"失而复得的朋友比失而复得的金钱更珍贵。"

马氏"兄弟"跨越二十年的诚信
本报记者　王国庆　阙爱民　童浩麟

2月11日,农历小年,下午6点,河南开封。

马保东与马奋勇挤坐在一张沙发上,兴奋地规划着今后的合作。

二人都姓马,兄弟相称,但不是亲兄弟。哥哥马奋勇是汉族,新疆哈密人;弟弟马保东是回族,河南开封人。

过去的半年里,马保东一再约马奋勇来河南做事,马奋勇也打算在河南建立新疆名优产品展销中心,投资物流和生态农业。马年结束之前,马奋勇如约而至。

这"兄弟"二人是如何走到一起,又经历了些什么?故事还得从20年前说起。

1995年,马保东21岁,因做肠衣生意与长他一岁的同行马奋勇在河北省有一面之交。两人相互欣赏对方的实诚,一见如故。

河北分手不久,马保东只身赴新疆,去找当时在哈密地区牧工商联合总公司肠衣厂工作的马奋勇。马奋勇在生意和生活上给了马保东无微不至的关怀和帮助。马保东到新疆进货,货款足时就在当地付;不够时,货到河南出手后再付,有时连个欠条都不用打。

1997年,马保东在新疆进了50多万元的货,资金缺口不小。马奋勇便拿出积蓄,又东拼西凑,借给马保东16万元。

没料想,货到河南,行情大变,肠衣价格狂跌不止,马保东顿时倾家荡产。此后的一年,马保东东挪西借,还了马奋勇近11万元,剩下的5.3万元再也无力偿还了。

在新疆,马奋勇的肠衣生意也陷入了瘫痪,父亲又重病卧床,家中债台高筑。

1998年,马奋勇曾到马保东在开封县杜良乡扫东村的家,"想看看保东弟能不能再还一点儿"。当看到马保东的窘境,他一个"钱"字未提,便转身踏上西行的列车,随后便到蒙古国寻求生意,一去就是13年。

两"兄弟"自此失联。

2003年,马保东东山再起。"生意是越做越大,但找不到马哥,还不了欠款,这事儿真成了我的心病!"马保东说。

他几乎托遍国内所认识的做肠衣生意的朋友,最后,总算知道马哥去了蒙古国,但就是联系不上。

"马奋勇"、"5万元",成了马保东父子、兄弟那些年时常念叨的词儿。2008年,马保东的哥哥刚学会上网,便试着在网上寻人。当时他用"哈密马奋勇"搜到了3个"马奋勇",虽然都不是他们要找的"马奋勇",但也使他们看到希望。马保东的哥哥说,俺弟兄俩没事就在网上"敲""马奋勇",一"敲"就是近4年。

2011年底,已是蒙古国中国农牧畜产商会会长的马奋勇,受家乡邀请返乡创业。半年后,他注册成立了喀尔里克畜牧开发有限公司。没多久,作为公司总经理的马奋勇便被保东的哥哥在网上给"敲"了出来。

"哥,你还记得我吗?我是保东,欠你5万多元的保东啊……你让我找得好苦啊!"电话里的马保东激动得语无伦次。

"哥,我终于能还你钱了。我要还本钱!还利息!还要加感情!我要还你100万!"马保东一口气说了好几个"还"。

电话那头的马奋勇也十分激动,连说:"使不得,兄弟,使不得。说真的,失而复得的朋友比失而复得的金钱更珍贵。"

马保东告诉马奋勇,是他激励着自己奋斗了这些年,自己现在已是河南东信建设集团公司的董事长,"'东'是我的名字,'信'就是诚信。"

"兄弟"通话的当天,马保东就往哈密汇了10万元。他告诉马奋勇,剩余的90万元一分不动放在那里,等马哥来河南做事时用。

小年的开封已有了浓浓的年味。

饭时已过,马氏"兄弟"谈兴未阑。马保东向马奋勇介绍了东信公司今年向物流和生态农业拓展的打算。

"这真是不谋而合!我们公司的展销中心上半年就要在河南18个市铺货。"马奋勇说。

"哥,开封这一块儿可得交给我呀。咱马氏'兄弟'的合作可绝不止90万!"马保东说。

"有保东弟这样的朋友,我来河南发展就这样定了!"马奋勇说。

来源:《河南日报》2015年2月15日

三、叙事记述型通讯评析

刊登在《河南日报》2015年2月15日要闻版上的人物通讯《马氏"兄弟"跨越二十年的诚信》一文,是获第二十六届中国新闻奖通讯一等奖的作品。全篇只有1300多字的通讯,描写时间跨度二十年,空间跨度几千公里,从河南开封西至新疆哈密,从哈密跨出国门到蒙古国;人物很集中,只有两个人。他们分别是河南开封人马保东和新疆哈密人马奋勇。通讯围绕两个普通百姓之间借钱还钱,诚信做人的故事展开,让读者在这个看似平常无奇的借钱还钱故事中,感受到做人要诚信,诚信是做人的基本准则和信条。从而折射出社会主义核心价值观已经深深根植于群众心里。

这篇通讯为我们提供了讲好中国故事,最重要的是解决讲什么和怎样讲的范本。

主题思想鲜明突出,弘扬真善美,传播正能量,是这篇通讯的一大特色。当前我国社会发展进入经济转型期、改革攻坚期、矛盾凸显期,新的发展阶段所经历的复杂变动需要新闻媒体反映舆论、引导舆论,需要媒体帮助人们明辨是非、善恶、美丑,激发社会正能量,回归社会主流价值。习近平总书记关于"宣传工作要胸怀大局、顺势而为""弘扬主旋律、传播正能量""把握好时、度、效,正确引导舆论"等精辟论述,为主流媒体提供了理论依据。《马氏"兄弟"跨越二十年的诚信》一文,正是贯彻落实习总书记指示的一篇佳作。通讯难能可贵的是它没有简单停留在"讲诚信"报道层面上,还涵盖了仗义合作、民族团结、"一带一路"等诸多当下社会公众关注的新闻话题。让人读后,不免为之叫好、点赞。通讯中所弘扬的真善美和传播的正能量便油然而生。

故事讲得好,描写生动传神,是这篇通讯的另一大特色。美国哥伦比亚大学教授詹姆斯·凯瑞(James Carey)说,新闻学就是描写、描写、再描写。写新闻就是"讲一个非虚构的故事"。大家都要用一个描述的眼光来看待这一切,把自己当作一个摄像机和录音机,记录你所看到的、听到的、摸到的、闻到的一切。要使你的作品达到让所有没在场的人都能有身临其境之感①。这篇通讯在这方面是做得很成功的。例如文中写的:马保东与马奋勇挤坐在一张沙发上,兴奋地规划着今后的合作。二人都姓马,兄弟相称,但不是亲兄弟。哥哥马奋勇是汉族,新疆哈密人;弟弟马保东是回族,河南开封人。……1995年,马保东21岁,因做肠衣生意与长他一岁的同行马奋勇在河北省有一面之交。两人相互欣赏对方的实诚,一见如故。

河北分手不久,马保东只身赴新疆,去找当时在哈密地区牧工商联合总公司肠衣厂工作的马奋勇。马奋勇在生意和生活上给了马保东无微不至的关怀和帮助。马保东到新疆进货,货款足时就在当地付;不够时,货到河南出手后再付,有时连个欠条都不用打。1997年,马保东在新疆进了50多万元的货,资金缺口不小。马奋勇便拿出积蓄,又东拼西凑,借给马保东16万元。……在新疆,马奋勇的肠衣生意也陷入了瘫痪,父亲又重病卧床,家中债台高筑。1998年,马奋勇曾到马保东在开封县杜良乡扫东村的家,"想看看保东弟能不能再还一点儿"。当看到马保东的窘境,他一个"钱"字未提,便转身踏上西行的列车,随后便到蒙古国寻求生意,一去就是13年。……2003年,马保东东山再起。"生意是越做越大,但找不到马哥,还不了欠款,这事儿真成了我的心病!"马保东说。……"马奋勇"、"5万元",成了马保东父子、兄弟那些年时常念叨的词儿。2008年,马保东的哥哥刚学会上网,便试着在网上寻人。当时他用"哈密马奋勇"搜到了3个"马奋勇",虽然都不是他们要找的"马奋勇",但也使他们看到希望。

马保东的哥哥说,俺弟兄俩没事就在网上"敲""马奋勇",一"敲"就是近4年。2011年年底,已是蒙古国中国农牧畜产商会会长的马奋勇,受家乡邀请返乡创业。半年后,他注册成立了喀尔里克畜牧开发有限公司。没多久,作为公司总经理的马奋勇便被保东的哥哥在网上给"敲"了出来。"哥,你还记得我吗?我是保东,欠你5万多元的保东啊……你让我找得好苦啊!"电话里的马保东激动得语无伦次。"哥,我终于能还你钱了。我要还本钱!还利息!还要加感情!我要还你100万!"马保东一口气说了好几个"还"。电话那头的马奋勇也

---

① 刘保全. 第二十六届中国新闻奖精品赏析[J]. 当代传播,2016(06).

十分激动,连说:"使不得,兄弟,使不得。说真的,失而复得的朋友比失而复得的金钱更珍贵。"

马保东告诉马奋勇,是他激励着自己奋斗了这些年,自己现在已是河南东信建设集团公司的董事长,"'东'是我的名字,'信'就是诚信。""兄弟"通话的当天,马保东就往哈密汇了10万元。他告诉马奋勇,剩余的90万元一分不动放在那里,等马哥来河南做事时用。

以上描写,采用层层深入、环环相扣的手法,不断制造悬念,引人入胜,让人读来亲切、自然、流畅。通篇找不到一个赞颂的词句。作者凭他直观的敏感,及时捕捉住了生活中这些闪光的镜头,他自己首先被强烈地感动了。当他利用文字介绍给读者的时候,把强烈的感情融入笔墨中,通过对环境、气氛、行动、对话乃至人物音容笑貌的具体描写,把读者引到故事发生的现场,自己不空发议论,不强加于人,甚至连通讯的最后一句话,也没有丝毫渲染。这与以往报纸上的人物通讯形成了鲜明对比。过去报纸上发表的先进人物通讯,普遍把人物写得"高、大、全",完美无缺,显得与现实脱节。写新闻、特别是写新闻人物,如何在传统的写作手法上有所突破,运用讲故事的方式,通过具有个性化特征的描写来刻画人物,就会起到好的宣传效果。在当今这样一个有些奢靡、有些浮躁、有些功利的年代,写真事,说真话,不浮夸的文风尤为可贵,很值得点赞和学习。

社会反响强烈,传播效果好,是这篇通讯的第三大特色。据中国新闻奖参评作品推荐表介绍,作品刊发后,人民网、新华网、新浪、搜狐、网易等国内近百家重点网站进行转发。新疆《哈密日报》等媒体进行转载。众多网民纷纷跟帖赞叹,对马氏"兄弟"所体现出的平凡人身上蕴藏的大美的力量表示敬佩和学习。同行认为,这是一篇充满正能量的精彩故事。同时,这篇通讯入选2015年度中宣部征集的"行进中国 精彩故事"优秀作品。

此外,通讯全文语言流畅,简洁明快,采用断裂式行文,短段落,方便于读者阅读,这在读者喜欢快餐式阅读的当下,无疑是增强报纸竞争力的有力手段。这点也是值得赞赏和肯定的。有人说:新闻是门遗憾的艺术。笔者同意这个说法。这篇通讯有一点瑕疵需要指出,那就是在描写借钱时,写"有时连个欠条都不用打"。这点与主题无关,打欠条不说明不诚信。常言道:"亲兄弟也要明算账",明算账不说明就不是亲兄弟。现实社会生活中不少官司和人际纠纷表明,借钱"不打欠条"的做法不值得提倡和宣传。当然,还是那句老话,"瑕不掩瑜"。这篇通讯仍不失为一篇佳作。

这是篇人物通讯,人物形象活灵活现。此文是《河南日报》当日头版稿件,是为了响应中宣部在全国媒体中推出的"行进中国 精彩故事"专栏的重点稿件。该报自党的十六届五中全会以来,一直坚持着新农村建设报道的特色,而且其新农村建设报道高扬以人为本的人文关怀理念。很明显,《马氏"兄弟"跨越二十年的诚信》一文符合报纸惯有的特色。文中的两个主人公马氏"兄弟"从事的就是生态农业,通过两人的事业发展,看出了河南当地的农村建设,符合和谐农村建设的理念。同时,通过这两位普通老百姓之间的诚信故事,表现出社会主义核心价值观已经深深根植在群众心里,使人文理念充分展现。

这篇通讯采用"倒叙法"的叙事方式,先写了事件发展的结局现状。然后再采用纵横式的结构,时间为"经",从1995年到2015年,跨度为20年;空间为"纬",从河南开封到新疆哈密,再跨出国门到蒙古国,跨度几千公里,将一个个场景、一幅幅画面、一桩桩故事展现在读者面前,使人如临其境。与很多通讯作品不同的是,它的每一小段的前面,没有加上近似内容提要的小标题,而是用白描的手法,灵动自如地陈述事实、讲故事。

文章很巧妙地将人物始终集中在马保东和马奋勇俩人身上,通过他们活灵活现的语言和动作细节描写,衬托出他们的性格特征,马奋勇能仗义疏财、急人所难,马保东能信守承诺、诚比金坚。马氏"兄弟"体现出的平凡人身上蕴藏的大美的力量能够鼓舞读者,充满正能量。此外它很直接地突出了故事主题——借钱还钱,诚信做人,这使得文章条理清晰明朗,可以让读者很快弄清事件本身的来龙去脉。

细节是通讯的血肉。细节虽小,但它绝不是通讯作品可有可无的细枝末节,而是通讯报道事实、表现主题的重要手段。

"二人都姓马,兄弟相称,但不是亲兄弟。哥哥马奋勇是汉族,新疆哈密人;弟弟马保东是回族,河南开封人。"文章一开始,就交代了人物的关系,马氏"兄弟"来自不同地方,属于不同民族,可俩人情同兄弟,鲜明地展现了民族团结的国家政策。

然后,俩人一起做肠衣生意,马奋勇在生意和生活上给了马保东无微不至的关怀和帮助,"马保东到新疆进货,货款足时就在当地付;不够时,货到河南出手后再付……"然而,没过多久,俩人的肠衣生意都进行不下去了,马保东东挪西借,还是欠马奋勇5.3万元。可马奋勇父亲重病卧床、家中债台高筑时,马奋勇"当看到马保东的窘境,他一个'钱'字未提,便转身踏上西行的列车",这充分展示了马奋勇为人仗义疏财、急人所难。

从2003年到2011年这十多年间,马保东一直未放弃寻找马奋勇。"马保东的哥哥刚学会上网,便试着在网上寻人。当时他输入'哈密马奋勇'搜到了3个'马奋勇',虽然都不是他们要找的'马奋勇',但也使他们看到了希望。马保东的哥哥说,他们弟兄俩没事就在网上'敲''马奋勇',一'敲'就是近4年。"2011年,马保东找到马奋勇,一开口就是还钱,本钱、利息、感情一起加上说要还100万元,可当初只是欠了5万元左右。这充分体现了马保东信守承诺、诚比金坚。

作品采用以小见大的手法,充分发挥微小事实的折射作用。细节生动了,就会具有感人的力量。人无信不立,20年前,马氏"兄弟"因"诚"结缘;20年后,他们又因"诚"重聚。正是因为诚信,他们的友谊才能经久不衰。他们的诚信故事,让我们知道:友谊诚可贵,诚信价更高。

第三节　调查分析型通讯

调查分析型通讯包括传统分类的工作通讯、社会观察通讯和概貌通讯。概貌通讯如果仅写风光巡礼内容的话是可以纳入叙事记述型通讯的。但是现在的概貌通讯已经与过去仅反映一地风貌大相径庭,往往是在记述一地风貌的同时,深究其社会问题。因此,将其纳入调查分析型通讯。这类通讯是一种在文本中较多地展示对新闻事实的调查分析过程及其成果的通讯。《命运备忘录》《深圳特区还能'特'下去吗?》《开封缘何不"开封"?》《醒来,铜陵!》《菜价跟踪》等作,都是这类通讯中的典型个案。

调查分析型通讯,与叙事记述型通讯相比,既有相同之处,又有不同之处。相同处在于:两者都建立在具有新闻价值的事实和对此所作的报道的基础上,都要对具有新闻价值的事实进行较为详细的报道。不同处有三,也是下面的评析要点。

一、调查分析型通讯评析要点

(一)注重探究事物的本质

叙事记述型通讯在采集资料时十分关注人、事、景、物,能让人产生形象感的表象以及细枝末节,而调查分析型通讯注重于事件或问题的历史和现状、原委或症结、经验或教训,进行深入的调查和分析。它以探寻和揭示事物的本质为旨归,在采访中常常要顺藤摸瓜,追根究源,也常常会通过各种方法,去获取各种统计数据。而后者则常常要在掌握其他重要材料的同时,十分细致地观察与新闻事实密切相关的人、事、景、物的外部特征,并将此形象地表现出来。

(二)注重分析事情的成败得失

叙事记述型通讯侧重于在深入调查、掌握第一手材料的基础上,对事情的成败得失进行分析思考,在分析思考中直逼题旨。而调查分析型通讯则侧重于对人、事、景、物的具体叙写,通过具体叙写显现作品主旨。

(三)注重对受众产生理性影响

叙事记述型通讯的效果是给人以启迪,它更多地影响人们的理性层面。而调查分析型通讯的效果是震撼人心,当然也对受众产生理性的影响,但感人的因素(形象性因素、情感性因素)得到了更多的强调。

采写这类通讯,要看新闻作品能否反映记者在下述方面的努力:一是要将功夫下在发现问题和调查研究上;二是在作品中重分析议论;三是在报道事实和分析事实中求理性深度。

调查分析型通讯,无论是对成功的经验进行总结,还是对失误、教训进行反思,无论是提出、揭示问题,还是探寻药方、思考应对策略,都必须具有相当的理性深度。理性深度,首先体现在观点或结论的精辟上。

二、调查分析型通讯案例

谁动了农民的钱袋子?

本报记者 李煊　　本报通讯员 赵利英 华与臣

入冬,一年的农事基本结束。算算今年收入支出账,南乐县谷金楼乡后陈村的吉银普怎么也高兴不起来。

吉家2口人,种地2.2亩,兼营养鸡副业。夏秋种粮收入约1960元,务工收入1200元,副业收入约3000元,加上种粮补贴(13.6元/亩),共计收入6187.2元。

再看支出情况:种子240元、尿素330元、复合肥80元、农药40元、浇地156元、水资源费26元,全年的种地成本1322元。综合算账,全年人均纯收入2432.6元。

"这只是个大概,如果考虑养鸡的饲料、防疫费用,人均纯收入也就 2000 元左右,跟去年相比基本持平,甚至少了。"吉苦笑着说。

还有笑不出来的。

清丰县高堡乡的唐章义,种地 10.8 亩,加上粮补、种树收入,全年预计收入 14129.6 元。而 9 口人全年生活费和种地成本支出却达到 14400 元。

前不久,濮阳市物价部门对清丰、南乐、台前、范县 4 县的部分农户进行抽样调查后发现,吉、唐两家的情形,在一定范围内具有代表性:和去年同期相比,收入并没有明显增加,甚至有所减少。

谁动了农民的钱袋子? 调查结果令人惊讶,农资价格强劲上涨,抵减了"一免三补"的增收功效。

资料显示,今年濮阳市场尿素、过磷酸钙、地膜等主要农资价格均比上年同期有明显上涨,其中尿素一吨涨了 80 元,二铵一吨涨了 300 元,其他农资价格涨幅则普遍在 8.3%~20%之间。吉银普、唐章义两家今年用于农资的支出分别为 450 元、3600 元,较去年分别增加了 100 多元和 630 元。而其他受调查农户农资支出较上年均增加了 30%以上。

对此,农民反映强烈。他们说,多年来,一直是一袋小麦换一袋尿素,可今年买一袋尿素却需一袋半小麦,生产资料涨价抵消了国家和省里给农民的"免补"。濮阳价格部门的测算印证了农民的说法:和去年比,粮价基本不变,产量不变,农民收入也不变,但亩均农资投入增加了五六十元,高于"一免三补"的金额,单就种粮来说,农民的收入就为负增长。当然,测算中还没将农户劳动力成本计算在内。

"农民现在是种地投资也不是,不种地又不行,左右为难。"一位乡镇干部对调查人员说,"希望上边不要高估了'一免三补'后的农民增收形势"。

来源:《河南日报》2009 年 5 月 24 日

三、调查分析型通讯评析

上文获得第 16 届中国新闻奖通讯三等奖。在举国上下近乎一致地欢呼农民增收形势大好的时候,这篇通讯并没有盲目跟风,而是及时、客观地发现了大好形势发展过程中出现的新变化、新苗头,给社会发热的头脑吹了一股凉风。

该通讯反映的是一个重大主题——三农问题。解决三农问题、建设新农村,首要的任务就是增加农民收入。在这样重大的主题之下,作者采用了非常特别的切入方式:从一个普通农民家庭一年的收支情况写起:"吉家 2 口人,种地 2.2 亩,兼营养鸡副业。夏秋种粮收入约 1960 元,务工收入 1200 元,副业收入约 3000 元,加上种粮补贴(13.6 元/亩),共计收入 6187.2 元。再看支出情况:种子 240 元、尿素 330 元、复合肥 80 元、农药 40 元、浇地 156 元、水资源费 26 元,全年的种地成本 1322 元。综合算账,全年人均纯收入 2432.6 元。"这些看似繁琐细碎的数字罗列,却让每个读者的心里都清清楚楚,收入是增多了,但是支出额也上去了,其结果是净收入并没有增加,甚至是"负增长"。这虽只是个例,却能反映农村中存在的普遍现象,作者抓取这个有代表性的典型,由小及大,让每个读者都明白了农民增收中遇到的问题和困难。

"谁动了农民的钱袋子?"在阅读了这两个鲜活的事例之后,读者都会提出这个问题。于是作者作答,"调查结果令人惊讶,农资价格强劲上涨,抵减了'一免三补'的增收功效",一针见血地指出了问题的原因所在,而后的具体调查也正说明了这一点。

提出问题——分析问题——解决问题,这篇文章结构清楚,思路清晰。此外,如此冷静的分析,观察问题的深入,以及在形式大好的时候发现繁荣背后所存在的问题,也是此篇文章可圈可点之处。

第四节 谈话实录型通讯

报纸、广电、网络等媒体都十分重视谈话实录型新闻,已经有很多形式,如对话、自述、倾诉、访谈,等等,这是一种由谈话充当重要角色的通讯,这里统称为谈话实录型通讯。在叙事记述型通讯中,往往也会涉及人物之间、记者与被访者之间的对话,但它并不是以主要角色的身份出现在谈话实录型通讯中,记者或记录人物之间的对白,或按原样保留自己与采访对象之间的对谈,或录下被访者的谈话并予以披露。如此看来,谈话实录型通讯所录的谈话,无疑应以他人(当事人或被访者)的谈话为主。

而对象的谈话,又可以区分为两类:

一类是面对记者所作的谈话。被访者意识到自己的谈话将被公开传播,因此他们的谈话在趋避、用语、语言风格等方面受到某种有形无形、或大或小的限制。

另一类是当事人在未觉察记者存在的状态中的谈话(包括与记者的谈话)。这类谈话体现出完全自然的形态。通讯《夜宿车马店》可算是此类通讯中颇有代表性的一篇。作品记录了四个人物相互之间的对话,通过对话反映了十一届三中全会以来农村所发生的巨大变化。

评析这类通讯要看下述关键点:

一、谈话实录型通讯评析要点

(一)是否选好谈话的题目、人选和场合

话题的选择,是确保谈话本身的成功和谈话实录型通讯写作的成功的关键。选择的标准应当是:较为新鲜,具有新颖性;有一定价值,具有重要性;能引起关注,具有相关性。谈老而又老的话题,往往只能是无功而返。谈无关紧要的话题,就会变成纯粹的闲聊。谈与受众不甚相关抑或毫不相关的话题,就不可能赢得广大受众。谈话者的人选,应慎重确定。专访的谈话对象,是唯一的。在某种意义上,可以说成败在此一人。谈话对象在谈话所涉及的领域,应当有较高的地位,有相当的权威性,有精深的思考和见解。总之,要对受众确有启发。

(二)是否熟悉谈话所涉及的内容

专访的谈话内容是"访者"与"谈者"事先约定的,而且,人是专门的人,内容是专门的内容。《大公司做人小公司做事》所记录的,是记者与柳传志之间的访谈内容。访谈的内容聚焦于"联想":"联想"的成功之道、运行特点和发展思路。如果记者事先对中国和世界电脑

业、联想集团和柳传志本身以及相关的背景材料缺乏足够的了解,那么,也就不可能以"访"导"谈",不可能始终掌握谈话的主动权。

(三)是否准备好质量较高的问题

提问的总的要求是:具有较高的质量,不能有"走火"的问题,也不能有太多一般化的问题。在这一方面,央视的《新闻调查》有许多值得学习、借鉴之处。在访前应事先准备好问题,大致为:开头所提的问题(要求像写文章那样做到起句不凡),关键处的问题,重要的问题,特别有价值的问题,受众感兴趣的问题,能使被访者充分体现个性特点和风格的问题,等等。

(四)实录谈话也应讲究技巧

一是恰当地进行剪裁取舍。

除了纯粹的谈话记录,其他的谈话实录都有加工的必要和余地。这里所说的加工是指取舍。要取有价值的谈话,取体现鲜明个性特点的谈话,取具有独到的、深邃的见解的谈话,舍无价值的、大路货的谈话。

二是巧妙地插入现场描写。

一般而言,长篇大论式的大段谈话难免给人以沉闷之感。在行文时,常常要在某些地方临时中断,插入一些对现场(包括现场气氛)的描写,对"谈者"神态、语气、动作的描写。这是增强作品可读性的需要。

三是机智地进行记者点评。

谈话实录型通讯并不排除记者在行文时作点评、写感受。这种点评往往只是寥寥数语,却起到了画龙点睛的作用。《网上风景无限》的结尾语是这样的:"我想,只要我还去网上作业,就能获得又一个'渔夫'和'金鱼'的故事。"

二、谈话实录型通讯案例

夜宿车马店

新华社记者 刘云山

内蒙古自治区土默特右旗今年获得历史上最好的收成,粮食总产22亿多斤,比去年增长两成;油料总产4000多万斤,比去年增长70%多。全旗350多个穷队,今年面貌都有很大变化。农村的繁荣,给集镇也带来了兴旺。不久前的一个晚上,记者来到这个旗萨拉齐古镇的车马店投宿,生动地感受到了社员们丰收的喜悦。

记者在暮色苍茫中来到车马店的时候,老远就听到里面传出庄户人爽朗的笑声和牲口的叫唤声。进店一看,宽敞的院子被进城来卖粮卖油的车辆挤得水泄不通。店堂里灯火通明,满屋子的人拉呱得挺热火。

车马店的老炊事员周二旦一边飞动着菜刀,一边乐呵呵地说:"俺在店里干了十多年,天天跟庄户人打交道.过去庄户人眉头上挽着疙瘩,如今,个个朦得脸上放光,那些年住店的,多数人拿的是红(高粱)黄(玉米)面窝头,舀两碗开水就着吃;现在可不一般了,拿着白面馒头还嫌不顺口,还要到街上买块豆腐割斤肉,打二两白干,人家就图那个美气哩!"

"那算啥美气!"坐在菜案旁的一位叫贾满贵的瘦高个老汉有点不服气地说:"上一次进城来卖公粮,俺把儿媳妇、小孙孙、老姑娘一齐拉了来,饭馆里的烧麦、馅饼、锅盔,娃娃们想吃的都尝遍了。服务员一算账,俺一次掏给他十几块。俺今年一家打了10000斤粮食,8000斤油料,光卖给国家的粮食油料就是10000斤,进钱3500块,那场面才叫美气哩!"

"贾大个子,如今你肚圆了,兜鼓了,可前几年记得你进城拉返销粮时,在店里光吃点窝头。"车马店服务员丁大叔"揭底"了。

这时,来自黄河边上十六股村的青年后生高兴宽接上话茬:"过去队里年年不分红,有次俺爹进城,说要领俺去开开眼。到了街里,一不敢进商店,二不敢进饭馆,兜里空空,怕看了眼馋。这回俺进城,一次就卖了3000多斤油料。"说到这里,高兴宽拍拍自己鼓囊囊的上衣口袋。

"小伙子买啥好东西了,叫众人看看。"不知谁这么说。

高兴宽倒实在。他打开一个大大的包袱,里边全是衣服,有媳妇的,有妹妹的,有老父亲老母亲的,什么涤纶、涤卡、弹力呢,都是时兴货。青年后生说他还打算买台切面机,给村里人加工切面,让庄户人也能吃上城里人吃的饭。

满屋子的人好像都是老熟人,越谈越起劲,越拉越高兴。车马店的火炕似乎也烧得分外热,更显得店堂里温暖如春。

来源:新华社 1981年11月30日

三、谈话实录型通讯评析

在评价通讯《夜宿车马店》这篇报道的成功时,人们较多地注意到的是:此篇通讯作品的文字生动、真切、感人。这样的评价不错。但只是说明了作品成就的结果。原因呢?如果问作者为什么会写得如此真切、生动、感人?如果问用文学创作方法来写,能不能比这篇写得更加真切、生动、感人?——两问,就涉及了此作真正采写成功的原因。

作品的主要部分是人物对话(认识结果),对话的主要成分是特写语言。如果作者不走进车马店,不偎着车马店的火炕与驻店农民一起言谈欢笑,那么,记者叙述的这场真切、生动、感人的热火朝天的特写对话,我们或许只有机会在文学作品中看到了。可是《夜宿车马店》却是一篇地地道道的难得的新闻佳作!我们从字里行间发现,作品中的每一句特写语言的产生都有可见可闻的真实条件。如:"记者在暮色苍茫中来到车马店的时候,老远就听到里面传出庄户人爽朗的笑声和牲口的叫唤声。进店一看,宽敞的院子被进城来卖粮卖油的车辆挤得水泄不通。店堂里灯火通明,满屋子的人拉呱得挺热火。"——记者由远及近而来,从老远听到,到近处看到,最后置身现场。

再如:"车马店的老炊事员周二旦一边飞动着菜刀,一边乐呵呵地说"——不是隔墙听戏,而是面对面看着别人的喜悦,听人说话。又如:"贾大个子,如今你肚圆了,兜鼓了,可前几年记得你进城拉返销粮时,在店里光吃点窝头。"——现场人物特写语言的真实记录。记者在这篇作品中的文字表现力主要体现在能够对现场诸多无关和有关对话,围绕传播思想的提炼功力上。它居于记者尊重传播条件的从属地位。

本章小结

通讯是比消息更为详尽和形象的报道典型人物和客观事物的新闻体裁,目前我们所称的"通讯"是指报纸、刊物等媒体中运用的除消息以外包括各类通讯、特写、专访等所有详报型(或曰深度型)新闻体裁的总称。新媒体对传统媒体及其新闻文体产生了深刻而深远的影响。以微博为代表的新媒体的碎片化、浅表化、情绪化,既赋予传统媒体上以深度与理性见长的通讯文体大显身手的机会,新媒体的互动性、开放性及个性化等传播优势又暴露出当代通讯的发展短板,变革势在必行。新媒体环境,给以深度报道见长的通讯提供了大展拳脚的舞台,要强化通讯的视觉传播力的改革方向。叙事记述型通讯重视新闻性,写出报道对象的神韵来,致力于形成作品的感染力。调查分析型通讯,注重探究事物的本质,注重分析事情的成败得失,注重对受众产生理性影响。谈话实录型通讯,评析这类通讯要看下述关键点:是否选好谈话的题目、人选和场合;是否熟悉谈话所涉及的内容;是否准备好质量较高的问题。实录谈话也应讲究技巧:恰当地进行剪裁取舍、巧妙地插入现场描写、机智地进行记者点评。

思考与练习

1. 根据本章首篇例文分析一下,在全媒体环境下通讯作品文体发生了哪些演变?
2. 叙事记述型通讯的感染力主要表现在哪些方面?试举例说明。
3. 用自己的语言评析一下本章三类通讯例文的写作特点。

第十三章 新闻评论类作品评析

新闻评论,是新闻传播机构所发表的各种评论形式的总称。它是针对现实生活中的重大问题、新闻事件直接发表意见、阐明观点、表明态度的一种以说理为主的论说文体。新闻评论往往就最近的新闻事实发表评论,故新闻评论多为时评。时评的复兴是我们这个时代新闻传播界的一个耀眼的特征,甚至可以说是我们这个时代的一个重要事件。

第一节 新闻评论的基础知识

自20世纪初的1904年由《时报》开创而横空出世,时评这一新闻评论新品种,伴随着时代的大变革应运而生,为社会的大改造而呼号呐喊,其自身的发生发展也与时沉浮,随世兴衰,时隐时现。

随着人类社会进入20世纪末、21世纪初,互联网这个搭载了高科技发展起来的新兴媒体形式的高速发展,以及更加开放、更加宽松的社会舆论环境的出现,使得时评再一次地兴盛起来,而且不再限于报刊等纸质平面媒体,亦为广播、电视、网络等新兴电子媒体所青睐,翻开报纸、打开电视、点开网页,时评四面开花、蔚然成风。

现在的评论形式很多。

传统媒体报纸的评论有:社论、评论、短评、特约评论员文章、编者按、编后、时事述评、综述、小言论、今日谈、专栏评论。

广播电视有:电视评论、广播评论、今日说法、新闻1+1、实话实说、一虎一席谈、今日有话说、天天有报读、时事纵横、中国之声等。

网络评论有两种存在形式。一种是传统媒体新闻评论的翻版或延续,如人民网的"人民时评""网友说话"等栏目;人民网观点频道有三个富有特色的子栏目:"评论靶子""观点碰撞""图说世象"。"评论靶子"栏目由"评说由头""推荐参考""编辑点题"和留言板构成。另一种形式是网络媒体论坛,这里的确种类繁多。另外,还有博客、微博、微信等多种形式的评论,不一而足。

一、不同媒体新闻评论的特点

(一)报纸媒体新闻评论的特点

报纸仍然是新闻评论的中流砥柱。新闻评论近几年在国内各种媒体平台上都发展迅速。与互联网、广播、电视等媒体相比,报纸在资讯的短平快、形象传播和编读互动等方面明显处于劣势,只有靠思想的深度和文化的张力才能赢得读者。由此,评论对于报纸的重要性更加凸显。特别是新闻报道中报纸的时评起到中流砥柱的作用。

由凤凰网资讯中心评论频道组织发起,清华大学、中国人民大学等八大名校新闻学院院长亲自评选的"2014年影响中国的十大评论",入选的篇目有《人民日报》的评论《公共辩论,求真比求胜更重要》,《新京报》社论《警惕"训诫中心"异化为新的劳教所》,《长江日报》的《警察打死讨薪者是一场正义危机》等十篇评论。凤凰评论希望通过此次评选,以评论的视角,言论的尺度,对2014年的新闻舆情进行梳理回顾,为读者提供有价值的"精神年货"。[1] 这十篇评论有八篇来自报纸,另来自杂志与网络的各有一篇。这里,报纸评论占80%。

从前述的报纸新闻评论的事例中,可以看出报纸媒体积极介入新闻事件传播,主动发声引导舆论,由于报纸的新闻评论原创性多与权威性强,纷纷为其他媒体转发。《人民日报》高级编辑马小宁说,在新媒体时代,报纸的灵魂是评论,评论代表的是这份报纸向读者所要传达的价值取向。在《人民日报》的国际评论中,目前最受舆论瞩目的是署名为"钟声"的评论。在借助网络获得信息的同时,《人民日报》的评论也利用网络传播扩大影响,目前"钟声"评论,外媒转载率接近100%,这已经成为人民日报提高国际传播能力建设所取得的成果之一[2]。

(二)广电媒体新闻评论的特点

1.评论角色的多元化

第一种是与事件相关的专家学者成为最具权威的主要评论者。如2008年中央电视台对"我国南方暴风雪""汶川特大地震"及2015年的"天津港爆炸"等一系列重大突发事件进行了全程报道与及时评论。其中与各事件相关的专家学者成为央视报道该事件最具有权威度的主要评论者。这些专家绝大多数是与事件相关的研究领域的知名度与权威度很高的资深研究人员,他们结合事件的进展情况进行评论,增强了评论的权威度和说服力。

第二种是现场记者担负着报道及评论的双重任务。在重大新闻事件面前,现场记者的报道,亦是报道亦是评论,不容易区分,从某种程度上来说,其承担着报道与评论的双重任务。就"汶川地震的新闻报道",如央视与央广的现场记者通过电话报道四川地震的情况,一方面结合自身的感受对现场的真实情况进行报道;另一方面也对地震给四川带来不同程度的影响进行评论。

第三种是与事件有直接关系的人员成为事件评论的主要对象。这些人员的言论在一定程度上也具有评论的性质。

---

[1] 时事话题_凤凰评论.2014年影响中国的十大评论揭晓[EB/OL].(2015-02-11). http://news.ifeng.com/a/20150211/43156628_0.shtml.

[2] 马小宁.报纸的灵魂是评论 让外界更好地理解中国[EB/OL].(2012-09-02). http://news.hexun.com/2012-09-02/145382272.html.

2.评论及时准确,有一定的持续性且有不同的侧重点

重大新闻事件评论及时准确。比如"汶川地震"发生后,央视和央广各个主要栏目起初把正确解读地震原因、正确救援、正确的心理安抚等作为评论的重点,体现媒体的社会责任意识。当然,央视和央广对重大突发事件的新闻评论有持续性也有侧重点。

3.舆论导向明确,解释性凸显

舆论导向明确。能在第一时间对于时事要闻发表自己的意见和观点,阐明独特的见解与态度,是广电媒体利用自身时效迅速的优势扩大影响力的有效渠道。

解释性凸显。即对事件的来龙去脉,有理有据地展开分析和讨论,以科学理论来解释事件发生的原因。

4.新闻评论已成为广电媒体言论立台的重要内容

一个真正有影响力的媒体显然不再仅仅是一个信息发布者那么简单,经它选择和处理过的信息在受众进行有效决策中所起的作用越大,媒体的影响力也就越大。广电媒体的主持人、评论员等担任着信息把关人的角色。他们特别重视新闻评论,这个内容已成为其言论立台的重要依托。

(三)网络与新媒体新闻评论特点

1.即时交流、畅所欲言

互联网打破了时间和空间的限制,加上网民身份的隐蔽性,给我们提供了一个空前自由平等的信息发布平台。与传统媒体的新闻评论相比,网络新闻评论的时效性大大增强,评论内容也将媒体立场、媒体风格、文字、逻辑以及技术等的限制降到最低程度。

2.意见表达的多元性

与传统媒体新闻评论往往反映舆论相对一律、关注点相对单一相比,网络与新媒体的新闻评论参与者众多,论题极为丰富,同一论题的各方见解也是各有千秋。

3.对某一主题易形成强势传播效果

网络媒体可以采用超链接的形式,使议题不是单条呈现,而是形成一组融新闻、评论、相关背景知识于一体,多角度、多侧面的立体化表达模式。这样的制作,易于引起民众广泛的关注,从而形成强势传播效果。

4.准入门槛低降低评论质量甚至产生负面影响

网络与新媒体发布的新闻评论,由于准入门槛低,人人都有"麦克风",人人都可发言。特别是微博、微信等自媒体发布者利用碎片化时间,把自己对热点新闻事件的直观看法随时发布,缺乏深思熟虑,容易充斥不文明的用语和十分个人化的偏激思想。面对一条新闻,多

数发言为一句或几句话,甚至可能是口水帖,这样的评论不可能是理性的探讨和建设性的争论,往往是不负责任的牢骚或谩骂,甚至对新闻传播产生负面影响。

二、新闻评论的功能

全媒体时代,新闻传播的方式发生了翻天覆地的变化,传播技术的发展进步,导致各家媒体在这种条件下很难有自己的独家新闻。然而,媒体对于突发新闻的评论却大有用武之地,各类媒体大可利用自家特长,在新闻评论上大展身手。这些评论具有下述功能。

(一)汇聚社会舆情,影响社会舆论

在网络中活跃着一大批见解独到、文风中肯、论评精辟的"民间舆论领袖"。如"强国论坛"的网友"金笔头""强国安民""正在思考""云淡水暖"等。

(二)为政府决策提供参考,促进政府的廉洁高效

广大网友多方意见的反馈给政府决策提供了可贵的参考,群策群力的优势显露无遗。同时,网友的持续关注与监督,也客观上促进了政府的廉洁高效。

(三)释放社会情绪,培养和提高公民的理性

有了这样一个释放空间,有利于化解社会矛盾,增强社会认同感,从而实现疏导、安抚的减压作用。

(四)新闻评论是舆论引导和舆论监督的最适合方式

面对新闻事件特别是突发事件舆论引导的巨大挑战,新闻评论可以说是最为适合的舆论引导方式。新闻评论担负着传递信息、观点的职能,在突发事件中,它针对性强,话题灵活广泛;时效性快,能够在第一时间进行同步现场传播;影响范围广,能够通过现代传媒将几乎所有的受众覆盖到。因此,在新闻事件当中,新闻评论应该当仁不让地承担起这个重要的作用。

三、新闻评论的特点

(一)主动发声,引导舆论

2012年5月26日凌晨,深圳滨海大道发生"跑车男"夜载三女醉驾飙车与同方向行驶的两辆出租车发生碰撞,导致出租车内3人当场死亡的重大车祸。深圳《晶报》反应迅速,该报从5月29日到31日三天之内,在社论版连续发表了7篇社论。[1]

"报纸或许不能直接告诉读者怎样去想,却可以告诉读者想些什么。"[2]这是美国政治学

---

[1] 陈昕瑜.新闻评论贵在积极介入本地突发公共事件[J].新闻记者,2012(7).
[2] 李彬.传播学引论[M].北京:新华出版社,1993:142.

家伯纳德·科恩1963年对议程设置提出的独到表述。《晶报》社论在设置议程时，与公众议程、官方发布的权威声音良性互动，既没有强迫读者、公众"怎样去想"，也没有淹没于网络舆论，更不是一味地被深圳交警发布的官方声音所左右，而是从多个维度对事件条分缕析，告诉读者《晶报》"在想些什么"，为受众提供自己的价值判断作为参考。

28日，深圳交警为飙车案召开第一次事故通报会，介绍此案的相关情况，就有关死者家属及网络舆论的"顶包说"，给出"肇事司机没有顶包"的明确结论。但这次新闻发布会后，传言、猜测仍然满天飞，网友们将自己的见闻、推测、分析等在网络上分享、交流，每有新证据和新进展出现，都会引来众人围观。之所以如此，是因为"5·26"车祸属醉驾飙车，致三人殒命，性质恶劣，且所驾红色豪华跑车极易引发公众对于有关特权和金钱的想象。

对此，《晶报》于29日发表社论《飙车案疑云未散，公民围观有助真相呈现》，一方面肯定警方结论有一定的证据支撑，另一方面对案件的疑点进行分析，提醒警方在提供的视频中存在证据链条的缺失。同时强调，"公众围观这起飙车案的进展情况，也是积极行使公民参与权的体现。参与围观者，或是因为好奇，或是因为对权钱勾结的憎恶，但不管怎样，都是出于探求真相的善意，在此过程中所展现的公民意识也极为可贵"。社论肯定了公民围观的价值所在，呼吁既要尊重警方的专业判断，又要呵护公民对公共事件的关注热情。

社论的立场得到了深圳交警部门的认同。针对网络、报刊、电视等媒体此起彼伏的质疑声浪，深圳交警部门29日召开此案的第二次事故通报会，公布跑车肇事案10项新证据。此时，真相一步一步浮出水面，但事件发展及网络舆论聚焦在三个方面：第一，对警方的结论仍然存在疑虑；第二，对飙车的管理问题表示忧虑；第三，出事车辆是比亚迪生产的电动出租车，比亚迪是位于深圳的企业，其产品的安全性能也引起公众担心。

30日，《晶报》社论版用整版篇幅发表三篇社论，主社论是《我们关注"5·26"车祸，因为深圳是我们的家》，肯定深圳交警为一次车祸连开数场事故通报会的做法，认为"正视并勇于回应公众质疑，是警方职责所在，也展示了其自信和坦诚。而公众对真相的孜孜以求，更体现了对公共事务的关心和对城市的热爱"。社论将事件与深圳形象、深圳人的家园感联系在一起，鼓励公众继续追寻真相。

第二篇社论《飙车"飙"的是什么》，批评了一些人将"飙车"当成一种生活方式，飙车"飙"的是特权，是建立在金钱、身份之上的心理优越感，是对自己以及他人生命的漠视，更提出，"相对于各种雷厉风行的查处醉驾行动，因飙车而被查处并治罪的似乎寥寥无几。正是这种有意无意的放纵，造成了飙车猛于虎的惨烈现实"。

第三篇社论《比亚迪回应社会关切是责任也是契机》，提醒"躺着中枪"的比亚迪主动回应公众的关切，认为"企业回应社会疑问则是体现企业诚信和尊重市场、尊重消费者的必要之举"。

这三篇社论层次清晰，立体感强，呼应各方声音，在舆论喧嚣之际，发出理性声音，既不媚"官声"，也不迁就"网声"，而是坚定支持还原真相，促使公权行使更公开透明。

30日中午，"深圳市人民检察院"微博宣布介入事故侦查；当日17时，深圳交警召开第三次事故通报会，公布DNA鉴定结果，显示车上物品和血迹均与肇事司机侯某STR分型一致，可确定不存在顶包。同时，"深圳交警"微博发布视频，对视频中肇事者头顶出现的光圈进行释疑。可以说，警方提供的证据更加充分。但事件继续发酵，包括央视、新华社等在内的众多权威媒体都对此事予以了跟踪报道。对此,《晶报》在31日继续前一天的规模,在社论版上再发三篇社论。

深圳《晶报》对于突发事件及时主动发声,连续多次发表突发新闻评论,主动介入当地突发事件,及时正确地引导了舆论。2013年10月12日,深圳飙车案在深圳中院一审宣判,酒后驾驶豪华跑车闯红灯超速飙车的肇事司机侯培庆以危害公共安全罪获刑15年,剥夺政治权利5年。

(二)观点鲜明,针对性强

新闻评论要针对新闻事件产生的影响与人们心中的疑惑,鲜明地亮出正确观点,指引新闻传播方向。在2008年5月13日汶川地震发生的第二天,《人民日报》的《人民时评》就发表时评《灾难中凝聚沉着的力量》,指出灾情牵动着党中央和国务院领导的心,也牵动着全国人民的心。胡锦涛总书记发出重要指示、温家宝总理当即赶赴灾区……全国各界迅速行动起来。《人民日报》的这些突发新闻评论针对人民群众普遍关心的、与自身利益密切相关的、希望进一步了解的问题、事件,运用评论及时加以阐释与解读。《人民时评》在5月24日发表的《灾难中的孩子选择坚强》中写道,"苦难中的孩子已经不再哭泣,他们沉静地拿起书本,他们一脸阳光地奔跑在球场,他们充满好奇地研究各地的好心人捐赠的玩具。尽管,不少孩子永远失去了至亲的人,不少孩子的脸上、手上还有灾难的伤痕,不少孩子晚上只能蜷缩在简陋而拥挤的帐篷,不少孩子的书包和课本,永远留在了瓦砾堆中……可是,他们不约而同地选择坚强,选择美丽地活下去"①。是的,孩子是祖国的花朵,更是家庭的希望。那么他们现在的生活状况如何呢?这都是人们急需了解和关心的问题,《人民时评》选择这些评论内容就大大增强了突发新闻评论的针对性。

(三)实事求是,通俗易懂

正如《人民日报》主管评论工作的副总编辑米博华所说的:"全面准确不等于空泛枯燥、套话连篇,说一些永远正确的话,讲一些大而无当的道理。而必须贴近实际、贴近生活、贴近群众,力求使读者在轻松、愉快的阅读中受到教育和启发。"②我们说,没有生动活泼,再大的嗓门、再正确的道理也不会入脑入心;同样,没有准确全面,花里胡哨的文字只能是持之无据的空谈。

2008年发生在我国的汶川大地震,是一场震惊全球的大灾难,举国同悲,举世瞩目。这无疑是一个十分沉重的话题,但并不排斥在论述中使用融情于理、动人心魄的语言。《人民日报》于当年6月2日发表的《灾难中挺立伟大的中国》一文(获第十九届中国新闻奖新闻评论一等奖),在评述中国人民抗击天灾的英雄壮举时写道:"我们看到为同胞罹难的极度悲痛,看到在危难时刻众志成城的强大凝聚力,看到这场灾难所唤起的高尚品德和伟大情怀。"据说,在修改这篇文稿的时候,作者们都沉浸在情感的波涛中,没有遇到任何认识上的隔膜,感动传递着感动,激情延伸着激情,思考接续着思考,这一切都不由化作有声有色、有情有

---

① 李雪.新闻时评在重大突发事件中的创新与突破[J].新闻采编,2008(6).
② 丁法章.全媒体时代党报评论应对方略[J].新闻记者,2012(12).

义、生动绚丽的文字。①

(四)传播科学,消除谣言

2011年发生的日本"3·11"地震是一个复合式的灾难:先是地震,然后是海啸,接着是核泄漏。地震和海啸一掠而过,而核电站却在地震后数天一直处于泄漏当中。数十年前,苏联的切尔诺贝利核电站爆炸引发的巨大伤亡和污染不由自主地在很多人的脑海中浮现。在信息不明和对核知识不了解的情况下,我国开始出现许多谣言。为了辟谣,包括央视在内的媒体都发布了核辐射不会影响中国的新闻报道。众多媒体也纷纷刊发评论文章,对此进行澄清。

当年3月16日《珠江晚报》刊发了羽戈的文章《地震谣言有多可怕?》,指出相比于谣言本身,传谣的社会心理更加可怕,更值得重视……信仰与信任破产的另一面,是社会公信力的破产。同日,《京华时报》刊发了百岭的文章《理性对待灾后谣言》,指出民众应该相信科学,很多谣言根本违背基本的科学常识。同时,政府也应该关注民众对信息的需求,及时发布所掌握的信息,用事实说话,平复不必要的恐慌。《新京报》刊发的魏英杰的文章《辟谣既要科学又要通俗》,对国内一些媒体通俗地传播科学知识提出了褒扬。文中称国家环保部从15日起,除表格式的报告外,以"汇总图"的形式发布全国省会城市和部分地级市辐射环境自动监测站实时连续空气吸收剂量率监测值,可谓典型范例。②

这些新闻评论都以充分的事实材料,阐述科学道理,及时地制止了谣言传播。

第二节 新闻评论评析技巧

一、评析新闻评论作品就是评论之评论

评析新闻评论作品就是评论之评论,是学习和研究新闻评论写作的基本功。

学习评析新闻评论作品的目的,一方面是为了推荐作品(或者批评作品),总结他人的成功经验(或者教训),提高鉴别能力,以推动新闻评论事业的改革和发展;另一方面则是为了扩大视野,充实自己,增强鉴赏和评析的实际能力,锻炼科学研究的基本功,提高新闻评论写作的水平。

(一)怎样着手进行评析

分析作品首先从物色并确定评析对象入手,也就是选好适当的作品。作品理应具有一定的写作特点,具有可析性。同时,也要考虑到分析这篇评论作品对实践能否起借鉴的作用。

评论作品确定以后,就进入了阅读作品的阶段。认真阅读是理解和分析的前提。对评

---

① 丁法章.全媒体时代党报评论应对方略[J].新闻记者,2012(12).
② 陈明.论突发事件中新闻评论的舆论引导力[J].媒体时代,2011(8).

析的作品要多读几遍。看第一遍印象总是比较模糊、零散,而当读第二、三遍时,认识才能逐步明确、深化和系统化,才能加深自己的理解。

阅读时,考虑到不同文体、不同表述方式和不同类型的评论作品的不同要求,我们可以从以下方面作全面的是非优劣的权衡:

——选题立论是否符合客观形势、社会实际和中心工作的需要,是否有的放矢,是否抓住了关键性矛盾或切中了时弊;

——对解决有关社会矛盾或人们的思想疑虑,是否有独到新颖的见解、角度和论据;

——文章的标题是否精当、吸引人;

——在说理论述方面有什么特点和经验,用了哪些有效的方法,是否心平气和、以理服人,使人入耳入脑;

——结构、语言和辞章文采方面有没有明显的特点或创新,文字是否生动、流畅。

只有在对上述五方面进行全面权衡的基础上,才有可能分析并概括出主要特点,从而进行具体评析。

评析新闻评论作品的方式很多,基本的有以下几类:重点评析、比较评析和专题评析。日常情况下一般采用重点评析的方式。所以,下面着重讲讲重点评析方式。

所谓重点评析,指的是就一篇作品从以上所述的五个方面进行全面权衡,特别是在对选题立论、说理论述和辞章文采三个方面全面考察的基础上,通过分析并概括出主要特点进行评述和分析。至于评析的做法和范围,可以从几个方面,或侧重其中一个方面兼顾其他方面,或概括出一个新的特点从几个方面串起来进行评析。

(二)写作评析稿的基本要求和方法

1. 在全面权衡的基础上进行重点评析

全面权衡包括将选题立论、标题、说理论述和辞章文采诸方面联系起来进行全面考察;将思想分析和艺术分析互相结合起来进行探索和分析;一分为二地进行实事求是的权衡和评价,以防止绝对化和片面性。

在全面权衡的基础上进行重点评析。包括确定作品的优缺点,确定作品在写作上的主要特点。同时,要力求全面与重点的结合,在全面权衡的基础上抓住重点,在突出重点时力求兼顾全面。

2. 有分析,有概括

作为分析文章自然贵在分析。不过,作为好的分析文章,理应在分析说理的基础上,还要进行抽象和概括。唯有这样才能去粗取精,由此及彼,虚实结合,从感性阶段上升到理性阶段,由现象深入到本质,使零星的见解条理化,使个别的经验具有普遍的意义,从而产生中肯而又独到的见解。

3. 注重评析的规范性

在写作评析稿时,以往有不少学生稿件不合规范。有的不作具体分析,而以作品的内容大意加断语或表态来代替分析;有的缺标题;有的用书上的观点生硬地套在作品头上,观点和材料缺乏有机联系;有的采用简答题的方式作答,未能形成文章的样式,等等。这样势必影响作品的水平。

(三)新闻评论作品理应体现的要求

第一,概念、术语和判断要准确,符合科学性。

第二,要拟个标题,标题要包括主题和副题,力求准确并突出重点,醒目并吸引人。

第三,要形成文章的样式。正确的格式应当有标题,有行文,有分段,有开头和结尾,字数以800字左右为宜,文字以朴实、平易、中肯为好。

第四,分析要具体,不要笼统;要言之有理,不要泛泛而谈;要实事求是,不要简单片面;要坚持一分为二的思想方法,努力做到充分肯定优点与适当指出不足相结合。在肯定优点时不宜随意吹捧,在指出不足时也不要简单武断,尽量采取商讨的方式,必要时积极提出修改建议。

二、新闻评论作品的评析方法

新闻评论属议论文,议论文中的立论和选题是不可分割的两个方面。选题是立论的基础,立论是选题的思想升华。如果说选题的主要目的是提出问题,选择议论作文的方向;那么立论就是经过思考酝酿,提出解决问题的论断和结论。在评论写作中,选题是写作的前提,立论是写作的关键,也是写作的难点。一篇文章的中心论点确定了,对整篇文章就可起到纲举目张的作用。成功的评论中心论点的确定,应具备的基本要求是针对性、准确性、新颖性和前瞻性。

(一)从选题入手进行评析

评析选题的标准要掌握下面几条:是否具有现实性,是否具有针对性,是否具有思想性。

(二)从立论入手进行评析

1. 看有无针对性

任何议论文都应有很强的针对性。所谓针对性,主要是指能够有的放矢、针砭时弊,面对矛盾,帮助人们正确认识一些事物,能够产生积极的社会效应,对矛盾的解决有实实在在的帮助。而不是无病呻吟、夸夸其谈、搞文字游戏、八股文。

新闻评论的立论的针对性,应是由给定资料引发的主要问题的论述。针对资料反映的主要问题,提出自己的看法,正确引导舆论和指导实践,或提出解决问题的思路和方法等。

2. 看有无准确性

立论在找准了针对的问题后,首先需要具有准确性。立论违背了准确性,就会失去人们的信赖,甚至直接导致人们思想上和行动上的混乱,酿成错误的舆论导向。立论的准确性主要体现在以下几方面。

第一,概念、论断要准确。概念不准确就容易产生歧义,论断不准确就容易引起思想混乱。例如:近几年"老板"一词相当流行。不仅私人企业的经理被称为老板,国家企业甚至国家机关的领导干部也被称为"老板"。其实,"老板"这一概念是有其特殊含义的。在旧社会雇工称工厂、商店的所有者为老板。改革开放的今天,这个称谓即使可以沿用,也只适合私营企业的所有者。而对国有企业的管理者显然是不适合的,对国家机关的领导干部就更不适合了。再如,一家报纸自诩观念更新,思想前卫,提出市场经济就应该"怎么赚钱怎么干""大利大干、小利小干、无利不干"的论断。这些论断忽视了立论的前提和条件,容易引起人们思想上的混乱,显然是不准确的,甚至是极为错误的。试想,一些有损于国格,违反党纪国法,不顾社会公德的钱能挣吗?

第二,提法、表述要有"度"。世界上很多事情难就难在对"度"的把握上。立论准确,在文字的提法和表述上也必须掌握好"度"。如孤立地强调矛盾的某一方面,很容易导致片面性。如有人提出"知识就是人才",其实这句话是不准确的。比如一些有一技之长、有艺术天赋的人,并不一定与知识相连,但也是人才。所以,应该是对国家建设有用之人都是人才。

第三,要符合法律法规。任何立论都不能违背国家的宪法、法律、法规。尤其是公务人员更应自觉维护法律的尊严,不能做有悖法律的事,当然也不能发表违背法律的言论。

第四,不能搞虚夸。在"大跃进"和"文革"期间,广泛流传着这样的口号"不怕做不到,就怕想不到""人有多大胆,地有多大产",这些论断脱离实际,违反了社会和自然的发展规律,是陷入浮夸不实和主观唯心主义泥潭的产物,给我国社会主义建设事业造成了极大危害。因此,要想立论准确,必须摒弃一切虚夸成分。

第五,要合乎逻辑。有一个人在抗击"非典"期间,写了一篇文章,想在报纸上发表。文章的题目是《应有预见性地对 SARS 病毒进行研究》,文章责怪医药部门在"非典"发生前没有对 SARS 病毒进行防治性研究。这显然是不合乎逻辑的。因为 SARS 病毒是刚刚发现的一种新病毒,人们不可能在它出现之前去研究它。所以这篇稿件理所当然被退回了。

3. 看有无前瞻性

所谓前瞻性指的是对矛盾的发展及其结局要有科学的预见性,以便站在时代潮流的前面引导舆论,推动社会的发展。观点要有前瞻性,就必须要有敏锐的嗅觉,能够透过现象看到事物的本质,从事物的表面看到事物的根源;还要有洞察力和预见性,能够及时洞察现有的矛盾和预见将会出现的矛盾,尽早去发现事物的内在规律及发展趋势,并设想出解决的办法和途径。

4. 看论点是否鲜明而新颖

提出的论点应该是旗帜鲜明的,赞成什么,反对什么,要明确表明自己的观点,绝不能模棱两可、暧昧不明。同时,论点应力争有新意,独特新颖。如1991年1月4日《人民日报》有一篇小论文,是针对一农民在其女儿生病期间不去问医看病,却去请巫婆装神弄鬼,结果将自己的女儿活活烧死,这样一个活生生的事例撰写的文章。文章的标题是《精神上也要脱贫》。这个题目提出了一个非常新颖的课题:在物质脱贫的同时,也要加强农村的精神文明建设,让农民在"精神上也要脱贫"。这个观点就非常鲜明、新颖,引起了社会的广泛关注。

(三)从作品要素进行评析

1. 从论点上进行评析

论点要科学正确、富有新意、鲜明全面。

2. 从论据上进行评析

论据材料应该真实而准确,典型而充分,论据和论点间要有逻辑联系。

3. 从论证上进行评析

论证就是要运用和组织论据去说明和证实论点的过程和方法,把材料和观点统一起来,组成一个完整的说理体系的过程。要看其论证过程是否严密,是否有逻辑性,是否有"推不出"的错误。

三、语言文风评析

对于行文语言要求朴素自然、平易近人,恰如其分地运用修辞,语言充满真情实感。

第三节 新闻评论评析实例

一、新闻评论作品案例

网约车最大的敌人是自己

熊 建

服务质量,是网约车的看家宝;用户体验,是网约车的生命线。如果不能在这方面持之以恒地保持、优化、提升,那么将来打败网约车的很可能是它自己。

前几天,有朋友乘坐优步网约车,因为司机不打招呼绕了远路,双方起了争执。结果,司机靠边一停:下车吧,不拉了。朋友只好另外搭车,后经找人投诉,优步退了钱,道了歉。

笔者说这事,并非针对优步,而是心有隐忧。最近对网约车服务方面的抱怨,无论人际传播还是媒体报道,都渐渐多了起来。

网约车当初能够异军突起,并最终争得合法地位,说到底,靠的是价格和服务。各种玩命的补贴,各种暖心的服务,让网约车赢得了口碑,也赢得了市场。

打下了江山,还得守得稳、坐得住。蚀血本的价格战自然不能持续,企业终究要赚钱。那么剩下的,就只有服务了。

服务质量,是网约车的看家宝;用户体验,是网约车的生命线。眼下,各地正在出台管理细则,一些网约车公司颇有担忧。其实,更该警醒的,是公司自身的管理和服务。如果不能在这方面持之以恒地保持、优化、提升,那么将来打败网约车的很可能是它自己。

如何保证服务不滑坡、体验不变糟呢?

首先,各公司要从意识上认清用户体验对企业发展的极端重要性,切不可大意失荆州。

然后,内部管理上再加把劲,持续探索创新,从程序上、制度上提高对司机的约束力,确保服务水平。

有的网约车平台,对司机的约束力不足。打分机制更多是鼓励,惩处力度不足。对个别"任性"的司机来说,一旦和乘客发生纠纷,顶多退钱,最严重的结果也不过是封号,大不了换一家网约车平台继续干。

有的平台,投诉渠道不畅。比如优步软件,投诉电话藏得深、很难找,以至于连司机都敢说"你去投诉吧,反正没电话"。快速投诉、双向沟通渠道的缺失,既降低了乘客的满意度、安全感,也滞缓了公司对一线运营情况的把控。长此以往,乘客很可能用脚投票,卸载软件。

我们不少人都获益于网约车,真心希望它能一直好下去。如果因为"交友不慎"、管理松懈而导致失分,甚至失去市场的话,真怪可惜的。

来源:《人民日报》2016年10月11日

二、新闻评论作品评析

网约车发展关键性因素不是价格战而是服务
——评析《网约车最大的敌人是自己》

宋庆梅

这篇评论的选题瞄准了当下社会中网约车发展中的服务质量和用户体验问题,具有较强的现实性。作者根据当下网约车的发展前景,简要概括了其能够快速发展的原因,也点出了它想要长远发展所面临的问题,"打下了江山,还得守得稳、坐得住",这也是大多数网约车平台所要解决的问题,作者的这篇评论对于网约车平台的发展状况具有一定的现实意义。作者在评论的文章中选择了具有现实性的评论对象,使整篇文章成为了有意义的言论。

一篇好的言论类作品必须有一个顺应时代的选题,而这个选题一定要有鲜明的针对性。笔者针对网约车在发展过程中的服务问题提出了相关的问题,并针对这一问题提出了相应的建议,使言论的针对性落到了实处。

评析一篇言论作品是否优秀,还要看它的选题是否具有思想性。选题是言论类作品写作的第一个环节,只有选题具备了思想性,整个言论作品能才具备思想性。笔者点出"蚀血本的价格战自然不能持续,企业终究要赚钱。那么剩下的,就只有服务了"这一思想,突出网约车发展前景中的关键性因素不是价格战,而是服务问题,否则阻碍网约车发展的就可能是其本身了,显示出了不同于他人的思想闪光点。

立论是整篇文章纲领性的内容,担负着统率全文所有观点和材料的任务,立论是对论题的深化和升华,是写作过程中的关键性环节。立论要富有新意,因为言论类作品本来就是以阐述观点为主要表达方式的一种体裁,如果没有了新意,仅仅是说理,就会失去吸引力,作品也就失去了活力。作者提出了"服务质量,是网约车的看家宝;用户体验,是网约车的生命线"这一论点,向读者揭示了网约车平台发展的关键性因素,既提醒了网约车平台在发展过程中所应侧重的方面,也代表广大的受众表达了对网约车发展的期望。

从言论的结构上分析,作者的这篇言论采用的是递进式结构,文章在选择材料、提出观点的时候,各个层次之间存在着深度的差异,这使得论述由此及彼、由表及里地层层展开。该文首段便提出论点,然后用一件事例引出作者想要表达的观点,最后一步步深入论点,从网约车服务态度问题谈到网约车快速发展的原因以及需要持续发展应该改善进步的方面,使得每段的内容、意义环环相扣、首尾衔接。而在言论开头快速抛出论点"服务质量,是网约车的看家宝;用户体验,是网约车的生命线",让读者对作者的观点一目了然,符合现代读者线性阅读的习惯,从而有助于取得较好的传播效果。

言论类作品的写作是一种说理性的写作,在内容上要注意选题立论的正确有益,在写作方式上还要讲究形式美,具体地说就是讲究修辞和说理的艺术。这篇言论语句简洁明快、表意形象,多用俗语和鲜明的比喻形象表达,如"大意失荆州"、"打下了江山,还得守得稳、坐得住"、"如果因为'交友不慎'、管理松懈而导致失分"等,语言朴素自然,平易近人,在最后对于网约车的呼吁也是发自肺腑,语言充满真情实感。

(作者系武昌首义学院新闻与法学学院新闻专业1401班学生)

本章小结

新闻评论是新闻传播机构所发表的各种评论形式的总称。它是针对现实生活中的重大问题、新闻事件直接发表意见、阐明观点、表明态度的一种以说理为主的论说文体。不同媒体的突发新闻评论有不同的特点,报纸仍然是突发新闻评论的中流砥柱。广电评论角色多元化,新闻评论已成为广电媒体言论立台的重要内容。网络与新媒体新闻评论的特点:即时交流、畅所欲言,意见表达的多元性,对某一主题易形成强势传播效果,准入门槛低,降低评论质量甚至产生负面影响。新闻评论的功能,汇聚社会舆情、影响社会舆论,为政府决策提供参考、促进政府的廉洁高效、释放社会情绪、培养和提高公民的理性,新闻评论是舆论引导和舆论监督的最适合方式。评析新闻评论作品就是评论之评论,要在全面权衡的基础上进行重点评析;应有分析,有概括;注重评析的规范性。评析方法可以评析选题,标准看选题是否具有现实性、针对性、思想性;从立论入手评析文章的原则:要有针对性、准确性、前瞻性、鲜明而新颖;作品要素评析应注意:论点要科学正确、富有新意、鲜明全面;论据要真实而准确、典型而充分、论据和论点间要有逻辑联系;语言文风要朴素自然、平易近人,恰如其分地运用修辞,语言充满真情实感。

思考与练习

1. 全媒体背景下新闻评论出现哪些特点?
2. 广电媒体已有"言论立台"的主张,说说这些媒体新闻评论的特点。
3. 从立论入手评析一篇新闻评论应该如何进行?

媒体篇

- 第十四章　报纸新闻作品评析
- 第十五章　广播新闻作品评析
- 第十六章　电视新闻作品评析
- 第十七章　网络新闻作品评析
- 第十八章　新媒体新闻作品评析
- 第十九章　融合新闻作品评析

第十四章 报纸新闻作品评析

近代的中国报纸已经有百余年的历史,到 20 世纪末,传播技术革命使得中国报纸面貌发生深刻变化。新技术手段的介入使得新媒体形式频繁变革,2006 年博客、2007 年播客、2010 年微博接连成为亮点,2012 年 9 月微信用户突破 2 亿,许多官方网站专注于视频访谈或记者视音频播报,网民可把照片和音频文件上传到网上,两会花絮、图说两会、采访感悟、编辑心得等报道形式丰富多样,大量网民跟帖和评论又成为新的报道素材和形式。报纸为应对新媒体挑战,一方面,发挥自己的长处,在深度报道、系列报道、报纸专栏上大显身手;另一方面,也在报纸版面、副刊上汲取新媒体的优点,展现出新的面貌。本章除介绍报纸文体发生的演变外,着重介绍报纸在系列报道、专栏、版面、副刊上的新变化及评析。

第一节 报纸新闻体裁的演变

一、新媒体影响报纸改版理念及新闻体裁版式

在新媒体的冲击下,2002 年《南方都市报》出现这样的改版理念:"结构更加合理,资讯更加丰富,内容更加精彩。同样的新闻资源,只有经过新闻人的挖掘与整合,才会成为最具价值的资讯精华。"[①]2006 年《南方都市报》与《广州日报》相继改版,增强增多导读版,很明显是受到新媒体导航功能的影响。2014 年《南方都市报》优化升级,A 叠要闻版块减少文字,更强调注意中心,导读功能移至"主页",大量使用扫码新闻,深度报道、调查报道、述评类、解读类新闻增加,重视信息的数据化、视觉化呈现,增加网络化版面,调整和增加服务类信息版面。由此可见,互联网理念及其热门的各种呈现方式被改造运用到报纸新闻中。

报纸新闻体裁版面设计与大小也受到新媒体的影响。受到网页编排的启发,报纸采用"图片+标题"式的"头版导读"。报纸充分运用多符号的图片新闻,视觉新闻、摄影报道、数据图表增多,版面增大。从 2007 年开始,观点新闻大幅增加并采用网络言论。2010 年微博元年,各报纷纷开设新闻专栏和专版登载微博观点。更多版块化处理,对新闻内容进行切割,单篇报道精短化,与新媒体碎片化特点相呼应。强化策划意识,融合运用图片、图表、色彩等视觉元素,多种体裁的组合式报道图文并茂。2012 年《人民日报》第一次设立美编组,

---

① 彭柳.新媒体语境下报纸新闻体裁的演变:以全国两会报道为视角[J].华南师范大学学报(社会科学版),2014(12).

在版式上下足功夫,3月3日特刊2、3版打通推出《2011,开局之年的"中国答卷"》,有7篇报道、6张图片、5张图表。

二、注重互动,增广容量,突出注意中心

新媒体环境使受众接受信息的心理和行为机制发生变化,形成对新闻标题的"第一依赖感"和扫描式阅读的习惯。为适应受众的非线性阅读需求,报纸增加了"新闻链接"这种体裁,组合式编辑成为常态。从以前的长篇报道演变为由多篇中短篇幅、多种体裁形式组合而成的专题报道,一个新闻专题版面由主打文章、图片、评论、资料等多种体裁共同完成。报纸新闻结构通过切割使新闻点更清晰,体裁向着简明扼要发展,篇幅精简,版面上纯文字减少,短句式、短段落化、结构简短化是趋势。

随着注重互动的新闻体裁的发展,对话体的谈话新闻应运而生。以更形象生动的视频形式呈现的谈话新闻于2005年在新媒体上异军突起,报纸谈话新闻从借用到原创再到精练。

《人民日报》2008年"代表团之声"用一问一答的形式,2012年《热点对对碰》栏目"民生三问"通过编辑记者和代表委员、专家、群众之间的三问三答来组织报道。网站视频谈话新闻注重对话实录,而报纸谈话新闻注重内容的价值筛选和主题分类,划分部分并提炼出醒目的小标题,更简短并突出新闻点,符合新媒体时代读者快速阅读的习惯。

报纸创新互动类体裁。早期新媒体互动新闻一般以网络投票调查形式出现,后发展为特别策划的专题形式,网友的问题或建议可在此平台提出并得到反馈。报纸媒体也开始注重发动读者参与新闻生产,除加强读者来信、读者评论文章等体裁,还开通读者互动热线、有奖报料热线,发动受众参与某事件或活动的通告、话题调查、短信或微博建言等。《羊城晚报》2013年"羊声筒"栏目征集老百姓心愿请代表委员捎话到全国两会上,代表委员提出了自己的建议,版面上形成两者的积极互动。《羊城晚报》热线专版"今日连线"有"读者今天来电"与"昨夜今晨"专栏,《江南都市报》"市民热线"是第十三届中国新闻奖名专栏。报纸根据新闻出题的互动形式也是一次体裁创新。

三、面对新媒体竞争,高度重视专业化和独家报道

网络新闻报道形式多样、时效性强,超文本超链接提供海量多元信息。2004年出现大量网络在线直播,手机媒体加入竞争队伍,使得新闻即时性得到提升。2005年人民网率先利用手机媒体成功报道"两会",当天注册用户就达28万。在新媒体的夹击下,报纸新闻专业范式表现在对信息的筛选和解释分析等的深度挖掘上,更注重权威性和独家深度解读。

四、媒体融合使新闻体裁在报纸和新媒体之间转换

新媒体时代的记者并不止为纸媒供稿。新闻传播的过程往往是:采访到的新闻文字、图片、视频等材料第一时间通过微博等工具先传播,随后报业网站发布事件实时进展情况,然

后报纸全面报道,最后是新闻事件图文视频深度报道和分析①。

内容产品的生产进一步与传播载体分离,报纸版和网络版同题新闻可彼此嵌入。《华尔街日报》导读栏提示每个栏目的网络版链接,报纸是精简体报道,网络版则为更详尽的完整版。报纸传播全面的文字信息和解读,文字稿和视频、录音发至网络,手机发布图片及短消息,各种媒体整合推出适合各自终端的报道形式。

五、全国两会报道新闻体裁的变化

2014年12月,彭柳以《新媒体语境下报纸新闻体裁的演变——以全国两会报道为视角》一文,以《南方都市报》(简称南都)为重点,兼顾《广州日报》(简称广日),对2000年以来全国两会报道进行内容分析。② 两报新闻体裁的变化呈现出如下特点:

(一)注重形式的创新,使版面更丰富

两会报道由"往往块头大,内容硬,变化少,一入眼,给人的感觉常常是黑压压一片"到越来越注重表现形式的创新。2000—2001年间某种新闻体裁独大的情况突出,但从2003年开始,新闻种类大幅增加,虽然消息类仍是主角,但其他更形象生动的新闻体裁整体增多。

这意味着在竞争激烈的新媒体语境下,报纸具有探索性的新闻体裁在不断推出,它们平分秋色,力量均衡。

(二)体现硬新闻软化处理理念,新闻呈轻松趣味化

特写消息突出如临其境的真实感,可使新闻更加鲜活生动而被受众喜爱,是报道两会花絮新闻的主要新闻体裁。一些花絮新闻如《卢瑞华能歌善舞张帼英将过生日》仍以消息报道的形式呈现。南都特写消息增长,至2010年达到占比5.5%的峰值。广日2007年3月4日特写消息《李肇星:对台湾局势需警惕》,标题偏"硬",但结构上第一、二段是李肇星帮记者捡器材,第三段是李肇星对记者的建议,第四段是切题的关于台湾局势的意见,最后是他对政协工作报告的评价。引题与正题凸显核心信息,结构体式则增强趣味性,适合当下受众对信息和娱乐的双重需求。特写被更多地运用,新闻现场感和人情味强烈,也使偏硬的重要会议新闻趣味性和娱乐性增加不少。报纸两会报道体现出题材的硬和形式的软相结合的报道理念,以增强新闻的可读性。需关注的是,近两年特写消息比例有所下降,体现出作为传统媒体的报纸在新闻软化处理达到一定程度后的一种反思和调整。

(三)简短而突出重点的新闻体裁增多

特写消息和观点新闻成为常态且趋精短。特写消息短小精悍,能再现和放大现场最有典型意义、最具新闻价值的精彩瞬间,读者一眼即能"扫"到核心内容,是当前传媒力求推出独家新闻的常用手法。

---

① 陈晓敏.从跨媒体到媒介融合:谈纸质媒体的发展趋势[J].新闻世界,2010(5).
② 彭柳.新媒体语境下报纸新闻体裁的演变:以全国两会报道为视角[J].华南师范大学学报(社会科学版),2014(12).

观点新闻自 2007 年之后被大量运用且越来越简练,有的甚至只有一两句话,但话题性、新闻性十足。2012 年《人民日报》要闻 1 版《一线代表委员议国是》专栏每期提炼"主题词"套红处理,可视为简短的观点新闻。

广泛运用图表新闻,简化繁复的文字内容。普遍把资料性内容如大会议程、宪法修正案草案、"三次修宪"制成图表,使之简洁易读。近年两会报道"走转改"的成果是短新闻,轻专栏,微作品,顺应了网络时代人们的阅读习惯。

各新闻体裁篇幅尽量精简,结构更简洁和紧凑,如消息类省略起承转合,甚至删减导语结尾。

(四)"图文并重"成为新闻重要的编排理念

新闻照片、绘画、图表等避免了报纸单一文字阅读易产生的疲劳感,给受众留下鲜明直观的印象。图片新闻版面上升,图片更大、更清晰,具有更强烈的视觉冲击,不仅可显示结果,还可报道动态发展过程,利用图片这一直观形式是近年两会报道的突出特色。2013 年南都制作的全国两会"亿像素"图片成为网络热图,2008 年南都设立"天天奥斯卡"版面,带有娱乐元素的述评多配搭一定版面的图片新闻。

图表新闻占比增加,表现形式扩展为地图、卡通、漫画等,视觉强势凸显,信息张力扩大,直观形象,简明精确。图表将新闻、资料、数据、知识等用简明易懂的图形、明确直观的文字、鲜艳醒目的色彩进行展现,内容一目了然,主要信息突出,版面活泼。

(五)凸显权威性、独特视角,强化调查等专业手段

重视报道视角和独家观点表达的新闻体裁增加。21 世纪以来,中国报纸新闻体裁发生变化:"人们习惯的传递事实信息与观念信息泾渭分明的不同新闻体裁,边界正在变得模糊。"[①]注重情感因素的散文消息和新闻故事大幅减少甚至消失。相较于照片新闻,更强调材料加工视角的图表新闻增加。述评类新闻比重加大,观点新闻不仅是罗列且更注重观点的归类和整合。两会报道中,整版照登的公报式新闻如两会议程、工作报告等减少,更重视整理、提炼。

(六)参与性高、互动感强的体裁增加

报纸与受众的互动形式更多更有趣。注重采访主客体互动的谈话新闻占比增长,登载读者意见和代表委员回应、正反意见 PK 的互动新闻出现。2012 年增加了微博参与回复每日精彩话题调查和编写两会建言、短信等读者互动形式,南都刊登《今日考题:今年两会要做"哑巴"的人大代表是( )》这样的新闻,更具新鲜感、趣味性,并增加了报纸和读者在思想层面的互动。

---

① 黄旦.传者图像:新闻专业主义的建构和消解[M].上海:复旦大学出版社,2005:32.

第二节　报纸系列报道分析

一、系列报道定义

所谓"系列报道",是围绕同一新闻题材、新闻主题从不同侧面、不同角度作多次、连续的报道,各条报道之间没有外在的时态连续,却有内在的必然联系。多个独立报道集合在同一主题思想下,以求对新闻事实作比较系统、全面、有一定深度的报道。

二、系列报道示例

《楚天都市报》的《信义兄弟　接力送薪》报道属于系列、组合、连续报道。这一新闻报道获得了第二十一届中国新闻奖报纸类一等奖。

"信义兄弟"的报道,起源于《楚天都市报》的一个求助电话。2010年正月初七,家住武汉市黄陂区泡桐街的孙东林给报社记者打来求助电话,称其有五名亲人在十天前的河南车祸中遇难后,遗体还在异乡,善后工作遇到了很大的困难,希望得到相应的帮助。该报记者在随即的采访中得知这场车祸背后更令人震撼的事实:孙东林的哥哥孙水林着急赶回家,还有另外一层原因就是他要在春节前夕,将自己欠工友的几十万元工钱发给大家过年。此外,孙东林在哥哥一家五口遇难后,从哥哥的车内取出26万元,在没有找到哥哥欠工友工钱的账单的情况下,依然决定让工友们凭着良心领工钱,最终在年三十前还清了欠60多名工友的工钱。该报认识到这一事件的不寻常性——在当今社会转型期各种利益和矛盾交织,企业信义普遍缺失的情况下,无疑孙水林、孙东林的故事具有极强的教育意义和现实针对性。

"信义兄弟"事件经过媒体的报道和舆论推动,在全国范围内产生了极大的影响,是一起典型的为推动公民道德建设的媒介事件。"信义兄弟"孙水林和孙东林先后获得2010年感动中国十大人物,2010年度十大责任公民,全国五一劳动奖章,第三届全国道德模范,感动湖北2010年度人物等数十项殊荣,在一定程度上提升了社会对湖北人的认知与印象。

三、"信义兄弟"的报道的特色

(一)组织策划好

2010年2月20日,《楚天都市报》接到武汉黄陂区泡桐街孙东林打来的求助电话,采访过程中,该报记者通过深入挖掘,发现兄弟两人接力送薪的感人故事,该报迅速启动"重大报道应急反应机制",成立报道小组。编委会反复研究,开展"头脑风暴",对这一事件蕴含的精神、文化内涵进行深度挖掘,提炼出"信义兄弟"这一时代主题,对"信义兄弟、接力送薪"这一重大时代典型进行全方位报道。

(二)主题提炼深

系列报道,关键在主题提炼。这个系列报道掩映的时代背景是我国处于社会转型期,各种利益、矛盾相互交织,社会诚信体系尚不健全,企业信义缺失比较普遍,尤其是拖欠农民工血汗钱的现象屡见不鲜。

这种背景下,湖北"信义兄弟"的感人事迹和崇高精神,体现社会诉求,彰显时代主流,有力弘扬了社会主义核心价值观,深刻、生动而又极具典型性。"信义兄弟"成为诚信建设的标志性代名词。

为了提炼主题,《楚天都市报》还邀请湖北省社会科学院等单位的专家学者,共同为"接力送薪"报道确立了"信义"这一主题,并以此为圆点,拓展为轰动全国的系列报道。

(三)报道声势大

从2010年2月21日开始在《楚天都市报》以头条的形式刊登,截至2010年3月4日,共发表消息、通讯、评论15篇,其中,13篇为《楚天都市报》媒体报道,其余两篇分别为《人民日报》、中宣部新闻局《新闻评阅》的报道转载。自《楚天都市报》率先报道之后,《湖北日报》集团迅速动员了其他主要媒体采取协作的方式,掀起报道的高潮。《湖北日报》在2月22日派出3名文字记者和1名摄影记者,一路深入到"信义兄弟"的老家及河南开封。其后各方面的报道随之而来。2月25日,《湖北日报》在头版显著位置刊发了全景式长篇通讯《超越生命的守诺——记生死接力的信义兄弟孙水林、孙东林》和评论《千秋万代信义为本》,深度挖掘和全方位报道这一感人事迹。

《楚天都市报》先后用百多个显要版面,刊发消息、特写、通讯、评论等新闻报道216条(幅),对"信义兄弟、接力送薪"这一重大时代典型进行全方位报道。此报道引起《人民日报》、新华社、中央电视台等数十家国内外重要媒体,以及人民网、新华网、新浪网、搜狐网、腾讯网等大型网站的跟进报道,成为2010年全国媒体报道最为集中、最为打动人心的典型事件和典型人物。

(四)写作文字实

《楚天都市报》的这组报道打破传统报道方式,采用大量的情感化写作及多种文体形式,从"信义兄弟"系列报道的标题中就能看出记者的感情倾向:《游子归来父老乡亲泪成河》《泪雨成河白发高堂心已碎》《义举撼天两度骤雨送英魂》等,无不令人动容;评论文章《信义兄弟彰显时代风范》中写道,"信义兄弟恰如一盏明灯,在一个熟悉而陌生的恶区域腾地燃起,让我们的心灵一颤,眼前一亮,指引着行进的方向,让人感动,让人敬仰,让人思索",则更是直接点出"信义兄弟"的时代价值所在。这种情感化的写作方式和采用多种文体形式,打破了传统的报道方式。下面欣赏推荐给中国新闻奖的第一件代表作文字稿:

为了哥哥的遗愿弟弟代兄发工钱

本报讯 (记者舒均 楚田)2月10日凌晨,南兰高速上发生重大车祸。谁也没想到,这起车祸却牵出一个感天动地的故事:为抢在大雪封路前给已回汉的民工发工钱,武汉市黄陂区建筑商孙水林连夜从天津驾车回家，一家五口不幸在车祸中遇难。为替哥哥完成遗愿，弟弟孙东林在大年三十前一天，将33.6万元工钱发到60多名民工手上。

现年50岁的孙水林在北京做工程，2月9日，孙水林从北京工地回到天津，原定与暂住在天津的家人和弟弟孙东林聚一天再回武汉，但他查看天气预报了解到，此后几天，天津至武汉沿线的高速公路，部分地区可能因雨雪封路。他决定赶在封路前，赶回武汉，给民工发放工钱。春节前发放工钱，是他对民工的承诺。而此时，先期回汉的民工也正渴盼着孙水林回来。

当晚，孙水林提取26万元现金，带着妻子和三个儿女出发了。次日凌晨，他驾车驶至南兰高速开封县陇海铁路桥段时，由于路面结冰，发生重大车祸，20多辆车追尾，孙水林一家五口遇难。

2月10日早上，孙东林打电话回家，发现哥哥仍未到家。预感不妙的孙东林开车沿途查找，结果在河南兰考县人民医院太平间发现了哥哥及家人的遗体。

由于哥哥的后事处理尚需时日，沉浸在巨大悲痛中的孙东林和家人商量决定，先替哥哥完成遗愿。除夕前一天，孙东林拿出哥哥遗留在事故车中的26万元，又从银行提取自己的6.6万元，加上母亲拿出的1万元养老钱，发放到了60多名民工手上。

"哥哥离世后，账单多已不在，我也不知道该给每个民工发多少钱。我们让民工们凭着良心领工钱，大家说多少钱，我们就给多少钱！"孙东林说。

20多年前，孙水林就开始到外地打工，现已成为家乡有名的建筑商，如今每年跟着他打工的民工，高峰时达200多人。

"真没想到啊，老板遭遇车祸后，工钱还能照样结回来！"昨日，曾跟着孙水林做活的工人宋国清动情地对记者说。

第三节 报纸专栏评析

一、中国新闻奖新闻名专栏

新闻名专栏是中国新闻奖29个评选项目中比较受关注的一项，属于综合类项目。根据《中国新闻奖评选办法》，新闻名专栏是指报纸、通讯社、广播电台、电视台和新闻网站刊播有共同特征（同类主题、同类题材、同类体裁）的新闻报道的版块（单元）。要求已连续刊播一年以上且年度内刊播不少于48周，每周刊播或更新不少于一次。报纸专栏应有固定的名称，位置相对固定和独立，不含专刊和专版，要求内容选择与栏目定位、版面位置（播出时段）相适应；形式新颖，特色鲜明；编排制作精良，社会影响较大；网络新闻专栏要求信息量大，交互性强，有鲜明的网络特色。

二、中国新闻奖新闻名专栏《长江日报》《市民大讲堂》专栏介绍

2016年11月2日，第二十六届中国新闻奖评选揭晓，《长江日报》新闻专栏《市民大讲堂》荣膺中国新闻奖（新闻名专栏类）一等奖，跻身"中国新闻名专栏"之列。据全程参与《市

民大讲堂》专栏创设、运作与采编过程的主创人员之一的余坦坦介绍[①]：

作为武汉市党报的《长江日报》能不能搭建这样一个讲堂或平台，给那些有梦想、有机会、有奋斗的普通人一个讲述人生故事、分享人生精彩的地方呢？

看看现在社会上各种各样的讲堂、讲座，主讲人多是专家、学者、名人、官员，真正由市民百姓主讲、为他们专开专设的，几乎没有。习近平同志的讲话给《长江日报》以鼓舞和启发，编辑部积极响应总书记的号召，敏锐把握新闻宣传契机，决定联合全市最大的政务服务中心——武汉市民之家，在每周六举办"市民大讲堂"活动，搭建一个让普通人分享出彩人生的平台。2013年11月2日，"市民大讲堂"开讲。

说起《市民大讲堂》专栏，是一个与"市民大讲堂"活动联动的新闻性专栏，打破了传统新闻专栏单纯采写的模式，专栏的采编过程与线下举办的"市民大讲堂"活动融为一体。活动在先，专栏在后，现场活动与报纸专栏密切互动，是其一大特点。

从2013年11月3日至2016年11月20日，3年来，《市民大讲堂》专栏以平均每周一期的频率，连续刊发，累计刊发145期。该专栏刊发后，广受社会各界和业界好评，与之互动的"市民大讲堂"活动亦成为武汉市新的文化地标和文化品牌。

传播正能量，将《市民大讲堂》专栏打造成一个弘扬社会主义核心价值观的全媒体平台。说实话，《市民大讲堂》专栏尽管一开始就定下了"市民讲，市民听，分享人生精彩"的基调，但这个"基座"怎么搭，这个"调子"怎么唱，专栏采编人员开始也并不是特别清楚。既然是由"市民讲"，并且是被"市民听"，所以开始有一段时间，除了方俊明等特定先模人物之外，专栏采编也循着与市民关系密切的、市民喜闻乐见的健康生活、有趣故事这些主题，去寻找、选定主讲人，也的确收到了市民喜闻乐见的效果。

《市民大讲堂》专栏创设之初，社会主义核心价值观刚刚提出不久，《长江日报》编辑部审时度势，顺势而为，将之打造成一个弘扬社会主义核心价值观的媒体平台。随着讲堂活动和专栏报道的持续与深入，尤其是随着党和国家一系列大政方针的出台，随着以习近平同志为核心的党中央一系列治党治国新理念的提出与贯彻落实，报社领导明确提出，作为市委机关报主办的一个有巨大影响力的社会活动和知名栏目，市民大讲堂更应该牢牢抓住培育和践行社会主义核心价值观这个根本不放松，并且持之以恒，始终不渝。经过这一精准定位，无论是"市民大讲堂"活动，还是《市民大讲堂》专栏，皆以"培育和践行社会主义核心价值观平台"这一清晰的面貌示人，突出分享人生精彩，聚焦社会主义核心价值观，传递"有梦想、有机会、有奋斗"的正能量。"市民大讲堂"活动和《市民大讲堂》专栏由此一步步取得了更加良好的社会效果，既为广大市民所喜闻乐见，也受到党和政府的充分肯定。正像中国新闻奖评委会评价的那样，"传递社会正能量，为全面深化改革营造良好舆论氛围，体现了媒体的社会责任和使命担当"。

"市民大讲堂"活动最显著的特点，就是变以前讲堂的"向市民讲"为"由市民讲"，让普通人上讲台，当主角。这样既给普通人一个出彩的机会，又使活动亲切、平实、可感、可信、接地气，达到让身边人激励身边人的良好效果。这种讲堂模式与社会上多见的专家、学者、名人等"讲给别人听"大不同。与之联动的《市民大讲堂》专栏亦具有同样的特点。《市民大讲堂》

---

① 余坦坦.给普通人展示风采的舞台：长江日报《市民大讲堂》专栏的创设、运作与采编[J].青年记者，2016(34).

专栏在报道手法上,侧重于报道能弘扬社会主义核心价值观的普通市民的故事,并非一般性地讲述市民故事、悲欢生活。3年来,已有233位市民成为《市民大讲堂》专栏报道的主角,其中绝大多数是普通人。

《市民大讲堂》专栏在遴选"市民大讲堂"主讲人也就是专栏报道对象方面,采取的是敞开大门面向全社会广泛征集的方式。每期专栏都刊有"市民大讲堂"的热线电话、邮箱、微博和微信二维码,方便读者、听众咨询或报名。

许多人都是通过电话报名、网络报名、现场报名的方式走上讲堂,成为专栏报道对象的。今后,"市民大讲堂"活动和《市民大讲堂》专栏还将继续鼓励市民自主报名,自主推荐,并为更多自主报名者和推荐者创造更多登上讲堂、成为专栏报道对象的机会,使之真正成为广大市民群众可亲、可近、可知、可感、可上、可讲的"市民讲堂"和"市民专栏"。

《市民大讲堂》专栏稿件在写作上则力求突出主讲人分享讲述过程中与现场听众的互动,强化市民讲述的故事性和新闻报道的现场感,使得专栏内容和图文更能体现民心民意,更能展现普通市民的风貌,更加接地气,更加市民化、平民化、群众化。《市民大讲堂》专栏除了通过讲堂活动和新闻报道进行传播外,尤其强化新媒体传播。专栏及活动建有专门的群、微信公众号,每期讲堂都录有视频,并通过长江网播出,每期新闻报道的文字和图片也通过数字报等在网络平台上广为传播。专栏报道将线下活动和线上报道、传统方式与新媒体传播充分融合,产生了很好的传播效果,创新性强。

经过3年的精心打造,《市民大讲堂》专栏获得广泛好评和巨大的社会影响。《市民大讲堂》专栏通过身边人激励身边人,推动社会形成"有梦想,有机会,有奋斗,一切美好的东西都能够创造出来"的社会风尚。党和国家领导人视察武汉时,湖北省、武汉市领导予以专门推介,中央和地方各类网站大量转载《市民大讲堂》专栏稿件,如新华网转载了《红十字会志愿者分享"专长服务" 老师接受急救培训3天后救回一名学生》,文明网转载《市民大讲堂100期了 176位市民登台分享精彩人生》等。一些中央及省市权威媒体也纷纷关注、报道《市民大讲堂》专栏及"市民大讲堂"活动。

"市民大讲堂"活动举办以来,现场听众总计超过4万人,国内外读者和粉丝更是不计其数。《市民大讲堂》专栏主题重大,但运作与采编接地气,尽量平民化,处处站在读者的角度考虑,努力为"中国梦"加油,崇尚"有梦想,有机会,有奋斗,一切美好的东西都能够创造出来"的社会风尚,已成为巩固壮大主流思想舆论阵地的重要全媒体平台。

三、新闻名专栏《长江日报》《市民大讲堂》专栏作品选读

徐家尧登市民大讲堂深情讲述

工厂倒了,良心不能倒

7日下午,被誉为"良心厂长"的徐家尧,做客第59期市民大讲堂,讲述自己201天苦苦寻找失散19年的185名职工的故事。

分钱给职工,一个不能少

2014年6月,江夏区第一服装厂依据政策进行了改制,企业厂房和土地经过对外公开拍

卖,拍得163万元。作为去年2月才接任"留守厂长"的徐家尧决定,找到当年在册的185名职工,让每个人都拿到应得的钱。

但该厂已倒闭19年,原职工分散四方,很多人杳无音信,要把这些钱如数发到他们手中,不是一件容易的事。

怎么找到185名失散的职工,徐家尧召集大家商量对策时,有人建议说在报纸上登个公告就行了,能按时回来的职工就发钱,不回来的就视为放弃。徐家尧认为这样做不公平,他说:"厂子虽然倒了,但我们的良心不能倒,这是职工的血汗钱,185名职工一个也不能少。"

登广告发传单,努力寻找

2014年7月8日,从这天开始,徐家尧就踏上了苦寻之路。如何才能找到所有职工,徐家尧想办法,连续几晚都没有睡好觉。妻子建议他先通过媒体帮忙寻找。于是,他自己拿出1000元在江夏区电视台连续登了10天的寻找老职工的公告。同时,他又打印了50多份寻人广告单,利用晚上时间走街串巷在显眼处张贴。当时,正值盛夏,每天回到家汗水湿透了全身,本来不支持他接这个苦差事的妻子怕他累坏了身体,也开始帮他四处贴公告。

几天后,许多接到信息的老职工纷纷赶来登记。由于没有办公地点,大家只有到徐家尧自办的服装店里登记,虽然影响做生意,但这些老同事找到了,徐家尧内心感到非常欣慰。

被误解受委屈,但不放弃

抛家舍业和辛苦对于徐家尧来说,他早有心理准备,但让他感到最难受的是被误解。2014年8月,徐家尧得知失散职工左冬荣住在纸坊街青龙水库附近的消息后,立即放下手里的活,赶到了青龙水库。他挨家逐户地询问,终于打听到左冬荣住在5楼,但当他气喘吁吁敲开门时,却被左冬荣拒之门外,他竟然被当成了"骗子"。几天后,左冬荣在电视里看到公告,才知道自己误会了徐厂长,并上门解释道歉。

去年8月12日,风雨交加,徐家尧的妻子郑兰芳骑着电动车,帮他去江夏中心百货寻找失散职工杨燕。超市员工告诉她,杨燕现在新中百超市上班,当她赶过去后,得知杨燕当天休息。按照超市经理提供的电话,她与杨燕取得了联系,两人约好在江夏区体育馆见面。当妻子赶到体育馆,杨燕却始终没露面,打电话也不接。半小时后,杨燕打来电话:"我不是杨燕,你们这些骗子我见得多了,现在哪有这么多好人?"直到下午3时,妻子才回到家吃饭,全身衣服都湿透了,委屈得大哭一场。

有20多名职工远赴广东、广西、四川、浙江等10多个省市打工,要找到他们如同大海捞针,徐家尧不得不向警方求助。在江夏区纸坊派出所民警黄继明的帮助下,费尽周折找到了一些职工。

直到今年1月25日,最后一名职工付爱珍终于找到,发完最后一份工龄买断补偿金,徐家尧终于松了一口气。至此,他的寻找持续了201天。

互动》》》

老书记给徐厂长点赞

现场一位70多岁的老人从主持人手里要话筒,他自称是江夏区第一服装厂的老书记,被徐厂长的事迹深深打动。老人时髦地说:"徐厂长辛苦了,我代表全体职工给徐厂长点个'赞'!"

外单位请徐厂长打理善款

现场观众被徐家尧的诚信打动。江夏区卫生防疫站一名唐姓负责人找到徐家尧说:"你是一个值得依赖的好人,以后我们单位职工捐的'善款'都交给你来打理。另外,你那些下岗老同事中,如有生活困难的,我们可以每年免费为他们体检。"

来源:《长江日报》2015年2月9日

四、新闻名专栏《长江日报》《市民大讲堂》专栏作品评析

(一)主题重大,契合社会主义核心价值观

厂子改制,职工失散,为了给这些老职工发放工龄补偿金,徐家尧自费做广告、贴公告,苦寻201天,将185名失散职工全部找到。通过对徐家尧这位"良心厂长"以及他寻找职工这一事件的报道,充分体现了"诚信"这一社会主义核心价值观。

(二)事件典型,具有广泛传播度

诚信,是基本的道德良知。在徐家尧身上,体现出做人的良知与品格,更反映了我们当前社会最需要的报道,抓住这一让人感动、促人思考的事件,获得广泛传播。

(三)用讲故事的形式增加作品传播力

报道不夸大,不渲染,让当事人以讲故事的形式,讲述了寻找过程中的艰辛与无奈,让一个个故事去打动读者,生动感人。

(四)报道有互动性和参与性

《市民大讲堂》是一个属于普通市民的栏目。作品对现场听众与主讲人之间的互动进行报道,增加了现场感,体现了互动性。

2015年1月25日,徐家尧终于找到最后一名职工,发完最后一份工龄买断补偿金,持续201天的寻找画上圆满句号。一直在关注、跟踪徐家尧事迹的"市民大讲堂"主创人员得知这一讯息,立即找到他并邀请他登台"市民大讲堂",讲述201天寻找失散职工的故事,并现场进行采访,之后,由《市民大讲堂》专栏刊发报道。2016年3月,徐家尧获第五届武汉市道德模范荣誉称号。

第四节 报纸版面评析

一、"读图时代"报纸充分发挥新闻图片的作用

随着人们生活节奏的加快,报纸已经进入了"读图时代"。新闻图片以其形象直观、简洁

易读、视觉冲击力强的优势,越来越受到读者的青睐。电视、网络新闻能够以视觉、听觉等多种方式呈现受众急需的资讯。而传统报刊则受纸媒本身的功能限制,除了将文字功夫运用到极致外,似乎难以在此基础上有所突破。20世纪80年代中期后,电视新闻的作用逐渐凸显,报纸面临的竞争日趋激烈——人们越来越习惯被动地接受简短直接的视听刺激,而将传统纸媒堆积如山的文字报道束之高阁。

许多报纸顺应时代发展潮流,一改过去文字当家的办报方式,大量刊发新闻图片,使其成为新闻报道的重要组成部分。报刊视觉化由此被普遍接受。然而,尽管当前人们的资讯获取方式已经较大程度地脱离了报纸阅读,但报纸仍然被认为是新闻的"主要阐释者",而电视仅仅作为新闻的"主要提供者"存在。可见,报纸的新闻传播地位并未被彻底撼动。新闻图片作为报纸主要组成因素及新闻传播的重要手段,在报纸编排中的地位日益凸显出来,并直接面对电视媒体的挑战。如今各家报纸不仅新闻图片的使用量在增加,而且经常有重要新闻图片登上显要位置,许多报社还推出了新闻摄影专版。新闻图片作为版面语言的重要组成部分,正越来越受到重视。

首先,新闻图片在很大程度上弥补了传统文字新闻的编码"冗余"难题,在一定程度上留住了既定的读者群。其次,新闻图片协调空间,活跃报纸版面。在报纸版面上,文字是"白"是"疏",标题是"黑"是"密",而新闻图片穿插其间,能协调疏密、黑白之间的关系,让版面看起来更协调。同时,好的新闻图片本身就是一件艺术品,它可以使报纸版面更加美观,更具观赏性。特别是现在的报纸大都是彩色印刷,彩色新闻图片更是赋予了报纸版面更多的视觉美感。电影评论家巴洛兹半个世纪前就曾经预言:"视觉文化将取代印刷文化"[1],而报纸作为印刷文化的典型载体,为了避免"被取代"的命运,势必要将视觉文化进行有机融合。新闻图片在版面上的应用意义并非在于"谁取代谁",而是在于优势互补;印刷和视觉也并非二元对立的矛盾关系,而是扬长避短的合作关系。只有图文并茂,合理搭配,才能将报刊媒体的视觉符号性和文字阐释性发挥到极致。

二、"图文并重、两翼齐飞"的办报思想

首先,处理好多与少的关系。有的编辑在谋划版面时,机械地理解"图文并重、两翼齐飞"的办报思想,认为"图文并重"就是版面上的文字与新闻图片比重相等。有的图片明明发一张就能把问题说明白了,却偏要发好多张,搞成一个组合。

其次,处理好大与小的关系。报纸版面,无图不活。没有新闻图片的版面,就像一潭死水,毫无生机。但如果处理不好新闻图片所占版面的大与小,同样收不到好的效果。一张新闻图片在版面上的大小,不应以拼版需要来衡量,也不应单纯以画面是否美观来取舍,其标准只能是它的新闻含量。只有那些画面表现力与新闻含量完美结合的新闻图片,才有放大的价值。有些编辑认为新闻图片越大视觉效果越好,其实这是一种错误的想法。

---

[1] 郭强,李静修. 让版面"活"起来:论"读图时代"报纸新闻图片的作用[J]. 社会科学战线,2012(5).

三、中国新闻奖版面一等奖作品赏析

《解放日报》2015年9月4日反映中国人民抗日战争暨世界反法西斯战争胜利70周年盛大阅兵仪式的版面,2016年获得第二十六届中国新闻奖版面一等奖。下面是该报获奖的版面:

赏析：

版面创新之处在于巧妙打通第一版和第四版,成功呈现国庆大阅兵盛况,版面从当天海量信息中抓"最主要"的呈现。视觉传递上精心:打通头版、四版意在突出处理通版大底图"岸舰导弹方队通过天安门"的恢宏气势;习近平阅兵图片、老兵敬礼图片等均得到突出呈现;报头也进行了特别设计,彰显大阅兵主题。内容表达上用心:精心选择习近平重要讲话"正义必胜！和平必胜！人民必胜！"作为主打标题;精心选择习近平阐述的"人间正道"作为点睛之题;精心选择"裁军30万"作为中国的重要宣示。

版面见报后即获得上海市委宣传部表扬,并应邀在北京新闻战线《三项学习教育通讯》刊文介绍"版面故事",还应邀参选中国报协组织的《全国报纸纪念中国人民抗日战争暨世界反法西斯战争胜利70周年盛大阅兵仪式优秀版面集》。

版面语言立体丰富,色彩和谐,气贯长虹,具有极强的视觉冲击力和信息呈现力。采用打通一四版的二连版处理形式,成功呈现了抗战胜利70周年大阅兵的恢宏气势。难能可贵的是,该版面形式与内容结合做得到位,保证了重要信息的传递和版面视觉冲击力。

第五节　报纸副刊评析

报纸副刊，是常见于各种报纸区别于新闻的版面和栏目。当下的商业报纸进入厚报时代，受众细分，为了吸引读者购买阅读和吸引广告商，也为了和电视、电影、图书、网络等传播媒体争夺读者尤其是青年读者，报纸副刊类的版面越来越丰富。可以说当下报纸副刊进入了一个前所未有的繁盛期。

一、新媒介环境下报纸副刊的衍变

新媒介环境中，当代社会进入信息爆炸时代，信息发布和传递方式远比五四时代丰富得多，公众获得的信息越来越多。加上人们对生活质量的要求提高，作为资讯发布和传递者的报纸自然而然地加大了新闻（包括时政、社会、经济、文化、体育、娱乐、国际等新闻）量的投入，公众的精神需求已不是文学所能提供的了。新闻信息可能比一篇小说一行诗歌更有吸引力。人们从对文学的虚拟生活的失望转向对更坚实的生活的追求，在这种情况下纯文艺性副刊的读者骤减。而年青的一代更倾向于使用新媒介获取信息。

20世纪90年代初，全国大小报纸掀起了"周刊"热，90年代中后期又开始了"扩版"热，特别是2001年前后，以《人民日报》《北京日报》《解放日报》等为代表的全国数十家党委机关报，从改革开放的大势着眼，掀起了新的"改版"热潮。一方面调整、巩固、加强了原有的副刊版面，另一方面又推出了一些别具特色的专刊、特刊、周刊乃至半月版式的副刊。譬如，《人民日报》的"大地"、《中国青年报》的"冰点"、《经济日报》的"今日视点"。当然还有一些文艺性副刊也需要在保持文化品位和求新、求变、寻求生存发展之间找到新的平衡，成为各自报纸的品牌。如《北京晚报》的"五色土"、《文汇报》的"笔会"、《新民晚报》的"夜光杯"、《羊城晚报》的"花地"。

新媒介通过新的技术手段提供了新的信息传播方式，也在慢慢改变人们的阅读习惯。适应了这种阅读模式的读者兴趣点广泛，却难以专注，厌恶长文和说教，喜欢短小的文字、新奇的变化、养眼的图像、个性化的表达，追求时尚，喜欢平民化。这一切对于传统的副刊版面从形式到内容都带来了新的挑战。因此报纸副刊在内容和版式上都有所变革。

如《南方都市报》的"城市笔记""每日专栏""小品""阅读周刊"等版面中，作品和文章的体例遵循的依然是传统的体例——随笔、小品、评论等。版面设计也十分时尚新潮。而且对文学艺术的要求不像以前副刊那么高，如"城市笔记"的体裁是随笔和故事，多以第一人称为主。内容涉及社会生活的方方面面，以个人在社会生活中的点滴遭遇和经历，真实反映了时代给予个体的烙印，是当下生活的世说新语和真实笔录。

报纸副刊的衍变中还有一个值得注意的现象是：大型化专刊的出现。所谓大型化，即版面和文字的大容量，如《南方都市报》的"地球周刊"一次刊出16个版，"阅读周刊"一次刊出5个版；《新民晚报》的"时尚"和"环球"专刊，每次刊出16个版。充分的版面，容纳了多种选题，丰富了编辑和阅读的层次感，满足了当今读者对阅读量的需求，可以看作是传统副刊向新媒介靠拢扩大信息量。

二、新媒介环境下报纸副刊的发展思路

(一)坚持和发扬自己的文化品位,营造报纸独特的文化氛围

新媒介时代信息易得,但是传播门槛降低、传播渠道过剩,信息质量参差不齐。由副刊营造的独特氛围可以提高报纸的独家性和耐读性。如《新民晚报》副刊"夜光杯",多年来始终坚持兼容并蓄、雅俗共赏的原则,文章短小而富有生活情趣;它营造的文化氛围对读者的凝聚力、渗透力,是处于"浮躁阅读"状态的网络媒体难以媲美的。

(二)坚持信息引导价值,传统媒体的优势首先在于信息权威

网络资源固然丰富,但是鱼龙混杂,良莠不齐。报纸副刊要坚持为读者提供雅俗共赏的信息。如《新民晚报》的"夜光杯",至今还有很多家长把它作为提高他们孩子阅读写作能力的参考材料。

(三)发挥品牌优势作用

传统报纸多年积累下的品牌优势,也是新媒介短时间内难以建立的。如《羊城晚报》的"花地"、《新民晚报》的"夜光杯"、《北京晚报》的"五色土"等。可以利用报纸品牌效应开办读者俱乐部,举办各种营销活动等,让品牌资源效益最大化。

(四)坚持传统副刊特色

坚持传统副刊特色中的地域色彩,标题制作的方言化,以及叙事文风的贴近性,吸引本土读者,如《华西都市报》在创刊之初推出的"街坊"副刊。新媒介对于传统媒介来说并不是洪水猛兽,报纸副刊可以借鉴新媒介的优势实现自身价值的扩张。

(五)改变副刊的办刊风格

报纸副刊要符合新媒介环境下的阅读习惯,既要讲究高品位,又要注重现代气息,强调视觉效果和互动性,创造一种独特的版式风格和浓郁的文化气氛。可以借鉴新媒介的版式和内容。新媒介的开放、平等、个性、及时、立体、时尚、多元既是新的技术特点,也是新的文体特点,更是一种新的阅读体验,而这些特点正与文艺追求自主自由的特性相吻合。借鉴新媒介的分众性和互动性。报纸副刊可以细化版面,更有针对性;主动出击,走出小圈子作者,联络更广泛的作者群和读者群;采取开放式编辑模式和版面,与新媒介联手。

(六)增加副刊的服务功能

服务于读者的日常生活。例如,增加一些像夏季如何饮食才能更有助于健康、家庭装修怎么样才能更环保、皮衣如何保养等方面的内容。

(七)副刊借助网络传播优势

如《新民晚报》推出"新民网",充分发挥网络媒体的互动优势,探索一条传统媒体打造网

络影响力的模式。纵观人类媒介发展历史可以发现：新媒介对旧媒介的替代效应往往是暂时性的；所以新老媒介终将在竞争中发挥各自优势，共生、共赢状态将长期保持。而报纸副刊在短期内也不会消亡，要在新媒介环境下办好报纸副刊，就要适应新媒介环境，采取优势竞争策略。

三、获奖副刊赏析

2015年2月6日发表在《光明日报》副刊"光明文化周末·文荟"专题版的报告文学《一位财政部长的两份遗嘱》获得中国新闻奖副刊一等奖。下面是这篇文章节选。

一位财政部长的两份遗嘱

宁新路

一个人离世已越来越久了，人们却仍在怀念他，这是因为这个人的灵魂，照亮了人们的内心。"铁打的营盘流水的兵"，北京三里河财政部那灰色的楼房依然如故，几十年里走了来了几十茬人，可从没停止过传颂一个人——财政部原部长吴波。

………

那年春节临近，我作为工作人员随同时任财政部部长项怀诚去北京万寿路看望吴波老部长。吴老说，你们那么忙，打个电话问候一下就很好了，何必跑一趟；离休了，成了吃闲饭的人，不能给你们添麻烦啊。此时的吴老九十多岁了，虽躺在床上，吸着氧气，说话吃力，但见到老部下却一脸爽朗。他住的这房子，听说早已立下遗嘱，在他去世后交公。我当时很难理解，因为他的儿孙大多在外地，有的要在北京读书和工作，非常需要这套房子。但吴老坚决不改变他的想法。据说这是他年轻时确立的"不置私产"信念，谁也无法使他改变。很多人为此说他是不讲亲情、不合时宜的"怪人"。我真想听听他为何有这么固执的想法，但一直没机会，况且他也不让人写他。问候完他，他就劝项怀诚和其他同行者"快去忙工作吧"，生怕耽误大家更多时间。他是个怕麻烦别人的人，也是时时想着别人的人。他离休后的几任秘书几乎无事可干。吴老无论在职和退位，对人都很亲和，他挤出房子来让没房住的司机全家与他住同院，下乡结交的农民朋友来家就留吃饭，还常给困难无助的老乡钱物，大家都喜欢与他来往聊天。想与他多聊会儿的项怀诚，知道吴老不喜欢这种形式，只好起身告辞。

就在一年前，项怀诚收到了吴老在病重期间给财政部党组写的又一份《房屋交公遗嘱》，这让他和财政部其他领导非常感动。一年多后，吴老离世，他那两套住房，便由儿子交给了国家。这是吴老给自己一生画的最后的"句号"。这"句号"画得很圆满，它激起了财政内外一股波浪。

吴波是新中国第五任财政部长，他一生追求做普通人。在晋察冀边区当"官"时，他就不吃小灶，与大家排队同吃一锅饭，并把分配给他的马匹坐骑送给伤员和最需要的人。到当财政部领导时，他仍然不吃小灶，与大家排队同吃一锅饭，并在高温季节一再拒绝为办公室配电风扇等特殊待遇，和大家同熬酷暑。因他没有"官架子"，大家很少叫他部长，而称他"吴老"。他喜欢别人称他"吴老"。

吴老从新中国成立初期进北京当财政部副部长，直到离休，一直住在分给他的北京市西城区大酱坊胡同几间年久失修的旧平房里。他住在拥挤的平民区,胡同开不进车,墙上裂着口子,夏天没有空调,洗澡用铁皮简易浴缸,生活条件简陋。几次分新房,尤其是他当财政部部长后,组织上又给他安排了部长待遇的房子,可他都让出去了,他说住平房习惯了,实际上也是舍不得离开这里的街坊邻居。

吴老晚年分配到北京市海淀区万寿路两个单元的住房。当时财政部楼房不够分,吴老坚持要把分给他的房子让给别人,可组织和家人考虑到平房条件太差,他年事已高,住楼房对他方便一些,就没有听他的。他在再三推不掉的情况下,只好住进这套楼房。后来房改,可用较低价格购买,他却不买。他说:"我参加革命成为一个无产者,从没有想过购置私产留给后代。"

这个愿望,是他年轻投奔延安革命队伍时确立的。他在延安被错误关押审查近三年之久,身心受到极大折磨,他不仅没有丧失共产主义信仰,反而更加坚定了他放弃自我、一生做无产者的决心。"文革"时期,他被打倒并下放改造,也没有放弃跟随共产党的决心。他参加革命时的这个初衷,虽经过了几十年的世事沧桑、风风雨雨,却一丝一毫也没有改变。到了晚年,他对"一生无产"这个初衷的实现,心情越发迫切了。

那年,年高85岁的吴波病重住院,他感到自己的身体越来越差,有点着急立遗嘱了。出院后的一天,吴波让三子吴威立和秘书王沈京等人张罗立遗嘱的事。他开了一个家庭会议,请几位秘书作为立遗嘱见证人。吴老提出,他去世后房子交回财政部,家庭成员一致同意。他口述,让吴威立记录,留下了交房遗嘱,并把这份遗嘱送交给了财政部。

遗　嘱

我参加革命成为一个无产者,从没有想过购置私产留给后代。因此,我决定不购买财政部分配给我的万寿路西街甲11号院4号楼1101、1103两单元住房。在我和我的老伴邱力过世后,这两单元住房立即归还财政部。我的子女他们均已由自己所属的工作单位购得住房,不得以任何借口继续占用或承租这两单元住房,更不能以我的名义向财政部谋取任何利益。

我去世后后事从简,不发讣告、不开追悼会,不搞遗体告别,火化后骨灰就地处理不予保留。

立遗嘱人:吴波

见证人:王沈京、梁志义

家属:吴本宁、裘企阳、吴威立、吴本立

2000年10月9日

这份掷地有声的遗嘱,已经有两个见证人,也由儿子、儿子的代签人签名画押,按理说房子交公的事已经不会有什么问题了,吴老似乎放心了。两年多后,吴老年事已高,多病,也经常住院,他对去世后房子交公的事又放心不下了,同时他感到还有一些意愿,需要给财政部领导交代一下。他又写了第二份遗嘱。这份遗嘱,他直接写给了时任财政部部长的项怀诚。

怀诚同志:

我的后事请按我的遗嘱办理,一切从简。

我在遗嘱中要求我的子女不要向财政部伸手,也请部里不要因为我再给他们任何照顾。在我老伴邱力过世后,我的住房必须立即交还财政部。财政部也不要另外给他们安排、借用或租赁财政部的其他房屋。他们有什么困难,由他们找自己所在的工作单位解决。

我指定我的三子吴威立做我的遗嘱执行人,由他负责和财政部联系。

顺致问候

吴波

2003年1月26日

面对吴老的遗嘱,项怀诚部长心里一股热流往上直涌,他瞅了许久这份遗嘱,感动着,思索着……

这第二份遗嘱和第一份遗嘱一样,在财政部党组成员中引起了赞叹。党组成员钦佩吴老的高尚品格,对吴老的意愿,只好选择同意。大家明白,按照吴老的遗嘱办,就是对他的最大理解与敬重。

2005年2月20日,吴老平静地走完了99年人生。2月25日上午,家人在八宝山送走了吴老。办完父亲丧事的吴威立,挂念着父亲的遗愿,就在那个下午,趁家人比较齐,召集兄弟、侄儿,也请了父亲的秘书和身边工作人员开家庭会议,研究办好父亲遗嘱的事,形成了一份详尽的《家庭会议纪要》,将遗嘱中的安排,逐条逐人地落实了下去。吴威立又写了一份《交房申请》,请父亲的秘书送到了财政部,表示"我父亲交房是个人的意愿,不是国家所提倡的事,因此也不要宣扬。我们兄弟都已买下了本单位分配的住房。代父亲上交这两套住房,是出于子女们对父亲的尊重,完成他的遗愿。"

这份《交房申请》送到部长助理王军手上,王军又一次被感动。几年前,吴老写给财政部领导的两份遗嘱,就让他非常感动。他从吴威立写的《交房申请》的字里行间再次感觉到,吴老的高大和他家人的高尚。王军清楚,虽然这是吴老的私产,但他和家人都以极其认真的态度坚持交公,他只有按吴老遗嘱办,才是对老领导最大的尊敬。他马上批示了相关部门照此办理。

吴老"走"后,有人对吴威立说,按规定老人的房子你们也可以不交,而且这个黄金地段的房价涨到了好几万一平方米,两套房要出售,至少能卖近千万。面对这样的大利,吴威立和他的兄弟们没有动心。依照父亲的遗嘱,在吴老去世三个月后,吴威立很快整理搬走了万寿路两套房的东西,把钥匙交给了财政部有关部门,并让出具了收条,实现了父亲交待的,"走"后房子交还国家,"我是一个无产者"的愿望。

……

吴老已去世十年了,他的两份遗嘱,还有他一生都做无产者、普通人的志愿,就像是耀眼的灯盏,照亮了一代又一代财政人的心田。财政部的人因有吴老这样的部长而自豪,财政人在传颂他,在怀念和追随他。

每当路过万寿路,我总会注目吴老住过的那栋楼。这情不自禁的回头和张望,是因为吴老高洁的精神,定格在了遗嘱和交公的那两套房子上。

赏析：

本文以生动朴素的文笔，追述财政部原部长吴波奉献给社会主义革命和建设事业的光辉一生，重点叙述其公而忘私、清正廉洁，生前立下遗嘱，去世后房产交公的感人事迹。

文章一经刊登，便被新华网、人民网、光明网、中国网、求是网、搜狐网、新浪网、海外网、中国共产党新闻网、财政部网等多家网站转载，被《文摘报》选摘，并被《人民日报》、党建网、《光明日报》文艺部、腾讯网等多家微信公众号推送，其中在《人民日报》微信号阅读量超过十万，在《光明日报》文艺部微信号的阅读量超过两万，产生了广泛的社会影响。

文章发表后得到中央领导批示肯定。2015年2月16日，习近平同志对光明日报社呈送的《光明日报〈一位财政部长的两份遗嘱〉引发强烈社会反响》专题报告作出批示：请云山、岐山同志阅。2月17日，刘云山同志批示：已批请中宣部宣传吴波同志的感人事迹和老共产党人的风范。2月13日，王岐山同志批示：请玉良、肖培同志阅示。

《人民日报》、新华社、《经济日报》、中央人民广播电台、中央电视台、中纪委《中国纪检监察》杂志等中央新闻单位，迅速组织记者采访报道。财政部3月6日发出通知，要求全国财政系统开展学习吴波活动。

本作品还原了财政部原部长吴波对国家鞠躬尽瘁、对人民奉献一生的事迹，感动了数以万计的读者，引发了广大读者和网友关于如何做好人民公仆、发挥国家干部先锋模范作用的广泛讨论，也引起了中央各大新闻媒体的高度关注。在群众路线教育实践活动的洗礼后，在"全面从严治党"的背景下，在"全面深化改革"向党的执政能力提出新的考验之时，吴波的事迹具有重要的典型意义。

作品立足于抗日战争胜利70周年的大背景，视角选择非常独到，小故事体现大主题，小地方生出大人物。文章提供了可靠的史料依据，情节生动，语言朴实且具有历史情怀。

本章小结

互联网理念及其热门的各种呈现方式被改造运用到报纸新闻中，影响着报纸改版理念及新闻体裁版式，报纸充分运用多符号的图片新闻，视觉新闻、摄影报道、数据图表增多，版面增大。受众阅读习惯的影响：注重互动，扩大新闻容量，简短而突出注意中心。报纸面对新媒体竞争的突围：高度重视专业化和独家报道。注重形式的创新使版面更丰富，体现硬新闻软化处理理念，新闻呈轻松趣味化；简短而突出重点的新闻体裁增多；直观、突出视觉效果的体裁版面增多，"图文并重"成为新闻重要的编排理念；凸显权威性、独特视角，强化调查等专业手段；参与性高、互动感强的体裁增加。报纸强化了有自己特点的"系列报道"，是围绕同一新闻题材、新闻主题从不同侧面、不同角度作多次、连续、比较系统、全面、有一定深度的报道。中国新闻奖新闻名专栏要求内容选择与栏目定位、版面位置（播出时段）相适应；形式新颖，特色鲜明，编排制作精良，社会影响较大；网络新闻专栏要求信息量大，交互性强，有鲜明的网络特色。报纸版面特色发生变化，直观、突出视觉效果的体裁版面增多；"图文并重、两翼齐飞"的办报思想；报纸副刊在内容和版式上都有所变革：大型化专刊的出现。新媒介环境下报纸副刊的发展思路,坚持和发扬自己的文化品位,营造报纸独特的文化氛围;坚持信息引导价值,传统媒体的优势首先在于信息权威;发挥品牌优势作用;坚持传统副刊特色;改变副刊的办刊风格;增加副刊的服务功能;副刊也上网,借助网络传播优势。

思考与练习

1. 请在报纸上分别选择一篇消息、通讯、评论进行分析。
2. 比较党报、晚报、都市报、周报、财经类专业报对同一新闻所作的报道,分析这些报纸在新闻作品上表现的不同风格。
3. 请搜集报纸的系列、组合、专题报道并进行分析。

第十五章　广播新闻作品评析

广播是我国的传统媒体,它经过了长期的发展与变革,在社会、经济、政治及文化生活中具有权威的信息发布功能和强大的舆论引导功能。近年来,新媒体技术不断发展,传媒、通信、电子、软件等行业之间相互渗透融合,引发了一场新的媒体革命。这场新媒体革命改变了传媒业的整体格局,使得传媒业出现了新的沟通渠道和传播方式,并且还改变了新闻内容的生产模式以及消费模式。在新媒体环境下,广播新闻的内容和形式也在不断发展和变化,并开始呈现出新的特点。

第一节　广播新闻特点

一、广播新闻的语言特点

(一)口语化

"说"给听众听是广播新闻的最大特点,而适合"说"的语言只有"口语化"才行。

1.尽可能多地运用日常口语

书面语言在广播新闻语言中要尽可能少用,尽量改用口头语。例如,"生日"不应该写成"诞辰","本单位"改为"××××单位","连日来"改成"这几天","途经"改为"路过","竣工"改为"完成"等。

2.少用或不用单音节词,多用双音节词

单音节词,顾名思义是由一个字组成,自然音节只有一个,像"该""因""即"等。由于单音节的词读起来不够响亮,对要表达的意思就没有那么高的完整度,听众听起来理解就比较吃力了。比如"昨晚他没有时间,故并不愿去玩"这句话,如果改为"昨天晚上他因为没有时间,所以并不愿意到外面去玩"就更适合了。同样的词语还有不少,除了上面列举的几个外,像"应""如"等,改为"应该""例如"效果会比较好。

3.尽量少用或不用半文半白的词语或文言词语,多用口头语

古汉语的文言词仍有少量存在于现代汉语中。但半文半白的词语或文言词可听性很

差,所以在广播新闻语言中应尽可能不用,将其改成口头语效果好得多。比如:"乃"改为"是","日益"改为"越来越","部署"改为"安排","忘却"改为"忘记","该厂"改为"这个厂"等。

4.尽量少用产生语言歧义的词

语言的歧义主要表现在词语的同音不同义上,听众的耳朵是不能直观地进行区别的,例如,把"必须"听成"必需","近年来"听成"今年来","产品全部合格"听成"产品全不合格"等。在广播新闻稿采写过程中,就要尽可能将这类词语用其他词语做同义替换。如将"必须"换成"一定","近年来"换成"这几年来","产品全部合格"换成"产品全都合格"等。

5.尽可能不用倒装句

倒装句是欧化句,指有引语而将其出处后置的句子。它不符合中国人的欣赏、文化习惯。例如,"'我们这次高校运动会,共参加了六大类别三十多项比赛,取得了很好的成绩。'校团委李书记对记者说",将其改成广播新闻稿的话,就可以把说的话放到后面,而把说话人的姓名提前,即"校团委李书记对记者说,这次高校运动会我们共参加了六大类别三十多项比赛,取得了很好的成绩。"

6.经常使用主动式动词

一般来说,如果在广播新闻中经常采用被动式动词,那么,听众有可能就不能第一时间理解新闻的意思。而主动式动词会让意思的表达显得更加强劲有力。与其在新闻中写"珠宝店员工被抢劫犯强迫拿出珠宝",还不如直接写"抢劫犯强迫珠宝店员工交出珠宝"。

7.不滥用简缩词

简缩词,大部分只限于某一局部地区使用,其他地区的人往往难以听懂。比如"电台"这个简称,有些听众就会认为是发报用的专门工具,极易产生误解。

8.少用关联词、虚词

关联词在人们的口头语中用得比较少,现代报刊中,"之""乎""者""也"等虚词已经用得不多了,在广播新闻中就更不宜多用了。

(二)形象化

人的听觉规律和广播的特点决定了广播语言应该形象化。广播语言的形象化,首先就是运用具体、生动、鲜明和逼真的词语,将广播新闻中听众看不到、摸不着的事件和景象,通过广播的语言独特地展现在他们面前,使听众获得真切的感受,如身临其境一般理解事件背后的道理。其次是再现现场情景。这要通过捕捉生动的细节得以实现。广播新闻稿通过细节描写,生动真实地刻画出记者在现场的所闻、所见、所感,使收听广播的听众头脑中产生"影像",有一种身临其境的感觉。

(三)大众化

新闻语言,形象地说就是要"说人话",也就是要说老百姓听得懂、喜欢听的话。编辑、记者要改变工作态度和作风,深入群众,深入生活。时刻把听众放在首位,熟悉各行各业的人的语气和心理。

二、新媒体环境下我国广播新闻的特点

(一)新闻发布权威性

长期以来,党和国家的方针政策及有关重要信息都是首先在广播中发出,广播时效性强,传播方便,广播媒体本身的传播便捷使它在获取新闻和解读政策时拥有政治优先权利,相比于报纸、电视及手机、互联网来说,这也是广播新闻所具有的优势和权威性。

(二)采编全面性与节目多样性

广播新闻采编全面性的特点是指广播新闻具有完整的采编结构、专业的采编人才以及广泛的信息联络网,这些都是广播新闻作为传统媒体多年积累下来的丰富的人力资源,对广播新闻事业的发展起着至关重要的作用。拿中央人民广播电台来说,除了电台本部充足的时政记者之外,还在全国各地设置了40多个地方记者站,第一时间将最新的新闻资讯呈现给全国听众。广播新闻的节目多样性是指当前广播新闻节目的分类越来越精细化,时政新闻、民生新闻、服务新闻、体育和音乐新闻等专业化的频率越来越多,在这当中,特别是与百姓生活密切相关的民生类新闻节目,以其鲜活的节目形式、快捷的后期制作等特点,赢得了听众更多的青睐。

(三)内容"碎片化"和方式"轮盘化"

不同于传统的广播新闻特点,在新媒体环境下,广播新闻的另外两个显著特点就是内容的"碎片化"与方式的"轮盘化",在广播新闻节目运作中具体表现为滚动播出的新闻信息、间隔化的播出形式、大量提要式新闻的使用、丰富多元化的声音及音响、新闻兴奋点的切换,等等。在一定程度上可以说,"碎片化"决定了"轮盘化"。随着信息互联网时代的发展,数字、网络以及传输技术的广泛应用,一方面强化了传播个体(受众)的信息处理能力,使得完整的信息传播出现碎片化的现象;另一方面也激发了受众在接收信息时的个性化需求,促使信息传播的过程向着碎片化的方向发展。

三、新媒体环境下我国广播新闻的发展趋势

(一)声音多元化

"声音是广播的灵魂",运用恰当的声音元素可以为广播新闻增添生机与活力,使其可以更好地被听众认可和接受。在过去的广播新闻当中,主要是依靠播音员来播报新闻稿件,这

种单一的形式已经不能够满足当今时代发展的需求。尤其是在新媒体环境下,广播新闻想要在众多的新兴媒体中独具特色,就应该立足于自身特点,运用多元化的声音元素,以彰显广播新闻特有的优势。语言、音响和音乐是广播声音中的三个要素,主持人的语言、记者口述、评论员评述、与听众的互动交流、现场的采访音响、渲染新闻的音乐和音效等,则构成了广播新闻的声音。另外,在广播新闻直播节目中,连线不同记者现场播报新闻、评论员的即时点评、特邀嘉宾评述、与听众的语音互动、渲染新闻主题的背景音乐等,都体现了广播新闻声音多元化的发展趋势。

(二)互动方式新媒体化

人类之间的信息传播具有社会性、互动性、循环性以及差异性等特点,在传播过程中,互动是交流传播的依赖方式,广播新闻的传播过程亦是如此,通过节目与听众之间的互动交流,促进整个新闻讯息的传播。而随着社会的发展以及科技的进步,广播新闻节目的互动方式也在不断地发生着改变,从最早的信件互动开始,到之后的电话热线互动、手机短信互动以及互联网兴起以后广泛使用的微博互动,再到现在逐渐成为主流的微信互动,都说明了广播新闻的互动方式正向着新媒体化的方向发展。相比手机短信平台而言,微博平台的应用让广播媒体与受众的互动交流变得更为便捷与开放,这就大大拓展了广播新闻的传播空间,对广播媒体影响力的提升也起到了一定的促进作用。而微信以其强大的语音、文字、图片和视频等聊天功能以及日渐增多的用户量,并依托广阔的手机应用市场,已经成为如今广播新闻互动方式的重要组成部分。由此可以看出,广播新闻互动方式新媒体化的趋势已经成为主流。

(三)新闻播报亲和化

20世纪80年代后期,直播式的广播节目开始复兴,节目主持人也在这一时期出现,新闻播报的方式也变得日趋多样化,形成直播报道与录音报道共存的局面,广播新闻开始进入音响报道时代。在传统的新闻录音报道中,主要由播音员负责新闻的解说,其形式表现为播音员将编辑加工处理过后的新闻稿件进行口头播出,这种"播"新闻的形式具有一定的严肃性和局限性,新闻播音中不允许出现过多的个人感情表达;在进入音响报道时代之后,新闻解说则更多地由记者本人负责,并且节目主持人是以一种轻松的、接近口语化的表达方式进行新闻播报,"播"新闻渐渐变成了"说"新闻,新闻播报的方式呈现出了新闻故事化、语言通俗化和内容百姓化的特点。

(四)直播常态化

新媒体环境下,信息的传播速度变得越来越快,而广播媒介的优势也在于它的及时性,并且广播新闻的直播形式能够满足新闻信息传播及时性的要求。在传统的广播新闻节目中,大都是按照固定的节目时间表来安排固定的内容,播出时间也多放在早、中、晚三个时间段,而且录播形式较多,节目中难以出现最新的信息资讯,根本不能体现出广播媒介及时性的优势。21世纪初,直播式的广播新闻逐渐形成常态化的发展趋势。

第二节　专题与录音报道

一、专题报道

专题报道是对现实生活中某些具有典型意义和较高新闻价值的新闻人物、事件、问题、社会现象等，进行记录、调查、分析、解释、评述等，深入系统而又生动反映其发生、发展、结果及影响的全过程，揭示主题的深刻意义。这种报道类似报纸通讯这一新闻体裁，是广播新闻深度报道的主要形式之一，同时也是各大门户网站追踪报道的主题。

(一)题材结构故事化

在广播初步发展的阶段，借鉴了许多报纸新闻的写作技巧，包括倒金字塔结构方式。故事化的叙事结构发端于20世纪60年代美国CBS的《60分钟》。正如《60分钟》主持人华莱士所说："我们节目长盛不衰的奥妙在于我们知道怎么讲述一个好故事。"但随着创作者对广播特性的挖掘，发现故事化的叙述越来越受受众的喜爱。在中国新闻奖获奖的广播新闻专题中同样有许多擅长讲故事的作品。

(二)叙事方式感情化

王国维曾说："大家之作，其言情也必沁人心脾，其写景也必豁人耳目。其辞脱口而出，又无矫揉装束之态。以其所见者真，所知者深也。"①强调的是作家要有生活阅历和思想感悟。同样，在新闻采制过程中，拥有了现场的第一手资料，作品的情感才能自然而然地得以表达。

(三)人物展示个性化

不管是事件类专题，还是人物类、调查类专题，都离不开对人的叙述、塑造。一部好的新闻专题，塑造的人物形象应该是真实的、有个性的。人物的个性可以通过人物讲话(同期声)来体现。声学研究表明，声音是人的生物名片，每个人都有自己独特的声音效果。根据声音可以判定与人相关的大量生物信息，判断人的生理或者心理状态。比如在第二十三届中国新闻奖作品广播专题《选择》中，盐城民工暴雨中救人，如何表现他们成为新闻人物后的回归本我？专题中借助大量的民工自己的同期声，如："换成你，你也可能去救，肯定是去救，对不对？哪怕不会游泳，也要想办法拽拽绳子，对不对？就这样，本能。""我说，给我精神奖励，我要。给我物质奖励，我不要。物质的奖励我可以去赚钱啊。我四肢健全，我可以吃苦。"寥寥数语，表现出民工质朴、善良的品质，也表现出他们渴望社会尊重的愿望。这种真实的感染力，是解说词无法达到的效果。

---

① 王国维.《人间词话》经典语句、语录摘抄[EB/OL]. http://www.siandian.com/haojuzi/30982.html.

二、录音报道

(一)定义

录音报道,就是运用新闻事件的实况录音或人物的谈话录音所进行的报道。它是最能发挥广播特点的报道形式。它不仅过去是,现在是,将来也必然是广播的重要报道形式。搞好录音报道,是广播记者提高报道水平的一个重要方向。

(二)录音报道的特点

1. 浓烈的现场感

录音报道是以多种声音为素材组成的报道。而声音虽然是无形的,但却是客观存在的。人们收听广播,接触到具体的听觉内容,唤起感知,借助联想和想象,经过头脑再造想象,将新闻现场的画面浮现在眼前,产生强烈的现场感。有位广播研究人员就曾经说过:"录音报道是记者运用广播手段重现某一或某些事件的一种音响图画。"[1]

2. 无可辩驳的真实感

这一特点是由现场感强引申出来的。由于现场感强,听众听到的是实况音响,是新闻人物自身的讲话录音,这些声音都是新闻现场的声音,是最真实可信的声音,因此,听众会对报道产生一种依赖感,报道可信程度大大增强。

3. 动情的感染力

录音报道的强烈现场感,无可否认的真实性,往往能使人产生强烈的情感,或恨、或爱,都比一般的文字报道强烈得多,人是有感情的动物,人们的喜怒哀乐会随着情感的变化而变化,但必须有外界的激活因素。人们听广播,录音报道的激情一旦传给听众,就会产生共鸣。这就是好的录音报道总是能够让人流下激动的眼泪的原因。

(三)评析广播录音报道关键点

第一,看是否角度巧妙、主题深刻。第二,听是否有典型音响。"积累素材、选取典型音响"主要是指在民生社会新闻当中的深度报道。素材积累的多少、音响选取的典型与否直接影响录音报道的质量。第三,采访过程中的应变反应。第四,注意音响与文字稿件的融合。

(四)评析录音中的记者阐述

在我国广播界目前使用的多数录音报道中都有记者的阐述,也就是人们常说的"解说"。这是录音报道中直接报道事实、描述现场、起承转合的重要部分。这种记者阐述,可以由播

---

[1] 王克勇,姜建腾.试论广播音响的"可视性"[J].现代视听,2003(2).

音员播讲,也可由记者自己播讲。除现场报道有时需即兴阐述外,大部分录音报道,记者需事先采访后写出阐述稿。

这种记者阐述稿的写作,不同形式的录音报道与相应的文字报道中的消息、通讯、特写等的写作,有许多相同之处。例如,录音新闻同文字消息一样也要有个导语,提炼出最重要的事实或场景,放在全篇第一段,当然这个导语多数情况下是有实况音响作衬托的;录音通讯同文字通讯一样也要求叙述的直接性,描写的形象性,议论和抒情的实在性、哲理性和深刻性,也要讲究结构的精巧;录音特写同文字特写一样也要求叙事集中、描写仔细,讲究细节的展示,等等。

这里着重讲讲录音报道中记者阐述稿写作的作用和特殊要求。

1. 记者阐述稿的作用

第一个作用是介绍新闻事实的概况或部分情况,把听众带入现场。

第二个作用是交代新闻背景,揭示新闻意义。

第三个作用是描述现场,解释音响。现场描述是录音报道不可缺少的部分。广播不同于电视,电视一个画面,观众一目了然;广播靠听,要让听众"听"出画面来,这样的录音报道才会形象生动、效果好。怎么办?办法就是靠记者的现场描述和对实况音响的必要解释。

例如,中央台1990年5月8日播出的录音特写《万里长江第一坝》中的这一段:(波浪声,混)万里长江,浪花翻涌。它,汇百川成激流,穿三峡而显壮阔。到了湖北省宜昌市郊,水面展宽,流速变缓。在此登高远望,"孤帆远影碧空尽,唯见长江天际流",我国第一大江的雄姿,令人惊叹神往。举世闻名的葛洲坝水利枢纽工程就建在这里。

这段话既解释了音响,又描述了现场,将一幅壮美的长江画卷映现在听众的脑海中。这里对音响的解释是间接的,是融在描述中的。有些时候,需要特别强调一下音响或者音响不容易听懂,这就要直接解释音响,说"这是……的声音"或"各位听到的是……的声音"等。

第四个作用是让记者直接谈看法、抒发感情。记者阐述稿的这个作用在录音通讯、录音特写中是明显的。例如,1990年5月10日中央台播出的录音特写《亚运火炬红,亿万报国心》,在播放一位盲人为亚运会捐款时的谈话录音之后,记者写了这样一段:听着这位盲人同胞平和自然地说着心里话,在场的人们眼里饱含着泪水,心头一阵阵热浪翻滚!一位双目失明的人,他一生遇到的艰难困苦要比常人多千百倍!然而,他竟是那样忠贞地想着国家。当他靠着一根小竹竿走着人生道路的时候,当他盼望的亚运盛会开幕的时候,他的眼前虽然是一片漆黑,但他的心里却是一片光明,一片共和国的明媚春光!

这样的议论和抒情在篇幅较长的录音通讯、录音特写里是常见的,而在篇幅短小的录音新闻里一般是不提倡的。

第五个作用是用转述的办法压缩人物谈话录音。记者阐述稿的这个作用主要表现在人物谈话录音过长的时候:出一段录音后,记者用"他还谈到了其他一些问题"等语句过渡,然后概括性地转述其他谈话内容。

2. 记者阐述稿写作的特殊要求

第一,要与实况音响紧密结合,语句的感情、节奏要与音响一致。

第二,引出人物谈话要自然一些、巧妙一些。比如,用这样的话引出:"某某事情已经过去很久了,可是至今谈起来依然是心潮难平。"然后就播出这个人物很有感情的谈话录音。这里顺便说一下,一些记者引出人物谈话时,喜欢用"他激动地说""他深有体会地说"之类,这在多数情况下不可取,而且常常是与下面的谈话对不上茬的。

第三,语言要通俗、响亮、口语化,更加注重形象化。

第四,要边采录边构思阐述稿的写作。采录完毕,阐述稿应在记者脑中大体成型。

三、广播专题与录音新闻作品评析

第二十三届中国新闻奖一等奖作品广播专题《我把光明献给你》,记者在现场真实地记录了珍贵感人的同期声,如笪秋香在病重时留下遗言,捐赠器官,父亲的哽咽;巴依拉重获光明后与苏州妈妈亲切交谈……记者在现场,但没有干扰现场,而是及时精心选择、记录同期声。正是因为这些真实、感人的同期声,让作品饱含深情,自然而然地感动了听众。

新闻专题《我把光明献给你》是由新疆人民广播电台于 2012 年 5 月 20 日在综合节目《龙门茶馆》栏目中播出的节目,时长 19 分 49 秒。作者为佟慧娟、郭玲、巴何提古丽、王欢。

在苏州驻霍尔果斯援疆办的推动下,2012 年 5 月 11 日,31 岁的苏州姑娘笪秋香的眼角膜移植给了新疆伊犁哈萨克族年轻母亲巴依拉。笪秋香的父母痛失爱女,却拥有了来自新疆的女儿——巴依拉。远隔千山万水的两个地区、不同民族的两个家庭的命运,就这样与新一轮的援疆战略联系在一起。该作品所揭示的正是这样一个充满人间大爱的时代主题。传递了光明与真爱,书写了人性美好和感恩情怀,展现了中华民族大家庭的关爱和温暖。

作品以事实说话,用细节感人。"笪秋香的妈妈为巴依拉揭开纱布""巴依拉给苏州妈妈唱歌"等生动的细节、鲜活的音响、质朴的语言,把重大主题和社会主流价值观融入到对两个家庭命运的关切之中,给人以深刻的启迪。

记者第一时间了解到新疆伊犁患者将获得苏州捐赠者捐献眼角膜的线索,立即赶赴伊犁采访,并随医疗队赴苏州全程采访手术经过,护送受捐后重获光明的巴依拉回到家乡的第二天,主创人员精心制作此专题。十多个日日夜夜里,记者陪在巴依拉身边,近距离采访手术过程,以及巴依拉与笪秋香父母相见的感人场景。其间,新疆台在新闻广播和综合广播每天播发消息和记者连线,跟进事件进展。

此事广播播出后,还通过网络、微博等形式广泛传播,引起听众和网民的心灵共鸣。新疆、江苏媒体广泛关注,全国多家网站转载。在机场偶遇巴依拉的苏州市民钱仲茂激动地说:"看到她眼睛恢复了,心里很高兴,为苏州人感到骄傲。"一时间,当地签订自愿捐献眼角膜的人数明显增加。2012 年 7 月 31 日,由中央文明办主办、中国文明网承办的"我推荐、我评议身边好人"活动揭晓,笪秋香荣登"中国好人榜"。

广播专题有它的写作基本要求,即要表现出丰富的内涵,其中包括信息内涵、情感内涵、知识内涵、观念内涵、哲理内涵等。一篇精品广播专题要想感染听众,给人留下深刻的印象,很大程度上取决于情感内涵的有效发挥。因此,注意挖掘新闻主体的情感内涵是采写精品广播专题的重头戏。

在广播专题中特别是人物报道中的细节描写对于渲染气氛起着重要作用,因此,广播记者在采访中要想捕捉最精彩、最生动、最感人的细节,就要深入新闻事件的第一线,同当事人、目击者接触,多看、多问,充分掌握第一手资料。材料和细节掌握得越多,才能挖掘出最有代表性、最具有说服力的典型事例。

在掌握了大量材料以后,首先要精心提炼,用揭示主题的事实说话,以事实感染人。

新疆电台记者在第一时间了解到新疆伊犁患者将获得苏州姑娘捐献眼角膜的线索,立即赶赴伊犁采访,并随医疗队赴苏州全程采访手术经过。采访中到苏州大学附属理想眼科医院,到巴依拉家,到笪秋香家,到上海浦东机场,采访了巴依拉、巴依拉母亲、笪秋香父母、医生、领导、群众等人,录下了大量的素材,了解了远隔千山万水的两个地区、不同民族的两个家庭的命运。为了准确、生动、深刻地反映江苏苏州、新疆伊犁两地真情演绎民族大爱的典型,作品精心筛选了七段叙述的感人事实来表现民族大爱。这些事例既真实又感人,很有说服力,播出后收到很好的效果。

实践证明,唯有真情才能感人。听觉和视觉有通感,电影电视讲究"画外音",而广播讲究"音外画",即可以通过音响构筑画面。正确运用音响,既可以表现典型人物和事物的个性,又可以增加真实感,烘托气氛,延伸主题,从而提高广播节目的品位和档次。

广播专题《我把光明献给你》之所以特色鲜明,感染力强,除了用心、用情之外,在很大程度上取决于音响的绘形入胜,起到了其他媒体不可替代的作用。比如有一段记者采访巴依拉的对话。[出录音]记者晓童:"今天早晨9:50左右,巴依拉和她的丈夫金斯走上了飞机,他们俩是第一次坐飞机。巴依拉怎么样?"巴依拉:"我现在特别高兴,有一点紧张耳朵疼一点。"记者晓童:"马上要去苏州了,你想象一下苏州是什么样子呀?"巴依拉:"很美的,很大的地方吧。"[录音止]

这简短的一问一答,尽管只有100多个字,但通过一句"我现在特别高兴""很美的,很大的地方吧",既交代了来自新疆伊犁的巴依拉的心境,也使广大听众听出这位病人的期盼,更加深刻地反映出巴依拉渴望复明的内心世界。

总而言之,广播专题要想使人爱听,而且听后留下深刻的印象,就要克服新闻表面化、表层化的通病,从挖掘内涵入手,在思想上向深度开掘,在取材上向广度拓展,运用多样的表现手法,给人以更多的信息含量,更丰富的情感韵味,更深刻的哲理启示。[1]

第三节 广播直播与广播连线报道

一、广播现场报道

(一)定义

广播现场报道是广播记者现场口头报道的简称,是记者的现场口述和现场实况音响相结合的一种报道形式。严格地说,它也是录音报道的一种。它与其他录音报道形式的主要

---

[1] 朱惠民,广播专题《我把光明献给你》赏析[J].声屏世界,2014(6).

区别体现在现场采制方式上,即从新闻事件发生的现场发来的报道,因此国外称之为实地报道。省去工序,现场感强烈,使人感到更加真实可信,这是现场报道的明显优势。

(二)广播新闻现场报道的优势

1. 时间距离

绝大多数情况下,新闻事件从发生到传播直至为听众所接受,这个传播过程需要经过一段时间,这段时间是新闻事件与听众之间的时间距离。传播效应随着时间距离的增大而减小,因此,新闻报道工作者有必要缩短时间距离。广播新闻现场报道省去了事后整理素材、撰写稿件以及合成的过程,只需要剪辑整理现场录音就可以播出,从而有效地缩短了时间距离,增强了新闻的时效性。

2. 空间距离

利用无线电波传送声音使得广播新闻的现场报道成为可能,极大地缩短了新闻事件发生现场与听众之间的空间距离。广播新闻现场报道的一种特殊形式——现场直播则将时间、空间距离缩短到了几乎等于零的程度,因此可以说,现场直播中事实报道的直接性和强烈的现场感实现了新闻与事实相对无距离。

3. 心理距离

贴近社会、贴近现实、贴近人民群众;把握时代脉搏、弹奏时代旋律是广播传媒不可动摇的追求和信念,现场报道则是生活的反映、现实的写照。记者在新闻现场向听众描绘场景,听众可以感受到新闻现场的整体氛围。这种报道形式非常接近于人们自然状态下获得信息的形式,听众有亲临现场的感觉,极大地缩短了心理距离,也让信息在听众的脑海中留下了较深的印象。

(三)评析广播新闻现场报道的关键点

1. 看广播记者的新闻敏感性

新闻敏感性对广播新闻记者来说是至关重要的。记者要学会做到留心小的、身边的事情以及大的社会动态,把做好新闻事业作为毕生的追求目标,把生活的阅历与人生的思考、知识的积淀与现场的灵感等化为自身的综合素养,厚积薄发。同时要做好各项采访准备,广泛搜集背景资料,积极策划报道的层次与角度,在短暂的时间内,争取做到言之有物,既要有现场,又要有深度,这样才能做好现场报道,增强报道的现场感。

2. 看是否积极把握现场

广大听众对现场的认知以及现场气氛的感受主要来源于记者的播报,因此,以声音来传达现场气氛的广播类节目中,现场气氛的渲染是十分重要的。首先,记者要准确把握新闻事件现场的宏观气氛。例如,在较大的工程竣工现场,记者要传达给听众的应该是宏大而热烈的气氛；在批评报道现场，应该是严肃而认真的气氛；在抗震抢险现场，应传达的是凝重悲壮的气氛等。如果现场气氛把握错误，就会让听众感到困惑。其次，现场报道的优势要发挥出来还要依托现场的音响选择。现场报道要选择那些最能反映新闻事件本身的典型的音响，能够捕捉新闻事件本身的意义。音响有叙述性、议论性及情感性三种形式，依据事件不同而选择合适的音响，可以充分展现广播新闻现场报道的真实感。例如，在重大节庆活动的现场，记者应该让鞭炮齐鸣、锣鼓喧天等喜庆热烈的音响成为现场报道的背景音响；在抗击台风暴雨一线，记者应该让呼啸的风声、滂沱的雨声进入听众的耳朵。通过这些能够真切展现事件原貌的音响，能让听众产生身临其境的感受。最后，记者的解说也是增强现场感的一个重要方面。解说应尽可能使用进行时态，要通过自己的眼睛、耳朵与口头表达让听众跟进事情发展的情况，要做到眼快心快嘴快，缩短听众与现场，即人与时空之间的距离，增强报道的目击感，充分体现现场报道的时效性。

3. 是否精心组织提问，增强感情交流

广播新闻的现场报道是一种线性传播方式，为了使报道简单明了，节目编辑或主持人经常会与记者就报道内容进行沟通，替代听众来跟记者了解现场信息，因此，记者应在现场快速思考，抓取热点问题进行采访。记者提问技巧的高低与采访方案、报道意图能否顺利实现有着直接的关系。有效的提问可以深度挖掘新闻事件的价值，使报道的思想观点具体深刻。因此，要灵活运用各种提问技巧，依采访目的和采访对象而采用不同的谈话策略，这样才能有效保证现场新闻报道的成功。有些记者在提问前，先将问题整理在本子上，然后向采访对象按照顺序一一提出，这样做有时是很必要的，能够对提问结构作充分准备，但有时很容易将采访过程弄成"一问一答"的问题型采访，缺少人情味和交流感。在提问中，记者应当切实做到坦诚相交，推心置腹，提问灵活，随机应变。

二、广播新闻连线报道

广播连线报道，是指在广播新闻直播节目中，记者在新闻事件的现场，通过手机等通信工具，与直播间里的主持人进行交流，报道新闻事实、描述新闻现场或对新闻事件进行即兴评述的一种报道形式。

在媒体多元化的今天，广播新闻连线报道发挥了独特的优势。它的突出特点是具有时效性、真实性、可听性、互动性和服务性。

（一）广播新闻连线凸显广播新闻的时效性

广播新闻连线从真正意义上实现了广播新闻的第一时间、第一现场、第一声音，新闻的最大魅力就在于它的"新"。在如今这个信息化时代，传统的广播媒体受到了强烈冲击。由于缺少视觉图像，广播新闻在传播上稍显逊色。在这种情况下，广播新闻只有另辟蹊径，扬长避短，才能吸引受众的耳朵，广播连线报道正是发挥了广播及时、便捷的优势，让广播新闻抢占先机。

在广播连线报道中，广播记者只需一部电话，就可以在事件发生的第一现场，通过直接连线把正在发生的新闻事件实时传递给受众,让受众零时差感受新闻的发生。

2008年初,我国南方发生了雨雪冰冻自然灾害,在对这一事件的报道中,电视、报纸等媒体因灾害严重不能正常发挥作用,而广播传播及时、便捷的优势得到充分体现。2008年2月2日,在前往重灾区湖南郴州的列车上,温家宝总理向全国听众、向灾区的群众拜年,在无线网络中断的情况下,随团的中央人民广播电台记者在信号微弱的情况下通过手机连线将这个消息告知中央人民广播电台本部的导播,先于其他媒体在第一时间播出温总理的问候,将党中央和国务院的温暖传向四面八方。

广播新闻连线报道的优势不仅体现在自然灾害发生时,在常规的新闻节目中,广播新闻连线的优势也很明显。中央人民广播电台《中国之声》与各媒体开展广泛合作,构建了事件性报道全面的信息网。现在,我国和世界各地的重大新闻事件一经发生,《中国之声》就与新闻现场记者连线,进行即时报道,大大增加了广播新闻的时效性和可听性。《中国之声》的先进经验很快被各地方台模仿和借鉴,各地方台还结合自身的实际情况进行各种改革和创新。

铁岭广播电视台新闻广播在这方面也进行了自己的探索。铁岭广播电视台新闻广播专门设置了一档新闻连线节目《直播铁岭》,在每天上午对当天发生的重要新闻、民生新闻都实行现场连线报道,对相关采访对象进行现场直播式的采访,先于其他媒体第一时间将新闻事件发布出去,将新闻事件、新闻现场的音响第一时间传递出去,可谓新鲜逼人。这种连线报道方式实现了当天新闻最早播报,满足了受众急切关注家乡新闻的心理愿望,受到普遍的关注,提高了铁岭新闻广播的影响力。

(二)相对其他形式的报道,广播新闻连线报道更有现场感

2010年3月28日下午13点40分,山西华晋焦煤公司王家岭矿发生透水事故,150多人被困井下。在透水事故发生的当天夜里,中央人民广播电台驻山西记者就及时到达华晋焦煤公司。第二天天刚亮,中央人民广播电台就以连线报道的形式播报了来自王家岭矿难的相关情况。在随后的新闻报道中,矿难救援的最新情况不断以连线报道的形式从电波中传来——4月2日,井下传出敲击声,当这一极具震撼力的音响通过电波传出来的时候,广大的广播受众为之动容,此时此刻,连线报道将电波两端的心紧紧连在了一起。通过不间断的连线报道,事故现场记者、官员、专家的声音一次次被接入直播间,把受众最关心、最想知道、最想了解的矿难救援的最新进展传递出来。同时现场的各种音响让受众体会到了现场气氛,切身感受到了被困人员的处境,这种信息传递方式,最大限度地满足了受众的心理需求,让受众信服。

(三)广播新闻连线报道形式灵活,更具可听性

广播是听觉媒介,线性传播,听的时间长了,受众很容易产生听觉疲劳、注意力很难集中,对广播新闻也就不会产生深刻印象。广播连线报道把记者的现场解说与现场音响融为一体,使广播的声音元素更丰富。同时广播记者用生动、形象的语言恰当地营造出新闻事件的画面,把事件现场的氛围充分地表达出来,使受众身临其境,具有较强的现场感,增强了广播新闻的吸引力和感染力。广播连线报道弥补了广播的先天不足,增强了广播新闻的可听性。

(四)广播新闻连线报道的互动性成为广播新闻竞争的有力武器

与电视、报纸等传播媒介相比,广播传播的一个突出特点就是互动参与性强。广播连线报道不仅能够把新闻事件现场的情况全方位、多角度地反映给受众,而且还能让新闻事件的参与者通过电波传递自己的声音,拉近广播新闻与受众的距离。

2005年《中国之声》一天三档的《新闻直播间》栏目是一档堪称典型的多向互动新闻栏目,记者的现场新闻报道是在与主持人的互动中完成的。听众的收听反馈也是在与主持人、记者或嘉宾的访谈中互动穿插完成的。记者还可以带着主持人或听众提出的问题去完成第二次采访。

(五)广播新闻连线报道还具有服务性

铁岭广播电视台新闻广播中开办的《直播铁岭》节目是一档综合新闻节目。2010年,《直播铁岭》与当地的劳动部门联系,在每天的《直播铁岭》节目中,主持人都在现场与铁岭市劳动部门的工作人员进行连线,工作人员会把当天主要的用工信息、当季用工热点等通过电话连线的方式告知广播受众,让不方便去劳动力市场找工作的人也能听到招聘信息。

2011年,《直播铁岭》栏目又与当地的证券公司合作,每天通过电话连线的方式,在第一时间播报当天股票的形势,投资小贴士等,让那些热衷炒股而又没有时间的人及时了解到股市信息。《直播铁岭》栏目充分发挥了广播的服务性功能,扩大了铁岭新闻广播的影响力。

在媒体间竞争激烈的今天,连线报道只有充分发挥广播这一传统媒体的各种优势,扬长避短,才能在新闻节目中发挥出越来越重要的作用。

三、广播新闻连线报道评析

(一)从报道中看前期准备工作

做好、做足前期准备工作是提高广播新闻连线报道质量的前提。首先,要确定什么样的新闻题材适合做现场连线报道,如在进行重大灾难、重大会议等新闻事件报道时比较适合用现场连线报道,这样可以动态报道事件的过程。其次,还要根据报道内容、报道环境选配合理的报道器材和现场记者。这样才能全面报道新闻事件,较好地掌控报道现场,让报道内容更加丰富。最后,还要设计好采访提纲,根据采访的主题,确定最佳的采访角度。这样可以有效应对突发情况,保证报道过程的顺畅。

(二)看是否深挖细节,提高报道的深度

与传统广播报道相比,现场连线报道的优势就是现场感强,能让听众"眼中有物"。因此,对现场内容不能毫无选择地进行全面报道,要根据现场情况和听众的兴趣点,找准信息点,反映和突出主题,寻找细节,站在听众的角度进行深度报道,增强报道的现场感。

(三)是否合理选择连线时的环境声

在进行现场连线报道时,环境声至关重要,合理选择环境声可以为报道增色不少。现场

连线报道时,记者、采访对象的声音是对现场情况的讲解,而现场环境声可以把现场的氛围环境直观地展现给听众,让听众如临其境、感同身受,增强了报道的现场感。

(四)看广播新闻连线报道的策略

1. 连线报道的选题

并不是全部的新闻事件都适合连线报道,比如严肃的政治会议新闻,就不适用现场连线报道。连线报道适用于突发事件、正在发生的事件或一些关系国计民生的重大新闻活动等题材,这些题材更能凸显其优点,提高报道效果。

例如,福建交通广播在 2013 年 8 月 31 日报道福建龙岩市连城县的董云带着瘫痪的妈妈坐上爱心车,历经 7 个多小时安全抵达广州的事件,就采用了全程连线报道的方式。

由于董妈妈身体情况比较特殊,而且此行路途遥远,福建、广东两省的高速交警和医护人员开始了一场"爱心护送"接力。记者在当天上午就通过电话,向听友介绍董云在龙岩家里做着出发前的准备工作,还分别在出发的那一刻、从福建高速路进入广东高速管辖范围的那一刻、抵达广州学校的那一刻等不同时段、不同路段与直播间主持人互动交流,描述现场情景、报道正在发生的"爱心护送",全方位、递进式地反映了董云求学路上温暖人心的那一个个时刻,彰显了广播传播的快捷优势。在突发事件中,连线报道优势更加明显。

2. 是否找准连线报道时空点

事件是第一性的,报道是第二性的,有了事件,才有报道。换句话说,身为记者,无法也不能去策划新闻事件。但是,记者策划报道的方式方法却是可以的,而且是应该的。对于刚刚发生或正在发生的新闻事件,记者要在哪个时间点、哪个地点做连线报道确实值得策划,找准了连线报道的时空点,能提高广播新闻报道的现场感。

3. 看连线报道"说什么"

当新闻事件发生,记者赶赴现场准备连线时,都必须考虑:我要说什么?哪些信息是听众最关注的?听众想知道这些信息吗?只有带着这些问题进行信息选择,才能够抓住听众的耳朵,连线报道的质量才会有保证。所以,连线报道"说什么",关键是记者能说到点子上,要言之有物,不是看见什么就说什么。一般来说,记者在连线报道中,主要包括现场描述、采访、总结这三个方面。

4. 看连线报道"怎么说"

"怎么说"要"说"得明白。广播是听觉艺术,记者的普通话虽不要求像播音员一样字正腔圆,但必须咬字准确,发音清晰,让听众一听就懂,不能产生歧义。所以,广播连线报道的用语必须通俗易懂,应该完全是口头语言,抛弃那些文绉绉的书面语,舍去那些从听觉上容易误解的字词、繁冗的长句等。要"说"得自然、准确、生动、有逻辑。

第四节　广播访谈报道

一、广播新闻谈话节目

(一)广播新闻谈话节目定义

广播新闻谈话节目是指以新近发生的新闻事件和近期的社会热点为谈话主题,以传播者和受众之间的实时交流为传播形式,实现介绍新闻背景、分析新闻事件、预测社会趋势、反映公众意见等功能的专栏节目。它的样式有三种:第一种由主持人和嘉宾的谈话构成,如上海人民广播电台原来的《新闻访谈》;第二种完全由听众的热线电话参与构成,如《生活新观察之"百姓大实话"》;第三种则综合采用以上两种方式,如《市民与社会》。

(二)广播新闻谈话节目的产生与发展

从广播的发展规律来看,人们对于信息已经不再是简单的接受,人们更想了解的是新闻事件的全貌或"新闻背后的新闻"。广播自身的传播符号的单一性决定了广播要完成对事件的深度报道难度较大,因为它要面对的不仅是自身表达的问题,更在于这样的报道极易让人感到枯燥,可能还没有讲清楚,听众就已经不胜其烦而迫不及待地转换了频道。而广播新闻谈话节目可以很好地弥补这个缺陷,随着所探讨话题的不断深入和听众们的广泛参与,节目呈现出观点多元、内容丰富、形式生动的鲜明特征。

(三)中国的广播新闻谈话节目的诞生得益于新闻领域改革开放的政策

1986年12月珠江经济广播电台开播带来了中国的第一次广播改革的浪潮,标志着中国广播界在新闻传播事业上开始了新的探索和实践。1992年,上海东方广播电台的开播,拉开了在同一个城市有两家市级电台竞争的序幕。在这种局面下,和新中国同龄的上海人民广播电台,率先发挥广播本身的特点,积极引进设备,开设了上海广播史上第一个由听众直接打电话参与的新闻谈话节目《市民与社会》。

(四)新闻谈话节目的话题与节目形态

业内人士评论认为,目前电台的访谈节目的定位可以归纳为:信息交流的渠道,官民对话的桥梁,公众意见的论坛。以近年来的节目为例,所选的话题大致可以分为四类:官民对话、政要访谈;新闻事件评论与分析;关注经济和社会发展;生活方式漫谈。

二、广播新闻谈话节目评析关键

要办好一栏新闻谈话节目,首先要清楚,节目赖以生存的基础是什么?这就是"新闻性"和"时效性"。其次,在节目的具体运作中,要考虑怎样才能做到始终不偏离主题,而且始终不失思想性、严肃性。评析探索广播新闻谈话节目成功的要素有以下几点：

(一)紧扣新闻事件,搭准社会和时代的脉搏

新闻工作与受众心理休戚相关,我们所应该做的是了解社会大众的心理诉求(人们想知道什么,他们关心些什么,他们有什么样的困惑),对于新闻谈话节目来说,把握好这一点尤其重要,可以说是成功与否的关键。

(二)心态开放,敢于包容多元观点

每天正在发生的大量新闻事件是我们的节目取之不尽的话题源泉。然而并非所有的新闻都可以拿来议论一番。一档新闻谈话节目必须从中筛选话题,选取角度,从受众的心理和实际生活需求出发,开题立意并展开讨论。

好的话题必须具有一定的开放程度,至少不会让人一看就知道标准答案,其中应包含观念的冲突和思想的交锋,甚至具有一波三折的特征。

(三)驾驭谈话,善于引导

观点的开放和多元将使节目变得丰富多彩,然而作为节目的制作者并不能仅仅满足于一时的热闹,更不能"脚踩西瓜皮",使节目显得七嘴八舌,不知所云。任何一个话题的争论都只是冰山一角,其背后往往有着深刻的社会历史和现实背景。因此,节目的制作者事先必须占有大量的背景材料,并且具有对我国国情和社情、民意的深刻理解。"为什么要说"和"我们到底要说什么"应是时时提醒节目制作人员把握节目制作意图的两个重要问题,而在直播过程中,主持人则要时刻考虑整个节目的谋篇布局,控制节目的起承转合。牢记"倾听而有立场,引导而不妄断",不断提高节目的水准和意境。

三、广播访谈节目评析

2016年,四川广播电视台新闻访谈《放飞"重楼梦"——对话创业冠军陈飞宇》获第二十六届中国新闻奖三等奖。这个访谈节目反映的是2015年"大众创业、万众创新"大潮兴起背景下,10月19日至25日,首届"全国大众创业、万众创新活动周"在北京、上海、成都等全国8个城市举行。"活动周"开幕当天,在北京中关村主会场,来自四川绵阳的28岁小伙陈飞宇作为创业者代表之一,受到了国务院总理李克强的接见。总理还勉励他"好好干"。三天后,在"中国创翼"青年创业创新大赛的决赛现场,陈飞宇带来的重楼项目斩获了总冠军。

"重楼",中药名,为百合科植物云南重楼或七叶一枝花的干燥根茎。作为中药材的重楼项目,为何能在全国众多优秀参赛项目中脱颖而出？在陈飞宇身上,有着怎样的创业故事？作为创业创新的榜样,他的经历和经验又会给众多的创业者带来哪些启示和借鉴？2015年10月25日,四川广播电视台新闻频率把载誉归来的陈飞宇请到了直播间,推出了新闻访谈《放飞"重楼梦"——对话创业冠军陈飞宇》,邀请他跟听众、网友分享创业心得和体会。

"当时得知这一消息,我们立马觉得这是非常好的新闻选题。"说起当初团队接到此消息时的反应,作品主创团队成员之一薛怀刚说,"来自四川的创业者、大赛冠军、李克强总理接见,这些新闻要素光听着就来劲!大家决定就以他的创业经历和心路历程做一期直播访谈节目。"

2015年10月25日12:10,四川广播电视台新闻频率民生观潮栏目,将陈飞宇请到直播间,与听众共同了解这位创业冠军背后鲜为人知的故事,引发社会广泛关注。

作品着力挖掘和呈现了陈飞宇身上的三大闪光点:第一,在创业冠军的"光环"背后,是陈飞宇长期扎根在大山深处的艰苦奋斗;第二,给传统行业插上"科技的翅膀",同样能获得广阔的创业空间;第三,重楼项目带动村民增收致富,为当地脱贫攻坚贡献了力量。基于这三大闪光点,整个访谈节目从陈飞宇赢得冠军、受到总理接见这一备受关注的话题切入,层层推进,重点围绕其创业经历、心路历程、重楼发展前景以及对广大创业者的建议等展开了交流,以生动的故事、质朴的语言,将创业冠军陈飞宇的形象立体地呈现在了听众面前。

作品主题集中,层次清晰,新闻性强。主持人对话题和访谈节奏把握到位,谈话流畅自然。同时,作品还综合运用了音乐、导听插片、资料短片等元素,对访谈内容和背景进行了必要的补充,也增加了人物访谈的可听性。整个访谈节目主线明晰、层次分明、自然流畅、一气呵成,播出后深受听众好评。

作品紧扣"大众创业、万众创新"主题,在"全国大众创业、万众创新活动周"闭幕当天对创业冠军陈飞宇进行访谈,新闻性强、时效性强。作品通过挖掘创业冠军背后鲜为人知的故事,生动鲜活地展示了青年创业者的风采,传递出了"实现创业梦想需要实干精神和进取意识,创业者在创造财富的过程中应更好地实现精神追求和自身价值"这一鲜明导向。

作品选取曾受到李克强接见的青年创业者代表陈飞宇作为访谈对象,新闻性强,人物典型。作品主题集中,访谈节奏把握到位,故事挖掘深入生动,且通过资料短片、微信等多元素使背景更丰富,听众有参与感,是一期优秀的广播新闻访谈节目。

本章小结

广播新闻语言具有口语化、形象化、大众化的特点。新媒体环境下我国广播新闻的特点为:新闻发布权威性,采编全面性与节目多样性,内容"碎片化"和方式"轮盘化"。发展趋势为:声音多元化、互动方式新媒体化、新闻播报亲和化、直播常态化。专题报道要求题材结构故事化、叙事方式感情化、人物展示个性化。录音报道特点为:浓烈的现场感、无可辩驳的真实感、动情的感染力。评析广播录音报道关键:看是否角度巧妙主题深刻,听是否有典型音响,察采访过程中的应变反应,注意音响与文字稿件的融合。评析录音中记者阐述要求:要与实况音响紧密结合,语句的感情、节奏要与音响一致;引出人物谈话要自然一些、巧妙一些;语言要通俗、响亮、口语化,更加注重形象化;要边采录边构思阐述稿的写作,采录完毕,阐述稿应在记者脑中大体成型。广播现场报道也是录音报道的一种。评析广播新闻现场报道的关键:看广播记者的新闻敏感性,看是否积极把握现场,是否精心组织提问,增强感情交流。广播连线报道评析:要从报道中看前期准备工作,看是否深挖细节,提高报道的深度,是否合理选择连线时的环境声,看广播新闻连线报道的策略。新闻谈话节目是指以新近发生的新闻事件和近期的社会热点为谈话主题,以传播者和受众之间的实时交流为传播形式。广播新闻谈话节目评析关键:要紧扣新闻事件,搭准社会和时代的脉搏,驾驭谈话,善于引导。

思考与练习

1. 请找同一新闻的报纸与广播的不同报道,比较一下,看看广播新闻作品有哪些特点?
2. 分析一篇录音报道,看看广播新闻作品中音响录入有哪些特点与技巧?
3. 选择一个广播访谈节目,评析主持人的问话技巧。

第十六章　电视新闻作品评析

电视新闻因其视听兼备、声画并茂的传播优势而异军突起，在新闻界确立了重要地位，成为当代新闻媒介中的重要生力军，并且以广泛而深刻的影响力，成为电视节目的主体、骨干和一个国家电视节目水平的重要代表。新闻与生俱来的基本特点有两个：一个是真实，一个是新鲜，由此而延伸出新闻报道上迅速及时的要求，这是电视新闻最为基本、最为核心的规律。但是，由于电视独特的传媒特性，电视新闻有了区别于其他新闻形式的形态特征，概括起来主要有三个方面：新闻传播的及时性、传播符号的综合性、事实氛围的传真性，这是电视新闻与其他类型新闻相比所具有的一般性特征。

第一节　电视新闻的特点

一、电视新闻概述

在电视新闻内部还呈现出不同的特征，我们根据这些不同特征对电视新闻进行分类。

电视新闻按照不同的标准有不同的划分方法，国内电视新闻界普遍采用以新闻体裁为划分标准的分类法，以此可分为消息类电视新闻、系列（连续）报道类电视新闻、专题类电视新闻、评论类电视新闻。

消息类电视新闻又称动态新闻，是一种迅速及时、简明扼要的报道新闻事实的体裁，是电视新闻节目中最常用的新闻体裁，如《新闻联播》中所播发的一条条新闻就是消息类电视新闻的典型。系列（连续）报道类电视新闻就其单幅而言，时间长度及信息量差不多，但它以数集、十数集的篇幅连续播出，对事件作全面铺叙、纵深挖掘，以整体组合的优势引起社会普遍关注。专题类电视新闻也称新闻性电视专题，是指对某一新闻题材作比较深入、具体、详尽的报道，是电视新闻作深度报道的重要形式，如《东方时空》中的人物新闻专题片《东方之子》。评论类电视新闻是电视机构就新近发生的事件、社会生活中存在的现象，以及公众普遍关注的问题发表意见、阐析观点立场的一种节目形式，如《焦点访谈》中播发的《麦收时节"喜"与"忧"》。

按照体裁划分，电视新闻可以分为以上四种类型，但在新闻实践中按照传播特征和形态类型，可以将其概括为两种：电视短新闻与电视长新闻。电视短新闻指的是消息类电视新闻，短小精悍、简洁明快、采集迅速、播发方便，可以在最短的时间内，以最快的速度、最简洁的方式将已被发现的、正在发生的、有价值的变动的事实及时地告知公众,是人们获得信息的最佳方式,已经成为各电视台新闻传播中最为常用的、最有效的一种报道形式。

电视长新闻则比较复杂。鉴于系列(连续)报道类电视新闻、专题类电视新闻、评论类电视新闻在结构形式及传播形态上的共性,可并称为电视长新闻。它在拍摄前都要首先选定一个主题,如新闻人物或事件,之后是对人物、事件进行专题报道,从不同角度进行系列报道或是进行深度评论。再者,与电视短新闻不同,电视长新闻节目形式上具备成为完整电视片的所有要素,可以制作成为完全意义上的电视片。所以,可以将三种不同体裁的电视新闻划归为一类,统称电视长新闻。研究分析电视长新闻的共性特点有利于改进电视长新闻作品的制作,在后面将做详细分析。

二、优秀电视新闻作品的基本素质

优秀电视新闻作品应具备哪些基本素质?首先,要分析电视新闻作品是否做到了真实,即表现在新闻报道中的时间、地点、人物、事情、原因和经过都经得起核对。其次,要分析电视新闻作品的时效性。新闻与生俱来的另一个基本特点是新鲜,新鲜就是指新闻的时效性,时效是新闻的第二生命。最后,优秀的电视新闻作品要具备一定的评论性。单纯及时地报道事件事实,并不是成为优秀电视新闻作品的充分条件,因为严格意义上说,那样只实现了新闻事业"沟通情况、提供信息"的功能。如要实现其"整合社会、舆论监督"的功能,电视新闻作品必须具备一定的评论性。

三、电视短新闻的评析方法

电视短新闻即消息类电视新闻,有着简洁迅捷的传播特性,是电视新闻传播中最为常用的、最为有效的一种报道形式。电视短新闻的传播特性表现在三个方面:播报面广、内容精练、传播快捷。其评析要点:

一看是否用事实说话。电视短新闻"播报面广"的传播特征与其"用事实说话"的形态特点密切相关。用事实说话是直面现实新闻精神的要求,是指电视短新闻的画、声、字必以新闻事实为绝对依据。

二看是否内容精练。电视短新闻"内容精练"的传播特征与"短"的形态特点密切相关。短即简洁明快,是电视短新闻区别于其他电视新闻体裁的最主要、最鲜明的特点。电视短新闻由于其篇幅限制,只能集中精力报道一个新闻事件,如《新闻联播》1980年平均每条新闻的时间长度为2分多钟,到1990年已经减至1分钟左右,单位时间内播出新闻的条数大大增加。另外,电视短新闻"传播快捷"的传播特征与其"快"的形态特点密切相关。时效是新闻的生命,"快"理所当然地成为电视短新闻的重要形态特点。

三看是否个性鲜明。电视短新闻特点明确、个性鲜明,但是我们不能说有了鲜明特点就是好作品,这还不充分。若要使观众锁定频道,必须要保持内容的新鲜。电视短新闻的内容新鲜来自两个方面:一方面要横向地看,即对生活中日日更新的新生事物的捕捉,比如新政令的颁布、新工程的竣工;另一方面要纵向地看,即对同一事物因不断变迁而产生的现象的报道,比如中央电视台在大兴安岭火灾期间,每天都有针对险情的消息报道。保持内容的新鲜,首先要做到独具匠心,将具有典型性、特殊性的事物展现给观众;其次,应该注意报道形式的新颖、切入角度的新颖、着重反映事物的变化和对事态的预测,如齐鲁电视台的新闻栏目《拉呱》,采用方言说新闻的形式,给观众耳目一新之感,并勇夺全国收视率冠军。

四、电视长新闻的评析方法

电视长新闻的评析先看其特点是否明显,它有以下几个特点:第一,主题专一、连贯整体、报道及时;第二,新闻中存在悬念,吸引力与传播力强,如《新闻调查》的《天价住院费》围绕事实环环相扣、步步深入,在达到新闻调查评论目标的同时也吊够了观众的胃口;第三,叙议结合、多重角度,透过复杂而模糊的现象认识到新闻的本质。

接着要分析不同体裁电视新闻作品各自具体的特点。由于系列(连续)报道类电视新闻、专题类电视新闻、评论类电视新闻存在以上所述诸多共性,所以在分析中,要注意不同体裁之间的比较,要有整体的观点,切忌只见树木,不见森林。

(一)系列(连续)报道类电视新闻评析

系列(连续)报道类电视新闻还可以分为连续报道与系列报道,二者的区别由选题所决定:连续报道是同一题材的连续,是对同一新闻事件或人物的报道,多集报道中每集之间存在因果关系;而系列报道是主题的连续,是围绕同一主题从不同的角度进行报道,各集可以有不同的选题,不具有因果关系,结构松散。

这样两者在传播上便呈现出了不同的特征。首先,由于是连续地报道事件,所以连续报道在时效性上要强于系列报道;其次,连续报道无法预知事态的发展,所以报道顺序不能颠倒,系列报道已知事件原委,可以按照主题选择组织材料。

(二)专题类电视新闻评析

专题类电视新闻是体现电视新闻深度报道的主要手段,类似于报纸、广播新闻中的通讯。专题类电视新闻的传播特性与其他体裁相比有两点:第一,时效性上输于电视短新闻,但讲究抓住时代的脉搏、紧跟新闻事件;第二,有一定的深刻性,通过对现象背后原因的揭示,使其具备丰富的内涵。

(三)评论类电视新闻评析

评论类电视新闻是电视新闻结构中不可缺少的一部分,评论的要求使评论类电视新闻具备以下传播特性:第一,可以使用多种电视表现手法,如在中央电视台制作的《惜哉文化》中,作者把市长在不同地点发表的关于吉林省博物馆火灾原因的谈话编辑在一起,利用其前后矛盾达到评论的目的;第二,形成了媒介传播与受众认同的双向交流,记者出镜、观众参与的机会远多于其他新闻体裁,更易使观众产生心理认同感。

(四)分析电视长新闻制作过程的几个关键问题

在明晰电视长新闻的共性及三种不同体裁的电视长新闻的特点之后,还需具体分析电视长新闻制作过程中的几个关键问题,这些问题关乎电视长新闻的质量。

第一,分析题材的选取。题材的选取不仅是专题类电视新闻所要做的工作,系列(连续)报道类电视新闻与评论类电视新闻都是在新闻事件发生后才进行制作,所以都需要对新闻事件进行甄选。

第二,分析新闻结构的安排。电视长新闻是完整的电视片,有起承转合,如央视调查类专题节目《新闻调查》,提出新闻加故事性的结构安排策略,因为40分钟的节目容量需要跌宕起伏、一波三折的结构,否则同样题材的新闻会拍得沉闷,降低新闻的可看性,所以优秀的电视长新闻须注意衔接、把握节奏、强调层次。

第三,分析电视长新闻中的评论。言论是电视长新闻的旗帜,点评是其对新闻事件的提炼,理念则是其精粹,电视长新闻应加大评论的分量,以体现其报道的深度和思辨色彩,这是使电视新闻超越图像文化的"低智力门槛",成为与报纸新闻相媲美的高质量文化形式的必由之路。

第四,分析主持人(记者)的素质。电视长新闻的发展给主持人(记者)提出了更高的要求,主持人(记者)不是播音员,他(她)必须具备记者的业务素质,一般记者还不行,而是有一定经历、阅历和影响力的资深记者。他(她)必须具备独立采访、编辑和上镜的全部能力,他(她)的一举一动、甚至每一句话,都会影响广大观众的观点,这种人才能成为主持人,国外称为新闻主播。央视白岩松、王志,以及近来在大陆人气颇高的台湾东森电视台女主播卢秀芳都是一路从记者干过来的,他们驾驭重大事件、即兴发表评论的能力都得到了广大观众的认可,这样的主持人(记者)不仅是电视新闻节目的灵魂,也是一个电视台的形象代表。

第二节　电视新闻专题评析

电视新闻专题是综合运用各种电视表现手段与播出方式,通过对重大新闻题材或围绕重大主题的详尽、深入或独特视角的报道,为观众提供深度信息的新闻报道形式。电视新闻专题评析应注意以下要点。

一、看是否具有新闻性

电视专题和消息类新闻一样具有新闻性,需要迅速及时地反映社会生活中的种种问题和现象。电视新闻专题要注重时效性,时效性是新闻的基本要素,也是电视新闻所必须具备的,只是新闻专题的新闻性不一定要即刻报道所发生的事情,而是围绕新闻事件或新闻人物等展开,结合当前的社会需要,对重大新闻题材,及时深入地采访、挖掘,把新闻事件的来龙去脉都展现在观众的面前。

例如,第二十五届中国新闻奖特等奖作品《新春走基层·家风是什么》是中央电视台调动海内外多路记者,围绕"家风是什么"对国内民众和海外华人进行街头随机采访。记者们共搜集了4000多人的回答,通过老百姓自己的语言讲述出中国家庭中代代相传的家训、家规,展现出中国传统文化中尊师重道、尊老爱幼等优良传统。这期节目在2015年春节前期播出,结合春节的大背景,更好地引起了海内外观众的共鸣。这个新闻专题片准确地抓住当时的时代背景,紧扣时代主题,通过专题片的内容引发受众对节目的思考,如果这个专题片选在其他时间播出,都没有办法取得这么好的节目效果。

二、看是否具有专题性

电视新闻专题片必须具备专题特征,它是消息类新闻的延伸和扩展。这种延伸包括节目长度上的增加,更主要的是节目思想内容的深化,需要更详细地分析新闻事实,透视事物的本质。由于电视新闻专题节目的时长较长,这就要求有完整的构思,在采、写、编、播环节上都更加充分地运用电视表现元素。如何突出新闻专题片的专题性就必须在叙事结构上下功夫。应该做到以下几点:

第一,要注意是否利用冲突架构故事。记者通过美与丑、善与恶、自然与文明的二元对立,让专题片的主题更加突出,重点更加明确。

第二,要注意是否利用悬念推动故事发展。冲突是叙事的框架,悬念是框架中的节点,推动叙事以曲线过程发展。设置悬念让新闻专题片更具有可观赏性,观众一下就被吸引住。

第三,要注意是否利用节奏修饰故事。对冲突、悬念进行合理设置、布局,并附以人物内心的情感波动变化。新闻专题片不是纪录片,新闻专题片需要适当地通过拍摄技巧、采访技巧和编辑技巧,让专题片在最短的时间内,将新闻事件的原因讲述清楚。

例如,第二十四届中国新闻奖一等奖作品《一波三折,一桩医疗纠纷终于妥善解决》,这篇报道通过跟踪一例医疗纠纷一波三折的解决过程,报道了面对棘手的案例、复杂的人性,医调委的工作人员在依法调解的前提下,"情、理、法"相结合地开展工作,最终使一桩走入僵局的纠纷峰回路转、妥善解决,彰显公平、正义。这部专题片以个案为例,讲述了中国的医患矛盾如何产生,并介绍了个案所在地天津市如何有效地建立第三方调解机制来解决医疗纠纷。电视新闻专题片利用其结构清楚、背景丰富和逻辑性强的优势,深入剖析老百姓关注的社会问题,取得了较好的社会效果。

三、看是否具有重要性

专题类新闻的题材主要是社会大众民生问题或是社会热点,这些问题关系到一群人甚至是全国人民的生活状态,或是国家未来的发展趋势。制作新闻专题的记者需要有较高的业务水平,善于发现生活中的具有重大价值的新闻,能让更多的人关注国家未来的发展,让人民的生活更加幸福。判断什么样的新闻内容具有重要性,必须考虑以下几点:

第一,看新闻专题片是否内容丰富、信息量大。电视新闻专题片一般时长在30分钟到45分钟之间,如果新闻信息量较少,则无法支撑整个新闻专题片。第二,新闻专题片的选题是否为社会热点、难点。只有热点和难点才能吸引观众的眼球,受到大家的关注。第三,新闻专题片是否有深入的分析。新闻专题片除了对新闻事实的报道外,还需要对问题做出分析,引起观众深层思考。

新闻专题片不仅是向观众展现问题,更需要引导观众思考,必要的时候要引导舆论,防止民众观点走向极端化。浙江省台州广播电视台电视专题《老何告官记》，获得第二十六届中国新闻奖电视专题三等奖。2015年5月1日，新修订的《行政诉讼法》正式实施，它标志着"民告官"正式走进新时代。该法实施后的5月12日，作品聚焦台州首例公开审理的行政诉讼案件，对坚持"民告官"的主角——原告老何进行了关注，讲述了农民老何自学法律，为村民积极维护权益的历程。私权角力公权，看似一场实力悬殊的"挑战"，人物、立场有反差，作品如何做到客观、真实、平衡就显得尤为重要。在采访的过程中，记者为了避免先入为主，要求摄像记者尽可能多地进行客观记录，给每个当事人以话语权，以纪实手法，朴实地将这场"较量"呈现出来。整部作品，应该说达到了预期效果，充满悬念、步步深入、交叉叙事，层层对比，借助人物鲜明的个性，将不说话的法律更为生动地呈现出来，体现了依法治国的大主题。

第三节　电视新闻直播与电视新闻连线评析

一、电视新闻直播

电视新闻现场报道改变了过去先拍摄画面、后写文字解说、再由播音员播出的老的电视新闻制作模式，采取了无剪辑摄像，省略了编辑合成工序，与新闻事件进展作同步新闻传播。其时间差距极短，新闻价值更大。

电视新闻直播展现事件全貌，使观众产生身临其境的现场感。电视新闻现场报道的规定环境是新闻发生的现场。电视台记者作为新闻事件的目击者甚至参与者，向观众讲述事件的经过、特定的环境、气氛甚至种种细微末节，使新闻事件的发展变化在观众眼前进行。电视直播在今天的电视新闻中越来越占据着主导地位。从国内外重大突发事件的新闻报道实践来看，现场直播至今仍然是最受关注的报道形式，也是满足受众知情权，使谣言止于真相的重要手段，同时也成为大众传媒在新闻竞争中的制胜法宝。

"5·12"汶川大地震——电视新闻直播常态化的开始。"5·12"汶川大地震发生后，中央台、四川台、东方卫视等主流电视媒体纷纷开办全天候的直播。围绕着抗震救灾，各种情况都是动态的、变化的、无法准确预料的。整个事件进程的不确定性，使"汶川地震"直播充满了悬念和期待，赢得了高收视率。

通常电视现场直播主要涉及两种类型的突发事件：第一，自然灾害，包括地震、洪灾（含泥石流）、暴风雪、台风和旱灾等。第二，技术性灾害，包括飞机失事、核反应堆泄漏、原油或化学物质外泄以及类似的紧急状况。值得注意的是，上述分类没有包括关于人的冲突或灾难，如人质绑架等突发事件。主要是这类事件后果更容易预测，而且对一些敏感场面的电视直播容易干扰警方等的工作。

2008年央视对汶川大地震第一时间进行大容量超常规直播，迎来了国内电视媒体对重大突发事件新闻报道的新纪元，开启了新闻直播时代的新开端，赢得了国内民众和国外政府、新闻同行的高度赞扬和评价。《人民日报》评价为，这场全国直播的震情随着电波和网络迅速传送，不仅没有扩散恐慌，反而抚平了公众的不安，凝聚其坚定、沉着、宁静的力量。美国《国际先驱论坛报》则报道说,中国对地震的反应不同寻常地公开,中国电视台不间断地滚动播出灾情和救灾努力,这在中国是非常少见的。央视对汶川地震的现场直播取得了媒体对灾难报道的重大突破。现场直播使信息在第一时间得以传递,有效地抑制了谣言的传播,避免了恐慌的发生,具有开创性意义。

奥运——中国有10.2亿人观看比赛直播。在汶川大地震的悲痛中尚未完全恢复的中国人,又迎来了北京2008年第29届奥运会。2008年8月8日,中国电视人又一次走上前台,只不过登场的情绪和方式与五月份大不相同。依然是直播,据估算,全球约有20亿观众观看了开幕式直播,在中国超过10.2亿人观看了比赛直播。还有一个不同,这次央视几乎成为"奥运盛宴"直播的独享者,央视共有9个频道转播赛事。

二、电视新闻连线

电视新闻连线报道就是以主演播室为中心,单线、复线或放射状与其他分演播室主持人或外景地记者相互串联共同来完成信息传输的一种报道方式。所谓电视新闻连线报道是通过电话、微波、光纤、卫星、网络等传输技术手段,在同一时间、不同空间里,由新闻主持人与现场主持人或出镜记者、采访对象共同参与的对接报道。

近年来,国内电视媒体陆续将目光聚焦到新闻节目的直播连线上来。虽然各频道实践的方式和侧重点迥异,但是可以说,目前,在某种程度上,"直播中国"已然成为进一步发展我国电视传播的一种共识。

(一)电视新闻直播连线在全国兴起

直播连线具有无法替代的现场感和真实感,更容易满足观众在第一时间了解、认识事物和获取外界信息的需要。从传播时间看,信源、信道与信宿始终并驾齐驱,传播中信息噪音几近消解。直播连线以其自身实时、同步、迅捷的优势在电视新闻传播中占据一席,在时间轴线上,受众与动态事件处于同一点,既可以了解信息又让参与心理的需求得到极大满足。直播连线变传统的"今日消息"为"现在消息",缩短传播时间,增强时效性。

1. 北京电视台推出多视窗转换和现场主持群

北京电视台2007年就谋划着怎样在"奥运盛宴"上分享佳肴。从新闻节目构成到形式、内容,全面改版为贴近奥运的北京卫视,将承担奥运团队项目介绍的重要任务交给了现场主持。因为不能进入比赛场地拍摄,所以演播厅外的介绍、采访成为亮点。奥运会比赛期间,北京卫视24小时连续播出,给"直播连线"提供了很大的帮助——BTV-6全面直播赛事和播出赛场新闻,平均每天直播16.5小时;BTV-2利用记者现场连线播出一些边缘比赛,BTV—奥运高清频道用高清信号延播奥运赛事;BTV-7每天在黄金时段双视窗播出双语赛事新闻。

2. 东方卫视SNG实时连线,创立奥运现场化

"在奥运年无所作为是不现实的",这是东方卫视台长蒋为民对奥运年的看法。事实证

明,东方卫视在奥运年获取了自己的一份果实。《奥运看东方》《为奥运喝彩》《五环夜话》等栏目,既有新闻资讯播报,也有体育竞技、综艺、深度访谈、体育评论。全程的 SNG 实时连线,使东方卫视实现奥运现场化。

3. 湖南卫视直播套连线赢在奥运最前沿

湖南卫视开发了体现奥运精神理念和生活方式的一系列节目。奥运期间,湖南卫视在北京设立独立直播室,双演播室对话成为最新亮点。凭借"沪洽周"[湖南(上海)投资贸易洽谈周的简称]设立双直播室的成功经验,湖南卫视以鸟巢为背景,设立了北京前方直播室,或与新华社取得联系,或与奥运冠军、教练等进行通话,直播套连线成为一大特色。

(二)新闻节目直播连线常态化

新闻节目直播连线是电视传播形式中既平常又特殊的品种。所谓平常,是因为同步记录、同步传播乃是电视媒体的重要特性,是电视的本体语言;所谓特殊,是因为它具有对于现场直播的补充性,通过现场性描述、采访甚至评论来满足观众所求的现场感,由于有媒体的直接介入(主持人在现场),它比现场直播更具引导性。

(三)拓展移动直播,实现实时连线

直播连线的拓展必须做到实时连线。以《湖南新闻联播》关于"解放思想在湖南"的报道为例,2008 年 9 月,根据省委省政府的部署,《湖南新闻联播》推出大型系列报道——《直播这一刻——解放思想在湖南》,派出大型采访团分赴全省各地,历时 14 天,行程 1 万多公里,全方位报道"解放思想在湖南"的行动与效果。9 月 8 日采访团兵分两路前往湘东、湘中、湘南和湘西、湘北,广泛搜集社情民意,见证每一寸潇湘热土上正在萌发的细微变革。记者所到之处,每有发现,随时连线主演播室,有来自典型人物的突出表现,有整个城市的变革风貌,有行政高层的正确决策,有经济精英的创新战略。整个采访,42 篇实时报道全面反映了全省解放思想大讨论带来的深刻变化、美好前景。

三、电视新闻直播作品赏析

2014 年 8 月 18 日至 22 日,海峡两岸健儿泳渡台湾海峡,139 公里的直线距离,近 300 公里的实际泳程,耗时 97 小时。这一过程,湖南广播电视台(以下简称湖南台)联手台湾中天电视台进行了全程不间断直播。湖南都市频道提供直播公用信号制作,共同在全国范围内第一次成功实现了超长距离和时间采用公用信号进行制作的海上大型直播,体现出了全国一流的电视制作水平。此电视直播获得 2015 年度中国新闻奖电视直播二等奖。

(一)《两岸健儿泳渡台湾海峡》作品简介

2014 年 8 月 18 日中午,海基会会长林中森热情洋溢的讲话结束之后,北京体育大学教授张健带领两岸 14 名大学生,从台湾新竹看海公园下水启程,以接力的方式泳渡台湾海峡。泳渡团队五天日夜不停地劈波斩浪,历经大风大浪,蜿蜒折返,泳程达到了 300 多公里,最后在福建平潭开发区海渔广场登陆,成功泳渡台湾海峡。这是有记载以来,人类第一次以游泳的方式渡过台湾海峡。作为活动的策划和发起单位,湖南广播电视台都市频道联合台湾中天电视台,搭建了庞大的海上移动直播系统,出动了一百多人的直播团队,制作了全程电视直播公用信号。台湾中天电视台负责下水仪式和离岛两海里公用信号制作,湖南都市频道负责离岛两海里以后的全部直播公用信号制作。湖南都市频道对泳渡过程进行了60多小时的直播,湖南卫视对下水启程、泳渡过半和登陆仪式进行了直播,中央电视台多个频道采用公用信号全程连线报道。大陆还有福建台、东方台、湖北经视等上百家媒体采用公用信号进行了直播或报道。台湾岛内除了中天旗下媒体全程直播报道之外,还有60多家媒体对泳渡进行了正面报道。BBC、CNN和路透社等境外新闻媒体,也进行了转载。两岸健儿接力泳渡台湾海峡的挑战和直播,反响巨大,影响深远。

(二)《两岸健儿泳渡台湾海峡》作品四大特色

1. 泳渡台湾海峡是两岸人民交流的重大突破

一百多公里宽的台湾海峡,一直是个"禁区",这次两岸青年以接力泳渡的方式突破了禁区。2013年年底,湖南广播电视台和台湾中天电视台达成一致意见,要共同策划泳渡台湾海峡大型直播,推动两岸交流。由于泳渡挑战和直播是在一个特殊海域,以前从来没进行过类似活动,要进行泳渡台湾海峡的挑战和直播,不是说搞就能搞的,必须获得两岸许可。泳渡要经过两岸二十几个部门审批,两岸新闻工作者花了很长时间去申报。

经过近十个月的筹备,湖南广播电视台都市频道联合福建平潭开发区完成了大陆方面的审批工作,中天电视台完成了台湾方面的审批工作。考虑到活动对两岸交流有重大意义,国台办、国家体育总局、交通运输部、总参海军局、湖南和福建省台办、福建平潭试验区等全力支持泳渡活动和直播;台湾很多部门也全力支持泳渡活动。

台湾中天的负责人说,台湾海峡以前是不能搞体育活动的,但本次泳渡活动开了一个先河,以后都可以参照这个案例去申报。这次活动和直播的突破,为以后两岸类似合作开辟了新渠道。

2. 这是有记载以来人类首次泳渡台湾海峡并创造大海泳渡新纪录

此次台湾海峡泳渡是人类海上泳渡的新突破,直线距离一百多公里,实际泳程300多公里,在距离上也创造了大海泳渡新纪录。台湾海峡风高浪急,台湾岛附近有著名的"黑水沟",难以跨越。而且每年适合游泳的6月—9月,台湾海峡台风一个接一个,再加上潮汐等因素,实际上每年只有一两次泳渡机会。本次泳渡过程中,直播人员碰到了集体晕船、洋流阻挡、十级大风等诸多困难。泳程过半的时候,又遭遇了天气预报没有预测到的十级大风,海面上出现了七米高的大浪,一度把泳渡人员和直播船队吹散,两艘冲锋舟被大浪卷走,三艘拍摄小游艇被迫返回台湾桃园避险。大风大浪之后,又重新集结,继续前进,最终能够成功泳渡台湾海峡,不能不说是一个奇迹。

3. 泳渡台湾海峡是电视直播的一次大突破

在跨度300多公里、条件恶劣的茫茫大海上,连续五天四夜不间断直播,这在电视直播历史上还是第一次。这次活动,台湾中天电视台承担了出发仪式和下海两海里的公用信号制作;湖南都市频道承担了下海两海里以后的全部公用信号制作。电视直播压力主要在湖南台这边,因为他们要提供几天几夜海上运动直播的公用信号。

这次直播的拍摄和传输技术都有重大突破,整个直播系统是移动的,所有的信号都要移动传输。这次直播也实现了海陆空立体拍摄,直升机航拍、水面拍摄和水下摄影都淋漓尽致地用上了。世界上以前没有哪家电视台做过如此长时间的海上移动直播,这次直播充分体现了两岸记者的拼搏精神,由于遭遇了大风大浪,一百多人的直播团队集体晕船。很多人一边呕吐一边工作,尤其是在游艇上拍摄的记者和摄像,每天要晕船呕吐十几次,吐完了又拿起话筒出镜,吐完了又扛着机器拍摄。

4.泳渡台湾海峡也是两岸新闻工作者合作的成功典范

如果没有两岸媒体联手,这个节目是无法完成的。整个活动和直播由两岸媒体策划、发起、推动和执行,湖南台负责大陆方面的筹备工作,中天电视台负责台湾的筹备工作。直播公用信号制作也分工负责,大陆为主,台湾协助。要把大批湖南的卫星直播设备,开到台湾基隆港作业,如果没有台湾同行的协调是不可能做到的。活动开始之前,很多直播设备被扣在基隆海关,中天电视台总裁助理李怡静小姐全力协调,从早到晚电话没有离开过耳朵。由于压力太大,这个顽强的媒体人委屈得流下了眼泪,一边擦眼泪一边做协调,最后还是说服了海关,确保了活动顺利进行。

十年前,湖南台就曾有泳渡台湾海峡的想法,但时机一直不成熟。十年之后,天时地利人和,两岸媒体紧密携手,圆满完成了泳渡台湾海峡的壮举,这是媒体人的责任和担当。

第四节 电视访谈节目评析

电视访谈在我国始于20世纪90年代,近三十年间取得了长足的发展。电视访谈,由话题、主持人、嘉宾三大要素构成,是一种以嘉宾为核心,通过主持人与嘉宾之间的有效沟通,深入探寻,获取事实或情感类信息的电视节目形式。

一、策略制定是达成既定目标的关键

(一)内容策略

1.话题选择

话题,是电视访谈的根本。不论是以事实还是以情感交流为目标的电视访谈,主持人、嘉宾以及现场观众都要围绕本期话题展开交流讨论。节目的目的,是解决这个话题所提出的问题,或是通过对这个话题的讨论和引申,展现嘉宾的个人世界、内心情感。

第一,话题必须符合节目定位。根据节目定位选择话题要考量两个问题,一是话题的价值所在;二是此次访谈的价值所在。

第二,话题必须具有谈论的必要性和可行性,对社会发展能起到一定的促进作用,对社会价值的引导能发挥积极作用。

第三,话题必须是受众喜闻乐见,便于传播的。

第四,话题必须利于社会引导、价值传承。电视访谈话题对于广大受众来说,有"议程设置"的强大功能,话题选择的好坏,可能会对社会发展产生深远的影响。

第五,把握好话题谈论的时机与关键点。不同的事件有不同的最佳讨论期,要力争抓住关键点产生最佳节目效果,产生深远的社会影响。

2. 资料搜集

在话题确定之后,就要对相关资料进行搜集,包括直接资料和间接资料。直接资料指在话题确定前制作方就已经掌握的与事件相关的全面而真实的背景信息,间接资料指与话题中的事件或嘉宾相关联的"边缘"信息。对于电视访谈来说,嘉宾是节目的第一主角,是话题信息、个人信息的主要发布人。在节目策划阶段,对嘉宾的多方面了解是极为重要的。

电视访谈根据其不同目标,分为以获取事实为目标的事件类访谈、以情感交流为目标的情感类访谈。事件类访谈中,嘉宾通常是事件的参与者或相关人士,制作方不仅要清楚地了解嘉宾的背景资料,更要事先知晓嘉宾对于所谈论事件的观点和态度,这有利于主持人合理设计提问及对谈话过程进行整体把控。情感类访谈中,嘉宾即是话题,嘉宾所占的份额较之事件类访谈更重。这对主持人提出了更高的要求,要对嘉宾有深入的了解,要充分占有直接资料和间接资料。

3. 谈话构思

谈话是电视访谈的主要形式,每一个参与谈话的人都会对整体节目进程产生或大或小的影响,这就要求主持人在充分占有直接和间接资料的前提下,尽可能详尽地构思谈话进程,形成一条节目线索。制作方以及主持人在进行谈话构思时,大致应满足四个要求。

首先,让嘉宾"开口说话"。作为主持人应该对到场的嘉宾表现出足够的尊重,给予嘉宾足够的说话空间。但有时也会遇到不善于表达或是不乐于表达的嘉宾,这就要求主持人通过自己的言行去引导嘉宾。

其次,让嘉宾言之有物。在这个过程中通常会出现或是跑题,或是交谈内容空泛的问题。

再次,让思想观点碰撞。"你说我也说"的效果远远好过"你说我听",主持人在节目中应营造一个平等和谐的聊天环境。

最后,与受众产生共鸣。

(二)形式策略

1. 对主持人的基本要求

一是主持人定位。主持人的角色总的来说,分为讲述者、引导者、倾听者、控制者四种。

主持人把握自己的角色及其变化,对于在节目中灵活自如地发挥应有的作用至关重要。

首先,主持人是讲述者。主持人通常在节目开始时扮演讲述者的角色,使嘉宾以及现场观众了解本期节目内容。作为一个讲述者,要讲得通俗易懂、简洁明了、充满趣味。

其次,主持人是引导者。在引导的过程中要注意引导方向的正确性以及引导方式。

再次,主持人是倾听者。在电视访谈进程中,主持人更多的时间是在扮演"倾听者"的角色,这也是电视访谈与其他电视节目形式最大的不同之处。

倾听是提问的前提,电视访谈具有很强的即兴因素,要求主持人能够根据嘉宾的回答,从中寻找有价值的点,提出更有价值的问题,将话题引向深入。

最后,主持人是控制者。这一点体现在主持人对整体节目的驾驭能力上,包括把握话语分寸、合理分配话语权、恰当引导嘉宾观点、理智处理突发状况等。

二是主持人风格。纵观当下众多的电视访谈类节目,但凡能长久吸引观众的,必然有一个风格独特的主持人,他们或犀利,或睿智,或幽默。在"风格传播"特征日渐凸显的今天,电视访谈对主持人的要求也有了一些时代的印记,差别性、多样性、稳定性、真实性、审美性等成为主持人风格的必要特征。

主持人在访谈中所彰显的风格特色往往体现着节目定位,主持人的明星化趋势日渐突出,但与明星的特质又有很大的不同,他们更多的是凭借自己的智慧、表达能力以及应变能力成为一个优秀的主持人。

三是主持技巧。对于电视访谈主持人来说,其定位、风格都已经在节目的前期策划以及主持人的长期实践中形成。真正想提升节目效果,靠的还是主持人的现场主持技巧。

首先,主持人作为一位倾听者,要能从嘉宾的讲述中发现亮点,及时切入。

在访谈的过程中注意力要高度集中,不轻易放过嘉宾所讲的每一个字。

其次,主持人要在恰当的时候适当制造分歧,但又要保证各方面话语权的平等与整体访谈氛围的和谐。

再次,主持人是控制者,要防止无用的话语占据宝贵的节目时间。在有限的时间中,挖掘最多的故事,向受众提供最丰富的信息。

最后,主持人要学会总结观点,让节目最后在嘉宾与观众之间达成某种共识。

2. 对嘉宾选择的基本要求

嘉宾的选择,是前期策划中非常关键的环节,它直接影响节目能否顺利进行。通常情况下,在确定嘉宾人选之前,制作方和主持人都要与嘉宾见面,深入了解情况,对嘉宾的选择应有多方面的考虑与要求。

首先,选择与话题相关的嘉宾。事件性访谈,通常选择的是与事件紧密相关的人士或亲历者;情感类访谈,嘉宾本身就是话题,所以要选择那些自身有内容、有故事的明星或成功人士。

其次,应选择有魅力、有水平、有内容、擅表达的嘉宾。魅力来源于嘉宾的个人综合素质,包括言谈举止、心理素质、沟通能力、专业素养等。不同侧重点的电视访谈对于嘉宾综合素质的要求是不同的,情感类访谈,需要嘉宾有很强的表达能力及情感表现力;事件类访谈,不仅需要嘉宾有很强的表达能力,对逻辑思维、观点鲜明等也有很高的要求。

最后，对于有故事但却不善或不愿表达的嘉宾，主持人需要积极引导。引导的手段有音频、视频资料、辅助嘉宾、触动嘉宾的个人故事的运用等。嘉宾的选择具有一定的可控性和确定性，在话题确定之后，制作方可以在一定的范围内对符合要求的人进行筛选。

要想成为一个有吸引力、号召力和高收视率的电视访谈类节目，选择嘉宾需慎重。

二、优秀电视访谈节目评析

（一）电视访谈节目《老冯家的传家宝》简介

江苏电视台《德行天下》之《老冯家的传家宝》荣获第二十六届中国新闻奖电视访谈类一等奖。这个节目讲述的是一个四代同堂的和谐励志家庭故事。节目通过主持人与现场嘉宾、评论员及观众的访谈，借助 87 岁的冯树凭老先生及夫人榜样先行、潜心育子、办家庭报弘扬良好家风家训的细节和经历，评述现代社会小家庭模式中长辈与晚辈之间的交流方式，传统美德在家庭成员中的接力，良好家风家训对年轻一代的熏陶和教育等。节目从对这个典型中国家庭的横向解读中，寻找家风家训的历史传播规律，找到国人在当下社会中最容易被隐没和忽视的美德基因，不仅符合习总书记加强家庭建设工作的要求，也温暖社会、鼓舞人心。

（二）《老冯家的传家宝》创作背景

《德行天下》是江苏省委宣传部、省文明办和江苏广电总台联办，于 2013 年 1 月开播的一档道德评论周播节目，江苏城市频道负责栏目的制作与播出。节目开播以来，紧扣时事道德话题和美德人物、百姓中的美德故事等，挖掘现代社会中的道德闪光点，用评论的力量解读当代人身上的美德传承与积淀，引发社会思考和推动社会文明向善发展。

习总书记曾在 2015 年春节团拜会上语重心长地指出："家庭是社会的基本细胞，是人生的第一所学校。不论时代发生多大变化，不论生活格局发生多大变化，我们都要重视家庭建设，注重家庭、注重家教、注重家风"，使得"千千万万个家庭成为国家发展、民族进步、社会和谐的重要基点"。家庭是国家和社会的细胞，家庭和美才有社会和谐，家庭兴旺才有国家昌盛，而家风则是家庭的灵魂和内核。

在这个以小家庭为主的社会，是否还需要家风家训呢？优良家风又该如何接续呢？对这个问题，《德行天下》制片人黄琼花在策划节目之初也没有想明白。[①] 为了增强互动效果，也为了了解社会大众的观点，他们提前在腾讯大苏网发布了一个网络互动："晒晒"你的家风家训。结果，一个晚上便收到 120 条回帖。网友各自晒出自己的家风家训，其中不少还都挺有哲理。

（三）节目前期策划

根据节目生产流程，针对这个话题，《德行天下》组织专家做前期的策划，《南京日报》首

[①] 黄琼花.体悟优良家风 评述家训接续传承：电视访谈一等奖《老冯家的传家宝》创作感受[J].新闻战线，2016(21).

席评论员刘根生和南京师范大学社会学教授金一虹受邀和嘉宾共同探讨。通过海量素材的搜寻,他们从江苏"最美家庭"和南京市"最美家庭"的获奖名单中,找到了一个鲜活样本,那就是南京市夫子庙小学校长冯爱东所在的冯家。冯校长的父母都是80多岁的高龄老人。二老不仅身体康健,每天还饱含热情、兴致勃勃地采制着一份自创的"冯家家庭报"。再看这份家庭报,不仅足够正能量,还有不少警世谚语和家风家训。最关键的是,这个拥有四代十七口人的大家族,虽也是小家庭模式分散居住,但祖孙之间关系融洽气氛和睦,家庭成员个个精神饱满,工作业绩也都不错。从这样的"最美家庭"着眼挖掘家风家训的价值内涵,应该会容易些吧?

果然,节目策划时,大家一眼便看到了冯树凭老先生主持编订的家庭报上,那句醒目的家训:"坚持和谐,追求卓越,争取奉献。"前来参与策划的冯爱东校长介绍:"坚持和谐"就是一个家庭必须和谐,和谐才能团结;"追求卓越"就是工作上要做最好的;"争取奉献",就是在家庭中,兄弟姐妹之间,都要讲一个奉献精神,要能吃亏、会包容。这话虽然说得对,可怎么就影响到了冯家人?

(四)演播室的录制

演播室的录制开始了,冯树凭老先生和夫人都来了,老先生精神矍铄,腰杆挺拔,双目炯炯,看上去自然有一种精气神。开场,曾获全国金话筒主持奖的主持人赵丹军温婉善言,与老先生的访谈十分自如。演播实况说明,节目主持人的人选十分重要,赵丹军现场发挥很好。

赵丹军提问:办报是为了传家风,您家的12字家风是怎么来的?

冯树凭老先生不紧不慢地回答:我爷爷是私塾先生,我从小也接受过私塾教育,比如孔子提倡和谐,我也把家庭和谐放在家训的首位。但我也不会照搬传统。比如传统文化提倡"和为贵,忍为高",对此我并不认同,我觉得是"和为贵,爱为高",家人之间要讲爱,才能和谐。"和为贵,爱为高,沟通包容路一条",这是我总结的。

根据事先的策划,制片方还要给老先生提几个犀利的问题。随后,赵丹军抛出郭德纲的"另类"家训问老人:"'江湖险,人心更险。春冰薄,人情更薄。一入江湖深似海,从此节操是路人。有人夸你,别信。有人骂你,别听。'很多人都说,郭德纲这个家训虽然不怎么好听,但是很现实。您怎么看?"只见冯老先生睿智机敏,依然不慌不忙。他并未接住主持人的提问,而是话锋一转,巧妙地避开了锋芒:"悲观的人看花,是悲伤;乐观的人看花,是芬芳;达观的人看花呢,是花果的希望。你心里是怎么想的,眼睛看到的,其实就是什么。社会其实什么都有,什么样颜色都有,就看你怎么样去把握了。如果你老看社会是乌七八糟的,那么你永远走不出来,所以要看好,看优点。"

老人这一番话,回答得实在太巧妙了,让现场的人震惊。人们常说"家有一老,如有一宝",或者说祖辈传下来的家风家训好,又为什么好?眼前的这位老人用简单智慧的语言,阐释着深刻的人生哲理。他讲得那样自然,大家听得也十分走心。在演播室的访谈,邀请了冯家三代人的代表。冯老先生的小女儿冯爱东介绍,冯家四个子女,或是知名排球教练,或是高级工程师,或是小学校长,都在各自的工作岗位上建功立业,那也是受了父母的影响。冯老先生的孙子介绍,他们看到祖辈恩爱和睦,自家小夫妻也学会了包容和谦让,小家庭自然也和和美美了。最小的四岁重孙,据说也是在家人的良好教育下,不争宠不霸气,正在学习着如何尊重他人、如何明理守德。看来,不管家庭模式如何改变,这一脉相承、代代延续的家族的魂,是一直都在的。

前面问冯老先生设立的家风家训,那他的这些家训又从哪里来呢?主持人赵丹军巧妙布局,在和其他人谈了一圈儿后,临近结束时又向老人提了这个问题。冯老先生随后给大家说了一个故事。他说他的成长过程中,也是经受过家风家训的熏染的。如抗日战争时期,冯老先生的家乡在伪满洲国的一个省。日本侵略者推行奴化教育,冯老先生的祖父不让孩子们去上日本人开的学校,自立私塾,在家教育子孙读古书。而当时,冯老先生每年都要跟着祖辈贴对联。而这对联竟年年一个样:"大树捍威,武功报国。诗书继世,文教传家。"

好个"文教传家"!近百年的风雨,这不变的爱国报国情怀和敬业进取精神,在冯家一代一代人身上传承接力,到了今天,其实一样在继续。如果说有一点不同,那就是根据时代发展,冯老先生把战乱年代祖辈的家训修改成了今天的"坚持和谐,追求卓越,争取奉献"。

(五)评论员设置

本次节目的评论员设置,制片方根据专业分工和话题特点,邀请了南京师范大学教育学院教授刘晶波、新华社资深记者刘兆权以及研究家训历史的国内知名教授陈延斌。后来现场进展证明,这次节目评论员的设置和人选十分到位,好的家风家训需要传承,可是现代社会的人有多少能够接纳这个观点呢?他们不接纳的原因又会是什么呢?

为了增加现场讨论的激烈效果,提高访谈热度,制片方习惯性地想给家风家训这个看似古板的老话题找对立观点。很快,就找到了持反对观点的年轻人。他们成为埋设在观众席中的反对者:"我是不太支持这种家风传承的,因为我觉得家风的形成,就是前一辈人的经验,但是每一辈人都有每一辈人自己的想法与态度。把我父母、我爷爷奶奶他们的想法落在我的身上,那可能就会阻止我去做我自己想做的事情。"这是非常犀利的表达。年轻观众的反对声一出,现场评论员就立即展开了回击:"可能你这一代跟上一代和上上一代,有非常非常多的不一样,但是我想说的是,我们同样有一个共同的基点。就是我们都是人,我们有共同的人性当中所关注的东西,这个东西无论三千年之前,无论是五千年之后,只要人类在,它就会传承下去的。有哪些共同的东西呢?比如忠诚,比如公正,比如积极向上。人类发展过程当中,那种精神文明当中的要素,将代代相传,不因任何境际而消失。"

这段交锋完全是现场自然发生的,事先并未策划。可正因为前期设计中,安排了持对立观点者,现场评论就自然发生冲突,观众和评论员就自然对辩起来了。借此机会,南京师范大学教育学教授刘晶波也把家风家训的内涵做了更深入的解析,让大家受益匪浅。

现代社会"官二代""星二代"问题频出,大家知道为什么吗?谈完好家风存在的必要性之后,制片方又递进一步,引入社会敏感话题来评说优良家风家训存在的重要性。这时,专门研究家训历史的陈延斌教授打开了话匣子。他脱口而出,一下子说了十几个案例,全是经典:"包公的家训:'后世子孙如有贪赃枉法的不得放归本家'。被开除了,死了以后,不能葬入祖坟。而且包公让他儿子包珙把这个家训刻在石头上。包氏家庭有一两千人,没有一个因为犯罪被处理的。寇准,这也是一个很有名的官吏,但是他生活到后来就居功自傲,生活很奢侈。所以他的后人就跟他仿效。到了第二代,叫'官二代'的时候,这个家族就破落了。"

"当下社会,很多人受个人主义思潮的影响,各自为政。在家里面,大家都在想着我怎么样,而不是我在这个家里,我还和谁之间有更好的依恋、信任、依赖这样的一种关系。我觉得,这是我们需要去关注和寻找的一个部分。"

新华社江苏分社资深记者刘兆权也提出告诫,古代的家风家训也有糟粕,大家要辩证看待。家风家训也要与时俱进,好家风才能代代延续。他的观点也丰富了我们的话题。孟子说过:"天下之本在国,国之本在家,家之本在身。"每一个家庭中,其实发生作用的是每一个个体的人。每一个人做好了,家庭就好了,社会才会和睦。

家风正,国风清,这个社会风气才能正。现场演播室录制了一个多小时,后期节目制作中,因为有了这份明白,制片方也更能清晰地做出取舍,把最有代表性和最精彩的部分,呈现给了观众。

本章小结

电视新闻具有新闻传播的及时性、传播符号的综合性、事实氛围的传真性这三种形态特征。采用以新闻体裁为划分标准的分类法,可分为消息类电视新闻、系列(连续)报道类电视新闻、专题类电视新闻、评论类电视新闻。在对电视新闻作品进行分析时要看作品的真实性、时效性、评论性。电视短新闻评析标准主要看是否用事实说话、内容精练、个性鲜明。电视长新闻有系列(连续)报道类、专题类电视新闻和评论类电视新闻。分析电视长新闻的关键问题要看题材的选取、结构的安排、长新闻中的评论、主持人素质。评析电视新闻专题看是否具有新闻性、专题性、重要性。电视新闻现场报道由于报道过程与新闻事件的发生、发展同步,使观众产出了与事件进展同步的感觉。电视新闻连线报道是在同一时间、不同空间里,由新闻主持人与现场主持人或出镜记者、采访对象共同参与的对接报道。目前,在某种程度上,"直播中国"已然成为进一步发展我国电视传播的一种共识。电视访谈,是由话题、主持人、嘉宾三大要素构成的电视节目形式。访谈策略制定是能否达成既定目标的关键。内容策略包括话题选择、资料搜集;形式策略包括对主持人的基本要求与对嘉宾选择的基本要求,要想成为一个有吸引力、号召力和高收视率的电视访谈类节目,选择嘉宾需慎重。

思考与练习

1. 选择一篇同样的新闻事实的报道,看看报纸、广播、电视三种媒体对同题新闻报道有何不同特点。
2. 请利用本章介绍的方法,对各种类电视新闻作品各评析一篇。
3. 就近期电视访谈案例进行分析,评析其访谈技巧。

第十七章　网络新闻作品评析

网络新闻是指媒体网站上新闻频道所涵盖的所有栏目的内容。狭义的理解,仅指互联网上发布的时政类新闻信息。网络媒体的内容可以划归三大类:信息类、互动类、服务类。在网络环境的各种信息传播形式中,网络新闻占有非常重要的地位,并随着网络传播渠道的建立和成熟,逐步成为网络化写作的重要方面。

第一节　网络新闻概说

一、新闻写作主体的变异

互联网传播的一个突出特点就是交互性,交互性也体现在网络新闻及其写作活动中。具体地说,新闻受众在新闻写作中的能动参与,更多的是对某些新闻的评论,并把它发到网上,而专业新闻工作者会从这些反馈中寻求新的新闻线索。

在网络新闻传播过程中,虽然传者为主的基本局面并没有根本改变,但是网络传播的出现已经使受众的心理发生明显变化,从而对新闻写作主体提出了更高的要求。受众开始获得对信息的主动权、选择权甚至发布权。

二、新闻写作符号的多样化

网络传播使新闻写作符号的多样化成为可能。文字是传统媒体特别是报纸的基本表达手段,尽管现在的网络新闻传播还是以文字为主,但是,网络提供的多媒体传播空间正在使新闻传播呈现出多样化的形态。随着国家允许新闻媒体使用发达国家网络设施的政策的颁布,特别是国际网络新闻传播媒体新型传播手段的直接影响,中国网上报纸开始关注并着手开发网络多媒体信息传播的渠道。一些有实力的报纸开始积极运用多媒体手段传播信息,最具代表性的是《人民日报》的网站,开辟了音频新闻和视频新闻的常设栏目。

网络传播符号的多样性并没有改变文字为主的状态。目前的网络新闻传播样式与报纸有较高的吻合性。理论上讲,网络新闻是以文、声、图结合的多媒体形式传播,但是,限于目前的网络传输技术、信息存储能力、人力的缺少、高昂的代价等原因,网络新闻的传播样式主流还是文本形式,即以文字形式来表达新闻信息。

三、新闻写作结构的变化

在传统媒体上,标题被称为新闻的眼睛,处于非常重要的位置,而在网络新闻写作中,其重要性更是有过之而无不及。据调查,一旦网络新闻读者点击某新闻页面,一般都会阅读全文,因为标题已经给读者必要的信息,使他事先知道该消息的可读性。视线移动研究则显示,被点击文章的75%都得到了阅读,相比之下,报纸文章的阅读率只有20%～25%。可见,网络新闻标题的导引性远远超过报纸,网络编辑应更注重新闻标题的制作。

网络版新闻标题的形式已从传统的多行题向一行题转化、虚实结合向实题转化。纸质媒体的标题有虚、实之分,即使是虚题,因为文章就在旁边,只要看一眼导语,主题也就清楚了。而网络媒体则不行,一条虚的标题肯定使读者摸不着头脑,也就影响了点击率。因此,凡遇虚题,必须改成实题。其操作关键是要将文章先浏览一遍,抓住若干新闻要素,再恰当组合一下,点中要害即可。

网络新闻标题较少受字数的限制,一般情况下不必像纸质媒体那样对字数斤斤计较。纸质媒体的主题一般不超过10个字,而网络媒体可多达24个字。因此,在用文字手段传情达意上,网络媒体的优越性是显而易见的。

网络新闻写作的另一大变革,是链接功能的创新引发了新闻报道的无限深度。网络传播借用的是被称为海量存储的网络,容量不再成为一种限制,它可以无限制延伸。就目前而言,网络新闻配发背景资料的方式,一种是在文章后汇集相关新闻,以便读者进一步了解;另一种就是利用超链接功能,使得网络上信息之间的联系得到了加强,改变了人们传统的线性的阅读方式。读者可以从任何地方超链接出去,抵达新的站点,获得新的信息。

自2006年第十六届中国新闻奖开始,网络媒体的新闻作品开始纳入该奖项的评奖范围,此举说明网络新闻作品越来越受到重视。

第二节 网络专题评析

一、网络专题定义及评析

中国记协对网络新闻专题的定义是:用多媒体手段和多种体裁从不同角度全面报道同一新闻事件或同一主题的作品,页面不少于两层。并要求参评的网络新闻专题具有主题重大、新闻性强、特色鲜明、发挥网络容量大、采集广、时效快、交互性强等优势,页面设计体现新闻性、可视性与艺术性的完美统一。

这样的评析标准原则性强,具有很强的指导意义。具体在操作中,评价的基本标准可以归纳为政治性、新闻性和技术性。政治性和新闻性是各种新闻作品的共同标准。网络新闻专题是网络媒体最具特色的新闻作品,技术性特色非常鲜明。因此,在作品政治性和新闻性的基础上,技术性的表现就非常重要。

二、评析的技术性标准

(一)丰富性

新闻专题是同一新闻事件或者同一主题的相关内容集纳,内容的多寡和相对集中程度是考察专题水平的一个重要指标。

(二)多媒体

对文字、图片、图表、漫画、音频、视频、动画等多种媒介形式的运用是网络的长项,一个优秀的网络新闻专题应该尽可能地利用多种媒介形式,丰富自身的媒介表现力。

(三)交互性

互动性是网络与生俱来的特点,也是网络区别于其他媒介形式的本质特点之一。新闻专题与网民的互动以及对UGC(用户生产的内容)的提取自然也是考察网络新闻专题水平的极为重要的指标。

(四)易读性

网页设计特别是首页设计是否能引导阅读?整个专题重点是否突出?这些都是考察易读性的重要指标。网络新闻的浏览特点,使得网络新闻专题的第一屏非常重要,相当于报纸的头版。另外,(内容影响下的)访问速度也是考量易读性的一个指标,有些专题过度使用视频和图片或者广告窗口导致访问速度降低,可能会带来较差的用户访问体验。

(五)合法性

网络新闻专题的开设、新闻元素的运用和互动的设计需要合乎法律法规和一般新闻伦理规范。应当尊重隐私权,尊重转载作品的著作权,尊重本专题编辑记者的著作权。在适当的位置标注编辑人员的信息是尊重著作权的表现,同时也提供了编读互动的基本信息。

(六)合理性

专题整体结构有内在的逻辑,一般是头重脚轻,附属信息完备。同时,从方便阅读和美观角度考虑,网页头区不能超过半屏,导航的设计要科学合理。

(七)吸引性

这包括形式产品的呈现和内容产品的视觉呈现,图片、版式都是考察的重点。视觉呈现的第一原则是引导阅读、吸引阅读。这就需要对新闻元素进行碎片化处理、差异化处理和轻松化处理,适当留白、栏框结构的运用,各个页面元素间隔处理恰当,使得页面具有超文本感和立体感。视觉呈现的第二原则是更有效地传达事实。通过图表(包括示意图、漫画)的运用,互动工具的使用,新闻提要和新闻链接的使用更好地传达信息。视觉传达的第三原则是满足审美,页面设计满足一般审美心理的需要,如平衡、对称、一致,色彩搭配符合网站传统和专题主题,从而体现出专题在美术设计上的专业性,使阅读变成"悦"读。视觉传达需要尽可能地提高专题的可读性、易读性以及速读性。

(八)协调性

广告和内容的一致性需要予以特别关注。特别是现在很多网站有页面自动生成广告,广告与内容不协调的问题经常出现,格调不高的广告甚至低俗广告出现在严肃新闻页面中很影响专题的品位。

(九)独特性

还有一个技术标准是"特色"。网络专题是以编辑为核心的作品。编辑所体现出来的匠心就非常重要。如果一个网络专题严格标准化,缺乏个性,没有编辑的想象和创造在里面,这也有问题。特色体现的是一种创新,一种独特的表现力,这对优秀的网络新闻专题来说是非常重要的。

三、网络专题新闻评析示例

武汉市黄陂区建筑商人孙水林,为抢在大雪封路前给民工发工钱,连夜从天津驾车回家时遭遇车祸,一家五口不幸遇难,后弟弟孙东林为了完成哥哥的遗愿,让农民工们凭着良心报领工钱,将工钱送到60多名农民工手中。这件事引起了社会上的广泛关注,大家纷纷赞誉并呼吁这对兄弟的"信义"的道德品质,也牵动了对当今社会道德缺失问题的思考和反省。《楚天都市报》曾就此做过系列报道,荆楚网专门就这个事件做了《信义兄弟 接力送薪》的专题报道,获得第二十一届中国新闻奖三等奖。下面评析该网络新闻专题。

(一)政治性标准

在我们国家,新闻媒体是党、政府和人民的喉舌。它起着上情下传和下情上达的桥梁作用。它既反映人民群众的呼声,也发出党和政府的声音。新闻媒体主要是通过传播新闻信息来实现这种功能,新闻信息实际上实现新闻媒体是党、政府和人民的喉舌的有效载体和唯一载体的功能。网络新闻专题作为新闻信息的集合体自然也要承担起反映人民群众的呼声,同时发出党和政府的声音,并且充分引导舆论的使命和责任。《信义兄弟 接力送薪》专题的选材在当下社会是很具有代表性的,也能反映很多社会存在的问题。

该专题突出了"信义"兄弟的高尚品德,他们的义举足以感动中国,"信义兄弟"的义举一方面能起到诚信的模范作用,另一方面也能引起我们对自身诚信和责任的反思,诚信是我们这个社会的道德标准,也是时代的要求。因此,该专题的选材很符合当下的社会道德要求,能够体现人民群众的内在要求,也说明了政府的呼声,更能起到很好的舆论引导和模范作用。

(二)新闻性标准

作为网络新闻专题的新闻性标准有三点,一是要全面立体地呈现事实细节,二是要及时动态更新,三是信息丰富。

《信义兄弟 接力送薪》这个专题分为六个版块,第一个版块就是"事件回放",该版块主体有三个部分,中间部分以时间为线索介绍了信义兄弟的事迹,从 2010 年 2 月 9 日孙水林遇难开始,到最后信义兄弟于 2011 年 2 月 14 日被评为"2010 年度感动中国人物"为止,清晰明了地向受众呈现了事件过程。

该版块右边部分是其他主要媒体对于信义兄弟的报道,每个报道的链接都分别对应中间部分对于信义兄弟的介绍,按时间顺序,每一个时间点事件的简介都在左侧设有相关报道的链接,这样,受众可以横向纵向全面了解整个事件的来龙去脉,信息很丰富。

在该版块的右侧,有关于事件报道和评论的动态更新,方便受众及时了解事件的最新信息。

除了有一个专门的版块介绍整个事件以外,该专题还设有"社会反响""信义传承""评论"等五大版块,不仅仅是单纯地报道事件,更是从社会各个层面来对该事件进行描述与评论,这里有多家之言,受众面对的是来自不同群体的不同声音,而不是片面的一家之言。因此,作为一个新闻专题,《信义兄弟 接力送薪》是很符合新闻标准的。

(三)技术性标准

前述可知,网络新闻专题作品的技术性特点可以从多个角度去考量,多媒体是网络媒体的优势之所在,对文字、图片、图表、漫画、音频、视频、动画等多种媒介形式的运用是网络的长项,一个优秀的网络新闻专题应该尽可能地利用多种媒介形式,丰富自身的媒介表现力。在这个方面,《信义兄弟 接力送薪》这个专题做得还不是很全面,整个专题主要利用文字和图片的形式向受众呈现,该专题的首页有一个"影响记录"的版块,链接了很多关于信义兄弟事迹的图片报道,在首页下方有一个"孙东林做客荆楚网嘉宾访谈"的视频,这是对于视频的运用,但是一个视频还不够,无法在视觉和听觉方面向受众传播更多的信息。

该专题以互联网为载体,在多媒体利用方面比较欠缺。除了多媒体以外,互动性是网络与生俱来的特点,也是网络区别于其他媒介形式的本质特点之一。在该专题的首页,有一个版块是"短信悼念",供网友编辑短信发表到悼念版块,这是一个比较人性化的环节,很多网友借此发表了自己的观点,大多都在"悼念"范围内编写短信。在首页的最下方,是一个祝福区,供网友发布自己的祝愿,这也是一个温暖人心的设计,非常人性化。

在该专题的六个栏目中,有一个栏目是"网友互动",可以给网友提供一个很好的平台来阐述自己的观点,交流意见。这个版块主要是"有奖征文",征集网友身边的信义故事,它已经不局限于对"信义兄弟"的思考,而是把目光放到整个社会,鼓励大家寻找身边的信义行为,通过这个活动可以鼓励大家发现美,从而达到大家一起行动的效果。

第三节 网络新闻专栏评析

一、网络新闻名专栏

在网络栏目中,以新闻为主干,把多种体裁的新闻乃至非新闻节目组合在一个栏目中的形式是专栏型新闻栏目。根据《中国新闻奖评选办法》,网络新闻专栏也可以评选新闻名专栏。网络新闻专栏要求信息量大,交互性强,有鲜明的网络特色。

二、网络新闻名专栏特点

(一)有品牌的延续性

版面位置的稳定性和时间上的连续性是成为名专栏的基础条件。如果一个专栏今天发这明天发那,要不就三天打鱼两天晒网,发了上期没下期,或者动辄因为这事儿那事儿而停刊,甚至是为了某些任务的临时性"应景之作",就连一个称职的新闻专栏都算不上,更没法竞争"新闻名专栏"。

《中国新闻奖评选办法》对新闻名专栏的基本参评要求之一就是"已连续刊播一年以上且年度内刊播不少于48周,每周刊播或更新不少于一次"。这是硬性标准,如果不能满足其中任何一条,连参评资格都没有。

(二)品牌影响力大,知名度高

新闻名专栏品牌效应强,知名度高,社会影响大,不仅是一个版面的亮点,也是一张报纸的支点,网络媒体亦是如此。打造名专栏影响力的重要途径是个性化塑造。一个影响力大的专栏,也往往是在栏目定位、选题策划、新闻采写方面都有鲜明特色的专栏。

(三)有较高的专业水准

新闻专栏是媒体集中编采力量打造的精品报道集合。在媒体竞争中,传播渠道影响着作品的覆盖面,但真正影响受众、打动受众,让大家记得住、传得开的还是内容。

(四)"走转改"作品备受关注

"走转改"是时代要求,也是新闻媒体生存发展的内在需要。中国新闻奖评选总标准之一,就是关注体现"走转改"精神、努力改进文风的作品。《浙江日报》的《佳友民情快车》由全国新闻战线典型俞佳友担纲,关注社会热点,回应群众关切。《新疆日报》的《图片故事》,以"小人物、大民生"为定位,以讲故事的表达方式关注民生建设、关注百姓冷暖、反映时代发展。

三、网络新闻名专栏赏析

(一)大众网新闻名专栏《独立调查》简介

2009年12月1日,大众网原创深度调查栏目《独立调查》创刊,栏目以每周至少一期的频率,已推出350余期报道,开创了全国网络媒体深度调查报道之先河。栏目获评2012年度中国互联网站品牌栏目,以及2011年度山东新闻奖名专栏,2016年荣获第二十六届中国新闻奖新闻名专栏一等奖。

栏目紧跟热点、回应关切,调查传闻、还原真相,澄清谬误、明辨是非,勇于向网络乱象亮剑,坚持弘扬正能量、唱响主旋律,践行群众路线,客观公正做监督,体现了党网新闻舆论工作的社会责任和使命担当。

栏目在传播手段上不断创新,将图表、视频、H5微刊等表现形式融合呈现,并打通PC端与移动端,重点报道在"两微一端"同步刊发,增强传播力。

《独立调查》栏目的定位是:调查网络传闻,还原事实真相,紧跟社会热点,回应网民关切。栏目以山东的焦点、热点事件,以及全国性网络热点事件调查为主,以舆论监督、热点解读、传闻求证为主要报道形式,用冷静、客观、独家、独到的视角看问题,直面社会丑恶现象,激浊扬清、针砭时弊;通过记者现场调查采访,还原事实真相,澄清谬误、明辨是非;对民生焦点问题、重大政策发布等及时解读求证,回应网民关切。

(二)《独立调查》专栏的内容特色

1. 解决民生问题接地气,揭批网络乱象勇亮剑

《独立调查》栏目既是"三项学习"教育活动的具体体现,也是践行新闻战线"走转改"的生动表现。第38期报道《枣庄:一座资源枯竭型城市的"转调"实践——千年煤都的生死变轨》,以解剖麻雀的方式,呈现了资源枯竭型城市转型的标本,获得第二十一届中国新闻奖专题三等奖。第180期报道《"山货大爷"的进城路》,促成开通了121路公交车,帮助83岁的"山货大爷"杨洪义老人以及周边共计16个村庄、2万多名村民实现了"公交梦"。第292期《山东出口韩国大蒜遭退 付款条件苛刻是"命门"》,第323期《"垃圾围城"冷分析 扒扒济南垃圾处理厂的"前世今生"》等稿件,都一一回应了网民关切的民生问题。

2. 澄清网络谣言,还原事实真相

除了关切民生外,大众网记者还深入现场、一线,调查取证,澄清网络谣言,还原事实真相。其中,第293期报道《山大医学标本外流"路"还原 校方全力调查》,通过实地回访,采访了事件全部当事人,还原出山大医学标本外流的真实过程,遏制了网上疯传的"碎尸案"造成的群众恐慌;第304期报道《一个63年前的生死约定 一场跨越3600里的追寻》,记者全程跟随黄继光的战友远赴四川"赴约",以他的亲历力证黄继光堵枪眼的英雄壮举,以此揭批网上抹黑英雄的言论;第317期报道《起底"山东网络谣言第一案"》,全方位还原"山东网络谣言第一案"的真实情况,将舆论彻底扭转。

3. 舆论监督扎实客观,解决问题迅速有力

《独立调查》的报道体现了新闻舆论工作的时、度、效,栏目中的诸多报道反应迅速,在国内影响广泛,很多报道被国内网络媒体、传统媒体争相转载,单篇转载媒体最多时近百家。栏目中的舆论监督类报道力求件件有回声,件件有结果。其中,第220期《东方海洋保税库疑雇佣童工 最小年仅14岁》,第224期《菏泽建设局司机上班打牌5人被清退》等稿件发布后,短时间内事件得到解决,相关责任人受到相应处理。

(三)《独立调查》网页上的特色

1. 版面去繁就简,突出品牌符号

大众网《独立调查》栏目的版面主要由五个版块组成,顶端和底部为专栏介绍,顶部专栏介绍下面是最新一期的调查报道。再往下拉,网页左边为往期报道,以年份排序;右边从上往下,依次为"我要爆料""记者组"和微信公众号"爆三样"的推荐。一定的留白与分割线的运用,使得版面功能划分清晰明显。其中,首页顶部"独立调查"四个字让人眼前一亮。黑色的字体配上一个红色的放大镜,给人一种严肃、深刻的感觉。背景图片为灰黑色调,是一个行走在路上的记者的剪影,与文字相呼应。此外,在"独立调查"四个字的下方是"澄清谬误,明辨是非;调查新闻,还原真相;紧跟热点,回应关切"二十四字的编辑方针。

2. 选题策划贴近受众,增加品牌接近性

"大众网提出:一切网友应知而未知,应该了解透,对其生活、工作有重要帮助的决策、部署,都应该通过小切口事件切入,深挖挖透。"[①]对《独立调查》从2015年11月1日到2016年11月1日一年之内共52期调查报道进行统计分析,将选题类型划分为社会热点类、政府行为类、经济类、医疗健康类和环境保护类。其中,社会热点类选题有39期,占比达到75%,占了绝对比重。而政府行为、医疗健康、经济类和环境保护类选题分别有5期、3期、3期和2期,比重较小。

3. 读者互动,让受众与品牌建立稳定关系

"我要爆料"位于《独立调查》首页最新一期调查报道的左下方,包含电话、传真、邮箱、QQ、官微及大众论坛六种渠道。一般传统媒体也会有自己的爆料平台,通常用于社会新闻,但读者使用较少。《独立调查》将爆料版块放在这样的位置,证明了其走群众路线的决心。一个品牌要展示其产品的差异性,与顾客建立良好的关系,让顾客理解、接受品牌的价值观,并与品牌共同成长。开通多个渠道来满足不同受众群体的沟通习惯,消除了专栏与受众建立联系的屏障。

读者互动除了要关注渠道本身外,还要重视读者互动载体中最为重要的一部分,即内容

---

① 朱德泉.以独立调查锻造主流网媒核心竞争力[J].中国记者,2015(1).

本身。《独立调查》虽然依托大众网、大众论坛、大众报业集团报刊,有丰富的线索来源,但是,这个栏目如何做出差异性,形成自身的品牌特色,需要的是在文字内容这个载体上下功夫。文字内容包含的是《独立调查》品牌的价值取向,是专栏与受众相连的一种重要的精神载体。从第372期《记者亲身体验"电疗",零距离还原临沂网戒中心实情》一文可以看出,专栏不偏信,不盲目跟风,秉持客观、公正的立场,采用多信源来揭示还原事件的真相。在网上对临沂市第四人民医院的网络成瘾戒治中心一片骂声时,调查记者亲自走进网络成瘾戒治中心的"十三室",亲身体验了戒治中心目前使用的"低频脉冲疗法",并对话了中心主任杨永信。与其他媒体不同的是,报道既采用了反对者的观点,也采用了拥护者的观点。在文章的最后,编辑还附上了记者手记。作为一篇调查报道,真相就是文章的灵魂,《独立调查》坚持走在新闻的一线,尽全力还原事实的真相,这就是它的核心价值。也正是这样的内容,才值得受众去信赖品牌。虽然新闻不是商品,但是每一篇新闻报道就跟商品一样有着质量的差异,只有质量好的产品,才会使得受众不自觉就加入产品的推广,最终与受众建立可持续的稳定关系。

第四节　网络访谈类新闻作品评析

一、网络新闻访谈解说

中国新闻奖将网络新闻访谈类作品纳入评选范围,并解释这类作品要求:主持人与嘉宾就公众关注的新闻人物、新闻事件或热点话题进行讨论的在线访谈作品,主持人与嘉宾现场交流谈话内容不少于作品的三分之二。作者、编辑署名申报要求同广播、电视新闻访谈类作品。网络新闻访谈已经被公认为新闻金矿,而如何挖掘网络新闻访谈这座新闻金矿则是很多新闻工作者都在思考和探索的一个重要课题。

二、网络访谈的六个关注焦点

(一)确定访谈主题和嘉宾身份

访谈的主题应是广大网友非常关心的焦点话题,与当前国家的发展、人民的幸福等社会热点话题密切相关,自然成为网友关注的焦点。

在网络新闻访谈中,访谈嘉宾身份的重要程度很大程度上决定了网民对访谈的关注度。党和国家领导人的一言一行备受关注,中央各部委办局的主要负责人关于本部门、单位工作的谈论、表态、答疑,各省、自治区、直辖市的党政主要负责人对其辖区经济社会文化发展的总结、剖析、展望等,都会引起网友的强烈关注。

(二)访谈前的准备工作是成功的前提

访谈前的准备工作在很大程度上决定了访谈能否成功,尤其是对访谈嘉宾的工作、生活等情况的熟悉,以及访谈提纲的拟定,都是访谈成功的前提。为了做好访谈,主持人要努力搜集、分析材料,讨论如何确定主题、提炼问题,以及从哪几个方面去引导整个访谈进程。

(三)在访谈过程中与嘉宾方的交流

新华网在对西藏自治区党委书记张庆黎的访谈中,他关于西藏发展的真情谈论在网友中引起极大反响,感动了大家。有网友感激地说:"张书记让我们住上了新房,是活菩萨。"看到这句话,主持人第一感觉就觉得不妥,于是就对张庆黎的秘书说,这句话虽然是藏族群众对张书记感激之情的真情流露,但应该再加上张书记的回答——"谢谢您,共产党才是老百姓真正的活菩萨!"这样效果才更圆满。张书记非常同意和赞扬这样改,夸奖新华社的记者政治觉悟高。

(四)注重与网友的互动

成功的网络新闻访谈能有效地将传播者的主动性和受众的需求结合起来,让传播者和受众形成良好互动,与网友形成互动。关注网友的感受至关重要,把互动做足做实,这是彰显网络优势最独特的手段。在网络这个广阔的平台上,一切有助于互动建设,能推动互联网良性发展的方式、方法都可以拿来使用。如提前发布访谈预告,把访谈嘉宾和访谈主题提前公布,在论坛置顶,欢迎广大网友提问。专门整理网友提出的问题,在访谈中采用网友的精彩提问。只有尊重网友、重视网友,才能拉近网友与访谈嘉宾之间的距离,才能够得到网友的尊重和认可,才能够网聚人气,汇聚民意民智,真正体现出网络访谈这座新闻金矿的价值。

(五)精心做好访谈摘要稿件

对于少则一个多小时,多则三四个小时的网络新闻访谈,网友如果一直看繁长的访谈实录,不仅会感觉读起来很累,而且难以把握重点。为了方便网友阅读,也为了扩大访谈影响,做好访谈摘要稿件非常必要。如新华网于2006年在河北文安地震后首家网络新闻访谈中,现场共发出访谈摘要稿件10多条,其中"北京近期无大震",在访谈还没有结束就被各大网站迅速转载,产生了非常大的社会影响。

(六)综合访谈内容集中展示

对每一场重要的访谈,网友都希望对访谈的主要内容有一个集中而全面的了解。这就要求在访谈结束后及时推出展示访谈精华内容的综合稿件。应该编写访谈综合稿件,精心分为几个部分,提炼出醒目的小标题,最后再根据整个访谈的主题以及嘉宾的精彩话语,提炼出整个稿件的标题。

三、网络访谈获奖作品赏析

(一)佳作简介

《"老"评弹的新发展:年轻管理团队的互联网＋众筹推广》是东方网于2015年12月25

日推出的网络访谈,此作品获得第二十六届中国新闻奖网络访谈二等奖。作品作者为张桑、陈旭东、周姗仪、郝静芳、奚练、王霖。

2014年10月15日,习近平总书记在文艺工作座谈会上发表重要讲话,给戏曲艺术的发展带来新的春天。2015年5月,上海出台《关于推进上海文艺院团深化改革加快发展的实施意见》。在全国文艺大发展、大繁荣的背景下,上海的文艺院团迎来了改革发展的最好契机。2015年10月起,东方网策划推出"创新是文艺的生命——上海文艺院团改革系列访谈",邀请上海各大文艺院团负责人畅谈改革发展与创新驱动。《"老"评弹的新发展:年轻管理团队的互联网+众筹推广》正是其中重要的一场访谈,这场访谈不仅是上海评弹团对习总书记讲话的回应,更是上海国有文艺院团体制机制改革的缩影,访谈为传统戏曲发展提供了可供借鉴的新范例,具有典型性。

评弹是一门拥有400多年历史的古老艺术,上海评弹团是评弹界第一个国家剧团,也是目前最具实力的评弹演出团体之一。近年来,上海评弹团不断涌现大批保留剧目,并在各项大赛中屡获殊荣。在互联网+的时代背景下,"老团长"遇见85后"新书记",两人会给剧团带来什么改变,而这门古老艺术会因为两代人的热情碰撞燃起怎样的精彩火花?2015年11月10日,上海评弹团团长秦建国、党支部副书记赵倩倩做客东方网,畅谈古老评弹艺术遭遇互联网时代之后的新发展。节目中,主持人带着网友关注的评弹+互联网、评弹+众筹、评弹+青年团队建设、如何吸引年轻观众群体等极具时代性的话题,与两位嘉宾交流互动。

(二)作品特色

1.准备工作扎实

访谈节目在策划阶段就查阅大量上海评弹团发展历程、剧目创新、人才培养等资料。节目录制期间,正值上海评弹团中篇原创评弹《林徽因》的筹备阶段,并率先引入众筹模式,作为评弹界的第一筹《林徽因》未演先火。但如何探索出与之相匹配的管理模式?如何保证剧目质量?众筹之后要为股东负责,如何真正实现盈利?针对这些备受网友关注的热点话题,节目用年轻化的语言,从新老两代管理者的不同视角进行深入探讨。上海评弹团党支部副书记赵倩倩在节目中说:"众筹是传统艺术的突破发展,对我们这样一个搞传统文化的事业单位来说,这样的改变还是很迫切的。"节目播出后得到了上海评弹团团长秦建国的充分肯定,他表示这次访谈让他有机会讲出评弹人的真实想法和现实情况,也是让更多人了解评弹的一次大好机会,作为一个评弹人,就该更多地走进网络平台。节目在东方网PC端和移动端播出后,超过19万人次通过东方网收看了节目内容,受到了戏迷和群众的好评。

2.嘉宾组合巧妙

一位嘉宾是评弹团团长秦建国,他是著名的蒋调传人,老一代评弹人的代表。另一位嘉宾是评弹团党支部副书记赵倩倩,她是85后的年轻人。新老两代管理者,对评弹这门艺术有着不同的视角;但是,对于评弹这门艺术,如何吸引年轻人,如何推陈出新,又有着共同的理念。纵观整个访谈节目,既有交锋,更有交融,访谈节目可看性大大增强。

3. 作品立意高

评弹团的访谈是上海文艺院团改革系列访谈中有代表性的一场。访谈节目通过评弹团这一年来新人新剧新气象的呈现,反映了上海贯彻习近平总书记在文艺工作座谈会上的重要讲话精神,展示了文艺院团深化改革的最新成果。

4. 作品时代感强

通过访谈,揭示了有400多年历史的评弹,"邂逅"互联网,"拥抱"众筹的生动历程。古老的戏曲艺术在互联网时代焕发新的生命,这正契合了"创新是文艺的生命"这个访谈主题。该作品是在习近平总书记在文艺工作座谈会上的重要讲话发表后,在全国文艺大发展、大繁荣的背景下,关于传统戏曲文化、文艺院团如何改革发展与创新驱动进行的一次有益的访谈对话,具有话题性、典型性和借鉴性。一是时代感强。通过评弹团新人新剧新气象,反映贯彻习近平总书记在文艺工作座谈会上的重要讲话,上海推进文艺院团深化改革的创新探索。二是观点新颖。有400多年历史的评弹"邂逅"互联网,"拥抱"众筹,话题贴合时代特色,契合"创新是文艺的生命"主题。三是可看性强。访谈通过新老两代评弹人在如何推陈出新、吸引年轻人、焕发"老"评弹新活力等方面进行交锋和交融,增强可看性和互动性,刊发后效果较好。

本章小结

网络新闻是指媒体网站上新闻频道所涵盖的所有栏目的内容。在网络环境的各种信息传播形式中,网络新闻占有非常重要的地位,网络新闻传播中,发生新闻写作主体的变异,新闻写作符号的多样化,新闻写作结构的变化。网络专题评价的基本标准可以归纳为政治性、新闻性和技术性。网络专栏应在固定页面有固定名称和链接位置,要求内容选择与栏目定位、版面位置(播出时段)相适应;形式新颖,特色鲜明;编排制作精良,社会影响较大;网络新闻专栏要求信息量大,交互性强,有鲜明的网络特色。网络新闻访谈类作品要求:主持人与嘉宾就公众关注的新闻人物、新闻事件或热点话题进行讨论的在线访谈作品,主持人与嘉宾现场交流谈话内容不少于作品的2/3。网络访谈已经被公认为新闻金矿,而如何挖掘网络访谈这座新闻金矿则是很多新闻工作者都在思考和探索的一个重要课题。网络访谈有六个关注焦点:确定访谈主题和嘉宾身份,访谈前的准备工作是成功的前提,在访谈过程中与嘉宾方的交流,注重与网友的互动,精心做好访谈摘要稿件,综合访谈内容集中展示。

思考与练习

1. 选择一篇同样的新闻事实的报道,看看报纸、广播、电视、网络四种媒体对同题新闻报道有何不同特点。
2. 请比较人民网、新浪网、腾讯网对近期同一新闻热点所做的网络专题。
3. 就近期网络访谈案例进行分析,评析其访谈技巧。

第十八章　新媒体新闻作品评析

新媒体的定义至今众说纷纭，没有定论。联合国教科文组织对新媒体下的定义是："以数字技术为基础，以网络为载体进行信息传播的媒介。"[①]新媒体是一个综合性概念，是报纸、杂志、广播、电视等传统媒体之后出现的各种媒体形态的总称，它是利用网络技术、数字技术、移动技术、无线通信技术等高科技手段，通过电脑、手机、数字电视等媒体终端，向普通大众提供各种信息和娱乐方式的传播形态和媒体形态。

根据写作手段和媒介传播的文本不同，新媒体写作主要分为三种类型：新媒体文本写作、新媒体视图写作和多媒体写作。与传统媒体相比，新媒体新闻作品有五个特征。

第一，数字性(digital)。新媒体都是基于数字化技术来处理文本内容，通过数据压缩来存储和传输，传播速度快，传播距离远，非线性的处理方式简单易学。

第二，交互性(interactive)。传统媒体采用的是"你传我收"的模式，受众永远处于被动接受的地位；而新媒体实现了传播者与受众之间的互动沟通，用户与用户之间实现个性化交流，传播者和接受者都是平等的交流主体。

第三，超文本性(hypertextual)。新媒体采用超链接(hyperlink)技术，将各种不同空间的文字信息组织在一起的网状文体，实现了资源共享，用户可以通过快捷简便的方式获取各种需要的信息和文本资料，其典型代表就是数字图书馆和搜索引擎的广泛使用。

第四，虚拟性(virtual)。新媒体的虚拟性体现在网络环境、社交空间、用户身份等各个方面，它们都是网络世界对现实社会的拟态模仿，比如电子游戏的身份、网络婚恋场所、QQ送大礼等娱乐活动，都是虚拟的。

第五，网络化工作(networked)。新媒体的出现不仅是对传统媒体的冲击，更重要的是给人们的生活和工作方式带来了革命性的改变。人们可以网上学习、网上工作、网上购物、网上支付、网上消费、网上交流、网上娱乐，整个社会、整个世界已经网络化，不会使用网络将无法生存。

现在，新媒体新闻传播中微信的发展势头已经超过了博客与微博，面对这一现实，本章着重介绍微信作品评析，博客与微博作品评析阐释从简。

[①] 匡文波.关于新媒体核心概念的厘清[J].新闻爱好者，2012(19).

第一节 微信新闻作品评析

一、微信概述

(一)什么是微信

微信是腾讯公司为智能手机终端提供的一种即时通信服务的应用程序。它可以跨运营商、跨平台地发送文字、语音、图片等信息,也可以实现视频通话、即时通话等功能。相对于短信,微信使用基于流量,无通信费用;相对于QQ,微信将使用者更加牢固地锁定在手机通讯录中,建立了强关系;相对于微博,它的圈子更加私人,内容更加隐蔽,关系更加牢固。

2013年1月15日,微信注册用户突破3亿。用户数量从零到亿,微信只用了短短两年时间,[①]有人曾经评论"微信可能是迄今为止增速最快的在线通信工具"。微信以其便捷性、即时性等优势,迅速成为用户最喜爱的移动 IM(Instant Message,即时通信),网民通过微信进行交流。微信公众账号门槛较高,有认证与非认证之分。认证用户需要具备一定知名度,订阅用户至少需要1000位,可在24小时内群发3条信息,非认证用户24小时内只可群发1条信息。

此外,微信公众账号互动关系由订阅者主动建立,建立目的在于阅读公号所有者发布的信息。相对于微博的信息广场,微信基于手机通讯录、QQ好友等熟人关系,进行点对点的精准互动,更侧重于强关系之间的信息交流。由此可见,微信侧重于人际传播式的社会交往,而非大众传播,微信的重点是通讯功能,侧重人际传播。

(二)微信传播特点

1.结合线下熟人关系建立强关系连接

中国互联网络信息中心(CNNIC)的网络调查数据显示,微信用户个人信息中,有65.80%的被访者使用真实所在地区,46.61%的被访者使用真实姓名,35.34%的被访者使用真实头像,仅有15.14%的被访者不使用真实资料。过半的真实地区、四成的真实姓名和头像,紧紧锁定了微信用户的人际关系圈。观察微信用户的好友构成,77.46%的好友是自己的QQ好友,手机通讯录添加以60.15%成为第二大方式。当对方要求通过验证时,61.77%的被访者直接通过熟人的好友验证,对于陌生人的请求则采取冷处理,不予理会或直接删除。这种真实性是用户之间建立强关系的基础。[②]

微信好友从QQ好友与手机通讯录发展而来,突出的是一对一的交互。微信群组由

---

① 腾讯网.腾讯微信用户量突破3亿耗时不到两年[EB/OL].(2013-01-15)[2017-07-10]. http://tech.qq.com/a/20130115/000179.htm.
② 谢新洲,安静.微信的传播特征及其社会影响[J].中国传媒科技,2013(11).

好友邀请建立,是典型的熟人模式。同时,微信结合公众账号、朋友圈分享信息等手段建立了半熟关系。熟人社会中,人与人之间的私人交互频繁,有着较高的互相信任。微信点对点的传播有利于增强用户之间的关系强度和安全感,这种基于熟人建立的关系,和基于邀请制建立的圈子,有利于增加集体之间的信息交互和信任度,有效增强了用户之间的连接强度。

2. 微信圈子成员数量呈滚雪球式的增长

微信圈子基于熟人建立,圈子内部成员多数相互认识,他们或在现实生活中就相识,或基于相同的兴趣爱好在其他地方结识。圈子成员具有绝对平等的权力,任何成员都有权更改圈子名称,介绍或禁止他人进入。随着微信圈子成员数量的增多,新进入的成员会将更多的用户引进圈子,使一个圈子内的成员数量呈滚雪球式的增长。

腾讯发布的最新的《2017微信用户&生态研究报告》中的数据显示,截止到2016年12月微信全球共计8.89亿月活跃用户,而新兴的公众号平台拥有1000万个。微信活跃用户方面,2016年日均使用微信时长在4小时以上的用户较2015年增加了一倍。微信用户好友规模方面,对比2014年有较大的增长。根据调查结果来看,2016年个人好友数量在200人以上的接近45%,500人以上的被访者比例占据13.5%。从这组数据也可以看出,微信作为一个社交沟通工具,近年来整体关系已经从熟人社交向"泛社交"转变,新增好友里面来自于工作环境的越来越多①。

3. 传播内容的隐蔽性

微信的本质是即时通信,即时通信的特征是一对一的私密通信,从私密的角度而言,微信以手机通讯录和QQ好友为基础的拓展,确保了社交通信的隐蔽性。微信朋友圈说是用户展现自我的平台,朋友圈内的用户互相认识。调查发现,22.75%的微信用户基本不会去关注朋友圈发生的新鲜事;30.90%的微信用户在朋友圈仅发布文字,从不发布任何图片;20.82%的微信用户会发布自己及朋友的照片。此外,针对同一照片或状态的评论者之间若非朋友关系,相互也看不到对方的评论内容。由此可见,即使是在以强关系为基础建立的朋友圈内,用户也没有完全透明地展现自己②。

微信是以关系为核心的具有高度私密性的社交工具,用户之间的对话是私密的。这种关系保证了一些真正满足需求和个性化内容的信息传播,可以实现用户分组、地域控制在内的精准消息推送。微信的朋友之间建立关系基于许可,信息质量、传播效果与交互频率质量远高于微博。

(三) 微信传播的社会影响

微信诞生之初,仅作为一种个人信息发布工具,用户利用微信进行更便捷的信息搜索,即时交流与个性展示。随着它的不断成熟,微信发展出基于互联网的强连接的关系,使信息

---

①② 全景网财经频道.2017年微信用户数据报告:8.89亿月活跃用户1000万公众号[EB/OL].(2017-04-24)[2017-07-10]. http://www.p5w.net/news/cjxw/201704/t20170424_1770831.htm.

的传播效果得到空前提升。信息通过圈子和公众平台的传播逐渐得到人们的重视,微信介入的领域也越来越宽泛,在政治、经济、文化等各方面都显示出了不可忽视的社会影响力。

1. 移动端社会舆论表达入口

微信在不断提升社交能力的基础上,借助口碑营销实现了用户数量的爆发式增长,逐渐成长为用户在手机客户端最重要的社交媒体。"临邑利用手机微信化解潜在矛盾""独龙江边防村官微信述职""微信成立'3·15'晚会投诉新平台"等诸多社会事件的影响,不断凸显着微信的社会价值。随着微信媒体属性的不断加深,众多政府部门纷纷入驻微信,借助微信平台实现政府信息传播。诸如南昌交警、肇庆警方、无锡北塘区检察院、浙江边防等政府机构均已开通微信公众账号,未来政府信息将成为微信信息传播的重要组成部分。

2. 企业营销的新渠道

通过二维码识别、LBS定位服务等技术,用户可以方便地对企业微信进行关注。企业账户需要微信用户主动添加才能被关注,而添加本身就是信任的象征。因此,企业在微信平台中的粉丝是一批质量和忠诚度更高的人。目前已经有许多企业通过微信建立起旗下品牌的官方账号,不断推送丰富的信息给网友,与他们实时互动。企业通过二维码扫描,将线下部分营销内容在线化,实现了"消费群体与商家之间的对话",提升了用户体验,增加了品牌的影响力。

3. 自组织下的多场域互动

微信公众平台的信息传播平行且互不干扰,共同构成了一个多维的流动空间。用户平等地在不同的地方进行自我表达,将星罗棋布的平台中关于同一事件的信息整合起来,会构成一个完整的公众意见,这大大提高了事件的影响力,在不断的信息交换过程中形成信息的多场域互动。与现有网络应用的不同在于,微信中的一些讨论并不存在于一个固定的机构,所有的信息交流看似松散,但都有可能汇聚为强大的力量,似乎有一双看不见的手在指挥全局。究其原因,微信公众平台上的信息流动是一个自组织的过程。随着微信用户数量的增多和不断稳定,微信舆论场的形成只是一个时间问题。任何一种大众媒介的出现都具有双刃剑的效应,如何有效监管与利用,是相关机构必须重视的问题。

二、微信在新闻报道中的应用

(一)微信的传播特点

1. 便捷的声音传递

微信传播的一大特点是即时性,它同一切即时通信软件一样,只要用户在线就能够对信息进行快速接收和反馈,即使在信息达到时,用户并未打开微信终端,推送功能也可保证传播效果不打折扣。不仅如此,微信的语音留言功能,打破了传统语音交流局限,如打电话、对讲机对讲,均要求通话双方同时在通话的信道上,而微信则通过语音留言的功能实现传受双方时间空间不对等时的信息交流。

2. 移动终端的多媒体传播

在微信之前,手机中的多媒体内容最早以彩信的形式存在,在彩信时代,包含文字、语音、图片、视频的多媒体内容能够以推送的方式发送到受众的手机终端上。而在微信时代,得益于操作方式的进步和技术的进步,发送多媒体信息的方式变得更简单,简单的多媒体信息发送带来的是"对讲机"式的语音传播方式。

3. 受众群体的广泛性

微信使用者的传播受众由多部分组成——最初从相对稳定的熟人群体出发,再逐渐扩展到陌生人层面、整合了QQ的漂流瓶功能,微信融合了手机通讯录联系人、QQ用户群和新浪微博用户等基数庞大、层次多样的受众群体,给微信使用者以新奇的受众体验。

在这种与陌生人交谈的随机传受关系中,有利于建立新的稳定传受关系,这也是微信与传统即时通信工具所不同的重要一点。

(二)微信报道新闻的优势

在各类传统媒体激战信息时代的今天,微信作为改变新闻报道方式的工具也被推到这场传播战争的前沿。正如上文所述,便利的声音传递正是微信的一大特点,甚至可以说是最大的特点。在音响新闻、音响信息传播越来越受到局限的今天,微信让不能发声的传统媒体发声。以《纸媒"发声"——浅谈钱江晚报对腾讯微信的运用》一文的案例为代表:"直至目前,免费的语音传播,依然是微信最主要的特点。钱江晚报在运营官方微信平台时,认真研究并利用了这一声音属性。我们将成龙、延参法师、冯小刚等一批年轻受众喜爱的明星的声音搬上了微信平台;2012年10月麦加等文艺明星的'喊你起床'以及2013年春节期间,众影视明星及钱江晚报编委会成员'向你拜年'的活动,饱受微友好评;利用浙江方言众多而举办的'浙江方言好声优',也在粉丝中掀起了一股展示家乡方言的小高潮。"[1]

可见,传统纸媒既无电视的"声情并茂",也无广播独占专业性的优势,但仍然利用微信独特的多媒体功能走出了纸媒的局限,扩大了影响力,增强了传播效果——正如保罗·莱文森在其《软利器》一书中提出的"弥补性媒介"这一概念所陈述的那样,微信作为传统媒介和传统人际传播工具的弥补性媒介,能够被传统媒介所利用弥补自身的缺点,这也是未来媒介应用微信进行新闻活动的重要发展方向。[2]

对于广播、电视、网络等依赖技术程度较高的媒介来说,微信除了信息、内容推送的大众传播要求之外,更重要的一点是能拉近媒介与受众之间的距离。继微博之后,微信成为更好的大众媒体反馈工具,其文字功能在反馈用途上与微博、短信等传统互动参与方式相同。

如多地的广播电台开通了官方微信,并通过节目中的互动,广播节目主持人能够快速地

---

[1] 刘硕,蒋梦桦,李晓鹏.纸媒"发声":浅谈钱江晚报对腾讯微信的运用[J].新闻实践,2013(7).
[2] 李卓林.微信在新闻报道中的应用[J].记者摇篮,2014(11).

播出受众对其节目的各种反馈,无疑更增添了收听节目的乐趣,达到了加强传播效果的目的。

三、网媒微信平台新闻推送中的议程设置

(一)微信平台新闻推送的基本情况

随着移动互联网的蓬勃发展,微信在公众生活中产生着重要的影响。无论是传统媒体还是网络媒体,纷纷抢占微信公众平台账号,以获得与公众的精准而深入的沟通。以门户网站为例,各大网站都开通了微信公众账号,并且每个网站根据提供内容资讯的不同而开设多个账号,而其中用户关注度高的是新闻推送账号,如腾讯新闻、凤凰新闻、网易新闻、搜狐新闻等。它们每天以相对固定的形式和精选的内容与公众见面,在喧嚣的网络环境中成为现代人接触世界、了解资讯的有效渠道。

1. 网媒新闻微信推送的基本方式

各个网媒的微信公众平台设置固定时间进行新闻推送,定时的方式可以使公众的注意力聚焦,从而养成接触习惯。推送时间多集中于早、中、晚三个时段,这符合公众对新闻资讯类信息的关注习惯。网媒微信平台以固定频率进行新闻推送,固定频率与固定时间配合,有利于形成公众良好的体验习惯。不同网媒根据媒体定位等情况进行不同的新闻推送组合,不同的组合方式也呈现出各自媒体的特性与风格。微信推送新闻每次4~5条,此种组合方式很好地符合了公众利用微信浏览新闻信息的要求,一般4条新闻正好占据整个手机屏幕,公众在快速浏览时能够一览无余,有利于有效地选择到自己需要的内容。

2. 新闻推送的内容与编排方式设置

网媒通过微信平台推送的新闻内容经过选择后以精准的方式送达受众,因此,对于关注者来讲,新闻的内容决定了他们的所思与所想,媒体的议程设置功能较为明显。腾讯、凤凰、网易、搜狐的新闻在内容设定方面主要以社会、娱乐新闻为主,聚焦于社会热点事件,如腐败、犯罪、灾害等;科技、体育方面的新闻较少涉及;而民生、财经、文化教育类严肃性新闻基本不涉及。并且,新闻选取的范围都以面向全国性的内容为主,没有专门面向地方的地域性新闻。新闻的编排方式主要以文字+图片为主,这符合网媒的基本需求。

(二)网媒微信平台新闻推送中议程设置的特点

媒介通过议程设置的选择与传播建构能引起公共讨论和关注的话题的能力,受众会因为媒介提供的议程而改变对事物重要性的认识,对媒介认为重要的事情首先采取行动。由此,对腾讯、凤凰、网易、搜狐的新闻推送进行监测分析,发现其在议程设置方面呈现出如下特点。

1. 内容提供娱乐化倾向明显

微信本身带有娱乐性质,这在一定程度上决定了网媒微信平台的风格。首先,所选择的

"议题"具有鲜明的娱乐化特征。在腾讯、网易、搜狐新闻推送中娱乐新闻是必备项目,每天基本保持至少一条的数量。其次,其他新闻多集中于时政热点事件和社会新闻方面,尤其以社会新闻居多,在标题的设计、内容的选取、表现方式等方面也都具有明显的娱乐化特征。如凤凰新闻每天推送的四条皆为社会新闻。如 2013 年 8 月 8—14 日腾讯新闻推送的标题:刘铁男被曝有 25 颗罕见钻石;越南一对父子为躲越战森林隐居 40 年后被发现;老人帮癌症老伴沉江自杀获刑曾沿江堤哭送数百米;江苏毒贩接头写藏头诗同伙没看懂傻等一夜……从上述新闻我们发现在涉及时政、国际、法治等严肃话题时,新闻的关注点仍在于猎奇、煽情,甚至于八卦上面,核心目的仍在于吸引公众的眼球和好奇心。

2. 编排的随机性遮蔽了议程设置的系统性

新闻事件的报道具有一系列的连续性和先后性,但是在现代消费社会语境下,网媒微信平台的新闻推送中的新闻事件更多是"快消品",与传统媒体相比,议程设置缺乏系统性和长期性,议题的选择多随机、零散,相互之间是孤立的。在选取报道资料并对其进行加工的过程中,主要考虑什么是最能吸引公众眼球、刺激公众好奇心或感官神经的。因此,推送的新闻多具有刺激性特征,矛盾冲突较强,情节曲折,甚至是另类、反常的内容。如凤凰新闻 2013 年 8 月 12 日推送的四则新闻——北京教授在楼顶盖别墅施工 6 年假山大树俱全;女子嫌丈夫车技差自己开车油门当刹车致 1 死 11 伤;男子杀妻后割开肚皮欲看心脏颜色。这些新闻在标题制作、内容选取、细节展示等方面都充分体现出新闻的"快消性"。

3. 内容与风格严重趋同

各大网媒的微信新闻推送在议程设置上具有较高的重合度,主要集中关注时政热点事件和社会、娱乐类信息。对腾讯、凤凰、网易和搜狐微信公众账号进行监测,截取其中两周的记录(2013 年 8 月 8—21 日)发现:两周时间内四家网媒微信平台共发布新闻 295 条,平均每天四家网媒微信平台共发布新闻 21 条,其中对同一事件进行报道的新闻有 8 条左右,重合度高达 38%。其中推送中的头条(位置处于屏幕最上方)重合度高达 50%。[①]

四、微信新闻写作特点

(一)微信传播范围相对封闭,内容容易被接受

相比 QQ 空间、微博等社交媒体的开放,容易产生不信任感,微信就不一样了,大家要不是朋友,要不就是熟人,基本上用户对于通讯录列表里的名单都会比较熟悉,而这些熟悉的人所分享的微信内容就很容易被接受,然后用户就会转发、传播。

(二)标题吸引人或内容有颠覆性

新闻标题是新闻的眼睛,好的标题,可以很好地表达新闻主题,强化传播效果,带动受众

---

① 吴晓东. 网媒微信平台新闻推送中的议程设置研究[J]. 中国出版,2014(04).

的积极性。同样,在微信新闻写作中,人们第一眼接触新闻就是看到其抢眼的标题,然后才有欲望点进去看内容。而新闻标题的拟定要做到以下几点:不夸大其词、标新立异、语言简洁明了。

(三)内容打动读者,巧用"直接引语"

新闻事实就摆在那儿,优秀的记者应当学会用故事化的方式来讲述这样一则新闻,一篇好的新闻作品,如果能像视频一样呈现出当事人的神态、语言、动作,那么这样的新闻就具有说服力,所以在文字条件下,合理地运用直接引语,这会让作品更具血肉,更加立体。

(四)对比强烈,突出矛盾

因为需要增加新闻点击量,记者在写作过程中应当以数据来说话,通过相关数据的罗列,形成强烈的对比,这样会给人造成一定的心理上的冲击,那么他就会将这条新闻分享传播出去。

(五)紧跟时事热点

时事、大事不应当只有国字号媒体来跟进,也需要这些大型门户网站来参与,微信本身就是腾讯的产品,依托其强大的力量,微信可以很容易地获取最新的国内外各领域的消息,这就需要编辑记者灵敏地发掘这些事件,及时报道,以最快的速度将事实呈现给广大的用户。

有人甚至总结微信内容写作的10大技巧为:以"假"乱真、语出惊人、围魏救赵、动之以情、揭行业内幕、借势成事、巧借东风、水乳交融、设置悬疑、环环紧扣。

五、微信作品评析

(一)原作

双创周上"抢"总理

阿里巴巴集团董事局主席马云刚刚向李克强总理介绍完他们打造的"第一款量产互联网汽车",腾讯公司董事会主席兼首席执行官马化腾就把总理"拉"到展台前,介绍腾讯在众创空间、网络安全等方面的工作。而这两个展台,据说都不在总理既定的参观路线内。

10月12日下午,李克强总理来到深圳湾创业广场的展览厅,参观2016年全国大众创业万众创新活动周相关主题展示时,来自全国的创客们"各显神通",使出浑身解数"抢"总理到他们的展位,总理也一再打破既定参观线路,为创新创业者们"站台"。

"因为后面还有一场'重量级'的座谈会,为了控制参观时间,我们曾经提前粗略规划了一条参观路线。"一位"双创周"活动组织者透露,"但过于热情的创业者们完全打破了我们预定的方案,总理的参观也比预定时间延长了一倍。"

企业"花式"求关注:CEO上阵、搭建咖啡厅、展台摆汽车

为了成功"抢"到总理,参展的企业负责人和创业者们可谓"各出奇招"。一个创业团队与他们展示的机器人一起呼喊"欢迎总理",终于成功把总理"抢"到了他们的展台前。腾讯公司董事会主席兼首席执行官马化腾则"亲自上阵"向总理发出邀请:"我们还想请您给创业者发创业'红包'。"

李克强欣然应允,在屏幕上点击一个按钮。一块大屏幕上立刻不断弹出创业者"成功领取1000元红包"的信息。总理此次发放的红包共计100万个,可以用于购买商标注册、社保代缴等企业服务,助力扶持创业创新。

致力于创业服务的"3W咖啡"直接在展厅现场搭了一间咖啡厅,还在路演舞台的背面的墙面上挂上了几个大字:"今天的路演是你们明天的预演"。这句话,正是李克强总理一年前在北京中关村到访3W咖啡时对创业者的鼓励。

一位创业者向总理介绍,他们与瑞典的创业伙伴们一道,用4天3夜的时间,研发出一台自动规划路径、清除障碍的轮椅设备,让腿脚不方便的人们也能便利出行。

李克强对此称赞道:"我们正在进入老龄化社会,有接近2亿的老年人,还有2000多万人左右的重度残疾人,需要多种辅助工具。这方面的市场巨大。"

参展的创业项目,既有轻型跨坐式单轨交通系统、新型"超材料"等"高精尖"产品,也有新成立的港交所前海大宗商品交易中心,以及一大批服务众创、众包的平台机构。

智能硬件创新创业平台"硬蛋"在展位上摆出一辆汽车,成功吸引总理驻足。平台负责人介绍,他们用互联网打造一条"从创客到规模化产业的路径",目前平台已吸引1.3万家创业企业入驻。旁边这辆智能电动汽车就是其中一家创业企业的成果。

李克强笑称这台汽车的外形"好像来自好莱坞电影",并询问车辆使用什么种类的电池,是否实现了量产,肯定他们通过互联网"集众智",实现"众创共享"。

"总理,能不能跟我们一起合影,再和我们一起比一个手势?"一位创业者向总理摆出一个竖起大拇指、食指和小指的手势,"这是听障人国际手势,表示'爱'的意思。"

总理鼓劲创业者:比手势合影、鼓励小创客、拍全景合影

得知这个参展的创业团队由听障人士组成,主要研发助听器、听障人士社交工具等产品,李克强愉快地摆出手势与大家合影,并应邀在"关爱听障人创业"画板上签上自己的名字。

在全球首个用于乳腺诊断影像锥光束乳腺CT展台前,李克强鼓励项目负责人进一步发展筛查技术。"我们已经在农村对'两癌'进行免费筛查。政府需要提供更好的公共服务、公共产品。希望你们研发出更好的技术加以支持。"总理说。

事实上,参加双创周活动的,除了青壮之年的创业者外,还有一些面庞稚嫩的"小创客"。一位中学生告诉总理,他希望从"未来人类的角度",思考50年后互联网对人类社会的改变。李克强笑着鼓励他"再想得大胆一些","创意无限"。

"我们是做全景相机的,您和我们全体创业者拍张全景照片吧!"在创业者的层层"人海"中,一位创业者的高呼成功"抢"到总理关注。年轻创业者们簇拥着总理合影,留下一张总理与创业者的"全家福"。

总理提出的大众创业、万众创新,是对中国现实非常深刻的思考

创新创业的热潮不仅体现在深圳湾创业广场这些充满热情的创业者身上,更体现在一组实实在在的数据中:今年上半年,我国受理专利申请144.5万件,同比增长37.8%;战略性新兴产业主营业务收入同比增长11.6%,利润增长18.9%;大型企业尤其是央企的双创平台数量增加了一倍;全国新登记企业261.9万户,同比增长28.6%,初创企业用工需求增长213%。

"总理2014年提出的大众创业、万众创新,是对中国现实非常深刻的思考。解决的是就业和创新这两个中国经济中最重大的命题。"在当天晚些时候的2016年全国大众创业万众创新活动周中外创客领袖座谈会上,阿里巴巴集团董事局主席马云说。

密集与20多个创业团队互动交流后,李克强总理走出展览场馆,准备出席下一场"重量级"座谈会。但一位创业者的高呼让总理再次停下脚步:"总理,我是农民工创业者!"

"你是做什么的?"李克强笑着迎上去问道。得知这位创业者根据市场需求生产优质有机农产品,总理当即肯定:"双创绝不仅仅是电商等服务业,而是对一二三产业都能实现全覆盖!"

创业者们再次欢呼着把总理"包围"起来,争相与总理握手,并请总理对创业者寄语。李克强大声说,来自全国各地的创业者聚集在一起,显示出我们国家、我们民族创造的智慧和力量。

"创意是无极限的,创业也是无止境的。"总理说,"希望明年的双创周上,大家做出更好的创新创业成果。更重要的,是要脚踏实地把创意变成现实。"(记者储思琮)

来源:《新京报》新媒体2016年10月13日

(二)评析

《双创周上"抢"总理》一文出自《新京报》新媒体,用手机上微信搜索马上就会显现出来。在网上搜索更是一片红,好多网站都转载了此文。

第一,看看此文是何文体。消息、通讯、评论、图片说明?都不是,而这些体裁的特点它都有。这就是微信作品融合了各种新闻体裁的长处。既有文字叙述能够准确传神达意的优点,又有图片给人直观的视觉冲击力的效果。图文并茂是此文的最大特点,李克强总理观看途中的所见所闻的重要场景都用图片展示出来。

第二,语言上没有细致雕琢,甚至有微博那种碎片化的痕迹,因而作者出手快,时效性强,3月12日下午发生的事情,13日上午9时就被各网站转载出来。肯定对于《新京报》记者而言应为当天晚上就发出此稿了。

第三,文字叙述方面注意大抓典型瞬间与感人细节。如马云与马化腾互抢总理,企业负责人和创业者以及展示的机器人一起呼喊"欢迎总理",请总理给创业者发创业"红包",李克强摆手势与大家合影并应邀在"关爱听障人创业"画板上签名,等等,这些生动而寓意深刻的细节,显示了总理与人民群众打成一片的鱼水关系。

第二节 博客新闻作品评析

博客作为一种特殊的个人网络已经成为世界互联网信息交流最频繁的形式。博客是一种个人网页,使用者可以很方便地用链接、文字、影音和图片等建立自己个性化的网络世界,因此博客也被称为"网络日志"。博客井喷式的发展,正在逐渐改变着传统媒介的格局,成为Web2.0时代的典型代表。博客新闻抑或新闻博客在突发或重大新闻事件报道中屡屡出彩,引起业界和学界从各自关注点出发进行着不断的探索和研究。

一、博客新闻传播的特点与价值

(一)博客新闻对传统新闻传播产生的影响

博客的诞生对信息的传播产生了巨大影响,传统新闻传播受到博客新闻的很大冲击,具体有以下两方面的表现:第一,博客网站挽救了一些敏感话题的价值。很多专业记者在传统媒体上刊登的信息只是其采访的小部分,而那些涉及敏感地带的资讯被埋没了,博客新闻某种程度上弥补了这一遗憾。第二,博客家族不受经济、文化和政治等诸多因素的限制,经常爆料一些隐蔽新闻,迫使专业传媒不得不对其进行追踪调查。

(二)博客新闻传播的特点

博客新闻传播作为一种新生的媒体传播方式,其专业性要比传统的新闻媒体单薄一些,信息的容量比较低,不如网络门户丰富多彩。但博客新闻传播作为新生事物,其具有自身独有的特征,表现在以下几个方面:

1. 博客新闻能更好地挖掘新闻事实

博客具有形式相对开放、言论相对自由等特点,可以对传统媒体所报道的真相作补充;博客新闻以其传播迅速、新闻即时性强等特点,可以在第一时间将新闻事件的变化发布出去,并即时追踪事件的进展,传播事件的内幕消息,这是传统媒体不能企及的优势。博客真实地发布内幕新闻是对专业媒体的补充,也是传统媒体很好的新闻来源,因此,博客比传统的专业媒体更具有新闻吸引力和传播性。

2. 博客新闻传播扩展媒体的报道

博客新闻传播可以对媒体报道的新闻进行扩展。博客网站通过链接、分享等方式将专业媒体中具有影响力的报道重新整合,媒体报道得到了有效的扩展。另外,博客网站开设了专题讨论区,对一些在传统专业的媒体报道中没有展开的新闻话题进行持续讨论。

3. 博客新闻报道突发事件

博客新闻比传统的媒体具有更自由的新闻传播和更加广阔的新闻视野。博客作者的队伍十分庞大,可以收集到专业记者所达不到的新闻信息量。博客作者对一些突发性的世界新闻更敏感,迅速地将其收录到博客中。比如,博客作者对发生在2008年5月12日的汶川大地震做出了迅速的反应。博客的表现更加细微,因为博客的作者突破了传统记者的专业局限,通过自己独特的新闻视角评论新闻事件、观察新闻事件,并阐述自己的感受。这种畅所欲言的特点正是博客新闻的优势所在。

4.专业记者利用博客网站

专业的记者在发表新闻稿件时要经过审查和筛选,一些具有一定价值的新闻资讯会被舍弃,无法刊登。但是,记者博客群可以在博客网站上充分地运用这些资讯,很好地发挥其应有的价值。

(三)博客新闻传播的价值

1.社会性价值和民主性价值

博客可以自我管理,具有比较高的民众参与性。博客是随着社会信息迅猛发展而诞生的。博客作者可以最大限度地传播新闻信息,具有高度的自由性、多样化的传播形式和传播内容。博客同时具有深刻的社会性。博客通过文字、图片将新闻资讯发表在网络上,引起深刻的社会影响。

2.资源开发的开放性价值

博客新闻在报道的广度、深度、效率、速度等方面是传统新闻传播所不能及的。博客对于很多突发事件的反应和传播相当迅速,这就是博客新闻资源开发的开放性、自由性价值。博客新闻广泛的素材,吸引了许多博客作者的参与。博客新闻需要"把关人"进行传播内容的筛选,在这个门槛内的网络虚拟空间中,博客作者可以自由地分享自己的资讯,传播内容具有较大范围的开放性。

3.新闻评论的价值

在很多博客文章中,博客作者对一些重大新闻进行了全面而又深刻的评论,广泛地拓展了新闻事件的内容。其中,读者会更多地关注一些名人对新闻的评论,产生一定的社会影响。博客的新闻评论价值补充了传统媒体传播的缺陷,给传统的媒体带来了猛烈的冲击。

二、博客新闻写作的类型与特征

(一)博客写作的概念

博客是继 E-mail、BBS、ICQ 之后的一种新的网络传播方式。"博客这个概念一体多面、一词多义、一形多态。"既指一种网络形式,又指写博客的人。博客写作是一种新的网络言语写作,是一种新兴的网络写作模式,它是个人将自己的日常生活、心情随想以及对一件事情的看法和观点在网络上记录下来并发布的写作。

(二)博客写作的传播特点

博客的出现与迅速发展迎合了当代社会大量的信息需求。博客写作依存于网络广泛存在,它的出现对传统媒体造成的冲击力不容小觑。但是,网络对信息"来者不拒"的态度使其可信度大大降低,且博客写作形式多样,所发布的信息仅是个人见解,内容随意,缺乏公信力及权威性,它需要借助报纸、广播、电视等传统媒体才能够获得更大范围的传播。

(三)博客写作的类型

根据写作主体划分的方法能够反映出一个写作群体的写作特点。

1. 名人博客

2005年新浪博客引入大量的名人博客,为新浪博客注入了新鲜的血液,引起各种媒介的关注。名人博客之所以有这么大的影响力与名人效应密不可分。演艺界最红的名人博客非老徐(徐静蕾)的博客莫属。2005年10月25日凌晨10分,徐静蕾在她的新浪博客上发表第一篇博文《难道我的博客生涯也要开始啦?》。老徐的博客主要是记录生活流水账,叙述工作中发生的趣事,上传生活照或者工作照等。

韩寒是80后作家的代表,具有较强的文学功底和写作技巧,他有着自己独特的观点和看法,并且毫无顾忌地在博客中发表,可以说在博客写作中,他是新一代文学作家中的典型。

杨澜是一位媒体工作者,和众多的同行一样,"他们的博文或是展示幕后故事,或是剖析事件原委,记录着对生活的观察"[①]。这类博客反映了社会现实及真相,能够引起人们对生活、社会的思考,是具有高度思想性和前瞻性的博客。

名人开博的好处在于能够让更多人认识博客,使博客变得越来越普及,有利于博客在中国的拓展。

2. 商业博客

商业博客以宣传介绍自己的产品并最终销售成功为主要目的。此类博客的博文,不是单纯地对某事发表看法或感叹风花雪月,而是带有商业色彩,这是它作为商业博客的特点。但是想在众多博客中吸引更多人的注意,从而成功推销自己的产品,这就要有一个"卖点",当一个博客拥有了一个值得民众去看的"卖点",这个博客的点击率必定会上升,间接使产品的销售量上升。现在越来越多的商家都会开博为自己的品牌打一个不花钱的广告。

3. 草根博客

草根博客又称为个人博客,依据博客写作者的身份和职业可以分为学生博客、教师博客、军人博客、农民博客等,是普通老百姓利用网络抒发情感、发表个人观点的方式。此类博客点击率不高,读者一般来自周遭的亲朋好友,博文内容包括生活琐事、感情生活等。

4. 媒体博客与记者博客

大约在2006年期间,媒体博客开始被美国报纸媒体所重视。根据美国雷诺兹新闻研究院在2009年做的关于"滚动新闻编辑部"(Continuous News Desk)的调研结果,在2008年

---

① 莫映雪.试论博客写作的类型与特征[J].南方论刊,2012(2).

年底和2009年年初,84%的美国日报已经不同程度地建立了滚动新闻编辑部,将纸媒与网络新闻编辑融合。媒体博客不仅能帮助公众解读新闻和新闻背后所具有的含义,而且可以让新闻从业人员与公众进行形式多样的互动、了解公众的关注、反馈对媒体的报道。

美国报纸媒体在媒体博客方面的实践表明,媒体博客在扩大媒体影响力和联结受众等方面可以发挥相当大的作用。比如,《华盛顿邮报》的博客网站Wonkblog专门从事有关政治、经济和国内政策方面的报道、评论和分析。在2009—2013年期间,在29岁的创始人克莱恩的领导下,Wonkblog博客网站每月的平均页面浏览次数为400万次,成为关于华盛顿首府政治、经济和重大政策方面的重要信息来源之一,并为《华盛顿邮报》公司创造了可观的数字广告收入。

在2010年8月—2013年6月,《纽约时报》收购并拥有内特·西尔佛(Nate Silver)的博客网站538FiveThirtyEight.com(根据美国总统大选中一共有538个选举人团而命名)。西尔佛擅长使用统计模型预测政治选举和体育比赛等结果。在2012年的美国大选中,他的博客网站主要从事对美国总统竞选和政治的报道、评论、分析。在选举日那天,他的博客网站准确地预测了全国50个州的选举结果①。

记者博客作为特殊的新闻传播方式为大多数人所接受,影响力不断增强。传统媒体在与新媒体进行竞争的过程当中,最有效的方式就是利用新媒体的独特技术优势,比如博客这种形式。在这个过程当中实现记者与博客的结合,实际上就是把传统媒体的资源优势和新闻触角延伸到了网络平台。

记者博客是展开新闻竞争的有效方式。当前的新闻竞争主要体现在重大事件和突发事件的报道上,而这类事件在网上,特别是在博客上往往是最先披露和发布的,通过记者博客来收集、整合、发掘有重大新闻价值的新闻线索,是传统媒体赢得新闻竞争优势的必然选择。

记者博客有助于提升传统媒体的品牌知名度和竞争力。当前大量新闻网站推出记者博客专题,一大批具有较高知名度和较大影响力的名记者通过自己的网络阵地新闻博客,获得了巨大成功,这当中包括央视的柴静、王小丫、凤凰卫视的闾丘露薇,等等,在他们的博客中既有大量的背景新闻报道和分析,也有个性化的评论和对重大事件的多元化解读,这些新闻博客背后所代表的不仅仅是记者本身,而是其所服务的传统媒体,从而使得传统媒体的知名度和影响力可以借助网络记者博客得到提升,从而极大地提升整个媒体的竞争力和影响力。②

按照相关学者的观点,完整的博客概念应该包括三个方面:一是其内容主要为个性化表达;二是以日记体方式频繁更新;三是充分利用链接,拓展文章内容、知识范围以及与其他博客的联系。从目前来看,我们国家对于新闻记者的管理还是比较严格的,特别是对于网络记者的认定和管理更是如此,而另一方面大多数网络新闻网站是没有新闻记者和新闻发布权的,正因为如此,网上的虚假和不实消息经常常出现也就变得习以为常了,而记者博客的最大优势就是记者的特殊身份和拥有相应的采访权和发布权,使得记者与一般的新闻披露人相比,又有更多更广的获取信息的渠道,从而使得记者博客新闻的独家性和权威性有了相应的保障。

---

① 孙志刚.媒体博客在未来新闻编辑部的作用[J].新闻与写作,2014(9).
② 胡忠青.记者博客的兴趣及其发展路径[J].新闻知识,2007(11).

此外，由于新闻记者受过专门训练，又有一定的职业素养，在利用博客这种个性化、多元化的平台时能够理性地看待，在表达过程中对自发、自主、随意性的控制上要更加理性和规范，这种与生俱来的专业素养在内容的表达上展现出与众不同的深刻性、主导性和公共性，从而使得广大受众能够建立起对记者博客的信任，直至对传统媒体的认同。

(四)博客写作的特征

1. 内容形式的自由开放性

博客写作是一种开放的网络交流形式。这种自由开放性引发人们从生活中寻找题材与灵感，让人们更加注重生活、注重感受生活。此外，博客写作的语言也是自由开放的。"人类有史以来，言论的自由公开发表恐怕没有一个时期比现在更开放自由便捷，这一切，都是因为互联网的产生。"①博客写作内容上的自由带来了形式上的开放。传统写作规定体裁不利于作者想象力的自由发挥，而博客写作的体裁多样化、个性化则给了作者更多的选择空间。"在博客的舞台上，每个人既是'观众'也是'表演者'。"这体现在博客写作的主体中，博客写作是一种大众的写作。

2. 信息反馈的及时性

2001年美国遭遇"9·11"事件，博客首次成为主流媒体的新闻来源。2005年伦敦地铁发生大爆炸事故的几个小时之后，在博客检索网站上已经出现了数千条日志。这都体现了博客写作的信息反馈及时、全面、多元的特点。

传统媒体报道新闻还需要印刷出版，而网络媒体只需要一个简单的按键就可以在第一时间准确地将新闻发布出来。博客写作的及时性还体现在博文的更新速度上。进行博客写作不需要长篇大论，可以是一句话，可以是流水账般地记录生活，也可以是在行走的途中看见的趣事，随时随地都可以发表博文，而读者可以很快地阅读评价这些文章，既方便了作者也方便了读者。博客写作可以及时地记录个人的行为、信息和思想，有利于读者学习到更多的知识，同时也丰富了作者的业余生活。

3. 写作主体的全民性

博客写作的全民性真正体现了写作的平民化、草根化。不是只有名人、文人学者才可以开博客写文章，普通老百姓也可以拥有一个属于自己的博客。方兴东对博客的总结是：零技术、零成本、零编辑、零形式。正是因为这种零门槛才使得博客写作成为普通民众生活中不可或缺的一部分。博客可以被看作是个人的舞台，在这里你可以尽情抒发情感，展示才华，书写对梦想的追求。因为写作主体的大众性，造成文学作品呈现平民大众化的特点，但是这种通俗易懂的作品却满足了大多数普通网民的审美需求。

4. 大众交流的互动性

博客写作的全民性决定了其具有互动性的特点。博客写作是分享式的写作，它将作者

---

① 张玉超，刘海波.博客：一种新的网络言论写作模式[J].语文学刊，2008(3).

与读者联结在一起,是一种全新的写作模式。博客写作中的互动包括作者与读者、读者与读者、作者与作者之间的交流。作者与读者的交流是寻常的交流方式。这种交流不是一对一的互动,作者发表博文后,读者跟帖发表各自的观点和看法,从而又形成了读者与读者之间的交流。读者与读者的交流是博客写作中较为普遍的一种互动方式。不同的读者对同一篇文章具有不同的观点和看法,有分歧就会有争吵;而观点相仿的读者由此便开始更为密切的互动。作者与作者之间的交流是一种角色的转换。当你发表文章时你是作者,当你阅读别人文章时就成了读者,在博客交流中,很多读者其实就是作者本身,两者之间随时变化、相对存在。博客写作中的互动较频繁且人员众多,每个人都可以看到其他读者对这篇文章的评论,这对读者自身言语的反思与作者写作水平的提高都具有较大价值。作者与读者之间一直保持着这种及时和开放的交流互动是传统写作方式无法给予的。

三、博客新闻作品的评析方法

博客里的新闻报道,可以运用前述各种文体评析的方法进行,不再赘言。这里就博客整体评析作些阐述。

(一)建立个人博客影响力评价模型

借鉴网络信息评价法的思想,将博客看作一种特殊的网络信息资源,从博客的影响力出发,应用层次分析法,建立个人博客影响力评价模型。博客影响力是个人博客价值的一个重要衡量指标,对评价博客影响力方面,也有不少学者和专家就此部分做过相应分析。可将博客影响力指标整合并划分为以下三类。

1.博客日志质量

网络信息资源评价体系中,都将信息质量作为评价网络信息资源的一个重要指标。博客作为一种特殊的网络信息资源,其日志的质量高低直接决定着信息被读者接受和关注的程度。因此,这里选择博客日志的质量作为博客影响力评测的一个指标。

博客读者在阅读博客时,很大一部分动机来源于能够从多个角度看问题(50.4%),能够产生心灵的共鸣(42.1%)等以获取知识为前提,基于此,博客作者需要为读者带来满足其阅读动机的博客日志,这就要求博客日志需要有博客作者自身的思想融入其中。因此,一个日志质量好的博客势必要能够满足读者在获取知识方面的动机[①]。

据此,将博客日志质量该定性指标分解为日志的时效性、日志的独特性、日志的学术属性三个二级指标。其中,日志的时效性指的是日志是否为第一时间发布的信息,或者是否与当前发生的时事相关;日志的独特性指的是日志是否为原创,日志内容是否新颖独到;日志的学术属性是指日志涉及的内容是否为科学、时评或思想,而非简单记录个人生活。博客日志的时效性越强,独特性越高,内容的学术属性越强、越具有连续的可读性,则可能吸引到的读者越多,激起的社会反响越大,因此其博客影响力越大。

---

① 朱丽,吕本富,彭赓.基于AHP法的个人博客影响力评价方法研究[J].数学的实践与认识,2008(8).

2. 博客作者权威性

一般而言,如果网络上信息发布者为线下知名人士,同样的信息则可能拥有较多的观众。在个人博客领域,博客作者的权威性是一部分博客读者阅读的原因之一。博客作者的权威性使得其在自身领域拥有一定的知名度和读者群,其博客也容易在众多同类博客中被发现和重视。通过观测博客网和新浪博客两个博客平台的点击量排名可以看出,博客点击量排名前100位的名单中,大部分是个人知名度本身较高的作者。这说明,博客作者若较知名、权威性较高,则会有一部分读者关注其博客。

主要从以下几个方面判断:作者发文量,作者被引量,作者的经历,作者的身份,是否为领域专家,作者所属机构的权威性,作者是否能够联系等。这里将博客作者的权威性这一指标分解为:作者的线下知名度,博客作者的文化程度,博客作者的更新频率等三个指标来进行评测。博客作者的线下知名度越高,则其权威性越高,其博客影响力越大。其中作者的线下知名度可以用媒体曝光率指标替代。

3. 博客作者与读者互动性

博客作者与读者之间的互动在一定程度上能够提升博客的知名度和影响力,因此将博客作者与读者之间的互动性作为评测个人博客影响力的指标之一。进一步,又将该指标细分为:平均访问量,平均回帖量,逆向链接量三个指标进行评测。平均访问量越大,平均回帖量越大,逆向链接量越多,则博客作者与读者的互动性越高,由此,博客的影响力越高。

综上,根据博客日志质量、博客作者权威性、博客作者与读者互动性三个角度对个人博客影响力评价指标进行细化,建立指标评价表。

(二)媒体与记者博客的评析

1. 坚守记者的职业道德底线

记者博客所披露和报道的大量内容来自于记者本身的采访和新闻渠道,尽管播出的平台从传统媒体变成了网络博客,新闻记者仍然应该坚守作为职业记者的道德底线。从采访的选题上、采访的方式上、采访内容的编辑和报道上、直至采访内容的披露方面都要严格以记者的操作规范来要求自己。这不仅仅是提升记者博客在所有博客当中影响力的有利武器,也是记者博客所代表的传统媒体的必然要求。

2. 与所服务的传统媒体建立良性的互动关系

从当前的发展来看,以博客为代表的新型信息传递方式已经成为未来发展的趋势,它在改变记者工作中的各个环节。但是人类传播的发展历史证明,传播方式的革新不是单纯地取代模式,而是丰富的多元化拓展模式,所有传播方式之间都有着某种程度的继承和关联。因此,网络博客当中的记者与传统媒体当中的记者亦存在某种程度的继承和关联,他们的关系表现为一种良性的互动关系。

3. 最大限度地获取相关新闻素材、反馈并直接作用于传统媒体

近几年来,大量的新闻记者在网上开设博客,一个重要的功能就是多维度地获取全方位的新闻信息。特别是每年的两会报道,大量的新闻记者以新闻博客为平台,开设了大量专题和意见反馈收集网页,成为沟通媒体与广大受众的主要渠道。从实践的结果来看,许多网民都通过记者博客来反映自己的要求和呼声,并且把这种沟通方式作为和主流媒体互动的有效途径。这当中有许多通过记者博客反映出来的问题,都成为传统媒体关注的焦点,并且为主流舆论一直跟进,最终促使了问题的快速解决。由此可见,记者博客已经成为向主流媒体输送重磅炸弹的主要来源,进而极大丰富和提升了传统媒体在舆论引导方面的积极作用。

另一方面作为与广大网民沟通的主要和快速便捷的途径,记者博客获取了大量实施深度报道的第一手材料,并且连续对采访过程进行描述和跟进,使得记者采访效率成倍提高,从而形成了报料、采访、制作、传播、反馈、再制作、扩大传播的连锁报道模式。这个过程中不但成就了一些知名的记者博客,而且也使得传统媒体对于网络突发事件的把握更加精准有效。另外,如果遇到重大突发事件,传统媒体可以适时地引入博客式报道,通过记者博客全景式的亲身体验式报道,来凸显媒体的时效性、真实性、公信力。

4. 展示个体才华和组建关系网营造一个和谐的传播氛围

大多数记者通过设立记者博客,在很短的时间里,在特定的报道领域形成了自己独特的影响力和优势,由此而来的是广大特定网民对其关注度不断提升,甚至使之成为公众人物。此外,记者博客往往会对一些非主流的、个性化的事件发表评论和解读,尽管这些言论未必会给传统主流媒体所采用,但通过记者博客这个平台,其言论的影响力丝毫不亚于传统主流媒体,并且会在很短的时间内被不断放大,甚至会直接关系着所涉新闻事件的成败和结果。

由此看来,记者博客在展示记者专业素养和延伸传统媒体影响力的同时,也会使自己的个性化才能得到广泛的传播和展示,形成一个既定的关系网,产生巨大的影响力。久而久之,人们对于某一传统媒体的认同度就会演变为对某些知名记者的认同和盲从。因此,记者博客时常应该为营造一个和谐的传播氛围做出冷静处置,在个体和主导之间寻求一个理性的平衡。

5. 必要的时候发挥记者博客四两拨千斤的作用

2008年8月1日,山西省娄烦县发生了山体滑坡事故,根据当地媒体报道,有11人被埋。最初此事被确认为一起自然灾害。而此后不久,国务院组成的调查组对事件进行重新调查之后,认为这是一起人为事故,并非当初所认定的自然灾害。而事件的转机源于《瞭望东方周刊》记者孙龙春在其博客上发表了一篇博文《致山西省代省长王君一封信》。这篇博文的发表直接引起了国务院温总理的高度关注,以至于能够迅速地查明事件真相[①]。孙龙春的努力展示了中国记者的优秀品质,但同时也让我们看到新媒体的力量正在崛起。如果没有孙龙春在博客中披露关键线索,引起相关部门和领导的高度关注,也许到今天真相也不可能大白于天下。

---

① 吴兴人. 有感于记者博客的威力[J]. 新闻记者,2008(11).

6.记者博客要处理好以下几个方面的关系

第一,个体性与公共性的关系。记者博客一个最基本的特性就是个体性。个性化的语言、个性化的表达习惯、日记、看问题的方式方法等都打上了浓重的个人标签。但记者的特殊身份则要求对特定事件的报道、评论、分析、深入调查等方面应该尽量淡化这种个性因素。因为记者博客在重大事件中代表的不仅仅是个人,往往他关注的事物会瞬间成为社会关注的焦点,而他的一言一行则实际上是传统媒体话语权在记者博客上的延伸,它要求记者关注大多数人的公共利益,解决的是大多数人关注的共同利益,而不仅仅是某些人某个别集团的局部利益。

第二,私密性与公开性的关系。记者博客是一种兼容了大众传播和人际传播多种交流模式的传播方式,许多人面对记者博客会通过留言、披露资料、深度交流等方法向记者袒露心声,希望得到他(她)的关注和帮助。这个过程中,大量人情世故和个人信息会跃然于记者的眼前,记者博客的开放性和互动性又使得披露这些私密信息异常容易,而记者与广大受众建立起来的这种对话桥梁的基础是彼此之间的信任,这种个体间的信任要求记者在信息披露和公开过程中做一个审慎的考量,这种考量不仅仅是国家法律法规,而是对每个博客主体的尊重,特别是这些信息披露之后对个体产生的恶劣影响。

第三,个性化与主导性的关系。博客是个性化展示的天地,低门槛和广泛的传播渠道使得记者博客要从中脱颖而出,必须建立个人的独特形象和广为认可的公信力。在这个过程当中,信息的准确性、客观性、公正性,内容的思想性,语言的魅力都会成为赢得持久关注的有效砝码。记者博客在展示个性多元的同时不能忽视主导性和导向性。记者博客的品牌和声誉应该以真诚、引导主流价值观作为打造个人影响力的前提和基础,切不可因为凸显个性和多元而歪曲或者模糊固有的责任意识,忘却了构建高尚的道德品格初衷而随波逐流。

第三节 微博新闻作品评析

微博是微型博客的简称,文字内容发布限制在140个字以内,是一种通过关注机制分享信息的广播式社交网络平台。作为一个跨媒体的传播工具和信息发布平台,微博时效性很强,加之它具有评论和转发功能,使在这一平台上发布的信息能在极短的时间内呈裂变式的传播。最早也是最著名的微博是美国的推特(Twitter)。在中国,饭否网为我国最早的微型博客网站,建立于2007年5月,之后微博产品不断涌现。

一、我国微博的发展现状

自2009年8月新浪网推出"新浪微博"内测版以来,微博在中国获得了迅猛发展。IDC评述网(idcps.com)10月12日报道:QuestMobile发布2016年9月秋季报告。报告显示,9月微博月活跃用户达3.906亿,在移动互联网应用中位居第四。在活跃用户规模排名前十的应用中,微博的活跃用户增幅最高,达到了79%。同时,微博日活跃用户增至1.05亿,人均月使用次数达到了52次。中国人民大学新闻学院副院长喻国明教授认为,2011年微博已上升为社会的第一信息源。"微博是地球的脉搏"——美国《时代周刊》如此评价微博在信息传播上的强大功能。[①]

在互联网迅猛发展的浪潮下,2009年下半年一批新的微博网站相继出现在上网人群的视野中,如:follow5、新浪微博等。其中新浪微博利用打造博客时的"名人效应"经验,吸引了大量用户,成功地树立起自己的微博品牌形象。随后,网易、腾讯、搜狐等门户网站也相继推出微博产品,与新浪微博相抗衡。2010年为中国的微博元年,我国的微博网站进入了快速发展时期。新浪的媒体基因和前期的产品经验积累,使新浪微博抓住机遇,与时俱进,逐渐形成了一家独大的态势。

截至2014年3月,微博月活跃用户1.438亿,日活跃用户6660万,其中包括大量政府机构、官员、企业、个人认证账号,开放的传播机制使新浪微博成为中国的"公共议事厅"。2014年3月27日,新浪微博的LOGO发生变化,"新浪"二字消失,取而代之的是更大字体的"微博"字样。2014年4月17日,微博上市,中国社交媒体第一股登陆纳斯达克。微博的独有价值越发凸显,同时进一步巩固了微博在社交化媒体领域领导地位[②]。

近几年,微博媒体化势头也很迅猛。以电视、广播、报纸、杂志为主要形态的传统媒体近3年来相继进军微博。新浪微博数据中心:《2016年度微博用户发展报告》(年度)称:据2016年微博发布的第三季度财报显示,截至2016年9月30日,微博月活跃人数已达到2.97亿,较2015年同期相比增长34%;其中9月份移动端在MAU总量中的占比为89%;9月的日活跃用户达到1.32亿,较去年同期增长32%。

据中国互联网络信息中心(CNNIC)在京发布第40次《中国互联网络发展状况统计报告》显示,截至2017年6月,中国网民规模达到7.51亿,占全球网民总数的五分之一。互联网普及率为54.3%,超过全球平均水平4.6个百分点;手机网民占比达96.3%,我国手机网民规模达7.24亿,较2016年底增加2830万人。网民中使用手机上网的比例由2016年年底的95.1%提升至96.3%,手机上网比例持续提升。上半年,各类手机应用的用户规模不断上升,场景更加丰富。

二、微博新闻的特点及影响

(一)微博新闻传播的特点

1. 真实性

微博为传统媒体发布信息提供了一种新的形式,许多媒体从微博新闻传播中吸取成功的经验,而一些传统媒体的网站也都相继开通微博。近年两会期间,微博得到了许多媒体的重视,成为两会消息发布的重要途径之一。相关数据显示,在2012年的两会中通过微博进行报道的国内主流媒体达23家。而当大众在互联网上看到一条具有轰动效应的新闻时,都

[①] 肖建中,周岩森,方舟.微博登上领奖台开启融合新时代:解读微博作品首获河南新闻奖[N].河南日报,2014-05-28.
[②] 奚浩瀚,刘云,熊菲.微博噪声过滤和话题检测[J].铁路计算机应用,2015(3).

会再从其他的主流媒体或者门户网站上得到相关信息的证实。传统媒体通过微博传播新闻,不仅保证了此类新闻的真实性,还得到了公众的信任。主流媒体或者普通网民经常用微博进行现场播报,如在温总理答中外记者提问的170多分钟里,新浪有关两会的主题微博发布的文字新闻共58条,现场拍照5张,这样算来,每两三分钟就会有一篇新闻发布,而且微博新闻的更新速度与电视的现场直播的时间差被控制在1分钟里,得到了广大网友赞赏。[①]

2. 即时性

在信息数字化、高速化的时代里,人们往往希望能及时、便利地掌握有关身边或者世界的最新信息。这就要求媒体及时掌握第一手资料并发布,而传统媒体发布新闻需要经过采编、印刷等过程,即便是做到最好、最快也会有信息延迟,这样就很有可能错失最佳的报道时机。而通过微博传播新闻则克服了传统媒体的不足,手上的通信终端可以让每个人都有可能是最新消息的发布者,做到想发就发。例如2010年8月8日早上,"博友"Kayne通过新浪微博发布了一张有关舟曲灾情的照片,并迅速引起网友们的重视,新华社等主流媒体在相关的报道中都引用了此照片[②]。

3. 公共性

如今社会的多元化进程不断加快,新闻的传播已经不仅仅限于传统媒体机构,普通民众可以通过微博发表自身的所见所感,而近年来的一些公共事件基本都是通过微博得到广泛流传,平民百姓可以通过微博这一途径来保证自身的言论自由和监督的权利。例如,"我爸是李刚"事件、药家鑫事件,等等,网民通过微博进行监督起到了非常重要的作用。而在近年的两会期间,部分人大代表用微博体察民情、收集民意、进行民调等工作,并把最终的结论加入到提案中,该方法赢得了民众的赞誉。同时也充分说明在交流中,无论是由下级向上级反映情况还是由上级向下级传达信息,只要保证两者之间交流渠道的顺畅,国家就能更加稳定地发展。

4. 高效性

微博的发表受到字数的限制,一条微博一般不超过140个字,而这就需要博友把事件过程进行精简,只发表事件最主要的部分、观点,只有这样才能吸引更多的读者,以达到良好的传播效果。高效性的威力可以帮助大众在突发事件中迅速做出反应,也可以让许多互不相识的人聚在一起,共同帮助社会中的弱势群体。一份关注便是一份力量,哪怕是最小的事情,我们都要相信微博在我们身边所起到的作用以及其带来的改变。

5. 不规范性

目前,国内微博信息的传播中还未真正建立起信息监管、筛选系统,微博用户依然可以随意发布信息。微博新闻的传播重点部分在实时互动方面,速度则是其优势之一,但微博对于发布者的写作要求和微博新闻的发布体制让许多信息没有经过监管、筛选等审核程序就

---

①② 黄伟. 微博新闻传播的特点分析[J]. 青年记者, 2012(23).

直接发布出来,这样很难保证信息的真实性。而当虚假信息被网友大量关注、转发后,会在很大程度上影响公众的判断,从而影响社会的稳定。

(二)微博新闻写作及文体特征

新闻文体不是一成不变的,每一次重大的传播媒介变革都会对新闻文体造成深深的影响,使之不断创新、发展。微博作为一种互联网的新技术,成为近年媒体报道两会的重要传播途径。相应地,通过微博发布的新闻报道表现出其独特的文体特征和写作手法。

两会作为年度最重要的会议,全国各家媒体会穷尽各种手段,利用各种技术来参与报道,而刚刚兴起的微博就成为 2010 年两会报道中的一个新武器。下面以新华社"新华视点"栏目开办的"新华视点两会微博"为样本,分析通过微博发布的新闻所表现出的文体特征及写作手法。

三、微博新闻的写作手法

微博新闻的写作手法主要有三个方面:内容的原生态的记录;叙述为主;文字、图片、音频、视频等多种手段综合运用。

(一)从内容上看,对花絮和细节原生态的记录

两会是严肃的政治会议,媒体对两会的报道通常是比较严肃的。与以往两会报道不同,由于微博增加了一些对花絮的报道,对现场细节原生态的记录,充满了生活的"原汁原味"。2010 年 3 月 2 日的一条"微照"可能会让看到的读者都忍俊不禁。照片上著名演员濮存昕骑着自行车,戴着红色的御寒帽,穿着灰白色的羽绒服,笑眯眯地看着照相机镜头。照片上面配着一行字:"3 月 2 日,全国政协委员濮存昕在北京国际饭店报到后骑自行车离开。'我从王府井骑车过来的,近得很。'濮存昕一边开车锁一边回答记者提问,'要是方便停车,我都想骑车去大会堂。'"[1]如果不看这条图文并茂的微博,读者们肯定不知道濮存昕日常生活中是这样的装扮,更不知道他会骑着自行车去参加政协会议,原来明星也和普通人一样过着普通的生活。

(二)从表现方法上来看,以叙述为主,辅之以抒情、描写、议论

微博新闻在篇幅上比通讯要短很多,但是在表现手法上和通讯一样丰富,既有叙述,也有抒情、描写、议论。总的来说,在跟进事件发展状态的时候主要用叙述。像"现场微报""代表委员一言"这些栏目的大部分报道使用的都是叙述的表现方法。还有给"两会微照"照片配的文字,也大多为叙述的表现方法。

在报道现场花絮和记者感触时兼有抒情、描写、议论,既重新闻性,又重艺术性。比如一篇博文写出了陈道明的外貌特征,"他戴着黑色棒球帽,帽檐压得很低。……这次陈道明保持了沉默,并在工作人员引导下迅速进入会场,脸上露出了难得的笑容"。而像"两会微评"

---

[1] 薛国林,胡秀.微博新闻的写作及其文体特征[J].新闻与写作,2010(5).

"两会感言"这类栏目,因为是抒发记者内心感想的报道,大多使用了抒情的表现方法。在微博新闻中,议论相对于其他表现方法而言使用得不多,但是却是报道必不可少的。如"房子有商品和民生的双重属性,不能将其商品属性发挥到极端。正如特殊商品的药品,当你生病时,你会同意药商把它的价格炒到天价吗?你会说'这药不是给刚毕业学生吃的'吗?而关于给房地产利润设限也不是乱开处方,当少数人利益与公众对立时,你赞同奥巴马给华尔街巨头限薪吧?"[1]这篇博文则同时使用了抒情和议论两种表现方法。

(三)从表现手段上来看,多媒体传播手段

文字、图片、音频、视频等一个都不少。网络媒体的一个重要优势在于它具有多媒体的表现手段,它能够将文字、图片、音频、视频等手段融为一体,突破了传统媒体只依靠其中一种或几种手段的局限性。但是,此次微博报道两会过程中,新华社对两会的报道主要采用两种形式,即单纯文字式和文字图片式。是微博不支持视频、音频功能吗?当然不是。打开新浪微博的发布页面,就可以看到除了能发布表情和图片,页面上还写着这样一句提示语"可以直接输入音乐或视频的 url 地址",即除了文字、图片,还可以在微博中插入视频或者音乐。所以,不是微博没有音频、视频、链接等功能,而是新华社在报道中没有使用这些功能。由此可见,微博的新闻报道功能仍有可供媒体挖掘的空间,而传统媒体在新闻报道中如何做到与新兴传播媒介完美结合,是一个值得深思的问题。

四、微博新闻作品评析

(一)一个新的新闻评价品种的诞生

2013 年 5 月 27 日,河南新闻奖名单出炉。在这份一年一度的河南优秀新闻作品最高荣誉榜单中,来自全省 7 家新闻单位的 11 件微博作品,成为今年新闻奖的最大亮点。这份榜单的出现,标志着一个新纪录的诞生:微博作品第一次跻身省级新闻奖获奖名单。这是中国新闻史上的第一次,也是中国社交化媒体发展史上的第一次。

传统媒体看中了微博的媒体属性,纷纷进驻各大微博平台。2012 年,新华社、《人民日报》、中央电视台等中央媒体齐齐发力,这一年也被称为"媒体微博元年"。媒体微博面对突发事件和社会热点问题,及时发出权威声音,回应公众关切,起到了"定海神针"的作用,也进一步强化了微博的媒体属性。

2013 年下半年以来,随着微信、手机新闻客户端等新媒体平台的分流等原因,微博的活跃度受到一定影响。但在近年一系列社会热点事件中,微博仍是最热门的传播和讨论平台。据新浪微博的统计显示,马航客机失联事件中,微博是最早发布信息的媒体平台,20 多天里相关话题的阅读量达到 18.1 亿。

正是在这样的背景下,2013 年河南新闻奖获奖作品名单中,首次出现了微博作品的身影。一直关注微博发展的清华大学新闻学院教授王君超表示,在全国各省区中,河南省是第

---

[1] 薛国林,胡秀.微博新闻的写作及其文体特征[J].新闻与写作,2010(5).

一个将微博纳入省级新闻奖评比序列的省份。

(二)一种评价体系的探索

因为是"第一个吃螃蟹的",所以河南省将微博纳入河南新闻奖评奖,无论是对优秀微博新闻作品的评价标准,还是对微博创作的激励机制,都是一种全新的探索。优秀微博新闻作品究竟怎么评?该省记协负责人一一揭秘。首先,优秀微博作品,必须要具有优秀新闻作品的一些基本特征,比如原创性、真实性等。本次参评的作品,全部来自河南新闻机构实名认证的官方微博,也是考虑到媒体微博对内容真实性等方面的严格把关。

因为是首次在新闻奖评选中"立项",所以在微博奖项之下仅分出了"微博消息"和"微博评论"两个子项。2013年5月8日,河南省将把微博纳入新闻奖评选的消息,经@河南日报首发,在微博和新闻界都引发热烈反响。不少其他省市的新闻人都呼吁本地新闻奖评选能够及时跟进。河南新闻奖首批微博获奖作品评出后,河南省记协将有关情况向中国记协进行了汇报。

(三)河南微博入选新闻奖的震动

1.河南获奖微博简析

此次获奖的微博作品题材丰富,既有聚焦国家大事和社会热点的"高端大气",也有关注普通百姓日常生活的"鸡毛蒜皮"。获得一等奖的@河南日报微博消息《微博能评好新闻 河南开全国先河》,第一时间独家报道了这个对微博界和新闻界都具有历史意义的事件;获得二等奖的@河南日报微博消息《李克强:一碗面说明"粮安天下"在河南人心里的分量》,体现了总理对河南实施粮食生产核心区国家战略的鼓励和肯定;获得二等奖的@河南日报微博消息《王晨、谢伏瞻:老友忆往事》通过老友相逢体现郑州航空港发展规划的引人瞩目;而获得三等奖的@河南商报微博消息《工人的午觉》则把关注的目光投向了普通人的冷暖。

此次获奖的作品都在传递向上、向善的力量。获得一等奖的@大河报微博消息《鸡蛋换学费》、获得三等奖的@安阳日报微博消息《瓜农求助:20万公斤西瓜再过一个星期,好瓜可都要烂地里了!》,都通过微博直接帮助群众解决了实际困难,接地气、解民忧;获得二等奖的@河南日报微博评论《公》,揭示了薄熙来案公审对推动我国司法进程的重大意义;获得三等奖的@映象网微博消息《老汉钱被盗 郑州市民网友义买粉条》等都体现了人间有爱、扶危济困的正能量。

一些微博获奖作品聚焦社会热点,澄清事实真相。获得一等奖的@大河报微博评论《"村里一半都是我的娃"真实性令人怀疑》,第一时间对网上热传的一则涉及三门峡的新闻提出质疑,最终引发了对事实真相的调查。

记者采访了来自新华社河南分社的一位河南新闻奖评委,他说,这些获奖作品,既具备优秀新闻作品的主要特征,又符合微博传播规律,而且都在网友中引起了较大反响,它们能够在这次具有特殊意义的评奖中最终上榜,必将对今后全省的微博新闻创作,起到引导和示范作用。

2.河南微博评选新闻奖的消息在全国引起反响

微博写得好,也能参评新闻奖!《河南日报》记者肖建中在《河南日报》官博上发布这一消息后,引发了讨论的热潮。短时间内,就有 100 多条评论,被转发 400 多次。

微博惊动了多位传媒界的知名研究者。"传媒老王"说,微博将参评好新闻。清华大学新闻与传播学院教授、副院长陈昌凤转发了这条微博,并评价以"突破"。清华大学教授、博士后、新浪微博社区委员会专家委员王君超则说,喜看微博成新闻,恭候中原发强音!在接受采访时,王君超则称,在全国各省区市中,河南省是第一个宣布将微博纳入省级新闻奖评比序列的省份。①

草根微博也有了春天,终于能登上大雅之堂了。这是多数网友的赞许声。网友"凉了夏爽"说,微博时代,人人都有可能创造出好新闻。还没意识到微博重要性的亲们,快拿起手机刷微博!网友"张红超 z"则说,值得称赞,河南地方媒体在支持重大主题、民生、社会发展方面,做出的努力和取得的成绩是有目共睹的。期待着更多的创新,更多的成绩。②

本章小结

新媒体被称为"第五媒体",具有数字性、交互性、超文本性、虚拟性、网络化等特征。微信是腾讯公司为智能手机终端提供的一种即时通信服务的应用程序。微信新闻的特点:它具有点对点的传播模式、精准的内容推送功能、强大的社交功能与集图片、文字、声音、视频等表现形式于一体的多媒体传播方式。各个网媒的微信公众平台设置固定时间进行新闻推送。微信新闻作品评析注意标题要吸引人或内容具有颠覆性,内容打动读者,巧用"直接引语",对比强烈,突出矛盾,紧跟时事热点。博客作为一种特殊的个人网络已经成为世界互联网信息交流最频繁的形式。博客写作的类型有名人博客、商业博客、草根博客、媒体博客与记者博客。媒体与记者博客的评析要注意:坚守记者的职业道德底线,与所服务的传统媒体建立良性的互动关系,最大限度地获取相关新闻素材、反馈并直接作用于自己服务的传统媒体。记者博客要处理好个体性与公共性的关系,私密性与公开性的关系,个性化与主导性的关系。微博文字内容发布限制在 140 个字以内,是一种通过关注机制分享信息的广播式社交网络平台。微博新闻很短,报道角度单一,讲究配合,时效性强。微博评析要看主题清晰,定位合适,注意微博五要素,体现个性,讲一个好故事。优秀微博应有原创性、真实性等特点。

思考与练习

1. 网上搜索博客新闻、微博新闻和微信新闻各一篇,从中分析新媒体新闻传播的特点。
2. 分析微信、微博和博客的同题新闻报道,看各有哪些特点?
3. 选择优秀的微信、微博和博客新闻作品各评析一篇。

---

①② 刘瑞朝. 微博将纳入河南省新闻奖评选序列开全国之先河[EB/OL]. (2013-05-09)[2017-08-10]. http://news.dahe.cn/2013/05-09/102155000.html.

第十九章　融合新闻作品评析

融合新闻是文本、图片、视频、音频、图形及互动手段等组成的非线性的有机信息结构。"非线性"和"有机结构"是指融合新闻的叙事线索演变为多种形态信息组合所构成的逻辑关系。融合新闻的主要特点包括新闻业务整合化、新闻载体数字化、视觉传达多样化。中国人民大学蔡雯教授认为媒介融合促使新闻传播产生三方面的变化：新闻信源结构与新闻传播主体；新闻媒介组织结构与工作流程；新闻载体性能与新闻传播方式[①]。

第一节　融合新闻特点分析

一、融合新闻概念

新闻媒介结构组织方面最大的变化应该是跨媒体新闻编辑部的成立。这是一种全新的、融合型的新闻编辑部，其核心部分是超级指挥台（super desk）。新闻工作者不但要掌握好新闻采集、制作、生产、加工与传播的各项本领，还要善于进行信息的搜索与验证、网民互动、数据的挖掘和整理。

新闻机构的信息传播渠道呈现多样化趋势，包括传统的广播、电视和报纸，还可以包括微博、微信、网站、App 应用、手机电视、手机短信、电子杂志等新媒介产品；信息形态也呈现多样化趋势，包括文字、音视频、图片、图表等。河南日报报业集团副总编辑肖建中认为当前要形成"微博、消息、深度报道三位一体"的报道格局，既要追求速度，也要追求观点的深度和独特性，以满足不同受众的信息需求。[②]

融合新闻的实现涉及新闻的生产与传播、经营与管理，需要考虑新闻载体的特点、受众话语权、新媒体管理，需要探索新媒体语境下新的生产方式、叙事手段和传播路径。融合新闻的实现需要成立内容集成平台，在这一平台上记者编辑以多媒体手段完成新闻信息的采集、加工与发布，实现"一次生产、多次加工、多功能服务、多载体（渠道）传播"，这样就可以降低成本，也可以多途径满足不同受众的信息需求。

---

① 谭世平."融合新闻"背景下新闻业务能力的培养路径[J].传播与版权,2014(3).
② 河南日报新媒体部.媒体微博发展的现状与思考[J].新闻爱好者,2013(4).

二、媒体融合与融合新闻

媒体融合是指媒体组织重构、资源重整和流程再造的探索过程,它包含六个层面的内容。

一是媒体科技融合,即传媒机构的数字化传播内容管理体系、传播平台的创建和广泛使用。

二是媒体所有权合并,指国际大型媒体集团所有权的集中合并现象。

三是媒体战术性联合,战术性联合并不需要媒体所有权合并,通常是指在不同所有制下电视、报纸、电影、网络等媒体之间在内容和营销领域的通力合作。

四是媒体组织结构性融合,指传媒从业人员的工作职责和媒体组织结构的变化。英国BBC已经彻底改变了传统的采、编、传播操作方式,新近成立了新闻产品集中生产的部门,采取的是一种新型的新闻产品的生产模式。这个名为"News Room"(新闻中心)的机构,把广播、电视、网络媒体中的新闻部分进行物理合并,合署办公,所有采编人员聚合在一起。"News Room"实行记者统一管理,全媒体运作,统一称作"BBC记者",接到采访任务之后,为BBC所有媒体供稿,而不再只拘泥于一种媒体。

五是新闻采访技能融合,简·埃伦·斯蒂文斯称自己为"背囊记者",即媒体融合对新闻工作者提出新要求,不拘泥于一种媒体,而要具有报纸、广播、电视、网络媒体的全媒体技能。

六是新闻叙事形式融合,"融合新闻"的理念应运而生。即利用多媒体手段进行新闻传播活动,融合文字、图片、视频、音频、动画等多种形态的新闻叙事方式。美国普利策新闻奖作品《雪崩》被誉为"融合新闻里程碑之作"。

三、媒介融合背景下新闻业务形态的整合与发展

在数字技术和网络传播的推动下,媒介融合已成为传媒的发展趋势。媒介融合是不同媒介之间的整合与重组,交融与互动,是不同媒介形式在信息采集、制作、传播过程中的全方位合作。媒介融合带来了传播观念的革命性变革,影响着新闻业务形态的全部过程。它改变了传统媒体新闻采集与制作的流程,并逐渐演变成一种独立运行、流程完整、操作规范的新闻生产模式。即不同的媒体集中在一个信息操作平台上,统一策划,资源共享,相互协调,取长补短,根据各自媒体和受众特点对信息进行分类加工,制成不同的新闻产品,最后通过不同的传播渠道传播给特定受众。

这种崭新的新闻生产模式是对传统新闻业务形态的整合与重构,它使新闻业务呈现出一种前所未有的新态势:新闻传播主体由职业新闻工作者独家垄断转变为职业人员与社会公众共同分享;新闻业务流程由以单一媒体类型为基础的新闻编制系统,转变为以数字技术为整合平台的多媒体的新闻信息与服务提供系统,新闻报道模式由单线性的平面化形态转变为全方位、立体式的形态。

(一)媒介融合引发了新闻传播主体的变化

新媒体的迅猛发展,提供了社会公众参与新闻传播活动的可能性,任何人可以借助手机、博客、播客、BBS等,在任何时间任何地点对任何人发布新闻、表达观点,个人对个人、个人对多人、多人对多人的传播网络已经形成。在整个新闻传播过程中,公众的主动权越来越大,职业新闻人与社会公众之间的互动,以及他们对新闻内容的共创将是未来新闻传播的主要特征。新闻传播的主体由职业新闻工作者独家垄断转变为职业人员与社会公众共同分享。

首先,突发事件报道中第一时间发出的现场新闻报道都出自普通民众而非职业记者之手。随着数码相机和便携电脑等新技术设备的推出,普通民众可以把身边的新闻即时展示在全球观众面前。2000年一架协和飞机在巴黎坠毁,2005年亚洲海啸、美国卡特里娜飓风、伦敦大爆炸,2006年南亚海啸,这些重大新闻的第一手图片都出自草根记者之手。

其次,普通民众参与新闻报道的人数不断增多。目前,我国博客已经突破4000万,平均每天有30.5万篇博客文章被上传到网上。《时代周刊》把全球亿万网民评为2006年度人物,认为世界的历史不再只是伟人的传记,成千上万的网民正在书写着历史,改变着世界,也改变着世界变化的方式。[①]

草根记者的新闻作品质量较高。草根记者给网站提供了大量优秀稿件和精彩的图片。曼哈顿小飞机撞大楼事件发生后,一家软件公司的咨询师柯林斯站在他的办公室窗前拍下了飞机冲进大楼的一幕,之后,传给了英国一家名叫Scoopt的机构,即为业余摄影师发布在第一新闻现场拍到的照片。英国的《伦敦时报》《太阳报》《泰晤士报》等报纸全部刊用,他们认为柯林斯的照片拍摄角度最好,胜过通讯社。普通民众的自觉参与使新闻报道更加全面、立体,现在我们比历史上任何时候都更接近真相。[②]

(二)新闻业务流程的整合与重组成为传媒发展的重点

新闻业务流程由以单一媒体类型为基础的新闻编制系统变为以数字技术为整合平台的多媒体的新闻信息与服务提供系统,新的业务流程改变了单一媒体新闻采编的孤立状态,在数字技术和不同媒介形态基础上整合新闻信息资源,既可以集中力量采集新闻素材,又可以根据受众的接受特点进行一体化的内容框架设计,制成不同媒介形态的新闻产品,通过不同的传播渠道传递给受众。既使资源得到充分共享,又实现了内容产品的差异性和优势互补。新闻业务流程整合与重组的核心内涵是通过对新闻信息资源的全面整合与深度开发,广泛开掘和深度调用新闻信息资源的多重价值。首先表现在对新闻信息资源的合理、充分、多层次、多角度的开发上。媒体所赖以赢得竞争、赢得对手的主要因素,绝不只是靠具有原创性的独家新闻,而是靠独家的、具有原创性的信息加工标准、加工方式、信息处理手段及信息表现方式。其次表现在对背景性信息、前景性信息和相关性信息的深度开发上。

(三)以内容整合与报道创新的新闻理念引发报道模式的深刻变革

传统新闻报道模式是在线性叙事结构中以180°的视角展现事实,而媒介融合影响下的

[①②] 张丽萍.新媒体时代新闻业务形态的变革[J].新闻实践,2008(1).

新闻报道模式则改变了传统的叙事思路,打破了线性结构的局限,以360°的视角,全方位、立体化地展示新闻事实或人物所蕴含的新闻意义。具体表现为:报道视角的全景化、报道形式的整合化、报道形态的多元化。

报道视角的全景化,是将新闻置于全景叙事中,追逐新闻事件的全方位及与之相关的一系列新闻事件,挖掘社会新闻各个层面的背景及相关因素,聚焦一些反映事件本质或新闻理念的细节。通过多视角组合,全景化叙事,使人们对事情的来龙去脉、意义影响及发展趋势都有较为深刻全面的认识。全景化的报道视角,使新闻事件的发展在时间与空间上推移,并形成一种由静到动,由定点到全程的全景化形式。多视角组合,全景化叙事,全面、立体地展示了新闻事实和人物所蕴含的新闻价值和社会意义。

报道形式的整合化,是指新闻文本不再强调消息、通讯、特写、深度报道等新闻体裁的独立性,而是将各种新闻文体和新闻表现手法整合在一起,使新闻事件的表达呈现出多样性、立体化的传播效果。时下流行的模块新闻、观点新闻就是典型代表。模块新闻是对纯新闻、解释性新闻、新闻评论、现场短新闻等多种报道形式的整合。它打破了传统新闻文本的线性结构方式,用计算机模块的形式将文本设置为若干构件:新闻事实+背景材料+资料链接+专家评点。这种新闻消解了传统的新闻报道模式,使新闻的表现形式得到最大化的释放,在新闻报道中不再强调文本结构严密,起承转合、开头结尾、过渡照应,不再强调文意的表达,而是根据每一模块的特定要求填写相关的内容。模块新闻扩展和深化新闻内涵的表达空间,使报道释放出极强的新闻表现力,产生全方位、多层次、立体化的传播效果。

报道形态的多元化是指新闻文本形态的多样化,即以数字化为纽带,为受众提供文字、图片、影像、声音等多种报道形态的内容产品;使用丰富多样的新闻信息传播符号让新闻不再是平面的而是立体的;通过文字查找对新闻的深层报道和分析,借助图像直观了解新闻事件的动态变化,通过Flash和计算机模拟解读深奥难懂的科技新闻等。

第二节　融合新闻新闻业务能力构成

融合新闻需要哪些新闻业务能力呢?可以从其能力构成来分析新闻作品是否体现这些能力,从而来评价融合新闻的采写水平。

一、从不同渠道获取信息、核实信息的能力

新时期,我们需要经常关注大型门户网站,刷微博,逛论坛,积极与网民互动,从中发现有价值的信息。受众地位发生根本性变化,受众将有机会和他们的同伴共同探讨问题、分享感受、提供信息、发表看法,这些讨论可以分布在微博、博客、论坛、新闻跟帖、社区等社交平台。新闻人需要对这些碎片化的信息、多元化的观点进行必要的辨识、整合、核查、挖掘。"在一个信息与传播围绕着互联网组织起来的世界中,无论新闻记者是在新闻室的办公桌旁

还是在犯罪现场或灾难现场进行报道,那种孤军奋战的观点已经过时。"①

(一)利用网络发现有价值的新闻线索的能力

要相信,民间有高手,草根有智慧。网民会把自己的见闻感受、观点意见通过论坛、跟帖、微博等方式传达出来,民众的"街谈巷议"插上了"腾飞的翅膀"。新闻工作者要养成关注网络论坛、微博的好习惯,从中发现有价值、有营养的信息。湖北武汉"五道杠事件"热播时,《北京青年报》记者看到有网友在微博上说,淘宝网上"五道杠"卖得火爆,最贵炒到888元,好些孩子让家长给买。这个情况立即引起记者关注,采访相关人士之后写了篇调查文章《妈妈,给我买个"五道杠"吧》。

2012年普利策新闻奖"突发新闻"获奖作品是《塔斯卡鲁萨新闻报》关于龙卷风的报道,这个报道核心内容是记者的130多条微博,这些微博描述了龙卷风20多个小时的行进路径,该报编辑凯瑟琳在接受采访时说:"这些是受众在那一刻最需要的东西,这就是新闻,我们不可能在停电和恶劣天气的情况下,指望着50英里外的印刷厂把报纸送过来。"②

(二)多渠道了解网民心声,并能把这些意见进行整理,做好二次传播

国内很多媒体开设官方微博、微信平台,听取网民意见,并及时整理、报道。《人民日报》官方微博开设了"微评议""微调查"等小栏目,通过话题聚合的方式,根据网民对发布议题的关注度,进行选题的预测和集纳,形成新的报道主题。《中国之声》每天进行"新闻晚高峰调查",设置话题,网友可以通过《中国之声》腾讯微博留言和腾讯微信进行语音留言,调查结果一般在晚高峰7:45揭晓。

(三)网络采访的能力

在新媒体兴起之前记者主要是通过实地采访的方式获取第一手资料完成新闻,到了网络时代,由于网络人际传播的便捷、网络信息与资讯的海量递增、社交媒体的发达,为新闻采访开辟了更多、更便利的渠道,新闻记者有依赖网络渠道完成采访的可能和条件,可以依赖电子邮件、QQ、微博、论坛、微信等技术手段。记者通常可以用论坛回帖或者微博私信的方式联系被采访者,即使当事人身在国外或者外地也可以顺利采访得到。一个记者的能量与人脉毕竟有限,也不可能事事在现场,如能得到众多网友的帮助,工作起来就会得心应手,作品会更生动丰富。在雅安地震中,新浪微博平台在地震后的9个小时内发布了6400万条微博,很好地发挥了信息通报、交通疏导、现场动员的作用。③

媒体机构可以通过调动各个"自媒体"用户来为其提供信息,并将这些信息分类、集纳、整合、阐释,进行有效发布与社会动员,而不必齐聚灾难现场。"在新媒体情境下,灾难发生时,你在场,你的报道不一定完美,你不在场,你的报道未必不完美。重要的是,你能够擅用、巧用社交媒体。"

---

①② 谭世平."融合新闻"背景下新闻业务能力的培养路径[J].传播与版权,2014(3).
③ 栾轶玫.雅安地震:社交媒体拷问传统媒体救灾报道[J].网络传播,2013(5).

(四)信息核实、辨别能力

网络埋藏新闻富矿,但真假难辨,需要用心挖掘、辨别。新闻工作者必须意识到其中存在的危险,做到多源求证。天涯网友爆料"中调委"主任兼党组书记李××长期包养一18岁小情妇的所谓官员"生活腐败"事件,十分吸引人的眼球。《新京报》记者根据网民质疑,进行实地求证,"官网打不开,办公室易主",最终认定这是一起虚假事件。[①]

二、多媒体信息采集与传播能力

(一)跨媒介传播

信息传播途径的多样化需要提高青年学生的媒介内容转化能力,也就是说能够根据传播媒介自身特点来进行信息生产的能力。同样的信息内容、题材,根据各种媒介特点进行改写,满足时效性和多样化要求,以降低生产成本,提高传播效果。中央电视台新闻频道除了电视节目的直播、点播之外,还开通了"央视新闻"的微博、微信、新闻客户端三种传播平台。

杭州电视台的《新闻60分》节目所着力打造的我国首个云媒体新闻栏目值得关注。其获得中国新闻一等奖的作品《抗击台风罗莎5小时直播》,将卫星直播(SNG)、记者自采、马路探头录像、互联网图片、电话连线、手机直播、QQ平台互动、市民DV等结合,形成一个官民参与、极为开放、互动交流的全媒介融合空间,实现了电视新闻改革的重大突破。

(二)媒体工作者还应该具备适应超文本结构写作与多媒体报道的能力

超文本结构,就是文本的构成不仅有文字文本,而且有声音文本、图画文本、动画文本甚至影视文本。媒介机构工作从新闻产品的生产到传输的全过程,将实现全过程电脑化。这要求媒介工作者不仅具有关于电脑、网络、多媒体的硬件和软件的一般知识,而且能熟练运用文字处理、表格处理、图形图像处理甚至音视频处理技能。如电视新闻,以前出去一个采访小组,要有灯光,要有录音,回来要有剪辑师,要有编辑,还要有主持人。现在这些职业的界限越来越模糊,出镜记者也渐渐兴起,这就要求我们成为复合型的人才,要求我们一专多能。现在记者出去做一篇报道的时候,你就要想到一个人出去要完成一个跨媒体的报道,哪些放文字,哪些放图片,哪些放音频,哪些放视频,出去采访的时候脑子里已经有一个大概的想法。2002年出现了背囊记者,一个记者出去采访,背着一个背囊工作站,背囊里应有尽有,电脑、照相机、录音机、摄影机、iPad……什么都有。这就是一个全能记者,一个人出去能把所有的任务都完成。

(三)写作风格的多样化

写作风格与技术因素、大众信息需求、社会文化发展分不开。在新闻事业发展过程中,我们探索出不同的新闻体裁,倒金字塔结构,要求清楚交代5W要素,新闻报道要客观真实

---

① 谭世平."融合新闻"背景下新闻业务能力的培养路径[J]. 传播与版权,2014(3).

等,这些来源于社会实践的经验总结在很长的时期内规范着新闻从业人员的职业行为。网络传播技术的普及、新闻业的激烈发展、社会需求的多样化为新闻风格的变化制造了条件。1995年乔希·奎特纳在其撰写的《新新闻报道方式的诞生》中呼吁网络记者与编辑建构他们自己独特风格的文章,"写法诙谐、率性且具有挑战性,同时又不仅仅局限于陈述事实"。乔希·奎特纳认为"优秀的记者不再羞于表达他们的意见和观点;但最优秀的记者仍然用坚实的报道、确凿的事实来支持他们的观点",其结果是"直接、打破程式、吸引全世界"。①

三、数字技术环境下的信息深度解读能力

(一)深度报道的能力

深度报道是一种系统反映重大新闻事件和社会问题,深入挖掘和阐明事件的因果关系,以揭示其实质和意义,追踪和探索其发展趋向的报道方式。海量信息时代,浅阅读盛行,碎片化信息流行,网络推手、打手横行,出于各自立场、目的和需要来歪曲事实。新闻工作者需要坚守职业操守,深入调查,用事实说话,做好深度报道,提高新闻品质。

(二)深度解读,独家解读,做好新闻评论工作,引导社会舆论

新闻评论是新闻宣传的旗帜和灵魂,并与新闻报道一起形成新闻宣传工作中两种最基本的形式,是媒介内容不可缺少的重要部分。技术因素和社会因素的结合使得媒体人的新闻评论工作任务更为繁重艰巨,关系到人心向背、社会稳定。风险社会、群体极化、蝴蝶效应、两个舆论场等都是对舆论引导面临处境的描述。做好新闻评论工作,是媒体竞争力的重要方面,公民新闻的兴起,做独家新闻难,做独家评论、解释是发展方向。

第三节 融合新闻作品评析

一、融媒体背景下创新报道的集成模式《"三北"造林记》评析

新华社推出的长篇通讯《"三北"造林记》,在海内外引起强烈反响,被1380家中外媒体刊载。其集成报道亮相YouTube网站,两天内点击量突破4万次,在海外舆论场触发广泛热议,激起正能量。2014年10月,该作品荣获第二十四届中国新闻奖特别奖。从叙事方式、传播形态等层面解读其突破常规、融合创新之策略,对探讨融媒体背景下新闻作品如何真实、生动、鲜活地讲好中国故事,具有一定的启发意义与借鉴价值。

这组报道的传播策略是创新报道的集成模式。融媒体时代,"集成"一词已和当下的媒体工作发生紧密联系,一家新闻媒体通过多种媒介平台对新闻选题进行集成报道已是必然趋势。

---

① 谭世平."融合新闻"背景下新闻业务能力的培养路径[J].传播与版权,2014(3).

(一)行进式报道:时效同步化

时效同步化是融媒体时代受众对传播提出的基本要求。微博、微信、手机客户端的传播实时化,促使越来越多的新闻媒体广泛采用行进式报道。《"三北"造林记》真正实现了全媒体化的实时行进式报道,在技术人员和设备的有力支持下,文字记者、图片记者、视频记者、新媒体记者在采访过程中实时通过微博、客户端、新华网、新华通等网络平台,将采访到的新鲜、生动的内容快速发布成文字、图片、视频报道等。

采访组以微博形式开设的"提问造林人"的话题讨论,记者可以快速得知网友想知道的问题,并在采访过程中及时向采访对象提出;通过微博互动过程,记者还可以了解到一些新的新闻线索。

融媒体背景下,行进式报道在有限的时间、不同的空间,借助各种实时化的媒介工具,报道关注采访进程中发现的"亮点",带给受众快捷、生动的新闻体验,并体现出明确的主题思想和连续性,以及报道形态的多样性。行进式报道的难点在于突破中规中矩的流水账形式,立足选题的主题思想定位,做好采访行进过程中的报道策划,围绕行程各个点上的新闻热点,找准受众关注、关心的突破口。"三北"造林工程为期4天的行进式报道,采访组突出报道行程各个点上发现的人物细节、故事,吸引受众实时关注和参与。例如,采访组在宁夏灵武采访种树种得一贫如洗的顾芸香,迅速编发了一条100余字的微博《帮帮她吧,坚忍的沙地"花棒"顾芸香》,简短精练地介绍了顾芸香的突出事迹与困境,引起网友的广泛关注,很多人表示要帮助这位艰难而坚强的造林人。

(二)网络专题:内容立体化

网络专题以集纳的方式,在一定的时间跨度内,运用文字、图片、声音、视频、图像等多种表现形式,整合多种新闻体裁及背景材料,快速、连续、全方位、深入地对某一主题或某一事件进行报道,使新闻主题、前因后果、来龙去脉得以立体化展现。围绕"三北"造林工程这一报道选题,新华社精心策划了题为"地球绿飘带"的网络专题。

该专题借鉴类似电影分场景的呈现手法,编排设计了动态封面及"概况""纪行""三北造林记""我要添绿""慈善行动"五个分场景版块,既配合行进式报道进程,又将海量的数据资料、多种形态的互动内容有机呈现。

其中"概况"版块运用数据新闻编辑理念,从工程简介、大事记、建设背景、五期规划、建设投入、政策措施等方面对"三北"造林工程的背景资料进行梳理、归类。通过可视化技术,以信息图表、图解、图形、表格、交互地图、幻灯片等视觉化工具传递、展示新闻数据及背景信息,迎合了视觉传播时代受众的阅读习惯与偏好,并帮助受众更清楚透彻地了解新闻背景信息。"我要添绿"版块设计的互动活动——线上虚拟植树,以清新、动感的网页形象,吸引网友参与虚拟植树65万余棵,共同宣传、弘扬保护环境、绿化家园的精神。

(三)多媒体出版物:影响延伸化

融媒体背景下,二次传播、多次传播是新闻媒体拓展影响力的重要途径。2013年12月新华出版社推出了《"三北"造林记》的多媒体数字出版物,综合运用文字、图片、音频、视频、幻灯片、图表等多种形式,记录了"三北"地区建设美丽中国的辉煌业绩,展现了"三北"人民打造生态文明的感人历程。该出版物不但集成了新华社多个部门的采访报道成果,还加入了许多与"三北"造林工程有关的背景资料,共 39 个视频,200 余张图片和图表,总时长超过 110 分钟。

传统媒体依托其新闻信息、人才、渠道等资源,挖掘有价值的素材内容,进行深度加工、整合,打造多样化的产品形态和传播方式,有助于延伸新闻作品的传播力,拓展媒体品牌的影响力,促进其由单一产品结构向多元化产品集群的转型升级[1]。

二、融合新闻的团体作战《波士顿马拉松爆炸案系列报道》评析

2014 年 4 月 15 日,2014 年普利策新闻奖揭晓,《波士顿环球报》团队凭借一年前的《波士顿马拉松爆炸案系列报道》获得了"突发新闻报道奖",评委会在授奖理由中评价该报对爆炸案及其后追捕嫌犯的报道"详尽"且"有人情味","采用摄影及一系列数字工具完整地记录了这场悲剧带来的所有影响",是"地方媒体报道突发新闻的卓越案例"[2]。

2013 年 4 月 15 日下午,波士顿国际马拉松赛事现场发生了连环爆炸案,造成 3 人死亡,200 多人受伤。作为"社会瞭望者"的媒体肩负着满足受众知情权、疏导受众心理的重要责任。当地发行量最大的《波士顿环球报》对之做出了及时、积极的回应,其对事件持续和全面的关注使此次报道成为突发新闻报道的典范之作,并为在媒介融合背景下地方媒体如何报道本地突发新闻提供了诸多借鉴。

(一)团体作战快速反应

2013 年 4 月 15 日是美国的"爱国者日",当天的波士顿马拉松赛事吸引了大量媒体记者的报道。与诸多媒体聚焦于报道参与赛事的成功者不同,《波士顿环球报》体育部的摄像记者史蒂夫·席尔瓦(Steve Silva)想为一篇以比赛中跑得较慢的选手为对象的特稿故事搜集影像素材,在终点线附近拍摄,恰巧记录了爆炸发生的现场情景,同时记者遭遇灾难时的真实反应也被记录在视频中:"我们被袭击了,哦,我的上帝!"这段视频成为此次事件报道中最珍贵的影像记录,被迅速上传至《波士顿环球报》官网,在爆炸案发生后的一周内就被浏览了 600 多万次。[3]

作为爆炸案发生地区最具影响力的媒体,《波士顿环球报》在此次报道中成为民众和机构获取信息的重要来源。爆炸发生于当地时间下午 2 时 49 分,仅仅 4 分钟后,该报就发布了第一条推特信息;7 分钟后,在终点线的另一位记者大卫·亚伯(David Abel)撰写的快讯在网站发布;9 分钟后,该报博客发布了第一则相关报道;16 分钟后,一篇充满现场感的完整报道出现在该报网站上。爆炸发生后一小时以内,该报已派出了 24 名记者参与采访报道,其中包括 11 名在比赛终点线的记者。

---

[1] 曹丹.用融媒体思维讲好"中国故事"之策略探析:以《"三北"造林记》为例[J].新闻知识,2015(4).
[2] 李从军,刘思扬,李柯勇,白瑞雪,韩冰."三北"造林记[EB/OL].(2013-09-25)[2017-08-20].http://news.xinhuanet.com/politics/2013-09/25/c_117508134.htm.
[3] 方洁.地方媒体如何报道本地突发新闻:以 2014 年普利策突发新闻报道奖为例[J].新闻与写作,2014(6).

《波士顿环球报》拥有两家网站,分别是免费的 boston.com 和付费的 globeboston.com。爆炸案发生后,他们果断决定暂时放弃 globeboston.com 的"付费墙"制度,为公众利益服务。据该报称,在事件发生当日,两家网站的访问量高达 750 万次,5 天内的综合浏览量达 8000 多万次。爆炸案发生之后,《波士顿环球报》除了最初的及时反应之外,该报印刷版和网站不断的连续报道为波士顿民众提供了一系列重要的信息。

(二)多种媒体平台的整合运用

在媒介融合的背景下,多种媒体平台的整合运用拓展了报道的范围与影响。这样的整合运用体现在两个层次。

第一,尽可能开放更多的媒体平台提供报道并获取信息,覆盖最广泛的受众群。在爆炸案报道中,民众可以通过多种渠道获取事件信息,除了印刷版报纸、两家网站外,还包括媒体推出的直播博客。后者整合了推特信息,弥补了报纸和官网完整报道的时距,使报道处于不间断的更新状态中。

以直播博客为例,该博客创建于爆炸后几分钟,第一篇报道来自前面提及的在爆炸案现场的体育记者史蒂夫·席尔瓦。博客不仅快速更新来自波士顿环球报社的信息,还整合和发布其他社交媒体的资源:如发布来自于执法部门、其他媒体和公民记者的推特报道。当报社网站遭遇流量冲击时,报道博客为民众获知信息提供了另一条通道。在一周内直播博客的综合浏览量达到 660 万次之多。[①]

值得一提的是,近年来普利策突发新闻报道奖的获得者多在报道中开放社交媒体平台以达到真正意义上的 24 小时连续报道,保持和受众的不间断传播与沟通。如 2011 年,塔斯卡卢萨新闻报道龙卷风时在推特上连续直播,完整记录了龙卷风持续 20 多个小时的行进路径。

第二,为了满足不同受众群对信息的不同需求,该报在多种媒体平台上形成梯次化的报道。在博客、推特这样的社交媒体平台提供的报道以快捷、简短、便于互动为特征,消息来源多元化,以文字为主,结合现场图片和微视频。

在媒体官网平台发布的报道相比前者更为完整,可被视为前者的升级版。网站好像一个庞大的蓄水池,可容纳数量更多、形态更丰富的多媒体报道,除了文字报道以外,推出视频、照片和互动图表等多媒体报道成为突发新闻网络专题报道中的"标配"。这类多媒体报道体现出媒体编辑对社交媒体碎片化信息的整合能力。以该报网络专题报道为例,其中的互动图表报道的内容广泛,包括:(1)通往比赛终点线的道路;(2)波士顿马拉松爆炸案是如何发生的;(3)爆炸案的时间轴;(4)爆炸案嫌犯的时间轴;(5)波士顿马拉松爆炸案中的受害者们;(6)爆炸案中的被调查者们;(7)沃特敦地区的交火;(8)爆炸案和追捕的时间轴等八篇梳理、整合事件信息的报道,这些由报社编辑团队整合的信息用多样化的可视化形式呈现,设计颇具匠心。以《波士顿马拉松爆炸案是如何发生的》报道为例,该互动图表将页面设置为左右两边,左边是运用 google 地图做的爆炸案现场定位,其中两次爆炸发生地被以大圆形色块标注,其他相关区域标注以小圆形色块,点击不同色块可以看到爆炸案发生后与之相

[①] 方洁. 地方媒体如何报道本地突发新闻:以 2014 年普利策突发新闻报道奖为例[J]. 新闻与写作,2014(6).

关的现场报道,与左边以发生地点梳理信息不同,页面右边的框架内是以时间逻辑梳理的报道。①

三、融合新闻作品《八月桂花遍地开》评析

2014年11月26日,《光明日报》在头版头条刊登了《八月桂花遍地开——追记湖南省桂东县人民法院院长钟江武》,包括视频作品、相关文章、开放评论等内容的光明网专题页面也同步上线。以下该专题的长篇通讯和视频作品进行评析。

(一)两种报道形式各显神通相得益彰

同一个感人的事迹,在融媒体作品《八月桂花遍地开》中,作者唐湘岳运用了文字和视频两种不同的艺术呈现形式:文字报道以巧妙的语言逻辑和想象空间,再现了昔日一老一少在桂花树下散步、聊天的情谊;视频报道则声画合一,真实地勾画出如今故人离世后,漆添鸿老人孤独前行的忧伤情感。两种报道形式可谓各显神通、相得益彰,将这一人物题材作品的重要场景展现得淋漓尽致、感人至深。

作品以桂东县人民法院干警胡剑联为钟江武写的一首诗《八月桂》开头:"树干挺亦直,树伞美而正。根根接地气,叶叶聚甘霖。四时叶青翠,八月花满身。无风香自来,有风不染尘。花落碾成土,默默润三春……"显然,诗中关于"树干挺直""树冠美观""树根接地气""桂花散幽香"等描写,不仅展现出桂花树正直、奉献、高洁、不媚俗的品质,也是文中主人公钟江武的人格、精神写照。

作者在作品中这样交代:2012年8月,钟江武唱着《八月桂花遍地开》,闻着桂花的香气,来到桂东县法院任职;令人痛惜的是,2014年8月,他却离开了人世。这种巧合,被作者巧妙地以八月桂花作为隐喻并联系起来,可谓以物见人,情更真,意更切。

(二)标题、内容和人物之间的配合密切而默契

作品里还有一个细节:钟江武生前常向法院离休老前辈漆添鸿请教工作上的事,两人总是到桂花树下散步、聊天。在视频报道中,制作人也多次插入桂花树的镜头。"两人年龄虽然相差将近50岁,但基于对法治的忠诚和信仰,成为莫逆之交。桂花树下漆添鸿的孤独守望,寄托了老人对故人离世的悲伤、不舍,抑或是对昔日场景的追忆。"唐湘岳解释道。

无论是文字报道还是视频报道的结尾,都定格在这样一个场景:桂花树下,桂东县白坪小学的孩子们唱起《八月桂花遍地开》。文章开头,作者反问:"桂香犹在,钟江武,你真的走了吗?"文章结尾,作者是这样写的:"歌声,花香,散向四面八方。"首尾呼应,似乎在暗示:虽然钟江武离开人世了,但他的精神却如孩子们的歌声和桂花的香气,广泛流传,驻留在老百姓的心中。"其实,这对于文章的标题也是一种呼应,用桂花象征钟江武的品质,用'遍地开'隐喻主人公精神的传承。标题、内容和人物之间的配合密切而默契。"湖南省文学学会副会长、湘潭大学文学与新闻学院教授季水河评价说。

---

① 方洁.地方媒体如何报道本地突发新闻:以2014年普利策突发新闻报道奖为例[J].新闻与写作,2014(6).

(三)"立体传播"深入人心

除了以影视艺术手法呈现文字与视频报道外,《八月桂花遍地开》的融媒体特色还表现在,作者及背后的支持团队通过二维码,将文字与视频放到光明网这个更加开放的平台上,集成了更加丰富多彩的专题页面。用季水河的话说,就是:"融媒体的报道形式让新闻作品实现了立体传播,8000余字的文字报道加上25分钟的视频报道,将主人公钟江武的感人事迹与精神风貌全方位、立体式地展示出来,并深入人心。"[1]

本章小结

融合新闻是文本、图片、视频、音频、图形及互动手段等组成的非线性的有机信息结构。新闻媒介结构组织方面最大的变化应该是跨媒体新闻编辑部的成立。媒介融合是指媒体组织重构、资源重整和流程再造的探索过程,在数字技术和网络传播的推动下,媒介融合已成为传媒的发展趋势。媒介融合首先引发了新闻传播主体的变化,新闻业务流程的整合与重组成为传媒发展的重点,以内容整合与报道创新的新闻理念引发报道模式的深刻变革。融合新闻需要的新闻业务能力:从不同渠道获取信息、核实信息的能力,利用网络发现有价值的新闻线索能力,多渠道了解网民心声,并能把这些意见进行整理,做好二次传播,网络采访的能力,信息核实、辨别能力;多媒体信息采集与传播能力,跨媒介传播能力,媒体工作者还应该具备适应超文本结构写作与多媒体报道的能力,写作风格的多样化;数字技术环境下的信息深度解读能力,深度报道的能力,深度解读,独家解读,做好新闻评论工作,引导社会舆论。

思考与练习

1. 选择同一新闻事实,看报纸、广播、电视、网络的新闻作品在融合新闻中各自呈现的特点。
2. 从融合新闻的生产特点谈谈其生产者应该具备何种素养?
3. 评析一篇融合新闻作品。

---

[1] 李政葳. 融媒体为新闻作品插上翅膀:唐湘岳融媒体作品《八月桂花遍地开》赏析[N]. 光明日报,2014-12-06(10).

参考文献

1. 石长顺.融合新闻学导论[M].北京:北京大学出版社,2013.
2. 欧阳明.深度报道作品评析原理[M].北京:北京交通大学出版社,2008.
3. 陈信凌.新闻作品评析[M].北京:北京师范大学出版社,2011.
4. 王灿发,等.新闻作品教程[M].北京:中国传媒大学出版社,2014.
5. 陈龙.新闻作品评析概论[M].长沙:中南大学出版社,2009.
6. 中国新闻奖评选委员会办公室.中国新闻奖作品选[M].北京:新华出版社,2008.
7. 王蕾.外国优秀新闻作品评析[M].北京:中国广播电视出版社,2005.
8. 周振华.影视作品分析[M].北京:中国传媒大学出版社,2016.
9. 刘明华,徐泓,张征.新闻写作教程[M].北京:中国人民大学出版社,2002.
10. 周胜林,尹德刚,梅懿.当代新闻写作[M].上海:复旦大学出版社,2005.
11. 李希光,等.新闻采访写作教程[M].北京:清华大学出版社,2011.
12. 艾丰.新闻写作方法论[M].北京:人民日报出版社,1996.
13. 丁柏铨.新闻采访与写作[M].北京:高等教育出版社,2014.
14. 刘海贵.中国新闻采访写作学:新修版[M].上海:复旦大学出版社,2014.
15. 薛国林,张晋升,陈娟.新闻写作[M].广州:暨南大学出版社,2013.
16. 李军.突发新闻教程[M].北京:北京大学出版社,2015.
17. 里奇.新闻写作与报道训练教程[M].北京:中国人民大学出版社,2009.
18. 曹林.灾难报道为什么不会说人话[EB/OL].http://blog.sina.com.cn.
19. 杨在军.传播态新闻作品的信息构成分析[J].当代传播,2004(6).
20. 李建盛.理解事件与文本意义:文学诠释学[M].上海:上海译文出版社,2002.
21. 陈原.社会语言学[M].上海:学林出版社,1983.
22. 陈龙.新闻作品评析概论[M].长沙:中南大学出版社,2009.
23. 陈建云.中外新闻学名著导读[M].杭州:浙江大学出版社 2005.
24. 刘丽.报道的深度开掘[J].记者摇篮,2009(12).
25. 甘惜分.新闻学大辞典[M].郑州:河南人民出版社,1993.
26. 茅盾.漫谈文艺创作[J].红旗,1978(5)
27. 喻国明.论新闻信息[J].新闻传播,1985(3).
28. 维纳.维纳著作选[M].钟韧,译.上海:上海译文出版社,1978:114.
29. 黄玉涛.新闻价值与新闻题材[J].军事记者,2002(2).
30. 法拉奇.风云人物采访记[M].嵇书佩,乐华,杨顺祥,译.北京:新华出版社,1988.
31. 李希光.超越"倒金字塔"追寻讲故事的艺术[J].青年记者,2003(6).
32. 黄晓军.新闻叙事模式试析[J].写作,2008(13).
33. 叶圣陶.认真学习语文[M].//吴为章.广播电视话语研究选集.北京:北京广播学院出版社,1997.

34. 林纾.林纾诗文集[M].上海:商务印书馆,1993.
35. 葛修远.模糊的精确与精确的模糊:对新闻语言如何准确表述事实的辩证思考[J].社会科学论坛,2012(6).
36. 史密斯.新闻道德评价[M].北京:新华出版社,2001.
37. 田国垒.河北蔚县矿难10余名记者收取封口费获刑[N].中国青年报,2010-02-01.
38. 小唐尼,凯泽.美国人和他们的新闻[M].党生翠,等译.沈阳:辽宁教育出版社,2003.
39. 黄玲.回归新闻本位:媒体遏制低俗化的必由之径[J].今传媒,2006(11).
40. 布尔迪尔.关于电视[M].许均,译.沈阳:辽宁教育出版社,2000.
41. SMITH R F. Groping for ethics in journalism[M]. Malden, MA: Wiley-Blackwell Publishing, 2003.
42. 郭镇之,展江.守望社会:电视暗访的边界[M].北京:中国广播电视出版社,2006.
43. 刘晓峰.浅谈新闻报道中新闻伦理的缺失[J].新闻爱好者,2012(9).
44. 俞吾金.人文关怀:马克思哲学的另一个维度[N].光明日报,2001-02-06(学术版).
45. 俞吾金.如何理解康德关于"人是目的"的观念[J].哲学动态,2011(5).
46. 费斯克,等.关键概念:传播与文化研究辞典[M].李彬,译.北京:新华出版社,2004.
47. 姚必鲜.选择性报道:舆论引导的滥觞与流变:2009年新闻报道伦理失范现象研究[J].长沙铁道学院学报,2011(3).
48. 成美,童兵.新闻理论教程[M].北京:中国人民大学出版社,1993.
49. 郭庆光.传播学教程[M].北京:中国人民大学出版社,1999.
50. 陕西安监局长在车祸现场笑戴名表照片被晒上网[EB/OL].(2012-08-28). http://news.xinhuanet.com/local/2012/08/28.
51. 李煊.西方记者如何用事实包装立场[J].青年记者,2006(18).
52. 郭强,李静修.让版面"活"起来:论"读图时代"报纸新闻图片的作用[J].社会科学战线,2012(05).
53. 喻国明,陈端.危机传播的法则与艺术:以央视新台址大火的网络舆情危机及处理策略为例[J].新闻与写作,2009(5).
54. 任国杰.童子问易[M].北京:人民出版社,2013.
55. 陈力丹.刘少奇的新闻思想及其理论意义[J].新闻与传播研究,1998(2).
56. 布隆代尔.《华尔街日报》是如何讲故事的[M].北京:华夏出版社,2006.
57. 艾丰.新闻写作的风格[J].新闻与写作,2010(9).
58. 周宪.视觉文化的转向[M].北京:北京大学出版社,2008.
59. 张萍.媒介融合语境下新闻通讯的变革[J].四川师范大学学报(社会科学版),2012,39(4).
60. 彭柳.新媒体语境下报纸新闻体裁的演变:以全国两会报道为视角[J],华南师范大学学报(社会科学版),2014(12).
61. 陈晓敏.从跨媒体到媒介融合:谈纸质媒体的发展趋势[J],新闻世界,2010(5).
62. 黄旦.传者图像:新闻专业主义的建构和消解[M].上海:复旦大学出版社,2005.
63. 余坦坦.给普通人展示风采的舞台:长江日报《市民大讲堂》专栏的创设、运作与采编[J].青年记者,2016(34).
64. 王国维.人间词话汇编汇校汇评[M].上海:三联书店,2013.
65. 王克勇,姜建腾.试论广播音响的"可视性"[J].现代视听,2003(2).
66. 朱惠民.广播专题《我把光明献给你》赏析[J].声屏世界,2014(6).
67. 朱惠民.从熟视无睹中发现新闻精品:第20届中国新闻奖电视消息获奖作品赏析[J].采写编,2011(4).
68. 黄琼花.体悟优良家风 评述家训接续传承:电视访谈一等奖《老冯家的传家宝》创作感受[J].新闻战线,2016(21).
69. 朱德泉.以独立调查锻造主流网媒核心竞争力[J].中国记者,2015(1).

70. 张合斌. Web2.0 视野下的博客新闻报道[J]. 青年记者,2008(5).
71. 莫映雪. 试论博客写作的类型与特征[J]. 南方论刊,2012(2).
72. 孙志刚. 媒体博客在未来新闻编辑部的作用[J]. 新闻与写作,2014(9).
73. 胡忠青. 记者博客的兴趣及其发展路径[J]. 新闻知识,2007(11).
74. 张玉超,刘海波. 博客:一种新的网络言论写作模式[J]. 语文学刊,2008(3).
75. 朱丽,吕本富,彭赓. 基于 AHP 法的个人博客影响力评价方法研究[J]. 数学的实践与认识,2008(8/36/15).
76. 吴兴人. 有感于记者博客的威力[J]. 新闻记者,2008(11).
77. 肖建中,周岩森,方舟. 微博登上领奖台开启融合新时代:解读微博作品首获河南新闻奖[N]. 河南日报, 2014-05-28.
78. 奚浩瀚,刘云,熊菲. 微博噪声过滤和话题检测[J]. 铁路计算机应用,2015(3).
79. 微博数据中心. 2016 微博用户发展报告[EB/OL]. http://www.useit.com.cn/thread－14392－1－1.html.
80. 黄伟. 微博新闻传播的特点分析[J]. 青年记者,2012(23).
81. 吴姗. 浅析主流媒体如何利用微博活跃"两会"报道:以新华视点"两会微博"为例[J].《今传媒》,2010(5).
82. 薛国林,胡秀. 微博新闻的写作及其文体特征[J]. 新闻与写作,2010(5).
83. 李希光. 微博写作的技巧[J]. 新闻与写作,2013(6).
84. 刘瑞朝. 微博将纳入河南省新闻奖评选序列 开全国之先河[EB/OL]. (2013-05-09). http://news.dahe.cn/2013/05－09/102155000.html.
85. 重磅!腾讯发布 2016 年微信用户数据报告[EB/OL]. http://mt.sohu.com/20161228/n477206249.shtml
86. 腾讯微信用户量突破 3 亿 耗时不到两年[EB/OL]. http://tech.qq.com/a/20130115/000179.htm.
87. 谢新洲,安静. 微信的传播特征及其社会影响[J]. 中国传媒科技,2013(11).
88. 吴凯. 试论微信平台下的推送新闻[J]. 新闻窗,2013(6).
89. 2016 年中国手机用户已超 13 亿[EB/OL]. http://mt.sohu.com/20160923/n469055604.shtml.
90. 刘硕,蒋梦桦,李晓鹏. 纸媒"发声":浅谈钱江晚报对腾讯微信的运用[J]. 新闻实践,2013(7).
91. 李卓林. 微信在新闻报道中的应用[J]. 记者摇篮,2014(11).
92. 蔡雯,翁之颢. 微信公众平台:新闻传播变革的又一个机遇:以"央视新闻"微信公众账号为例[J]. 新闻记者,2013(7).
93. 彭兰. 网络传播学概论[M]. 北京:中国人民大学出版社,2006.
94. 河南日报新媒体部. 媒体微博发展的现状与思考[J]. 新闻爱好者,2013(4).
95. 张丽萍. 新媒体时代新闻业务形态的变革[J]. 新闻实践,2008(1).
96. 谭世平. "融合新闻"背景下新闻业务能力的培养路径[J]. 传播与版权,2014(3).
97. 栾轶玫. 雅安地震:社交媒体拷问传统媒体救灾报道[J]. 网络传播,2013(5).
98. 曹丹. 用融媒体思维讲好"中国故事"之策略探析:以《三北》造林记》为例[J]. 新闻知识,2015(4).
99. 方洁. 地方媒体如何报道本地突发新闻:以 2014 年普利策突发新闻报道奖为例[J]. 新闻与写作,2014(6).
100. 廖雪琴,孙贵兰. 优秀新闻作品选读[M]. 武汉:华中科技大学出版社,2009.

李 军

首届全国百佳新闻工作者,首届湖北新闻出版名人奖·湖北名记者,长江日报报业集团高级记者(正高二级)。新闻作品曾获中国新闻奖一等奖、全国现场短新闻一等奖、中国晚报新闻奖一等奖,新闻学专著曾获湖北新闻奖(论文论著)一等奖。主要著作有《突发新闻教程》《新闻快速采写论》《现场短新闻采写51法》等。从事新闻工作和高校新闻教育工作40余年,历任《武钢工人报》记者科科长、《武汉晚报》经济部副主任、《今日快报》副总编、《考试指南报》社长兼总编辑,现为武昌首义学院学科带头人。

新闻学与传播学"十三五"规划教材·案例型系列教材

史论类
媒体道德与伦理(第二版)
媒体法
传播学概论
中国新闻史
世界新闻史

新闻实务类
财经新闻报道
新闻编辑
新闻采访与写作
新闻评论
内容营销
公共外交·案例教学

广电类
广播音响报道实用教程(第3版)
广播电视概论
广播电视新闻采访
影视制作·案例教学

新媒体类
全媒体新闻编辑
数据新闻
新媒体概论
全媒体新闻作品评析教程